北京大学"双一流"建设成果
方李邦琴北京大学人文学科文库出版基金资助

| 北 京 大 学 | 北大中国文学 |
| 人文学科文库 | 研 究 丛 书 |

生产者的诗学
——鲁迅杂文研究

Poetics of Producers:
A Study of Lu Xun's Tsa-wen

李国华 著

北京大学出版社
PEKING UNIVERSITY PRESS

图书在版编目(CIP)数据

生产者的诗学:鲁迅杂文研究/李国华著. —北京:北京大学出版社,2023.8
(北京大学人文学科文库.北大中国文学研究丛书)
ISBN 978-7-301-34232-9

Ⅰ.①生… Ⅱ.①李… Ⅲ.①鲁迅杂文—鲁迅著作研究 Ⅳ.①I210.97

中国国家版本馆 CIP 数据核字(2023)第 125559 号

书　　　名	生产者的诗学——鲁迅杂文研究 SHENGCHANZHE DE SHIXUE——LUXUN ZAWEN YANJIU
著作责任者	李国华　著
责任编辑	高　迪　张文礼
标准书号	ISBN 978-7-301-34232-9
出版发行	北京大学出版社
地　　　址	北京市海淀区成府路 205 号　100871
网　　　址	http://www.pup.cn　新浪微博:@北京大学出版社
电子邮箱	编辑部 wsz@pup.cn　总编室 zpup@pup.cn
电　　　话	邮购部 010-62752015　发行部 010-62750672 编辑部 010-62755217
印　刷　者	北京中科印刷有限公司
经　销　者	新华书店 965 毫米×1300 毫米　16 开本　22.75 印张　402 千字 2023 年 8 月第 1 版　2023 年 8 月第 1 次印刷
定　　　价	98.00 元

未经许可,不得以任何方式复制或抄袭本书之部分或全部内容。
版权所有,侵权必究
举报电话:010-62752024　电子邮箱:fd@pup.pku.edu.cn
图书如有印装质量问题,请与出版部联系,电话:010-62756370

总 序

袁行霈

人文学科是北京大学的传统优势学科。早在京师大学堂建立之初,就设立了经学科、文学科,预科学生必须在五种外语中选修一种。京师大学堂于1912年改为现名,1917年,蔡元培先生出任北京大学校长,他"循思想自由原则,取兼容并包主义",促进了思想解放和学术繁荣。1921年北大成立了四个全校性的研究所,下设自然科学、社会科学、国学和外国文学四门,人文学科仍然居于重要地位,广受社会的关注。这个传统一直沿袭下来,中华人民共和国成立后,1952年北京大学与清华大学、燕京大学三校的文、理科合并为现在的北京大学,大师云集,人文荟萃,成果斐然。改革开放后,北京大学的历史翻开了新的一页。

近十几年来,人文学科在学科建设、人才培养、师资队伍建设、教学科研等各方面改善了条件,取得了显著成绩。北大的人文学科门类齐全,在国内整体上居于优势地位,在世界上也占有引人瞩目的地位,相继出版了《中华文明史》《世界文明史》《世界现代化历程》《中国儒学史》《中国美学通史》《欧洲文学史》等高水平的著作,并主持了许多重大的考古项目,这些成果发挥着引领学术前进的作用。目前北大还承担着《儒藏》《中华文明探源》《北京大学藏西汉竹书》的整理与研究工作,以及《新编新注十三经》等重要项目。

与此同时，我们也清醒地看到：北大人文学科整体的绝对优势正在减弱，有的学科只具备相对优势了；有的成果规模优势明显，高度优势还有待提升。北大出了许多成果，但还要出思想，要产生影响人类命运和前途的思想理论。我们距离理想的目标还有相当长的距离，需要人文学科的老师和同学们加倍努力。

我曾经说过：与自然科学或社会科学相比，人文学科的成果，难以直接转化为生产力，给社会带来财富，人们或以为无用。其实，人文学科力求揭示人生的意义和价值，塑造理想的人格，指点人生趋向完美的境地。它能丰富人的精神，美化人的心灵，提升人的品德，协调人和自然的关系以及人和人的关系，促使人把自己掌握的知识和技术用到造福于人类的正道上来，这是人文无用之大用！试想，如果我们的心灵中没有诗意，我们的记忆中没有历史，我们的思考中没有哲理，我们的生活将成为什么样子？国家的强盛与否，将来不仅要看经济实力、国防实力，也要看国民的精神世界是否丰富，活得充实不充实，愉快不愉快，自在不自在，美不美。

一个民族，如果从根本上丧失了对人文学科的热情，丧失了对人文精神的追求和坚守，这个民族就丧失了进步的精神源泉。文化是一个民族的标志，是一个民族的根，在经济全球化的大趋势中，拥有几千年文化传统的中华民族，必须自觉维护自己的根，并以开放的态度吸取世界上其他民族的优秀文化，以跟上世界的潮流。站在这样的高度看待人文学科，我们深感责任之重大与紧迫。

北大人文学科的老师们蕴藏着巨大的潜力和创造性。我相信，只要使老师们的潜力充分发挥出来，北大人文学科便能克服种种障碍，在国内外开辟出一片新天地。

人文学科的研究主要是著书立说，以个体撰写著作为一大特点。除了需要协同研究的集体大项目外，我们还希望为教师独立探索，撰写、出版专著搭建平台，形成既具个体思想，又汇聚集体智慧的系列研究成果。为此，北京大学人文学部决定编辑出版"北京大学人文学科文库"，旨在汇集新时代北大人文学科的优秀成果，弘扬北大人文学科的学术传统，展示北大人文学科的整体实力和研究特色，为推动北大世界一流大学建设、促进人文学术发展做出贡献。

我们需要努力营造宽松的学术环境、浓厚的研究气氛。既要提倡教师根据国家的需要选择研究课题，集中人力物力进行研究，也鼓励教师按照自己的兴趣自由地选择课题。鼓励自由选题是"北京大学人文学科文库"的一个特点。

我们不可满足于泛泛的议论，也不可追求热闹，而应沉潜下来，认真钻研，将切实的成果贡献给社会。学术质量是"北京大学人文学科文库"的一大追求。文库的撰稿者会力求通过自己潜心研究、多年积累而成的优秀成果，来展示自己的学术水平。

我们要保持优良的学风，进一步突出北大的个性与特色。北大人要有大志气、大眼光、大手笔、大格局、大气象，做一些符合北大地位的事，做一些开风气之先的事。北大不能随波逐流，不能甘于平庸，不能跟在别人后面小打小闹。北大的学者要有与北大相称的气质、气节、气派、气势、气宇、气度、气韵和气象。北大的学者要致力于弘扬民族精神和时代精神，以提升国民的人文素质为己任。而承担这样的使命，首先要有谦逊的态度，向人民群众学习，向兄弟院校学习。切不可妄自尊大，目空一切。这也是"北京大学人文学科文库"力求展现的北大的人文素质。

这个文库目前有以下17套丛书：

"北大中国文学研究丛书"（陈平原 主编）

"北大中国语言学研究丛书"（王洪君 郭锐 主编）

"北大比较文学与世界文学研究丛书"（张辉 主编）

"北大中国史研究丛书"（荣新江 张帆 主编）

"北大世界史研究丛书"（高毅 主编）

"北大考古学研究丛书"（沈睿文 主编）

"北大马克思主义哲学研究丛书"（丰子义 主编）

"北大中国哲学研究丛书"（王博 主编）

"北大外国哲学研究丛书"（韩水法 主编）

"北大东方文学研究丛书"（王邦维 主编）

"北大欧美文学研究丛书"（申丹 主编）

"北大外国语言学研究丛书"（宁琦 高一虹 主编）

"北大艺术学研究丛书"（彭锋 主编）

"北大对外汉语研究丛书"（赵杨 主编）

"北大古典学研究丛书"（李四龙 彭小瑜 廖可斌 主编）

"北大人文学古今融通研究丛书"（陈晓明 彭锋 主编）

"北大人文跨学科研究丛书"（申丹 李四龙 王奇生 廖可斌主编)①

这17套丛书仅收入学术新作，涵盖了北大人文学科的多个领域，它们的推出有利于读者整体了解当下北大人文学者的科研动态、学术实力和研究特色。这一文库将持续编辑出版，我们相信通过老中青学者的不断努力，其影响会越来越大，并将对北大人文学科的建设和北大创建世界一流大学起到积极作用，进而引起国际学术界的瞩目。

---

① 本文库中获得国家社科基金后期资助或入选国家哲学社会科学成果文库的专著，因出版设计另有要求，我们会在丛书其他著作书末列出的该书书名上加星号标注，在文库中存目。

"北大中国文学研究丛书"序

陈平原

不同学科的国际化,步调很不一致。自然科学全世界评价标准接近,学者们都在追求诺贝尔物理学奖、化学奖;社会科学次一等,但学术趣味、理论模型以及研究方法等,也都比较容易接轨。最麻烦的是人文学,各有自己的一套,所有的论述都跟自家的历史文化传统,甚至"一方水土"有密切的联系,很难截然割舍。人文学里面的文学专业,因对各自所使用的"语言"有很深的依赖性,应该是最难"接轨"的了。文学研究者的"不接轨""有隔阂",不一定就是我们的问题。非要向美国大学看齐,用人家的语言及评价标准来规范自家行为,即便经过一番励精图治,收获若干掌声,也得扪心自问:我们是否过于委曲求全,乃至丧失了自家立场与根基?

这么说,显得理直气壮;可问题还有另外一面——若过分强调"一方水土"的制约,是否会形成某种自我保护机制,减少突围的欲望与动力?想当然地以为本国学者研究本国文学最为"本色当行",那是不妥的。我们的任务,不是关起门来称老大,而是努力在全球化大潮中站稳自家脚跟,追求国际视野与本土情怀的合一。这么做学问,方才有可能实现鲁迅当年"要出而参与世界的事业"(《而已集·当陶元庆君的绘画展览时》)的期许。

既然打出"北大"的旗帜,出学术精品,那应该是起码的要求。放眼世界,"本国文学研究"做得好的话,是可以出原理、出思想、出精神的。比如你我不做外国文学研究,但照样读巴赫金、德里达、萨义德、哈贝马斯的书。而目前我们最好的人文学著作,在国际上也只是作为"中国研究"成果来征引,极少被当作理论、方法或研究模式。

随着中国政治、经济、社会、文化的迅速崛起,总有一天,我们不仅能为国际学界提供"案例",还能提供"原理"。能不能做到是一回事,敢不敢想、或者说心里是否存有这么个大目标,决定了"北大中国文学研究丛书"的视野、标杆与境界。

2017 年 7 月 22 日于京西圆明园花园

开拓鲁迅研究与鲁迅式杂文书写的新天地，新境界
——读李国华《生产者的诗学——鲁迅杂文研究》

钱理群

一

国华于 2022 年 10 月完成了《生产者的诗学——鲁迅杂文研究》一书，希望我为之写序。其实，我不是一个合适的写序者。因为在 2015 年住进养老院以后，我自己又进入了新的研究领域，对中国现代文学研究包括鲁迅研究都已经相当疏远，对相关学术研究状况知之甚少，自身的精力也越来越不支，对新的研究成果做学术的评价，真的有些勉为其难。但我最后还是接受了这一任务。这不仅是出于我的习惯——但凡年轻人提出什么要求，我都很难拒绝，更是出于我内心的一个期待。我在学术上，始终把自己视为"历史的中间物"：这也不仅是基于对学术研究的历史规律的一种体认，更是对我这样的在"与人类文明断裂的时代"成长起来的一代知识分子自我局限的清醒认识。就鲁迅研究而言，我尽管由于有着丰富、曲折的人生经验和生命体验，从中学时代开始即沉湎于鲁迅作品的阅读，自有独特感悟，因而能够在 1980、1990 年代鲁迅研究的新的开创期，提出一些我的思考与发现，也产生了一定影响；但

自己心里很明白，我与思想、学识和精神境界都博大精深的鲁迅，从根本上是"隔"的：我进入不了鲁迅的思想、精神、文学、学术……世界的内部、深处，只能浅尝即止。我因此把自己1988年出版的第一本鲁迅研究著作《心灵的探寻》献给"正在致力于中国人及中国社会改造的青年朋友"，期待他们在鲁迅研究及社会实践上，超越自己。现在，34年过去了，当年我所期待的"青年朋友"已经长大，成了鲁迅研究的骨干。他们又是如何认识鲁迅，思考与研究鲁迅，达到了什么样的水平与境界，自然是我所关心的，还有几分好奇：这就是我最终决定要认真阅读国华这本鲁迅研究最新成果，写点我的感想的原因。

于是，就有了我读国华新著的一大收获：我通过他所写的《近二十年鲁迅杂文研究之得失》与书中的相关引述，看到了新一代的鲁迅研究者的成长。其中有我当年就看好的"青年朋友"，更多的是我所不熟悉的，他们都对鲁迅杂文研究有了新的开拓。这是让我特别感到兴奋的：多年来我一直在强调，读不懂鲁迅杂文，就看不懂鲁迅，而鲁迅杂文研究却始终是鲁迅研究的一个薄弱环节；在我看来，鲁迅杂文研究的最大难点，就是如何理解鲁迅的杂文分明不同于"文学概论"上所说，也即一般人理解上的"文学"，但又确确实实是"文学"，这其实就是国华在"结语"中所说的，如何"分析鲁迅杂文的审美形式，认知鲁迅杂文作为一种独特的文学形态与现代中国的关联"。坦白地说，我的鲁迅杂文研究就是在这个关键问题上止步的。现在，终于在"年轻一代"（他们中许多人已经是中年一代了）这里有了新的突破。这也就标志着：新一代鲁迅研究者已经超越我们，阔步前行了。这正是我所期待，并为之感到欣慰的。

现在，国华拿出了他的《生产者的诗学——鲁迅杂文研究》，在我看来，这不仅是一个研究新成果，而且代表了鲁迅杂文研究达到的一个新的水平。这对国华来说，也不是偶然的。我从他当年对赵树理的研究，就注意到他的研究特具的开拓性的特点，并且从中受到了很大启发。国华有敏锐的艺术直觉和理论创新力，他总能在人们看不出问题的地方，发现新的研究视野，提出新的研究思路，做出新的理论概括。你可以不同意他的结论，提出疑问，但却不能不重新思考与研究他所提出的问题。他的研究特别具有启发性。这一回，我读他的鲁迅杂文研究，就有这样的感受。他所提出、讨论的问题，有的我关注过，但他却提出了我没有想到的新视角，更多的是我没有注意到的新的研究点。他的很多分析，都让我眼睛为之一亮。他的有些研究结论，也有我因为知识结构的限制看不大明白的；不可否认，还有我不能认同，质疑的。但他总能引发我思考。这一个星期以来，我日夜沉涵于国华新著的阅读中，真的是思绪绵绵。有些联想完全出乎我的意料。比如他在书中谈到了鲁迅的"老年抒情主体"，一下子就让我想到了同在晚年的自己。国华深情引述了鲁迅写于1936年8月23日"大去不远"时写下的《"这也是生活"……》里的一段话："我存在着，我在生活"，感到"无穷的远方，无数的人们，都和我有关"，"我开始觉得自己更切实了"。我读了大受震动，在日记里这样写道："天哪！这不就是此刻（2022年）我的心态，生命存在形态？"我不否认，学术研究的某些概括，被后人普遍认同，一定程度上成为"定论"，这是学术研究的高成就、高水平的一个重要标志；但我更认为，能够引发读者的思考，浮想联翩，甚至触动读者的生命神经，这才是我们应该追求的学术境界。看得出，国华的研究，正在朝着这个方向努力，并取得了一定成效。这也是我对年轻一代的学术研究的期待，是我读国华的新著最感欣慰的。

二

说了这一大堆或非闲话的感想，这才进入我读国华新著"浮想联翩"中最想与国华和本书读者交流的话题：鲁迅对当下与未来中国和世界的意义。

我完全认同国华的这一论断：所谓"学术研究"，就是"研究者所处的社会环境和研究对象所处的社会环境之间相互敞开和发明的过程"。由此也产生了好奇：国华写这部鲁迅杂文研究新著所处的"社会环境"是什么呢？于是，就注意到了国华在2022年10月8日所写"后记"里，特意谈到他的新著正写在"世界动荡和疫情扰扰"之中。我的心又为之一动：我也是在"世界动荡和疫情扰扰"中重新思考鲁迅对疫情和后疫情时代的"历史大变动"中的中国与世界的意义。

正是处在这样的"社会环境"和思想背景下，2022年9月，在一位朋友的介绍下，我读到了1930年代日本改造社的学者对鲁迅的两个评价，谈到鲁迅的《中国小说史略》"不仅论述了从古代到清末的中国小说，也论述了政治经济、民族社会与小说之间的相互作用和影响"，"它超越了文学史，达到了人文史的顶峰"。而日本学者最为看重的是，中国"对于世界来说是一个伟大的谜！！解开这个谜的唯一的钥匙是这部《大鲁迅全集》"！

我看了以后，真的有"被点醒"的感觉。我一下子读懂了鲁迅：他的所思所写、所作所为，不就是为解"中国之谜"吗？我更一下子看清楚了鲁迅对当下中国与世界的意义：在这历史大变局、世界大动荡的时代，中国越来越成为世界关注的重心，中国所发生的一切，对许多中国人和外国人来说，越来越成为一个极需探索、解读的"谜"。我因此而预测和期待：在后疫情时代，中国的学术界，以至世界的中国学研究界，将出现一个"以探讨'中国之谜'为中心的'现代中国人文学'研究"的潮流。而其突破口应该是"鲁迅研究"。因为如当年日本学者所说，鲁迅正是这样的"解中国之谜"研究的开创者，他不仅为后人提出了研究目标，而且提供了基本研究方法。正如当年日本学者所注意到的：鲁迅超越了单一的"文学史研究"，而推动"人文学的研究"，即多学科的，历史学、社会学、教育学、政治史、思想史、精神史……研究的集大成。——国华在讨论鲁迅杂文时，也谈到了其"关联着历史、政治、社会、文明等诸多内容的文化诗学范畴"，由此而与"现代中国"相联接。更重要的是，鲁迅自己的研究就提供了"现代中国人文学研究"的样板：他对中国传统文化的反思，对中国体制的反思，对中国知识分子的反思，对中国国民性的反思，都极其深刻、独到，具有极大的丰富性、复杂性和启发性，本身就是一个广阔的研究天地。

在我看来，在新的历史大变革的后疫情时代，对举世瞩目的"现代中国"，不仅有"如何研究"，更有"如何书写"的问题：我们所要面对的，不仅是"如何看"，还有"如何写"。国华通过他的研究，提醒我们注意，在1927年，鲁迅面对大革命失败，国共分裂的中国历史大变局，也曾有过"怎么写"的问题。国华分析说，"鲁迅认为，面对新的社会政治现实所构成的内容形态，自己原有的写法已经失效，迫切需要一种新的关于文学的话语形态来应对扑面而来的社会政治现实，而文学因此被鲁迅打上问号"，"'怎么写'质问的是什么是文学，什么是文学的内容，什么是文学的形式，文学如何构建作家的主体意识，文学如何组织自我和社会的生活等问题"。

在国华看来，鲁迅正是因为有了这样的拒绝"因循既有文学认知，并且充分警惕现代知识的陷阱"的高度自觉，而创造了"杂文"这一全新的文学形态，并"生产了一种新的知识"。我们今天研究鲁迅杂文，也应该有一种"相应的知识理解与阐释"，才有可能真正进入鲁迅的杂文世界。应该说，建构对鲁迅杂文的"整体性的认知"正是国华这部鲁迅杂文研究的主要追求。

下面，我想先对鲁迅的自述和国华的分析做一个概述，然后再谈"我的联想"。

1. 鲁迅杂文的性质与特点

（1）鲁迅在《论"旧形式的采用"》里，第一次提出了"消费的艺术"的概念，并明确表示了要努力从其束缚下挣扎出来的意愿。按鲁迅的说法，"消费的艺术""一向独得有力者的宠爱"，是"高等有闲者的艺术"，与掌握权力的统治者有着暧昧的关系。其特点是大谈"冠冕堂皇的'公理'"，如国华所说，"以'公理'论人事，既是对公众隐瞒真相，也是自欺欺人，自己也放弃了真相"。其所扮演的正是鲁迅深恶痛绝的"伪士"的角色，奉行的是"谣言政治学"。这样的"公理"认定的文学艺术及相应的文学认知，其作用与功能就是"消费"，成为权力和既定秩序的"帮忙"与"帮闲"，自然是鲁迅断然拒绝的。他明确表示，我"倒不如不进去"，在被权力的"公理"捆绑的"艺术之宫"外，"站在沙漠上，看看飞沙走石。乐则大笑，悲则大叫，愤则大骂。即使被砂砾打得遍身粗糙，头破血流"（《华盖集·题记》）：鲁迅向往的是走出体制的"民间写作"。

（2）鲁迅选择的是"生产者的艺术"。他有两个十分形象的说法。"农夫耕田，泥匠打墙，他只为了米麦可吃，房屋可住，自己也因此有益之事，得一点不亏心的糊口之资。"生产者的写作，也只是"以为非这样写不可，他就这样写"（《徐懋庸作〈打杂集〉序》）。鲁迅还说，"我只在深夜的街头摆着一个地摊，所有的无非几个小钉，几个瓦碟，但也希望，并且相信有些人会从中寻出合于他的用处的东西"（《且介亭杂文·序言》）。在国华看来，这是"一种切身的功利主义，一种生产者的艺术"，鲁迅"杂文写作的发生源于自我内在的表达需要，而非外在的标准或名利"，不是为了他人的消费，而只是满足自我生存与精神的需要。

（3）这样的"从切身利害发生的，未必能与当时现成的知识、价值、伦理无缝衔接"的杂文写作，就必然是写"切己的小事"，"以小观大，以小博大"。用鲁迅自己的说法，"不过是，将我所遇到的，所想到的，所要说的，一任它怎样浅薄，怎样偏激，有时便都用笔写了下来"（《华盖集续编·小引》）。国华分析说，这是一种"从个人经验中直接生长出来的，凭借既有的概念体系难以指名的文学事实"，是一种"从现实的理解中去获得真相，寻求自觉的路径"。

（4）鲁迅进一步指出，写这样的写"切己的小事"的杂文，"说得自夸一点，就如悲喜时节的歌哭一般，那时无非借此来释愤抒情"（《华盖集续编·小引》）。据许寿裳《亡友鲁迅印象记》里的回忆，"传闻中年轻的鲁迅回答章太炎学说、文学的区别时说，学说所以启人思，文学所以增人感"。国华分析说，"鲁迅认为文学是一种较为单纯的自娱娱人的情感表达，杂文也是一种较为单纯的自娱娱人的情感表达"，"鲁迅对于文学的理解就具有情感本体的意味"。于是，就有了鲁迅在《热风·题记》里所说的"无情的冷嘲和有情的讽刺"，"我却觉得周围的空气太寒洌了，我自说我的话，所以反而称之曰《热风》"。这鲁迅杂文中的情感的"无情—有情"，"寒—热"，正是其最动己心、动人心之处。国华因此说，鲁迅杂文的写作，是一种"主体生命"的消耗，"带有生命的温度和深度"。

（5）鲁迅在建构自己的杂文艺术时，特地引述了普列汉诺夫的观点，强调"美底愉乐的根柢里，倘不伏着功用，那事物也就不见得美了"（《〈艺术论〉译本序》）。这就决定了鲁迅杂文写作的个人生存与社会生存的相互联系，这里有一个个人与社会、时代的勾连问题。国华也据此做出了自己的分析：杂文写作对于鲁迅而言，不仅是"一己之情感、经验和记忆的所在"，也是"功利性的存在"。"鲁迅通过杂文写作，既幽微曲折地写出了个体人生的出处，又展现了社会时代的广阔画卷，表达了感时忧世之情怀，深入地开拓了以'一人之文'表现'一代之史'的艺术可能，鲁迅杂文因此乃是类似于杜甫诗歌一样的诗史存在"。鲁迅自己也是这样说的，他有两大功利性的自觉追求。一是要反映"中国的大众的灵魂"，于是就有了鲁迅杂文中自我灵魂与国民灵魂的交织，以及独具鲁迅特色的"灵魂的讽喻"（《准风月谈·后记》）。二是要做"文明批评"和"社会批评"，"撕去旧社会的假面"(《书信·250428 致许广平》);虽"不敢说是诗史",但"其中有着时代的眉目"(《且介亭杂文·序言》)。国华则提醒我们注意,"即使是要将其(鲁迅杂文)作为历史来读,也应以读野史而非正史的眼光来读","正史负责传达时代精神和时间流向,而野史专拣正史的纰漏,留存历史的精神病症"。鲁迅自己也说,他就是想"存留一点遗闻轶事",强调的即是其杂文的野史倾向,要实录"遗闻轶事"来"质疑(正史的)历史书写"。国华因此说,鲁迅的杂文是"以碎片的方式拼合出来的整体,只能是一种败落的诗史"。

(6)鲁迅杂文不仅勾连个人与当下时代、社会,还勾连"人类"与"未来"。这就有了国华特别强调的鲁迅杂文的"乌托邦诗学":鲁迅不仅无情揭示、批判永远走不出"奴隶时代"的"循环"的历史与现实的黑暗,还"向往"着一种"破除主奴关系并以更广大的人群为主体的未来文明形态"。这就决定了鲁迅的杂文,不仅面向"过去"和"现在",也面向"未来"。而鲁迅杂文里的"未来"又是极其复杂与丰富的:既寄希望于"以工农大众为具体人群的新兴的无产者",即"惟新兴的无产者才有将来"(《二心集·序言》),又为"并未看见地底下的事实,而只看见了由自己的观念折射出来的影像"而困惑。鲁迅更以自己特有的怀疑主义"疑惑着,新兴事物的来临,是否会变成另一次'来了'"。国华概括说,鲁迅杂文"作为败落的诗史,既沐浴着来自未来的光,也领受着来自未来的黑暗":这是自有一种深刻性的。

(7)鲁迅是清醒的:他在强调"生产者的艺术"与"消费者的艺术"的对立的同时,也没有忽视"它还是大受着消费者艺术的影响"(《论"旧形式的采用"》)。国华因此提醒我们注意:鲁迅的"文学观念、杂文写作及杂文自觉中,也遍布消费的魅影"。这首先表现在鲁迅在谈论"革命文学"时,一直强调,"文学总是一种余裕的产物":"真要种田,就没有功夫做诗","正在革命,那有功夫做诗?""革命成功以后,闲空了一点;有人恭维革命,有人颂扬革命","就是颂扬有权力者,和革命有什么关系?"(《文艺与政治的歧途》)鲁迅在《从帮忙到扯淡》里肯定屈原、宋玉、司马相如这些文人的文学史地位时说"究竟有文采","更表现出确切的超越功利主义之见的文学立场"。国华因此认为,"鲁迅对于生产者艺术的理解和接受，始终与他自己悬想中的'真正的生产者艺术'相隔一间，其中隔阂，无法消除""鲁迅恐怕难以蜕变成自己悬想中的生产者"。

2. 鲁迅杂文的语言形式与思维形态

（1）许多研究者都注意到，鲁迅杂文中频繁出现"然而""但是""总之"等"具有结构篇章作用的虚词"。国华认为，"鲁迅对这样的句法、章法和修辞有相当明确的自觉意识"，这背后有着"鲁迅的思想方法"：频频使用"然而""但是"，显然是鲁迅"思路过于多"所致，他"用的是'剥笋'式写法"，表达的是"自己对差异性、多样性的体察"；而频频使用"也"字，则表达了"对差异性、多样性背后的统一性、共性的追求和体认"。

（2）研究者还注意到鲁迅的"夫子自道"："我的坏处，是在论时事不留面子，贬锢弊常取类型。而后者尤与时宜不合。""盖写类型者，于坏处，恰如病理学上的图，假如是疮疽，则这图便是一切某疮某疽的标本，或和某甲的疮有些相像，或与某乙的疽有点相同。但见者不察，以为所画的只是他某甲的疮，无端侮辱，于是就必欲制你画者的死命了。"（《伪自由书·前记》）看起来这是一种"写法"，其实背后也蕴藏着"从差异和多样中寻找统一性和共性的思维形态"。一位研究者称之为"解剖学凝视"，并且指出，"鲁迅的国民性解剖图正是在这种写作形式中孕育成形"，凝结成了"主与奴""人肉的筵宴""无物之阵""鬼打墙""铁屋子"等等"辩证形象"。国民性的凝视之外，还有所谓"文人相轻"背后对知识分子的"凝视"，同样触目惊心。

（3）这又是一篇能显示鲁迅思维特征的杂文：《"碰壁之后"》。鲁迅在开会时听到了两句话：教师对学生说"你们做事不要碰壁"，学生回应说"杨先生就是壁"。回到家里"坐在自己的窗下"，鲁迅却生发开去，思考"碰壁的学说"，想到"中国各处是壁，然而无形"，仿佛看见"教育家在杯酒间谋害学生，看见杀人者于微笑后屠戮百姓，看见死尸在粪土中舞蹈"，等等等等。国华由此有了一个对鲁迅杂文思维与写作的重要发现："鲁迅行文的逻辑并不完全是摆事实讲道理，而是以情感、情绪带动修辞，从而加速度地得出一些具有结论性的判断"，并有这样的评价："鲁迅行文有意思的地方，恰在于随时逾越了具体事实的边界，过度引申到一些整体性的结论中",从而"唤起读者的个体经验,生成具有普遍意义的共情",引发更大更广的思考,甚至有"恍然大悟"之感。这种从眼前"具体事实"引出"整体性的大论断"的飞跃式思维,是一种典型的"鲁迅式杂文思维"。其非凡的判断力、概括力与想象力达到的思想的超越性,其远见卓识,是令人叹服不已的。

(4)还有将"全世界的苦恼,萃于一身"的"忧郁凝视"。这是一种将个人"一身"之苦与"全世界的苦难"沟通、融合的思维,最后又落实为独立的个体生命承担行为:这样的"小我"与"大我"的一体化,也是鲁迅所独有的。

3. 鲁迅杂文与报刊媒体的关系

(1)如果我们进入鲁迅晚年住在上海里弄里写杂文的具体语境,就不难发现,"读报,议论报纸上的事件和文章,可能是很多上海市民的日常生活的重要组成部分,这同时也就是鲁迅的日常生活的基本组成部分"。我曾经写过一篇文章,专门引述了鲁迅的儿子海婴的回忆:鲁迅每天起得很晚,下午才进入一天的生活。如果没有人来访,他就一人仰卧在躺椅上,随意翻阅报纸杂志,时而闭目沉思遐想……海婴说,这时候谁也不能惊扰,他自己路过父亲书房,也得放慢脚步,轻轻走。晚饭后夜深人静之时,鲁迅才在灯下写作,直到黎明。鲁迅写有《夜颂》,说"爱夜的人要有听夜的耳朵和看夜的眼睛","自在暗中,看一切暗"。这既是鲁迅杂文写作的具体情境,也是象征:白天,他读报,从报刊上的报道,看戴着各种面具的人;到了晚上,人"渐渐脱去人造的面具和衣裳,赤条条地裹在这无边际的黑絮似的大块里",自有"听夜的耳朵和看夜的眼睛"的鲁迅,"自在暗中,看一切暗",并且一一写下来。这就是鲁迅的杂文:它来自报刊,又透过报刊上的报道,竭力写出中国社会的真相、本质。

(2)鲁迅杂文写作和其他文学书写最大的不同在于,它与实际生活没有距离,是即时即刻的现场记录。国华因此称鲁迅为"瞬息万变"时代的"拾荒者",是在瞬息万变中把握与书写现实和历史。鲁迅自己也说,"现在是多么切迫的时候,作者的任务,是在对于有害的事物,立刻给以反响或抗争,是感应的神经,是攻守的手足","潜心于他的鸿篇巨制,为未来的文化设想,固然是很好的。但为现在的抗争,却也正是为现在和未来的战斗的作者，因为失去了现在，也就没有了未来"（《且介亭杂文·序言》）：鲁迅的杂文正是"为了未来"的"现在式"写作。

（3）有意思的是，鲁迅赋予他的杂文以双重功能：既"是匕首，是投枪，能和读者一同杀出一条生存的血路"，"也能给人愉快和休息"，这是人必须有的"休养"，"是劳作和战斗之前的准备"（《小品文的危机》）。国华因此提醒我们，"对于鲁迅杂文的理解，不仅要关注其战斗形态的崇高美学，而且要关注其战斗间隙的某种日常形态的优美美学"。鲁迅杂文"不仅有着时代的'狞眉厉目'，而且有着精神和情感如何得以安顿的温度"。这其实也是由报刊的特质决定的：它是市民日常生活的需要，是商品经济的产物，也就自然具有某种"消费"的特性与功能。鲁迅杂文生产，其实是贯穿着一种"游戏精神"的。

（4）报刊的商品性质，也决定了鲁迅的杂文写作也受到作为消费者的读者的制约。国华也因此提醒我们："如果没有读者的阅读需要，鲁迅是否写作杂文"都成为问题，他的整个写作过程也都要考虑读者的需求，鲁迅杂文写作背后，实际有着"时代需求""自我需求"和"读者需求"三大推动力。在鲁迅杂文里，不仅有他描述的对象，有他自己，更有读者的身影时显时隐。鲁迅杂文也因为通过影响读者而影响社会，就具有了某种"组织社会"的作用与功能。

（5）正是为了满足读者的需要，就有了国华注意到的，鲁迅"对杂文集的编辑的颇费匠心"："尝试了依主题、文体、编年进行编集的不同方法。劳心费力地写作序跋，说明杂文于己于人的意义"，"开启了随文附录论敌文章的编法"，还"以补记、加着重号等方式说明集子中所收杂文的发表情况，或未能公开发表，或被删节，等等"，并"随文保留发表时所用笔名"等等，这都是为了保留微观历史的真迹，让后代的读者也能够进入当年的历史情境。而精心书写"后记"，则如鲁迅自己所说，"我的杂文，所写的常是一鼻，一嘴，一毛，但合起来，已几乎是或一形象的全体"，"所以我的要写后记"，就是要使"这一本书里所画的形象，更成为完全的一个具象"（《准风月谈·后记》）。鲁迅显然是要"通过编集来构建杂文的整体性"，以便读者全面理解他一篇篇零星散写即所谓"碎片"写作背后的总体构想和良苦用心。这样，鲁迅的杂文生产就有了一个"写作—发表—编集"的完整过程和有机构成。这是我们后人今天来读鲁迅杂文不可不注意的。

4. 鲁迅杂文写作与其具体写作环境和背景的关系

（1）鲁迅将他的杂文取名为《伪自由书》，正是要提醒读者和我们这些后来人：在他写杂文的时代，"'自由'更当然不过是一句反话，我决不想在这上面去驰骋的"。"我曾经和几个朋友闲谈。一个朋友说：现在的文章，是不会有骨气的了，譬如向一种日报上的副刊去投稿罢，副刊编辑先抽去几根骨头，检查官又抽去几根骨头，剩下来还有什么呢？我说：我是自己先抽去了几根骨头的，否则，连'剩下来'的也不剩。"（《花边文学·序言》）国华对此分析说，在鲁迅看来，"残酷的政治恐怖对杂文写作带来的影响是显而易见的，但细密的现代政治治理术对杂文写作带来的影响才是致命的，它甚至迫使已经自我阉割的写作者进一步存皮去骨"。我们现在所看到的杂文（包括鲁迅杂文）"不过是一时的社会、政治允许存在的剩余物"。

（2）这也就决定了鲁迅杂文的文体特征：既追求"任意而谈，无所顾忌"，又"故意隐约其词"。鲁迅解释说，"不过要使走狗嗅得，跑去献功时，必须详加说明，比较地费些力气，不能直捷痛快，就得好处而已"（《我和〈语丝〉的始终》）。可以说，"任意而谈，无所顾忌"是杂文的本质、本性，是每一个写作者所向往、追求的；而"故意隐约其词"则是杂文写作的现实形态，每一个写作者必须面对。如何在这两者间取得平衡，在"不自由环境下"，坚持有限度的"自由写作"，则需要写作者的"智慧"与"韧性"。在这方面，鲁迅也提供了"范本"。

（3）于是，就有了鲁迅式的"本相以拟态作掩护"的大智慧，大苦心。国华分析说，首先是"鲁迅使用繁多的笔名"，"有的是为了逃过书报审查，如栾廷石"，"有的则是游戏或者自喻，如宴之敖者"，"而其中不乏充满挑斗性的，如何家干和隋洛文。前者是拟态书稿审查官的口吻，后者是拟态浙江省通缉鲁迅的罪名'堕落文人'"。"其次是写法"，常常是利用反语、讽刺等修辞方法设"圈套"，编"谎言"，布"地雷"，等等。"最后是编杂文集"，"全面挑战了集部的传统，使人无法从一般著作、创作意义上来看鲁迅的杂文集"。而这一切"杂文形式本身的迁延变异也是诗史的一部分"：反映了鲁迅所处时代文人写作的环境、命运的真实。

5. 鲁迅对晚年杂文写作的定位

（1）这是鲁迅对自我生命存在的选择——

> 仰慕往古的，回往古去罢！想出世的，快出世罢！想上天的，快上天罢！灵魂要离开肉体的，赶快离开罢！现在的地上，应该是执着现在，执着地上的人们居住的。（《华盖集·杂感》）

任何时代，都有想"往古""出世""上天"，"离开"现实的（今天的形态是想"躺平"，想"润"）；但也始终有鲁迅这样的"执着现在，执着地上"的，而且一旦选定了，就"纠缠如毒蛇，执着如怨鬼"（《杂感》）。

（2）鲁迅认定的"历史角色"——

> 翁——阿阿。那么，你是从那里来的呢？
> 客——（略略迟疑，）我不知道。从我还能记得的时候起，我就在这么走。
> 翁——对了。那么，我可以问你到那里去么？
> 客——自然可以。——但是，我不知道。从我还能记得的时候起，我就在这么走，要走到一个地方去，这地方就在前面。
> 客——是的，我只得走了。况且还有声音常在前面催促我，叫唤我，使我息不下。
> （女孩扶老人走进土屋，随即阖了门。过客向野地里跄踉地闯进去，夜色跟在他后面。）（《过客》）

鲁迅自己在与年轻人的通信里，则有这样的说明："《过客》的意思不过如来信所说那样，即是虽然明知前面是坟而偏要走，就是反抗绝望，因为我以为绝望而反抗者难，比因希望而战斗者更勇猛，更悲壮。"（《致赵其文》）

这都是鲁迅的"自画像"：在鲁迅杂文里，凝视着我们的，就是"他"——"执着现在，执着地上"，"纠缠如毒蛇，执着如怨鬼"，"反抗绝望"而"勇猛""悲壮"地"战斗",永远"往前走"的"过客"!

鲁迅对这样的自我写出的杂文,也自有信心:"杂文这东西,我却恐怕要侵入高尚的文学楼台去的。"(《徐懋庸作〈打杂集〉序》)

国华对鲁迅杂文的内在永恒性也做出了这样的评价:它自有"生命的温度和深度",没有也不会"随着文章所论及的具体对象的消亡而湮没在历史的尘埃之中"。

对鲁迅杂文的梳理(主要依据国华的论述,也有我的理解与发挥)就到这里:我大大地松了一口气。又猛然发现,这篇"读后感"式的"序言"随手写来,竟然成了"万言书",再要唠唠叨叨地写我的"随想"就不合适了,只能简单说几句——

其实,敏感的、熟悉我的思路的读者,也不难发现,我在梳理鲁迅杂文时,心中想到的,就是当下的"自媒体写作"。我2021年在B站上"讲鲁迅"时,就谈到了自己的一个"大胆的联想和判断":鲁迅的"杂文很有点类似于今天的网络文学","尽管它只发表在纸质媒介上,却和网络一样,自由地出入于现代中国的各个领域,最迅速地吸纳瞬息万变的时代信息;然后从政治的、社会历史的、伦理道德以及审美的等方面进行评价与判断,并用最简短且极富弹性的语言做出自己的回应;然后借助于媒体的传播,立即为广大读者所知晓与接受,并最迅速地得到社会的反馈"。"而鲁迅,不仅创造了真正属于他的文体,更找到了一种生活方式,一种生命存在的方式。""所有这些,都使得鲁迅式的杂文文体,获得了一种当代性:它直通今天的网络文体和网络作者与网民,不仅提供思想文化、思维方式的启迪,更提供了一种未经规范化的、足以让天马行空的思想得到淋漓尽致的发挥的自由文体,为今天的网络写作提供了可供借鉴和参考的'写法'"。(《钱理群新编鲁迅作品选读》辑四"杂文:鲁迅的文体——怎么写"导读)

现在要补充说的是,在我看来,在后疫情时代的历史大变动中,自媒体的网上写作或许会有更大的发展需要与余地:在"无真相"的时代,写"切己的小事",或许多少能够揭示被"公理"遮蔽的某些真相;在"无共识"的语境下,各自写出自己真实的感受,或许更便于不同意见之间平等地交流；在一切"不确定"的时代，或许"执着现在，执着地上"，还是一个可以让人多少踏实一点的选择。实际上我们今天也面临鲁迅当年所面对的问题：在历史巨变中，如何"警惕现代知识的陷阱，不再因循既定的文学认知，生产一种新的知识，建构新的文学形式"？在这方面，自媒体的写作是可以做一些新的探索、试验的；在这样的背景下，鲁迅当年"创建杂文新形态"的努力，自是大可借鉴的。

2022 年 11 月 26 日至 12 月 2 日

目　录

导　论 ··· 1

第一章　杂文生产的三重语境 ······································ 28
　　第一节　消费社会与文体生产 ····································· 28
　　第二节　马克思主义批评话语与杂文形式 ···················· 40
　　第三节　上海研究与杂文写作 ····································· 63

第二章　思维形态与杂文形式 ······································ 88
　　第一节　凝视的政治 ·· 89
　　第二节　电影的教训 ··· 111
　　第三节　元话语碎片 ··· 136

第三章　主体意识的三重形态 ···································· 160
　　第一节　"中产的智识阶级分子" ······························· 160
　　第二节　生产者 ·· 184

第三节　过客 ·· 208

第四章　审美的三种形式 ·· 233
　　　第一节　败落的诗史 ··· 234
　　　第二节　灵魂的讽喻 ··· 257
　　　第三节　隐秘的抒情诗 ·· 280

结　语 ·· 304

附　录　近二十年鲁迅杂文研究之得失 ··································· 308

征引文献 ··· 318

后　记 ·· 335

导 论

一 解 题

"生产者的诗学",这一概念从鲁迅1934年5月4日发表的《论"旧形式的采用"》一文中使用的"生产者的艺术"一词引申而来。鲁迅在文中举了唐的佛画、宋的院画、米点山水、文人写意画等旧艺术形式之后表示:

> 都是消费的艺术。它一向独得有力者的宠爱,所以还有许多存留。但既有消费者,必有生产者,所以一面有消费者的艺术,一面也有生产者的艺术。古代的东西,因为无人保护,除小说的插画以外,我们几乎什么也看不见了。至于现在,却还有市上新年的花纸,和猛克先生所指出的连环图画。这些虽未必是真正的生产者的艺术,但和高等有闲者的艺术对立,是无疑的。但虽然如此,它还是大受着消费者艺术的影响,例如在文学上,则民歌大抵脱不开七言的范围,在图画上,则题材多是士大夫的故事,然而已经加以提炼,成为明快,简捷的东西了。这也就是蜕变,一向则谓之"俗"。注意于大众的艺术家,来注意于这些东

西，大约也未必错，至于仍要加以提炼，那也是无须赘说的。①

这里的生产者和消费者，很显然不是指商品生产和流通领域中每一个参与者都可能获得的身份，而是指向二者对立的阶级身份以及随之而来的文化追求。又，消费者的艺术得到有力者的宠爱，生产者的艺术无人保护，因此一者存留许多，一者几乎不见。这意味着在鲁迅看来，生产者的艺术在阶级社会中受到统治阶级压抑，艺术问题绝不只是审美问题，更是阶级政治问题。尤其值得注意的是，鲁迅并没有将生产者的艺术和消费者的艺术视为因阶级对立而毫无瓜葛的两个阵营。相反，他强调生产者的艺术"大受着消费者艺术的影响"，故而"仍要加以提炼"，批判生产者的艺术中的消费者艺术成分，对于消费者艺术也要批判地吸收其精华，不可全盘接受，亦不可全盘抛却，之后才能从生产者的艺术的基础上构建艺术新形式。这也就是说，在阶级社会的土壤中，生产者的艺术的种子不可能在与阶级社会的土壤不发生关系的情况下发芽、开花、结果，"真正的生产者的艺术"是个需要讨论的问题。这里蕴含着丰富的蓄而待发的理论信息，本书试图凭借"生产者的诗学"这一概念进入其中，并进而谋求对鲁迅杂文有所解释。

所谓"生产者的诗学"，是对"真正的生产者的艺术"的理论阐明，即试图从诗学的意义上勾画鲁迅提出"真正的生产者的艺术"的理论图景，且以鲁迅自身的杂文创作佐证之。因此，"生产者的诗学"作为论题而言，并非一种抽象的理论企图，而是一种对鲁迅杂文进行解读的阐释学。因为这一概念引申自鲁迅本人《论"旧形式的采用"》一文，根据文本语境，有四个前提不妨先抽象出来，以待下文的阐发：

其一，生产者的艺术对立于消费者的艺术而存在，背后隐藏的是阶级政治问题，故而"生产者的诗学"必然是一种阶级政治的诗学。

其二，有力者宠爱消费者的艺术而压抑生产者的艺术，这构成了可能比阶级政治更为一般化的文化政治问题，因此"生产者的诗学"也必然是一种文化政治的诗学。

---

① 鲁迅：《且介亭杂文·论"旧形式的采用"》，《鲁迅全集》第6卷，北京：人民文学出版社，2005年，第24—25页。(本书援引《鲁迅全集》较多，凡未注明出版社及出版年份的，均为人民文学出版社2005年版。)

其三,"真正的生产者的艺术"尚未见,而理论上则是一种可视的图景,构成一种可能破坏既有艺术秩序并建立新形式的历史动力,因此使得"生产者的诗学"须是一种乌托邦诗学,可能并无现成的艺术范本。

其四,以"生产者的诗学"来解读鲁迅杂文,与其说是受到了一种潜在的诗学理论的诱引,不如说是魅惑于如何重新激发鲁迅杂文的可读性这一更具活力的命题,故而"生产者的诗学"是一种有限的、尝试性的诗学。

二 寻找整一性

鲁迅杂文写作这一事实带来的困难和挑战,是在他弃世八十多年后的今天仍然难以估量的。最明显的学术症状是,要么有意无意地悬置鲁迅写作杂文的事实,不予讨论,要么刻意寻求写作杂文的鲁迅与写作其他文体的鲁迅的本质性区别。总而言之,为了鲁迅杂文的缘故,无论出于何种立场、路径和目的,研究者们都已将一个作家分割成有时显得极为生硬的不同阶段或板块。而且,这往往并非为了研究的方便,乃是各凭学殖,论者深思熟虑地割裂了鲁迅之为鲁迅的整一性。往者已矣,现阶段具有代表性的思路包括两种,一种是以鲁迅1924—1927年间的杂文写作作为另一个鲁迅的起源,另一种是以《野草》为鲁迅自我革命与重生的文本证据,说明另一个鲁迅将要诞生。这两种充满洞见的思路,同样无视了一个基本事实:在《呐喊》《彷徨》《野草》《朝花夕拾》和《故事新编》中有丰富的杂文笔法,尤以《故事新编》为明显,而从《热风》到《且介亭杂文末编》,集中也有丰富的小说性、散文性、诗性,甚至鲁迅写的旧体诗与杂文也有难分难解的关系。就文本事实而言,文体的区隔并不是普遍而整一的。那么,对于作者鲁迅而言,文体的区隔也不是最重要的。作为因小说一篇有一篇的格式而被誉为文体家的人①,鲁迅从一开始进行写作,就是不顺从理论分析的方便的。因此,为了凸显鲁迅写作的这一特点,保持对鲁迅杂文写作进行解读的紧张,此处拟从被割裂的鲁迅中寻找那些能够缝合出鲁迅的整一性的线索,首先讨论鲁迅杂文写作与鲁迅其他文体写作之间的关联性及一致性。

---

① 雁冰:《读〈呐喊〉》,《文学旬刊》第91期,1923年10月8日;锦明:《论体裁描写与中国新文艺》,《文学周报》第5卷第2期,1928年2月合订本。

张旭东在讨论鲁迅的杂文自觉时,特别强调执滞于小事的意义。① 诚然,与陈源论战时写的文章,周作人是不收集的。鲁迅却不但收集,而且在《华盖集》的题记中为集中文章辩诘,的确是别有千秋。但有别于周作人,未见得就是有别于与陈源论战之前的鲁迅自己。鲁迅在《华盖集》的题记中强调自己偏有这样的脾气②,显然是指自己早就有这样的脾气,而不是在与陈源论战时才有这样的脾气。鲁迅在《范爱农》中写自己与范爱农之相厌、相知,相厌即是因为一件小事,范爱农等人的行李中有女人的绣花鞋。事实上,在《呐喊》集中,有一篇小说就名《一件小事》。小说所写也的确只是洋车夫撞人之后的琐屑行为,但叙事者却以为一件小事胜过了文治武力、子曰诗云等大事。③ 针对成仿吾批评《一件小事》是拙劣的随笔,茅盾表示自己感到深厚的趣味和强烈的感动,认为在解释人类的脆弱和世事的矛盾的同时,鲁迅"决不忘记自己也分有这本性上的脆弱和潜伏的矛盾"。④ 茅盾极为敏锐地意识到了鲁迅执滞于小事的内在性。这种内在性使得鲁迅的写作即使所论甚小,甚至琐屑无聊,却能溢出文本表层的私人性和社会性,与人类本性问题直接相关。因此,承担着社会批评和文明批评功能的鲁迅杂文,也勾连着个人、社会与人类,或天、人与天人之际,是关于中国现代社会的三位一体式的书写和批判。在这一意义上,张旭东的理论分析延续了茅盾的艺术敏感,自有洞见。但如果从张旭东的分析推导出执滞于小事乃是鲁迅杂文的特色,则人为地割裂了鲁迅写作本有的整一性。事实上,即使在留日时期写作的文言论文中,青年鲁迅也表现出执滞于小事的脾气。从《人之历史》到《破恶声论》,作者论及的都是人类、种族、家国天下、社会制度等大事,但对于古民白心、乡曲迷信的念兹在兹,说明鲁迅善于以小观大,以小博大。也许,对于一个作家而言,小事才是真正的大事;鲁迅之为鲁迅,正因其执滞于小事。执滞于小事首先是鲁迅之为鲁迅的一个原因,然后才是鲁迅杂文自觉的原因之一。因此,在张旭东设想另一个鲁迅起源的理论

---

① 张旭东:《杂文的"自觉"——鲁迅"过渡期"写作的现代性与语言政治(上)》,《文艺理论与批评》2009年第1期。
② 鲁迅:《华盖集·题记》,《鲁迅全集》第3卷,第3页。
③ 鲁迅:《呐喊·一件小事》,《鲁迅全集》第1卷,第483页。
④ 茅盾:《鲁迅论》,《茅盾全集》第19卷,北京:人民文学出版社,1991年,第137页。

图景中，一个可以用来缝合出鲁迅整一性的要素被找到了，那就是鲁迅一贯执滞于小事的脾气。这一要素无疑有助于识别鲁迅杂文与其他左翼作家的杂文。当然，更为重要的是执滞于哪些小事。鲁迅明言是切己的小事，而非"宇宙之大，苍蝇之微"①式的小事。这意味着小事关乎切身利害，鲁迅的写作是从切身利害发生的，未必能与当时现成的知识、价值、伦理无缝连接。就此而言，鲁迅表现得像个小农经济的生产者，局促在以自己所感到的为限的视域内，写作出独异的文章来。如果说《呐喊》《热风》等尚因须听将令而涵容了一些非鲁迅特质的东西，那么《华盖集》以来的杂文则几乎清除了它们，鲁迅恣意地表现了自己"躲进小楼成一统，管它冬夏与春秋"②的执滞于小事的脾气。在执滞于小事这一点上，不是有无，而是多少、充分不充分，构成了鲁迅不同时期不同文体的区别。

薛毅同样强调执滞于小事的问题，但他更愿意从整体上将鲁迅视为反抗者，将其杂文视为反抗者的文学，同时也不明确否认（也即不明确承认）杂文之外的鲁迅文章是反抗者的文学。薛毅强调《野草》中有一个被鲁迅有意对象化的叙事者③，这一精彩的发现同样适用于鲁迅的小说④和杂文。薛毅认为鲁迅杂文一个非常重要的特点是"引语"性，即鲁迅杂文不是关于"事实"的话语，而是关于"话语"的话语，鲁迅的杂文写作是一种有"他者"性存在的寓言式写作。⑤ 所谓关于"话语"的话语，在并不以鲁迅之是非为是非的人看来，恰好呈现出复调性，即鲁迅在将他者的话语对象化的同时，也将自己的话语编织进了对象化的情境，从而不管作者本人意愿如何，都有被对象化的可能。这种客观效果提示了一种思考路向，即所谓"引语"性虽然是鲁迅杂文很重要的性质，但与鲁迅其他文章并不构成质的差别。相反，与执滞于小事一样，"引语"性也是鲁迅之为鲁迅的一个原因，而不仅仅是鲁迅杂文之为鲁迅杂文的原因。而薛毅使用的与"引语"性相

---

① 《发刊词》，《人间世》第1期，1934年4月5日。
② 鲁迅：《集外集·自嘲》，《鲁迅全集》第7卷，第151页。
③ 薛毅：《反抗者的文学——论鲁迅的杂文写作》，《视界》第4辑，石家庄：河北教育出版社，2001年，第6—9页。
④ 不少学者都讨论过鲁迅小说的复调性质，认为鲁迅小说的叙事者在文本内部即处于一种被对象化的位置。参见严家炎：《论鲁迅的复调小说》，上海：上海教育出版社，2002年。
⑤ 薛毅：《反抗者的文学——论鲁迅的杂文写作》，《视界》第4辑，第26—32页。

当的另外一个概念"寓言式写作",实际上与詹明信所谓鲁迅作品都是第三世界文学寓言化的最佳例子的意见①,暗通款曲。这里隐藏着缝合出鲁迅整一性的另一要素,即鲁迅写作通常是关于话语的话语。《野草·题辞》已经被薛毅精到地解释为《野草》的"引语"②,而《狂人日记》的文言小序,其"引语"性质更是一目了然。事实上,留日时期的鲁迅写作就已经表现出"引语"性的特点。当他在《破恶声论》中大声疾呼"伪士当去,迷信可存,今日之急也"③,鲁迅关于话语的话语其实已经达到一个谣言政治学的高度。因此,所谓"引语"性或寓言式写作,并非仅存于鲁迅杂文中的性质,而是普遍存在于鲁迅写作中的性质。

而且,如果不考虑"引语"性所关涉的具体对象,即不考虑鲁迅所关心的具体的话语,而仅仅从抽象的逻辑上考虑这一性质,就会发现鲁迅的文章与周作人的文章颇有异曲同工之妙。他者不论,以《夜读抄》和《书房一角》而言,周作人的写作表现出相当明显的"引语"性。周作人有时也把自己的文章称为杂文,如编集《药堂杂文》,另在1945年还专门写了带有盖棺论定性质的《杂文的路》一文。在那篇文章中,周作人认为,所谓杂文,杂在两点,一是思想杂,一是语体杂,但都不乱,都不定于一尊。④ 杂而不乱,不定于一尊,正有话语与话语之间相互对象化的意味,故而仅就"引语"性而言,如果提升为一种抽象的反美学原则的话,是不便说此乃鲁迅文章独有的性质的。

但是,鲁迅杂文的确表现出某些可以感觉到的独特的文本面貌,仅仅鲁迅有,仅仅鲁迅杂文有。与周作人的区别比较容易理解,二周文章俱在,合观参详即可。鲁迅1933年写的《小品文的危机》⑤ 和周作人1935年写的《关于写文章》⑥,存有明显的隔空对话的关系。他们都认为时代是危局,风

---

① 詹明信:《处于跨国资本主义时代中的第三世界文学》,见张旭东编《晚期资本主义的文化逻辑——詹明信批评理论文选》,陈清侨等译,北京:生活·读书·新知三联书店,1997年,第523—528页。
② 薛毅:《反抗者的文学——论鲁迅的杂文写作》,《视界》第4辑,第26—32页。
③ 鲁迅:《集外集拾遗补编·破恶声论》,《鲁迅全集》第8卷,第30页。
④ 周作人:《立春以前》,上海:太平书局,1945年,第111—116页。
⑤ 鲁迅:《南腔北调集·小品文的危机》,《鲁迅全集》第4卷,第590—593页。
⑥ 周作人:《苦茶随笔》,上海:北新书局,1935年,第291—296页。

沙扑面，只是一者选择直面，以文章为匕首、投枪，希望杀出一条生存的血路来，一者选择逃避，以文章为无用的消遣，寄沉痛于悠闲，并且嘲讽鲁迅式的功利论乃是以文章为祭器。两相对照，"引语"性不成特点，战斗与逃避、讽刺与幽默，乃是各成特点的分水岭。瞿秋白（何凝）在《鲁迅杂感选集序言》中断言鲁迅杂文是战斗的"阜利通"①，废名在为《周作人散文钞》写的序中说鲁迅感情多故近于诗人的抒情，蒙蔽真理，从而与自己不相信的群众为伍，周作人提倡净观故自然归入于社会人类学的探讨而沉默②，更在各摆阵势、对垒而战的意义上说明了"引语"性之不成特点，而要在立场的分歧及人格的差异。废名所谓的感情多，其实即是鲁迅自己所说的执滞于小事。这也就是说，当执滞于小事的与进行"引语"性写作的是同一个鲁迅时，鲁迅之为鲁迅就显得区别度明显起来。这个像小农经济生产者一样执滞于切身小事的作者，同时进行的却是"引语"性写作，因此在自说自家利害的同时，却和"我田引水"的周作人一样，将理智与热情融为一体，选择了反知识分子写作的杂文写作，在一定程度上靠近了生产者的艺术。这就意味着，如李长之概括的那样，战士与诗人合体的人格，乃是鲁迅之为鲁迅的更为核心的原因③，也是鲁迅杂感与周作人散文两样的核心原因，甚至也是鲁迅从早期小说中的批评庸众到杂文中表示中国的民族脊梁在地底下的核心原因。日后，当鲁迅试图建构自己杂文的文学性时，乃建构出一个以生产者为喻的创作主体形象，尽最大的努力摆脱现代知识机制对于自己杂文写作事实的拒斥与吸附。

难以解决的问题是，将从割裂的形象中找到的缝合出鲁迅整一性的要素重新拼合起来，解释鲁迅杂文之为鲁迅杂文的独特性，在逻辑上是存在矛盾的。虽然拼合方式本身可能构成某种特殊的性质或功能，但其中逻辑转换的过程如何，并非不言自明。这种困难的状况或许在提示一点，将鲁迅杂文完整地从鲁迅文学中分离出来，只是一种魅惑于现代知识分类学的思想漏洞，因此任何充满洞见的努力都有可能陷入先在的困境中，倒不如谨慎地选择一

---

① 何凝：《鲁迅杂感选集序言》，见何凝编《鲁迅杂感选集》，上海：青光书局，1933 年，第 2 页。
② 废名：《废名序》，见《周作人散文钞》，上海：开明书店，1933 年。
③ 李长之：《鲁迅批判》，上海：北新书局，1936 年，第 171—204 页。

种技术性的权宜之计,即在进行分类的同时意识到这不过是分类而已,并不关乎文学本质的分析或创作主体的呈现。明乎此,下文将展开的对鲁迅杂文意识的梳理及鲁迅杂文某类特征的分析,都是在权宜之计的意义上做出的。此处尚无意于论定何为鲁迅杂文的特质或特点,仅仅是做出一些有限的、尝试性的分析。

三　以生产者为喻

鲁迅 1925 年 11 月 6 日完成的短篇小说《离婚》,可以说是他的最后一篇现代小说[①],小说的题目似乎暗示着一些东西,鲁迅要告别现代小说创作,开拓新的艺术领域了。从时间点上来说,鲁迅在 1925 年 12 月 31 日写的《华盖集》的题记对自己的杂文所做的辩解,显得恰逢其时,因而相当微妙:

> 也有人劝我不要做这样的短评。那好意,我是很感激的,而且也并非不知道创作之可贵。然而要做这样的东西的时候,恐怕也还要做这样的东西,我以为如果艺术之宫里有这么麻烦的禁令,倒不如不进去;还是站在沙漠上,看看飞沙走石,乐则大笑,悲则大叫,愤则大骂,即使被沙砾打得遍身粗糙,头破血流,而时时抚摩自己的凝血,觉得若有花纹,也未必不及跟着中国的文士们去陪莎士比亚吃黄油面包之有趣。[②]

这段最早的对杂文的辩解在张旭东等研究者笔下引申出了鲁迅杂文自觉的论题。不过,"倒不如不进去"的态度,意味着鲁迅可能并没有想好如何对自己写作的杂文进行定位。他虽然不否认杂文表意抒情的作用,但也没有承认杂文与艺术之间建设性的关系。"时时抚摩自己的凝血,觉得若有花纹","花纹"当然是文采或艺术的借喻,但仅仅自己觉得有花纹,缺乏一定程度上的公共认同的话,鲁迅其时应当还是没有信心将自己的杂文归为艺术的。

[①] 按照高远东的意见,《呐喊》是现代小说,《彷徨》是中国的现代小说,《故事新编》是超越现代小说的小说。说见高远东:《〈故事新编〉的读法》,《中国现代文学研究丛刊》2012 年第 12 期。

[②] 鲁迅:《华盖集·题记》,《鲁迅全集》第 3 卷,第 4 页。

而所谓"也并非不知道创作之可贵",则意味着鲁迅并不否认其时文人共享的现代知识机制所建构的艺术秩序,至少他并不否认杂文不能算是创作;创作在 1920 年代中国文坛,一般都是小说的代名词。因此,对自己写作杂文的行为进行辩解,虽然意味着鲁迅有意替杂文正名,但还没有进入将由创作构成的艺术之宫打乱重建的自觉。这也就是说,如果将鲁迅杂文的自觉从《华盖集·题记》算起的话,那这一自觉也是比较有限的。

半年多过去之后,在 1926 年 8 月 10 日发表的《记"发薪"》一文中,鲁迅对于杂文的自觉开始以对于消费者的艺术厌恶的方式表现出来。其文谓:

> 譬如一碗酸辣汤,耳闻口讲的,总不如亲自呷一口的明白。近来有几个心怀叵测的名人间接忠告我,说我去年作文,专和几个人闹意见,不再论及文学艺术,天下国家,是可惜的。殊不知我近来倒是明白了,身历其境的小事,尚且参不透,说不清,更何况那些高尚伟大,不甚了然的事业?我现在只能说说较为切己的私事,至于冠冕堂皇如所谓"公理"之类,就让公理专家去消遣罢。①

所谓"公理"之类,鲁迅言下是包括名人论定"文学艺术,天下国家"的理论的,而它们只是"就让公理专家去消遣罢"的东西,则说明鲁迅视自己"专和几个人闹意见"的杂文写作是无法用来消遣的文章。这里的"公理"是影射陈源、徐志摩、李四光等人用以批评鲁迅文章及为人处世的那些理由,如小说创作高于杂文写作,大家都是"负有指导青年重责的前辈"②,等等,鲁迅在论战中要求抛弃这些"公理"来赤条条地交手,与"身历其境的小事,尚且参不透,说不清"的意见存有互文关系。鲁迅认为"公理"妨害了人们对切身小事的认知,因此不可能抵达"公理"这一概念所指代的"高尚伟大"的事业本身。相反,"公理"成为人们逃避切身生活的一种消遣,以"公理"论人事既是对公众隐瞒真相,也是自欺欺人,自己也放弃了真相。因此,为求以一己之切身经验("身历其境的小事")直接面对

---

① 鲁迅:《华盖集续编·记"发薪"》,《鲁迅全集》第 3 卷,第 369—370 页。
② 李四光、徐志摩:《结束闲话,结束废话!》,《晨报副刊》1926 年 2 月 3 日。

现代生活,就必须放逐"公理",而在写作上,对鲁迅来说,就表现为对于"公理"认定的"文学艺术"的放逐,以及对于杂文写作的认同和坚持。从自觉的意义上来说,鲁迅不得已进行的杂文写作,乃是超越"公理"所标志的现代知识机制的执持。超越现代知识机制的执持,是鲁迅青年时代就提出的一个思想命题。他在《文化偏至论》中批判了晚清时期的种种思潮之后表示:"咸然以觉,出客观梦幻之世界,而主观与自觉之生活,将由是而益张欤?"① 其中"出客观梦幻之世界"的意思,就是指要从"公理"式的现代知识机制的追求中超越出来,不是从概念的意义上把握晚清的政治、思想、文化现实,而是从现实的理解中去获得真相,寻求自觉的路径。因此,在1926年11月16日发表的《华盖集续编·小引》中,鲁迅这样说明他杂文的性质和内容:

> 这里面所讲的仍然并没有宇宙的奥义和人生的真谛。不过是,将我所遇到的,所想到的,所要说的,一任它怎样浅薄,怎样偏激,有时便都用笔写了下来。说得自夸一点,就如悲喜时节的歌哭一般,那时无非借此来释愤抒情,现在更不想和谁去抢夺所谓公理或正义。你要那样,我偏要这样是有的;偏不遵命,偏不磕头是有的;偏要在庄严高尚的假面上拨它一拨也是有的,此外却毫无什么大举。名副其实,"杂感"而已。②

"'杂感'而已",也就是指《华盖集续编》里面的文章无法被"公理"式的文学艺术所命名,是一种从个人经验中直接生长出来的、凭借既有的概念体系难以指名的文学事实。虽然难以指名,但鲁迅拒绝被"公理"消费的用意是明确的。"公理"对于鲁迅杂文的酷评,和鲁迅对于"公理"的拒绝,在互为敌对的同时,鲜明地揭示了鲁迅杂文的非消费者艺术的特征。但非消费者艺术是怎样的一种另外的艺术,1926年的鲁迅并无明确认知。其所谓悲喜时节的歌哭以及释愤抒情,也仅止于现象性的、经验性的描述,并非性质的认定。而歌哭、愤、情,也是明显的中国古典文论中的词汇,未见得有多少对于新的文学事实的针对性。这也就是说,鲁迅在理论上对于杂文

---

① 鲁迅:《坟·文化偏至论》,《鲁迅全集》第1卷,第57页。
② 鲁迅:《华盖集续编·小引》,《鲁迅全集》第3卷,第195页。

的自觉或于此时开始,但并未完成。

鲁迅在理论上对于杂文自觉的完成形态可能是他 1935 年 5 月 5 日发表的《徐懋庸作〈打杂集〉序》一文中的两段表述:

> 我们试去查一通美国的"文学概论"或中国什么大学的讲义,的确,总不能发见一种叫作 Tsa-wen 的东西。这真要使有志于成为伟大的文学家的青年,见杂文而心灰意懒:原来这并不是爬进高尚的文学楼台去的梯子。托尔斯泰将要动笔时,是否查了美国的"文学概论"或中国什么大学的讲义之后,明白了小说是文学的正宗,这才决心来做《战争与和平》似的伟大的创作的呢?我不知道。但我知道中国的这几年的杂文作者,他的作文,却没有一个想到"文学概论"的规定,或者希图文学史上的位置的,他以为非这样写不可,他就这样写,因为他只知道这样的写起来,于大家有益。农夫耕田,泥匠打墙,他只为了米麦可吃,房屋可住,自己也因此有益之事,得一点不亏心的糊口之资,历史上有没有"乡下人列传"或"泥水匠列传",他向来就并没有想到。如果他只想着成什么所谓气候,他就先进大学,再出外洋,三做教授或大官,四变居士或隐逸去了。历史上很尊隐逸,《居士传》不是还有专书吗,多少上算呀,嘻!
>
> 但是,杂文这东西,我却恐怕要侵入高尚的文学楼台去的。小说和戏曲,中国向来是看作邪宗的,但一经西洋的"文学概论"列为正宗,我们也就奉之为宝贝,《红楼梦》《西厢记》之类,在文学史上竟和《诗经》《离骚》并列了。杂文中之一体的随笔,因为有人说它近于英国的 Essay,有些人也就顿首再拜,不敢轻薄。寓言和演说,好像是卑微的东西,但伊索和契开罗,不是坐在希腊罗马文学史上吗?杂文发展起来,倘不赶紧削,大约也未必没有扰乱文苑的危险。以古例今,很可能的,真不是一个好消息。①

这两段表述至少有六层意思可讲。第一,"文学概论"从来都是对于文学既

---

① 鲁迅:《且介亭杂文二集·徐懋庸作〈打杂集〉序》,《鲁迅全集》第 6 卷,第 300—301 页。

成事实的事后追认,故而以既成的"文学概论"来批评正在发生的杂文写作事实,是本末倒置的;第二,杂文写作的发生源于自我内在的表达需要,而非外在的标准或名利;第三,写作杂文犹如"农夫耕田,泥匠打墙",是一种切身的功利主义,一种生产者的艺术,并非为了他者的消费;第四,杂文写作造成的文学事实可能改变既有的文学秩序,"恐怕要侵入高尚的文学楼台去的";第五,鲁迅对借助西方文学的历史和理论来建构中国文学的历史和秩序的路径持反讽态度,他试图以一种世界文学眼光打破中西比较文学背后可能存在的等级结构,并进而肯定杂文的文学价值和位置;因此,第六,对于鲁迅而言,杂文的文学性建构问题,不仅是与中国现代历史密切相关的文学事实,而且是一个世界文学问题,是一个能够超越具体的地域、现实和历史的文学性问题。其中以"农夫耕田,泥匠打墙"为喻来说明杂文作者的身份和写作动机,这一表述意味着鲁迅进入了以生产者自喻的诗学伦理。

鲁迅这种以生产者为喻的杂文作者形象,建立在对于普列汉诺夫文艺观点的理解上。在1930年5月8日夜写完的《〈艺术论〉译本序》中,他根据普列汉诺夫的理论引申道:

> 蒲力汗诺夫之所究明,是社会人之看事物和现象,最初是从功利底观点的,到后来才移到审美底观点去。在一切人类所以为美的东西,就是于他有用——于为了生存而和自然以及别的社会人生的斗争上有着意义的东西。功用由理性而被认识,但美则凭直感底能力而被认识。享乐着美的时候,虽然几乎并不想到功用,但可由科学底分析而被发见。所以美底享乐的特殊性,即在那直接性,然而美底愉乐的根柢里,倘不伏着功用,那事物也就不见得美了。并非人为美而存在,乃是美为人而存在的。——这结论,便是蒲力汗诺夫将唯心史观者所深恶痛绝的社会,种族,阶级的功利主义底见解,引入艺术里去了。①

"美为人而存在"这个观念,与鲁迅杂文创作的发生极为契合。鲁迅一直强调自己的杂文是不得已而作,是为了自己的切身利益,并由此旁及"社会,

---

① 鲁迅:《二心集·〈艺术论〉译本序》,《鲁迅全集》第4卷,第269页。

种族，阶级"的功利。而他将"公理"式的文学艺术当成消费者的艺术，是没有价值的，其意见也正是"美底愉乐的根柢里，倘不伏着功用，那事物也就不见得美了"的具体表现。只是消遣，而不能"于为了生存而和自然以及别的社会人生的斗争上有着意义"，就不是称得上美的艺术。而鲁迅杂文恰好是于鲁迅个人的生存及其时社会之生存都有着意义的，故而应当是美的艺术。普列汉诺夫的艺术论，给予了鲁迅充分的理论底气。于是，他不再如《华盖集》题记中所勾勒的杂文作者形象那样，战斗于艺术之宫的外面，而是要"侵入高尚的文学楼台去"，改造由现代知识机制确立的文学秩序。因此，鲁迅将杂文作者比喻为生产者，将杂文比喻为生产者的艺术，从正面构建杂文的非消费性质，也即生产性，切身的功利性。

四 消费的魅影

正如鲁迅自己所说的那样，生产者的艺术"大受着消费者艺术的影响"，在他的文学观念、杂文写作及杂文自觉中，也遍布消费的魅影。这首先表现在他的"余裕"论上。1927年前后谈论革命文学时，鲁迅一直强调，"文学总是一种余裕的产物"，并再三以下述论证方式说明自己的意见：

> 我们且想想：在生活困乏中，一面拉车，一面"之乎者也"，到底不大便当。古人虽有种田做诗的，那一定不是自己在种田；雇了几个人替他种田，他才能吟他的诗；真要种田，就没有功夫做诗。革命时候也是一样；正在革命，那有功夫做诗？我有几个学生，在打陈炯明时候，他们都在战场；我读了他们的来信，只见他们的字与词一封一封生疏下去。俄国革命以后，拿了面包票排了队一排一排去领面包；这时，国家既不管你什么文学家艺术家雕刻家；大家连想面包都来不及，那有功夫去想文学？等到有了文学，革命早成功了。革命成功以后，闲空了一点；有人恭维革命，有人颂扬革命，这已不是革命文学。他们恭维革命颂扬革命，就是颂扬有权力者，和革命有什么关系？①

---

① 鲁迅：《集外集·文艺与政治的歧途》，《鲁迅全集》第7卷，第119—120页。

按照普列汉诺夫的意见，美是在追求功利的同时产生的，即并非种田之余产生的。如果是种田之余产生的，也即是"余裕的产物"，那就和"高等有闲者的艺术"，也即消费者的艺术，并没有本质上的区别，即都是供消费的；区别只是存乎"高等""下等"这样的阶级性质。这就说明，鲁迅对生产者艺术的理解，渗透着强烈的消费者艺术的特征。在这样的观念之下，鲁迅提出文学与政治歧异的看法，表现出较为明显的非功利性质。而他在1935年6月6日写的《从帮忙到扯淡》一文中肯定屈原、宋玉、司马相如这些文人的文学史地位时说"究竟有文采"①，更表现出确切的超越功利主义之见的文学立场。再加上鲁迅对于绥拉比翁兄弟"没有立场的立场"② 的欣赏，也许不得不承认，鲁迅对于生产者艺术的理解和接受，始终与他自己悬想中的"真正的生产者艺术"相隔一间，其中隔膜，无法消除。正如他在《二心集》的序言中所体认的那样，自己身上所有的是"中产的智识阶级分子的坏脾气"③，鲁迅恐怕难以蜕变成自己悬想中的生产者。在杂文写作中，例如《"硬译"与"文学的阶级性"》一文，谈论着文学的阶级性，悬拟着无产者的未来，却突然飞逸出"中产的智识阶级分子的坏脾气"：

> 人往往以神话中的 Prometheus 比革命者，以为窃火给人，虽遭天帝之虐待不悔，其博大坚忍正相同。但我从别国里窃得火来，本意却在煮自己的肉的，以为倘能味道较好，庶几在咬嚼者那一面也得到较多的好处，我也不枉费了身躯：出发点全是个人主义，并且还夹杂着小市民性的奢华，以及慢慢地摸出解剖刀来，反而刺进解剖者的心脏里去的"报复"。④

恰恰是这样的笔墨，让无法理解鲁迅杂文的学者，竟然也对鲁迅杂文难以割舍，认为是动人的姿态，究竟是有些文学意味的。⑤

事实上，这种动人的姿态，在鲁迅给自己的杂文集子写的题序、后记

---

① 鲁迅：《且介亭杂文二集·从帮忙到扯淡》，《鲁迅全集》第6卷，第356页。
② 鲁迅：《南腔北调集·〈竖琴〉前记》，《鲁迅全集》第4卷，第446页。
③ 鲁迅：《二心集·序言》，《鲁迅全集》第4卷，第195页。
④ 鲁迅：《二心集·"硬译"与"文学的阶级性"》，《鲁迅全集》第4卷，第213—214页。
⑤ 参见李欧梵：《铁屋中的呐喊》，尹慧珉译，长沙：岳麓书社，1999年，第144页。

中，是反复出现的，而尤以 1935 年 12 月 30 日写的《且介亭杂文》的序言为顾影自怜：

> 这一本集子和《花边文学》，是我在去年一年中，在官民的明明暗暗，软软硬硬的围剿"杂文"的笔和刀下的结集，凡是写下来的，全在这里面。当然不敢说是诗史，其中有着时代的眉目，也决不是英雄们的八宝箱，一朝打开，便见光辉灿烂。我只在深夜的街头摆着一个地摊，所有的无非几个小钉，几个瓦碟，但也希望，并且相信有些人会从中寻出合于他的用处的东西。①

深夜街头摆地摊卖小钉、瓦碟的形象，自然与"农夫耕田，泥匠打墙"有极高的一致性，是鲁迅悬拟的生产者形象。但对于深夜买主来临的渴望，对于自己的杂文乃是"诗史"的曲折认定，则未免有点要用既有的文学秩序的现代知识机制来包装或装点不受待见的杂文的用心，这就主动进入了消费者艺术的逻辑，不是要将杂文"俗"下去，彻底地蜕变，而是要将杂文雅起来。所谓"侵入高尚的文学楼台"，因此不仅有破旧立新的生产性，也有回到现代知识机制的文学怀抱的消费性。甚至毋宁说，晚年鲁迅堕入消费者艺术的魅惑中，渴望得到既有文学秩序的接纳和认同。这种鲁迅自身难以察觉和抗拒的影响，比鲁迅指出的生产者艺术"大受着消费者艺术的影响"，更加深刻地表明了"真正的生产者的艺术"，是难以从"中产的智识阶级分子"鲁迅手上出现的。而鲁迅坚持和坚守杂文的努力，因此既是文化政治的分野，又是乌托邦的守望，充满诗学伦理色彩。所谓文化政治分野，是指鲁迅始终不惜以自身的一切为牺牲，蜕去自身的中产阶级趣味，去求得一个更为广博、更为可靠的对于社会、文化、人生的理解；所谓乌托邦的守望，是指被后世认为始终反抗绝望的鲁迅，其实更加努力的是为自身构建可视的图景，进入历史。当然，一个在小说和散文诗中批判"黄金世界"的作家②，

---

① 鲁迅：《且介亭杂文·序言》，《鲁迅全集》第 6 卷，第 3—4 页。
② 参见鲁迅：《呐喊·头发的故事》，《鲁迅全集》第 1 卷，第 488 页；《野草·影的告别》，《鲁迅全集》第 2 卷，第 169 页。

却在杂文中塑造"中国的脊梁",吁求看"地底下"①,除了阶级意识的蜕变以外,应当是杂文写作本身带给鲁迅的对于历史远景的想象。

在杂文写作的意义上,鲁迅 1933 年 4 月 1 日写的《现代史》一文,也许是最合适的文本,用来分析生产与消费的博弈如何表现在具体写作的内部。原文不长,全引如下:

> 从我有记忆的时候起,直到现在,凡我所曾经到过的地方,在空地上,常常看见有"变把戏"的,也叫作"变戏法"的。
>
> 这变戏法的,大概只有两种——
>
> 一种,是教一个猴子戴起假面,穿上衣服,耍一通刀枪;骑了羊跑几圈。还有一匹用稀粥养活,已经瘦得皮包骨头的狗熊玩一些把戏。末后是向大家要钱。
>
> 一种,是将一块石头放在空盒子里,用手巾左盖右盖,变出一只白鸽来;还有将纸塞在嘴巴里,点上火,从嘴角鼻孔里冒出烟焰。其次是向大家要钱。要了钱之后,一个人嫌少,装腔作势的不肯变了,一个人来劝他,对大家说再五个。果然有人抛钱了,于是再四个,三个……
>
> 抛足之后,戏法就又开了场。这回是将一个孩子装进小口的坛子里面去,只见一条小辫子,要他再出来,又要钱。收足之后,不知怎么一来,大人用尖刀将孩子刺死了,盖上被单,直挺挺躺着,要他活过来,又要钱。
>
> "在家靠父母,出家靠朋友……Huazaa! Huazaa!"变戏法的装出撒钱的手势,严肃而悲哀的说。
>
> 别的孩子,如果走近去想仔细的看,他是要骂的;再不听,他就会打。
>
> 果然有许多人 Huazaa 了。待到数目和预料的差不多,他们就检起钱来,收拾家伙,死孩子也自己爬起来,一同走掉了。
>
> 看客们也就呆头呆脑的走散。
>
> 这空地上,暂时是沉寂了。过了些时,就又来这一套。俗语说,

---

① 鲁迅:《且介亭杂文·中国人失掉自信力了吗》,《鲁迅全集》第 6 卷,第 121—122 页。

"戏法人人会变,各有巧妙不同。"其实是许多年间,总是这一套,也总有人看,总有人 Huazaa,不过其间必须经过沉寂的几日。

我的话说完了,意思也浅得很,不过说大家 Huazaa Huazaa 一通之后,又要静几天了,然后再来这一套。

到这里我才记得写错了题目,这真是成了"不死不活"的东西。①

题目《现代史》是个严肃的题目,文章内容却是以小说笔法出之,且不着一字,全从虚处着笔,结尾还反讽地表示"写错了题目",写作风格相当别致。就文章的文字表述层面内容而言,是关于变戏法的有趣介绍,足以娱人眼目。但这是一个消费者艺术的外壳,作者的用心似乎不在文字表层,只是必须借由消费者艺术的外壳进入消费社会,引起必要的关注。如果作者的用心在文字背后的寓意,那么这样一来,变戏法的内容就成了关于现代史的寓言故事。作为寓言故事来读,这又正是现代知识机制或曰"公理"式的文学艺术的消费逻辑。如何读法?左右为难。鲁迅的用心也许希望对"公理"式的文学艺术的消费逻辑进行逆转,从而重新回到文章的文字表层,即关于"现代史"并没有什么深刻的寓意可言,其秘密一旦揭开,即如文字表层所讲述的变戏法故事一样浮浅、庸俗、直接。也就是说,"现代史"是变戏法故事本身,而不是变戏法故事背后可能指向的什么寓意。作者的意图都在字面上,真是"俗"得不得了,"意思也浅得很"。

但是,这样的读法仍然有可能是错误的,因为它过于决绝地抛弃了消费者艺术的解读逻辑。当《现代史》文本的文字表层的消费性质和寓言意义上的消费性质都那么明显地可以在文本语境中获得圆融之时,拒斥它们,似乎就是武断的。而这,就是渗透在鲁迅杂文写作的字句之间的消费的魅影。它吞噬,然而又刺激着具体文本的生产性,使读者难以对具体的文本进行文体归类。鲁迅后来放弃编辑《坟》那样的集子,而以编年的方式把文体上杂乱无章的东西合在一起,甚至写、译并收,并强调这就是"杂"②,或可视为对于这种消费的魅影而做出的生产性调整:不在文体的意义上编集,"公理"式的文学艺术论也就无从置喙。但是,即使是"真正的生产者的艺

---

① 鲁迅:《伪自由书·现代史》,《鲁迅全集》第 5 卷,第 95—96 页。
② 鲁迅:《且介亭杂文·序言》,《鲁迅全集》第 6 卷,第 3 页。

术",在一个消费社会中,也免不了以产品的面目(也就是消费品的面目)进入流通领域,鲁迅乃又不得不在题序、后记中有"诗史"云云的广告性用词。总而言之,鲁迅杂文并非鲁迅自身所悬想的"真正的生产者的艺术",生产者的诗学之于鲁迅,乃处在一个有限的、尝试性的境况中。

五 败落的诗史

鲁迅 1935 年 12 月 30 日瞭望自己写下的大量杂文时,于顾影自怜中提起诗史,虽然字面上是否定自己的杂文是诗史,事实上则是要以诗史一词来为自己的杂文写作提供形而上的判断,构建杂文写作及认知的总体性。在 1934 年 10 月给《准风月谈》写的后记中,面对当时文坛的攻讦,他就曾表示,"我的杂文,所写的常是一鼻,一嘴,一毛,但合起来,已几乎是或一形象的全体",而且认为"'中国的大众的灵魂',现在是反映在我的杂文里了"。① 一鼻、一嘴、一毛等碎片能够拼合起来,变成或一形象的全体,且反映了中国的大众的灵魂,这样的表述与鲁迅对于自己小说的意见几乎一模一样。他在《我怎么做起小说来》一文中表示自己小说中的人物形象的原型是东鳞西爪拼凑起来的,目的在于刻画国人的灵魂,引起疗救的注意。② 这种相似的思维逻辑意味着,鲁迅并不认为小说与杂文在功能上有根本的区别;虽然写作的事实完成后有依类编集的习惯,但在写作发生之前,鲁迅可能在意的首先是如何将问题表达出来,然后才是采用何种文体进行表达。因此,正如李广田指出鲁迅杂文有诗的成分一样③,鲁迅杂文也有着丰富的小说性。薛毅解释鲁迅杂文的"引语"性时,曾以鲁迅对胡适的言论及报道进行讽刺的几篇杂文为例,认为鲁迅在杂文中并不考虑胡适本人的动机和事实,而是将胡适不同时间、场合上发表的言论嫁接在一起,以寓言的方式批判其言论的社会效果。④ 嫁接即是虚构,在事实的基础上重造情节,这是鲁迅杂文的小说性很重要的表现。如果说在对自己杂文的总体判断上有着与判断小说相似的思维逻辑,在具体的写作上,也采用小说的技法,那么,就不

---

① 鲁迅:《准风月谈·后记》,《鲁迅全集》第 5 卷,第 402—403 页。
② 鲁迅:《南腔北调集·我怎么做起小说来》,《鲁迅全集》第 4 卷,第 526—527 页。
③ 李广田:《鲁迅的杂文》,《李广田全集》第 5 卷,昆明:云南人民出版社,2010 年,第 23—25 页。
④ 薛毅:《反抗者的文学——论鲁迅的杂文写作》,《视界》第 4 辑,第 30—31 页。

得不做出一种推断,即鲁迅杂文作为诗史,乃是一种败落的诗史,全面隐喻着中国现代社会难以实录的性质。

按照张晖的研究,"诗史"概念始终与春秋义理及缘情说相纠葛①,并不简单地表现为作者以诗写史,读者以诗得史。如果只是从鲁迅杂文中寻找历史,这种读法当然是不相配的。即使是要将其作为历史来读,也应以读野史而非正史的眼光来读。正史负责传达时代精神和时间流向,而野史专拣正史的纰漏,留存历史的精神病症。在题为"立此存照"的系列文章中,鲁迅拨假面上的胡须的野史取向,不言自明。然而,似乎是生怕读者不够明白自己的用心,他在《南腔北调集》的题记中说:"一年要出一本书,确也可以使学者们摇头的,然而只有这一本,虽然浅薄,却还借此存留一点遗闻逸事,以中国之大,世变之亟,恐怕也未必就算太多了罢。"② 所谓"存留一点遗闻逸事",强调的即是其杂文的野史倾向。对于鲁迅而言,杂文作为野史,不仅是一种历史书写,而且是关于正史书写的书写,是指向历史与真实之间不可靠的关系的。相对于传统诗史观念中蕴含的实录精神,鲁迅的杂文表现出的不是以实录精神书写历史,而是以实录精神的追求质疑历史书写。虽然在杂文,尤其是杂文集子的后记中,保留了大量历史现场的材料,有新闻报道,有报刊文章,有来往书信,实录了各种历史材料,但鲁迅还是只有承认"以中国之大,世变之亟",历史书写无法从容进行,只能以最快的速度在文字上做出反应,来不及整理出对于时代精神和时间流向的描述。因此,鲁迅虽然曲折地希望自己的杂文能够让读者见到时代的眉目,成为诗史,但写出来的大量杂文以碎片的方式拼合出来的整体,只能是一种败落的诗史。

这种败落的诗史有两个重要的面向:一是鲁迅以清道夫自居,清扫平安旧战场以等待新兴无产者的到来,而自己将与自己的杂文随黑暗偕逝;一是鲁迅对中国现代社会存有一种迷思,他以为自己的杂文撕破了中国现代社会一切无价值的东西,使之沦为喜剧,但同时却发现他所反对的知识话语不能有效认知现代社会,他自己所使用的知识话语的效用也是有限的。在清道夫

---

① 张晖:《中国"诗史"传统》,北京:生活·读书·新知三联书店,2012年,第15—16页。

② 鲁迅:《南腔北调集·题记》,《鲁迅全集》第4卷,第428页。

的面向里,鲁迅像看见要倒下的车就上去推一把的尼采一样①,有横扫千军如卷席的气势,甚至表现出反知识分子的特征。在应史沫特莱之约而于1931年写的《黑暗中国的文艺界的现状——为美国〈新群众〉作》一文中,他表示:"所可惜的,是左翼作家之中,还没有农工出身的作家。"②对于没有农工出身的作家的遗憾,意味着鲁迅认为当时的左翼作家虽然有大众的支持,与右翼相比是拥有将来的,但仍然不是真正的生产者,不能生产出真正的生产者的艺术。在这个意义上,作为知识者的鲁迅显然无法获得生产者的身份,而只能是一个同路人。因此,在诗学的论定上,鲁迅杂文也就展现出一种平行的也即无望的诗学面貌。鲁迅及其杂文眺望着"真正的生产者的艺术",永远可望而不可即,这是极为动人的自毁姿态。当然,如果只有知识者或文字所表达的智慧才是智慧的话,甚至不得不认为,感叹工农作家缺乏、主张大众语、向往有声的中国的鲁迅,乃是一个民粹主义者或反智主义者;至少,鲁迅有这些方面的倾向。但是,这里显然隐藏着鲁迅曾经批判过的知识者的傲慢逻辑,鲁迅向往的乃是一种破除主奴关系并以更为广大的人群为主体的未来文明形态。正是在这种向往里,鲁迅发生了对于当时苏联社会的兴趣和辩护。在这种清道夫的面向上,杂文以速朽的、离开历史语境难以释读感兴的特征而表现出挽歌气质。鲁迅希望他的杂文及身而绝,是最后的、永不再生的文体。当然,历史的螺旋往往逃逸人类朴素、脆弱的愿景,另有一番因果。

作为常有故鬼重来之惧的文人,鲁迅应当是敏感到了这种历史的螺旋的。因此,在另外一个面向里,他在杂文中化身"游光",试图从现实的反片③中找到真象,但结果所得往往是不可究诘的迷思,无从定义中国现代社会。在第一篇以"游光"为笔名写作的杂文《夜颂》中,鲁迅在文章结尾以反噬的方式表示:

---

① 鲁迅曾肯定性地征引尼采的话,"见车要翻了,推他一下"。见唐俟:《渡河与引路》,《新青年》第5卷第5号,1918年10月15日。
② 鲁迅:《二心集·黑暗中国的文艺界的现状》,《鲁迅全集》第4卷,第295页。
③ 张旭东解析张爱玲小说《封锁》时,认为"张爱玲的城市文学照相术采用的是'反片印刷'"。见张旭东:《全球化与文化政治——90年代中国与20世纪的终结》,北京:北京大学出版社,2014年,第194页。

> 一夜已尽，人们又小心翼翼的起来，出来了；便是夫妇们，面目和五六点钟之前也何其两样。从此就是热闹，喧嚣。而高墙后面，大厦中间，深闺里，黑狱里，客室里，秘密机关里，却依然弥漫着惊人的真的大黑暗。
>
> 现在的光天化日，熙来攘往，就是这黑暗的装饰，是人肉酱缸上的金盖，是鬼脸上的雪花膏。只有夜还算是诚实的。我爱夜，在夜间作《夜颂》。①

"夜"的诚实反衬了光明的虚假，鲁迅的黑暗照相术和显影术捕捉到了光明的真象，光天化日不过是黑暗的反片。但对于"夜"也即黑暗本身，鲁迅爱其诚实的同时，却在文章开头说：

> 夜是造化所织的幽玄的天衣，普覆一切人，使他们温暖，安心，不知不觉的自己渐渐脱去人造的面具和衣裳，赤条条地裹在这无边际的黑絮似的大块里。
>
> 虽然是夜，但也有明暗。有微明，有昏暗，有伸手不见掌，有漆黑一团糟。爱夜的人要有听夜的耳朵和看夜的眼睛，自在暗中，看一切暗。②

"夜"虽然带来真相，剔除人造的面具和衣裳，但它本身是造化所织的幽玄天衣，爱夜的人要有听夜的耳朵和看夜的眼睛才能自暗中看一切暗。这就是说，夜作为幽玄天衣，本身即是装饰，而且比光天化日更加难以看透，需要专门的眼睛和耳朵。如果说光天化日喻指的乃是中国现代社会的现象，那么"夜"与黑暗喻指的即是中国现代社会的本质。现象被黑暗照相术和显影术捕捉住了，本质却仍然是幽玄天衣，不可究诘。在反片的世界里，鲁迅捕捉到的只是中国现代社会的现象。抉心自食，欲知本味？然而，本味何能知？③ 即使是在杂文里，鲁迅也陷入了《野草》式的迷思，无法清楚地表达自己对于中国现代社会本质的认知。但他并未因此裹足不前，也并未另选逃

---

① 鲁迅：《准风月谈·夜颂》，《鲁迅全集》第 5 卷，第 204 页。
② 同上书，第 203 页。
③ 鲁迅：《野草·墓碣文》，《鲁迅全集》第 2 卷，第 207 页。

路，而是继续以速朽的文体"立此存照"，试图抵达中国现代社会的本质。这当然不是什么反抗绝望，而是他发现了战斗胜利的可能。至少在显影光天化日的真象上，鲁迅是相信自己的胜利的。否则，很难想象，他会说自己的杂文是"或一形象的全体"，并期待着深夜的顾客以及拾荒者的赏识。

针对这两种败落的面向，解读鲁迅杂文有必要重新沟通鲁迅的写作与历史事实、历史书写的关系，更有必要意识到，鲁迅杂文本身生产出了一种新的话语事实。这一新的话语事实构建了中国现代社会不断衰败的颓相，也暗示了某种新的文明形态的来临。毛泽东关于文化新军的旗手的论断①，是可以在这里获得证据的。这也就是说，败落的诗史试图加速中国现代社会的衰败，以便通向新兴无产者的未来。在这个意义上，鲁迅杂文即使不能算是"真正的生产者的艺术"，也应当算是它的前身，蕴藏着丰富的文化、文学及政治的可能性。

六 行动如何可能

鲁迅自言写作杂文，乃是为了同黑暗捣乱，让读了他的杂文不舒服的更其不舒服。② 这自然是鲁迅杂文写作非常重要的一个方面，但并非唯一的方面。当与陈源论战之时，所为的倒都是切己的小事，所谓同黑暗捣乱，并非鲁迅笔锋的主要标的，其后笔锋扫向中国现代社会政治、文化、文学诸事项，不惮以最坏的恶意推测中国人心③，乃可谓不为私仇，专同黑暗捣乱。但是，鲁迅可能并非加缪笔下的西西弗，仅仅因为反抗的热情而属意杂文写作。实际上，正如《故事新编》主体构建的逻辑是循着行动如何可能这一预言新兴的无产者将带来新的社会文明形态的思考而展开④的一样，杂文写作带给鲁迅的不仅是坦然面对地火的向死而生的热情⑤，而且是察觉或感受到未来的某个瞬间或面相的希望，是乌托邦远景的显现。正是在杂文中，他发现自己的论敌"正人君子"根本不是对手，这使他意识到，中国的生命

---

① 毛泽东：《新民主主义论》，解放社，1949年，第42页。
② 鲁迅：《坟·写在〈坟〉后面》，《鲁迅全集》第1卷，第300页。
③ 鲁迅：《华盖集续编·记念刘和珍君》，《鲁迅全集》第3卷，第291页。
④ 李国华：《行动如何可能——鲁迅〈故事新编〉主体构建的逻辑及其方法》，《鲁迅研究月刊》2012年第9期。
⑤ 鲁迅：《野草·题辞》，《鲁迅全集》第2卷，第163页。

圈将被打破。"正人君子"不是对手,意味着其人所操持之现代知识机制缺乏有效地维持中国现代社会秩序的能力。而维持秩序能力的缺失,则意味着鲁迅在杂文中观察到的空间化的中国现代社会形态将无法继续稳定下去,时间将重新流动起来。不管历史时间是否真如所料流动起来,鲁迅自己是看见了希望的星光,看见了中华民族的脊梁,发现了拥有未来的新兴无产者。

需要先做区分的是,鲁迅是将自己乌托邦视景中的新兴无产者落实在当时尚未能够有效发声的工农大众身上,并非其时政党政治中具体的革命工作者。尤其重要的是,对于周扬、夏衍、田汉、成仿吾为代表的革命人士,鲁迅洞察到了他们身上残留的无效的现代知识机制,并且认为左、右是可能转到一起去的①。这是他"伪士当去,迷信可存"智慧的变形,是对投身革命之后的知识者无法遏抑的紧张。投身革命的知识者仍然有可能身染旧患新疫,并非未来世界的主人,这也是鲁迅中间物意识②的发现。对于未来的历史主体,鲁迅在小说《理水》中赋予了沉默寡言、脚踏实地的形象。当然,大禹及其随从沉默寡言的形象,与其说是出于作者的自觉虚构,不如说是因为作者不知这未来的历史主体如何发声。文化山上学者的话语,鲁迅是稔熟于心的,对于从不上文化山的人群,他就无可如何了。在启蒙的理念里,鲁迅应当教他们或替他们发声。然而,这已不是启蒙的视野所能及的处所,鲁迅在小说里只能塑造一群无声的人。而在杂文里,他也只能指出当时的中国社会是无声的,并且设想某种获得声音的途径,但却无法具体地设想有声的中国。③ 因此,所谓以工农大众为具体人群的新兴的无产者,鲁迅并未看见地底下的事实,而只看见了由自己的观念折射出来的影像。这一影像当然并非不重要,它构成了鲁迅想象行动如何可能的历史动力,在发生学的意义上与同黑暗捣乱一起构成了鲁迅持之以恒地写作杂文的动力。这也就是说,鲁迅写作杂文并非黑暗世界的自动行为,而有来自历史必然律的制动力。如果说鲁迅杂文写作是功利主义的话,这是最大的功利主义,是事关未来的写作。

---

① 鲁迅:《二心集·对于左翼作家联盟的意见》,《鲁迅全集》第 4 卷,第 238—240 页。
② 参见汪晖:《历史的"中间物"与鲁迅小说的精神特征》,《文学评论》1986 年第 5 期。
③ 参见鲁迅:《三闲集·无声的中国——二月十六日在香港青年会讲》,《鲁迅全集》第 4 卷,第 11—15 页。

但是，鲁迅并非耽于观念及由之而来的玄想的作家，他有着无与伦比的清醒的现实主义精神。这使得他在杂文中一方面以清道夫自居，尽力打扫旧战场以容纳新兴事物的来临，另一方面又疑惑着，新兴事物的来临，是否会变成另一次"来了"①？也即，又一次知识和话语生产完成了，而中国现代社会仍然按老谱运转。在这个意义上解读鲁迅1934年12月写作的杂文《阿金》，也许能见到他杂文中的乌托邦图景相当复杂的面相。《阿金》一文颇涉争议，有论者视其为小说，也有视为随笔的。② 既然鲁迅本人把它收入《且介亭杂文》，倒不如索性以鲁迅之是非为是非，不讨论它的文本形态究竟更合于鲁迅抛弃的文体分类中的哪一类。对于强调地方性经验的研究者来说，《阿金》是证明鲁迅面对上海的现代性无所适从的经典文本。③ 的确，这一文本最困扰作者和读者的地方就是阿金这个娘姨让作者不知如何是好。鲁迅在文章中明确写道：

> 阿金的相貌是极其平凡的。所谓平凡，就是很普通，很难记住，不到一个月，我就说不出她究竟是怎么一副模样来了。但是我还讨厌她，想到"阿金"这两个字就讨厌；在邻近闹嚷一下当然不会成这么深仇重怨，我的讨厌她是因为不消几日，她就摇动了我三十年来的信念和主张。
>
> 我一向不相信昭君出塞会安汉，木兰从军就可以保隋；也不信妲己亡殷，西施沼吴，杨妃乱唐的那些古老话。我以为在男权社会里，女人是决不会有这种大力量的，兴亡的责任，都应该男的负。但向来的男性的作者，大抵将败亡的大罪，推在女性身上，这真是一钱不值的没有出息的男人。殊不料现在阿金却以一个貌不出众，才不惊人的娘姨，不用一个月，就在我眼前搅乱了四分之一里，假使她是一个女王，或者是皇后，皇太后，那么，其影响也就可以推见了：足够闹出大大的乱子来。
>
> 昔者孔子"五十而知天命"，我却为了区区一个阿金，连对于人事也从新疑惑起来了，虽然圣人和凡人不能相比，但也可见阿金的伟力，

---

① 参见鲁迅：《热风·随感录五十六"来了"》，《鲁迅全集》第1卷，第363—364页。
② 参见李冬木：《鲁迅怎样"看"到的"阿金"？》，《鲁迅研究月刊》2007年第7期。
③ 薛羽：《观看与疑惑："上海经验"和鲁迅的杂文生产——重读〈阿金〉》，《现代中文学刊》2011年第3期。

和我的满不行。我不想将我的文章的退步,归罪于阿金的嚷嚷,而且以上的一通议论,也很近于迁怒,但是,近几时我最讨厌阿金,仿佛她塞住了我的一条路,却是的确的。

愿阿金也不能算是中国女性的标本。①

结尾说愿阿金不是中国女性的标本,似乎意味着文章可能专门指向的是妇女问题。但她毫无特征,借用福斯特的小说概念来说,是扁形人物,代表的是一类人及相应的观念形态。这就说明,在类型的意义上,阿金的女性身份也不是不可以忽略的。当然,女性身份在鲁迅思想的语境里,有时也并非性别问题,而是压迫与被压迫的问题,即女性处于奴役结构的最底层。② 那么,强调阿金的女性身份,就可转喻为鲁迅对处于奴役结构最底层的一类人的关心。按照阶级观念来划分,阿金是当然的无产者。但就是这样的一个无产者阿金,与阶级观念意义上的无产者似乎全然两样,也与鲁迅熟悉的主奴结构中的奴隶、奴才不同,她有自己的兴趣、主张,而且对于外国主子这种主奴结构及阶级结构的标志,也毫不在乎。因此,作者感到三十多年来的信念和主张都动摇了,通往未来的路也仿佛被塞住了。这信念和主张是什么呢?大约就是鲁迅对于奴役结构的认知。而被塞住的路呢?大约就是通往新兴无产者的未来的路。鲁迅在文章开头就说得很清楚,阿金是从乡下来大都市上海做女仆的。可见阿金并非上海人,讨论《阿金》的地方性(上海性)是危险的。从阶级论的意义上来说,阿金当然不是大都市上海兴起的基础,即产业工人,但无疑是产业工人阶级的伴生人群,是可以归入新兴的无产者中去的。阿金既是新兴的无产者的一员,又处在奴役结构的最底层,按照鲁迅的理解,应当是充满反抗性的一类人。或者借用胡风的说法,至少阿金身上应该有精神奴役的创伤。③ 但鲁迅观察到的事实是,阿金充满庸俗而泼辣的生命力,平凡而正常,并无精神奴役的创伤的表现,更无反抗的想法和无产者的阶级意识。阿金连面对鲁迅在杂文里处处写到的上海社会空间的奴役的压力都"毫不受影响",整天"嘻嘻哈哈"。这就意味着,鲁迅发现自己观念

---

① 鲁迅:《且介亭杂文·阿金》,《鲁迅全集》第6卷,第208—209页。
② 参见鲁迅:《坟·灯下漫笔》,《鲁迅全集》第1卷,第227—228页。
③ 参见胡风:《置身在为民主的斗争里面》,《希望》第1集第1期,1945年12月。

中的新兴无产者与现实生活的阿金简直毫无关系,那么,所谓新兴无产者的未来,究竟是观念折射出来的影像,还是历史必然律的时间流向,就不得不重新考虑了。于是,鲁迅说:"她塞住了我的一条路。"

一面也写着《阿金》这样的杂文,一面在同时期写着《中国人失掉自信力了吗?》(1934年9月作)这样的批判"九一八"事变带来的悲观、展望未来的杂文,写着《理水》那样的小说,鲁迅杂文中的乌托邦视景的确并非一清如水。虽然不便说《阿金》是鲁迅有意识在思考无产者这一可能的未来历史的主体,但他疑虑不去,不敢盼望黄金世界般的乌托邦来临,恐怕是《阿金》一文的潜在意识。三十年多年来的信念和主张,鲁迅直接写在了纸面上,即关于男权社会的议论,但那被塞住的路是什么呢?作者语焉不详。这语焉不详的部分可能就是鲁迅潜意识里对于乌托邦视景的疑虑。这也就是说,鲁迅对于自己的杂文写作介入的乌托邦视景,热情中夹杂着冷冷的疑虑。行动是可能的吗?生产者就是未来的历史主体吗?鲁迅杂文在提供正面的答案的同时,也提供了丰富的质疑。因此,所谓的乌托邦诗学问题,也是有限的、尝试性的。

本书认为上述从"生产者的诗学"的角度展开的关于鲁迅杂文的解读具有丰富的理论分析、历史研究和文本释读的空间,故而拟从生产语境、思维形态、主体意识和审美形式四个紧密相关的方面入手,以鲁迅为中介,以形式为依归,逐步展开相应的探讨。

以鲁迅为中介不是以鲁迅之是非为是非,而是为了尽最大可能避免基于某一理论或观念爬梳历史带来的隔靴搔痒之感。李欧梵《"批评空间"的开创——从〈申报〉"自由谈"谈起》基于哈贝马斯的公共空间理论所展开的讨论及其他学者的相关研究很好地敞开或建构了鲁迅杂文产生的具体历史境况,也得到一些文学的和非文学的判断鲁迅杂文的标准[1],但总感觉缺乏文学研究应有的亲切感。而以鲁迅自身对于身历其境的历史的感知和描述来建构鲁迅杂文的生产语境,之后将鲁迅及其杂文还原到历史现场中,或许别有发现或发明。建构云云,在于历史还原非易,甚至并无可能。凭借拉伸的时

---

[1] 参见李欧梵:《中国现代文学与现代性十讲》,上海:复旦大学出版社,2002年,第127—147页。

间纵深产生的历史后见之明，固然常能洞察真相，但对于艺术与其生产者的关系，则不免时间越久远，越模棱两可。因此，如果始终以鲁迅为中介去分析鲁迅杂文的生成语境，而在学理上也并非在重复"以鲁解鲁"的路数，那么经由鲁迅建构起更为具体而微细的历史景观，也许可以稍稍避免具体问题的讨论被理论和后见之明遮蔽吧。

从形式入手理解鲁迅杂文，或许有悖作家初心，如果他希望自己的杂文随时弊而俱亡的自白足够可信①。而且，从形式入手，也的确极有可能消解鲁迅的杂文写作。但叶公超当年即曾表示，如果形式（Form）代表"一种完整与和谐的意识"，那么鲁迅的短篇讽刺小说就"杂耍的成分太多"，"缺乏形式"；而鲁迅杂文因"可以不受形式的约束"，故而是最成功的。②"漫骂"鲁迅者③尚能松开形式的辔头理解其杂文，本书自然也试图从鲁迅杂文写作的事实本身生发一种不代表"完整与和谐的意识"的形式概念，以期有助于从形式的意义上构建对于鲁迅杂文的解读。

---

① 鲁迅：《热风·题记》，《鲁迅全集》第1卷，第308页。
② 叶公超：《鲁迅》，见中国社会科学院文学研究所鲁迅研究室编《1913—1983鲁迅研究学术论著资料汇编》第2卷，北京：中国文联出版公司，1986年，第664—665页。据徐懋庸回忆，鲁迅剪了报上评价《打杂集》文笔好的文章寄给他，并在旁评注说是对于社会意义的抹杀。参见徐懋庸：《鲁迅的杂文》，见中国社会科学院文学研究所鲁迅研究室编《1913—1983鲁迅研究学术论著资料汇编》第2卷，第790—791页。
③ 李何林认为叶公超的《鲁迅》是对鲁迅的漫骂，并有极好的辩驳。参见李何林：《叶公超教授对鲁迅的漫骂》，见中国社会科学院文学研究所鲁迅研究室编《1913—1983鲁迅研究学术论著资料汇编》第2卷，第234—238页。

第一章 杂文生产的三重语境

一般来说,分析一种文学类型和现象的生产语境总要考虑世界潮流、政治治理、经济状况、阶层更替、出版条件、知识状况和文类秩序等因素。而鲁迅杂文是或一程度上的生产者艺术,但大受消费者艺术的影响,本身又是消费社会中的产品,故而需要对相应的要素做重点考虑,才能深入探讨其生产语境。在这一意义上来说,消费社会构成了鲁迅杂文生产的基础性语境,马克思主义批评话语构成了鲁迅杂文生产的变异性语境,而上海作为兼具消费和生产性质的都市空间和文化象征空间,构成了鲁迅杂文生产的基本现场。

第一节 消费社会与文体生产

鲁迅 1934 年 8 月 22 日在《看书琐记(三)》中写道:

> 创作家大抵憎恶批评家的七嘴八舌。
> 　　记得有一位诗人说过这样的话:诗人要做诗,就如植物要开花,因为他非开不可的缘故。如果你摘去吃了,即使中了毒,也是你自己错。
> 　　这比喻很美,也仿佛很有道理的。但再一想,却也有错误。错的是

诗人究竟不是一株草，还是社会里的一个人；况且诗集是卖钱的，何尝可以白摘。一卖钱，这就是商品，买主也有了说好说歹的权利了。①

其中的逻辑是很通透的，鲁迅既理解文学创作的自觉性，"诗人要做诗，就如植物要开花"，也知道文学创作只有在具体的阅读和批评过程中才能成为作品。不过，将批评与创作的关系比为商品买卖，却是浸淫于成熟的消费社会才可能产生的一种类比。在这一意义上言之，鲁迅对具体的文体生产的理解是与消费社会的语境密不可分的。

一

读者更熟悉的鲁迅1933年在《小品文的危机》中的说法，即生存维艰，写作匕首投枪式的小品文才是正道。② 鲁迅的切身体验和意见与后世将1930年代允为黄金十年，截然相反。在黄金十年的历史图景里勾勒鲁迅及其杂文的历史形象，恐怕只会远离鲁迅写作杂文的真实状况。这当然不是说1930年代中国的经济生产没有获得在世界资本主义体系中发展的机会和空间，也不是否认出版市场对于文学生产的促进作用以及某种治下的公共空间的存在和延展，而是要说明，历史与个体的关系并不总是一般性的。尤其是文学个体与历史的关系，总要依赖个体对于具体历史的体验和感知，才可以建构起来，文学作品一旦生产出来，总还有些非历史或非时间的性质。这也可以说是鲁迅在大革命的语境中强调的"余裕"的含义。"余裕"的来历，在夏目漱石那里怕是有些"趣味"的追求③，鲁迅在意的则是创作个体作为主体的自由，一种较为单纯的情感表达和自娱娱人的状态，即如他在1922年的小说《不周山》中所描述的那样，女娲造人简直是无意识的，没有时间性的。她不是为了一个理性的目的，也不是在理性的状态下创造人类，单是内在的情感过于充盈，因此感到烦恼和无聊，漫无目的地进行着创造，且因之兴感怡悦。鲁迅说《不周山》的作意是解释人和文学的创造的起源④，可见就个

---

① 鲁迅：《花边文学·看书琐记（三）》，《鲁迅全集》第5卷，第579页。
② 鲁迅：《南腔北调集·小品文的危机》，《鲁迅全集》第4卷，第592—593页。
③ 王向远曾论及鲁迅的"余裕"论与夏目漱石的关联。参见王向远：《从"余裕"论看鲁迅与夏目漱石的文艺观》，《鲁迅研究月刊》1995年第4期。
④ 鲁迅：《故事新编·序言》，《鲁迅全集》第2卷，第353页。

体而言,他倾向于认为文学生产是带有非历史性或非时间性的。这个意思也见于他 1927 年写的《小杂感》一文,如人感到寂寞时会创作,创作总根于爱云云。① 事实上,这恐怕也是鲁迅一贯的意见。他留日时期写的《摩罗诗力说》就表示,文学是撄人心的,是"意力"的载体。② 传闻中年轻的鲁迅回答章太炎学说、文学的区别时说,学说所以启人思,文学所以增人感。③ 那么,总体上来说,鲁迅认为文学是一种较为单纯的自娱娱人的情感表达,杂文也是一种较为单纯的自娱娱人的情感表达,这样的判断大概是成立的。用鲁迅自己的话来说,文学就是弄弄笔墨,玩玩而已。在这个意义上,女娲造人的过程被鲁迅描写得颇具游戏性质,也便在情理之中。如此一来,鲁迅对于文学的理解就具有情感本体的意味了。

同样是在《小杂感》一文中,鲁迅跳跃性地接着说,创作虽说抒写自己的心,但总愿意有人看,创作是有社会性的。④ 这是从读者接受的层面上触及情感本体意义上的文学与社会的关系,它将个体的余裕和游戏,一种精神上的全神贯注,与社会的一般需要建立起了关联。具体地来说,这种关联是有岛武郎和武者小路实笃所说的那种关联。《小杂感》一文的写作时间是1927 年 9 月 24 日,此前不久,鲁迅翻译了有岛武郎的《生艺术的胎》和武者小路实笃的《文学者的一生》。有岛武郎说,生艺术的胎是爱,真所生的是真理,说真理即是艺术,是不行的。⑤ 武者小路实笃说,文学是一种征服工作,是用了自己的精神,打动别人的精神。⑥ 二者显然直接影响或契合了鲁迅对文学的理解。不可说真理即艺术,这似乎与惯常所谓清醒的现实主义者的鲁迅形象大有关碍,但其实也是可以有分教的。虽然睁了眼看,不要瞒和骗,是鲁迅思想中很重要的词汇和语法,但细寻文义,它们并不指向真理,而是指向心灵和情感的真实,简单说来,就是不要自欺欺人。按照这样的路径来看鲁迅在《呐喊·自序》以及《朝花夕拾·小引》中的说法,就

---

① 鲁迅:《而已集·小杂感》,《鲁迅全集》第 3 卷,第 556 页。
② 鲁迅:《坟·摩罗诗力说》,《鲁迅全集》第 1 卷,第 70—71 页。
③ 许寿裳:《亡友鲁迅印象记》,北京:人民文学出版社,1953 年,第 24—25 页。
④ 鲁迅:《而已集·小杂感》,《鲁迅全集》第 3 卷,第 556 页。
⑤ 有岛武郎:《生艺术的胎》,见鲁迅《壁下译丛》,上海:北新出版社,1929 年,第 111 页。
⑥ 武者小路实笃:《文学者的一生》,见鲁迅《壁下译丛》,第 187 页。

会发现，所谓未能全忘的梦①，所谓与实际容或有些不同而我现在只记得是这样②，都不是直接的事实，很难说会通往真理，但肯定都是艺术的。因此，所谓清醒的现实主义者眼中的真实，本来就是艺术的真实，关乎心灵与情感，与实际容或有些不同，有时甚至远离事实，未必通往真理，是不足为奇的。而打破铁屋子，就鲁迅而言，恐怕也不是让铁屋子里面的人看见真理，而是唤醒他们对于现实的真情实感。这也正是鲁迅将文艺视为国民的心声，并试图以文艺撄人心的基本逻辑吧。所谓"文学是一种征服工作"，也就不是征服外在于个体的社会环境，而是改变个体的心灵和情感。《呐喊·自序》里说身体的强壮不能改变国族的命运，必须仰赖精神的疗救，其意义也正是所谓"打动别人的精神"。鲁迅说的"创作是有社会性的"，虽然是渴望读者的一种托词，但更多地仍是期待文学成为一种征服工作，或者成为萨特式的介入③社会的利器，通过撄人心，打动别人的精神，从而与所谓"实际"掰手腕，撬动真理。在这个意义上，也许不妨说，鲁迅所谓文学乃是反抗真理的。因此，鲁迅很不客气地说，公理都由正人君子拿去了，自己只有就切己的小事发表的意气之词。他一方面说自己的杂文是立此存照，具有诗史的性质，另一方面则强调自己的杂文是国人灵魂的反映，也是着意于心灵与情感的真实而非真理的明白自剖。至于有学者发现鲁迅杂文的引语性质，强调鲁迅杂文是关于话语的话语，或者强调鲁迅更多地是针对文人墨客的言论写作杂文④，也可以说是因为鲁迅不以真理为艺术。这当然不是说鲁迅的文学作品中没有真理或关于真理的表述，只是要强调，从真理出发，恐怕是难以抵达鲁迅文学生产的现场的。而要分析鲁迅杂文的生产语境，恐怕也并不宜从真理出发，不然就可能会像有的论者所见到的那样，鲁迅杂文笔锋所及，不过鸡零狗碎，作者徒逞意气而已。⑤即如1928年4月10日写作的《扁》一文，文末说："我想，在文艺批评上要比眼力，也总得先有那块

---

① 鲁迅：《呐喊·自序》，《鲁迅全集》第1卷，第437页。
② 鲁迅：《朝花夕拾·小引》，《鲁迅全集》第2卷，第236页。
③ 萨特：《什么是文学？》，《萨特散文》，沈志明、施康强译，北京：人民文学出版社，2009年，第156—203页。
④ 薛毅：《反抗者的文学——论鲁迅的杂文写作》，《视界》第4辑，第6—32页。
⑤ 夏志清即表示，鲁迅"十五本杂文给人的总印象是搬弄是非、啰啰嗦嗦"。见夏志清：《中国现代小说史》，刘绍铭等译，香港：香港中文大学出版社，2001年，第45页。

扁额挂起来才行。空空洞洞的争,实在只有两面自己心里明白。"① 这意味着鲁迅写作这篇杂文的冲动源于文人们的"空空洞洞的争",而非"扁"之有无;如果是"扁"之有无,他就挂"扁"去了,认真介绍各种主义。在这里,"扁"代表着真相或真理,而争,代表着讨论或接近真相或真理的状态。鲁迅更加看重争,说明他虽然并不忽视真相或真理的存在,但真正着意的乃是文人讨论或接近真相或真理的状态。换言之,他关心的乃是现代社会个体占据主体的位置时是否具有主体精神,其心灵与情感是否真诚。这也就是说,让鲁迅产生杂文写作冲动的是心灵与情感的问题,而非真理的问题;真理的问题因此只能在心灵与情感的镜面上得到呈现或一定程度上的阐明。

因为让鲁迅产生杂文写作冲动的是心灵与情感的问题,所以他杂文中"竦身一摇,将悲哀摆脱"②之类的说法,乃是追求一种心灵和情感上的"余裕",以便实现较为单纯的情感表达和自娱娱人。比较深刻动人的表述则见于1927年写的《怎么写——夜记之一》,鲁迅先描述了"黑絮一般的夜色简直似乎要扑到心坎里"所造成的写作《野草》式文章的冲动,接着说明"世界苦恼"的不易接近,但接下来却写的是"腿上钢针似的一刺",冲动"飞到九霄云外去了",最后议论道:"虽然不过是蚊子的一叮,总是本身上的事来得切实。能不写自然更快活,倘非写不可,我想,也只能写一些这类小事情,而还万不能写得正如那一天所身受的显明深切。"③《野草》被有的学者许为鲁迅最好的写作,方在转变中的鲁迅自己对于这种典型的现代主义写作却并不以为然,而且想要竭力摆脱之。所谓"怎么写",也可以说谈论的是带有普遍意义的写作发生学的一些问题,但更多地可能是鲁迅的夫子自道,即写了《呐喊》《彷徨》《野草》《朝花夕拾》之后,他还能"怎么写"?他意识到《野草》式的写作已然陷入现代主义的窠臼,因此产生一种反抗意识,要从切身的小事写起。换言之,鲁迅反抗由现代主义形塑出来的情感表达对写作者"余裕"造成的压迫。也许也是在这个意义上,鲁迅开始在《华盖集》的题记中理解杂文之为杂文的独特价值。即此而论,

---

① 鲁迅:《三闲集·扁》,《鲁迅全集》第4卷,第88页。
② 鲁迅:《南腔北调集·为了忘却的记念》,《鲁迅全集》第4卷,第493页。
③ 鲁迅:《三闲集·怎么写——夜记之一》,《鲁迅全集》第4卷,第18—19页。

从《华盖集》中看到另外一个鲁迅的起源,是颇有见地的。① 那么,大而言之,鲁迅杂文生成于鲁迅对现代主义的反抗,小而言之,它生成于鲁迅对文体与切身小事关系的独到发现。杂文之"杂",无论是从周作人的理解上来看②,还是从鲁迅的理解来看,都能提供足够丰富的空间,让鲁迅保有"余裕",进入一种较为单纯的情感表达和自娱娱人的写作状态。

二

鲁迅在《随感录二十五》中强调会生并不等于会养,孩子之父并不就是人之父③,这样的行文背后有一个很重要的逻辑,即情感知识化和知识情感化。如果没有人之父的知识,就无法合理地表达情感,情感必须有一个知识化的过程;如果获得了人之父的知识,就要付诸实践,知识必须有一个情感化的过程。这也就是说,像父子之情这样的人伦日常之情,在鲁迅看来,也并不是天然的,而是被历史地建构出来的。同样地,所谓较为单纯的情感表达,也是被建构出来的。其建构性的因素,就鲁迅所自觉的部分而言,乃是对某种日益凝滞不前的情感和形式的反抗。而那些鲁迅虽未自觉而有所意识的因素,首要的应是消费社会问题。

早在《新青年》随感录中,鲁迅即曾批评上海社会以文艺为消遣的态度④,到 1931 年发表《上海文艺之一瞥》这样的演讲时,更明确嘲讽了上海文艺不能洁身自好,一味媚俗的历史和现状。⑤ 这些都表明鲁迅对于消费社会的问题是有所意识的,只是并未意识到媚俗也是消费社会中的一种必然,或者说是现代性的一副面孔⑥,并不是上海文人洁身自好就能避免的。

---

① 张旭东:《杂文的"自觉"——鲁迅"过渡期"写作的现代性与语言政治》(上),《文艺理论与批评》2009 年第 1 期。
② 周作人在《杂文的路》中认为杂文之"杂"在于思想杂,文体杂,不定于一尊。文见周作人:《立春以前》,第 111—116 页。
③ 鲁迅:《热风·随感录二十五》,《鲁迅全集》第 1 卷,第 311—312 页。
④ 鲁迅:《热风·随感录四十三》,《鲁迅全集》第 1 卷,第 346—347 页。
⑤ 鲁迅:《二心集·上海文艺之一瞥——八月十二日在社会科学研究会讲》,《鲁迅全集》第 4 卷,第 298—310 页。
⑥ 马泰·卡林内斯库以媚俗为现代性的五副面孔之一。参见马泰·卡林内斯库:《现代性的五副面孔——现代主义、先锋派、颓废、媚俗艺术、后现代主义》,顾爱彬、李瑞华译,北京:商务印书馆,2002 年,第 241—283 页。

马克思曾在《〈政治经济学批判〉导言》中表示，不仅生产生产着消费，而且消费也生产着生产，因为产品只是在消费中才成为现实的产品，而且消费创造出生产的观念上的内在动机。① 借用马克思的这一逻辑来理解消费社会中的文学生产，或许能在鲁迅式的道德判断之外获得更为广阔的理解，而且在此意义上来看待李欧梵在《"批评空间"的开创》中对鲁迅杂文的批评，也将有新的视野。李欧梵将《申报》"自由谈"栏目视为公共空间，并把鲁迅发表于其中的杂文视为之前游戏文章的延续②，这应当是符合《申报》读者消费的期待视野的。也就是说，不管是游戏文章，还是鲁迅杂文，对于《申报》报纸的版块构成意义是一样的，《申报》读者的期待视野也不会有本质的区别。说得更为直接一些，就是，是读者的阅读需要催生了《申报》"自由谈"栏目的出现和变化，而不是鲁迅这样的作者催生了栏目。事实上，正如鲁迅自己也很清楚的那样，"自由谈"栏目早就存在，编辑根据市场的变化和需要，向鲁迅约稿，才有了鲁迅后来结集成书的《伪自由书》和《准风月谈》。③ 另外，也正如鲁迅所自述的那样，因为向不同的刊物投稿，自己写的文章便因为要适应不同刊物的需要而风格各异④，他的杂文写作乃是在消费的具体制约之中才得以完成的。而且，因为读者要读，所以杂文集就要印行⑤，这种表述也说明，不仅鲁迅杂文的写作是在消费的具体制约中才得以完成，而且鲁迅杂文作为一种现代文艺产品，要成为现实中的产品，更是受到了消费的二次制约。如果没有读者的阅读需要，鲁迅是否写作杂文固然成为问题，是否将杂文编辑成文集出版更是一个问题。而没有编辑成文集出版的行为的持续发生，鲁迅也就可能没那么容易发生对于杂文的自觉。编辑杂文集的时候，鲁迅很自然地要问自己三个问题：为什么要编这样的东西呢？编这样的东西于自己的生命有何意义呢？这样的东西算是什么东

---

① 马克思：《〈政治经济学批判〉导言》，见《马克思恩格斯选集》第 2 卷，北京：人民出版社，1972 年，第 86—114 页。

② 李欧梵：《中国现代文学与现代性十讲》，第 127—147 页。

③ 陈方竞因此强调《伪自由书》《准风月谈》与《南腔北调集》在文体上的差异，可备一说。参见陈方竞：《鲁迅与中国现代文学批评》，北京：北京大学出版社，2011 年，第 423—424 页。

④ 鲁迅：《二心集·序言》，《鲁迅全集》第 4 卷，第 195 页。

⑤ 鲁迅：《华盖集续编·小引》，《鲁迅全集》第 3 卷，第 195 页。

西呢？于是，为了"敌人"，切己的小事，灵魂与生命，存真与写照，等等，相关的思索就连类而来，终至于在《且介亭杂文》序言中对"杂文"的前世今生做了一个简略而完整的描述。① 因此，消费参与了鲁迅杂文写作和杂文意识自觉的整个过程。再次借用马克思的逻辑来说的话，也许不妨认为，被有的论者分析出教导姿态或启蒙精神的鲁迅杂文②，实际上也是，甚至只是消费社会最好的文学编码而已。所谓最好的文学编码，是指在所有消费社会出现的文学产品中，鲁迅杂文最好地表征了消费社会的特点，同时也就最好地反抗了消费，并因而生产着消费，即生产出一种阅读需要和读者习惯来。正如鲁迅自己也意识到的那样，自己写的杂文，像武者小路实笃说的那样，读来并不舒服，故而并不是受到读者普遍欢迎的；但总有人读，就总有印行之必要。这也就是说，他的杂文生产出了一种读者的习惯，遵循着生产生产着消费的逻辑，那特定的读者群是主动地接受着鲁迅通过杂文传达的教导的。因此，鲁迅杂文既同属自己所批判的上海文艺，又是它的对立面。

上述有所意识而并未自觉的消费社会问题，应当是构成鲁迅写作每一篇杂文的具体语境，尤其是他上海时期杂文的具体语境。读报，议论报纸上的事件和文章，可能是很多上海市民的日常生活的重要组成部分，这同时也就是鲁迅的日常生活的基本组成部分。鲁迅杂文的材料往往来自报章，议论的事件也往往见诸报纸，这已可见一斑。而尤为值得注意的是，鲁迅几乎在每一本杂文集子的后记中都喜欢排比资料，列举报章上的奇文，叙说自己杂文发表的境况，这便给后人提供了按图索骥的可能。鲁迅的同时代人讽刺鲁迅写杂文的形象是拿着透视一切的望远镜瞭望文坛，一发现战机即跃马而出③，可谓极尽镂刻之能事。但远不如鲁迅自己的后记所展现出的写作形象来得真实，那是一个一手拿着报章寻找材料，一手在稿纸上迅速地写着的日常形象。鲁迅曾在《准风月谈》的"前记"中表示，"拾荒"的人们将从他的杂文集子中"检出东西来"。④ 比类及之，鲁迅通过杂文写作表现出来的正是一个在瞬息万变的消费社会的垃圾场"拾荒"的作者形象。在 1927 年

---

① 鲁迅：《且介亭杂文·序言》，《鲁迅全集》第 6 卷，第 3 页。
② 张历君：《时间的政治——论鲁迅杂文中"技术化观视"及其"教导姿态"》，见罗岗、顾铮编《视觉文化读本》，桂林：广西师范大学出版社，2003 年，第 279—311 页。
③ 鸣春：《文坛与擂台》，转见《鲁迅全集》第 5 卷，第 421 页。
④ 鲁迅：《准风月谈·前记》，《鲁迅全集》第 5 卷，第 200 页。

前后写给许广平和一些友人的信件中，鲁迅每每说厦门和广州缺乏刺激，尤其是厦门，让他与社会隔绝了，故而下一站必须是充满刺激的。上海是鲁迅寻找刺激的结果。① 所谓刺激，在鲁迅而言即与消费社会保持沟通，凝视瞬息万变的消费社会。他在《夜颂》中悬拟一个爱夜的人如何能自暗中看见一切暗②，这便是鲁迅对自我在上海这样的消费社会的角色想象和认知。他要在瞬息万变中把握住现在、此刻，并以此获得将来；杂文是他自觉实践这一使命的文体。因此，在《且介亭杂文》的序言中，他说：

> 况且现在是多么切迫的时候，作者的任务，是在对于有害的事物，立刻给以反响或抗争，是感应的神经，是攻守的手足。潜心于他的鸿篇巨制，为未来的文化设想，固然是很好的，但为现在抗争，却也正是为现在和未来的战斗的作者，因为失掉了现在，也就没有了未来。③

说"作者的任务"是"感应的神经"和"攻守的手足"，这在语法上不通的表达倒也象征了鲁迅对于时代的"切迫"感受。从上下文来看，他的意思应当是说杂文是感应的神经和攻守的手足。可见鲁迅已将杂文视为自身生命的外化，杂文是他与上海这样的消费社会赤裸相搏之时形成的基本介质。后世因此将鲁迅杂文视为反文艺或反文学，视鲁迅为反现代主义或反现代性的先驱，确也可谓洞见。④ 然而，假使萨特以文学进行介入的姿态并非反现代主义或反现代性的，那么，也许不妨确认鲁迅及其杂文乃是一种存在主义或存在论式的作家作品。与萨特的革命倾向一样，鲁迅也在世界意义上的红色三十年中逐渐左倾，与革命发生深刻的关联。而一旦与革命发生深刻关联，鲁迅杂文对于消费社会的反抗也就走向公开化。鲁迅在 1934 年写的《论"旧形式的采用"》一文中明确区分了消费者的艺术和生产者的艺术，并认为生产者的艺术才是有未来的。⑤

---

① 钱理群认为鲁迅选择上海是从学院走向文学市场的选择。相关论述可参考钱理群：《鲁迅和北京、上海的故事（上篇）》，《鲁迅研究月刊》2006 年第 5 期。
② 鲁迅：《准风月谈·夜颂》，《鲁迅全集》第 5 卷，第 203 页。
③ 鲁迅：《且介亭杂文·序言》，《鲁迅全集》第 6 卷，第 3 页。
④ 汪卫东：《鲁迅杂文：何种"文学性"?》，《文学评论》2012 年第 5 期。
⑤ 鲁迅：《且介亭杂文·论"旧形式的采用"》，《鲁迅全集》第 6 卷，第 23—25 页。

一方面是对于消费社会的有所意识而未为自觉，另一方面是对于文学生产方式的全新想象，《门外文谈》这样奇崛的文体就在鲁迅笔下诞生了。它有一个摆龙门阵式的开头，有通俗化故事的外衣，有尽可能简单的词句和尽可能少的修辞技巧，这在鲁迅文章中都是绝无仅有的。① 之所以如此，是因为鲁迅要身体力行地实践大众化和生产者的艺术。如果消费生产着生产的逻辑仍然值得借用，那么，正如马克思宣布资本主义生产出自己的掘墓人一样，消费社会也会在一定的时空中生产出自己的反面来。远的且不说，至少在赵树理的想象和中国共产党的文艺实践中，一种生产者自娱自乐的艺术形态和实践是存在过的。

三

鲁迅在《华盖集》题记中表示，杂文作为一种无聊的东西，耗费了他的部分生命，自己所获得的只是灵魂的荒凉和粗糙，但自己却倒也有些爱这风沙中的瘢痕。② 这就意味着，鲁迅知道杂文（或即文艺）生产是双重损耗，既是主体生命、精神和意志的损耗，也是纸、笔等客体意义上的物质资料的损耗。质言之，主体生命、精神和意志的损耗使鲁迅杂文带有生命的温度和深度，主体的损耗使杂文的生产成为可能。主体的损耗因此是鲁迅杂文生产的重要特征。损耗意味着一种消耗殆尽、不可再生的趋势，杂文写作所能留住的只是损耗本身，而非被损耗的主体生命、精神和意志，所谓杂文带有的生命的温度和深度，其实已是一种象征之物。而象征之物进入消费社会，成为被消费的对象。至少有一部分读者，实际上正是相中了鲁迅杂文因为消耗了创作主体的生命、精神和意志而存留的生命的温度和深度，才产生阅读鲁迅杂文的热情。这也就是说，读者的消费乃是象征之物的消费，消费的是经由文字再现的创作主体损耗生命、精神和意志的过程。因此，如何在杂文创作过程中袒露主体被损耗的过程，无疑成为杂文生产或再生产的关键之一。即以《且介亭杂文》这部鲁迅本人最为钟爱的杂文集为例，序言和附记连同编集的行为可以算是杂文的再生产，所收文章则是杂文生产的遗痕，甚至连"且介亭杂文"的命名，也是杂文再生产的一道工序。集中所

---

① 鲁迅：《且介亭杂文·门外文谈》，《鲁迅全集》第6卷，第86页。
② 鲁迅：《华盖集·题记》，《鲁迅全集》第3卷，第4—5页。

收文章，如《病后杂谈》《病后杂谈之余》《阿金》等，明显而直接地袒露了创作主体被损耗的过程，生命、疾病、扰扰市井与杂文写作相互缠绕在一起，使读者很容易通过文字触碰到创作主体的温度和深度，从而在"凡人之心，无不有诗"① 的意义上与创作主体共鸣，重温创作主体被损耗的过程，理解和接受鲁迅杂文。集中其他的那些相对而言未能直接袒露创作主体被损耗的过程的文章，则经由鲁迅编集后写的序言和附记而敞开了创作主体被损耗的生命、精神和意志。当鲁迅在序言中勾勒杂文作为一个文类所遭遇的生产语境，又在附记中交代集中几乎每一篇杂文的具体遭遇时，读者已经很难不产生认同了："我们活在这样的地方，我们活在这样的时代。"② 读者作为消费者的共鸣既经如此唤醒，鲁迅杂文的生产语境也就最终完成。后世关于鲁迅杂文的一而再再而三的议论和研究，则是因为艺术品的特殊性使得艺术品的价值不可能被一次性消费净尽，而且具有在不同的历史时空下重新复活的可能。因此，鲁迅杂文的生产语境在理论上虽然可以表述为一个无限延展的无限趋近于完成的状态，但论者仍然可以在较为局限的意义上，也即强调鲁迅作为中介的意义上，认为鲁迅杂文的生产语境已随着编集出版而最终完成。也正是在这个层面上，论者关于鲁迅编杂文集子的分析和研究，可谓注意到了杂文再生产对于鲁迅杂文生产语境构成的重要性。如果说没有持续编集的行为就没有鲁迅杂文意识的自觉，那么，也不妨说，没有鲁迅持续编集的行为也就没有杂文文体的生成和最终成熟。所谓生产（者）的艺术，就这样在与消费（者）循环往复的博弈中不断转换成可供消费的象征之物，并因此受到消费（者）的制约，最终走向它的反面，成为消费（者）的艺术。

当然，与马克思意义或韦伯意义上的资本家不同的是，鲁迅这样的直接生产者愿意享受充分的"余裕"，即使言辞间流露出风沙扑面之类的切迫感，实际上仍然有着以杂文写作为游戏的精神。例如在鲁迅的想象中，田间地头的劳动者，就不仅出产"杭育杭育派"，也有似乎为艺术而艺术的游戏

---

① 鲁迅：《坟·摩罗诗力说》，《鲁迅全集》第 1 卷，第 70 页。
② 鲁迅：《且介亭杂文·附记》，《鲁迅全集》第 6 卷，第 221 页。

精神。① 在金刚怒目式的讽刺背后，隐藏着鲁迅为文字而文字的积习。② 他曾在《南腔北调集》的题记中自供，在私塾里读书时，对过对，积习至今没有洗干净，题目上有时就玩些什么《偶成》《漫与》《作文秘诀》《捣鬼心传》，书名上也闹《南腔北调集》配《五讲三嘘集》。③ 在鲁迅杂文的生产语境中，鲁迅的游戏精神有时是足以革新和颠倒一切的。从《马上日记》到《马上支日记》，固然难说有什么深意，即使《阿金》这样的撩动后世神经的文章，包括文章中鲁迅所指明的那些被删改的文字④，都很难说真有什么用心，鲁迅也许只不过是玩玩。生产出一些文体风貌大相径庭的东西并将它们合编在一起，也不能说就完全是匠心独具，很可能也不过是玩玩。因此，充分注意鲁迅杂文生产的无目的性，应当不是什么画蛇添足的行径。正如鲁迅笔下烦躁不安的女娲无意识地创造着人类一样，鲁迅也有可能是因为受消费社会的刺激而烦躁不安，无意识地写下了某些杂文，又随着写作的惯性在写作的过程中随机赋予正在写作的杂文以某种形式、动机和目的，从而完成某些杂文的具体生产。令人感到费解的《现代史》一文可能即是此类生产之一端，而相对于《灯下漫笔》《春末闲谈》显得拉杂漫溷的《病后杂谈》《病后杂谈之余》，可能也是此类生产之一端。就欣赏创作主体的精神极致而言，此类生产可能是鲁迅杂文最为精彩的部分。一切都茫无端绪，然而其中自有精神，令人着迷；隐藏在琐屑的社会日常事务的议论背后的是创作主体充盈而无法得到满足的爱欲，于是鲁迅坦言："无穷的远方，无数的人们，都和我有关。"⑤ 他不得不借助最疏阔的相关性来说明内在的可能。因此，鲁迅杂文中那些天马行空的小说笔法，实际上正是所谓创作总根于爱的具体表现形式。也是在这个意义上，废名讥嘲鲁迅富于情感而缺乏理智⑥，也可算是洞见之一种，至于讥嘲，则不过源于价值立场不一而已。

那么，总括起来说，鲁迅杂文的生产语境，经由鲁迅为中介的话，大约

---

① 鲁迅：《中国小说的历史的变迁》，《鲁迅全集》第9卷，第313页。
② 路杨：《"积习"：鲁迅的言说方式之一种》，《中国现代文学研究丛刊》2015年第4期。
③ 鲁迅：《南腔北调集·题记》，《鲁迅全集》第4卷，第427页。
④ 鲁迅自己就表示有些地方如"同乡会"什么的，不知为何发表时会被删除。参见鲁迅：《且介亭杂文·附记》，《鲁迅全集》第6卷，第221页。
⑤ 鲁迅：《且介亭杂文末编·"这也是生活"……》，《鲁迅全集》第6卷，第624页。
⑥ 废名：《废名序》，见《周作人散文钞》。

不出以下三端：

一是鲁迅的游戏精神导引着一些杂文的生产，使得它们索解为难却又充满魅力。

二是鲁迅对消费社会有所意识而又缺乏自觉，使得鲁迅虽然批判消费却又陷入彀中。

三是鲁迅自觉以生产者自居，完成杂文的生产和再生产，从而获得杂文意识的自觉。

这三端相互缠绕在一起，共同构建了鲁迅杂文的生产语境，使得鲁迅杂文拥有了生命的温度和深度，成为表征消费社会最好的文学编码，同时却又没有随着文章所论及的具体对象的消亡而湮没在历史的尘埃之中。

第二节 马克思主义批评话语与杂文形式

瞿秋白可能是得到鲁迅本人激赏的着先鞭的论者，他认为杂文是鲁迅表现政治立场、社会观察及对民众的同情的"艺术的形式"，是一种社会论文，战斗的"阜利通"。[①] 瞿氏的马克思主义批评话语开启了一段源远流长的关于鲁迅杂文形式的阐释史，其间闪烁着郁达夫、冯雪峰、巴人、唐弢、王瑶等人的洞见。而考虑到在鲁迅看来，钱杏邨等人以马克思主义批评话语批判自己是"'挤'我看了几种科学底文艺论"[②]，则应当将这一话语形态，不仅视为阐释鲁迅杂文形式的理论，而且视为鲁迅杂文的生产语境之一。这也就是说，鲁迅杂文形式不但如马克思主义批评话语所断言的那样与中国现代社会的政治经济状况攸关，更历史地与马克思主义批评话语本身纠缠在一起。马克思主义批评话语如何以鲁迅为中介发酵成为其杂文在主题、内容、修辞、语言语法等层面的变化，也是思考鲁迅杂文形式的应有之义。

在论题展开之前，此处先借助竹内好、丸山昇、长堀祐造、张广海、薛羽、中井政喜、张直心等人的研究来梳理一些系鲁迅与马克思主义批评话语之关节的基本史实。据薛羽对鲁迅阅读史的考察，鲁迅最早在1921年已接

---

① 参见何凝：《鲁迅杂感选集序言》，见何凝编《鲁迅杂感选集》，第2页。
② 鲁迅：《三闲集·序言》，《鲁迅全集》第4卷，第6页。

触了卢那察尔斯基的文学批评,即见刊于《新青年》1921年1月1日第8卷第5号的《苏维埃政府底保存艺术》一文,1923年已接触了普列汉诺夫的文学批评,即断续刊载于《晨报副刊》1923年11月19日至1924年2月27日的《社会改造中之两大思潮》一文,1925年4月16日甚至校读完了任国桢译的《苏俄的文艺论战》。此后,借镜升曙梦、藏原惟人等的日译本,鲁迅开启了自己对于卢那察尔斯基和普列汉诺夫的马克思主义批评话语的译介和理解。① 与此同时,鲁迅1925年8月26日即购入本年茂森唯士刚刚翻译出版的托洛茨基著作《文学与革命》,并于次年翻译了书中的第三章"亚历山大·勃洛克"作为勃洛克长诗《十二个》的序。据长堀祐造的考证,鲁迅"革命人"的思想、"同路人"的立场及"余裕"论的观念都源于托洛茨基的深刻影响;而托洛茨基对鲁迅的影响,直到1932年后才真正消退。② 张广海则认为,鲁迅1928年8月10日和11日写作的给李恺良的回信和《奔流》编校后记,标志着他与托洛茨基的决裂,从革命文学走向了无产阶级文学。③ 中井政喜的关注点不在托洛茨基身上。据他论证,1928年以后,鲁迅通过译介片上伸、青野季吉、卢那察尔斯基和普列汉诺夫而超越了厨川白村和有岛五郎,在作家忠实表现内心必带有阶级性、作品作为社会现象而有宣传作用及作品所写对象本身即有阶级性等三个方面表现出对马克思主义文艺理论的接受。④ 张直心的研究更表明,鲁迅对卢那察尔斯基和普列汉诺夫的理解既是深刻的,又是创造性的。⑤ 事实也许正如竹内好所言,鲁迅"在与革命文学苦战恶斗的过程中,以其中某一点为界,忽然之间,他变成了他之外的人。因为他是他自己,所以他便成了他之外的人。并不是他变

---

① 薛羽:《"革命文学"论争与鲁迅思想文学研究——以"阅读史"为方法的考察》,华东师范大学博士学位论文,2012年,第166—181页。
② 长堀祐造:《鲁迅与托洛茨基——〈文学与革命〉在中国》,王俊文译,台北:人间出版社,2015年,第3—79页。
③ 张广海:《鲁迅阶级文学论述的转变与托洛茨基》,《现代中文学刊》2011年第3期。
④ 中井政喜:《从1928年"革命文学论争"至1930年前后——1926—1930年间的鲁迅与马克思主义文艺理论(中)》,潘世圣译,见《上海鲁迅研究》2015年夏卷,上海:上海社会科学院出版社,2015年,第218—235页。
⑤ 张直心:《客观主义还是"阶级的主观主义"?——鲁迅与普列汉诺夫、卢那察尔斯基文艺思想再思辨》,《中国现代文学研究丛刊》2016年第9期。

了,而是对手改变了。并不是转向,而是转变——即场域的转换"①。鲁迅并非尸居于某一既成思想或观念之上的知识者,即使是面对浩浩汤汤的世界红色三十年的马克思主义批评话语,也仍然"他是他自己"。"影响"或"转变"之类的论式,确有危险之处。因此,借用丸山昇的意见来说,鲁迅"无论从事马克思主义文献的研究、翻译,还是对同路人作家的翻译,只不过是发现了真正能够承担课题之存在过程中的行为"②,相比较而言,更重要的仍然是鲁迅作为中介的存在。

一

学界通常认为1928年至1930年为鲁迅的一个转变期,其间他转换到了马克思主义批评话语所构成的场域。此处循例重点考察这一时段鲁迅的杂文写作,并从他在写作中遇到了什么问题谈起。据他1932年在《〈自选集〉自序》中提供的叙述,是《新青年》团体散掉之后,自己成了游勇,小说技术虽然更好,思路也较无拘束,但战斗的意气冷了不少,需要"新的战友"。③ 这一叙述大抵近乎实情,《新青年》同人风流云散之后,鲁迅即积极扶持未名社,创编《莽原》,1927年一度还要和郭沫若等人联手建立一个文学团体。此后,他也不再写作《彷徨》式的小说,也几乎没有《野草》式的写作了。他对于"技术""思路"这种或许被叶公超认可的形式,产生了极大的扬弃意识。深刻地表现了这一意识的是1927年10月发表在《莽原》上的《怎么写——夜记之一》一文。在李长之所极力称赏的"世界苦恼"的描写④之后,鲁迅开始了"怎么写"的讨论。他认为关于"世界苦恼"的描写文字不过是"少女颊上的轻红",敌不过"冢中的白骨",中经切己的经济人事和社会政治事件的缕述,而下结论说"散文的体裁,其实是大可以

---

① 竹内好:《鲁迅入门(之三)》,靳丛林、于桂玲译,见《上海鲁迅研究》2007年春卷,上海:上海文艺出版社,2007年,第209页。从《鲁迅》到《鲁迅入门》,竹内好对鲁迅的理解发生了值得注意的变化。尾崎文昭曾有文章论及,见尾崎文昭:《从〈鲁迅〉到〈鲁迅入门〉:竹内好鲁迅观的变动》,段美乔译,《鲁迅研究月刊》2011年第1期。
② 丸山昇:《鲁迅(五)——他的文学和革命》,靳丛林、李光泽、李明晖译,见《上海鲁迅研究》2013年夏卷,上海:上海社会科学院出版社,2013年,第232页。
③ 鲁迅:《南腔北调集·〈自选集〉自序》,《鲁迅全集》第4卷,第469页。
④ 李长之:《鲁迅批判》,第154页。

随便的,有破绽也不妨。……与其防破绽,不如忘破绽"。① 如此行文意味着,鲁迅不但扬弃了"世界苦恼"意识及其表现形式,而且执着于切己之现实,试图从中获得文学表达的内容,并拒斥既有的散文体裁理解对写作可能带来的制约。这也就是说,鲁迅彼时所遭遇的"怎么写"的问题,并不是从叶公超、李长之等人所代表的20世纪二三十年代的文学理解中所能获得答案的问题。鲁迅正在因为一己之实践而来到了建构新的文学理解的隘口。

从这一隘口回溯鲁迅1918年以来的各类写作实践,或许可以清晰地看到一个基本事实,即十年来鲁迅写下来的各类文本,其形式几乎都是不稳定的。竹内好在谈到《狂人日记》的文体时曾认定鲁迅,"与其说他始于没有表现形式之处,不如说他是从对一切表现形式的反叛开始"② 此后鲁迅的小说如茅盾所言"几乎一篇有一篇新形式"③,引起时人的极大争议。赞扬和回护之词不论,朱湘曾谓《呐喊》是"杂感体的小说",有时杂有蛇足的教训。④ 成仿吾更从所谓"表现"和"再现"的区分入手,将《呐喊》第1版十五篇小说分为两类,前9篇为"再现的",后6篇为"表现的",但"再现的"不够典型,反而有自然主义的弊病,"表现的"6篇都不够好,《鸭的喜剧》不是小说,而是随笔,《不周山》是"表现的",也是全集中唯一杰作。⑤ 鲁迅对此衔恨甚深,《呐喊》再版时撤走了《不周山》。但所谓"衔恨"倒也未必造成睚眦必报,有时也像是受到了启发,几经辗转而完成的《故事新编》,严家炎称为表现主义之作⑥。《呐喊》的形式固然是如此不稳定,《彷徨》《野草》《朝花夕拾》诸集的情形也相仿佛。李长之分析鲁迅杂文时即以《野草》为"凝练的杂感",《朝花夕拾》为"在回忆之中杂了

---

① 鲁迅:《三闲集·怎么写——夜记之一》,《鲁迅全集》第4卷,第19—25页。
② 竹内好:《鲁迅入门(之五)》,靳丛林、于桂玲译,见《上海鲁迅研究》2007年秋卷,上海:上海社会科学院出版社,2007年,第218页。
③ 雁冰:《读〈呐喊〉》,《文学旬刊》第91期,1923年10月8日。
④ 天用:《〈呐喊〉——桌话之六》,见中国社会科学院文学研究所鲁迅研究室编《1913—1983鲁迅研究学术论著资料汇编》第1卷,北京:中国文联出版公司,1985年,第75页。
⑤ 成仿吾:《〈呐喊〉的评论》,见中国社会科学院文学研究所鲁迅研究室编《1913—1983鲁迅研究学术论著资料汇编》第1卷,第44—47页。
⑥ 严家炎:《鲁迅与表现主义——兼论〈故事新编〉的艺术特征》,《中国社会科学》1995年第2期。

抒情成分的杂感"。① 要而言之，从反叛形式开始写作的鲁迅，并不是任何既有或将有的形式所能缚住的。但他也并不是纯粹从形式上时立时破，而是不断有新的内容需要表达，需要转换为新的形式。老舍 1931 年在《论文学的形式》一文中说："看形式，研究形式，所得的结果出不去形式；形式总不是最要的东西。……中国的图画最不拘形式，最有诗意；而文学却偏最不自由，最重形式……文学也似乎要个'放足'运动吧！"② 同为作家的鲁迅，当他的各类写作表现出形式不稳定的状况，当他强调"与其防破绽，不如忘破绽"时，的确是要打破形式的桎梏，并从切己的小事和社会政治事实出发，从内容突入形式，不断地拓展既有形式理解的边界。在这里，"既有形式"也成为一个内涵和外延都不稳定的概念，鲁迅不断地造成又取消"既有形式"，如他的各类文本的写作所表现出来的那样。③ 而这种形式问题的背后，正如他使用的"少女颊上的轻红"和"冢中的白骨"一组比喻所隐指的那样，是如何通过把握内容以获得形式的质地的痛苦。因此，"怎么写"的问题对于彼时的鲁迅而言，恰恰不是一个"怎么写"这一问句的语法表面上所指的单纯的形式问题，而是一个内容问题，尤其是如何获得内容的问题。换言之，鲁迅认为彼时面对新的社会政治现实所构成的内容形态，自己原有的写法已经失效，原先的团体归属也已丧失，迫切需要一种新的关于文学的话语形态来应对扑面而来的社会政治现实，而文学因此被鲁迅打上了问号。"怎么写"质问的是什么是文学、什么是文学的内容、什么是文学的形式、文学如何构建作家的主体意识、文学如何组织自我和社会的生活等问题。在这个意义上，马克思主义批评话语在 1920 年代中国的发生，不仅外缘于后期创造社和太阳社诸人的移植，而且内因于鲁迅这种类型的知识分子认知和把握现实的困顿。在"革命文学论争"中成型的马克思主义批评话语，因之内在地属于鲁迅杂文的生产语境。鲁迅虽然自称是被创造社"挤"着去看马克思主义文论，但其实早在钱杏邨等人发难前的 1925 年即专

---

① 李长之：《鲁迅批判》，第 127 页。
② 老舍：《论文学的形式》，《老舍全集》第 17 卷，北京：人民文学出版社，2008 年，第 24 页。
③ 有论者谓鲁迅充满先锋精神，或可由此获得一解。参见陈思和：《先锋与常态——现代文学史的两种基本形态》，《文艺争鸣》2007 年第 3 期。

门留心相关书籍了。当然,他也并非先知先觉,其留心苏俄文论,应与孙中山晚年的联俄联共政策息息相关。

据王风的研究,鲁迅在《新青年》上发表的随感录与梁启超开启的报刊写作不同,鲁迅是将时事或新闻等作为表达自己思想的材料,而不做简单对应性的评论,从而表现出作者的主体性,报刊写作因此"演化为一种新的'杂感'体",现代论说文体"杂文"诞生。① 这意味着鲁迅是一位主体意识极强的作者,而杂文写作既满足了他应对扑面而来的新的社会政治现实的需要,也绝不违背他的主体意识。甚至不妨这样理解,那些被鲁迅的同时代人在鲁迅的不同类型的文本中所发现的同一特征"杂",正是作者的主体意识渗透在文本形式中的具体表现,是鲁迅独有的"文调"② 或风格。因此,无论就个人的性情而言,还是就所面对的社会政治现实而言,杂文之所以成为鲁迅1927年之后的基本写作形式,都是有迹可循的。在这个意义上考察理解钱杏邨等人1928年借助马克思主义批评话语对鲁迅的批判,也许将打开鲁迅与马克思主义批评话语所构成的场域中一些此前未曾触及的内容。在《死去了的阿Q时代》一文中,钱杏邨劈头就指鲁迅的创作落后于时代,但在"附记"里补充道,"我觉得鲁迅的真价的评定,他的论文杂感与翻译比他的创作更重要",认为鲁迅的杂感表现了"时代精神"。③ 虽然在鲁迅反唇相讥之后钱杏邨又激于意气地说杂感也落后,没有政治思想,只是反抗的"片断"④,但可以看到的是,正如鲁迅将杂文写作视为"怎么写"的答案一样,马克思主义批评话语预留给堕落者鲁迅的出路也是杂文写作,二者之间表现出相互契合的特点。实际上,如果没有这种相互契合,以鲁迅"偏不"的执拗,恐怕难免不"偏要"写《呐喊》《彷徨》《野草》式的东西,而"偏不"写杂文。这样的揣测之词虽然难有什么事实的意义,但对于理解鲁

---

① 王风:《从"自由书"到"随感录"——晚清报刊评论与五四议论性文学散文》,见《现代中国》第4辑,武汉:湖北教育出版社,2004年,第112—125页。
② 梁实秋谓散文的关键在于形成一种"文调"。其所谓"文调"对应的是style(风格)。参见梁实秋:《论散文》,见李春雨、杨志编著《中国现代文学资料与研究》(下册),北京:北京师范大学出版社,2008年,第321—325页。
③ 钱杏邨:《死去了的阿Q时代》,见中国社会科学院文学研究所鲁迅研究室编《1913—1983鲁迅研究学术论著资料汇编》第1卷,第325—331页。
④ 钱杏邨:《死去了的鲁迅》,见中国社会科学院文学研究所鲁迅研究室编《1913—1983鲁迅研究学术论著资料汇编》第1卷,第362页。

迅是以何种姿态转换到马克思主义批评话语所构成的场域中及此后马克思主义批评话语何以高度肯定鲁迅杂文写作,倒也有一点补充作用。曾经被钱杏邨视为反抗的"片断"的鲁迅杂文,后来在瞿秋白、冯雪峰及鲁迅本人的马克思主义批评话语中获得了具有"总体性"的论证,这意味着鲁迅杂文的写作和马克思主义批评话语的发展,乃是一种共生关系,相互砥砺,相互促进,共同建构了把握新的社会政治现实的总体性的文学形式。假使这一结论有一定的合理之处,那么,可以讨论的是,鲁迅可能从李初梨1928年发表的《怎样地建设革命文学》一文中获得了或一层面的启迪。李初梨在文中表示:

> 我们知道,一切的观念形态(Ideologie),都由社会的下层建筑所产生。然而此地有一种辩证法的交互作用,我们不能把它看过。就是,该社会的结构,复为此等观念形态所组织,所巩固。
> 文学为意德沃罗基的一种,所以文学的社会任务,在它的组织能力。①

这段话作为马克思主义基本原理的表述,当然谈不上高明,但可能和鲁迅留日时期思想中即有的缺失存在攻辩。汪晖曾表示鲁迅留日时期的"人国"是"人+人+人+等等"的自由人联盟②,从"沙聚之邦"到"人国",不需要政治法律这些在章太炎看来使国家不致坠亡的结构和组织形态③。这种对于结构和组织形态的有意忽视使鲁迅将"摩罗诗力"直接与人心建立关系,放逐了可能存在的中间环节。而李初梨的表述所突出的恰恰是中间环节,政治法律是观念形态,文学也是观念形态,它们直接与社会的下层建筑相关,而不是直接与人心相关,文学是作为观念形态而发生组织社会结构的作用,即作为上层建筑反作用于经济基础。这也就意味着与社会结构密切相关的文

---

① 李初梨:《怎样地建设革命文学》,见中国社会科学院文学研究所鲁迅研究室编《1913—1983鲁迅研究学术论著资料汇编》第1卷,第319页。
② 汪晖:《反抗绝望——鲁迅的精神结构与〈呐喊〉〈彷徨〉研究》,上海:上海人民出版社,1991年,第23—24页。
③ 李国华:《章太炎的"自性"与鲁迅留日时期的思想建构》,《中国现代文学研究丛刊》2009年第1期。

学，作为观念形态，必须是在组织和巩固社会结构或破坏和重组社会结构的意义上，才能发生社会作用。而所谓"此地有一种辩证法的交互作用，我们不能把它看过"，即指文学之发生社会作用，是不以人的意志为转移的。因此，文学并非无力，且恰与政治法律一样，有组织的能力。鲁迅在大革命语境中所频繁强调的文学无力论，由此也受到了驳难，即文学的战场并不同于枪炮的战场，自有其发生作用的中间环节。同时，鲁迅关于"世界苦恼"式的写作脱离了现实的困扰，也获得了一定程度上的缓解。如果文学本来就是与社会结构混战在一起的观念形态，那么，从事写作的鲁迅就在观念形态的意义上获得了以文学组织社会的基本任务。而杂文正是最切合这一意义的文学理解的形态，那么，鲁迅之积极写作杂文，积极创编刊物为杂文写作提供空间，积极培养杂文写作队伍，强调社会批评与文明批评之重要，积极参与组织左翼作家联盟，或可视为其转换到马克思主义批评话语所构成的场域之后的必然行迹。因此，如果说正如王风的研究所表明的那样，随感录式的写作使杂文在鲁迅那里获得了主体性，那么，马克思主义批评话语的介入则使杂文在鲁迅那里获得了组织社会的能力，构成了对于中国现代社会的总体性描述和诗史般的呈现。鲁迅杂文之所以成为一种崇高的形式，与此有关。

二

鲁迅杂文在马克思主义批评话语的刺激下成为一种崇高形式，是人所共见的。李长之1935年即曾描述受钱杏邨批判之后的鲁迅，"在文字上，以《二心集》和以往的杂感集比较，就果然是爽朗开拓的了，阴险刻毒和纤巧俏皮可说确收敛了许多。政治思想，在一向空洞而没有立场的鲁迅，不久也就形成了"[①]，而且从1928年到1930年——

> 他这时批评了梁实秋，批评了成仿吾，批评了钱杏村，对于左翼，他有了指示；对于右翼，他有了剖解，他从前只是为青年辨，现在他为大多数劳苦大众辨了，但他却也并不忘记攻击他们的短处。在理论上，他为忠实的翻译辨，他为阶级性的存在辨。在从前，他有所攻击，是因

---

① 李长之：《鲁迅批判》，第47页。

> 为"关己",现在是不触着自身,也来战斗了,从前他的战斗为个人,现在是为受压迫的大部分人了。
>
> 文章与内容相衬,他这时的作品也最是在浑浑厚厚之中,而有一种生气。所以我认为这是他最健康,而精神进展达于极点的时期。①

李长之的描述开阔而充满感情,意味着他对于一个健康鲁迅的充分爱戴。不过,这样的描述难免暗示着鲁迅是通过批评论敌来清理自身的讯息,与事实或有不合之处。正如木山英雄在他的《野草》研究中指出的那样,《野草》的写作意味着鲁迅"经历绝望与死而通往希望与生","从《野草》的写作终了前后开始,鲁迅变得常常表示出要工作的欲望",鲁迅意识到"人到底没有终极的自我,即或有之竟不能活生生的抓住它(死更不在话下),而最确凿的自我,至多是'友和仇''爱者和不爱者'等他者之数学里所谓函数那样一回事,也就是只有作为那种关系之总和而存在的东西"。②鲁迅的自我解剖和清理在与论敌遭遇之前业已完成。而木山氏"关系之总和"的断语,与马克思主义的经典论断"人是一切社会关系的总和"③,庶几一致。以此言之,则鲁迅在未曾接触马克思主义批评话语之前,即通过主体的批判与建构临近了马克思主义对人的本质的一般理解。这不期然就为鲁迅与阶级论的遇合打开了通道。因此,与所谓"拟态的制服"④ 不同,李长之观察到的鲁迅1928年至1930年杂文形式的变化,乃是彼时鲁迅的精神状况的深刻征兆,并非梁实秋式的征用阶级论话语时的纤巧俏皮。

同样是论证论敌的阶级身份,鲁迅《"丧家的""资本家的乏走狗"》⑤

---

① 李长之:《鲁迅批判》,第50页。
② 木山英雄:《〈野草〉的诗与哲学(下)》,赵京华译,《鲁迅研究月刊》1999年第11期。
③ 马克思在《关于费尔巴哈的提纲》中说:"费尔巴哈把宗教的本质归结于人的本质。但是,人的本质并不是单个人所固有的抽象物。在其现实性上,它是一切社会关系的总和。"见《马克思恩格斯选集》第1卷,北京:人民出版社,1972年,第18页。
④ 鲁迅对嘲骂《新青年》者由嘲骂而赞成而又嘲骂的批评。见鲁迅:《热风·题记》,《鲁迅全集》第1卷,第308页。
⑤ 鲁迅:《二心集·"丧家的""资本家的乏走狗"》,《鲁迅全集》第4卷,第251—254页。

一文和梁实秋《鲁迅的新著》①一文在思想、修辞和语法等诸层面形成鲜明对照。鲁迅的文章发表在 1930 年 5 月 1 日《萌芽月刊》第 1 卷第 5 期上，应对的是梁实秋、冯乃超等人之间关于文学是否有阶级性的论争。此文发表后，梁实秋迟至 1932 年 12 月 3 日才在《益世报》上发表《鲁迅的新著》一文，表示自己并未如影淡去，侧面回击了鲁迅。两篇文章构成鲜明对照的情况如下表所示：

表 1

层面	题目	
	"丧家的""资本家的乏走狗"	鲁迅的新著
思想	阶级论	阴谋论
修辞	讽刺	反讽
语法	全称判断	特称判断

鲁迅在文中引用了梁实秋《"资本家的走狗"》的话语之后，明确表示"这真是'资本家的走狗'的活写真"，随后以全称判断的方式进行话语分析，认为"凡走狗，虽或为一个资本家所豢养，其实是属于所有的资本家的，所以它遇见所有的阔人都驯良，遇见所有的穷人都狂吠"，最终说明梁实秋文章中的"卢布""共产党"等话语，不过是"以济其'文艺批评'之穷罢了"的手段，因讽刺曰"乏"。梁实秋文章一开头就语带反讽，"杂感家鲁迅先生，——不，头一句就有毛病"，此后全文依之，但也就事论事，行文写到鲁迅《三闲集》中《头》一文时，突然以阴谋论的方式逆推鲁迅言论的阶级性。文章大妙，援引如次：

《三闲集》第九五页有这样一句："三月二十五日的《申报》上有一篇梁实秋教授的《关于卢骚》，……"。这一句话好象轻描淡写，其实藏着"刀笔"。几年前的《申报》，（一九二八年）大概在图书馆还寻得出，若有好事者不妨请去查查，一九二八年三月廿五日《申报》，上

---

① 梁实秋：《鲁迅的新著》，见中国社会科学院文学研究所鲁迅研究室编《1913—1983 鲁迅研究学术论著资料汇编》第 1 卷，第 727—729 页。

面有没有梁实秋教授的一篇《关于卢骚》？如没有为什么鲁迅说有？如是记忆错误，为什么单单错到《申报》上去？这答案不难找，原来《申报》是鲁迅先生所不齿的，"申报是最求和平最不鼓动革命的报纸"（见《二心集》四三面），所以梁实秋教授的文章是该出现于《申报》的，纵然明知不在《申报》，也必须说在《申报》才能动听。才合于所谓的阶级。可惜刀笔终敌不过事实。这一回鲁迅先生吐出的唾沫还须自己舐回去。

梁实秋的兴奋和欣喜跃然纸上，甚至令人怀疑他就是为了此节文字才写《鲁迅的新著》一文。事实上，梁氏的文章见于同一天的《时事新报》。鲁迅写《头》是在 4 月 10 日，同日另写有《扁》、《通信》、《太平歌诀》①、《铲共大观》②，其中后两篇文章开头都引了《申报》。根据鲁迅读报、剪报并归类的习惯来判断，梁氏以为得计的发现，实在有更大的可能是他太想从字缝里读出文章来反击鲁迅，以至于用力过猛，反诬鲁迅的刀笔藏在那么拙劣的字里行间。设若梁实秋并不如此沾沾以为得计，视鲁迅的错误为无意，其揣测的笔锋倒也颇似后世论者所谓政治无意识分析，刺探出了深隐在鲁迅消极修辞背后积极的阶级眼光。遗憾的是，梁氏急于辞色的修辞，反而坐实了他自己修辞背后挥之不去的阶级立场，得意的文字也就成了实实在在的刀笔。因此，正如李长之所观察到的那样，鲁迅文章"爽朗开拓"地以阶级论的思想来判定梁实秋话语的社会类型和阶级归属，不过是以梁实秋为靶子，分析中国现代社会的阶级状况而已，并无私仇，确实没有梁实秋文章中的那种阴险刻毒和纤巧俏皮，以只言片语为事，陷于个人恩怨。

　　同样地，当钱杏邨、冯乃超、李初梨、郭沫若等革命文学的主张者在论战文章中奚落鲁迅的年纪、态度、酒量、牙齿……之时，也无不有阴险刻毒和纤巧俏皮之概，陷于派系之争。相反，鲁迅的反击多限于对手的行为和话语本身，绝不涉及对手的生物性特征，更显现出其杂文的"爽朗开拓"。而且，重要的是，当对手质问鲁迅究竟属于第几阶级时，鲁迅从未犹疑，不惮给出明确答复：

---

① 鲁迅：《三闲集·太平歌诀》，《鲁迅全集》第 4 卷，第 104—105 页。
② 鲁迅：《三闲集·铲共大观》，《鲁迅全集》第 4 卷，第 106—108 页。

我时时说些自己的事情，怎样地在"碰壁"，怎样地在做蜗牛，好像全世界的苦恼，萃于一身，在替大众受罪似的：也正是中产的智识阶级分子的坏脾气。只是原先是憎恶这熟悉的本阶级，毫不可惜他的溃灭，后来又由于事实的教训，以为惟新兴的无产者才有将来，却是的确的。①

在这段也被后人反复征引的文字中，鲁迅自我的阶级认同和阶级身份认定发生了有意味的紧张，认同的是无产阶级，却并不认为自己能够因这一认同而发生"奥伏赫变"，成为无产阶级的一员。而且，"毫不可惜他的溃灭"一语意味着鲁迅并不惮于为了"新兴的无产者"而牺牲，扬弃了同路人式的对于革命和血污的恐惧。因此，从这一点上来看，长堀祐造要从毛泽东和斯大林的话语中将鲁迅拯救出来的学术用心，确如木山英雄所言，未免造成了某种考证的"陷阱"和"膨胀"。② 而且，正是在这种明确的阶级认同的基础上，鲁迅对"奥伏赫变"的译法提出了疑问，并且开始了文艺与大众化的思考。鲁迅在《"醉眼"中的朦胧》一文中说，"我不解何以要译得这么难写，在第四阶级，一定比照描一个原文难"③，追问的其实乃是普罗列塔利亚文学提倡者们与普罗列塔利亚的关系，追问的是他们的自我身份认同。因此，尽管彭康以长文《"除掉"鲁迅的"除掉"！》回应，说明"奥伏赫变"这一音译首先出现在《文化批判》创刊号的"新辞源"上，并且给出详尽的哲学解释④，仍然不足以"除掉"鲁迅提出来的问题的严肃性质。

而且，从"奥伏赫变"这一翻译事件出发，鲁迅对翻译的思考走向了中国社会结构的圈层化现象。1929年5月22日在燕京大学国文学会演讲时，鲁迅针对革命文学以来的状况，提起自己所亲历的上海租界：

那情形，外国人是处在中央，那外面，围着一群翻译，包探，巡

---

① 鲁迅：《二心集·序言》，《鲁迅全集》第4卷，第195页。
② 木山英雄：《〈鲁迅与托洛茨基——《文学与革命》在中国〉书评》，谭仁岸译，《人间思想》（台北）2015年12月号。
③ 鲁迅：《三闲集·"醉眼"中的朦胧》，《鲁迅全集》第4卷，第64—65页。
④ 彭康：《"除掉"鲁迅的"除掉"！》，见中国社会科学院文学研究所鲁迅研究室编《1913—1983鲁迅研究学术论著资料汇编》第1卷，第344—348页。

捕,西崽……之类,是懂得外国话,熟悉租界章程的。这一圈之外,才是许多老百姓。

老百姓一到洋场,永远不会明白真实情形,外国人说"Yes",翻译道,"他在说打一个耳光",外国人说"No",翻出来却是他说"去枪毙"。倘想要免去这一类无谓的冤苦,首先是在知道得多一点,冲破了这一个圈子。①

这里所描述的情形,自然是一种典型的半殖民地情形,内含着国与国之间的矛盾、阶级与阶级之间的矛盾。不过,鲁迅关心的重点却在组织和巩固着半殖民地情形的翻译话语,将翻译由不同国家的语言之间的交通推导至同一族群内部不同社会阶层之间的交通,从而使翻译问题与阶级问题关联起来。一旦翻译成为阶级问题,鲁迅青年时期对伪士以新名词吓人的批判,1920年代对世界语的关心,1927年前后开始对无声中国的批判,对大众语运动和文艺大众化的投入,都可以归结为对于打破中国现代社会结构的圈层化现象的努力和路径。鲁迅的杂文写作也出现由雅向俗、由幽深峭拔向平易畅达的变化。赵树理最早的创作谈,似乎亦可在鲁迅这样的翻译思想中找到一点因由。赵树理说:

我既是个农民出身而又上过学校的人,自然是既不得不与农民说话,又不得不与知识分子说话。有时候从学校回到家乡,向乡间父老兄弟们谈起话来,一不留心,也往往带一点学生腔,可是一带出那等腔调,立时就要遭到他们的议论,碰惯了钉子就学了点乖,以后即使向他们介绍知识分子的话,也要设法把知识分子的话翻译成他们的话来说,时候久了就变成了习惯。说话如此,写起文章来便也在这方面留神。②

虽然不能说鲁迅杂文形式的变化及赵树理的文学形式的出现都源于作家对阶

---

① 鲁迅:《三闲集·现今的新文学的概观——五月二十二日在燕京大学国文学会讲》,《鲁迅全集》第4卷,第136—137页。
② 赵树理:《也算经验》,《赵树理全集》第3卷,北京:大众文艺出版社,2006年,第350页。

级论的接受，但不能不说，阶级论在鲁迅的杂文写作中发酵以后，带来了一些崭新的语言、修辞和语法面貌。当然，阶级论在鲁迅的杂文中并不是生硬的理论话语，而是经鲁迅翻译之后的形象化的语言。此后，1932年，在一些见诸报道的演讲中，鲁迅明确动用了"西装先生的皮鞋"和"下等人的泥腿"的对立①，而将阶级话语翻译为普罗大众容易接受的日常话语。

三

1935年，李长之在分析鲁迅杂文带来的阅读快感时，已经细致到了修辞分析的程度：

> 他用什末扩张人的精神呢？就是那些："虽然"，"自然"，"然而"，"但是"，"倘若"，"如果"，"却"，"究竟"，"竟"，"不过"，"譬如"，……，他惯于用这些转折字，这些转折字用一个，就引人到一个处所，多用几个，就不啻多绕了许多湾儿，这便是风筝的松线。这便是流水的放闸。可是在一度扩张之后，他收缩了，那时他所用的，就是："总之"。②

接下来，李长之以《华盖集续编》中《记"发薪"》一文作为例证，并解释道："鲁迅之所以能够用那些转折的字者，是因为他思路过于多，非这样，就派遣不开的缘故。"③ 应当说，李长之所分析的鲁迅杂文的修辞状况是人所共见的。而且，从修辞窥见鲁迅的文章风格，后世论者更有进境。林万菁在1980年代以专书讨论过鲁迅修辞，其中论及虚词使用时认为鲁迅往往有意将两个虚词叠在一起加以使用，如"甚而至于""竟至于并且""恐怕实在也到底""首先第一""也许简直倒是"等，这构成了他修辞风格的基本成分，使文章节奏沉着凝重。④ 这就意味着，鲁迅修辞上的转折之处，不仅表现在"然而""总之"等虚词所形成的篇章结构上，而且表现在因为"甚

---

① 《鲁迅昨在师大讲演》，见中国社会科学院文学研究所鲁迅研究室编《1913—1983鲁迅研究学术论著资料汇编》第1卷，第717—718页。
② 李长之：《鲁迅批判》，第166页。
③ 同上书，第168页。
④ 林万菁：《论鲁迅修辞：从技巧到规律》，新加坡：万里书局，1986年，第158—171页。

而至于"这样的虚词叠用所形成的句子结构上。换言之,从修辞中窥见的鲁迅风格,不仅是篇章结构意义上,更是每一个句群意义上的。蔡元培对鲁迅"字句之正确"① 的评价,或可由此获得一种理解。当然,值得特别提出的是,林万菁做出的修辞分析是针对鲁迅笔下的所有各类文本的,而李长之仅着眼于鲁迅杂文。这意味着李氏所做的修辞分析,其实是适用于杂文之外的鲁迅的其他文本的。下面试以《人之历史》和《狂人日记》中的选段为例:

> 进化之说,昉灼于希腊智者德黎(Thales),至达尔文(Ch. Darwin)而大定。德之黑格尔(E. Haeckel)者,犹赫胥黎(T. H. Huxley)然,亦近世达尔文说之讴歌者也,顾亦不笃于旧,多所更张,作生物进化系图,远追动植之绳迹,明其曼衍之由,间有不足,则补以化石,区分记述,蔚为鸿裁,上自单幺,近迄人类,会成一统,征信历然。虽后世学人,或更上征而无底极,然十九世纪末之言进化者,固已大就于斯人矣。②

> 照我自己想,虽然不是恶人,自从踹了古家的簿子,可就难说了。他们似乎别有心思,我全猜不出。况且他们一翻脸,便说人是恶人。我还记得大哥教我做论,无论怎样好人,翻他几句,他便打上几个圈;原谅坏人几句,他便说"翻天妙手,与众不同"。我那里猜得到他们的心思,究竟怎样;况且是要吃的时候。③

这两段文字的着重处表明,鲁迅在不同时期、不同语体、不同文类中都善于使用李长之所谓转折字来扩张读者的精神,形成阅读快感。因此,重修检讨李长之就鲁迅杂文做出的修辞分析是十分必要的。

事实上,李长之的分析甫一问世,时人即有异议。在《鲁迅的杂文》(1937年6月)中,徐懋庸针对李长之的意见,毫不客气地说,"他的解释实在有点毛病",并且认为:

---

① 蔡元培:《鲁迅先生全集序》,见《鲁迅全集》第1卷,北京:人民文学出版社,1973年。
② 鲁迅:《坟·人之历史》,《鲁迅全集》第1卷,第8页。
③ 鲁迅:《呐喊·狂人日记》,《鲁迅全集》第1卷,第446—447页。

鲁迅用的是"剥笋"式，他要暴露一个问题的真相，就动手把它的外面所有的皮依次剥去，剥了一层，"然而"还有一层，"不过"这一层样子不同了，"如果"剥进去，那还有许多，"倘"不剥完，就不会看出真相，这样一层层地剥进去，最后告诉你"总之"真相如何，这就是深刻，象罗螺一样，愈绕愈深入，并不是平面上的兜圈子。

但这种现象，不关作法，其实是思想方法所产生的。鲁迅的思想方法，是合于辩证法的，就是，他不照呆板的逻辑，把问题放在孤立的状态中去思索。他把凡和这问题有联系的方面都想到，而且从它的发展状态中去想。我们倘不了解这一点，单是从"然而"、"总之"这些字面的转折上去欣赏他的文章而去模仿他，那是没有好结果的。无谓的绕圈，只能使人眼花撩乱而已。①

就对鲁迅杂文修辞的表面观察来说，徐李二氏并不冲突。冲突的地方在于，鲁迅杂文修辞背后的深度模式是什么，二氏各有所见。李长之强调的是鲁迅"思路过于多"，这种解释并没有说明鲁迅的思路是什么，事实上等于不明就里，故而被徐懋庸认为徒知"字面的转折"。徐氏的解释指出了鲁迅杂文修辞背后的深度模式，即鲁迅以合于辩证法的思想方法驱动文字寻找真相。毋庸置疑，在这一点上，徐懋庸的见解要比李长之更加贴近鲁迅杂文的修辞和思想。换言之，支撑鲁迅杂文写作的深度模式并不是修辞的热情或个人的好恶，乃是寻求中国现代社会的真相的精神。而因为真相被层层话语包裹，鲁迅就不得不"一层层剥进去"，直到到达真相为止。在这个意义上，正如狂人从仁义道德话语的缝隙中读出真相一样，鲁迅的杂文写作就是话语"剥笋"行为，是对中国现代社会的一种话语分析。

而且，更加值得注意的是，当鲁迅转换到马克思主义批评话语所构成的场域之后，徐懋庸所意识到的辩证法问题，可能是唯物辩证法在鲁迅杂文形式中如何发酵的问题。辩证法对于鲁迅而言，可能并不是与马克思主义发生关联之后的新东西。早年留学日本期间，当他接触到青年黑格尔派的重要哲

---

① 徐懋庸：《鲁迅的杂文》，见中国社会科学院文学研究所鲁迅研究室编《1913—1983 鲁迅研究学术论著资料汇编》第 2 卷，第 793—794 页。

学家施蒂纳的思想时,恐怕即已受到或一程度的影响。① 然而,唯物辩证法对于 1920 年代的中国文坛来说是个新名词,对于鲁迅来说,也是陌生的。在革命文学论争中,有人断定鲁迅:"不消说他是根本不了解辩证法的唯物论。"② 而他自己在写给李恺良的回信中也坦然承认:"我对于唯物史观是门外汉。"③ 但是,随着阅读视野和社会实践的拓展,鲁迅可能在多个层面上与唯物辩证法发生了思想联系。④ 先看后期创造社的刊物《文化批判》创刊号"新辞源"栏目上对唯物辩证法一词的解释:

> 唯物辩证法是适应于辩证法的唯物论的研究方法,与辩证法的唯物论有密切不离的关系。这个研究方法是:——对于研究的对象(目的物),先把握它的全体性,究明这全体的各部分时,则用抽象方法(抽象的意义是:——弃去由对象中所抽出的东西,而进向对象的中核)以穷究部分的部分及最后的核心,——所谓细胞形态——再去严密地检查它的相互关系,连络关系。做完了这个分析以后,再将这个分析了的对象,复现它的全体的现实的形态——综合作用。在这二方向——分析与综合——的研究之中,发见这对象的构成及运动法则的,就叫做唯物辩证法。总之,这个方法是在全体与部分及普遍与特殊的关系上去观察事物,对于事物的运动方面,则采取历史的考察方法,对于观察特殊的个体,则顾虑这个体与环境的关系。⑤

从逻辑上来看,徐懋庸分析鲁迅杂文修辞的思路与《文化批判》提供的思路几乎是完全一致的。由此可知,徐氏所谓辩证法就是唯物辩证法,而非黑

---

① 关于鲁迅留日时期思想与施蒂纳的关系,梁展有比较深入的讨论。参见梁展:《颠覆与生存——德国思想与鲁迅前期的自我观念(1906—1927)》,上海:上海锦绣文章出版社,2007 年,第 44—49 页。
② 杜荃:《文艺战上的封建余孽——批评鲁迅的〈我的态度气量和年纪〉》,见中国社会科学院文学研究所鲁迅研究室编《1913—1983 鲁迅研究学术论著资料汇编》第 1 卷,第 413 页。
③ 鲁迅:《三闲集·文学的阶级性》,《鲁迅全集》第 4 卷,第 127 页。
④ 有论者甚至认为,"前期鲁迅的世界观已经开始了辩证法和唯物主义相结合的过程"。参见石汝祥:《进向完备的唯物主义和辩证法——也论鲁迅前期的世界观》,《中国社会科学》1981 年第 6 期。
⑤ 见《文化批判》1928 年第 1 号,1928 年 1 月 15 日。

格尔意义上的辩证法。不过，从鲁迅1928年的书账来看，当受到"根本不了解辩证法的唯物论"的批判之后，他虽然自知理论上确有匮缺，但并不相信《文化批判》上给出的相关介绍。他随即购买了《唯物論と弁証法の根本概念》《弁証法と其方法》《辩证法杂书》《唯物史観解説》《唯物的历史理论》《史的唯物論略解》《弁証的唯物論入門》等书①，此后仍然购买相关的书籍，并进入丸山昇仔细研究过的《壁下译丛》的翻译时期②。鲁迅以自己的方式获得了对唯物辩证法及相关理论的理解，并通过普列汉诺夫、卢那察尔斯基等人的文艺批评理论的翻译，获得了唯物辩证法及相关理论如何在文学领域运用的知识。

不过，需要再作分辨的是，徐懋庸未免急于建立鲁迅杂文修辞与唯物辩证法的关联，而视尚未与唯物辩证法发生深刻关联的1926年的鲁迅写的《记"发薪"》一文"合于辩证法"，即合于唯物辩证法。事实上，《记"发薪"》并没有"把凡和这问题有联系的方面都想到"，也即没有把握住研究对象的"全体性"，因此整篇文章只见作为上层建筑的教育部的种种"怪现状"，并未抵于上层建筑所以"怪"的经济基础原因，而且叙事流于琐碎。相比较之下，《"丧家的""资本家的乏走狗"》虽然文章较为短小，却直指梁实秋作为一类人的经济基础和阶级归属，同时又并未丧失梁实秋作为"特殊的个体"的"全体的现实的形态"。因此，尽管徐懋庸以马克思主义批评话语发现鲁迅杂文修辞背后的深度模式，可谓洞见，但从历史的眼光来看，或许看朱成碧，到底发生了时间上的错位。

另外，如果按照藏原惟人的方式来理解唯物辩证法，也许能够观察到唯物辩证法在鲁迅杂文形式中发酵的另一面向。藏原惟人说：

> 唯物辩证法是这社会向怎样的方向前进，认识在把这社会上甚么是本质的，甚么是偶然的这事教导我们。普罗列塔利亚写实主义依据这方法，看出从这复杂无穷的社会现象中本质的东西来，而从它必然地进行

---

① 鲁迅：《鲁迅全集》第16卷，第108—110页。
② 丸山昇的相关研究有《鲁迅和〈宣言一篇〉》《辛亥革命与其挫折》《"革命文学论战"中的鲁迅》等，见丸山昇：《鲁迅·革命·历史——丸山昇现代中国文学论集》，王俊文译，北京：北京大学出版社，2005年，第1—70页。

着的那方向的观点来描写着它。①

作为福本主义的批判者出现的藏原惟人更加看重的是唯物辩证法中蕴藏的把握历史方向的信息。虽然与此有关的"唯物辩证法创作方法论"可能影响了新文学现实主义的发展②，但对于1928—1930年间的鲁迅而言，其实不失为积极的因素。以鲁迅对藏原惟人的了解和推重，应当熟悉藏原惟人对福本主义的批判及对唯物辩证法的看法。假使对于鲁迅杂文修辞背后的唯物辩证法的观察大体不谬，那么，大概也就可以确认，1928年以来鲁迅杂文中对无产者未来的信任和想象，与唯物辩证法大有干系。也许正因为如此，鲁迅1928年前的著名杂文《灯下漫笔》中那种时空循环、未来无望的形式感，那种此前经常存在于鲁迅各类文本中的形式感，此后才慢慢消失。此后的杂文，往往能读出光明的感觉，如《现今的新文学的概观》《叶永蓁作〈小小十年〉小引》《柔石作〈二月〉小引》，都是"未绝大冀于方来"③，从具体的人群而非青年时期观念的输入与启蒙的意义上，去把握未来。

四

1928年春天，司徒乔在上海举办了"乔小画室春季展览会"。鲁迅为展览会写了序言，即1928年3月14日写的《看司徒乔君的画》一文。巧合的是，沈从文也看了那次展览会，并写下《看了司徒乔的画》一文。鲁迅和沈从文对司徒乔画作的主要评价分列如下：

> 作者对于北方的景物——人们和天然苦斗而成的景物——又加以争斗，他有时将他自己所固有的明丽，照破黄埃。至少，是使我觉得有"欢喜"（Joy）的萌芽，如胁下的矛伤，尽管流血，而荆冠上却有天使——照他自己所说——的嘴唇。无论如何，这是胜利。④

---

① 藏原惟人：《新写实主义论文集》，之本译，上海：现代书局，1930年，第42页。
② 有关论述见温儒敏：《新文学现实主义的流变》，北京：北京大学出版社，2007年，第108—120页。
③ 鲁迅：《集外集拾遗补编·破恶声论》，《鲁迅全集》第8卷，第25页。
④ 鲁迅：《三闲集·看司徒乔君的画》，《鲁迅全集》第4卷，第73—74页。

在全是凭小聪明与好运气的小鬼社会中，司徒君，独自走自己的那条寂寞的路。某一种世界把他忘掉他也忘掉了那种世界。他忘了社会对他的压迫，却看到比自己更被不公平待遇的群众；他不用笔写自己的苦闷，他的同情的心却向着被经济变动时代蹂躏着的无产者。①

两相对照，有趣的地方在于，与马克思主义批评话语关系密切的鲁迅关心的是司徒乔画作所反映出来的画家"自己所固有的明丽"，是"'欢喜'（Joy）的萌芽"，而与马克思主义批评话语并无什么瓜葛的沈从文倒关心画家画作表现的内容，即"被经济变动时代蹂躏着的无产者"。表面上看来，沈从文甚至比鲁迅更加激进，更加关心"无产者"，事实上则可能全然相反，沈从文是站在自上而下的位置表达了对于"无产者"的同情，而鲁迅着眼的是表现"无产者"的画家是在何种立场上进行表现，或者说，鲁迅关心的是画家与"无产者"之间的结构关系。因此，虽然不能直接断定鲁迅是否站在"无产者"的立场上，但可以推论的是，鲁迅比沈从文看到了更为内在的艺术内容与形式的问题。

"欢喜"（Joy）一词源自鲁迅自己译的厨川白村《苦闷的象征》第一章"创作论"：

> 自己生命的表现，也就是个性的表现，个性的表现，便是创造的生活了罢。人类的在真的意义上的所谓"活着"的事，换一句话，即所谓"生的欢喜"（joy of life）的事，就在这个性的表现，创造创作的生活里可以寻到。②

欢喜（Joy）与生命、个性相关，创造创作中能否表现"生的欢喜"（joy of life），关乎人类是否在真的意义上"活着"。这意味着，当鲁迅使用"欢喜"（Joy）一词来肯定司徒乔的画作时，他看到的是画作所表现出来的画家

---

① 甲辰：《看了司徒乔的画》，《新文学史料》1998 年第 5 期。
② 厨川白村：《苦闷的象征》，鲁迅译，上海：北新书局，1930 年，第 4 页。

的生命意志和个性。① 换言之,如何以自己的生命意志与北方的景物争斗并在画作中表现出强烈的个性来,乃是鲁迅看重司徒乔画作的根本原因。鲁迅当然没有忽视沈从文所看到的内容,但他更加看重的是经过司徒乔积极形式化了之后的内容,是浸染着艺术家生命意志和个性的内容。这也正是符合司徒乔的个性,而且与鲁迅自己的个性相契合的部分。司徒乔存世文字有限,就《司徒乔去国画展》的自序来看,其个性确实与鲁迅颇有相通之处,都是生命意志强烈、个性奇崛的人:

> 因为我若是,若真的是我自己,我便可以永永在穷困中拒绝一切利诱。我要永永是我自己,然后可以随时随地感觉到他人的自己,而跑进他们的呼吸里,共分他们的气息;或是饱醉了,和他们或代他们高唱或低唱一些自然要唱的什么。
>
> 因为我若是,若真是,我自己,我便不会把自己夭折!我然后可以认定我自己的程途,看清楚自己的周遭!而且谦恭地,老实地,向人类的灵魂跑去,向我的对象用武,来耕耘我自己。——我自己这个园地。②

我是我自己因而可以感觉到他人,以我的对象来耕耘我自己,这样的想法都可能会引起鲁迅的共鸣,也可算得上前引竹内好所描述的"因为他是他自己,所以他便成了他之外的人"的鲁迅形象的先导。所谓"向我的对象用武,来耕耘我自己",不仅是自我本质对象化的审美问题,而且是在一定的结构关系中认知、了解、建构和确立自己的形而上学问题。我之因为是我自己而能感觉他人,即是以一定的结构关系为纽带,将生命意志和个性在人我之间相互贯通,从而建立"真的是我自己"的判断。这与木山英雄所发掘的鲁迅接近将人视为一切社会关系的总和的认识,颇能互通款曲。当然,问题的关键不在于这些鲁迅和司徒乔之间互通款曲的消息,而在于鲁迅所发现的司徒乔艺术中的欢喜(Joy),正是鲁迅自我意识的强烈表现,是他的杂文

---

① 对于"欢喜"(Joy)一词,有学者著文论及。参见曹清华:《鲁迅笔下的 joy》,《鲁迅研究月刊》2016 年第 7 期。
② 司徒乔:《司徒乔去国画展》,上海:上海艺术社,1928 年,第 9 页。

能与风格、个性等形式判断发生有效关联的重要因由，更是鲁迅与唯物辩证法所谓主观能动意志形成深度契合的重要因由。分析鲁迅对其所激赏艺术的形式理解和判断，乃是试图返指其身，说明鲁迅在他者身上无意识地发现和澄明了自身，从而建构对于鲁迅杂文形式的一些理解和判别。

如果是从字面上直接建立逻辑关系，容易勾连的是《野草·复仇（其二）》中关于人之子感到大欢喜的描写。这当然值得认可，大欢喜虽然是佛教哲学的词汇，但与厨川氏的欢喜（Joy）不会毫无瓜葛。不过，欢喜（Joy）应该没有大欢喜所含的解脱之义。尤其在鲁迅的笔下，欢喜（Joy）甚至已超越厨川氏解释的生命和个性问题，含有以生命和个性穿透现实的混沌而把握住或创造出光明及未来的意思。这也就是说，在鲁迅看来，司徒乔艺术的本质，不在于反映现实或从现实中解脱出来，而在于艺术家的主观能动意志发生积极作用，从而显出"明丽"来。以此反观鲁迅的杂文形式，即指其杂文形式不仅深刻地浸润着鲁迅个人的生命意志和个性，而且蕴藏着鲁迅对于光明或未来的理解和想象。编辑《坟》的时候，鲁迅曾表示，《费厄泼赖应该缓行》是一篇值得再三读之的文章，因为是看到青年的血写的。① 这种说法有鲁迅征引过的尼采所谓血书的意思②，也有鲁迅后来编辑杂文集子时反复申说的杂文及杂文写作背后的生命体验和经验的意思。这就意味着，对于鲁迅来说，杂文及杂文写作不仅是针砭时弊的社会批评和挖出病根的文明批评，而且是生命体验和经验的形式化，关乎生命意志和个性。这种厨川白村式的欢喜（Joy）普遍地存在于鲁迅杂文中，并通常以"我""我的"等语法指称表现出来。而且，在从启蒙眼光向阶级眼光转换的途中，"我""我的"等语法指称也从抽象的观念形态变为具体的社会结构关系中的肉身形象。试对读发表在1918年8月《新青年》上的《我之节烈观》和发表在1928年5月《语丝》上的《我的态度气量和年纪》：

> 我们追悼了过去的人，还要发愿：要自己和别人，都纯洁聪明勇猛向上。要除去虚伪的脸谱。要除去世上害己害人的昏迷和强暴。

---

① 鲁迅：《坟·写在〈坟〉后面》，《鲁迅全集》第1卷，第299页。
② 鲁迅：《华盖集续编·无花的蔷薇之二》，《鲁迅全集》第3卷，第279—280页；鲁迅：《三闲集·怎么写——夜记之一》，《鲁迅全集》第4卷，第19—20页。

> 我们追悼了过去的人,还要发愿:要除去于人生毫无意义的苦痛。要除去制造并赏玩别人苦痛的昏迷和强暴。
>
> 我们还要发愿:要人类都受正当的幸福。①

> 又来说话,量气又太小了,再说下去,就要更小,"正直"岂但"不一定"在这一面呢,还要一定不在这一面。而且所说的又都是自己的事,并非"大贫"的民众……。但是,即使所讲的只是个人的事,有些人固然只看见个人,有些人却也看见背景或环境。例如《鲁迅在广东》这一本书,今年战士们忽以为编者和被编者希图不朽,于是看得"烦躁",也给了一点对于"冥顽不灵"的冷嘲。我却以为这太偏于唯心论了,无所谓不朽,不朽又干吗,这是现代人大抵知道的。所以会有这一本书,其实不过是要黑字印在白纸上,订成一本,作商品出售罢了。无论是怎样泡制法,所谓"鲁迅"也者,往往不过是充当了一种的材料。这种方法,便是"所走的方向不能算不对"的创造社也在所不免的。托罗兹基虽然已经"没落",但他曾说,不含利害关系的文章,当在将来另一制度的社会里。我以为他这话却还是对的。②

仅从题目上看,这两篇鲁迅不同时期的名文都是"我的"一己之见,似乎很难有什么区别。从具体行文上看,即知《我之节烈观》表面上谈的是一己之见,实际上这个一己之见乃是抽象的"我们"和"人类"的具体表现,"我"因此是抽象的观念形态,是缺乏肉身,至少是缺乏直接肉身的存在。而《我的态度气量和年纪》则是一个具体的、肉身性的"我"对抗潘梓年、冯乃超、李初梨、成仿吾等人所构成的抽象的观念形态的"我们",行文中虽然不乏以小见大的笔墨如"即使所讲的只是个人的事,有些人固然只看见个人,有些人却也看见背景或环境",但旨归仍然是个体的生命体验和经验,而以"我以为他这话却还是对的"收束全文。这种区别背后指向的基本状况是1918年的鲁迅因为须听将令而有意将一己之体验和经验弱化或公共化,

---

① 鲁迅:《坟·我之节烈观》,《鲁迅全集》第1卷,第130页。
② 鲁迅:《三闲集·我的态度气量和年纪》,《鲁迅全集》第4卷,第113页。

以表达共识，而1928年犹在转换途中的鲁迅，尚未获得关于一定的社会结构关系中的自我的最终认知，故而有意将体验和经验的个人性、具体性强化，以表达彷徨求索的过程。两相对照之下，转换途中鲁迅杂文"我""我的"等语法指称，呈现出较为明晰的关乎生命意志和个性的特点。这正是厨川白村式的欢喜（Joy），由于个人的生命意志和个性，鲁迅杂文"我""我的"等语法指称出现向具体化、肉身化转变的状况，鲁迅杂文的形式也因此在与马克思主义批评话语的博弈中成为作家生命体验和经验的形式。

需要进一步说明的是，鲁迅并未在欢喜（Joy）中走向厨川白村带来的弗洛伊德迷途，而是与唯物辩证法相克相生，开掘出欢喜（Joy）的光明或未来面向。在前引《我的态度气量和年纪》一文中，鲁迅对托洛茨基的援引，就不仅指向现实社会还不是产生"不含利害关系的文章"的社会，而且指向"另一制度的社会"在将来的可能出现。这当然不是说鲁迅将弗洛伊德的相关理论马克思主义化了，而是说鲁迅通过杂文与现实搏斗时，是很难因为或一理论的刀锋而牺牲自身不可复制的生命体验和经验的。鲁迅之于或一理论及主义的可宝贵之处，可能正在于其时而若合符节，时而格格不入，有着难以消化和稀释的原创性质。也正是在这一意义上，当马克思主义批评话语构成鲁迅杂文的生产语境时，与其说鲁迅杂文形式的生成离不开马克思主义批评话语的作用，不如说马克思主义批评话语遇到鲁迅杂文，乃是遇到了中国问题，遇到了再生产的契机。因此，如果通过欢喜（Joy）的分析能更细致入微地捏合马克思主义批评话语与鲁迅杂文形式的关系，就不妨设想，一种也许曾被毛泽东意识到的但从未敞开和阐明过的鲁迅式的马克思主义批评话语是值得讨论的。

第三节　上海研究与杂文写作

鲁迅在上海写杂文，这关联两个基本事实，即鲁迅在上海时期的写作主要是杂文，和鲁迅的杂文主要写于上海时期。针对这两个基本事实，学界形成了三种比较重要的研究路径。第一种以钱理群为代表，他主要强调鲁迅在上海时期的杂文写作表现出一种真的知识阶级的独立性和批判性①；第二种以郝庆军为代表，他通过分析鲁迅1933—1934年间的杂文写作而重返政治领域，认为鲁迅的杂文写作呈现了一种政治诗学②；第三种以代田智明为代表，他通过分析鲁迅杂文的署名和投稿形态，认为鲁迅化身为媒介者，有力地介入和撬动了1930年代上海的文化政治运动和板块构造③。三种研究路径都很好地提升了对于"鲁迅在上海写杂文"的理解，并或隐或显地启发了一个重要命题：上海作为语境，与鲁迅杂文形式有何关联？

要解答上述命题，首先，要描述鲁迅与上海发生关联的基本事实，其次，要分析鲁迅了解和理解上海的基本方式，最后，要分析鲁迅杂文形式与这些基本事实、方式的关系。而所谓鲁迅杂文形式与这些基本事实、方式的关系，实际上也可以视为这些基本事实、方式在鲁迅杂文中的形式化表现。因此，分析上海语境与鲁迅杂文形式的关联，也可以理解为从形式出发，分析鲁迅的上海研究与迷思。

一

鲁迅与上海发生实际接触的时间很早，1897年前就购买了不少上海出版的书刊，如《点石斋画丛》和《格致汇编》④，1898年5月2日自绍兴出发去南京求学，途经上海⑤，此后三四年往返，均途经上海⑥，1902年3月24日去日本留学，也途经上海⑦，1903年9月10日途经上海时，曾与周作人一起去四马路买书和观剧⑧，四马路这一地名后来多次出现在鲁迅上海时期的日记、书信和杂文中。此后关联渐多渐紧要，如1906年，与顾琅合著

---

① 钱理群：《鲁迅和北京、上海的故事（上篇）》，《鲁迅研究月刊》2006年第5期；《鲁迅和北京、上海的故事（下篇）》，《鲁迅研究月刊》2006年第6期。
② 郝庆军：《诗学与政治：鲁迅晚期杂文研究（1933—1936）》，北京：文化艺术出版社，2007年。
③ 代田智明：《1934：作为媒介者的鲁迅》，《鲁迅研究月刊》2004年第2期。
④ 鲁迅博物馆鲁迅研究室编：《鲁迅年谱》（增订本）第1卷，北京：人民文学出版社，1984年，第36页。
⑤ 同上书，第54页。
⑥ 黄坚：《上海：鲁迅第一次去南京的途经之地》，《桃花树下的鲁迅》，北京：九州出版社，2020年，第44—63页。
⑦ 鲁迅博物馆鲁迅研究室编：《鲁迅年谱》（增订本）第1卷，第87页。
⑧ 同上书，第110页。

的《中国矿产志》由上海普及书局出版发行①,1909年,与周作人合译的《域外小说集》在东京群益书店之外,也在上海广兴隆绸缎庄发售②,等等,不必屡述。概而言之,鲁迅与上海发生关联的时间极早,渊源极深,不宜从1927年与许广平定居上海时算起。但尽管如此,鲁迅对上海似乎始终格格不入,甚至颇有恶感③,令人费解。

就杂文而言,鲁迅1919年在《新青年》上发表随感录时,即在"四十三""四十六""五十三"三篇中批评上海《时事新报》增刊《泼克》虽"模仿西洋"而"思想如此顽固""人格如此卑劣"④,1922年在《晨报副刊》上发表的《"以震其艰深"》《所谓"国学"》《不懂的音译》诸文,则批评上海的所谓"国学家"其实是鸳鸯蝴蝶派文人而已,"现在不知所以,忽而奇想天开,也学了盐贩茶商,要凭空挨进'国学家'队里去了"⑤,同时期其他文章中也有类似批评。鲁迅如此批评上海的文化现象,除了现象本身的确可议,很重要的原因是当时《新青年》"四面受敌",鲁迅认为自己对付的是敌人⑥。这些都不难理解,也呈现了鲁迅看待上海文化的一部分眼光,即站在《新青年》的立场上批评和反对上海新新旧旧的文化人事。

另一部分眼光更为重要,出现在不以上海的文化人事为批评对象的杂文中,表明了鲁迅以上海为方法观察人事的特点。这一眼光最早见于发表在1924年11月24日《语丝》的《记"杨树达"君的袭来》一文:

> 他说着,脸上做出凶相,手在身上乱摸。
> 我想:这少年大约在报章上看了些什么上海的恐吓团的记事,竟模仿起来了,还是防着点罢。⑦

鲁迅在精神紧张的情况下判断一个出现在自己家里的不速之客,想到的竟是

---

① 鲁迅博物馆鲁迅研究室编:《鲁迅年谱》(增订本)第1卷,第177页。
② 同上书,第211、213页。
③ 参见钱理群:《鲁迅和北京、上海的故事(上篇)》,《鲁迅研究月刊》2006年第5期。
④ 鲁迅:《热风·随感录四十三》,《鲁迅全集》第1卷,第346页。
⑤ 鲁迅:《热风·所谓"国学"》,《鲁迅全集》第1卷,第409—410页。
⑥ 鲁迅:《热风·题记》,《鲁迅全集》第1卷,第307页。
⑦ 鲁迅:《集外集·记"杨树达"君的袭来》,《鲁迅全集》第7卷,第44—45页。

对方模仿了上海的恐吓团,可见鲁迅对上海报章的熟悉,从而不自觉地以其为参照分析眼前的突发事件。而这在发表于1925年8月10日《京报副刊》的《女校长的男女的梦》一文中,有更进一步的表现:

> 我不知道事实如何,从小说上看起来,上海洋场上恶虔婆的逼勒良家妇女,都有一定的程序:冻饿,吊打。那结果,除被虐杀或自杀之外,是没有一个不讨饶从命的;于是乎她就为所欲为,造成黑暗的世界。这一次杨荫榆的对付反抗她的女子师范大学学生们,听说是先以率警殴打,继以断绝饮食的,但我却还不为奇,以为还是她从哥伦比亚大学学来的教育的新法,待到看见今天报上说杨氏致书学生家长,使再填入学愿书,"不交者以不愿再入学校论",这才恍然大悟,发生无限的哀感,知道新妇女究竟还是老妇女,新方法究竟还是老方法,去光明非常辽远了。①

杨荫榆对付学生的手段新旧如何不论,其他是非也不论,这里值得注意的是鲁迅借助类似《海上花列传》《九尾龟》之类的小说中写的上海洋场恶虔婆的表现来判断杨荫榆的方法,较为明显地表现出以上海为方法观察人事的眼光:上海洋场恶虔婆逼勒良家妇女的程序变成了鲁迅观察杨荫榆的透镜,鲁迅透过这一特殊的透镜发现了杨荫榆虽然留学哥伦比亚但思想老旧的秘密。假如缺少关于上海洋场恶虔婆的知识,鲁迅应该也不至于不知道如何判断和批评他的论敌,但借助这一知识,就极为生动形象地表达了自己的判断和批评,"新妇女究竟还是老妇女,新方法究竟还是老方法"。而尤为重要的是,鲁迅的表达给读者一种暗示:杨荫榆不但没有什么新教育理念,而且只会模仿上海洋场恶虔婆的做法,尤见下劣。这就意味着鲁迅以上海为方法观察人事的眼光,不仅内含着他新中见旧的洞见和思维方法,而且呈现了一种特殊的修辞效果,于并置中形象地捕捉人事的特点,既纤毫毕现,又具有鲁迅后来所谓"砭锢弊常取类型"②的特征。

在上述两例中,鲁迅以上海为方法观察人事的眼光还带有一定的偶然

---

① 鲁迅:《集外集拾遗·女校长的男女的梦》,《鲁迅全集》第7卷,第301页。
② 鲁迅:《伪自由书·前记》,《鲁迅全集》第5卷,第4页。

性。1927年2月19日在香港演讲《老调子已经唱完》时，鲁迅就非常自觉了：

> 倘照这样下去，中国的前途怎样呢？别的地方我不知道，只好用上海来类推。上海是：最有权势的是一群外国人，接近他们的是一圈中国的商人和所谓读书的人，圈子外面是许多中国的苦人，就是下等奴才。将来呢，倘使还要唱着老调子，那么，上海的情状会扩大到全国，苦人会多起来。因为现在是不像元朝清朝时候，我们可以靠着老调子将他们唱完，只好反而唱完自己了。这就因为，现在的外国人，不比蒙古人和满洲人一样，他们的文化并不在我们之下。①

如何理解"中国的前途"？鲁迅表示只好用自己所熟悉的上海来"类推"，上海因此成为他观察中国的方法。在这里，鲁迅不仅以上海为方法观察具体的人事，而且上升到对整个中国的观察，从而真正在方法论意义上确立了自己以上海为方法的眼光。在鲁迅的观察中，上海呈现出圈层化特点，"最有权势的是一群外国人，接近他们的是一圈中国的商人和所谓读书的人，圈子外面是许多中国的苦人，就是下等奴才"，这其实可以说是对于上海的半殖民地半封建社会性质的形象表达。而值得深入分析的是，鲁迅认为这不是独属于上海的地域性现象，而是必然可以"类推"到全中国的整体性现象，而由于"他们的文化并不在我们之下"，旧的文化（也即"老调子"）不足用，必须学习"他们的文化"，进行大的文化和政治变革。这也就是说，鲁迅此时自觉地意识到，上海是整个中国的象征和隐喻，对于上海的了解和理解，也就是对于整个中国的了解和理解。这一理论逻辑落脚到鲁迅的实践逻辑，即他虽然对上海有格格不入之感，却仍然选择前往并定居上海，实在有个人人事纠葛和生活选择之外的更高理由。

同样值得分析的是，鲁迅对于上海作为方法的自觉，在多大程度上与香港有关。这需要从鲁迅对香港的观感开始分析。演讲回来半年之后，鲁迅写了两篇直接谈香港的文章，即发表在《语丝》的《略谈香港》（1927年8月

---

① 鲁迅：《集外集拾遗·老调子已经唱完》，《鲁迅全集》第7卷，第324—325页。

13日)和《再谈香港》(1927年11月19日)。在《略谈香港》一文中,鲁迅主要写了自己演讲前后遇到的两个人和看到的两篇文章,一个人是船员,教他如何规避捕拿的危险,另一个是受了高等教育的人,自述向英官申辩赢了,但结果还是输,一篇文章是港督金文泰鼓吹中国国粹的演说词,另一篇是《循环日报》上的一则广告,"香港城余惠卖文",形式是七律七绝对联,内容是香港、青山、获海、花地、日本、圣经、英皇、英太子、戏子等。通过写这些东西,鲁迅全景式地呈现了香港在英国殖民统治下的驳杂情形,与他在演讲《老调子已经唱完》中对上海的概览式描述形成双城对照,从而深刻地暗示了殖民的后果,以及对上海进行研究,寻找文化和政治变革契机的必要。在《再谈香港》一文中,鲁迅详细地写了自己在"畏途"香港遭受的查关羞辱之后,在篇末议论道:

> 香港虽只一岛,却活画着中国许多地方现在和将来的小照:中央几位洋主子,手下是若干颂德的"高等华人"和一伙作伥的奴气同胞。此外即全是默默吃苦的"土人",能耐的死在洋场上,耐不住的逃入深山中,苗瑶是我们的前辈。①

这种对香港进行圈层化识别的方式与对上海的圈层化识别,几乎一模一样,可以说是鲁迅以上海为方法观察香港的结果。但仍然需要强调的是,在香港的实际经历激化了鲁迅对于圈层化问题的思考,在此之前,鲁迅并不缺乏以圈层化的眼光观察中国的意识,在此之后,他产生了及身及物的自觉,意识到圈层化的弊害和历史后果,从而明确以圈层化的眼光观察中国。进而言之,香港现在已是"中国许多地方现在和将来的小照",那么,文化和政治变革的中枢在哪里?在这样的问题脉络里,上海浮现在鲁迅的视野中,并成为鲁迅把握整个中国的方法。

在上述迹近蹈虚的分析背后,是鲁迅1927年10月3日起定居上海的事实,这夯实了鲁迅的思想和实践之间的空隙。而尤为重要的是鲁迅发表于1929年5月25日《未名》杂志上的《现今的新文学的概观》一文和发表于

---

① 鲁迅:《而已集·再谈香港》,《鲁迅全集》第3卷,第565页。

1933年9月11日《申报·自由谈》上的《电影的教训》一文。其中《现今的新文学的概观》是鲁迅从上海回北京时在燕京大学国文学会演讲的记录，主要内容是讨论当时流行的革命文学或无产阶级文学。如前所引，鲁迅在文中再次重点提到了上海租界的圈层化现象，"外国人"处在中央，内圈是"懂得外国话"的，外圈是因为无知而遭受无谓冤苦的老百姓，并以此隐喻中国和中国文化的处境，认为真正的出路在于"冲破了这一个圈子"。① 这种再三言之的现象表明，鲁迅不仅非常自觉地以上海为方法观察中国，而且试图引导他人进入类似的逻辑，以类似的方法来观察各自所在地域，从而形成一种学习和变革的自觉，即通过积极地学习外来文化来摆脱落后的文化状态，打破"外国人"和"懂得外国话"这一圈的文化控制，夺取属于老百姓自己的文化政治权利。从内容上看，所谓"免去这一类无谓的冤苦"和"知道得多一点"仍然延续着《新青年》以来启蒙主义的思路，但其背后思考问题的方法和路径，显然已超越《新青年》的文化政治逻辑，依托的不再是某种外来的思想观念，而是在地化的人群及其文化政治境遇，从而与当时流行的革命文学或无产阶级文学问题形成对话。后来的事实表明，鲁迅在这里展现出来的对话意识，不仅不存在敌意，而且为自我的超越提供了一个有力的向度。鲁迅所谓"我先到上海，无非想寻一点饭，但政，教两界，我想不涉足，因为实在外行，莫名其妙"②，除了说明自己在谋生的意义上不想继续留在政教两界，更意味着一种具有革命性的选择和承当③。这也就是说，鲁迅以上海为方法的观察眼光，不仅具有明显的反帝反封建性质，而且逐步与无产阶级的阶级政治意识相结合，发展出更为激进的文化政治判断。

这种更为激进的文化政治判断即见于《电影的教训》一文。在文中，鲁迅先是召唤了自己在家乡村子里看旧戏的经验，写家乡的农人如何共情于《斩木诚》中的忠仆，接着写自己在上海看电影，"黄脸的看客"如何共情于电影中黑色的忠仆，最后借助电影《猺山艳史》讽刺地表示，"中国的精神文明主宰全世界的伟论"不仅空虚，而且论客已堕落到只能幻想"开化

---

① 鲁迅：《三闲集·现今的新文学的概观》，《鲁迅全集》第4卷，第136—137页。
② 鲁迅：《书信·270919 致翟永坤》，《鲁迅全集》第12卷，第67页。
③ 相关讨论可参考张洁宇：《从体制人到革命人：鲁迅与"弃教从文"》，《中国现代文学研究丛刊》2020年第4期。

猺民"了。通过写在上海看电影的具体经验,鲁迅做出了极为清晰的阶级论分析:

> 但到我在上海看电影的时候,却早是成为"下等华人"的了,看楼上坐着白人和阔人,楼下排着中等和下等的"华胄",银幕上现出白色兵们打仗,白色老爷发财,白色小姐结婚,白色英雄探险,令看客佩服,羡慕,恐怖,自己觉得做不到。但当白色英雄探险非洲时,却常有黑色的忠仆来给他开路,服役,拼命,替死,使主子安然的回家;待到他豫备第二次探险时,忠仆不可再得,便又记起了死者,脸色一沉,银幕上就现出一个他记忆上的黑色的面貌。黄脸的看客也大抵在微光中把脸色一沉:他们被感动了。①

这里沉浸着鲁迅独有的观影体验:"楼上坐着白人和阔人"即指帝国主义和资产阶级的统治,"楼下排着中等和下等的'华胄'"即指统治阶层的附庸,银幕中的白人和黑人即指殖民和被殖民、资本家和奴隶,以银幕为中介,两个世界相互映衬,鲁迅发现了"黄脸的看客"精神上的症候,即甘为忠仆,一点阶级反抗的意识都没有。因此,鲁迅在文中自称"下等华人",既指向自己在阶级身份上作为统治阶级附庸的存在,更指向一种阶级意识的觉悟,只有不再共情于银幕中的设定,也即只有不安于既有秩序,才有可能"冲破了这一个圈子"。这就是鲁迅以上海为方法观察中国的眼光与阶级论结合之后产生的更为激进的文化政治判断,一种着力于建构无产阶级社会秩序的文化政治行为。

二

鲁迅在上海定居之前,虽然也曾多次途经上海并短暂逗留,但所熟悉的主要是媒介和话语意义上的上海。定居上海之后,鲁迅不仅继续研究媒介和话语意义上的上海,而且开拓出三个新的面向。这三个新的面向分别是:图绘上海地面空间、颠倒上海的表里和从乡下人的眼光透视上海。

---

① 鲁迅:《准风月谈·电影的教训》,《鲁迅全集》第5卷,第309—310页。

鲁迅定居上海之后，最早表现出研究媒介和话语意义上的上海之气息的写作是 1928 年 1 月 21 日发表在《语丝》上的《〈某报剪注〉按语》：

> 我到上海后，所惊异的事情之一是新闻记事的章回小说化。无论怎样惨事，都要说得有趣——海式的有趣。只要是失势或遭殃的，便总要受奚落——赏玩的奚落。天南遯叟式的迂腐的"之乎者也"之外，又加了吴趼人李伯元式的冷眼旁观调，而又加了些新添的东西。这一段报章是从重庆寄来的，没有说明什么报，但我真吃惊于中国的精神之相同，虽然地域有吴蜀之别。①

虽然剪报内容是关于重庆的新闻，但鲁迅按语的兴奋点却全在上海。在由剪报所触发的对上海媒介的观察中，鲁迅不仅指出上海的新闻记事已章回小说化，而且概括出一种"海式的有趣"，并由此推论"中国的精神之相同"。这种曲折的表达方式背后是鲁迅以上海为方法观察中国的眼光的延续，同时增加了更加具体的层面和内容，即上海在媒介上表现出一种令鲁迅惊异的"海式的有趣"；而所谓"海式的有趣"，在鲁迅看来是"只要是失势或遭殃的，便总要受奚落——赏玩的奚落"。按照这一线索读鲁迅在《文学与出汗》一文开头写下的"上海的教授对人讲文学"②，无疑能读出其中讽刺意味的具体所指："上海的教授对人讲文学"，不管是不是讲永久的人性，都是一种"海式的有趣"。而鲁迅研究媒介和话语中的上海的名文，即发表于 1931 年 7 月 27 日和 8 月 3 日上海《文艺新闻》的《上海文艺之一瞥》，也因此不仅在内容上充满对上海文艺的批评和讽刺，在形式上也表现出对于上海文艺的讽刺态度。鲁迅认为在上海，不仅鸳鸯蝴蝶派的文人是才子加流氓，而且创造社的文人"也有些才子+流氓式的"③，这就不仅是文人的问题了，上海这一地域也大有干系。虽然鲁迅并没有在文中明言上海有何干系，但结合其他文章中鲁迅对上海的圈层化的描述，可以推论，鲁迅讽刺媒介和

---

① 鲁迅：《〈某报剪注〉按语》，《鲁迅全集》第 8 卷，第 241 页。
② 鲁迅：《而已集·文学与出汗》，《鲁迅全集》第 3 卷，第 581 页。
③ 鲁迅：《二心集·上海文艺之一瞥——八月十二日在社会科学研究会讲》，《鲁迅全集》第 4 卷，第 298—310 页。

话语意义上的上海，与他的地面空间体验有关。在展开这一关联性之前，还要强调的是，正如很多论者都已经注意到的那样，鲁迅的杂文是关于话语的话语①，在上海期间，鲁迅更是化身媒介者，游弋于各种话语现象之间，狙击和归纳媒介和话语意义上的上海，并进行话语再造，形成新的媒介和话语意义上的上海形象。

但是，从话语到话语只是鲁迅杂文的一个侧面。对于鲁迅而言，更重要的上海形象的透视点源于其根据自身的地面空间体验所图绘的上海地面空间。这一点首见于发表在1928年1月28日《语丝》周刊第4卷第7期"通信"栏的《〈行路难〉按语》：

> 从去年以来，相类的事情我听得还很多；一位广东朋友还对我说道："你的《略谈香港》之类真应该发表发表；但这于英国人是丝毫无损的。"我深信他的话的真实。今年到上海，在一所大桥上也被搜过一次了，但不及香港似的严厉。听说内地有几处比租界还要严，在旅馆里，巡警也会半夜进来的，倘若写东西，便都要研究。我的一个同乡在旅馆里写一张节略，想保他在被通缉的哥哥，节略还未写完，自己倒被捉去了。至于报纸，何尝不检查，删去的处所有几处还不准留空白，因为一留空白便可以看出他们的压制来。香港还留空白，我不能不说英国人有时还不及同胞的细密。所以要别人承认是人，总须在自己本国里先争得人格。否则此后是洋人和军阀联合的吸吮，各处将都和香港一样，或更甚的。②

借力读者来信，鲁迅一方面反刍自己的香港经验，另一方面则调整视角，将自己新遭遇的上海地面空间体验补充进来，呈现上海（包括整个中国）的地面空间可能被"洋人和军阀"联合吸吮的未来，从而使自己文章中对于上海的描述不再只是关于话语的话语，不再只有报纸留不留空白的问题，更有"在一所大桥上也被搜过一次了"的具体体验，表现出及身及物性。进一步发挥这种及身及物性的杂文是《推》《"抄靶子"》《"吃白相饭"》

---

① 薛毅：《反抗者的文学——论鲁迅的杂文写作》，《视界》第4辑，第6—9页。
② 鲁迅：《〈行路难〉按语》，《鲁迅全集》第8卷，第245页。

《"推"的余谈》《踢》《"揩油"》《爬和撞》《冲》《倒提》诸篇，营构了极为丰富立体的动作修辞学面貌[1]，更图绘了充满鲁迅式的政治意味的上海地面空间。从内容层面来说，这些杂文填实了鲁迅关于圈层化上海的判断，各种各样地面空间上海圈层化的生活细节都在其中，无需一一备述。更重要的是，从形式层面或写法上来说，这些杂文往往从媒介和话语意义上的上海写起，接着转入鲁迅个人亲身经历的描述，及身及物而绘声绘色，充满生活空间的动态政治意识，令读者目不暇接。下面以最具代表性的《推》一文来展开分析：

> 两三月前，报上好像登过一条新闻，说有一个卖报的孩子，踏上电车的踏脚去取报钱，误踹住了一个下来的客人的衣角，那人大怒，用力一推，孩子跌入车下，电车又刚刚走动，一时停不住，把孩子碾死了。
>
> 推倒孩子的人，却早已不知所往。但衣角会被踹住，可见穿的是长衫，即使不是"高等华人"，总该是属于上等的。
>
> 我们在上海路上走，时常会遇见两种横冲直撞，对于对面或前面的行人，决不稍让的人物。一种是不用两手，却只将直直的长脚，如入无人之境似的踏过来，倘不让开，他就会踏在你的肚子或肩膀上。这是洋大人，都是"高等"的，没有华人那样上下的区别。一种就是弯上他两条臂膊，手掌向外，像蝎子的两个钳一样，一路推过去，不管被推的人是跌在泥塘或火坑里。这就是我们的同胞，然而"上等"的，他坐电车，要坐二等所改的三等车，他看报，要看专登黑幕的小报，他坐着看得咽唾沫，但一走动，又是推。
>
> 上车，进门，买票，寄信，他推；出门，下车，避祸，逃难，他又推。推得女人孩子都跟跟跄跄，跌倒了，他就从活人上踏过，跌死了，他就从死尸上踏过，走出外面，用舌头舔舔自己的厚嘴唇，什么也不觉得。旧历端午，在一家戏场里，因为一句失火的谣言，就又是推，把十多个力量未足的少年踏死了。死尸摆在空地上，据说去看的又有万余人，人山人海，又是推。

---

[1] 郝庆军：《诗学与政治：鲁迅晚期杂文研究（1933—1936）》，第200—225页。

推了的结果,是嘻开嘴巴,说道:"阿唷,好白相来希呀!"

住在上海,想不遇到推与踏,是不能的,而且这推与踏也还要廓大开去。要推倒一切下等华人中的幼弱者,要踏倒一切下等华人。这时就只剩了高等华人颂祝着——

"阿唷,真好白相来希呀。为保全文化起见,是虽然牺牲任何物质,也不应该顾惜的——这些物质有什么重要性呢!"①

这篇文章发表在1933年6月11日《申报·自由谈》上,以新闻报道上的公共性事件为由头,调动个体经验以坐实新闻报道的生活实感,然后推论上海不同圈层之间的动作关系,即洋大人和高等华人推、踏一切下等华人,高等华人将下等华人的牺牲视为物质和献祭,是一篇极其具体又高度抽象的杂文。而这篇杂文成立的关键,并不是新闻报道和高深议论,而是鲁迅在上海的个体经验。夷考其实,鲁迅文中所述新闻应是1933年5月4日《时报》第5版的《为生活而奋斗之卖夜报童子惨死》,这条"章回小说化"的新闻中有"土根攀车兜卖,当下车时,有一乘客亦下,因急之而走,其足踏住乘客之衣襟,乃该乘客即将土根拉住一推,人小力微,竟跌在电车与拖车接线之中间,时卖票人方打铃开车,故司机者立即驶行,遂将王土根碾在其中"②等描述,系鲁迅文章转述的原文。但鲁迅文章开头说"两三月前,报上好像登过一条新闻",这意味着鲁迅对那一条新闻并不责求其实,"好像登过"而已;也有可能是鲁迅厌恶那一条新闻"章回小说化",故意将一个多月前的新闻说成"两三月前",并说"好像登过"。事实上,对于鲁迅而言,即使那一条新闻是谣言,或者自己记错了,也不要紧,因为"我们在上海路上走,时常会遇见两种横冲直撞",那可远比新闻报道来得真实。在这里,鲁迅调动的即是自己"在上海路上走"的经验,"他就会踏在你的肚子或肩膀上"的表达充满身临其境的意味,好像作者自己曾被洋大人踏在肚子或肩膀上,而"他看报,要看专登黑幕的小报,他坐着看得咽唾沫,但一走动,又是推"的表达也是活灵活现的,一切如在目前,读者正跟随作者的目光看着那"咽唾沫"的上等华人。接下来的一句直接引语,"阿唷,好白相

---

① 鲁迅:《准风月谈·推》,《鲁迅全集》第5卷,第205—206页。
② 《为生活而奋斗之卖夜报童子惨死》,《时报》1933年5月4日。

来希呀!",缀在戏场失火的谣言后面,更非作者亲闻所不能道。正是依赖这种直接经验,文末的戏仿"阿唷,真好白相来希呀。为保全文化起见,是虽然牺牲任何物质,也不应该顾惜的——这些物质有什么重要性呢",显得格外生动有力,将抽象的议论升格为对上海高等华人的人格形象的定位。这就意味着,相对于《时报》上那一条"章回小说化"的新闻报道,鲁迅不仅无意于"赏玩的奚落"或同情的奚落,而且有意调动自身的所有经验去反抗对于悲惨世界的廉价同情,去召唤一种集体的反抗,"我们在上海路上走","我们"都是不应止于同情,而应置身反抗的人。这一点在《倒提》一文中有更直接的表示,鲁迅呼吁"合群改革",共同起来反抗,而不是"自叹不如租界的鸡鸭"。①

在图绘上海地面空间动态的阶级政治状况的同时,鲁迅并未畅想无产者才有的未来究竟如何,这是非常特别的。在写下杂文《推》的同一天,1933年6月8日,鲁迅写了《夜颂》。这一篇被人推许为写出了"最具典型性的上海风景和上海意象"②的文章,实际上全文并未出现"上海"二字,更像是鲁迅内窥其心的另一种极致表达,像《野草》,又与《野草》很不一样。这也就是说,在图绘上海地面空间的同时,鲁迅也在探寻自我的内面,但其探寻的路径却是由内而外的,迥异于《野草》由外而内的路径。在文章中,鲁迅先揭出一句"爱夜的人,也不但是孤独者,有闲者,不能战斗者,怕光明者",自喻的性质很明显,"孤独""有闲""不能战斗""怕光明"都是过去论敌送给鲁迅的徽号,但鲁迅借以表达的是自己对集体、劳动、战斗和光明的渴望。不过,他并没有直接讴歌这些内容,而是在接下来的行文中强调人在白天和深夜的区别,认为"爱夜的人要有听夜的耳朵和看夜的眼睛,自在暗中,看一切暗",然后能看清"一切文人学士","领受了夜所给与的光明",理解"高跟鞋的摩登女郎"的窘困,与她"同时领受了夜所给与的恩惠",最终明白,"现在的光天化日,熙来攘往,就是这黑暗的装饰,是人肉酱缸上的金盖,是鬼脸上的雪花膏。只有夜还算是诚实的",并承认"我爱夜,在夜间作《夜颂》"。③ 在这里,鲁迅将整个黑暗的外部世界视为

---

① 鲁迅:《花边文学·倒提》,《鲁迅全集》第5卷,第518页。
② 钱理群:《鲁迅和北京、上海的故事(下篇)》,《鲁迅研究月刊》2006年第6期。
③ 鲁迅:《准风月谈·夜颂》,《鲁迅全集》第5卷,第203—204页。

自身的内部，而且"自在暗中"，将整个光天化日之下的上海透视为"黑暗的装饰"，看似光明而非光明，真正的光明是夜所给与的，从而实现对上海表里的颠倒，一切繁荣光华的市景都是幻象，掩盖了类似《推》中所勾勒的阶级政治问题。这种"自在暗中"而颠倒上海表里的透视法，可能正好是鲁迅对上海进行圈层化理解的内在结构。它可以通向社会政治和阶级政治的理论分析，而且极有可能是恰如其分的，但它内含的更重要的面向应该是一种感性学，即鲁迅沉浸于其中时，即使为集体、劳动、战斗和光明所激动，也仍然孤独寂寞，并因此更加憎恶"自在暗中"所见的"黑暗的装饰"。因此，这里有一种社会政治和阶级政治背后的形而上学，它既是鲁迅精神世界内面的彻底外化，即彻底向外部世界开放，"无穷的远方，无数的人们，都和我有关"①，又是一种集体政治的感性学，即鲁迅的孤独寂寞之感在属于其个体的内面感受的同时，更属于其想象中"无穷的远方，无数的人们"所构成的集体，从而呈现出更加辩证的气质，具有历史哲学的高度。

鲁迅"自在暗中"颠倒上海表里的透视法，在《秋夜纪游》中有更具实践性的表述。该文发表于1933年8月16日《申报·自由谈》，主要内容很简单，写"我"在秋夜漫步时遇到吧儿狗，感到厌恶，投一粒石子打中吧儿狗的鼻梁，之后就舒服了；关键在于文章的写法，形似《野草》中的《求乞者》，而内在精神完全不同。敢于投出石子的"我""不再冷笑，不再恶笑了"，真正唤醒了危险中所感受到的"自己生命的力"②，鲁迅"自在暗中"，发现了吧儿狗所表征的上海的黑暗、危险，并以实际行动打破了黑暗、危险，充满自信。石打吧儿狗的实际指向是很清晰的，且不说鲁迅研究媒介和话语意义上的上海时有名文《"丧家的""资本家的乏走狗"》，即使没有，也很容易从另一篇名文《论费厄泼赖应该缓行》中得到印证。鲁迅写"我"敢于投出石子，在象征的意义上说明，鲁迅确信自己在上海写杂文，乃是把握住了历史方向的行动。这就意味着，与《夜颂》形而上学的气质相关，鲁迅在《秋夜纪游》中发展了其中的历史哲学的实践维度，在实践的意义上呈现了"自在暗中"所发现的夜所给与的光明。因此，"我"之"不再冷笑，不再恶笑了"，乃是拥抱历史发展的感性学，暗示着鲁迅的写

---

① 鲁迅：《且介亭杂文末编·"这也是生活"……》，《鲁迅全集》第6卷，第624页。
② 鲁迅：《准风月谈·秋夜纪游》，《鲁迅全集》第5卷，第267—268页。

作很可能开掘出超越讽刺和反讽的面向；而这在鲁迅上海时期写作的《故事新编》中的历史小说中，是不能说没有反映的。

　　同样的透视法也见于鲁迅以"上海"为关键词的杂文《上海的少女》和《上海的儿童》中，两篇文章都发表于1933年9月15日《申报月刊》第2卷第9号。其中《上海的少女》一文中关于上海少女早熟的描写曾引起论者对于上海现代性神话基础的理论建构①，但鲁迅更加看重的显然是上海少女所身处的"险境"："要而言之，中国是少女也进了险境了。"②《上海的儿童》一文对中外儿童的比较与1934年8月7日写作的《从孩子的照相说起》观点差别不大，但主旨很不一样。后者主要谈的是向外国学习与爱国不矛盾，前者则延续了《上海的少女》的问题，认为中国的儿童也处于"险境"，必须为儿童"提出家庭教育的问题，学校教育的问题，社会改革的问题"，否则就是"只顾现在，不想将来"的"更大的错误"。③鲁迅所以能发现"险境"和"只顾现在，不想将来"的状况，自然是延续了"自在暗中"颠倒上海表里的透视法。而"将来"问题的提出，显然也是在相应的历史哲学和实践的高度之上的，不再是《狂人日记》中"救救孩子"主题的简单复现。这也就是说，鲁迅因为"自在暗中"，反而透视出了光明和未来，其相应的杂文写作也化为积极的力量，抵拒甚至消解自己对于上海的格格不入和恶感。

　　非常有意思的是，鲁迅不仅在颠倒上海表里的透视法中提升了自己上海研究的历史哲学和实践高度，而且在自己相对于上海而言是乡下人的身份中，获得了研究上海的最后一副透镜。需要首先辨明的是，鲁迅的写作一直以来都存在一个乡下或乡下人的资源和背景问题。不管他的小说还是其他文体的写作，都有明显借重和依赖乡下或乡下人的现象，茅盾当年还因此认为鲁迅的文学世界里大都是老中国儿女④，这些现象并不是鲁迅相对于上海而言的乡下人身份的自觉。事实上，当鲁迅研究和批评上海的杂文中提及乡下人时，通常仅仅是在表达对上海的某种现象的批评，而非对于乡下人身份

---

① 张旭东：《上海的意象——城市偶像批判、非主流写作与现代神话的消解》，《批评的踪迹：文化理论与文化批评》，北京：生活·读书·新知三联书店，2003年，第341—342页。
② 鲁迅：《南腔北调集·上海的少女》，《鲁迅全集》第4卷，第579页。
③ 鲁迅：《南腔北调集·上海的儿童》，《鲁迅全集》第4卷，第581页。
④ 茅盾：《鲁迅论》，《茅盾全集》第19卷，第150页。

的认同。例如在《流氓的变迁》和《上海文艺之一瞥》两文中，鲁迅都提到上海流氓欺负乡下人，后者是这样写的：

> 例如上海的流氓，看见一男一女的乡下人在走路，他就说，"喂，你们这样子，有伤风化，你们犯了法了！"他用的是中国法。倘看见一个乡下人在路旁小便呢，他就说，"喂，这是不准的，你犯了法，该捉到捕房去！"这时所用的又是外国法。但结果是无所谓法不法，只要被他敲去了几个钱就都完事。①

很显然，这里很难识别出乡下人身份认同的因素，但并不妨碍鲁迅借乡下人在上海的遭遇勾勒上海流氓为了钱而忽中忽西、毫无特操的面目，从而指向对上海文人作风的批评。这种看似城乡二元对立的批评逻辑在整个世界现代史上都不鲜见，在中国现代文学史上，尤以沈从文为有代表性。而鲁迅的特出之处在于，他是以乡土隐喻中国，并非对抗或批判城市，故而即使是在以上海为方法观察中国的杂文中引入乡下人，也不是为了建构城乡二元对立的批评逻辑，而是为了将上海的意义复杂化，将自己观察和研究上海的视角复杂化。这也就是说，即使在上海写杂文时，鲁迅在不少地方都会强调乡下经验或乡下人在城市的遭遇，但目的并不是像沈从文那样，用乡土经验拯救和对抗城市，而是为了松动一种观察方法可能带来的抽象化趋势，更好地发挥以上海为方法观察中国的作用。

不过，由于越来越多地借重和依赖乡下，鲁迅在上海写杂文时，也终于出现了乡下人身份的自觉。在发表于1935年5月1日《漫画生活》杂志的《弄堂生意古今谈》一文中，鲁迅一开头就写：

> "薏米杏仁莲心粥！"
> "玫瑰白糖伦教糕！"
> "虾肉馄饨面！"
> "五香茶叶蛋！"

---

① 鲁迅：《二心集·上海文艺之一瞥——八月十二日在社会科学研究会讲》，《鲁迅全集》第4卷，第304—305页。

这是四五年前,闸北一带弄堂内外叫卖零食的声音,假使当时记录了下来,从早到夜,恐怕总可以有二三十样。居民似乎也真会化零钱,吃零食,时时给他们一点生意,因为叫声也时时中止,可见是在招呼主顾了。而且那些口号也真漂亮,不知道他是从《昭明文选》或《晚明小品》里找过词汇的呢,还是怎么的,实在使我似的初到上海的乡下人,一听到就有馋涎欲滴之概,"薏米杏仁"而又"莲心粥",这是新鲜到连先前的梦里也没有想到的。但对于靠笔墨为生的人们,却有一点害处,假使你还没有练到"心如古井",就可以被闹得整天整夜写不出什么东西来。①

从上海市井叫卖零食的声音写起,鲁迅写到被自己谥为洋场恶少者所提倡的《昭明文选》,然后就带出了令人意外的一笔:"实在使我似的初到上海的乡下人"。这一笔既对应上海市井的声音,也对应洋场恶少的做派,不像是作者事先有意想到,倒像是由文生文的一次戏笔,鲁迅在无意识中暴露了自己乡下人的身份认同。而根据鲁迅的作文习惯,写完之后总要看几遍,也根据《弄堂生意古今谈》的手稿,上面修改痕迹不少,但未修改"实在使我似的初到上海的乡下人"一句②,可以推测,鲁迅在修改时确认了自己"初到上海的乡下人"的身份,产生了相应的身份自觉。这一自觉的意义在于,鲁迅不仅意识到自己是一个在上海"靠笔墨为生"的人,而且因为扛不住上海市井的搅扰,终于自觉自己乃是"初到上海的乡下人",别有现代知识或者知识分子身份所无法遮蔽的经验和情感,是为上海所不能容错的。鲁迅也正是因为这不能为上海容错的乡下人身份而别具透视上海的能力,发现上海的特点和症结,从而在一定程度上松动上海作为中国之缩影和隐喻的观察方法,打开新的思考中国问题的向度。虽然如此,鲁迅却在文章结尾写道:

独唱,对唱,大布置,苦肉计,在上海都已经赚不到大钱,一面固然足征洋场上的"人心浇薄",但一面也可见只好去"复兴

---

① 鲁迅:《且介亭杂文二集·弄堂生意古今谈》,《鲁迅全集》第 6 卷,第 318 页。
② 鲁迅:《鲁迅手稿丛编》第 2 卷,北京:人民文学出版社,2014 年,第 431 页。

农村"了,唔。①

他并未因为乡下人身份的自觉去呼应"人心浇薄"的道德论述和国民党政府"复兴农村"的政治构想,而是仍然在批评和研究上海的意义上理解以上海为方法的可能性。因此,这甚至可以说是鲁迅在上海写杂文最具辩证性的一个面向。

那么,在这一辩证性的面向中理解鲁迅1936年9月19日至20日写作的《女吊》一文,显然会另开生面。曾有论者精细分析《女吊》的笔致和思想趣味,最后认为"鲁迅借女吊来抒情,来为他的人生作一定格"②,将关注点放在鲁迅个体的情感需要和表达上,诚可谓洞见,但鲁迅明显以上海的文人文化现象为标靶的一层就被淡化了。《女吊》第二段和最后一段的下述文字,曲折地表达了作者在上海写杂文时对乡下人身份的自觉:

> 不过一般的绍兴人,并不像上海的"前进作家"那样憎恶报复,却也是事实。单就文艺而言,他们就在戏剧上创造了一个带复仇性的,比别的一切鬼魂更美,更强的鬼魂。③

> 被压迫者即使没有报复的毒心,也决无被报复的恐惧,只有明明暗暗,吸血吃肉的凶手或其帮闲们,这才赠人以"犯而勿校"或"勿念旧恶"的格言,——我到今年,也愈加看透了这些人面东西的秘密。④

绍兴与上海并举,表明了作者对上海"前进作家"的憎恶,尤其表明了作者试图引入绍兴资源解决上海问题的用心,"被压迫者"的问题于焉显现。在这里,鲁迅自然不会错过自己是绍兴人的身份。实际上,他要在这里提出的恰恰是绍兴的女吊能够为作为一个集体的被压迫者提供什么,以此打破"明明暗暗,吸血吃肉的凶手或其帮闲们"的话语控制,看透"这些人面东

---

① 鲁迅:《且介亭杂文二集·弄堂生意古今谈》,《鲁迅全集》第6卷,第319—320页。
② 王风:《鬼和与鬼有关的——鲁迅〈女吊〉讲稿》,见温儒敏、姜涛编《北大文学讲堂》,北京:中央编译出版社,2007年,第307—327页。
③ 鲁迅:《且介亭杂文末编附集·女吊》,《鲁迅全集》第6卷,第637页。
④ 同上书,第642页。

西的秘密"。在这里,"被压迫者"构成了绍兴女吊和上海的"下等华人"之间的共情纽带,不是城乡二元对立的问题,不是引入乡下资源以拯救城市的问题,而是在压迫与被压迫的阶级政治问题上,上海与鲁迅乡下人的透视法融合在了一起,构成了超越城乡二元对立的理论和情感视域。在看似抒情和乡愁的表达里,鲁迅仍然有着基本的政治敏感和觉悟,试图在上海复杂的媒介和话语环境中掀起战斗的声浪,打破"凶手或其帮闲们"的文化政治想象。因此,在鲁迅乡下人的透视法里,一方面丛生着鲁迅作为上海的客居者对上海格格不入的恶感,另一方面则仍然扩充着其研究上海的视野,使其以上海为方法观察中国的行为具有更高强度的阶级政治能量。

三

在如此高强度和期望值的以上海为方法的情感和政治建构中,鲁迅主要的实践行为是写杂文,这使得对于鲁迅杂文的理解和分析不得不与上海语境建立具体和细密的关联。而在上述见诸鲁迅杂文的上海研究之外,还有一层非常重要的问题,即鲁迅面对上海及上海市井的搅扰,陷入了对于上海的迷思之中。

这种迷思当然与鲁迅对社会"刺戟"的理解有关。在厦门大学教书时,鲁迅在写给许广平的信中提到,"在这里好像刺戟少些,所以我颇能睡,但也做不出文章来"①,在写给韦素园的信中也提到,"又无刺戟,思想都停滞了,毫无做文章之意"②,明显表现出因为缺少社会"刺戟"而要离开厦门的文化心态。上海刚好满足了鲁迅想要的"刺戟",他在 1934 年写给山本初枝的一封信中说:"乡间清静,也许舒服一些;但刺激少,也就做不出什么事来。"③ 这表露了他因为留恋上海社会的"刺戟"而不愿离开的心态。上海社会给与的"刺戟"甚至有可能超过了鲁迅的承受能力,他在 1935 年写给萧军的一封信中说:"我并未为自己所写人物感动过。各种事情刺戟我,早经麻木了,时时像一块木头,虽然有时会发火,但我自己也并不觉痛。"④

---

① 鲁迅:《两地书·五十》,《鲁迅全集》第 11 卷,第 144 页。
② 鲁迅:《书信·261107 致韦素园》,《鲁迅全集》第 11 卷,第 604 页。
③ 鲁迅:《致外国人士部分·340730(日)致山本初枝》,《鲁迅全集》第 14 卷,第 314 页。
④ 鲁迅:《书信·350627 致萧军》,《鲁迅全集》第 13 卷,第 489 页。

从语气来说，鲁迅是回答萧军有没有被自己笔下的人物感动的问题，但其"各种事情刺戟我，早经麻木了，时时像一块木头"的表达，却是与上海语境密不可分的。虽然这些书信中表露的心态与其写作的具体关系还需要细致分梳，但可以肯定的是，在鲁迅看来，上海社会正是那个反复"刺戟"他写文章的存在，他也乐在其中。因此，虽然在 1934 年写给姚克的一封信中说，"上海真是是非蜂起之乡，混迹其间，如在洪炉上面，能躁而不能静，颇欲易地，静养若干时，然竟想不出一个适宜之处，不过无论如何，此事终当了之"①，鲁迅也不可能长时间离开上海。

面对上海社会提供的"刺戟"，鲁迅产生了爱恨交织的情绪，几次要养病他乡，都未成行。与此相关的是鲁迅对写作的理解，一方面，他将杂文视为极为重要的书写，建构了一种可以称为生产者的艺术的文学表达，另一方面又在私人信件中多有微妙的心态流露，似乎小说仍然是他心中最重要的文类。在 1930 年写给李秉中的一封信中，鲁迅说："我于《彷徨》之后，未作小说，近常从事于翻译，间有短评，涉及时事，而信口雌黄，颇招悔尤，倘不再自检束，不久或将不能更居上海矣。"② 其字里行间颇有骄傲的味道，以写杂文为荣。而在 1932 年写给台静农的一封信中，鲁迅说："兄如作小说，甚好。我在这几年中，作杂感亦有几十篇，但大抵以别种笔名发表。"③ 其中就隐约有写了几年杂感而未有小说创作的遗憾了。这种遗憾之感，到了 1933 年写给姚克的两封信中，就极为明显了。在一封信中，鲁迅说，"我和施蛰存的笔墨官司，真是无聊得很"，又说"新作小说则不能，这并非没有工夫，却是没有本领，多年和社会隔绝了，自己不在旋涡的中心，所感觉到的总不免肤泛，写出来也不会好的"。④ 其中不乏自谦之意，但鲁迅对自己现在在媒介和话语意义上的上海的状态，显然是不满意的，他并不想和施蛰存战斗，内心里对小说写作有某种渴望。在另一封信中，鲁迅说："所作小说，极以先睹为快。我自己是无事忙，并不怎样闲游，而一无成绩，盖'打

---

① 鲁迅：《书信·340409 致姚克》，《鲁迅全集》第 13 卷，第 68 页。
② 鲁迅：《书信·300503 致李秉中》，《鲁迅全集》第 12 卷，第 233 页。原文作《仿徨》，当为《彷徨》之误。
③ 鲁迅：《书信·320618 致台静农》，《鲁迅全集》第 12 卷，第 310 页。
④ 鲁迅：《书信·331105 致姚克》，《鲁迅全集》第 12 卷，第 477—478 页。

杂'之害也,此种情境,倘在上海,恐不易改,但又无别处可去。"① 其中对于"打杂"的否定未可遽信,但他对于自己在上海就大体上只能"打杂",即写杂文、搞翻译和办杂志,难以有小说创作方面的成绩的遗憾还是很明显的。因此,当他终于写完《故事新编》时,在给友人的信中表现出矛盾心态,是非常自然的。最典型的表现是1936年写给黎烈文的一封信中的表达,鲁迅说:

> 《故事新编》真是"塞责"的东西,除《铸剑》外,都不免油滑,然而有些文人学士,却又不免头痛,此真所谓"有一利必有一弊",而又"有一弊必有一利"也。②

鲁迅似乎拿不准《故事新编》的成色,但对它会让"有些文人学士""头疼"却很开心,期待"有一弊必有一利"的效果。毕竟这是他在上海写杂文期间仅有的小说创作,不能不对此别有幽怀,并主动关心上海文坛和国外学界的反馈。

从结果来看,小说并不是遮蔽鲁迅杂文成就的存在。但就鲁迅当年面对上海的迷思而言,小说和杂文的确构成了他在价值层面难以做出选择的文类对象。客观地说,以上海为方法观察中国的诱惑的确使鲁迅的写作实践深刻介入上海及上海市井的现实,出现一种因为"刺戟"过度而远离"旋涡的中心","和社会隔绝"的状况,也在情理之中。

鲁迅的上海迷思不仅表现为文类选择上的幽微心态,而且表现为他上海时期所写杂文的一些特殊语词面貌和形式。他以极大的热情处理上海市井的谣言和市侩气质,却为上海市井所搅扰,对现实产生了一种去主体化的思想进路。例如发表于1930年3月1日《萌芽月刊》第1卷第3期的《习惯与改革》,文章的主旨是改革要以理解民众的风俗习惯为基础,否则"都将为习惯的岩石所压碎,或者只在表面上浮游一些时",但使用的例子却是上海市井的日常现象:

---

① 鲁迅:《书信·331219 致姚克》,《鲁迅全集》第12卷,第520页。
② 鲁迅:《书信·360201 致黎烈文》,《鲁迅全集》第14卷,第17页。

> 今年的禁用阴历,原也是琐碎的,无关大体的事,但商家当然叫苦连天了。不特此也,连上海的无业游民,公司雇员,竟也常常慨然长叹,或者说这很不便于农家的耕种,或者说这很不便于海船的候潮。他们居然因此念起久不相干的乡下的农夫,海上的舟子来。这真像煞有些博爱。①

从文章逻辑来看,正是"上海的无业游民,公司雇员"的"慨然长叹"这类市井谣言引起了鲁迅写作的兴趣。他虽然在下文捎带提到了梁实秋对"多数"的态度,但仍然以谣言中看似"博爱""乡下的农夫,海上的舟子",实际上只是以此为口实表达自己的利益诉求的"上海的无业游民,公司雇员"为分析对象。这也就是说,相对于梁实秋这样的精英知识分子的话语,鲁迅在该文中更看重的是上海市井的谣言,并以此为基础讨论习惯与改革的问题。他显然认为以上海为方法,从中寻找文化和政治变革的可能,是不能从梁实秋这样的精英知识分子提供的话语入手的,只能从谣言丛生的上海市井中有所发现。他也试图从上海市井中把握"多数",将其提升为某种具有历史主体性的对象。

但是,从这些年被高频讨论的文本《阿金》②来看,鲁迅又再次陷入迷思之中,不知如何从上海市井的现实中把握历史主体。《阿金》发表于1936年2月20日上海《海燕》月刊第2期,主要内容是写自己如何讨厌一个从乡下来到上海的女仆阿金,似乎并不复杂,读起来却特别费解。鲁迅自言"这真是不过一篇漫谈,毫无深意",但针对的是"南京中央宣传会"③,是指没有什么政治影射,不可据此认为《阿金》确实毫无深意。实际上,《阿金》很不寻常,劈头就是一句:"近几时我最讨厌阿金。"这一句构成一段,

---

① 鲁迅:《二心集·习惯与改革》,《鲁迅全集》第4卷,第228—229页。
② 薛羽:《观看与疑惑:"上海经验"和鲁迅的杂文生产——重读〈阿金〉》,《现代中文学刊》2011年第3期;中井政喜:《关于鲁迅〈阿金〉的札记——鲁迅的民众形象、知识分子形象备忘录之四》,陈玲玲译,《中山大学学报(社会科学版)》2015年第3期;杨姿:《叙述与命名:〈阿金〉批评史及其反思》,《汉语言文学研究》2018年第2期;王钦:《迈向一种非政治的政治:鲁迅晚期杂文的一个向度——以〈阿金〉为中心》,《文学评论》2019年第1期;孟庆澍:《〈阿金〉与鲁迅晚期思想的限度》,《文学评论》2019年第4期;等等。
③ 鲁迅:《且介亭杂文·附记》,《鲁迅全集》第6卷,第221页。

接下来另起一段介绍:"她是一个女仆,上海叫娘姨,外国人叫阿妈,她的主人也正是外国人。"然后再另起一段写:

> 她有许多女朋友,天一晚,就陆续到她窗下来,"阿金,阿金!"的大声的叫,这样的一直到半夜。她又好像颇有几个姘头;她曾在后门口宣布她的主张:弗轧姘头,到上海来做啥呢?……

特意遴选了阿金一句话,却不引完,语焉未详。再次另起一段后,接的却是:"不过这和我不相干。"① 从"最讨厌"跳到阿金的乡下人身份,再跳到泼辣恣肆的反问"弗轧姘头,到上海来做啥呢?",却接以"不过这和我不相干",文气之奇崛郁怒,即使在鲁迅的写作中,也属于罕见。既然"最讨厌"阿金,为什么先说一些"与我不相干"的?是"最讨厌"有假?还是"与我不相干"不真?结合下文进一步的叙述来看,自然是"与我不相干"不真,阿金"轧姘头"的行为的确搅得作者不能安心写作,甚至"有时竟会在稿子上写一个'金'字"②。那么,在何种意义不是"与我不相干"呢?作者自然不是犯了道德癖,反对阿金"轧姘头",而是某种共同的感觉结构被阿金的搅扰唤醒了。其中的关键就是:"到上海来做啥呢?"鲁迅正是一个从乡下到上海来的人,其内心深处的乡下人身份意识他在 1935 年写《弄堂生意古今谈》时即已自觉。同是上海乡下人,阿金泼辣恣肆的反问,也许正好触动了鲁迅乡下人身份的自觉,将阿金的话变成对自己的渺渺茫茫的责问:"到上海来做啥呢?"自己真的能从上海发现什么吗?毕竟,如同鲁迅在其他杂文中说的那样:

> 上海原是中国的一部分,当然受着孔子的教化的。便是商家,柜内的"不二价"的金字招牌也时时和屋外"大廉价"的大旗互相辉映,不过他总有一个缘故:不是提倡国货,就是纪念开张。③

---

① 鲁迅:《且介亭杂文·阿金》,《鲁迅全集》第 6 卷,第 205 页。
② 同上。
③ 鲁迅:《准风月谈·豪语的折扣》,《鲁迅全集》第 5 卷,第 257 页。

虽然以上海为方法观察中国自有道理，但"上海原是中国的一部分"，鲁迅也是深知"孔子的教化"之于上海的影响的。因此，他也许下意识地反应：一个乡下人来上海做不了啥，只能像阿金"轧姘头"一样，释放生命多余的力比多。这也就意味着，阿金虽然是乡下人，"下等华人"，但是与阶级政治意义上的历史主体想象毫无关系。但这是否就等于结论呢？鲁迅下文解释讨厌阿金的原因时说：

> 阿金的相貌是极其平凡的。所谓平凡，就是很普通，很难记住，不到一个月，我就说不出她究竟是怎么一副模样来了。但是我还讨厌她，想到"阿金"这两个字就讨厌；在邻近闹嚷一下当然不会成这么深仇重怨，我的讨厌她是因为不消几日，她就摇动了我三十年来的信念和主张。①

所谓"很普通，很难记住"和"想到'阿金'这两个字就讨厌"，就是指鲁迅不在乎阿金具体的身体形象，只在乎她具体的声音被自己抽象之后所构成的符号形象。这一方面进一步坐实，阿金的话触动了鲁迅乡下人身份的自觉，鲁迅实际上讨厌的是自己被提醒，一个乡下人"到上海来做啥呢"，另一方面又抽空了鲁迅所讨厌的事项的具体内容，以至于只好填上一句："我的讨厌她是因为不消几日，她就摇动了我三十年来的信念和主张。"从下文来看，所谓"三十年来的信念和主张"，是指鲁迅认为历史的沉浮转折与女性无关。但这些内容似乎又是虚文，因为鲁迅接下来又写："以上的一通议论，也很近于迁怒。但是，近几时我最讨厌阿金，仿佛她塞住了我的一条路，却是的确的。"② 这就相当于在声明，写文章的时候，鲁迅其实并不知道自己为什么讨厌阿金，简直像是为讨厌而讨厌，莫名其妙。因此，文章最后以一句"愿阿金也不能算是中国女性的标本"③ 结尾，相当地大而无当，却恰好表征了鲁迅虽讨厌着什么，却不知道讨厌的具体是什么，因而"迁怒"广泛的心态。而所谓"塞住了我的一条路"的指涉，恐怕也就与鲁迅

---

① 鲁迅：《且介亭杂文·阿金》，《鲁迅全集》第 6 卷，第 208 页。
② 同上书，第 209 页。
③ 鲁迅：《且介亭杂文·阿金》，《鲁迅全集》第 6 卷，第 209 页。

的迷思攸关,在上海,真的能召唤共同反抗的阶级政治吗?这不是指鲁迅怀疑新兴的无产者,而是指鲁迅怀疑上海,怀疑自己以上海为方法的选择。

仅仅从《阿金》出发,也许并不能算发现了鲁迅的政治无意识。但鲁迅在上海写的两首旧体诗足以证明,鲁迅的确表露了这样的政治无意识。其中一首是1933年写的《酉年秋偶成》:"烟水寻常事,荒村一钓徒。深宵沉醉起,无处觅菰蒲。"① 另一首是1935年写的《亥年残秋偶作》:"曾惊秋肃临天下,敢遣春温上笔端。尘海苍茫沉百感,金风萧瑟走千官。老归大泽菰蒲尽,梦坠空云齿发寒。竦听荒鸡偏阒寂,起看星斗正阑干。"② 在上海想象"荒村"并且忆念故乡的"菰蒲"③,背后不正是"到上海来做啥呢"的反思吗?

---

① 鲁迅:《集外集拾遗·酉年秋偶成》,《鲁迅全集》第7卷,第470页。
② 鲁迅:《集外集拾遗·亥年残秋偶作》,《鲁迅全集》第7卷,第475页。
③ 参见李国华:《鲁迅旧诗的菰蒲之思》,《中国现代文学研究丛刊》2014年第1期。

第二章　思维形态与杂文形式

　　内容上写了什么，这是追迹鲁迅的观点和思想资源需要讨论的，从而可以在内容上讨论鲁迅思想的深刻性，比如追迹到鲁迅具有辩证法思想、鲁迅洞穿了中国历史的循环性质等，但难以解释的是，同样具有辩证法思想或同样认为中国历史是循环的，为什么鲁迅及其杂文是更深刻的？讨论鲁迅是怎么写的，这是追迹鲁迅表达具体观点、立场、情感和态度的表达方式，从而可以在形式上讨论鲁迅思想的深刻性，比如追迹鲁迅杂文中的句法、章法和修辞，就可以在或一程度上解释，为什么观点相同相近，鲁迅及其杂文是更深刻的？因此，从鲁迅杂文的句法、章法和修辞中发现鲁迅的思维形态，是一件比从鲁迅的自述中发现其思维形态更有趣的事情。它意味着不仅从内容上找到具体的证据以讨论鲁迅杂文的深刻性，而且从形式上找到具体的证据以讨论鲁迅杂文的深刻性；意味着不仅可以从鲁迅所写的内容层面讨论问题，而且可以从鲁迅的写法层面讨论问题。

　　从怎么写的层面讨论鲁迅杂文也有多种路径，其中最直接的办法就是从鲁迅所写的一篇篇杂文入手，分析作为具体篇章的杂文中隐藏或显露了鲁迅思维形态的句法、章法和修辞，建构对于鲁迅思维形态的描述，并进而讨论相应的形式问题及思想的深刻性问题。在这个意义上，此处尝试分析的是鲁迅杂文中凝视的政治、电影的教训和元话语碎片等现象，以期实现对于鲁迅的思维形态与杂文写作之关系的讨论。

第一节 凝视的政治

在鲁迅的文学表达中，凝视是重要的现象，它不仅表现为《野草》中出现的具体语词"凝视"，而且表现为具体的句法、章法和修辞；尤其在杂文中，凝视实际上已经构成了可以称为"凝视的政治"的存在。而句法、章法和修辞层面表现更为内在地指向鲁迅的思维形态和杂文形式的关系，故而从此出发将更好地分析作为启蒙者、国民性论者或革命者的鲁迅是如何思考的，进而也可以更为精确地把握鲁迅的杂文写作及形式。有鉴于此，此处拟从对鲁迅杂文中频繁出现的"也"字句的语法语义出发，逐步剖析"凝视的政治"的具体内容，以期在一定程度上拓展鲁迅杂文的研究。

一

关于鲁迅杂文的句法、章法和修辞的理解，较有影响的观点有两种，一种以唐弢为代表，注重鲁迅杂文形式的多样性，一种以李长之为代表，注重鲁迅杂文句法章法的规律性，但二者未注意到"也"字句在鲁迅的杂文写作中的频繁出现。唐弢1938年认为鲁迅杂文形式"没有一篇是重复的"，"句法和章法，都显得多样性，随时变动"①，并在1956年写的《鲁迅杂文的艺术特征》中做了一些展开，部分地讨论了章法问题，但并未讨论句法问题②。与唐弢的观点刚好相反，李长之1935年在《鲁迅批判》中分析了鲁迅杂文中频繁出现的"然而""但是""总之"等具有结构篇章作用的虚词，强调"鲁迅的杂感文有一种特殊的风格，他的文字，有他的一种特殊的方式"。③ 相比之下，李长之的看法无疑更加有启发性。鲁迅杂文的确常见由"然而"等虚词领起的句子和段落，构成规律重复的句法和章法，并达成李长之所谓"特殊的风格"这样的修辞结果。而且，值得进一步申言的是，

---

① 唐弢：《鲁迅的杂文》，《鲁迅风》第1期，1939年10月11日。该文后收入唐弢《鲁迅论集》（文化艺术出版社1991年版），有删改。
② 参见唐弢：《鲁迅论集》，第238—260页。
③ 李长之：《鲁迅批判》，第166页。

鲁迅对这样的句法、章法和修辞有相当明确的自觉意识,他曾经在1935年10月发表的《七论"文人相轻"——两伤》一文中写道:

> 试看路上两人相打,他们何尝没有是非曲直之分,但旁观者往往只觉得有趣;就是绑出法场去,也是不问罪状,单看热闹的居多。由这情形,推而广之以至于文坛,真令人有不如逆来顺受,唾面自干之感。到这里来一个"然而"罢,转过来是旁观者或读者,其实又并不全如烱之先生所拟定的混沌,有些是自有各人自己的判断的。①

鲁迅的确喜欢并擅长使用虚词"然而",并通过"到这里来一个'然而'罢"这样的表达,既传达了对"文人相轻"的战场所涉及的旁观者或读者的洞察,又将自我置于被嘲讽的位置,增添了幽默风趣的文气。这也就是说,鲁迅深知虚词"然而"带来的僵化之感,但自己并非陷在故作深刻的陷阱里,为"然而"而"然而"。他1926年在《学界的三魂》中的说法,可以进一步证明这一点:

> 中国人的官瘾实在深,汉重孝廉而有埋儿刻木,宋重理学而有高帽破靴,清重帖括而有"且夫""然则"。总而言之,那魂灵就在做官,——行官势,摆官腔,打官话。②

鲁迅明知"且夫""然则"之类的虚词与清代八股取士的关系,并视之为"行官势,摆官腔,打官话",如果不是确乎另有所见,他断不至于如此频繁使用与"且夫""然则"含义一致的"然而""虽然""究竟"等虚词。因此,当他在杂文写作过程中不得不写下"然而"这样的虚词以领起句子和段落时,他有意使用了"到这里来一个'然而'罢"这样的表达来自嘲。

对于上述与虚词的使用相关联的句法、章法和修辞面貌背后的思维形态,李长之在《鲁迅批判》中有一个描述性的朴素解释:

---

① 隼:《七论"文人相轻"——两伤》,《文学》第5卷第4号,1935年10月1日。
② 鲁迅:《学界的三魂》,《语丝》第64期,1926年2月1日。

> 鲁迅之所以能够用那些转折的字者,是因为他思路过于多,非这样,就派遣不开的缘故。倘若你没有那些思路,单单转折,转折什末呢?只有空架子,便会招来了"枯涩",这是一般的学鲁迅的文章而不知道根本的人所吃的亏。①

的确,虚词所关联的句法、章法和修辞并不难模仿,但鲁迅"思路过于多"这一点却是学不来的。这种朴素的解释可以部分地解释为什么有很多鲁迅风的杂文,却几乎不见与鲁迅杂文同一量级的杂文。但何谓"思路过于多"?李长之只是笼统言之,并没有深入分析。徐懋庸针对性地辩驳说"鲁迅用的是'剥笋'式"写法,根源是鲁迅合乎辩证法的思想方法②,这便清晰地呈现了鲁迅这样的写作者试图寻找真相的写作意图,李长之所看到的修辞效果反而是伴随着写作意图发生的附属现象。鲁迅的思想方法是否合于辩证法,固然是一个非常重要的议题,但值得注意的是,并不是能够使用辩证法进行思考的写作者就能写出与鲁迅杂文同一量级的文章,"鲁迅的思想方法"本身仍然是更值得深入的议题。按照徐懋庸的提示,是鲁迅的思想方法产生了相应的人所共见的句法、章法和修辞,那么思考的方向就要发生逆转,先讨论什么是鲁迅的思想方法。

关于思想方法的问题,鲁迅自己其实有诸多描述。但在进入鲁迅关于思想方法的自我描述之前,有必要先行说明的是,除了与"然而"等虚词相关联的句法、章法和修辞面貌,与"也""都"等并不一定表示转折关系的副词所关联的句法、章法和修辞面貌,在鲁迅的写作中也是普遍存在的,其重要性至少不弱于"然而"等虚词关联的句法、章法和修辞。试举一例:

> 叭儿狗一名哈吧狗,南方却称为西洋狗了,但是,听说倒是中国的特产,在万国赛狗会里常常得到金奖牌,《大不列颠百科全书》的狗照相上,就很有几匹是咱们中国的叭儿狗。这也是一种国光。但是,狗和猫不是仇敌么?它却虽然是狗,又很像猫,折中,公允,调和,平正之

---

① 李长之:《鲁迅批判》,第168页。
② 徐懋庸:《鲁迅的杂文》,见中国社会科学院文学研究所鲁迅研究室编《1913—1983鲁迅研究学术论著资料汇编》第2卷,第793—794页。

状可掬,悠悠然摆出别个无不偏激,惟独自己得了"中庸之道"似的脸来。因此也就为阔人,太监,太太,小姐们所钟爱,种子绵绵不绝。它的事业,只是以伶俐的皮毛获得贵人豢养,或者中外的娘儿们上街的时候,脖子上拴了细链子跟在脚后跟。

这些就应该先行打它落水,又从而打之;如果它自坠入水,其实也不妨又从而打之,但若是自己过于要好,自然不打亦可,然而也不必为之叹息。叭儿狗如可宽容,别的狗也大可不必打了,因为它们虽然非常势利,但究竟还有些像狼,带着野性,不至于如此骑墙。①

这两段文字出自鲁迅的名文《论费厄泼赖应该缓行》,其中有"虽然""但是"等转折词,也有林万菁特别关注的"却虽然"这样的虚词叠加现象②,这些都是过去容易为人瞩目的,而值得进一步深入分析的是这两段文字中与"也"字相关的句法、章法和修辞。据杨亦鸣的研究,"也"是一个很特殊的副词,过去一般都认为"也"表示相同、同样、类同等意义,但类同的真正原因是"也"字的语义造成的,仅靠相同部分不能构成类同的感觉,"也"的基本语义是任意的类同追加,且有指向性或曰流动性。③ 以此分析鲁迅这两段文字中的"也"字句,首先可以说明的是,"这也是一种国光"所表达的"国光"与叭儿狗之间的类同关系是由鲁迅通过"也"字任意追加的,不是叭儿狗事实上成了"一种国光",而是被写作者通过"也"字句的使用将其任意追加成了"一种国光"。背后的写作意图就是所谓"指向性或曰流动性",鲁迅并不在乎叭儿狗事实上是不是"一种国光",他在乎的是某种关于"国光"的话语,并以此任意追加的类同关系来讽刺叭儿狗和某种关于"国光"的话语。类似的语例是鲁迅在《藤野先生》开头写下的:"东京也无非是这样。"④ 东京和南京,留学生在国内和在日本,肯定是有差

---

① 鲁迅:《论费厄泼赖应该缓行》,《莽原》第1卷第1期,1926年1月10日。引文中的着重号系本书著者添加。
② 相关分析参见林万菁:《论鲁迅修辞:从技巧到规律》,第158—171页。
③ 杨亦鸣:《试论"也"字句的歧义》,《中国语文》2000年第2期。杨文目的是研究"也"字句的歧义,马真《包含副词"也"的并列复句句式及其他》(见《世界汉语教学》2014年第1期)则专门研究了如何准确理解和使用"也"字句的问题,可供参考。
④ 鲁迅:《藤野先生——旧事重提之九》,《莽原》第1卷第23期,1926年12月10日。

别的，但鲁迅在乎的不是差别，而是类同关系，从而表达自己讽刺的指向性，而整篇《藤野先生》也因此笼罩在开头的"也"字句所生发的讽刺氛围中。可以说，开头的"也"字句是整篇文章的灵魂所在。上引两段文字更为复杂的句法现象是"也"字与"因此""如果""然而"等连词的叠用。如"因此也就为阔人，太监，太太，小姐们所钟爱，种子绵绵不绝"句，去掉副词"也就"，前后的因果关系也能成立，但有了"也就"，就在因果关系的逻辑判断中负载了写作者的情感态度，鲁迅对叭儿狗和阔人、太监、太太、小姐的鄙夷不屑于焉显现。"如果它自坠入水，其实也不妨又从而打之，但若是自己过于要好，自然不打亦可，然而也不必为之叹息"句，从语法意义上来说是表达委婉或让步的句法，但实际上传递的是写作者剪除差异性，强调无论条件发生什么变化，都必须打叭儿狗的写作意图。这也就是说，鲁迅虽然愿意曲谅人情，但绝不愿意因为人情而姑息叭儿狗。紧接着的下一句"叭儿狗如可宽容，别的狗也大可不必打了"便清晰地显现了这一点，鲁迅曲谅"狗情"，实际上就是认为别的狗要打，叭儿狗更要打。在这些逻辑和情感层次背后，一个非常重要的议题出现了，即鲁迅通过"然而"等虚词表达了自己对差异性、多样性的体察，即人和人不同，狗和狗不一，同时又通过副词"也"表达了对差异性、多样性背后的统一性、共性的追求和体认，尤其是"然而也"这样的虚词和副词的叠加使用，表现的是鲁迅从众相中寻找共相，从差异多样中寻找同一甚至单一的思维形态，即无论如何都必须痛打落水狗。而关于这一点，鲁迅在《坟》的后记中可谓痛切言之：

> 最末的论"费厄泼赖"这一篇，也许可供参考罢，因为这虽然不是我的血所写，却是见了我的同辈和比我年幼的青年们的血而写的。①

因此，不管"然而"等虚词所关联的句法、章法和修辞多么具体地表现了鲁迅"思路过于多"的面貌，其背后都是由"然而也"这样的虚词和副词叠加使用的句法、章法和修辞所表现的鲁迅对于统一性和共性的追求。鲁迅

---

① 鲁迅：《写在〈坟〉后面》，《语丝》第108期，1926年12月4日。

的句法、章法和修辞虽然是变化的,多样的,但在形式上并非没有重复,尤其是句法、章法和修辞背后蕴含的思想方法,其实是一以贯之的。而且,正是因为有此一以贯之的思想方法,因为鲁迅总是从差异和多样中寻找统一性和共性,鲁迅对自己杂文"砭锢弊常取类型"的概括才不是偶然言之,而是典型的夫子自道。

二

鲁迅关于"砭锢弊常取类型"的夫子自道出现在1933年写的《伪自由书·前记》中:

> 然而我的坏处,是在论时事不留面子,砭锢弊常取类型,而后者尤与时宜不合。盖写类型者,于坏处,恰如病理学上的图,假如是疮疽,则这图便是一切某疮某疽的标本,或和某甲的疮有些相像,或和某乙的疽有点相同。而见者不察,以为所画的只是他某甲的疮,无端侮辱,于是就必欲制你画者的死命了。例如我先前的论叭儿狗,原也泛无实指,都是自觉其有叭儿性的人们自来承认的。①

这是研究鲁迅杂文时通常都要引用的段落之一,而且往往都走向鲁迅关于国民性的论述。这也是合理的思路,因为这段文字的逻辑与鲁迅关于自己写作小说意在揭出病苦以引起疗救的注意,及自己小说中的人物形象是杂取全国各地人②的叙述完全一致。这也意味着,从小说到杂文,鲁迅写作的思维形态是一致的,即都是努力从差异和多样中寻找统一性和共性,他的论叭儿狗和写阿Q实在是出于相同的思维形态。也是部分取证于此,张历君认为鲁迅杂文中存在着一种"解剖学凝视","鲁迅的国民性解剖图正是在这种写作形式中孕育成形",并进而言之,认为狂(melancholia)与魔(satanic)的忧愤力量孕育了鲁迅的"忧郁的凝视","将过去的时间片断凝结成'主与奴'、'人肉的筵宴'、砍头示众、'虐杀'、'吃人'、'造化的把戏'、'轮回'、'人肉酱缸'、'无物之阵'、'铁屋子'、'黄金世界'、'鬼打墙'等一

---

① 鲁迅:《伪自由书·前记》,《鲁迅全集》第5卷,第4—5页。
② 鲁迅:《南腔北调集·我怎么做起小说来》,《鲁迅全集》第4卷,第526—527页。

系列'辩证形象'"。① 这样的列举未免有些随意，但值得注意的是其中反复出现的"凝视"这一概念，它蕴藏着鲁迅是如何获得从差异和多样中寻找统一性和共性的思维形态的信息。"解剖学凝视"可从鲁迅的医学背景和关于杂文写作的夫子自道中求得理解，"忧郁的凝视"所关联的狂与魔的力量，则需要有一些更为深入的探求。

先从最为笼统的两处说起。第一处见《狂人日记》："我横竖睡不着，仔细看了半夜，才从字缝里看出字来，满本都写着两个字是'吃人'！"② 第二处见《阿Q正传》："我要给阿Q做正传，已经不止一两年了。但一面要做，一面又往回想……而终于归结到传阿Q，仿佛思想里有鬼似的。"③ 狂人"从字缝里看出字来"和"我""仿佛思想里有鬼似的""不止一两年"要传阿Q，这两个行为都可以视为鲁迅小说中所写的凝视，如果不便由此推论鲁迅善于凝视的话，至少可以说明，鲁迅对于凝视是相当了解的，他既知晓凝视行为的发生可能源于某种狂与魔，也知晓凝视行为所可能发生的作用，即发现历史的真相，甚至发现新的历史主体出场的可能。④ 不过，狂人的凝视只是将"仁义道德"翻转为"吃人"，"我"也只是将阿Q死去的鬼魂复活为人，仅仅是一种逆向推理的思维形态，尚未展开鲁迅杂文所关联的凝视的全部内容。虽然在1933年写作的《推背图》一文中，鲁迅明确表示"我这里所用的'推背'的意思，是说：从反面来推测未来的情形"⑤，这承续了《狂人日记》和《阿Q正传》关联的逆向推理的思维形态，但鲁迅在杂文中做得更多的并不是逆向推理，仅仅靠逆向推理是无法实现"砭锢弊常取类型"这一写作形态的。这也就意味着，逆向推理不但只是鲁迅进行凝视时的一种方式，而且不是最重要的方式。

接着说这最重要的方式，它跟"我横竖睡不着"及"仿佛思想里有鬼似的"有关，即鲁迅需要通过凝视才能解决的不是逆向推理这一理性逻辑所

---

① 参见张历君：《时间的政治——论鲁迅杂文中的"技术化观视"及其"教导姿态"》，见罗岗、顾铮主编《视觉文化读本》，第279—311页。
② 鲁迅：《狂人日记》，《新青年》第4卷第5号，1918年5月15日。
③ 巴人：《阿Q正传》，《晨报副刊》1921年12月4日。
④ 参见李国华：《革命与"启蒙主义"——鲁迅〈阿Q正传〉释读》，《文学评论》2021年第3期。
⑤ 何家干：《推背图》，《申报·自由谈》1933年4月6日。

能解决的问题,而是理性逻辑之外难以说清道明的情绪、情感和经验问题,因此才有所谓忧郁的凝视,带有不可理解的病态特点。这样的凝视行为正是鲁迅写在《好的故事》中的凝视行为:

> 现在我所见的故事清楚起来了,美丽。幽雅,有趣,而且分明。青天上面,有无数美的人和美的事,我一一看见,一一知道。
> 我就要凝视他们……。
> 我骤然一惊,开眼,云锦也已皱蹙,凌乱,仿佛有谁掷一块大石下河水中,水波陡然起立,将整篇的影子撕成片片了。我无意识地赶忙捏住几乎坠地的《初学记》,眼前还剩着几点虹霓色的碎影。
> 我真爱这一篇好的故事,趁碎影还在,我要追回他,完成他,留下他。我抛了书,欠身伸手去取笔,何尝有一丝碎影,只看见昏暗的灯光,我不在小船里了。
> 但我总记得见过这一篇好的故事,在昏沉的……。①

在"我"的凝视发生之前,一切所见已然清楚,"我一一看见,一一知道",因此"我"企图通过凝视留住一切都清楚的这一瞬。但与凝视行为同时发生的是"骤然一惊","我"无法真正进行凝视,"开眼"的结果是看见已然清楚的一切被"撕成片片","剩着几点虹霓色的碎影"。在这里,鲁迅深刻地写出了梦中的一切如梦幻泡影般瞬时即逝,不可把捉的特点,凸显了凝视的悲哀、无奈,从而生发出一种努力挽回那无可挽回的一切的忧郁姿态。而凝视之所以必要,是因为有"一一看见,一一知道"的诱引,凝视之所以徒劳,是因为凝视一旦发生,剩下的就只有"几点虹霓色的碎影",不可能实现"一一看见,一一知道"的愿景。但"我"的倔强在于"总记得见过这一篇好的故事",并且要用笔写下来。如此一来,进行徒劳无功的凝视和倔强地对凝视进行书写就构成了鲁迅写作的极为内在的思维形态,虽然凝视往往是徒劳无功的,但也只有通过书写凝视,才能从剩下的"几点虹霓色的碎影"中通往或建构凝视发生之前"一一看见,一一知道"的图景。这一

---

① 鲁迅:《好的故事——野草之十》,《语丝》第13期,1925年2月9日。

图景既是真实的,也是整体的,因而也就诱引着鲁迅不断地进行书写。

从思维形态上来说,整个《野草》都是在书写忧郁的凝视,鲁迅一直在努力捕捉那些难以定型的瞬间状态,诸如影、死火、无物之阵、死后之类,皆是如此。《野草》结集出版后,鲁迅曾明确表示:"至于《野草》,此后做不做很难说,大约是不见得再做了,省得人来谬托知己,舐皮论骨,什么是'入于心'的。"① 但鲁迅此后并未完全放弃写作《野草》式的文章,尤其是1933年的《夜颂》,更被视为典型的《野草》式文章,这是耐人寻味的事实。② 从忧郁的凝视作为一种思维形态的层面来说,《夜颂》是《好的故事》的进化版。文章循例使用逆向推理法,认为白天繁华的一切都不过是黑暗的装饰,并进而写出了一种具有形而上学意义的凝视行为:

> 爱夜的人,也不但是孤独者,有闲者,不能战斗者,怕光明者。
>
> 人的言行,在白天和在深夜,在日下和在灯前,常常显得两样。夜是造化所织的幽玄的天衣,普覆一切人,使他们温暖,安心,不知不觉的自己渐渐脱去人造的面具和衣裳;赤条条地裹在这无边际的黑絮似的大块里。
>
> 虽然是夜,但也有明暗。有微明,有昏暗,有伸手不见掌,有漆黑一团糟。爱夜的人要有听夜的耳朵和看夜的眼睛,自在暗中,看一切暗。君子们从电灯下走入暗室中,伸开了他的懒腰;爱侣们从月光下走进树阴里,突变了他的眼色。夜的降临,抹杀了一切文人学士们当光天化日之下,写在耀眼的白纸上的超然,混然,恍然,勃然,粲然的文章,只剩下乞怜,讨好,撒谎,骗人,吹牛,捣鬼的夜气,形成一个灿烂的金色的光圈,像见于佛画上面似的,笼罩在学识不凡的头脑上。
>
> 爱夜的人于是领受了夜所给与的光明。③

在钱理群看来,《夜颂》写出了"鲁迅才有的都市体验",而且鲁迅作为

---

① 鲁迅:《海上通信》,《语丝》第118期,1927年2月12日。
② 参见王风:《〈野草〉:意义的黑洞与"肉薄"虚妄》,《学术月刊》2021年第12期。
③ 游光:《夜颂》,《申报·自由谈》1933年6月10日。

"爱夜的人"与摩登女郎、阿金同时"领受了夜所给与的光明"。① 这种都市体验中的联带感的发现非常重要,彰显了具有形而上学意义的《夜颂》的社会关怀维度。进而言之,鲁迅的凝视行为并非脱离社会关联的抽象行为。从句法、章法和修辞上来看,《夜颂》也是"也"字句所领起的,所谓"也不但是孤独者,有闲者,不能战斗者,怕光明者"意指"孤独者……"固然是"爱夜的人",而"爱夜的人"也包括"孤独者……"的反面,委婉地显现了鲁迅以合群者、生产者、战斗者、爱光明者自居的意识。而作为爱夜的合群者、生产者、战斗者、爱光明者,鲁迅认为他能看出夜的明暗,分辨夜色的不同层次。这是"自在暗中,看一切暗",而最终"领受了夜所给与的光明"。与《好的故事》一样,"爱夜的人"在进行忧郁的凝视,而不同的是,《好的故事》中"我"的凝视面对的是徒劳无功的结局,而"爱夜的人"却不仅能够"看一切暗",分辨夜的明暗和层次,而且能够看穿光明的伪饰,得到确定性的结果,即"领受了夜所给与的光明"。凝视黑夜的结果是找到"夜所给与的光明",这种确定性和方向感使得鲁迅的凝视在不脱离忧郁的底色的同时获得了上升的维度,从而使鲁迅的思维形态一定程度上摆脱了虚妄、绝望之类情绪的羁縻,肯定自己作为合群者、生产者、战斗者、爱光明者的价值和意义。其时鲁迅与合群者、生产者、战斗者、爱光明者相适应的社会行为,除了参与中国共产党所主导的左翼文化实践,主要即是写杂文。因此,在《夜颂》写作前后写杂文的鲁迅,其凝视的行为不仅关联着从差异和多样中寻找统一性和共性的思维形态,而且关联着在统一性和共性之上寻找真相和光明的思维形态。在鲁迅的拟想中,那种真实的、整体的图景,乃是生产者和战斗者的光明和未来。鲁迅似乎借此厘清了原来那些理性逻辑之外难以说清道明的情绪、情感和经验问题,从而将忧郁的凝视转化为一种凝视的政治,并在实际的社会语境而非启蒙主义式的同情中,与摩登女郎、阿金们形成了社会联带,"共同领受了夜所给与的光明"。那么,批评鲁迅杂文是"不顾事理,来势凶猛"②的谩骂,就实在是难以想象的隔膜之论。

---

① 钱理群:《鲁迅和北京、上海的故事(下篇)》,《鲁迅研究月刊》2006 年第 6 期。
② 邵冠华:《鲁迅的狂吠》,《新时代》第 5 卷第 3 期,1933 年 9 月 1 日。

最后，正像鲁迅从忧郁的凝视走向凝视的政治所提示的那样，鲁迅厘清情绪、情感和经验的方式也发生了变化。如果说他发表在《新青年》杂志上的随感以清明的理性著称的话，其后主要发表在《语丝》杂志上的与陈源论战的文章就以发抒个人的郁积为主，再往后，《语丝》上与创造社、太阳社论战的文章，《莽原》上的社会批评，则具有冷静地处理自己的情绪、情感和经验的质地，到了《申报·自由谈》上发表的杂文，则几乎熔炼了个人的情绪、情感、经验和理性，具有社会科学论文的特点了。不过，这种概览式的描述虽然大致不差，但与思维形态和杂文写作相关联的形式问题并不在其中。这里需要进一步分析的仍然是鲁迅的凝视在杂文写作中的具体表现，并在句法、章法和修辞的基础上，展开鲁迅凝视的社会内容。

三

从鲁迅所凝视的社会内容的层面上来说，可以认为鲁迅的所有写作都事关国民性，从而建构一种叙述，即鲁迅一生的写作都是以国民性为归依的。但这一认知有时不免过于抽象，无法应对鲁迅写作的具体社会内容，有时甚至成为其国民性论述与革命诉求之间的枘凿，似乎鲁迅首先不是一个革命者似的。即使在鲁迅的各类写作中读出鲁迅革命者的身影，有时并不容易，但鲁迅在讲演中亲口说的内容是值得充分重视的：

> 他首先介绍他个人过去一些经历。他说："在日本时曾参加章太炎等领导的光复会，谈起革命，我也算是老革命来的，（笑声），论起革命不是好玩的，也不是好干的。现在革命越来越不好干了。杀的杀，捕的捕，包打听随时在钉梢。革命者掉队的掉队，出洋的出洋，逃跑的逃跑了。我呢，现在才来革命，才开始感到兴趣，就是人家不干了，我才来干的。……"①

这是陈广1957年的回忆，回忆的是鲁迅1932年12月21日在上海野风画会上的演讲，其中细节或许有些出入，但鲁迅关于干革命的自述，仍然是值得

---

① 陈广：《记鲁迅先生的一次讲话》，见朱金顺辑录《鲁迅演讲资料钩沉》，长沙：湖南人民出版社，1980年，第202页。关于鲁迅是否光复会会员，有一定争议。

充分重视的。在1957年，陈广的回忆当然隶属于塑造革命家鲁迅形象的一个神经末梢，但在告别革命的语境里，陈广的回忆就打破了启蒙者是鲁迅唯一形象的建构，反而足以使研究者细察鲁迅的复杂性。事实上，就鲁迅杂文中所凝视的具体社会内容而言，他也首先是一个革命者。而革命者是并不排斥启蒙的，这一点需要重点强调一下。

因为凝视的关系，鲁迅杂文对具体社会内容的书写构成了聚焦效应，其中有三个话题比较突出，可以进行深入分析，它们分别是碰壁、变戏法和文人相轻。变戏法这一话题留待另文，此处专门讨论碰壁和文人相轻。

先讨论碰壁。鲁迅关于碰壁的聚焦式书写集中在1925年到1926年，相关的文章有《"碰壁之后"》《"碰壁"之余》《华盖集后记》《死后》《无常》等，另在1932年的《二心集·序言》中就碰壁进行了一次精彩的回眸。《"碰壁之后"》是开启端绪之作，试引其中写碰壁的几段如下：

> 我感到苦痛了，但没有悟出它的原因。
>
> 这时我所不识的教员和学生在谈话了；我也不很细听。但在他的话里听到一句"你们做事不要碰壁"，在学生的话里听到一句"杨先生就是壁"，于我就仿佛见了一道光，立刻知道我的苦痛的原因了。
>
> 碰壁，碰壁！我碰了杨家的壁了！
>
> 其时看看学生们，就像一群童养媳……
>
> 这一种会议是照例没有结果的，几个自以为大胆的人物，对于婆婆稍加微辞之后，即大家走散。我回家坐在自己的窗下的时候，天色已近黄昏，而阴惨惨的颜色却渐渐地退去，回忆到碰壁的学说，居然微笑起来了。
>
> 中国各处是壁，然而无形，像"鬼打墙"一般，使你随时能"碰"。能打这墙的，能碰而不感到痛苦的，是胜利者。——但是，此刻太平湖饭店之宴已近阑珊，大家都已经吃到冰其淋，在那里"冷一冷"了罢……
>
> 我于是仿佛看见雪白的桌布已经沾了许多酱油渍，男男女女围着桌子都吃冰其淋。而许多媳妇儿，就如中国历来的大多数媳妇儿在苦节的婆婆脚下似的，都决定了暗淡的运命。

> 我吸了两支烟,眼前也光明起来,幻出饭店里电灯的光彩,看见教育家在杯酒间谋害学生,看见杀人者于微笑后屠戮百姓,看见死尸在粪土中舞蹈,看见污秽洒满了风籁琴,我想取作画图,竟不能画成一线。我为什么要做教员,连自己也侮蔑自己起来。但是织芳来访我了。①

鲁迅从"也不很细听"而听到的两句话中发现"感到苦痛"的原因,一个"也"字句用得甚是微妙,仿佛是不经意间发现了事情的真相。但鲁迅实际上并未等闲视之,不但事后"回忆到碰壁的学说",而且即刻跳跃性议论道:"中国各处是壁,然而无形……"因此,结合鲁迅此篇文章写的即是"碰壁之后",可知他对于"也不很细听"而听到的两句话是非常在意的,整篇文章乃是对于那两句话的凝视,并在凝视的基础上踵事增华,生发滔滔议论。就论理的逻辑而言,从"杨家的壁"到"中国各处是壁"已是过度引申,而到"看见教育家在酒杯间谋害学生……"更是比喻式的设想,未见得实有其事了。这意味着鲁迅行文的逻辑并不完全是摆事实讲道理,而是以情绪、情感带动修辞,从而加速度地得出一些具有结论性的判断。陈源作为鲁迅的论敌,自然不会同情鲁迅的情绪和情感,故而反唇相讥时会说,"鲁迅先生一下笔就想构陷人家的罪状","要是有人侵犯了他一言半语,他就跳到半天空,骂得你体无完肤——还不肯罢休"②。陈源下笔也并无分寸可言,和事佬胡适写信给论战中的鲁迅、周作人、陈源就说:"我最愧惜的是当日各本良心的争论之中,不免都夹杂着一点对于对方动机上的猜疑;由这一点动机上的猜疑,发生了不少笔锋上的感情;由这笔锋上的感情,更引起了层层猜疑,层层误解。"③ 且不管胡适劝架的艺术如何,就动机的猜疑、笔锋的感情、误解三点而言,的确切中了鲁迅文章的要害。"杨家的壁"固然是道听途说,"仿佛看见雪白的桌布"和"幻出饭店里电灯的光彩"也都是猜想之辞,没有做到眼见为实,因此,如果执着于具体细节的真实与否,鲁迅大约也只能以相骂无好口作为回应。但鲁迅行文有意思的地方恰在于随

---

① 鲁迅:《"碰壁之后"》,《语丝》第 29 期,1925 年 6 月 1 日。
② 陈源:《闲话的闲话之闲话引出来的几封信》,见陈漱瑜主编《一个都不宽恕——鲁迅和他的论敌》,北京:中国文联出版公司,1996 年,第 118—120 页。
③ 胡适:《胡适致鲁迅周作人陈源》,见陈漱瑜主编《一个都不宽恕——鲁迅和他的论敌》,第 129 页。

时逾越了具体事实的边界，过度引申到一些整体性判断的结论中，从而引发读者的同情。对于鲁迅和陈源之间的是非，普通读者未必有多大兴趣，但"中国各处是壁，然而无形……"之类的表达无疑将唤起读者的个体经验，生成具有普遍意义的共情。这也就是说，鲁迅在回眸式的凝视书写中固然执着于自己与陈源之间的私人恩怨，同时却也即小见大，论及现代中国广阔的社会人生，二者之间相互映照，使得鲁迅的凝视能够被读者感应和理解，从而形成相应的凝视，并反转过来在普遍共情的意义上审视鲁迅和陈源之间的纷争，最终同情鲁迅的遭遇。从修辞的意义上来说，这是非常高明的，故而也难怪陈源反唇相讥时显得气急败坏，且颇为委屈。

不过，《"碰壁之后"》仍然是鲁迅盛气之下的写作，虽然"也不很细听""眼前也光明起来""连自己也侮蔑自己起来"等表达颇为婉转有致，其笔锋的感情和论理的跳跃都使人不敢轻信。相比之下，《死后》关于碰壁的书写会更容易入耳入心：

> 有人来抬我，也不知道是谁。听到刀鞘声，还有巡警在这里罢，在我所不应该"死在这里"的这里。我被翻了几个转身，便觉得向上一举，又往下一沉，又听到盖了盖，钉着钉。但是奇怪，只钉了两个。难道这里的棺材钉，是只钉两个的么？
>
> 我想：这回是六面碰壁，外加钉子，真是完全失败，呜呼哀哉了！……①

《死后》的写作时间与《"碰壁之余"》相隔一月余，其中的"六面碰壁，外加钉子"自然关联着"杨家的壁"，但"六面碰壁，外加钉子"又完全是写实的，故而"真是完全失败，呜呼哀哉了"的感叹完全是情理之中的延伸，读者很难产生怀疑的情绪。因此，关于"死后"关联的刀鞘声、巡警、棺材、钉子及其他各类社会因素，也都顺理成章地进入读者的思维程式中，产生一种荒诞感受。这些差异可能源于文体，《"碰壁之后"》是杂文而《死后》是散文诗，也可能源于写作时心境不一。但不管如何，鲁迅凝视的

---

① 鲁迅：《死后》，《语丝》第36期，1925年7月20日。

思维形态和情绪表达是相当一致的,都是对于"中国各处是壁"的表达。而在这一意义上来说,鲁迅的确可以说自己的杂文都为的是公仇,虽然并非没有私怨。①

但是,非常有意思的是,左转之后的鲁迅重新书写碰壁时,却在《二心集·序言》写出了下列充满自反意味的表达:

> 而且我时时说些自己的事情,怎样地在"碰壁",怎样地在做蜗牛,好像全世界的苦恼,萃于一身,在替大众受罪似的:也正是中产的智识阶级分子的坏脾气。只是原先是憎恶这熟识的本阶级,毫不可惜它的溃灭,后来又由于事实的教训,以为惟新兴的无产者才有将来,却是的确的。②

鲁迅这一表达中所涉及的《壁下译丛》、"东壁下"等传记性因素可以不说,必须说的是,鲁迅所谓"也正是中产的智识阶级分子的坏脾气"既以"也"字句说明了自身无可更改的阶级身份,又暗示了自己要挣脱阶级身份带来的局限的困窘,故而他对于自己过去"时时说些自己的事情,怎样地在'碰壁',怎样地在做蜗牛"是颇为不满的,连带着对于其中蕴含的一种启蒙主义的普遍性,也颇为怀疑,认为自己过去其实是佯装"替大众受罪"而并未获得启蒙理论所承诺的普遍性。在这里,鲁迅以"惟新兴的无产者才有将来"的普遍性历史想象取代了启蒙主义的精英意识,从而把过去书写碰壁时产生的普遍意义的想象理解为"中产的智识阶级分子的坏脾气",消解了自己过去说"中国各处是壁"的真实性。因此,过去那种"全世界的苦恼,萃于一身"的忧郁凝视,在鲁迅左转之后就被扬弃了,而鲁迅在《二心集·序言》中的回眸就转化成一种凝视的政治,目的是不惜自我溃灭,也要助力新兴的无产者。

再讨论文人相轻。从1935年5月1日到10月1日,鲁迅在《文学》月

---

① 鲁迅在1934年写给杨霁云的信中说:"《华盖集》及《续编》中文,虽大抵和个人斗争,但实为公仇,决非私怨,而销数独少,足见读者的判断,亦幼稚者居多也。"见鲁迅:《340522致杨霁云》,《鲁迅全集》第13卷,第113页。

② 鲁迅:《二心集·序言》,《鲁迅全集》第4卷,第195页。

刊的"文学论坛"栏目上连续发表了7篇论文人相轻的文章,都署名隼。与书写碰壁的情况不同,鲁迅书写文人相轻时几乎完全没有将自己作为凝视对象,从而形成一种极为明显的对于他者的凝视。这种对于他者的凝视在行文上表现为,叙事说理的人称基本上都是"我们",或者干脆匿去了人称,只有《再论"文人相轻"》一篇出现了鲁迅惯用的"我在这里"[1] 这样的接近"我以为"的表达,从而使文章呈现出明显的客观说理的面貌。当然,在客观说理的面貌下仍然有写作者的情绪,如《"文人相轻"》中的"我们如果到《文选》里去找词汇的时候"和"我们如果到《庄子》里去找词汇"等[2],很显然是影射施蛰存。这种表达虽然增添了文章滑稽幽默的趣味,但不能不说鲁迅也借机抒发了情绪。此种细故尚多,正是鲁迅"我也一个都不宽恕"[3] 的秉性所在,不再一一列举。就客观说理的层面而言,鲁迅在京海之争的语境下分析了文人相轻的具体内容:

《"文人相轻"》指出"文人相轻"不过是当时文坛出现的一种新口号,而文人"一定得有明确的是非,有热烈的好恶",不应该"轻蔑""文人相轻"。[4]

《再论"文人相轻"》指出有的人是"以其所短,轻人所长",借"轻"而为"文人",并重申"又因为是文人,他的是非就愈分明,爱憎也愈热烈"。[5]

《三论"文人相轻"》以魏金枝为主要论敌,认为他的是非论走到了"无是非",而且事实上不是论是非,而是讲"朋友"交情。至于自居手无寸铁的小民,更是到了"末路"。在行文中,鲁迅又一次强调了热烈的爱憎。[6]

《四论"文人相轻"》也以魏金枝为主要论敌,延续《三论"文人相轻"》讲"朋友"交情的话题,进一步强调无是非的"朋友"论不过是以

---

[1] 隼:《再论"文人相轻"》,《文学》第4卷第6号,1935年6月1日。
[2] 隼:《"文人相轻"》,《文学》第4卷第5号,1935年5月1日。
[3] 语见鲁迅:《死》,《中流》第1卷第2期,1936年9月20日。
[4] 隼:《"文人相轻"》,《文学》第4卷第5号,1935年5月1日。
[5] 隼:《再论"文人相轻"》,《文学》第4卷第6号,1935年6月1日。
[6] 隼:《三论"文人相轻"》,《文学》第5卷第2号,1935年8月1日。

利相合的乌合，毫无道义可言。①

《五论"文人相轻"——明术》主要揭发无是非者"轻"人的三种套路，即自卑、自高和匿名谩骂，并以最大的篇幅批判匿名谩骂者缺乏骂人的才能，所起恶名如"无政府主义封建余孽""布尔乔亚破锣利己主义者"等"不切帖"，无法流传下去。②

《六论"文人相轻"——二卖》主要揭发"倚老卖老"和以少"卖俏"的丑恶风习，并且认为"谁有'卖老'的吗？一遇到少的俏的就倒"，结论是"二卖俱非，由非见是，混沌之辈，以为两伤"。③

《七论"文人相轻"——两伤》接着《六论"文人相轻"——二卖》的结论写起，如果文人相轻而致两伤怎么办？就有沈从文学前清知县，不问是非，"各打屁股完事"。最后，鲁迅说"在现在这'可怜'的时代，能杀才能生，能憎才能爱，能生与爱，才能文"，回到了文人必须有热烈的爱憎的主题。④

从上述内容可以看出，鲁迅写作的焦点始终是文人必须有明确的是非和热烈的好恶，并以此批判文坛上无是非好恶的种种表现，最终揭出自己对"现在这'可怜'的时代"的判断，亮明底牌。由此可见，在7篇相互关联的文章中，鲁迅始终凝视着时代的"可怜"和文人的是非好恶，未曾须臾松懈，而所谓"能杀才能生，能憎才能爱，能生与爱，才能文"的看法就是一种虽然依赖但却大大超越了个人情绪、情感和经验的凝视的政治。

通过上述分析可以看出，鲁迅杂文写作背后凝视的思维形态是一以贯之的，但随着个人和时代互动的变化，同样的思维形态所承载的情绪、情感和经验的内容是不一样的，相应的意识形态表达、身份意识和批判意识也有变化。这是非常有意思的事情，也许可以解释为鲁迅的思维形态具有强大的兼容能力，但也许也可以寻找其他解释，这里先存而不论吧。

四

目前需要讨论的是，鲁迅为何要在杂文进行凝视？凝视的行为对他本人

---

① 隼：《四论"文人相轻"》，《文学》第5卷第3号，1935年9月1日。
② 隼：《五论"文人相轻"——明术》，《文学》第5卷第3号，1935年9月1日。
③ 隼：《六论"文人相轻"——二卖》，《文学》第5卷第4号，1935年10月1日。
④ 隼：《七论"文人相轻"——两伤》，《文学》第5卷第4号，1935年10月1日。

的主体意识构成了什么？应当如何评估鲁迅的杂文写作与凝视的思维形态之间的关系？

先讨论鲁迅为何要在杂文中进行凝视。讨论的路径多种多样，诸如个人的习惯、性情甚至疾病都有一定的解释力，此处试图从结果出发，追溯前因。这结果便是下列鲁迅的自述：

> 记得《伪自由书》出版的时候，《社会新闻》曾经有过一篇批评，说我的所以印行那一本书的本意，完全是为了一条尾巴——《后记》。这其实是误解的。我的杂文，所写的常是一鼻，一嘴，一毛，但合起来，已几乎是或一形象的全体，不加什么原也过得去的了。但画上一条尾巴，却见得更加完全。所以我的要写后记，除了我是弄笔的人，总要动笔之外，只在要这一本书里所画的形象，更成为完全的一个具象，却不是"完全为了一条尾巴"。①

> 这两位，一位比我为老丑的女人，一位愿我有"伟大的著作"，说法不同，目的却一致的，就是讨厌我"对于这样又有感想，对于那样又有感想"，于是而时时有"杂文"。这的确令人讨厌的，但因此也更见其要紧，因为"中国的大众的灵魂"，现在是反映在我的杂文里了。②

> 这一本集子和《花边文学》，是我在去年一年中，在官民的明明暗暗，软软硬硬的围剿"杂文"的笔和刀下的结集，凡是写下来的，全在这里面。当然不敢说是诗史，其中有着时代的眉目，也决不是英雄们的八宝箱，一朝打开，便见光辉灿烂。③

其中前两段文字出自《准风月谈》的后记，后一段文字出自《且介亭杂文》的序言，都是读者耳熟能详的。鲁迅杂文集的序跋是理解和研究鲁迅杂文写作的重要切口，学界也多有抉发。④ 从凝视的政治的意义上来说，给自编的杂文集写序跋是一种回眸凝视的行为，鲁迅在整理和建构自己的杂文的形象

---

① 鲁迅：《准风月谈·后记》，《鲁迅全集》第 5 卷，第 402—403 页。
② 同上书，第 423 页。
③ 鲁迅：《且介亭杂文·序言》，《鲁迅全集》第 6 卷，第 3—4 页。
④ 可参考李雅娟：《鲁迅杂文集序跋中的"杂文"形象》，《文艺研究》2020 年第 7 期。

同时，也在整理和建构自身的形象，其中的顾影自怜也是无可讳言的。此处要展开讨论的是鲁迅关于杂文和杂文集写出了"或一形象的全体"，反映了"中国的大众的灵魂"，是有着时代眉目的诗史等或直接或委婉的说法。这些说法首先是一种逆向立论，对应着当时的社会对鲁迅杂文的批评、否定和压抑，因此从一开始就具有了论争气质，或者说争议性，唯有在具体的社会关系中理解其表达的针对性，才能更好地究明鲁迅的真实想法。论客试图从否定杂文而达到否定鲁迅和鲁迅关联的社会政治运动的目的是潜在的，鲁迅也不便在序跋中明言，因而只能就文论文，不再像《热风·题记》那样说什么"我以为凡对于时弊的攻击，文字须与时弊同时灭亡"①，反而强调自己的杂文和杂文集具有普遍和永久的价值，从而潜在地澄明自身的政治立场和所参与的社会政治运动的正当性。在此基础上，鲁迅的回眸凝视就像是一束来自未来的追光，照亮了杂文写作的价值和意义，不是时弊续存问题彰显杂文的透辟，而是现实必须改变和未来本有可能反衬出杂文的形象史、心灵史、诗史的价值和意义。这一束来自未来的追光甚至可以说从鲁迅进入文学事业开始就一直存在着，是比单纯的揭出病苦、指摘时弊更为重要的，它真正构成了鲁迅写作的伟大动机。因此，在反击同时代的论客以及相信未来的意义上，鲁迅剖白了自身写作杂文的动机，确立了写杂文就是写伟大著作的价值。那么，用杂文写作来进行凝视就是极为正当的选择了。

同时，在鲁迅看来：

> 在现在的环境中，人们忙于生活，无暇来看长篇，自然也是短篇小说的繁生的很大原因之一。②

> 况且现在是多么切迫的时候，作者的任务，是在对于有害的事物，立刻给以反响或抗争，是感应的神经，是攻守的手足。潜心于他的鸿篇巨制，为未来的文化设想，固然是很好的，但为现在抗争，却也正是为现在和未来的战斗的作者，因为失掉了现在，也就没有了未来。③

---

① 鲁迅：《热风·题记》，《鲁迅全集》第 1 卷，第 308 页。
② 鲁迅：《三闲集·〈近代世界短篇小说集〉小引》，《鲁迅全集》第 4 卷，第 134 页。
③ 鲁迅：《且介亭杂文·序言》，《鲁迅全集》第 6 卷，第 3 页。

这两处对于现代中国社会生活的匆忙和时代切迫感的判断,自有语境,未见得合乎实情,但鲁迅心之所感即是如此,这也就构成了一种不得不承认的鲁迅视点中的实情。鲁迅以此推崇短篇小说和杂文写作,也就从文类选择的意义论证了用杂文写作进行凝视的合法性。而且,第二段文字描述现在是多么切迫的时候,与前引《好的故事》对水中倒影的描述,恰成对照,即眼前的观看对象都是生动变化甚至瞬息万变的,因而难以"一一看见,一一知道",但又必须"立刻给以反响或抗争",于是,一种相似的凝视状态就出现了。只不过在《好的故事》中,凝视事关记忆和梦,而在杂文中,尤其是上海时期所写的杂文中,鲁迅以为凝视事关的是现在和未来,事关群体的未来,而非个体的"鸿篇巨制"名留青史的未来。

而选择了凝视,笼统地说,鲁迅就是选择了自反,如前文所分析的那样。细致分梳起来,凝视的政治对于鲁迅的主体意识造成了巨大挑战,从而使他有一种明显的主体焦虑。在《野草》中观察鲁迅主体意识崩毁和重建的过程是学界的老生常谈,在杂文写作中,其实也可以观察到类似的轨迹,甚至可以说《夜颂》中"爱夜的人"自在暗中的选择正是《希望》中"我""肉薄""空虚中的暗夜"①的选择,也正是以杂文为"感应的神经"和"攻守的手足"而应对"现在"的选择。因此,如果《希望》反映了写作者的主体焦虑,那么,杂文写作也同样反映了写作者的主体焦虑。鲁迅对杂文写作中的凝视带来的主体焦虑是有自觉的,并且有以下关于焦虑的极为明显的表达:

> 现在是一年的尽头的深夜,深得这夜将尽了,我的生命,至少是一部分的生命,已经耗费在写这些无聊的东西中,而我所获得的,乃是我自己的灵魂的荒凉和粗糙。但是我并不惧惮这些,也不想遮盖这些,而且实在有些爱他们了,因为这是我辗转而生活于风沙中的瘢痕。凡有自己也觉得在风沙中辗转而生活着的,会知道这意思。②

这段文字写成于 1925 年 12 月 31 日,是《华盖集》题记的一部分,其时鲁

---

① 鲁迅:《希望——野草之七》,《语丝》第 10 期,1925 年 1 月 19 日。
② 鲁迅:《华盖集题记》,《莽原》第 1 卷第 2 期,1926 年 1 月 25 日。

迅正处于觉得"中国各处是壁"的心境中,觉得写与人论战的杂文是耗费生命在无聊的东西中,徒然获得灵魂的荒凉和粗糙。但回眸凝视的时候,鲁迅又不想过于否定自我,故而转言"也不想遮盖这些,而且实在有些爱他们了",一个"也"字写下,多少是有些无奈的吧,一个"而且"写下,则更是"硬唱凯歌"①。在这种焦虑和试图缓解焦虑的情绪中,鲁迅乃希求"自己也觉得在风沙中转辗而生活着的"读者的共情,从他者身上获得慰藉。而且,非常有意思的是,在后来的杂文集序跋中,鲁迅主要表达的不再是主体的焦虑不安,而是对杂文价值和意义的确认。这意味着自己笔下的杂文作为一个客体,不仅使鲁迅产生了焦虑,而且使鲁迅产生了为缓解或解决焦虑才有的文类意识,从而在主体意识上获得了自足,不再表现出或书写明显的焦虑不安。对于《华盖集》中的文章,鲁迅其实可以像乃弟周作人那样,或删或存,保持绅士的体面,但鲁迅反而干脆撕破绅士的体面。这意味着对于鲁迅来说,杂文写作变成了凝视写作者的他者,使得作者不得不投出回眸凝视的目光;是杂文写作对鲁迅的凝视,而不是鲁迅对杂文写作的凝视,使得鲁迅在被凝视的焦虑中产生了新的主体意识。②

---

① 鲁迅:《书信·250311 致许广平》,《鲁迅全集》第 11 卷,第 462 页。
② 此处关于凝视与被凝视问题的分析借鉴了美国学者亨利·克里普斯讨论琼·寇普耶克的电影理论时的基本思路。克里普斯先引证了拉康的下列自述:"那时我 20 刚出头……在这样一个时期,作为年轻学者,我当然急切盼望从中摆脱,去看看学术之外的世界,进行某些实践……有一天,我和来自渔民家庭的几个人乘坐一条小船……就在我们等着收网时,一个叫派特-让的人指给我看浪花上漂浮的东西。那是一个小罐头盒,装沙丁鱼用的……正在阳光下闪耀着。接下来派特-让对我说,你看到那个罐头盒了吗?你真的看清它了?但它并没有看到你。"接着分析道:"在拉康这个小故事中,凝视是以一个具体的物体为基础的:一个亮闪闪的沙丁鱼罐头盒让年轻的拉康睁不开眼睛。自在和自为的物体没有任何意义,只不过是在海上漂浮着的一块闪光的工业废品。然而在青年拉康那里,偶尔由刺眼的光线引起的心理不适,混杂并且强化了一种同质性效果却引起了相当不同的感受。具体而言,他体验到一种不安,并非内心原有的、而是由他比劳动阶层的渔民身份优越所产生的潜在的政治负罪感偶然引发的。结果就导致闪烁的光使一切浮出水面,让年轻的拉康对自己的身份以及行为切实感受到过度焦虑,甚至是负罪感。这就是弗洛伊德所称的'非现实焦虑',一种超出事物外在是非曲直的焦虑。简言之,拉康目视罐头盒时产生的心理困难以及与之相伴的不适,要归因于其身份所导致的自我—中心性焦虑。这一焦虑反过来又转化为一种被从外部审查的体验——一种莫可名状的注视(Look)、一个不可见的他者正全方位地注视着自己,在这个他者面前,年轻的拉康被削减成了焦虑和羞耻。"(见亨利·克里普斯:《凝视的政治:福柯、拉康与齐泽克》,于琦译,《北京电影学院学报》2014 年第 4 期。)作为成名的小说家和被承认的"思想界权威",至少在最开始的时候,鲁迅面对自己的杂文写作或许也有某种羞耻感或负罪感,但这应该不是什么特别要紧的事情,故存而不论。

那么，应当如何评估鲁迅的杂文写作与凝视的思维形态之间的关系呢？就鲁迅自己留下的言议来说，可以分两个方面展开。当鲁迅说自己偏偏遇到了那些小事而自己又偏偏有执着于小事的脾气时，可以展开的是近些年较有影响的论述方向，即所谓杂文"自觉"的问题，鲁迅创造了现代杂文并通过杂文创造了一个新的政治主体。① 而当鲁迅说杂文是"古已有之"的文章②，并可以远从唐代皮日休的《皮子文薮》和陆龟蒙的《笠泽丛书》说起③时，可以展开的是文章的起伏流变及作家的作用等话题。就杂文"自觉"的方面而论，鲁迅很重要，其凝视的思维形态带来了新的文章形态，改变了现代文学文类的基本秩序，是创造性的伟大存在。就文章起伏流变的方面而论，鲁迅的重要性大大下降，他只不过是历史河流中一朵大一些的浪花，并未改变文章和文类的河道。从研究的角度来说，这两个方面的分析和论述都是重要的，而且都很值得学界继续投入精力和热情，尤其是文章的起伏流变方面，需要做的工作很多。而做一个微观评估的话，从鲁迅凝视的思维形态出发，把握鲁迅从差异和多样中寻找统一性和共性的思维特点，以及鲁迅从忧郁的凝视向凝视的政治的转换，大概对深入理解鲁迅杂文写作的句法、章法和修辞，对把握和分析鲁迅杂文的形式，是不无裨益的吧。

而由于鲁迅所谓杂文是"感应的神经"和"攻守的手足"的判断是绝不可能被忽略的，鲁迅杂文的形式因之必须从解剖学凝视、忧郁的凝视这样具有较为明显的启蒙色彩和个人主义色彩的理解转向凝视的政治这样具有明显的革命色彩和集体行动色彩的理解。虽然不能否认将世界苦恼萃于一身的写作者献祭的热情仍是充满个人性的，但鲁迅杂文作为一种凝视的政治的承载之物，已然是合群者、生产者、战斗者、爱光明者的集体生产，鲁迅在编杂文集时也已经不那么在乎个人主义意义上的现代文学秩序，可以编进瞿秋白写的文章，也可以编进自己翻译的文章，更可以按年编排，完全不顾一个集子之内的文章性质也许是完全相反的。而无论于一己有意义的存念，还是于旧弊的见证有意义的存照，恐怕也都让位于那事关未来的诗史想象，一束

---

① 参见张旭东：《杂文的"自觉"——鲁迅"过渡期"写作的现代性与语言政治（上）》，《文艺理论与批评》2009 年第 1 期；《杂文的"自觉"——鲁迅"过渡期"写作的现代性与语言政治（下）》，《文艺理论与批评》2009 年第 2 期。
② 鲁迅：《且介亭杂文·序言》，《鲁迅全集》第 6 卷，第 3 页。
③ 鲁迅：《小品文的危机》，《现代》第 3 卷第 6 期，1933 年 10 月。

来自未来的光照亮了鲁迅杂文的形式,也部分照亮了鲁迅晦暗的心灵。"我"消匿在"我们"中,鲁迅杂文的形式从一把个人主义的解剖刀变成了时代的匕首和投枪。①

第二节 电影的教训

从鲁迅杂文的句法、章法、修辞中寻找鲁迅的思维形态的结果是,电影成为一个重要的讨论对象。一些杂文的内容表明,鲁迅在日常生活中有丰富的观影经验和体验,而另有一些杂文的内容则表明他不仅耽于观影,而且对电影塑造现代社会的作用极为重视,试图有所研究。更重要的是,一些杂文的句法、章法和修辞表明鲁迅深受电影熏染,在写作中使用了电影的技巧来进行谋篇布局,甚至在想象中把杂文写作当成了电影拍摄。而由于在鲁迅的自叙中,电影是在一种震惊体验的场景中出现的,明显构成了教训的意味,因此相关的讨论也就可以称为"电影的教训"。

一

近些年最具有挑战性的对于鲁迅自叙中观影的震惊体验的研究,是周蕾在《原初的激情》一书中作出的。该书研究的是以张艺谋、陈凯歌为代表的中国当代电影,而为了构建研究这些中国当代电影的理论和历史脉络,周蕾选择从鲁迅自叙中的观影体验开始。先从她核心关注的鲁迅自叙说起:

> 我的梦很美满,预备卒业回来,救治像我父亲似的被误的病人的疾苦,战争时候便去当军医,一面又促进了国人对于维新的信仰。我已不知道教授微生物学的方法,现在又有了怎样的进步了,总之那时是用了电影,来显示微生物的形状的,因此有时讲义的一段落已完,而时间还

---

① 最后的论述有些近似于重复瞿秋白在《鲁迅杂感选集序言》中的论述,这也是无可奈何之事,因为瞿秋白叙述的并不仅仅是对鲁迅的观念性建构,他大抵是说出了真相。瞿秋白所谓鲁迅杂文的典型精神之一是反自由主义的,正像鲁迅说自己的杂文都是为了公仇一样,都不大容易得到知音。参见何凝:《鲁迅杂感选集序言》,见何凝编《鲁迅杂感选集》,第23—24页。

没有到，教师便映些风景或时事的画片给学生看，以用去这多余的光阴。其时正当日俄战争的时候，关于战事的画片自然也就比较的多了，我在这一个讲堂中，便须常常随喜我那同学们的拍手和喝采。有一回，我竟在画片上忽然会见我久违的许多中国人了，一个绑在中间，许多站在左右，一样是强壮的体格，而显出麻木的神情。据解说，则绑着的是替俄国做了军事上的侦探，正要被日军砍下头颅来示众，而围着的便是来赏鉴这示众的盛举的人们。

　　这一学年没有完毕，我已经到了东京了，因为从那一回以后，我便觉得医学并非一件紧要事，凡是愚弱的国民，即使体格如何健全，如何茁壮，也只能做毫无意义的示众的材料和看客，病死多少是不必以为不幸的。所以我们的第一要著，是在改变他们的精神，而善于改变精神的是，我那时以为当然要推文艺，于是想提倡文艺运动了。①

周蕾引述的内容去掉了鲁迅自叙学医以救治父亲及促进国人维新信仰的部分，增加了寻找同志办《新生》的部分。这意味着周蕾真正关心的是从电影到文艺运动的过程，她下文主要做的工作也确实是解构鲁迅的弃医从文叙事；其中选择性地使用有利证据进行论证的问题暂且搁置，未注意《新生》与文艺复兴的关联的问题也暂且搁置。周蕾明确表示："我重讲这一老故事的目的并非暗示鲁迅的描述不过是虚构。令人对鲁迅故事发生兴趣的不在于它是否'确实发生过'，而是鲁迅用一次电影经验来解释他创作生涯的开始。该故事指向观看活动中的含混性，特别是该观看深深置入在现代性事件和强化国家的'第三世界'文化中。"在这样的理论视野中，周蕾进一步认为："从鲁迅自己作为一个电影观众的角度着眼，我们或许可以说鲁迅所'看到的'与'发现的'不仅是行刑的残忍或观者显而易见的残酷，更是电影媒体本身直接的、残忍的以及赤裸裸的力量。在放映机的冲力中，电影以攻击的形式强化了内含于残忍中的震惊；正如受害者所将要经历的砍头一样，电影意像在鲁迅身上所达到的效果也是一次猛击。因而，透过他自己的看的行为，鲁迅所面对的乃是：首先，一种看似毋须中介就可传播的新媒体

---

① 鲁迅：《呐喊自序》，《文学旬刊》第9号，1921年8月21日。

的透明效应；其次，这一新媒体的力量与行刑本身的暴力之间的契合。"而鲁迅开始写作，乃是为了对抗电影这种新媒体的视野和视觉性的威胁，只是无法摆脱威胁始终如噩梦般的缠扰。周蕾甚至认为："如果文学是躲避视觉震惊的一种方式，那么该震惊将通过其他形式存在并改变文学本身。除了在其小说中可感受到的对眼睛和注视的敏感以及对电影技艺的灵敏的运用外，鲁迅最有趣的一面在于他成了一个主要以简短的文学形式如短篇小说和杂文创作的作家，并且其作品具有很强的反讽性。"这就是说，在周蕾的电影先于文学而存在的逻辑中，不管鲁迅如何以文学躲避视觉震惊，其短篇小说和杂文写作及反讽性都与电影密切相关，短篇小说"像一张快照，一次在凝固时段内迅捷地对几乎没有背景细节的生活的捕捉"，并"被反讽进一步强化"，"酷似摄影机的眼睛，仅仅呈现和并置，不加任何评论"。周蕾给出的结论性意见是：

> 简短而反讽的文类是视觉性地写作和阅读的一种方式，一种用新近产生的技术化媒体（摄影与电影）创作和阅读先前媒体（文字文本）的方式，从而明白地揭示文学在转型为现代的过程中，其本身不可分割地与因视觉性而导致的感觉变化相连。与其说画面变成了文本（一如目前后结构主义者对视觉性的阐释所常常断定的），倒不如说文字文本变成了图画。远在关于对视觉形式的研究被机构化并因此而被文本化之前，视觉意像就已经烙印在现代主义对文学写作本身的重新组合中。①

顺着周蕾的思路可以展开的是，鲁迅杂文作为比短篇小说更简短且反讽性更强的文学形式，无疑更是"酷似摄影机的眼睛，仅仅呈现和并置，不加任何评论"。但这一推理显然不太吻合鲁迅杂文重议论的实情。那么，需要校正的是什么呢？按照张历君的看法，周蕾的研究囿于文字和图像二元对立的逻辑而简化了鲁迅对影像和文字关系的构想，忽视了鲁迅弃医从文故事中的医学元素。张历君借助本雅明在《作为生产者的作者》中的讨论，认为"写作者的任务不是放弃文字工作而无条件拥抱影像的生产，而是将其文字写作

---

① 周蕾：《原初的激情——视觉、性欲、民族志与中国当代电影》，孙绍谊译，台北：远流出版公司，2001年，第22—35页。

'技巧'重新投入于摄影和电影等影像生产活动,以此改变专门分化对影像和文字生产的局限",另外又针锋相对地指出"现代医学视角与技术影像和技术化观视相互对应、关系密切"。① 的确,鲁迅自叙中观影的震惊体验应当被视为弃医从文叙事的一个有机片段,不宜因为构建研究中国当代电影的理论和历史脉络的需要而被从弃医从文叙事中剥离出来,强化鲁迅自叙中从观影事件到从事文艺运动的断裂。即使按照周蕾的思路推进,应当展开的论述也是鲁迅观影的震惊体验放大了学医的不足,催化了鲁迅弃医从文的打算,而不是以此为起始点,论述文学家鲁迅的诞生,否则便难以解释遍布于鲁迅写作中的医学隐喻,尤其是解剖学隐喻。而"文字文本变成了图画"这一点,在凸显电影自诞生以来在人类感知和表达中的重要性和创造性的同时,也遮蔽了文字文本自身的形式历史和脉络,遮蔽了文字文本在现代社会仍然是中心化存在的基本历史和事实。而且,文字文本作为鲁迅生产的主要形态,即使其中可以发掘丰富的电影元素,甚至在修辞的意义上,可以将鲁迅的短篇小说和杂文视为"摄影机的眼睛",也仍然不得不承认的是,如果没有观影所带来的震惊体验的契机,鲁迅也会以类似的方式进行写作。这就是说,不是否认观影的震惊体验在鲁迅的写作中所占据的重要位置,而是应当在更为辩证的媒介和形式的历史中评估电影带给鲁迅的教训。无论是鲁迅在《中国小说史略》中对短篇小说历史和现实的研究,还是在《我怎样做起小说来》中对百来篇外国短篇小说的追溯②,都应当予以充分的重视,并将短篇小说的形式史视为鲁迅写作短篇小说的必然的前史。无论是鲁迅文章中对杂文"古已有之"③ 的历史的提示,还是研究者对鲁迅杂文的各类形式渊源的研究和猜测④,也都应当成为理解鲁迅杂文的基本学术语境。

---

① 张历君:《时间的政治——论鲁迅杂文中的"技术化观视"及其"教导姿态"》,见罗岗、顾铮主编《视觉文化读本》,第287—295页。
② 关于鲁迅所仰仗的百来篇外国作品的具体情形,参见姜异新:《"百来篇外国作品"寻绎——留日生周树人文学阅读视域下的"文之觉"(上)》,《鲁迅研究月刊》2020年第1期;《"百来篇外国作品"寻绎——留日生周树人文学阅读视域下的"文之觉"(下)》,《鲁迅研究月刊》2020年第2期;
③ 鲁迅:《且介亭杂文·序言》,《鲁迅全集》第6卷,第3页。
④ 相关研究成果不少,可参看刘春勇:《文章在兹——非文学的文学家鲁迅及其转变》,长春:吉林大学出版社,2015年;仲济强:《从"论说"到"杂感"再到"杂文"——鲁迅文体意识脉络的钩沉》,《中国现代文学研究丛刊》2013年第1期。

上述理论的分剖下沉到鲁迅个人的言说和写作之中，有两项事实是值得重视的：其一是鲁迅对于文字中心主义的批判，其二是鲁迅对图像的功能性态度。其中第一项表明，如果鲁迅对文字文本的思考存在着二元对立的话，文字的对立项首先是声音。在1927年的讲演《无声的中国》中，鲁迅说：

> 发表自己的思想，感情给大家知道的是要用文章的，然而拿文章来达意，现在一般的中国人还做不到。这也怪不得我们；因为那文字，先就是我们的祖先留传给我们的可怕的遗产。人们费了多年的工夫，还是难于运用。因为难，许多人便不理它了，甚至于连自己的姓也写不清是张还是章，或者简直不会写，或者说道：Chang。虽然能说话，而只有几个人听到，远处的人们便不知道，结果也等于无声。又因为难，有些人便当作宝贝，像玩把戏似的，之乎者也，只有几个人懂，——其实是不知道可真懂，而大多数的人们却不懂得，结果也等于无声。
>
> 文明人和野蛮人的分别，其一，是文明人有文字，能够把他们的思想，感情，藉此传给大众，传给将来。中国虽然有文字，现在却已经和大家不相干，用的是难懂的古文，讲的是陈旧的古意思，所有的声音，都是过去的，都就是只等于零的。所以，大家不能互相了解，正像一大盘散沙。①

所谓发表思想和感情"是要用文章的"，意味着在1927年鲁迅仍然认为文字文本是人群交流的主要渠道，而且文野之别即在于有无文字。而与文字对举的是声音，文字无法为大多数人所用带来的后果是大多数人无法发声，而中国便是野蛮的、一盘散沙的，是"无声的中国"。鲁迅顺着这样的逻辑对胡适主导的文学革命表示了充分肯定，认为"我们要说现代的，自己的话；用活着的白话，将自己的思想，感情直白地说出来"②，进一步颠覆了文字中心主义的逻辑，将使用文字的主导权视为现代人说"现代的，自己的话"的自由。而鲁迅更为激进的表现是对汉字拉丁化的推动，他甚至说："汉字也是中国劳苦大众身上的一个结核，病菌都潜伏在里面，倘不首先除去它，

---

① 鲁迅：《三闲集·无声的中国》，《鲁迅全集》第4卷，第11—12页。
② 同上书，第15页。

结果只有自己死。"① 其中的利害得失且不论②，这里应该说明的是，当鲁迅批判文字中心主义时，并未将电影这类新媒体视为可代替性的选择，而是依循声音中心主义的原则，试图通过拼音化解决汉字不易掌握所带来的"无声的中国"的问题。因此，就鲁迅的写作而言，更重要的问题是声音和文字孰先孰后，而不是文字文本和图画孰先孰后。

另外，鲁迅在讨论文字的诞生时曾经表示"写字就是画画"：

> 在社会里，仓颉也不止一个，有的在刀柄上刻一点图，有的在门户上画一些画，心心相印，口口相传，文字就多起来，史官一采集，便可以敷衍记事了。中国文字的由来，恐怕也逃不出这例子的。③

既然"写字就是画画"，文字本来就是刻的图、画的画，那么可以推论的是，在鲁迅看来，文字媒介与图像媒介的区别并非本质性的，讨论文字文本和图画孰先孰后的意义就相当有限。即使是置换到现代主义发生的语境里，电影等新媒体所带来的视觉震惊体验也不足以在整体上形成图像先于文字文本的特殊颠倒，虽然对于电影从业者来说，那种颠倒可以说在他们使用电影进行表达的那一刻就已经发生，且对于很多作家来说，像电影一样进行文字表达，也并非偶然现象。相反，在1934年的《连环图画琐谈》一文中，当鲁迅说"'连环图画'便是取'出相'的格式，收《智灯难字》的功效的，倘要启蒙，实在也是一种利器"④，便明确是以文字为主，以图像为辅了。

二

如此一来，问题就来到了鲁迅个人言说和写作中的另一项事实，即鲁迅

---

① 鲁迅：《且介亭杂文·关于新文字》，《鲁迅全集》第6卷，第165页。该文曾见刊于《新文字》《青年文化》《客观》等杂志，据《新文字》，该文译自《拥护新文字六日报》，并附拉丁化拼音文字写成的原文。"汉字也是中国劳苦大众身上的一个结核"，《新文字》译文作"汉字也是中国劳动大众身上的一个脓疮"。参见鲁迅：《关于新文字》，《新文字》第1期，1935年8月15日。
② 相关讨论可参考刘进才：《汉字，文化霸权抑或符号暴力？——以鲁迅和瞿秋白关于大众语和拉丁化新文字的倡导为例》，《鲁迅研究月刊》2007年第7期。
③ 鲁迅：《且介亭杂文·门外文谈》，《鲁迅全集》第6卷，第90页。
④ 鲁迅：《且介亭杂文·连环图画琐谈》，《鲁迅全集》第6卷，第28页。

对图像的功能性态度。鲁迅无疑是一个狂热的、高水准的图像爱好者,这一点在刘思平、邢祖文选编的《鲁迅与电影资料汇编》和李浩、丁佳园编著的《鲁迅与电影——鲁迅观影资料简编1927.10.7—1936.10.10》中可以看到具体的史实梳理,在崔云伟著的《鲁迅与西方表现主义美术》和唐东堰著的《鲁迅与20世纪中国传媒发展》中可以看到有意思的学理分析,此处不赘。1932年,鲁迅在《"连环图画"辩护》一文的开头懊恼地写道:

> 我自己曾经有过这样一个小小的经验。有一天,在一处筵席上,我随便的说:用活动电影来教学生,一定比教员的讲义好,将来怕要变成这样的。话还没有说完,就埋葬在一阵哄笑里了。
>
> 自然,这话里,是埋伏着许多问题的,例如,首先第一,是用的是怎样的电影,倘用美国式的发财结婚故事的影片,那当然不行。但在我自己,却的确另外听过采用影片的细菌学讲义,见过全部照相,只有几句说明的植物学书。所以我深信不但生物学,就是历史地理,也可以这样办。
>
> 然而许多人的随便的哄笑,是一枝白粉笔,它能够将粉涂在对手的鼻子上,使他的话好像小丑的打诨。①

这些懊恼的叙述多少呼应着周蕾关于鲁迅观影的震惊体验的分析,即鲁迅对留学日本时在课堂上看过的关于细菌学的影片有着深刻的记忆,以至于后来筵席上关于活动电影比教员讲义更利于教学的意见被哄笑埋葬时,他不但不改自己的"深信",而且认为哄笑者是以哄笑为将对手鼻子涂粉的白粉笔,是极不严肃的;嘲笑别人是小丑的哄笑者,实际上才是真正的打诨的小丑。观影作为一种特殊的经验烙印在鲁迅的思维形态中,使其在为连环图画辩护时能"随便"调动出来,用以说明图画,尤其电影作为新媒介,相对于教员的讲义这样的文字文本具有明显的优势。但与周蕾的分析路径不同的是,鲁迅在此并未表达以写作抗拒电影的意图,反而表达的是电影取替文字的乐观期待。这也就是说,至少在功能论的意义上,鲁迅对于电影这一新媒介所

---

① 鲁迅:《"连环图画"辩护》,《文学月报》第1卷第4期,1932年10月。

带来的可能性是持肯定态度的,他甚至于乐见电影取替文字的未来。当然,值得注意的是,鲁迅在此并非从整体上肯定电影对于文字的取替,而是仅止于教学、启蒙之类的个别实践范围。从整体上来说,电影并未在鲁迅的思维形态中构成与文字对应的常项。

而在个别的实践上,从功能论的意义上来说,鲁迅也曾经肯定借鉴电影技巧对小说写作的意义:

> 那用了加入白军和终于彷徨着的青年(伊凡及华西理)的主观,来述十月革命的巷战情形之处,是显示着电影式的结构和描写法的清新的,虽然临末的几句光明之辞,并不足以掩盖通篇的阴郁的绝望底的氛围气。然而革命之时,情形复杂,作者本身所属的阶级和思想感情,固然使他不能写出更进于此的东西,而或时或处的革命,大约也不能说绝无这样的情景。①

这是鲁迅1930年夏翻译完苏联"同路人"作家雅各武莱夫(现译雅科夫列夫)描写十月革命时期莫斯科起义的中篇小说《十月》写的后记。据鲁迅的翻译,《十月》总共分28节,每节有小标题,其中第2节至第4节写的是以华西理为视点的巷战,他看见了走上战场的邻居亚庚,第6节至第7节写的是同一场巷战,不过转为用亚庚的视点进行叙述,第13节至第21节也写到了同一场巷战,但视点是华西理的哥哥伊凡的。这种以不同人物为视点讲述同一件事的写法容易让人联想到芥川龙之介的《竹林中》和福克纳的《喧哗与骚动》,也即鲁迅所谓以青年的主观来描述十月革命巷战,"显示着电影式的结构和描写法的清新"。在这里,鲁迅不仅准确地识别了《十月》对"电影式的结构和描写法"的借鉴,而且认为这种借鉴带来的艺术效果是"清新"的,值得肯定。由此可见,鲁迅不仅熟悉电影的结构和镜头语言,而且充分肯定小说以电影的方式所达成的"清新"和写实的艺术质地。鲁迅对"主观"的理解大概还包括《十月》中的下列细节:

---

① 鲁迅:《译文序跋集·〈十月〉后记》,《鲁迅全集》第10卷,第352页。

> 从亚呵德尼的一角上，有运货摩托车出现，车上是身穿蓝色和灰色的长外套的武装了的一些人，枪枝参差不齐地向四面突出，摩托车正如爬着走路的花瓶，枪，头和手，蓝色的灰色的长外套，就见得像是花朵。摩托车向别一角的方向走，想瞒过人们的眼睛。①

对于这一细节，有论者表示描写摩托车上站着的士兵手里拿着枪"宛若飞速前进的花瓶"，"就很有点印象派绘画风格"②，这种比类也许未见得准确，但足以引发的讨论是，鲁迅对《十月》的肯定不仅跟电影有关，而且跟现代美术有关；激进的论述方向甚至不妨指向美术、电影与文字三类不同媒介之间的交叉互渗。

虽然激进的论述方向并不难在鲁迅的写作中找到例证，但目前学界倾向于分别论之，如讨论鲁迅的小说和散文诗与西方表现主义版画、油画和漫画技法的关系③，讨论《故事新编》中类似镜头语言的文字处理④等，这大约是因为跨媒介、跨学科处理一个学术问题并不是那么容易吧。而就鲁迅写作中的现象而言，或许还有一些更为值得探讨的细节，其中潜藏着鲁迅比功能性地理解电影的态度更为复杂的因素，这就是在小说《伤逝》和杂文《登龙术拾遗》中都出现的几乎完全一致的细节：

> 可是临时似乎都无用，在慌张中，身不由己地竟用了在电影上见过的方法了。后来一想到，就使我很愧恧，但在记忆上却偏只有这一点永远留遗，至今还如暗室的孤灯一般，照见我含泪握着她的手，一条腿跪了下去……⑤

> 其术是时时留心，寻一个家里有钱，而自己能写几句"阿呀呀，我

---

① 雅各武莱夫：《十月》，鲁迅译，见王世家、止庵编《鲁迅著译编年全集》第12卷，北京：人民出版社，2009年，第250页。
② 参见李春林主编：《鲁迅与外国文学关系研究》，长春：吉林人民出版社，2003年，第388页。
③ 参见崔云伟：《鲁迅与西方表现主义美术》，山东师范大学博士学位论文，2006年，第58—91页。
④ 参见唐东堰：《鲁迅与20世纪中国传媒发展》，南昌：百花洲文艺出版社，2018年，第214—222页。
⑤ 鲁迅：《彷徨·伤逝》，《鲁迅全集》第2卷，第115—116页。

悲哀呀"的女士，做文章登报，尊之为"女诗人"。待到看得她有了"知己之感"，就照电影上那样的屈一膝跪下，说道"我的生命呵，阿呀呀，我悲哀呀！"——则由登龙而乘龙，又由乘龙而更登龙，十分美满。①

这两处细节与《呐喊·自序》中观影的震惊体验颇为相似，如果延续周蕾讨论的逻辑来分析的话，显然可以说，对于鲁迅而言，观影不仅构成了一种震惊体验，而且构成了一种难以弥合的创伤，鲁迅需要通过不同的方式进行反复抒写才能完成自我疗救；而所谓的自我疗救，更像是一种自我安慰。但就《伤逝》的文本语境而言，鲁迅试图描写的是，涓生这样的观影者，当他遇到恋爱的关键时刻而手足无措时，他所有的自我意识都无用，只能以观影后被塑造出来的无意识来表达自己对子君的爱。而由于爱的表达不是由自我控制，而是由电影塑造的无意识控制，涓生无论在彼时彼刻还是在回忆中都觉得"愧恧"。这是一种自我被阉割的焦虑，主体性完全丧失的焦虑。借用周蕾的逻辑来说，与其说涓生感觉自己在恋爱中输给了子君，丧失了男性的主体自尊，不如说涓生感觉自己作为服膺启蒙和浪漫的知识分子，被作为大众文化的电影去势了。而无论是作为男性含泪跪在女性面前，还是作为服膺启蒙和浪漫的知识分子匍匐于作为大众文化的电影面前，涓生都无法不长期"愧恧"，在创伤性记忆中自悔、自恨、自怜、自痛。而考虑到《伤逝》复调式的暧昧叙事状态，将涓生与电影的复杂纠缠延伸到作者鲁迅身上，也不是完全不可理喻。涓生在挫败感中的"愧恧"和针对流行电影的隐隐的指责态度，也许与鲁迅在挫败感中的"弃医从文"和针对电影的未曾言明的态度，确有相关之处吧。但这种相关之处仍然不值得夸大，因为在正面的、明确的表达中，正如在前引《"连环图画"辩护》中否定"美国式的发财结婚故事的影片"一样，鲁迅对爱情影片素无好感，他在小说《伤逝》中设置给男主人公涓生的观影语境，更像是一种有意为之的反讽，将涓生式的主体意识进行一种现象学式的悬置。因此，就对电影的功能性态度而言，鲁迅的潜在意思应当是对电影作为大众传媒必然带来的不良社会影响进行批

---

① 苇索：《登龙术拾遗》，《申报·自由谈》1933年9月1日。

判。这一点无疑可以通过《登龙术拾遗》中类似细节的重复而得到确证。就文论文,《登龙术拾遗》是对文坛风气的辛辣嘲讽,鲁迅认为靠着尊称附庸风雅的富家女子为"女诗人"而进入文坛,乃是极为令人不齿的文坛登龙术。在这样的语境里,鲁迅让试图登龙文坛的人物"就照电影上那样的屈一膝跪下",无疑自以为是一种穷形尽相的刻画,使笔下的人物出乖露丑,无所遁形。而且,文坛登龙之士固然臭不可闻,"女诗人"也是附庸风雅之辈,为了建立二者关联而出现的电影,自然也不是正面的事物了。在王尔德以来的都市美学中,生活模仿艺术曾一度占据先锋的位置,如今在鲁迅的文学表达中则被视为十足的庸俗行为,模仿电影的涓生和文坛登龙之士都是被鲁迅批判的。进而言之,鲁迅在《伤逝》和《文坛登龙术》中所透露的对于电影功能的理解,就不是以文字对抗电影的问题,而是电影批判本身。

而正是电影批判本身使鲁迅对日本学者岩崎·昶的电影理论产生了莫大兴趣。鲁迅1930年翻译了岩崎·昶发在杂志上而尚未定稿的《作为宣传·煽动手段的电影》一文,改题《现代电影与有产阶级》,发表在《萌芽月刊》第1卷第3期(1930年3月1日)上,写有三千多字的译者附记,后以译代作收入杂文集《二心集》中。关于收集,鲁迅在《二心集·序言》中解释说:"因为电影之在中国,虽然早已风行,但这样扼要的论文却还少见,留心世事的人们,实在很有一读的必要的。"① 就电影对鲁迅杂文的影响而言,电影的风行打破了鲁迅区分作与译的界限,使得鲁迅的杂文集在文体上出现了极为明显的边界不清的问题。如果出于社会批评的坚持而可以打破翻译和创作之间的文体区隔,那么相应地,杂文的作者与诗歌、小说、戏剧、散文之类的作者就不需要分别讨论,鲁迅偶一为之的行为在一定程度上打通了译者和作者之间的关系,且在一定程度上消解了本雅明所谓译作者任务②那样郑重其事的讨论。鲁迅翻译岩崎·昶的电影理论对中国电影史的意义毋庸置疑③,而此处更加关心的是鲁迅通过翻译试图实现的电影批判本

---

① 鲁迅:《二心集·序言》,《鲁迅全集》第4卷,第195—196页。
② 参见本雅明:《译作者的任务》,见阿伦特编《启迪——本雅明文选》,张旭东、王斑译,北京:生活·读书·新知三联书店,2014年,第81—94页。
③ 夏衍1936年曾在悼念文章中表示鲁迅翻译的岩崎·昶的电影理论"是一篇到现在还有它存在意义的重要的文字"。参见韦彧:《鲁迅与电影》,《电影·戏剧月刊》第1卷第2期,1936年11月10日。

身。就岩崎·昶的文章来说，可以讨论的地方不少。据鲁迅的翻译，岩崎·昶的文章分七个部分，分别讨论的是电影与观众、电影与宣传、电影和战争、电影与爱国主义、电影和宗教、电影和有产阶级、电影与小市民等话题。岩崎·昶在文章中开宗明义地指出：

> 电影的发明，是新的印刷术的起源。曾经借着活字和纸张，而输运开去，复制出来的思想，是有着使中世的封建底，旧教底社会意识，归于坏灭的力量的。
>
> 有产者底社会的勃兴，宗教改革，那些重大的历史底契机，由此得了结果了。现在，在思想的输运上，在观念形态的决定上，电影所负的任务，就更加积极底，更加意识底了。它是阶级社会的拥护，也是新的"宗教改革"。
>
> 这新的印刷术，是由于将运动的照相的一系列，印在 Zelluloid 的薄膜上而成立的。那活字，并非将概念传给读者，却给以动作和具象。这在直接地是视觉底的这一种意义上，是无上的通俗底的而同时也是感铭底的活字，在原则底地没有言语这一种意义上，则是国际底活字。作为宣传·煽动手段的电影的效用，就在这一点。①

文章接下来的讨论全基于上述对电影作为新印刷术的性质、功能、意义的定位，简明扼要地论述了电影在世界各大资本主义国家的庞大观众群体，强调其宣传和煽动的性质在服务战争、形塑爱国主义、扩大宗教影响、维护有产阶级、反对无产阶级及麻痹小市民等各方面的作用。鲁迅在译者附记中表示：

> 我偶然读到了这一篇，却觉得于自己很有裨益。上海的日报上，电影的广告每天大概总有两大张，纷纷然竞夸其演员几万人，费用几百万，"非常的风情浪漫香艳（或哀艳）肉感滑稽恋爱热情冒险勇壮武侠神怪……空前巨片"，真令人觉得倘不前去一看，怕要死不瞑目似的。

---

① 岩崎·昶：《现代电影与有产阶级》，鲁迅译，《萌芽月刊》第 1 卷第 3 期，1930 年 3 月 1 日。

现在用这小镜子一照，就知道这些宝贝，十之九都可以归纳在文中所举的某一类，用意如何，目的何在，都明明白白了。①

从这一表示来看，鲁迅译介岩崎·昶的目的很朴素，乃是为了批判上海过火的电影广告，引导观众科学理性地观影，对电影的内容和宣传目的进行批判。但其中"觉得于自己很有裨益"的现身说法，又增加了一些暧昧的意思。暧昧不是指鲁迅在译者附记的末尾说的"欧美帝国主义者既然用了废枪，使中国战争，纷扰，又用了旧影片使中国人惊异，胡涂。更旧之后，便又运入内地，以扩大其令人胡涂的教化"②，这种具有反抗文化入侵意味的思路固然值得特别的阐发，但与鲁迅"拿来主义"的思想③并无不合之处。暧昧之处在于既然认为在具体的实践中，电影足以替代文字，鲁迅必然认同岩崎·昶关于电影是新印刷术的定性；那么，按照逻辑的同一性原则，鲁迅翻译岩崎·昶文章的目的就应该包括弘扬电影这一新印刷术。相应地，对于欧美帝国主义电影带来的文化入侵，也应当主张以生产自有电影为主要的抵抗手段，而非单纯地获得理论批判武器，任由欧美旧影片占据中国的电影市场。鲁迅的暧昧态度也许可以归因于术业有专攻，他不是电影从业人员。但根本的原因也许在于鲁迅对当时国产电影市场的不信任吧，他不仅拒绝左翼电影人将《阿Q正传》改编为电影④，而且因为观影体验极差，极少看国产电影，对国产电影的评价极低⑤。

---

① 鲁迅：《译者附记》，《萌芽月刊》第 1 卷第 3 期，1930 年 3 月 1 日。
② 同上。
③ 关于鲁迅的"拿来主义"的讨论，可参考高远东：《现代如何"拿来"——以中国文学现代性的确立为讨论中心》，《现代如何"拿来"——鲁迅的思想与文学论集》，上海：复旦大学出版社，2009 年，第 109—117 页。
④ 参见韦彧：《鲁迅与电影》，《电影·戏剧月刊》第 1 卷第 2 期，1936 年 11 月 10 日。
⑤ 据王学振考证，鲁迅看过的国产电影有《水火鸳鸯》和《新人的家庭》，可能看过的有《春蚕》，而《一朵蔷薇》存疑。在鲁迅近 200 部的观影量中，可谓九牛一毛。而他对于看过的三四部国产电影，也评价极低，远不是三看《泰山情侣》并推荐给朋友的架势。参见王学振：《鲁迅与国产电影》，《鲁迅研究月刊》2019 年第 3 期；丁佳园：《略谈鲁迅在上海所看电影类型》，见李浩、丁佳园编著《鲁迅与电影——鲁迅观影资料简编 1927.10.7—1936.10.10》，上海：上海书店出版社，2019 年，第 318—339 页。

三

　　如果说电影对鲁迅带来的影响既不是周蕾所谓的以文字对抗电影,也不是转身从事电影行业这么激进,那么电影对于鲁迅而言,真的只是上海生活中"唯一的娱乐"① 这么简单吗?从鲁迅杂文提供的丰富的文本事实来看,并非如此。电影风行对鲁迅的社会关心造成的影响不仅使鲁迅写下不少议论电影、关心电影行业及声援电影从业人员的文字,而且也在很大程度上影响了鲁迅杂文写作背后的思维形态。当然,需要再次强调的是,鲁迅的思维形态受到影响的结果并非以文字对抗电影和某种创伤性的文字表达,而是鲁迅的思维中复合了电影语言的一些形态。先从鲁迅1933年的一篇文章《电影的教训》谈起,该篇800余字的短文全文如下:

　　当我在家乡的村子里看中国旧戏的时候,是还未被教育成"读书人"的时候,小朋友大抵是农民。爱看的是翻筋斗,跳老虎,一把烟焰,现出一个妖精来;对于剧情,似乎都不大和我们有关系。大面和老生的争城夺地,小生和正旦的离合悲欢,全是他们的事,捏锄头柄人家的孩子,自己知道是决不会登坛拜将,或上京赴考的。但还记得有一出给了感动的戏,好像是叫作《斩木诚》。一个大官蒙了不白之冤,非被杀不可了,他家里有一个老家丁,面貌很相像,便代他去"伏法"。那悲壮的动作和歌声,真打动了看客的心,使他们发见了自己的好模范。因为我的家乡的农人,农忙一过,有些是给大户去帮忙的。为要做得像,临刑时候,主母照例的必须去"抱头大哭",然而被他踢开来了,虽在此时,名分也得严守,这是忠仆,义士,好人。

　　但到我在上海看电影的时候,却早是成为"下等华人"的了,看楼上坐着白人和阔人,楼下排着中等和下等的"华胄",银幕上现出白色兵们打仗,白色老爷发财,白色小姐结婚,白色英雄探险,令看客佩服,羡慕,恐怖,自己觉得做不到。但当白色英雄探险非洲时,却常有黑色的忠仆给他开路,服役,拼命,替死,使主子安然的回家;待到他

---

① 参见许广平:《鲁迅怎样看电影》,见刘思平、邢祖文选编《鲁迅与电影》,北京:中国电影出版社,1981年,第171页。

豫备第二次探险时,忠仆不可再得,便又记起了死者,脸色一沉,银幕上就现出一个他记忆上的黑色的面貌。看客也大抵在微光中把脸色一沉:他们被感动了。

幸而国产电影也在挣扎起来,耸身一跳,上了高墙,举手一扬,掷出飞剑,不过这也和十九路军一同退出上海,现在是正在准备开映屠格涅夫的《春潮》和矛盾的《春蚕》了。当然,这是进步的。但这时候,却先来了一部竭力宣传的《猺山艳史》。

这部片子,主题是"开化猺民",关键是"招驸马",令人记起《四郎探母》以及《双阳公主追狄》这些戏本来。中国的精神文明主宰全世界的伟论,近来不大听到了,要想去开化,自然只好退到苗猺之类的里面去,而要成这种大事业,却首先须"结亲",黄帝子孙,也和黑人一样,不能和欧亚大国的公主结亲,所以精神文明就无法传播。这是大家可以由此明白的。①

该文收入《准风月谈》时,"看客也大抵……"改为"黄脸的看客也大抵……","矛盾"改为"茅盾"。② 后者是纠正印刷错误,前者则是为了更加准确地定位"看客"是"黄脸的看客",并与"白色英雄"和"黑色的忠仆"形成更为明显的结构关系,内中反映的是鲁迅写作此文时的阶级论思维。鲁迅虽未使用阶级的字眼,但他在行文中建构了三组阶级对立和两组殖民关系,阶级对立即农人与帝王将相、主人与仆人、上等华人与中下等华人的对立,殖民关系即白人与非白人(黑色的忠仆、黄脸的看客)、国民党当局和苗猺,可见鲁迅已经相当熟练地使用阶级论来观察现代社会。但从文章的章法上来说,鲁迅并不是按照阶级论的逻辑来行文的,他没有在表面上指明各组关系中的内在统一性,各组关系分属三个不同的意义片段,即第一自然段旧戏《斩木诚》,第二自然段"白人英雄"电影,第三、四自然段《猺山艳史》。鲁迅使用虚词"但"和副词"幸而"连缀三个意义片段,在形式上给定了三个意义片段的逻辑联系,但这种语法上的逻辑联系背后的语义逻辑则有待于类似阶级论的阐释,故而从文章的章法上来说,鲁迅是像电影镜

---

① 孺牛:《电影的教训》,《申报·自由谈》1933 年 9 月 11 日。
② 参见鲁迅:《准风月谈》,上海:联华书局,1936 年,第 103 页。

头一样并置了三者,意义生成于并置之中。准确地说,由于在第三个意义片段中可以观察到《四郎探母》和《双阳公主追狄》等旧戏因素对第一个意义片段的意向性的追认,以及"黑人"和"欧亚大国的公主"等"白人英雄"电影因素对第二个意义片段的意向性的追认,可以判定文章的主旨是批判电影《瑶山艳史》所反映的彼时中国病态的"精神文明"。从镜头语言上来说,第一个意义片段和第二个意义片段都是闪回,采用了与"银幕上就现出一个他记忆上的黑色的面貌"一样的叙述技巧。因此,如果要给出文章的题目《电影的教训》所指向的具体内容,就至少包含三个层次:

其一,看旧戏和"白人英雄"电影的经验证明,《瑶山艳史》是一部相当不开化、不文明的电影。

其二,从《瑶山艳史》回看中国的旧戏和上海放映的"白人英雄"电影,可知古今中外都处在野蛮的压迫文化的牢笼中。

其三,无论是旧戏和"白人英雄"电影已经达成的意识形态结果,还是《瑶山艳史》所试图达成的意识形态结果,都是作为被压迫者的"他们被感动了"。

这三个层次的内容所以能够包蕴在《电影的教训》短短800余字的篇幅中,除了鲁迅对阶级论的熟练运用之外,实在有赖于复合在鲁迅的文字表达中的电影语言的使用。这也就是说,从杂文的形式上来看,《电影的教训》之所以如此简短有力、包蕴丰富,实在是因为鲁迅的思维形态中复合了电影语言的思维方式。就鲁迅杂文形式的理解来说,这是真正的电影的教训。

如果说《电影的教训》因为内容上写的就是电影,其中不免有随着内容的需要而赋形的问题的话,鲁迅1931年写的《唐朝的钉梢》就更像是一次电影语言的自觉使用。《唐朝的钉梢》文章更短,只有不到400字,试引如下:

> 上海的摩登少爷要勾搭摩登小姐,首先第一步,是追随不舍,术语谓之"钉梢"。"钉"者,坚附而不可拔也,"梢"者,末也,后也,译成文言,大约可以说是"追蹑"。据钉梢专家说,那第二步便是"扳谈";即使骂,也就大有希望,因为一骂便可有言语来往,所以也就是

"扳谈"的开头。我一向以为这是现在的洋场上才有的,今看《花间集》,乃知道唐朝就已经有了这样的事。那里面有张泌的浣溪纱调十首,其九云:

> 晚逐香车入凤城,东风斜揭绣帘轻,慢回娇眼笑盈盈。消息未通何计是,便须伴醉且随行,依稀闻道"太狂生!"。

这分明和现代的钉梢法是一致的。倘要译成白话诗,大概可以是这样:

> 夜赶洋车路上飞,
> 东风吹起印度绸衫子,显出腿儿肥,
> 乱丢俏眼笑迷迷。
> 难以扳谈有什么法子呢?
> 只能带着油腔滑调且钉梢,
> 好像听得骂道"杀千刀!"

但恐怕在古书上,更早的也还能够发见,我极希望博学者见教,因为这是对于研究"钉梢史"的人,极有用处的。①

这篇妙趣横生的短文发表后,确有一些直接反馈,如有人认为鲁迅对张泌词的翻译让古文"香草美人"的字面"丑态毕露"了②,有人补遗了元稹、李商隐、杜甫、白居易、王次回等古代诗人、文人的"钉梢"诗文③,有人则从《诗经·大雅·生民》中读出了"钉梢"的起源,认为姜嫄是中国历史上"女性钉男性梢的典型人物"④,可谓泛起了有趣的涟漪。不过,此处更想讨论的是《唐朝的钉梢》婉转多姿的章法与电影语言的关系。

文章开头写的是上海摩登少爷钉梢,于夹叙夹议中写来,隐隐唤起读者的画面感,但画面未出,画风陡转,接下来写的是与洋场完全不一样的《花间集》,引出古典的词人张泌极具画面感的词,尤其是"依稀闻道'太狂

---

① 长庚:《唐朝的钉梢》,《北斗》第 1 卷第 2 期,1931 年 10 月 20 日。
② 亦秋:《〈唐朝的钉梢〉》,《世界晨报》1937 年 3 月 5 日。
③ 柳浪:《〈唐朝的钉梢〉补遗》,《吾友》第 1 卷第 94 期,1941 年 11 月 1 日。
④ 紫凤:《钉梢考源》,《新世纪》第 1 卷第 3 期,1945 年 6 月 5 日。

生!'"一句,分明是电影中充满张力的一个特写镜头。更具意味的是,鲁迅将张泌词翻译成了洋场味十足的白话诗,诗中意象(夜、洋车、路、东风、印度绸衫子、腿儿肥、俏眼)、动作(赶、飞、吹、显出、乱丢、笑迷迷、扳谈、骂)和语言(杀千刀)都充满画面感和戏剧张力,可谓绝佳的电影场景。如此一来,古典的场景原本不过是一次镜头闪回,转而又充当唤起现代场景的主画面,现代的场景反而是一次镜头的闪回了。而在此由现代到古典再到现代的转换中,不管鲁迅在语法上用以连缀不同场景的句子是什么,读者不能不注意的是,古典和现代的多重并置到底意味着什么?这里首先要排除的是鲁迅写在字面上的研究"钉梢史",其次要排除的是古诗今译的滑稽趣味。鲁迅肯定不是在写出洋场钉梢渊源的意义上写唐朝的钉梢,更不是以博学自炫,他真正意图的是于新中见旧①,勾勒社会现状的历史纵深,实践一种社会批评与文明批评的结合。但多重并置的文本面貌不仅意味着鲁迅新中见旧的意图,而且意味着现实与历史的相互敞开②、空间与时间的交互替代③,唐朝和上海洋场、词和白话诗作为各带时间及历史符码的形象在并置的空间中获得的一致性并非单纯的空间化存在,而是复合着相互敞开的时间和历史纵深的存在。至少从效果上来说,唐代和现代的钉梢法,因为鲁迅洞悉其中的一致性所采用的并置,建构的正是一种时间的流逝和回旋中反复涂新的社会现象背后凝滞不动的结构性特征,而批判的目光并不能因为抓住了凝滞不动的结构性特征就放弃对于反复涂新的社会现象的投注;事实上,只有敏感于反复涂新的社会现象,只有具有这种直觉的敏感性,才能抓住凝滞不动的结构性特征,所有关于本质的描述并不在现象之外。在鲁迅这里,电影语言正是最善于抓住反复涂新的社会现象的,岩崎·昶关于"那

---

① 鲁迅在写给许广平的信中说:"一到二年二次革命失败之后,即渐渐坏下去,坏而又坏,遂成了现在的情形。其实这不是新添的坏,乃是涂饰的新漆剥落已尽,于是旧相又显了出来,使奴才主持家政,那里会有好样子。"(鲁迅:《书信·250331 致许广平》,《鲁迅全集》第 11 卷,第 470 页。)这便是鲁迅新中见旧的典型逻辑。

② 日本学者代田智明曾以现实与历史的相互敞开为理解鲁迅《故事新编》的关键。见代田智明:《全球化·鲁迅·相互主体性》,李明军译,《内蒙古民族大学学报(社会科学版)》2008 年第 1 期。

③ 唐东堰认为在《故事新编》中,"鲁迅偏重于空间思维,善于在表面纷乱杂陈的事物中发现不变、重复、并置、统一的内核。虽然时空的交叉并置使原本符合历史逻辑的故事变得'漏洞百出',但他却不以为然"。见唐东堰:《鲁迅与 20 世纪中国传媒发展》,第 218 页。

活字，并非将概念传给读者，却给以动作和具象。这在直接地是视觉底的这一种意义上，是无上的通俗底的而同时也是感铭底的活字，在原则底地没有言语这一种意义上，则是国际底活字"的论述，实在是鲁迅无比认同的。因此，在《唐朝的钉梢》一文中，鲁迅呈现的主要是诉诸视觉的"动作和具象"，他尽力将概念消弭在"动作和具象"中，使读者在得到文字的片刻即失去文字，于古典、现代的多镜头并置中产生对于"钉梢"的直觉判断。"钉梢"可以被写成事件、掌故、理论分析、戏剧，但鲁迅只是用不足400字写成了两个清晰的场景和一个呼之欲出的场景，深刻地表征了其杂文写作背后的思维形态有着自觉的以电影语言进行思维的状况。而这一状况当然不是来源于作者以文字对抗电影。

四

鲁迅不仅不以文字对抗电影，而且对于在写作中采用电影语言，尤其是在杂文写作中采用电影语言，可谓甘之如饴，有多方面精彩的发挥。即如上述镜头拼接式的写作，在鲁迅杂文中也俯拾即是，而其中写得最简洁利落的一篇莫过于1933年的《双十怀古——民国二二年看十九年秋》。该文署名史癖，以"小引"开头，说明为做双十的文章找材料，找到三年前剪贴的"上海各种大报小报的拔萃"，觉得可以"废物利用"，"抄些目录在这里"，当作是"看自己三年前的照相"，接下来便是1930年10月3日至10日分日开列的目录，计64目，内容涉及军事、政治、经济、社会、文化、娱乐、节庆等，几乎无所不包，而以国民党的军事、政治行为为主。此后便是结语："我也说'今年之双十节，可欣可贺，尤甚从前'罢。"而据文章的附记可知文章未能在刊物上公开发表，直接编入《准风月谈》集了。至于是"被谁抽去了的"，语焉未详。① 朱正曾写有《〈双十怀古〉本事》一文，对64目新闻内容考之甚详，并谓鲁迅是以《查旧账》的方式查1930年中原大战的账，"所以这一篇看来好像只是报刊索引的东西，其实是一篇十分别致的政论，是一篇使蒋介石辈腾挪不得的起诉书"。② 朱正的议论和判断只是

---

① 鲁迅：《准风月谈·双十怀古》，《鲁迅全集》第5卷，第337—341页。
② 朱正：《〈双十怀古〉本事》，《朱正书话》（下册），北京：北京图书馆出版社，2004年，第450—459页。另有《〈双十怀古〉本事》补遗文抄》，见《鲁迅研究动态》1985年第5期。

点到为止，详细的分析来自王野，他在《鲁迅"双十怀古"的思想意义和艺术特色》一文中认为《双十怀古》意味着鲁迅"也是以日记体写作现代杂文的第一人"，并指出该文每日的记事颇具匠心，末尾的条目总是"一语双关"，前后两条目则"相互映衬，彼此烘托"，"如'樊迪文讲演小记'，'诸君阅至此，请虔颂南无阿弥陀佛'这一组，从形式上看，说的是两件事，从实质上看，则是以后者说明前者。即机会主义者分子樊迪文的来华演说，实在是有如和尚念经，只起诱导群众崇拜'偶像'的作用，对群众自身毫无任何益处可言"①。正如两位学者都充分注意到了的一样，《双十怀古》在形式上尤其别致，看似报刊索引和条目罗列，其实大有深意在焉。而该文形式的别致是需要进一步阐发的，与其讨论和报刊索引、日记的关系，不如讨论史癖这一具有反讽性的署名所关联的中国历史起居注的纪事传统，更不如讨论鲁迅在文中直言的"照相"所关联的电影语言问题。

　　此处即从"照相"所关联的电影语言问题展开。正如鲁迅1934年在《从孩子的照相说起》一文中所说的那样，同一个孩子在不同的照相师镜头下，照出来的样子是不一样的②，即使照相具有写真的功能，能够表现诉诸视觉的"动作和具象"，但仍然由照相师控制，形成暗示和叙事。就《双十怀古》一文而言，64目新闻标题可以理解为作者的64帧"照相"，而编排的次序和小引、结语、附记所构成的文本脉络，则是作者联缀64帧"照相"的电影语言，整篇文章是具有纪录片风格的一小段电影。鲁迅不仅提供了真实的细节，而且更重要的是，提供了理解真实细节的基本逻辑和方法；无论是朱正"别致的政论"的读法，还是王野对形式的阐发，都是鲁迅的基本逻辑和方法的合理延伸。而这里的基本逻辑和方法就是通过64帧"照相"的连续性并置暗示读者一个基于真实细节的完整故事，并鼓励读者寻找"照相"之间的缝隙，以自己的联想、记忆和解读将缝隙填满。如此一来，作者就可以要言不烦地将自己的写作意图隐藏在诉诸视觉的"动作和具象"中，实现简洁利落的修辞效果。这样的写法当然不会跟"春秋笔法"式的写史传统无关，但最重要的形式秘密恰在作者写出来的字面上，即"看自己三年前的照相"，《双十怀古》乃是将旧照整理成连续的幻灯片，变现为利用连

---

① 王野：《鲁迅"双十怀古"的思想意义和艺术特色》，《社会科学辑刊》1984年第6期。
② 孺牛：《从孩子的照相说起》，《新语林》第4期，1934年8月20日。

续并置的电影语言拍摄的一小段具有纪录片风格的电影。而纪录片永远不是仅仅为了记录真实的细节，至少对于鲁迅杂文而言，是要将真实的细节编织进一套完整的语法系统里，以生产出特定的修辞效果和意向性。

而更为常见的是，鲁迅乐于在杂文中使用类似雅各武莱夫《十月》那样的"电影式的结构和描写法"，最有代表性的杂文莫过于 1925 年写的《评心雕龙》①。该篇奇文以天干地支为序，动用了 21 个不同角色对第一个角色发出的叹声"A-a-a-ch"进行议论，王元化认为"十分深刻地揭露了一直在我们社会中流传不绝的阴鸷反噬之术"②，张素丽认为"堪称一篇'戏剧性'杂文"，"充满一种后现代的喜剧狂欢感"③。试引文章前面的几段如下：

> 甲　A-a-a-ch！
>
> 乙　你搬到外国去！并且带了你的家眷！你可是黄帝子孙？中国话里叹声尽多，你为什么要说洋话？敌人是不怕的，敢说：要你搬到外国去！
>
> 丙　他是在骂中国，奚落中国人，替某国间接宣传咱们中国的坏处。他的表兄的侄子的太太就是某国人。
>
> 丁　中国话里这样的叹声倒也有的，他不过是自然地喊。但这就证明了他是一个死尸！现在应该用表现法；除了表现地喊，一切声音都不算声音。这"A-a-a"倒也有一点成功了，但那"ch"就没有味。——自然，我的话也许是错的；但至少我今天相信我的话并不错。④

以鲁迅品评雅各武莱夫《十月》的眼光来看，文中甲所发出的叹声"A-a-a-

---

① 该文发表后鲁迅曾受到匿名信的滋扰，信中骂鲁迅"什么东西！你的小说我做得出！要不是胡适之改革文学，你哪里拿得出，还不是在教育部钻狗洞！"参见曾子炳：《鲁迅 1925 年收到的三封匿名信》，《上海鲁迅研究·鲁迅与朝花社》总第 81 辑，上海：上海社会科学院出版社，2019 年，第 183—189 页。

② 王元化：《思辨录·六四 阴鸷反噬之术》，《王元化集》第 5 卷，武汉：湖北教育出版社，2007 年，第 111 页。

③ 张素丽：《鲁迅与中国传统美术》，北京：中央编译出版社，2019 年，第 117 页。

④ 鲁迅：《评心雕龙》，《莽原》第 32 期，1925 年 11 月 27 日。

ch"是唯一的事件,接下来是这唯一的事件在 21 个不同角色的眼中的不同叙述,这些不同的叙述不仅共同指向唯一的事件,而且有时存在交叉互涉,呈现出对话或戏剧的张力。但从上述引文即可看到,乙对甲的詈骂引起的是丙和丁的附和,21 个角色其实存在根本的一致性,即反对白话,只是以不同的角度表达反对白话的态度和立场,故而实际上并没有对话性和戏剧性。所谓对话和戏剧张力,大概是群口相声式的写作带来的困扰吧。因此,更为准确的理解应当是,鲁迅调用 21 个略有差异且彼此交叉互涉的镜头叙述甲提供的唯一事件,目的是写出反白话者的各种微妙心思和借口,从而立体地呈现出反对白话者复杂的真实面貌。从形式上来说,鲁迅此种利用"电影式的结构和描写法"来写作的杂文,可谓清新峻利,的确像是连环掷出的匕首和投枪,反复击中了同一个攻伐目标,而重重叠起的攻击的影子,又像是一次聚合反应,形成更为强烈的攻势,大概是要让对手无所遁形的。

上述复合在鲁迅思维形态中的电影教训都不免过于流于形迹,因此既容易发现,也容易与鲁迅的杂文之外的写作发生关联,还不够精微。实际上,只有在杂文的一些微不足道的细节中,才能捕捉到鲁迅对于电影语言的精微感受。在 1929 年的文章《现今的新文学的概观》中,鲁迅曾经写道:

> 至于创造社所提倡的,更彻底的革命文学——无产阶级文学,自然更不过是一个题目。这边也禁,那边也禁的王独清的从上海租界里遥望广州暴动的诗,"Pong Pong Pong",铅字逐渐大了起来,只在说明他曾为电影的字幕和上海的酱园招牌所感动,有模仿勃洛克的《十二个》之志而无其力和才。①

根据郜元宝的考辨,鲁迅对王独清的引用和批评不太准确,"Pong"应为"Pon",而出现了"Pon"的长诗《II DEC·》虽然与勃洛克《十二个》有相似之处,但并不是模仿勃洛克,而是模仿马雅可夫斯基的台阶体,铅字有

---

① 鲁迅:《三闲集·现今的新文学的概观》,《鲁迅全集》第 4 卷,第 138 页。

先逐渐扩大再逐渐缩小的情形。① 厘清这些情况之后，值得讨论的是，鲁迅为什么要把"铅字逐渐大了起来"与"电影的字幕和上海的酱园招牌"联系起来？也许是为了便于听众理解王独清诗歌的独特形态，也许是鲁迅本人对"电影的字幕和上海的酱园招牌"更加敏感，或二者兼有，熟悉勃洛克而不熟悉马雅可夫斯基的鲁迅就有了如此论断的方式。但不管怎样，鲁迅在此处显露了自己对于电影字幕的熟悉和敏感，给人以信手拈来之感。而正是这种微不足道的地方显示了鲁迅对于电影语言的精微感受。在此意义上，鲁迅1934年写作的《化名新法》是一篇适宜用来论证鲁迅写作杂文时对电影语言有精微运用的文章。在文章中，在揭破了杜衡、施蛰存的"中国文艺年鉴社"的做法之后，鲁迅写道：

> 查查这"年鉴"的总发行所：现代书局；看看《现代》杂志末一页上的编辑者：施蛰存，杜衡。
> Oho！
> 孙行者神通广大，不单会变鸟兽虫鱼，也会变庙宇，眼睛变窗户，嘴巴变庙门，只有尾巴没处安放，就变了一枝旗竿，竖在庙后面。但那有只竖一枝旗竿的庙宇的呢？它的被二郎神看出来的破绽就在此。②

初看此文，也许会沉浸在鲁迅揭破秘密的推理过程和比喻方式中，但再看就很难不觉得"Oho！"单独成段，夹在前后的汉字书写中，特别扎眼。而鲁迅显然有意为之，以从刻板的推理中跳脱出来，直接表达欢脱的情绪，并进而转向比喻式的议论中。在这里，"Oho！"就是对于正在写作的鲁迅的一个特写镜头，是对于自身的欢喜和对于杜衡、施蛰存具体行为的蔑视的夸张描写，是摆脱了文字语义之后的彻底符号化的一次任性狂欢。这一点从手稿上能看得更为清晰、明确：

---

① 郜元宝：《关于〈Ⅱ DEC·〉的若干史实考辩——从〈三闲集〉一条注释谈起》，《现代中文学刊》2019年第5期。
② 鲁迅：《花边文学·化名新法》，《鲁迅全集》第5卷，第492—493页。

鲁迅《化名新法》手稿第 2 页①

① 鲁迅：《鲁迅手稿丛编》第 2 卷，第 148 页。

手稿是毛笔书写，汉字竖行，有鲁迅书法常见的简古妩媚，写到"Oho"时改为蟹行花体，而感叹号仍然是竖行。从书写痕迹上来看，鲁迅写作写到"Oho"时明显将稿纸挪了90度，而将"Oho"书写成漂亮的花体字，也足见其时心情愉悦，极为松弛，并非狞眉厉目之态。这种书写本身的愉悦松弛，和"Oho"的声音性质相得益彰，极大地解放了文字语义的纠缠，而达到了诉诸视觉的"动作和具象"的效果，仿佛是写作者显影在文本之上，"Oho"有声而面带喜色和轻蔑。

顺着上述分析路径再稍微做一点延伸，也许不妨把鲁迅对张资平的小说学的剖击也视为一次对电影语言的精微运用。鲁迅在文末写道：

> 现在我将"张资平全集"和"小说学"的精华，提炼在下面，遥献这些崇拜家，算是"望梅止渴"云。
> 那就是——

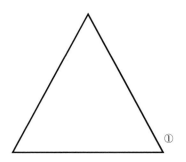

那大大的三角形就像一个触目惊心的电影符号，也许是字幕，也许是空镜头特写，但都是诉诸读者视觉的"动作和具象"，以一览无余的形式曝光了张资平小说及小说学的所有秘密，是真正的"不著一字，尽得风流"。

---

① 黄棘：《张资平氏的"小说学"》，《萌芽月刊》第1卷第4期，1930年4月1日。

第三节 元话语碎片

一

首先，需要说明的是，元话语是一个充满争议的概念。有的沿用了当代哲学家利奥塔尔的定义，认为话语是一种维特根斯坦意义上的语言游戏，遵循游戏参与者之间形成的契约，因此没有规则就没有游戏，任何陈述都是语言的招数。而一旦进入契约、游戏、招数等层面的讨论，就是在讨论元话语问题。① 如果以此进入鲁迅杂文的分析，比较容易展开的路径有两种，一种是将鲁迅的写作视为"关于话语的话语"，认为鲁迅的写作内容是对于话语形象的处理②，另一种是将鲁迅对于具体的观念（如"自由"）的理解视为元话语理解，认为鲁迅在关于话语的底层逻辑上高于论战对手③，这都对鲁迅杂文和思想的特点有所说明，并启发学界展开更为细致的思想和形式分析。

而为了展开更为细致的思想和形式分析，此处将借用篇章语言学关于元话语的理解。在篇章语言学④中，元话语属于一种篇章现象，即一种"语言使用时由于跨越句子而产生的语言现象"⑤，是"用于组织话语、表达作者对话语的观点、涉及读者反应的一种方法"⑥，主要具有组织、监控、评价

---

① 相关论述参见利奥塔尔：《后现代状态——关于知识的报告》，车槿山译，北京：生活·读书·新知三联书店，1997年，第16—21页。
② 参见薛毅：《反抗者的文学——论鲁迅的杂文写作》，《视界》第4辑，第6—9页。
③ 参见郑闯琦：《鲁迅在元话语层面和自由主义的对话》，《唐都学刊》2003年第1期。
④ 篇章语言学是一个存有分歧的语言学分支学科，或指向话语分析（Discourse Analysis），或指向篇章分析（Text Linguistics）。此处倾向于从篇章分析的意义进行理解，并遵照徐赳赳关于篇章语言学的研究对象、内容和方法的描述来进行把握。在徐赳赳看来，"篇章语言学研究的对象是超句结构"，"两个彼此有关联的小句"和"大于两个小句的语言单位"的多重复句、段落、整个篇章都是研究对象，研究的内容包括由篇章的功能、层次、关系三个特征和衔接、连贯、目的性、可接受性、信息性、情景性、互文等七个要素所关联的篇章观、篇章类型、篇章现象、篇章话题、篇章回指、篇章层次结构、篇章推进结构等。参见徐赳赳：《现代汉语篇章语言学》，北京：商务印书馆，2010年。
⑤ 同上书，第203页。
⑥ 同上书，第219页。

和互动等四大类型的功能①。李秀明在《汉语元话语标记研究》中表示，作者通过元话语的使用确立语篇的语境，并标识语篇与读者的关系，故而一个合格的读者可以"通过这些元话语来还原整个修辞行为过程"，看到作者的"表达程序"和"主体情感意识"等信息。②按照这一逻辑，从鲁迅杂文中的元话语使用发现鲁迅的思维形态并建构相应的讨论无疑具有值得期待的可行性。

根据李秀明的分类，元话语按照形式可以分成小句形式、句子形式和篇章形式三个层面，其中小句形式和句子形式都处于具体篇章的内部，篇章形式指"作者的自序、跋、学术论文的摘要"。③由于此处拟在具体篇章的内

---

① 此处关于元话语的四大类型的功能说法采自李秀明的博士论文，其具体说明如下：

第一，组织功能。

元话语的主要功能是表达一个话语和其他话语（语篇内部和别的语篇）的关系，标识话语与语境之间的相关性，这就是我们所说的元话语的语篇功能。元话语可以用来指示同一个语篇中话语片段与其他片段的相关性的表达手段，可以用来指示一个话语和当下语境的语言表达形式，可以用来说明当下的信息与前面的话语是如何互相关联的，并且为谈话单位设立边界。

第二，监控功能。

元话语作为表达者介入语篇的一种重要表现形式，是由于表达者作为一个理性的主体，对自己所表达的话语进行监督控制。一方面对话语表达进行注释，另一方面对话语表达形式进行调整。对话语表达中所涉及的术语、概念、某些难懂的词语、较为复杂隐晦的推理过程进行注释，这种注释看起来是作者在进行，实际上是作者根据自己对读者的知识背景和语言能力的预测，所作出的对前面的话语表达的监督调节。

第三，评价功能。

评价理论是功能语言学在人际意义的研究中发展起来的新词汇—语法框架，它关注语篇中可以协商的各种态度。马丁对评价理论的定义是："评价理论是关于评价的，即语篇中所协商的各种态度、所涉及的情感以及表明价值和联盟读者的各种方式。"本文所说的评价功能没有马丁提出的评价系统那么广泛，而只是讨论表达者对话语命题作出的评价以及对自己的言说方式所作出的评价。

第四，互动功能。

元话语可以用来辅助协调交际行为，根据正在进行的交际的各个方面调整交际者的态度，用来建立和维持交际者之间的人际关系。Hoey强调互动是语篇的核心，而元话语是语篇互动最外显的形式标记，通过对元话语的互动功能的研究，可以深化我们对语篇互动性质的认识。

（李秀明：《汉语元话语标记研究》，复旦大学博士学位论文，2006年，第29—30页。）

② 同上文，第42页。

③ 同上文，第59—68页。徐赳赳将元话语分为词语元话语、标点元话语和视觉元话语三类。参见徐赳赳：《现代汉语篇章语言学》，第219—227页。

部讨论问题，故仅仅分析鲁迅杂文中以小句形式和句子形式出现的元话语现象。小句形式和句子形式的元话语，按照李秀明的分类，包括篇章功能元话语和人际功能元话语两大类，每类又分为四小类，可谓种类繁多。① 此处并非篇章语言学研究，没有必要将鲁迅杂文视为现代汉语语言研究的语料库，故而不需要面面俱到地分析鲁迅杂文中出现的所有各类形式的元话语。而根据北京鲁迅博物馆提供的鲁迅全集在线检索的结果及此处分析鲁迅的思维形态与杂文写作之关系的目的，拟以"写到这里""也就是说""我不知道"和"我们知道"等四种元话语标记②展开分析和讨论。其中"写到这里"和"也就是说"主要关乎鲁迅杂文写作的微观过程及相应的修辞效果和形式问题，"我不知道"和"我们知道"主要关乎鲁迅写作杂文时的自我意识和读

---

① 李秀明的详细分类见下列两个表格（见李秀明《汉语元话语标记研究》，第78页）：

语篇功能元话语

语篇功能元话语	功能	实例
1. 话题结构标记语	标识话题开始、变换、结束、结构的分层以及为了展开后面的话题	话说 上回说到 按下不表 其次 最后
2. 衔接连贯标记语	反映语篇中各语段的连接，表达语篇中的程序意义	无独有偶 推而广之 由此可见 话又说回来 顺便说一句
3. 证据来源标记语	说明话语判断的证据，指出本文信息与其他语篇的信息之间的联系	据悉 正如……说的好 诚如……所言
4. 注释说明标记语	对话语中的某个词语或命题进行解释	即 也就是说 换句话说

人际功能元话语

人际功能元话语	功能	实例
5. 含糊表达标记语	对说话人所作的论述表示有所保留，表现协商性	在某种意义上 甚至可以说 在某种程度上
6. 明确表达标记语	加强说话人所作论述的肯定性，表现权威性	说到底 归根结底 很显然
7. 评价态度标记语	表现作者对话语的评价、情感、态度	很遗憾 令人兴奋的是
8. 交际主体标记语	承认读者的存在，召唤读者对话语的积极反应	请注意 亲爱的读者 我们看到（独白性语篇中的）你 大家知道 无庸讳言 无须谦言

② 所谓元话语标记，指的是"在语篇中对元话语形式进行标识的言语形式"，在表达话语组织功能的元话语类型中，元话语标记就是元话语本身，如"一言以蔽之"；在表达话语监控功能的元话语类型中，元话语通常以句子的形式出现，元话语标记就是元话语的提领性成分，如"也就是说"；在表达交际互动的元话语类型中，元话语标记有时是明显的"亲爱的读者""我们认为"等，有时则没有明显的标记。见李秀明：《汉语元话语标记研究》，第68页。

者意识及相应的修辞和形式问题。

在展开分析和讨论之前，需要先行说明的是，此处既不全面讨论鲁迅杂文写作中的元话语现象，也不认为鲁迅写作杂文时具有自觉、完整且确定的元话语意识，故而在相应的意义上，下文要展开分析和讨论的仅仅是一些元话语碎片。

二

根据检索，元话语标记"写到这里"出现在《不是信》《作文秘诀》《"题未定"草（六至九）》《写于深夜里》和《"某"字的第四义》等 5 篇可以视为杂文的文章中。下面先引出《不是信》中的相关言语：

> 现在不是要谈到《西滢致志摩》么，那可是极其危险的事，一不小心就要跌入"泥潭中"，遇到"悻悻的狗"，暂时再也看不见"笑吟吟"。至少，一关涉陈源两个字，你总不免要被公理家认为"某籍"，"某系"，"某党"，"喽罗"，"重女轻男"……等等；而且还得小心记住，倘有人说过他是文士，是法兰斯，你便万不可再用"文士"或"法兰斯"字样，否则，——自然，当然又有"某籍"……等等的嫌疑了，我何必如此陷害无辜，《鲁迅致□□》决计不用，所以一直写到这里，还没有题目，且待写下去看罢。①

这段话里有多种元话语标记，如提示话题结构的"现在不是要谈到"，提示证据来源的引号，提示交际主体的"你"等，在在表现了鲁迅写作时复杂的思维形态。其中最关键的是提示话题结构的"写到这里"所提领的元话语"一直写到这里，还没有题目，且待写下去罢"。这句话也可以当作基本话语②来理解，即它传递的是一个基本信息：鲁迅文章写到这里的时候，确实还没有想好题目，姑且继续写下去。在 1925 年 12 月 7 日发表的《并非闲

---

① 鲁迅：《不是信》，《语丝》第 65 期，1926 年 2 月 8 日。
② 基本话语和元话语是语言交际中的两个层面，"在语言交际中，每一次交际行为都是都有两个层面：基本话语层面和元话语层面，基本话语是指那些具有指称和命题信息的话语，而元话语是指'关于基本话语的话语'，是指对命题态度、语篇意义和人际意义进行陈述的话语。元话语就是话语表达中表达者的修辞意图标记"。见李秀明：《汉语元话语标记研究》，第 1 页。

话》中，鲁迅在文末写：

> 这也算一篇作品罢，但还是挤出来的，并非围炉煮茗时中的闲话，临了，便回上去填作题目，纪实也。①

虽然没有出现元话语标记"写到这里"，但"临了"是类似的元话语标记。鲁迅在写出一个事实，即自己的文章写到最后还没有题目，在发现自己写的并非闲话时就以决定以"并非闲话"为题了。这增加了一个证据，证明鲁迅写文章时确实常常是信笔写来，并非一开始就定了文章题目。另外，鲁迅也的确抱怨过写命题作文的困窘，如在《我观北大》一文的末尾说："但如果北大到二十八周年而仍不为章士钊者流所谋害，又要出纪念刊，我却要预先声明：不来多话了。一则，命题作文，实在苦不过；二则，说起来大约还是这些话。"② 按照这样的逻辑来理解，可以推理的是，鲁迅有大量文章的题目都是后取的，或者任意取的。这可能是事实，并且形成了"任意而谈，无所顾忌"③ 的文体风格。假如将鲁迅杂文中的类似写法视为写出基本事实的基本话语，那么，可以讨论的是，由于鲁迅在杂文写作中常常将写作的微观过程植入行文，鲁迅写作杂文时的思维形态就相当容易被读者准确捕捉到，从而形成相应的审美判断。曾有人在高度肯定鲁迅小说的同时表示《彷徨》"颇多诙谐的意味"，"只觉得发松可笑"④，鲁迅在杂文《略谈香港》中借题发挥道：

> 悲夫，这"只觉得"也！但我也确有这种的毛病，什么事都不能正正经经。便是感慨，也不肯一直发到底。只是我也自有我的苦衷。因为整年的发感慨，倘是假的，岂非无聊？倘真，则我早已感愤而死了，那里还有议论。我想，活着而想称"烈士"，究竟是不容易的。⑤

---

① 鲁迅：《并非闲话》，《语丝》第56期，1925年12月7日。
② 鲁迅：《华盖集·我观北大》，《鲁迅全集》第3卷，第168页。
③ 鲁迅：《我和"语丝"的始终——"我所遇见的六个文学团体"之五》，《萌芽月刊》第1卷第2期，1930年2月1日。
④ 从予：《〈彷徨〉》，《一般》第1卷第3期，1926年11月5日。
⑤ 鲁迅：《略谈香港》，《语丝》第144期，1927年8月13日。

鲁迅的感慨不像是不满于自己的小说被人批评，而是感慨于对方不能理解诙谐与人生的关系。其中更值得分析的信息是，鲁迅说自己"什么事都不能正正经经"，"便是感慨，也不肯一直发到底"。在一篇正在发感慨的杂文中突然做如此表示，意味着鲁迅并不认为杂文应该"正正经经"，感慨要"一直发到底"。这构成了对于如何理解鲁迅杂文写作的微观过程的有力参照，鲁迅杂文写作的微观过程并不是一直"正正经经"的，鲁迅的感慨并不总是像一根绷紧的弦贯穿文章始末；事实上，那些"诙谐的意味"带来的"发松可笑"的效果，可能正是鲁迅有意追求的修辞效果。而就《不是信》和《并非闲话》两篇杂文而言，鲁迅叙述的"还没有题目"和"便回上去填作题目"，既是"纪实"，在事实的意义上记录了写作的微观过程，更是一种借助元话语标记"写到这里"和"临了"所形成的话题结构，目的是增添诙谐幽默的修辞效果，增强文章的可读性，从而更好地召唤读者对话语的积极反应。

　　从互文的意义上来说，无论是《不是信》的题目，还是《并非闲话》的题目，都有具体的互文对象《西滢致志摩》和《西滢闲话》，隐指陈西滢的信不是信，闲话不是闲话，而是对于他人的攻击。因此，即使不怀疑鲁迅杂文所谓"纪实"是实际的纪实行为，也应当意识到，鲁迅在"纪实"的同时将"纪实"修辞化了，鲁迅在《不是信》和《并非闲话》中植入写作的微观过程，既写出了基本话语，更是以一种元话语的方式来实现对杂文写作的修辞化表达。尤其是《并非闲话》一文，如果进一步还原其发表语境，就会注意到两个重要的事实：其一是在1925年12月7日之前，鲁迅在《京报副刊》（1925年6月1日）和《猛进》周刊第30期（1925年9月25日）上已发表过题为《并非闲话》的文章，可见鲁迅绝非写发表在《语丝》上的文章时，最后才偶然想到可以"并非闲话"为题。其二是在发表《并非闲话》的同期《语丝》杂志上，紧挨着鲁迅"便回上去填作题目"的言语的是周作人的文章《失题》。周作人在文章开头就写道：

　　　　昔贤为文，皆先有文章而后有题目，或有文无题，后人姑取首二字为篇目，孔云《学而》，庄曰《秋水》，由来古矣。①

此种对于命题作文的反讽，虽然不是兄弟失和之后的有意合作，但却构成了理解鲁迅所谓"纪实"的阅读语境，使读者无法忽略鲁迅写作杂文的修辞意图。这也就是说，鲁迅的杂文写作在陈述事实的同时复合着以事实书写为元话语的修辞意图，鲁迅的思维形态并不是单一的、直白的。只不过这种并不单一、直白的思维形态，有时固然与思想的深刻有关，有时则只是诙谐幽默的思想情调；虽然二者并具的情形也时有存在。

与《不是信》和《并非闲话》相类的情形也出现在发表于《海燕》杂志的《"题未定"草》中，具体的言语如下：

> 例如罢，——这种举例，是很危险的，从古到今，文人的送命，往往并非他的什么"意德沃罗基"的悖谬，倒是为了个人的私仇居多。然而这里仍得举，因为写到这里，必须有例，所谓"箭在弦上，不得不发"者是也。但经再三忖度，决定"姑隐其名"，或者得免于难欤，这是我在利用中国人只顾空面子的缺点。
>
> 例如罢，我买的"珍本"之中，有一本是张岱的《琅嬛文集》，"特印本实价四角"；据"乙亥十月，卢前冀野父"跋，是"化峭僻之途为康庄"的，但照标点看下去，却并不十分"康庄"。②

《"题未定"草》的文章题目仍然是一种互文，源自《文学》杂志的广告，预报下一期有鲁迅的文章，题目未定，鲁迅即顺手利用，强调自己的文章乃是挤出来的③，可谓诙谐幽默如故。因此，在反驳林语堂的上、下流文章之论及批评当时标点古文的不通的文章中，虽然不妨板着脸孔讲道理，但鲁迅却以诙谐幽默出之，认为按照林语堂的议论，则宋人语录、明人小品及《论语》《人间世》《宇宙风》等杂志上的文章都是"中流"，并进而提出批评，

---

① 岂明：《失题》，《语丝》第56期，1925年12月7日。
② 鲁迅：《"题未定"草》，《海燕》第1期，1936年1月20日。
③ 鲁迅：《"题未定"草》，《文学》第5卷第1号，1935年7月1日。

"今之中流，未必能懂古之中流的文章"①。接下来，鲁迅要举例论证自己的观点，于是出现了上引两段文字。这两段文字不是例证，因而不是基本话语。本来"例如罢"是提示证据来源的元话语标记，但鲁迅并未即刻举证，而是对举证行为本身进行了议论，于是插入了一大段关于话语的话语以说明不可妄举实例。但是，话锋一转，鲁迅强调"然而这里仍得举"，乃以"因为写到这里，必须有例"引出了新的元话语。值得注意的是，当鲁迅写"因为写到这里"时，既意味着行文至此，写出的是微观的写作过程，更意味着在鲁迅看来，为了论证问题，篇章结构必须有此安排，但却受到种种篇章外因素的掣肘，出现了书写梗阻，言语和书写行为无法顺利进行。因此，鲁迅不惜离题，借机大发感慨，使得文章出现了迂徐之致，好之者觉得鲁迅幽默诙谐，思想深刻，恶之者觉得"发松可笑"，败坏文气。仔细分剖的话，则"因为写到这里，必须有例，所谓'箭在弦上，不得不发'者是也"是诙谐幽默的表达，甚至可以理解为对篇章结构和组织的一种嘲讽；而"这种举例，是很危险的"云云，是对世道人心的洞悉，属于思想深刻的表现。鲁迅写作杂文时思想形态的复杂由此可见一斑，杂文形式的微观表现也是极为复杂的，不可一概而论。

与上述提示话题结构、显示写作的微观过程不大一样的是鲁迅在《作文秘诀》中的写法：

> 写到这里，成了所讲的不但只是做古文的秘诀，而且是做骗人的古文的秘诀了。但我想，做白话文也没有什么大两样，因为它也可以夹些僻字，加上蒙胧或难懂，来施展那变戏法的障眼的手巾的。②

所谓"写到这里"，当然意味着行文至此，提示微观的写作过程，但提领的元话语"成了所讲的不但只是做古文的秘诀，而且是做骗人的古文的秘诀了"，主要承担的功能是评价上文，展现的是写作者对于自身刚刚写下的文

---

① 鲁迅：《"题未定"草》，《海燕》第1期，1936年1月20日。
② 洛文：《作文秘诀》，《申报月刊》第2卷第12号，1933年12月15日。

字的省察。鲁迅以此实现的不仅是外在的社会批评,而且是内在的篇章回指①,将自身的思考置于审视之中,鲁迅写作时善于自我反思的思维形态于焉显现。更有意思的是,鲁迅接下来写"但我想……",这便意味着鲁迅的自我反思并非停留在篇章回指的层面上,而是足以开掘出新的思想内容和路径,这是尤为可贵的。

与《作文秘诀》相似的是《写于深夜里》的写法:

> 我抱歉得很,写到这里,似乎有些不像童话了。但如果不称它为童话,我将称它为什么呢?特别的只在我说得出这事的年代,是一九三二年。②

"我抱歉得很"提示的是作者对话语的评价、情感、态度,鲁迅以此表现自己的愤懑和无奈;而"写到这里"提示的是话题结构,提示接下来的元话语是对基本话语的解释,鲁迅以"似乎"这一元话语标记表示对"童话"的判定有所保留,从而为扭转篇章回指式的自我反思留下转换论述方向的契机,以表达对于写"童话"的年代的批评。这层潜在的意思可以由鲁迅1936年5月4日写给曹白的信中的话得到确证,鲁迅表示曹白的《坐牢略记》找不到发表地方,就抄了一部分在《写在深夜里》③,并命名为两个童话,目的自然是要以这样一种特殊的方式将曹白的《坐牢略记》公之于众。因此,鲁迅在元话语层面进行的言语活动,既在篇章内回指"童话"的定性有问题,又在社会批评的意义上讽喻曹白因木刻《卢那察尔斯基像》被捕的事④像童话一样奇幻,仿佛是不真实的;《写于深夜里》一文随之有了通往作者内在的个人反思和尖锐的社会批评的双重性质,诚可谓忧愤深广,动人心旌。

---

① "篇章回指是从篇章的角度来观察回指现象,只要涉及到两个小句以上的语言片断的回指关系都可列入篇章回指的研究范围。"见徐赳赳:《现代汉语篇章语言学》,第333页。
② 鲁迅:《写于深夜里》,《夜莺》第1卷第3期,1936年5月10日。
③ 鲁迅:《书信·360504 致曹白》,《鲁迅全集》第14卷,第88—89页。
④ 鲁迅:《书信·360401 致曹白》,《鲁迅全集》第14卷,第62页。

三

根据检索,"也就是说"① 出现在《〈小彼得〉译本序》《〈艺术论〉译本序》《门外文谈》《论"人言可畏"》《从帮忙到扯淡》《名人和名言》等 6 篇可以视为杂文的文章中。下面先引出《〈小彼得〉译本序》中的语例:

> 这连贯的童话六篇,原是日本林房雄的译本(一九二七年东京晓星阁出版),我选给译者,作为学习日文之用的。逐次学过,就顺手译出,结果是成了这一部中文的书。但是,凡学习外国文字的,开手不久便选读童话,我以为不能算不对,然而开手就翻译童话,却很有些不相宜的地方,因为每容易拘泥原文,不敢意译,令读者看得费力。这译本原先就很有这弊病,所以我当校改之际,就大加改译了一通,比较地近于流畅了。——这也就是说,倘因此而生出不妥之处来,也已经是校改者的责任。②

关于"也就是说",有研究者认为它由副词"也""就是"及动词"说"组合而成,"说"的词义已经虚化,是一个固定而完整的结构形式,常在句首和句中使用,去掉它不影响句子的整体格局,但它的存在影响表情达意,视不同语境而表示解释、分析、概括、推测、深入等语义关系和委婉、强化态度等语用功能。③ 可见通过对"也就是说"所提领的句子和篇章的分析,可

---

① "也就是说"属于篇章中的换言连接成分。按照廖秋忠的说法,换言连接成分"将较为通俗易懂或较为具体的描述与前面较为抽象或较为难懂的描述连接起来,表明它们的表达方式虽然不同,却是同义或同指",常见的有"换言之""换句话说""也就是说""(这/那)就是说""即""即是说""或者(说)""具体地说""具体而言"等。(廖秋忠:《现代汉语篇章中的连接成分》,《廖秋忠文集》,北京:北京语言学院出版社,1992 年,第 72 页。)在鲁迅杂文中,除了"也就是说",还可见到"换一句话""(这/那)就是说""也即""或者(说)"等换言连接成分,其中以"(这/那)就是说"为常见。语言学界一般认为这些换言连接成分的语法意义和语用功能没有什么差别,但最近有研究认为,"也就是说"在具体的使用中,其换言连接作用已经弱化,甚至起不到连接上文的作用,话语标记作用逐渐增强,最后逐渐成为独立性强、去掉不影响命题意义的话语标记。(治洁:《话语标记"换句话说"的多角观察》,华中师范大学硕士学位论文,2021 年,第 42 页。)故此处以"也就是说"为例展开相关分析。
② 鲁迅:《三闲集·〈小彼得〉译本序》,《鲁迅全集》第 4 卷,第 155 页。
③ 参见治洁:《话语标记"换句话说"的多角观察》,第 39—43 页。

以很好地发现作者的思维形态和情感态度。在上引语例中，去掉"——这也就是说"，篇章是连贯的，语法语义都毫无问题，但作者的表情达意却大有不同。首先，"——这也就是说"提领的句子是对前文的解释，多多少少具有谦辞的意味，把校改者的姿态放低了。其次，更为重要的是，有了"——这也就是说"，作者就着重强调了自己作为校改者的责任，破折号具有强化态度的作用，"这也就是说"也有强化态度的作用，在这双重强化之下，作者简直就是要说校改者负全责了。鲁迅可能担心"拘泥原文"和"意译"之类的说明尚不足以化解流畅的译文与原作之间的隔阂，故而强化自己作为校改者的责任，以便更好地应对可能出现的状况。但校改者当然是无法负全责的，鲁迅如此措辞，无疑也是借此表达对译者的情感态度，因为《小彼得》的译者是他的爱人许广平，其中爱护之意，可谓溢于言表。这种对于读者的谦辞、对于译者的爱护重叠在鲁迅写作此文的思维和情感状态中，增添了形式的褶皱，使得读者在理解童话翻译的讨论的同时，也共情于作者的微妙心思，因而具有打动人心的修辞效果。

增添形式褶皱的问题在《门外文谈》的下述语例中是更加值得分析的：

> 首先是说提倡大众语文的，乃是"文艺的政治宣传员如宋阳之流"，本意在于造反。给带上一顶有色帽，是极简单的反对法。不过一面也就是说，为了自己的太平，宁可中国有百分之八十的文盲。那么，倘使口头宣传呢，就应该使中国有百分之八十的聋子了。但这不属于"谈文"的范围，这里也无须多说。①

这是一段犯忌讳的文字，发表在《申报·自由谈》时被删掉了，鲁迅谓"不知道为什么"②。从语法上来说，这是一个比较特别的语段，鲁迅没有写出谁在说提倡大众语文的人是文艺的政治宣传员，本意在造反，而以短语"说提倡大众语文的"为主语，使得句子看上去像是无主语句，因而抽去"不过一面也就是说"，就有点影响篇章的连贯了。从篇章连贯的角度来说，如果去掉"不过一面也就是说"，就要启用篇章回指"这是"，写成"这是

---

① 鲁迅：《且介亭杂文·门外文谈》，《鲁迅全集》第6卷，第101页。
② 参见鲁迅：《且介亭杂文·附记》，《鲁迅全集》第6卷，第219页。

为了自己的太平……"才能连贯起来。由此可见,"也就是说"在这里尚未完全话语标记化,还有换言连接的作用。但显然不同于篇章回指"这是"的是,"不过一面也就是说"表露了作者强烈的情感态度,"这是"近于客观陈述和理性判断,而"不过一面也就是说"就改换了思维的方向,不仅指"说提倡大众语文的"给提倡大众语文者"带上一顶有色帽",有杀人之效,而且反推回去,指出这种说法造成的后果是部分的太平和"中国有百分之八十的文盲",义愤惊人。于是,"那么"所提领的进一步推理就指出更为可怕的后果,"使中国有百分之八十的聋子",其忧愤实非寻常可比。这就意味着,即使在《门外文谈》这样的闲聊天式的杂文中,鲁迅的思维形态也不是单一的,而且叠印着复杂的情绪和态度,其文作为一种说理形式,被一种由元话语碎片所带来的情绪、情感所笼罩,从而具有说理和抒情的双重效果。也正是在这样的意义和情感的链条上,当鲁迅在下文引出农民作家的讨论时,其所引证的目连戏戏文"那怕你铜墙铁壁!……"才能令读者共鸣于作者所谓"何等有人情,又何等知过,何等守法,又何等果决,我们的文学家做得出来么?"① 的感慨。

相比较之下,《论"人言可畏"》一文中的语例展现的是鲁迅辩证的思维形态:

> 然而,先前已经说过,现在的报章的失了力量,却也是真的,不过我以为还没有到达如记者先生所自谦,竟至一钱不值,毫无责任的时候。因为它对于更弱者如阮玲玉一流人,也还有左右她命运的若干力量的,这也就是说,它还能为恶,自然也还能为善。"有闻必录"或"并无能力"的话,都不是向上的负责的记者所该采用的口头禅,因为在实际上,并不如此,——它是有选择的,有作用的。②

阮玲玉面对报章上关于自己的种种说法,深感"人言可畏"而自杀。对于阮玲玉之死,记者自谦无力,认为己方"毫无责任"。鲁迅的文章即由此破题,认可报章无力之说,但却认为相对于"如阮玲玉一流人",报章"也还

---

① 华圉:《门外文谈》,《申报·自由谈》1934 年 9 月 6 日。
② 赵令仪:《论"人言可畏"》,《太白》第 2 卷第 5 期,1935 年 5 月 20 日。

有左右她命运的若干力量"，这便是极具思辨性的一种分剖。鲁迅的思路并未就此停止，而是进一步写道："这也就是说，它还能为恶，自然也还能为善。""这"是对前面思辨性分析的回指，"也就是说"则指向新的分析内容，即采取一分为二的方式分析报章的社会功能，充满辩证性。在这里，"这也就是说"去掉之后篇章的连贯和语法语义没有问题，但有了"这也就是说"，就起到了凸显"它还能为恶，自然也还能为善"这一分析的作用。鲁迅的思维由此表现出故作顿挫以求深入的形态，而相应的话语组织是借助元话语的使用才得以实现的，因为鲁迅所讲的道理并无可以顿挫之处，只是在情感态度上鲁迅有其轻重的处理。另外，"它还能为恶，自然也还能为善"本身因为"自然也"的使用和分句次序的缘故，也值得特别分析。鲁迅以"自然也"强调报章为恶为善的类同性，但侧重点却在"自然也还能为善"，含有希望报章为善的意味，也含有对报章"有闻必录"原则的批判意味。而且，鲁迅将语义的重点落在"自然也还能为善"上，也是并不将报章记者视为绝对的对立面，给自己留下缓冲的空间，言语可谓颇有分寸。在这种分寸的拿捏、情感的释放和是非善恶的分辨中，是鲁迅思维的辩证性和杂文内在褶皱的形式展现，读者可以从中体察鲁迅论理的风度和杂文的审美意蕴。

最后再以《从帮忙到扯淡》中的语例来分析鲁迅使用元话语"也就是说"展现出来的幽默诙谐和松弛之感：

> 谁说"帮闲文学"是一个恶毒的贬辞呢？
> 就是权门的清客，他也得会下几盘棋，写一笔字，画画儿，识古董，懂得些猜拳行令，打趣插科，这才能不失其为清客。也就是说，清客，还要有清客的本领的，虽然是有骨气者所不屑为，却又非搭空架者所能企及。例如李渔的《一家言》，袁枚的《随园诗话》，就不是每个帮闲都做得出来的。必须有帮闲之志，又有帮闲之才，这才是真正的帮闲。如果有其志而无其才，乱点古书，重抄笑话，吹拍名士，拉扯趣闻，而居然不顾脸皮，大摆架子，反自以为得意，——自然也还有人以为有趣，！——但按其实，却不过是"扯淡"而已。

帮闲的盛世是帮忙，到末代就只剩了这扯淡。①

这真是一篇绝妙好辞。从手稿可以看出来，鲁迅在"自然也还有人以为有趣"一句后面用的是逗号，没有感叹号，"却不过是'扯淡'而已"一句中没有"是"字②，《且介亭杂文二集》和《鲁迅全集》因之，可见鲁迅认为不以感叹号和"是"字来加重语气，也足可论及骨髓了。不过，说到"帮闲文学"作为一个"恶毒的贬辞"，鲁迅本人其实是难辞其咎的，他在写《从帮忙到扯淡》一文之前，即已在18篇文章中贬斥"帮闲"，且在《"京派"与"海派"》一文中说"要而言之，不过'京派'是官的帮闲，'海派'则是商的帮忙而已"③，这实在令人难以对"帮闲文学"产生好印象。而在写《从帮忙到扯淡》一文之后，鲁迅仍然多次论及"帮闲文学"，也略无怨辞。因此，正如《从帮忙到扯淡》一文本身即已反映出来的一样，鲁迅当然认为帮闲是"有骨气者所不屑为"的，对帮闲进行了道义上的定性，但同时认为帮闲"非搭空架者所能企及"，对帮闲进行了能力上的定位，此种对于同一对象的双重认知对于鲁迅的读者来说，多少会带来困扰，尤其是在鲁迅贬斥帮闲的德性而未指称其才能时，读者很难想到"帮闲文学"不是"恶毒的贬辞"。这便给鲁迅写作《从帮忙到扯淡》一文带来丰富的互动语境，他既可借机公开说明帮闲的才能，澄明自己过去言语中的晦暗之处，又可借机说明当时文人之无德无才，连帮闲都做不成，最终说明"扯淡"才是真正的"恶毒的贬辞"，打破时代的幻象。在此意义上观察上文所引语段的句法、章法和修辞，会发现鲁迅的思维虽然颇多褶皱，但立场和态度却是一以贯之的，他对扯淡的否定是彻底的，对帮闲的肯定是正言若反的。"也就是说"一句虽然不妨去掉，但有了它，就缓和了文章对"权门的清客"的肯定之意，语义松弛下来之后，再续以"清客，还要有清客的本领的……"，就有了幽默诙谐的味道，使读者不至于认为文章完全是在替帮闲正名。而接下来所举的李渔、袁枚的例子与"乱点古书，重抄笑话，吹拍名士，拉扯趣闻"等今典的对照，就显得轻松滑稽，令人捧腹。当然，笑过之

---

① 鲁迅：《从帮忙到扯淡》，《杂文》第3期，1935年9月20日。
② 参见鲁迅：《鲁迅手稿丛编》第2卷，第469页。
③ 栾廷石：《"京派"与"海派"》，《申报·自由谈》1934年2月3日。

后,是读者对于当时文人只能"扯淡"的深恶痛绝;至少,鲁迅希望读者厌恶那些"乱点古书,重抄笑话,吹拍名士,拉扯趣闻"的所谓风雅之士。鲁迅的幽默风趣和文章的松弛之感,当然不一定要借"也就是说"来表达,但"也就是说"的使用让此处的分析有了着落之处,多少抓到了鲁迅的思维形态与杂文写作之间的一些关节。从杂文形式的功能上来说,《从帮忙到扯淡》可谓"软刀子割头不觉死"①,轻巧地刺进了读者和时代的背心。

四

根据检索,"我不知道"出现在《娜拉走后怎样》《说胡须》《论照相之类》《灯下漫笔》《论"他妈的!"》《为了忘却的记念》等66篇可以视为杂文的文章中,在小说和书信中另有大量的存在,是鲁迅在篇章中习惯使用的一种承认读者、召唤读者的交际主体标记语。在杂文中,"我不知道"作为元话语标记,其提领的句子类型主要有以下三种:

第一种,我不知道A,单知道B。语例如下:

> 人类有一个大缺点,就是常常要饥饿,为补救这缺点起见,为准备不做傀儡起见,在目下的社会里,经济权就见得最要紧了。第一,在家应该先获男女平均的分配;第二,在社会应该获得男女相等的势力。可惜我不知道这权柄如何取得,单知道仍然要战斗;或者也许比要求参政权更要用剧烈的战斗。②

第二种,我不知道是A,还是B,总之C。语例如下:

> 我不知道是否因为寻不着两个尖端,所以失了立论的根据,还是我的胡子"这样"之后,就不负中国存亡的责任了。总之我从此太平无事的一直到现在,所麻烦者,必须时常剪剪而已。③

---

① 鲁迅:《〈坟〉的题记》,《语丝》第106期,1926年11月20日。
② 鲁迅:《娜拉走后怎样》,陆学仁、何肇葆笔记,《妇女杂志》第10卷第8期,1924年8月1日。着重号为原文所有。
③ 鲁迅:《说胡须》,《语丝》第5期,1924年12月15日。

第三种，我不知道，其实可以算知道，偏要这样说 A。语例如下：

  我不知道——其实是可以算知道的，然而我偏要这样说，——俄国歌剧团何以要离开他的故乡，却以这美妙的艺术到中国来博一点茶水喝。①

  其中第一种最常见，鲁迅在杂文中经常通过"我不知道"来假意否定选择 A，目的是更进一步地用"知道"来选择 B。即如前引语例，它出自《娜拉走后怎样》，鲁迅说自己不知道妇女如何才能获得经济权的权柄，这也许是实话实说，但实际上是要强调经济权不能凭空获得，妇女"仍然要战斗"，整个社会"仍然要战斗"。而因为接着补了一句"或者也许比要求参政权更要用剧烈的战斗"，鲁迅隐含的意思也许是要有一种革命性的战斗，不能满足于在当时既有的由参政权所标识的宪政框架内进行战斗。鲁迅在这样的元话语言语中显现的思维形态是，他通常通过否定来接近自己要肯定的事物和观念，就像是跳高跳远的助跑，否定不是目的所在，否定只为增强肯定的力量、精度和准度。在这一意义上来说，那些对于鲁迅思想中的否定或多疑气质的阐释，应当适可而止。事实上，鲁迅自有其确定的思想坐标，有时候并不在乎自己所否定的对象，否定只是一种修辞手段罢了。例如在《伪自由书》的前记中，他就明确表示："这禁止的是官方检查员，还是报馆总编辑呢，我不知道，也无须知道。"② 其中"我不知道，也无须知道"的表达可以视为"我不知道"所提领的第一种句子类型的变形，深刻地印证了鲁迅思维中的确定性形态，与鲁迅所谓"最高的轻蔑是无言，而且连眼珠也不转过去"③ 的思想若合符节。在这里，"我不知道"所含有的委婉和协商的情态意味，其实是比较薄弱的。虽然不必强调说鲁迅在此类表达中表现出尼采式的要么零要么全部的决绝，但充分重视其思想中的确定性形态是非常必要的。

  与第一种类型有所不同的是，"我不知道"所提领的第二种类型的句子

---

① 鲁迅：《为俄国歌剧团》，《晨报副刊》1922 年 4 月 9 日。
② 鲁迅：《伪自由书·前记》，《鲁迅全集》第 5 卷，第 5 页。
③ 鲁迅：《半夏小集》，《作家》第 2 卷第 1 号，1936 年 10 月 15 日。

表现出了含糊的选择性。如语例中的"我不知道是否因为寻不着两个尖端，所以失了立论的根据，还是我的胡子'这样'之后，就不负中国存亡的责任了"，"我不知道"包含了两个小句陈述的内容，即寻不着尖端与立论的关系，以及胡子无尖端与中国存亡的关系，但鲁迅似乎同时肯定了两个小句陈述的内容，似乎又一并否定了两个小句陈述的内容。如果是同时肯定，鲁迅的态度就是一种含糊的选择，如果是一并否定，鲁迅的态度就是"我不知道，也无须知道"的决绝。虽然决绝的因素并非全无着落，但考虑到《说胡须》全文都是在写胡须的式样与时代、国族的关系，鲁迅以"我不知道"写的其实是"我知道"，他其实知道自己将胡子剪成隶书的"一"字后，国粹家和改革家都无从立论了，也知道胡须的式样并不负有"中国存亡的责任"。只不过直写出来，粗直无味，远不如写"我不知道"来得诙谐幽默、蕴藉风流罢了。因此，从修辞效果的意义上来看，鲁迅可谓深通修辞之术，有意借"我不知道"所带来的表达效果间接陈述自己的观点，其思维形态平添召唤读者积极参与的维度，其文章也因之平添波折，粲然可观。

至于"我不知道"即是"我知道"这一层，在"我不知道"所提领的第三种类型的句子中有明确显现。语例"我不知道——其实是可以算知道的，然而我偏要这样说，——俄国歌剧团何以要离开他的故乡，却以这美妙的艺术到中国来博一点茶水喝"显现得再清楚不过，鲁迅本来想以"我不知道"提领句子，但即刻插入"其实是可以算知道的，然而我偏要这样说"一句，字面上是拆穿了"我不知道"的假象，事实上则是增强了"我不知道"的修辞效果，迫使读者猜测作者说"我不知道"的真实意图。① 而从猜测入手的话，大概可以有三种猜测。其一是从字面出发，认为鲁迅就是故意把本来知道的事情写成不知道，但一向没有被读者猜到这种微妙的心思，因而此次以插入语自曝，逗引读者注意。读者过于拙直地理解鲁迅杂文的字面意思而造成误会的情形并非不常见，如鲁迅在杂文《倒提》中表示"无须

---

① 按照插入语的分类，"其实是可以算知道的，然而我偏要这样说"的插入属于"C＝临时的按注性的句子"，其作用是补充或者解释核心句或者核心句中的部分内容。但它也与"C＝高层主谓结构"有相似之处，即"我不知道俄国歌剧团何以要离开他的故乡……"是动词宾语句，而"其实是可以算知道的……"是一个上一层主谓短语，"我"在上一层组织着整个句子的次序。有关插入语分类的理解，参见司红霞：《现代汉语插入语研究》，长春：东北师范大学出版社，2009年，第43—45页。

希望外国人待我们比鸡鸭优"而读者指责鲁迅"在替西洋人辩护"①，就是非常明显的一例。其二也是从字面出发，但猜测插入语虽然在阅读效果上具有修辞性，实际上却是鲁迅在实写自己写作时的微观思维形态，当写下"我不知道"四个字之后才意识到"其实是可以算知道的"，只是自己习惯了正话反说，于是又填上一句"然而我偏要这样说"以表明心迹。从鲁迅的写作习惯来说，这也是很有可能的，因为"我不知道"的确是鲁迅常用的元话语标记，它几乎丧失了字面意义，只是用来提领一个或多个小句，表达作者对于小句所陈述内容的情感态度而已。上文关于"我不知道"提领的两种句子类型的分析已足以说明这一点，不再追加例证。其三是不从字面意思出发，认为鲁迅的写法纯粹出于修辞效果的追求，与他写作时的思维形态和情绪波动无关。这种猜测也可以视为将言语与主体切割的客观描述，拒绝猜测作者写作时的心思和意图。但考虑到语例的源文本《为俄国歌剧团》并非客观陈述的说明性文本，而是强烈地表达自己对于北京的沙漠之感的批判性文本，猜测作者的意图是非常必要的。从《为俄国歌剧团》的全文来看，鲁迅一直要表达的都是自己是多么清楚北京的沙漠状态和俄国歌剧团艺术的美妙，它不是一个关于"我不知道"的文本，而是一个关于"我知道"的文本。因此，当鲁迅开篇即写"我不知道"时，实际上已经准备写出"我知道"的内容，插入语"其实是可以算知道的，然而我偏要这样说"在这个意义上既是对写作时的微观思维形态的实写，也是一种修辞行为，鲁迅深知以此种方式袒露自我的思维形态是能够有力地抓住读者的好奇心，从而诱导读者关注自己下文想要表达的观点和情感的。

不过，尽管"我不知道"作为元话语标记与"我知道"拥有相似的修辞功能，二者的差异还是很重要的。"我知道"作为元话语标记也在鲁迅杂文中频繁出现，多表现出与读者协商而得以自我辩护的修辞效果，如"这不像序。但我知道，作者和读者是决不和我计较这些的"②，就是很明显的写法。尤其是"我知道"的变体"我自己知道"，更是一种明显的自我辩护的表达。其中最有代表性的语例出自《我们现在怎样做父亲》：

---

① 鲁迅：《花边文学·序言》，《鲁迅全集》第5卷，第437页。
② 鲁迅：《且介亭杂文二集·田军作〈八月的乡村〉序》，《鲁迅全集》第6卷，第297页。

> 还有，我曾经说，自己并非创作者，便在上海报纸的《新教训》里，挨了一顿骂。但我辈评论事情，总须先评论了自己，不要冒充，才能像一篇说话，对得起自己和别人。我自己知道，不特并非创作者，并且也不是真理的发见者。凡有所说所写，只是就平日见闻的事理里面，取了一点心以为然的道理；至于终极究竟的事，却不能知。便是对于数年以后的学说的进步和变迁，也说不出会到如何地步，单相信比现在总该还有进步还有变迁罢了。所以说，"我们现在怎样做父亲。"①

该段文字的起兴是回应上海报纸的批评，具有明显的交际互动效果，而在整篇文章所起的作用是解释和说明，提供的不是命题的基本信息，而是关于自己为何如此提供命题的基本信息的说明。其中由"我自己知道"所提领的一句话，更是意在说明自己的能力、身份、态度和观点，具有明确的自我辩护的色彩。而由于此种自我辩护出现在回应批评和面向读者的语境里，应当强调的是，鲁迅在杂文行文中呈露的自我剖白并非主动的行为，而是面对外力的压迫和召唤读者的共情同理而出现的被动行为。这也就是说，从"我自己知道"的写法背后所隐伏的思维形态来看，鲁迅所谓的"我的确时时解剖别人，然而更多的是更无情面地解剖我自己"②，并不全然是主体的主动，就算称之为"自觉"，也有着非常明显的被动色彩。没有人会真正主动地解剖自己，鲁迅也不例外。而"更无情面地解剖我自己"的说法背后，也就是鲁迅的自我解释和自我辩护。

另外，需要略微注意的两点是：其一，在鲁迅杂文中大量出现的"我以为"所提领的句子，其句法、章法和修辞效果与"我不知道""我知道""我自己知道"基本上一致，都意味着鲁迅"只是就平日见闻的事理里面，取了一点心以为然的道理"，时刻注意着自己书写的限度。其二，在个别杂文里，当鲁迅写下"我不知道"时，并无深意，无需多方分析，如《为了忘却的记念》中的"天气愈冷了，我不知道柔石在那里有被褥不？"③和《〈一个人的受难〉序》中的"生产之后，即被别人所斥逐，不过我不知道

---

① 唐俟：《我们现在怎样做父亲?》，《新青年》第6卷第6号，1919年11月1日。
② 鲁迅：《坟·写在〈坟〉后面》，《鲁迅全集》第1卷，第300页。
③ 鲁迅：《为了忘却的记念》，《现代》第2卷第6期，1933年4月。

斥逐她的是雇主,还是她的父亲"①,此处不再赘述。

五

根据检索,"我们知道"出现在《《魏晋风度及文章与药及酒之关系》《无声的中国》《现今的新文学的概观》《上海文艺之一瞥》《〈夏娃日记〉小引》《"论语一年"》》等16篇可以视为杂文的文章中。从性质和功能上来说,"我们知道"与"我不知道"一样,是交际主体标记语,起承认读者并召唤读者的作用,但仔细分析起来,二者有很大不同,"我不知道"更多地指向作者自身,"我们知道"更多地指向读者。而且,"我们知道"是一种混合式的交际主体标记语,其中"我们"是召唤读者标记语,"知道"是信息状况标记语,组合在一起就是通过信息状况的共享来确认作者与读者的关系。按照李秀明的说法,信息状况标记语"不表示主句命题意义,只是用来指示交际者的共有知识的话语单元",而信息状况因为"包含着知识以及元知识的组织和运用",属于心理认知范畴,故而交际的成功"不仅仅取决于交际者双方的知识,同时交际者对对方知识的了解在其中也起着非常重要的作用","在话语中,说话人经常在言语中表示自己对读者的知识水平的认识,一方面标识出说话人心中的理想读者状态,另一方面说话人常常对听话人的知识水平给予较高的评价,以表达对听话人的尊重"。② 因此,分析作为元话语标记的"我们知道",不仅可以讨论鲁迅在杂文写作中如何思考"我"与"我们"这样的个人与群体关系的问题,而且可以讨论,在杂文的微观写作过程中,鲁迅是如何通过信息状况的共享而实现与读者的互动的。③ 下面先从《魏晋风度及文章与药及酒之关系》一文中的语例开始展开分析:

> 我们就此看来,实在觉得很希奇:嵇康是那样高傲的人,而他教子就要他这样庸碌。因此我们知道,嵇康自己对于他自己的举动也是不满

---

① 鲁迅:《南腔北调集·〈一个人的受难〉序》,《鲁迅全集》第4卷,第573页。
② 参见李秀明:《汉语元话语标记研究》,第125—127页。
③ 由于此处讨论的是具体的交际互动中信息共享带来的读者意识问题,故而对于鲁迅杂文中极为常见的直接召唤读者的标记词"读者"及相应的句法不做讨论。

足的。①

《魏晋风度及文章与药及酒之关系》是鲁迅在 1927 年 7 月所作讲演的速记稿上修改成文的，开头一句"我今天所讲的，就是黑板上写着的这样一个题目"②就是非常明显的现场互动表现，此处所引文字中的"我们就此看来"和"我们知道"也是与现场听众互动的表现。在此之前，鲁迅提出一个观点，认为阮籍、嵇康与众不同，"不愿意别人来模仿他"，举的例子是阮籍自己饮酒，却拒绝儿子阮浑加入"竹林七贤"的饮酒队伍，而嵇康在《与山巨源绝交书》中态度很骄傲，对钟会也很傲慢，在《家诫》中却"教他的儿子做人要小心"，写了一条一条的教训。③讲完这些并非常识的内容之后，鲁迅说"我们就此看来……"，这便是明确邀请听众一起进入一个陌生的话题，而接下来的推理"嵇康自己对于他自己的举动也是不满足的"就的确是基于"我们知道"的推理，既委婉又亲切。从现场讲演到纸面文章，鲁迅保留了元话语标记"我们知道"，读者因此成为杂文写作过程中的微观因素，被鲁迅自觉地考虑进具有现场感的语境和逻辑推进过程中。如果现场听众是不请自来的，文章本身自有的亲切互动之感则为文章创造了亲密的读者，不管读者一开始是如何面对《魏晋风度及文章与药及酒之关系》这篇文章的，随着阅读的深入，当读者为"我们知道"所感时，就不容易抗拒成为亲密读者的诱惑。因此，就修辞效果而言，鲁迅通过"我们知道"所实现的召唤读者和信息分享，营造了委婉、友好、亲切的氛围，极好地将篇章中较为陌生的基本信息传递给了读者。从这个意义上来说，鲁迅写作杂文时始终关心读者的接受，通过将读者纳入"我们知道"的行列而表达对读者的肯定和尊重，从而实现有效的信息传递。鲁迅并不高于读者，也不站在

---

① 鲁迅：《魏晋风度及文章与药及酒之关系》，《而已集》第 5 版，上海：北新书局，1933 年，第 141—142 页。该文系鲁迅 1927 年 7 月的讲演，有记录稿、修改稿、改定稿等多个版本，详见鲍国华：《鲁迅〈魏晋风度及文章与药及酒之关系〉：从记录稿到改定稿》，《鲁迅研究月刊》2016 年第 7 期；《鲁迅〈魏晋风度及文章与药及酒之关系〉汇校记》，《国际中国文学研究丛刊》第 5 集，上海：上海古籍出版社，2017 年；《论鲁迅〈魏晋风度及文章与药及酒之关系〉的注释及其修订》，《西北大学学报（哲学社会科学版）》2020 年第 3 期。
② 鲁迅：《魏晋风度及文章与药及酒之关系》，《而已集》第 5 版，第 117 页。
③ 同上书，第 140—142 页。

读者的对立面。这是鲁迅使用"我们知道"时的第一种情形，即将陌生的信息分享给听众和读者，同时通过"我们知道"委婉地要求听众和读者掌握，从而达成亲切互动，创造良好的作者、读者和篇章的关系。

在《无声的中国》中，鲁迅对"我们知道"的使用表现为第二种情形，即树立一个对立面，通过"我们知道"邀请听众和读者进行共同反击；此时，"我们知道"所提领的句子通常陈述一些较为常识性的信息。相关语例如下：

> 近来还有一种说法，是思想革新紧要，文字改革倒在其次，所以不如用浅显的文言来作新思想的文章，可以少招一重反对。这话似乎也有理。然而我们知道，连他长指甲都不肯剪去的人，是决不肯剪去他的辫子的。①

《无声的中国》也是讲演，文章的核心意思是文字改革，认为"我们此后实在只有两条路：一是抱着古文而死掉，一是舍掉古文而生存"②，"思想革新要紧，文字改革倒在其次"的说法不过是"似乎也有理"而已。只是听众和读者未必能准确解会其中三昧，鲁迅也无意展开长篇大论，故而转以比喻的方式进行论证，用较为常识性的说法"连他长指甲都不肯剪去的人，是决不肯剪去他的辫子的"引发听众和读者的关联性思考。因为是较为常识性的说法，"我们知道"就不仅起到了召唤读者的积极作用，而且表达了作者和听众、读者可以处于相同的知识和认知水准来讨论一个复杂问题的情态，从而引导听众和读者共同批判作者所设定的对立面。这就意味着对于写作杂文的鲁迅来说，他不仅不要站在更高的位置上去启蒙听众和读者，而且要站在更低的位置上与听众、读者同情共理，从而实现有效的互动。这可以理解为一种单纯的修辞术，认为鲁迅只是想通过演讲和写作鼓动读者，但不妨进而言之，认为鲁迅在理解和创造读者的同时，也理解和创造了自身，一个进行非启蒙式写作的现代作者。不过，就《无声的中国》而言，鲁迅大约还是在启蒙文体中直接呼告对象"青年们"，认为"青年们先可以将中国变成一

---

① 鲁迅：《无声的中国》，《三闲集》，鲁迅全集出版社，1941年，第18—19页。
② 同上书，第20页。

个有声的中国"①,"我们知道"中的"我们"所指的也主要是"青年们",尚非《门外文谈》所表达的人民大众的立场吧。

但类似1933年2月13日《申报·自由谈》上的《战略关系》的文章,其中出现的"我们知道",则隐指"人民群众的眼睛是雪亮的",表现为第三种情形了。在《战略关系》一文中,鲁迅抨击的是国民党政府应对日本侵略的救国大计,当他写:

> 现在我们知道了:那次敌人所以没有"被诱深入者",决不是当时战略家的手段太不高明,也不是完全由于反对运动者的血流得"太少",而另外还有个原因:原来英国从中调停——暗地里和日本有了谅解,说是日本呀,你们的军队暂时退出上海,我们英国更进一步来帮你的忙,使满洲国不至于被国联否认,——这就是现在国联的什么什么草案,什么什么委员的态度。这其实是说,你不要在这里深入,——这里是有赃大家分,——你先到北方去深入再说。深入还是要深入,不过地点暂时不同。②

其中"现在我们知道了"一句中的"我们"有多层所指,第一层当然指的是《申报》的读者,第二层则指的是关心国际国内政治局势和日本侵略的读者,第三层则暗指持国际共产主义运动立场的特殊读者。但不管所指为何,鲁迅在文中所呼告的"我们"都是对国民党的救国大计持批判态度的,"我们"与作者鲁迅一样,洞悉情伪,深知英国、日本及国联的祸心,故而对国民党政府为了"战略关系"展开的种种具体举措都深表怀疑,固守批判立场。就"现在我们知道了"所包含的具体信息而言,其中英国"说是日本呀……"云云,并非出现在公开报道中的新闻事实,而是作者对新闻事实进行分析之后的推理,不是读者理所应当知道的信息。因此,鲁迅借助"我们知道"表达的与其说是传递冒号后面的具体信息,不如说是召唤一个批判的共同体来一起进行分析推理,发现当时真实的国际政治处境和国民党

---

① 鲁迅:《无声的中国》,《三闲集》,第19页。
② 何家干:《战略关系》,《申报·自由谈》1933年2月13日。

政府应对的问题。而正是在这一意义上，去掉了也并不削减文章基本信息的元话语标记"现在我们知道了"是极为关键的，它适时打断鲁迅在行文中直接分析和推理的过程，邀请读者参与分析推理的关键步骤，读者因此成为有立场的关键性读者。在鲁迅此时的微观思维形态中，写出"我们知道"即是相信读者具有明辨是非的能力，"群众的眼睛是雪亮的"，读者是属于同一个批判的共同体的。而由于"你先到北方去深入再说"所隐含的英国诱导日本去北方侵略苏联的意味，鲁迅其时所召唤的批判共同体就是一个具有专门的政治内容的批判共同体，即当时中国的左翼文化政治运动所具有的国际共产主义运动背景和人民政治远景所构建的批判共同体。这是理解鲁迅杂文的关键之一，尤其是理解鲁迅的后期杂文，断不可忽视此种专门的政治主体之间的交际互动。

上文通过分析鲁迅杂文中的"写到这里""也就是说""我不知道"和"我们知道"等四种元话语标记，试图建构鲁迅杂文写作的微观过程中所表现出来的思维形态，强调鲁迅作为作者的诙谐幽默、松弛之感、一以贯之的整体感、自我辩护及善于交际互动等素质，其意在说明鲁迅作为作者控制着鲁迅杂文形式的生成。这在相对古典的诗学逻辑里，大概不成问题。但是，正如徐赳赳在论述元话语时所说的，"话语和主体性之间存在一种辩证关系，主体（subject）决定了重建话语的结构（话语的顺序），而这些结构又反过来决定了主体的地位"①，从元话语碎片所构建出来的鲁迅形象更多地是服务于杂文形式的解读，离鲁迅作为一个文本外的社会存在的理解，则尚隔一间。

---

① 徐赳赳：《现代汉语篇章语言学研究》，第 254 页。

第三章 主体意识的三重形态

鲁迅的主体意识与杂文写作有极为丰富的讨论内容，诸如现代意识、知识分子意识、启蒙意识、革命意识、生产者意识、诗史意识、文明批评意识、社会批评意识等不同层面的理解都可以被视为题中应有之义，而就鲁迅杂文写作的具体事实而言，其中"中产的智识阶级分子""生产者"和"过客"等三层相互关联的主体意识内容是最具鲁迅特色的。因此，从上述三个层面出发讨论鲁迅的主体意识与杂文写作的关系，可谓再切题不过。

而考虑到鲁迅的主体意识与杂文写作之间存在着相互影响的关系，但此种相互影响的关系是一种孰先孰后的影响关系，还是一种辩证地统一于同一过程的影响关系，不易分辨。故而分别从两个不同方向展开讨论，即一面讨论鲁迅的主体意识对杂文写作带来的影响，一面也讨论杂文写作对鲁迅的主体意识带来的影响，并在具体的论述中对影响关系的性质进行有限的说明，也是便于展开论述的权宜之策。

第一节 "中产的智识阶级分子"

一

鲁迅在杂文写作中有着知识分子式的主体意识，这是再明确不过的事实。钱理群甚至认为：

> 一个中国独立知识分子在不自由环境下的自由写作——这就是鲁迅的杂文。①

在这里，"在不自由环境下的自由写作"已然构成了对"一个中国独立知识分子"的说明，以"自由写作"反抗"不自由环境"即是知识分子的"独立"属性，"不自由环境"即是"中国"的属性。在这种视主体和环境的关系为二元对立的思路中，鲁迅写作杂文的主体意识被建构为一种独立知识分子意识。这一思路极为干脆利落，提供了一种看待鲁迅杂文写作的总体思路。但正如姜涛所分析的那样，理解鲁迅的知识分子意识需要在动态的历史框架中展开②，否则就有将知识分子意识本质化的危险。事实上，在确认鲁迅的知识分子意识时，一个非常重要的前提是鲁迅对知识分子本身的批判，即如引人注目的《关于智识阶级》一文，鲁迅在文末说的是：

> 至于有一班从外国留学回来，自称智识阶级，以为中国没有他们就要灭亡的，却不在我所论之内，像这样的智识阶级，我还不知道是些什么东西?!③

虽然目前无法确切参详其中所指，但可以肯定的是，鲁迅对知识分子的理解有一种特别的结构感。首先，他可能并不认为没有知识分子中国就要灭亡，故而将"自称智识阶级"的排除在外，有极为明确的排斥机制。其次，他又区分真假知识分子，认为"真的智识阶级是不顾利害的，如想到种种利害，就是假的，冒充的智识阶级"。再次，他又强调知识阶级应该"与平民

---

① 钱理群：《鲁迅杂文》，《南方文坛》2015年第4期。
② 参见姜涛：《历史反复中"真的知识阶级"之难——〈鲁迅与当代中国〉读后》，《文艺争鸣》2017年第10期。在该文中，姜涛梳理了钱理群理解"真的知识阶级"的当代语境和内涵逐步丰厚的变迁脉络，进而强调深厚的主体构造所带来的缠斗和突进现实的勇气，避免过于"爽快"地依附"现成"原理。
③ 鲁迅：《关于智识阶级》，黄河清笔记，《国立劳动大学周刊》第5期，1927年11月13日。

接近，或自身就是平民"，但容易因为得到荣誉而"把平民忘了，变成一种特别的阶级"。最后，他还悲观地认为，当时知识阶级追求思想自由也会带来问题，"思想一自由，能力要减少，民族就站不住，他的自身也站不住了"①。在这里，鲁迅可能表现出思想上的重要"转变"，"并非无条件地强调个人和个性的重要，而毫不在意群众和集体"②，他对知识分子的独立性有着非常严肃的怀疑，认为知识分子可能难以"与平民接近"，甚至可能"变成一种特别的阶级"，而在一个民族当中，知识分子还有可能因为自身固有的追求而导致"民族就站不住"的后果。在民族与阶层的关系中，鲁迅看到了知识分子可能带来的危险，因为在各民族交相为战的世界语境中，尤其中国还是半殖民地国家，鲁迅无法抽象地肯定知识分子的价值；在社会各阶层的关系中，鲁迅看到了知识分子的升沉变化，并没有把知识分子视为一个能够依照其自身的追求而独立的阶层。当然，鲁迅并未因此走向整体否定知识分子的极端，更未表现出民粹主义式的反智倾向。正如在《关于智识阶级》一文中引述爱罗先珂的意见所表达的那样，鲁迅对于受爱罗先珂骂中俄知识阶级的影响而"骂起智识阶级来"的中国人，是很不以为然的：

> "智识阶级"一辞是爱罗先珂（V. Eroshenko）七八年前讲演"知识阶级及其使命"时提出的，他骂俄国的智识阶级，也骂中国的智识阶级，中国人于是也骂起智识阶级来了；后来便要打倒智识阶级，再利害一点甚至于要杀智识阶级了。智识就仿佛是罪恶，但是一方面虽有人骂智识阶级；一方面却又有人以此自豪：这种情形是中国所特有的，所谓俄国的智识阶级，其实与中国的不同，俄国当革命以前，社会上还欢迎智识阶级。为什么要欢迎呢？因为他确能替平民抱不平，把平民的苦痛告诉大众。他为什么能把平民的苦痛说出来？因为他与平民接近，或自身就是平民。③

---

① 鲁迅：《关于智识阶级》，黄河清笔记，《国立劳动大学周刊》第 5 期，1927 年 11 月 13 日。
② 郜元宝：《鲁迅精读》，上海：复旦大学出版社，2016 年，第 274 页。
③ 鲁迅：《关于智识阶级》，黄河清笔记，《国立劳动大学周刊》第 5 期，1927 年 11 月 13 日。

从措辞上看，鲁迅是根本反对"打倒智识阶级"和"杀智识阶级"的，反对知识就是罪恶的看法。而"知识就仿佛是罪恶"一语尤其值得重视，其中隐藏着鲁迅之前对虚无哲学的批判。在发表于1921年10月23日《晨报副刊》"开心话"栏目的《智识即罪恶……》一文中，鲁迅虚拟了一个酒馆伙计"我"，"不幸认得几个字，受了新文化运动的影响，想求起智识来了"，但却被报上一位虚无哲学家的"智识是罪恶，赃物"所威吓，于是夜里梦见自己"已经死了"，被羊面猪头的怪物一嘴拱跌入阴府，接着被隔壁富豪朱朗翁模样的阎罗王罚以智识之罪，在"油豆滑跌小地狱"不断滑跌，"胡里胡涂的发了昏"，又"胡里胡涂"还阳了。梦醒之后，"我"醒悟自己没有死，但对自己是死是生的判断，则认为"用智识究竟还怕是罪恶，我们还是用感情来决一决罢"。① 鲁迅以这样一篇近乎小说的杂文嘲讽虚无哲学家的"智识是罪恶，赃物"的学说，可谓穷形尽相。鲁迅文中的虚无哲学家指的是当时的北京大学哲学系学生朱谦之，他在1921年5月19日《京报》副刊《青年之友》上发表的《教育上的反智主义——与光涛先生论学书》一文中说了"知识就是赃物""我反对知识"和"知识就是罪恶"等看法②，可见阎罗王朱朗翁即影射朱谦之。根据肖铁的研究，在1921年前后，朱谦之与胡适、梁漱溟、梁启超被吴稚晖视为"最近中国思想界的四位代表人物"，而且朱谦之在五四运动之前即已在《北京大学学生周刊》上"号召学生罢考，恳请蒋梦麟校长停止颁发学位"，"因为朱认为学位把知识变成了'赃物'"。③ 因此，可以推论的是，鲁迅是针对朱谦之的观点所造成的不可小觑的社会影响而写作《智识即罪恶……》一文的，他在反抗整个社会层面可能已经出现的反智思潮。朱谦之式的虚无哲学是否走向1927年前后的"打倒智识阶级"的潮动，尚不明确，但鲁迅在《关于智识阶级》中有意勾连了二者的关系。针对北伐期间出现的"打倒智识阶级"的潮动，不同的知识分子群体有不同的反应，《现代评论》杂志上一片对于共产革命的恐慌，如张奚若大谈"智识阶级"其实是"理智阶级"（intellectual

---

① 风声：《智识即罪恶……》，《晨报副刊》1921年10月23日。
② 见鲁迅：《鲁迅全集》第1卷，第392—393页。
③ 肖铁：《一个唯情主义者的发明——朱谦之地"我"兼论现代性的"内转"》，《思想与文化》第18辑，上海：华东师范大学出版社，2016年，第172—191页。

class），中国"非常之少，势力也非常之微，结果几乎可以说是等于没有"，"中国的理智阶级既然如此幼稚，应当如何的奖励扶持，庶几才有发达的希望"①，一位署名宇文的作者回应道："所有的官僚，所有的政客，所有的名流，所有的教育家，不属于这一个阶级的恐怕很少吧。所以如果打倒智识阶级，是打倒这一个特殊的阶级，所根据的理由，是他们'不尽所能，取过所需'，恐怕谁也没有话说。（不过用智识二字，来做这一个阶级的名称，未免冤枉了两个好字。）"②鲁迅的反应要复杂得多，他虽然也曾经觉得"其实中国并没有俄国之所谓智识阶级"③，似乎与张奚若等人的意见一致，但却并未将知识分子视为一国之精英而渴望"奖励扶持"，反而强调俄国知识分子"与平民接近，或自身就是平民"的状况，字里行间似乎含有将张奚若等人视为"自称智识阶级，以为中国没有他们就要灭亡"的"什么东西"的意思。在"打倒智识阶级"的潮动中仍然强调知识分子和平民的关系，鲁迅甚至表示：

> 还有，中国人现在胆子格外小了，这是受了共产党的影响。人一听到俄罗斯，一看见红色，就吓得一跳；一听到新思想，一看到俄国的小说，更其害怕，对于较特别的思想，较新思想尤其丧心发抖，总要仔仔细细底想，这有没有变成共产党思想的可能性?！这样的害怕，一动也不敢动，怎样能够有进步呢？这实在是没有力量的表示，比如我们吃东西，吃就吃，若是左思右想，吃牛肉怕不消化，喝茶时又要怀疑，那就不行了，——老年人才是如此；有力量，有自信力的人是不至于此的。虽是西洋文明罢，我们能吸收时，就是西洋文明也变成我们自己的了。好像吃牛肉一样，决不会吃了牛肉自己也即变成牛肉的，要是如此胆小，那真是衰弱的智识阶级了，不衰弱的智识阶级，尚且对于将来的存在不能确定；而衰弱的智识阶级是必定要灭亡的。从前或许有，将来一定不能存在的。④

---

① 张奚若：《中国今日之所谓知识阶级》，《现代评论》第二周年纪念增刊，1927年1月。
② 宇文：《"打倒知识阶级"》，《现代评论》第5卷第116期，1927年2月26日。
③ 鲁迅：《通讯》，《华盖集》第5版，上海：北新书局，1929年，第20页。
④ 鲁迅：《关于知识阶级》，黄河清笔记，《国立劳动大学周刊》第5期，1927年11月13日。

鲁迅反对张奚若、宇文式的对于共产革命的恐慌,认为害怕共产党、俄罗斯、红色乃是害怕新思想的"衰弱的智识阶级"的表现,而"衰弱的智识阶级是必定要灭亡的"。在这里,鲁迅将共产党、俄罗斯、红色与新思想建立关联,表现的是对共产革命的同情式理解,背后则是对于知识分子强壮的胃口的自信。鲁迅认为"有力量,有自信的人"可以吸收一切,吃牛肉不会变成牛肉,吸收西洋文明,"西洋文明也变成我们自己的了",这种"拿来主义"思路是鲁迅式的知识分子主体意识的典型表现。① 这也就是说,面对"打倒智识阶级"这一极为令知识分子恐惧的潮动,鲁迅并未缩进张奚若式的精英知识分子的壳里,反而充分拥抱其中蕴含的"新思想",坚持与平民建立关联,坚信知识分子能够吸收"新思想"并获得进步。但鲁迅并不抱怨知识分子在革命时代的命运,知识分子能否存在是个问题,他甚至认为知识分子在革命时代"或者倒有害"②,这种不惜自我牺牲也要拥抱革命时代的"新思想"的智慧和勇气,绝对是强大无匹的主体意识。也正是在这一逻辑上,鲁迅引述爱罗先珂关于"智识阶级"的论述时,只强调其中关于知识分子与平民关系的说法,而有意无意忽略了下述说法:

> 我承认在俄国没有哪个政党——无论是民主党或君主党——在国际间或在国内能比共产党做出更大的错误和更蠢笨的事来,没有哪个政党能比布党叫俄国到更不幸的景况。然而我主张俄国里没有哪个政党能像共产党这样的亲爱民众,没有哪个政党能像布党这样的诚实地和无私地尽力于大多数贫穷人的利益。③

爱罗先珂这段话看上去极为公允,但如果在"打倒智识阶级"的潮动中进行引述就会不期然表现出对于1927年共产革命的狙击,将共产党视为民粹

---

① 后世的研究者有强调中共提出"打倒智识阶级"破坏了针对知识分子的联合阵线的,实在缺乏鲁迅先生当年的见识和定力。相关研究可参考张文涛:《国民革命时期的"智识阶级"论争——从"打倒智识阶级"的口号谈起》,《人文杂志》2014年第9期。
② 鲁迅:《关于智识阶级》,黄河清笔记,《国立劳动大学周刊》第5期,1927年11月13日。
③ 爱罗先珂:《智识阶级的使命》,李小峰、宗甄甫合记,《民国日报·觉悟》1922年3月12日。

主义式的政党。事实上,《国民日报·觉悟》刊发爱罗先珂的演讲时,邵力子的按语是有民粹主义色彩的,所谓"中国的教员、学生、文学家,如果不把爱奢侈、求淫佚的心理革除,不肯丢去都市里的安乐,深入祖国腹地的地方去,不愿为民众牺牲掉自己,不努力排除文学和民众隔绝的困难,真要使中国在全人类中变成个可怕的地狱了"①之类的说法,不仅给知识分子加上了"爱奢侈、求淫佚"的原罪,而且暗示中国的地狱化要由"不愿为民众牺牲掉自己"的知识分子负责。此种说辞的表层是将知识分子的社会作用极力崇高化,里层则是卑污的猜度,鲁迅当然不能同意。因此,他在《关于智识阶级》的讲演中强调知识分子的种种局限和缺点,绝不将知识分子崇高化,同时又坚持强调知识分子与平民的联系,绝不将共产革命污名化,从而不是把知识分子意识当成一种身份意识,而是将知识分子意识真正变成自己的主体意识,一种在动态的历史中把握时代、自我与群体关系的深刻认知。

而正是因为知识分子意识对于鲁迅而言,不是身份意识,而是主体意识,他才能在变动的历史场景中坚持自我,又不断地丰富自我。而且,也正是因为以主体意识对待知识分子意识,鲁迅在《关于智识阶级》中才会表示:

> 像今天发表这个主张,明天发表那个意见的人,思想似乎天天在进步;只是真的智识阶级的进步,决不能如此快的。不过他们对于社会永不会满意的,所感受的永远是痛苦,所看到的永远是缺点,他们预备着将来的牺牲,社会也因为有了他们而热闹,不过他的本身——心身方面总是苦痛的;因为这也是旧式社会传下来的遗物。②

这种说法指向的是创造社诸人的"奥伏赫变",但与其强调鲁迅讽刺了谁,不如强调他由此表现出来的自我认知。鲁迅自视为"真的智识阶级",认为"真的智识阶级"遗传了旧式社会的问题,难以改易看待社会的眼光,因此不可能那么快地进步。这种依赖个人经验进行的推理,当然是有效的,但也

---

① 见爱罗先珂《智识阶级的使命》文后按语,《民国日报·觉悟》1922年3月12日。
② 鲁迅:《关于智识阶级》,黄河清笔记,《国立劳动大学周刊》第5期,1927年11月13日。

是有限的，缺乏普遍性。但因为鲁迅不是将其视为身份意识，而是视为具体的线性时间中的主体意识，就获得了普遍性。谁也无法否认，主体是有其成长过程的。只不过在将知识分子意识视为主体意识的同时，鲁迅也无法完全抛离知识分子作为身份意识的认知，就像"旧式社会传下来的遗物"一样，他还依恋着对于"永远"和普遍的想象。所谓"永不会满意""永远是痛苦""永远是缺点""将来的牺牲""总是苦痛"等种种动容的表达，都是鲁迅主体意识的成长过程中将要蜕弃的部分。当然，那个过程不是一蹴而就的。

二

至于鲁迅在《关于智识阶级》中关于知识分子在具体的社会结构中忽而亲近平民、忽而变成特殊阶级的理解，其实是一贯的，他对知识分子的独立性始终有着深刻的怀疑。例如《一点比喻》中的下列叙述：

> 这样的山羊我只见过一回，确是走在一群胡羊的前面，脖子上还挂着一个小铃铎，作为智识阶级的徽章。通常，领的赶的却多是牧人，胡羊们便成了一长串，挨挨挤挤，浩浩荡荡，凝着柔顺有余的眼色，跟定他匆匆地竞奔它们的前程。我看见这种认真的忙迫的情形时，心里总想开口向它们发一句愚不可及的疑问——
> "往那里去?!"①

隐喻知识分子的山羊虽然领着胡羊"竞奔"，似乎占据了独立和启蒙的位置，但"领的赶的却多是牧人"，山羊其实仍然是服从牧人意志的奴才。因此，鲁迅所发出的质询"往那里去?!"不仅指向胡羊，而且指向山羊。就结构关系而言，山羊是牧人手下的奴才，但也可以变成带领胡羊造反的领袖，关键在于山羊选择依附牧人还是胡羊，并无独立性可言。那么，如何获得独立性呢？鲁迅下文关于猪重新长出獠牙的议论，就是希望山羊和胡羊都能像猪一样长出獠牙，改变既有的社会结构。这就意味着在鲁迅看来，知识

---

① 鲁迅：《一点比喻》，《莽原》第1卷第4期，1926年2月25日。

分子的独立性不是因为身份的关系天然就有的，而是需要通过斗争和改变社会结构才能拥有的。因此，鲁迅描述山羊"脖子上还挂着一个小铃铎，作为智识阶级的徽章"，是一种反讽，意指山羊变成了"一种特别的阶级"，自称知识分子就是自称奴才。

但鲁迅的上述意见一般被认为有具体的针对性，乃是批评胡适式的知识分子缺乏独立性，不是在本体论的意义上对知识分子进行批判。这是一个误会，实际上鲁迅就是在本体论的意义上对知识分子进行批判。鲁迅当然也如《关于智识阶级》一文中一样鼓吹知识分子"是不顾利害的"，但同时反省的是：

> 而且我时时说些自己的事情，怎样地在"碰壁"，怎样地在做蜗牛，好像全世界的苦恼，萃于一身，在替大众受罪似的；也正是中产的智识阶级分子的坏脾气。只是原先是憎恶这熟识的本阶级，毫不可惜它的溃灭，后来又由于事实的教训，以为惟新兴的无产者才有将来，却是的确的。①

鲁迅这段写在《二心集·序言》中的著名自述，其重要性并不弱于被广泛讨论的《呐喊·自序》。其时是1932年，鲁迅已是左翼中人，其中的阶级政治意识相当成熟，对自己身上的"中产的智识阶级分子的坏脾气"也相当自警，背后则是对知识分子启蒙位格的放逐和对知识分子阶级溃灭的不可惜。那么，鲁迅何以会从憎恶本阶级转向不惜其溃灭呢？这个问题要从"中产的智识阶级分子"的含义说起。鲁迅本来多从是否读书识字的意义上使用"智识阶级""知识分子"等概念，此处使用"中产的智识阶级分子"，一方面表达了鲁迅在身份上自视为知识分子的意思，另一方面则表达了不同的知识分子隶属于不同的阶级的意思，知识分子不因为知识和专业而独立成为一个阶级。而鲁迅之所使用"中产的智识阶级分子"这一概念，应当与他翻译过的日本无产阶级文学理论家青野季吉有关系。《壁下译丛》收有鲁迅翻译的三篇青野季吉的文章，即《艺术的革命与革命的艺术》《关于智识阶

---

① 鲁迅：《二心集·序言》，《鲁迅全集》第4卷，第195页。

级》和《现代文学的十大缺陷》。在中井政喜看来,青野季吉关于知识分子作用的论述有助于鲁迅摆脱有岛武郎的自我限制论,认识到联合革命知识分子与工人运动的可能。① 而就鲁迅使用的"中产的智识阶级分子"这一概念来说,青野季吉的长篇论文《社会思想与中产阶级》可能更加紧要。该文由钱青翻译,从 1933 年第 12 卷第 5 期开始,分 8 次连载于《学艺》杂志,于次年第 13 卷第 2 期连载完毕。在青野季吉看来,"中产阶级并不如布尔乔亚或普罗列塔利亚那样,是一个阶级的集合,是同质的存在,它完全是异质者的结合"②,故而知识分子作为中产阶级的特殊成员,当他们自己的阶级普罗列塔利亚化之后,就会因为所拥有的知识的科学性质而超越资本主义,斩断与资产阶级的经济和观念纽带③,但"知识阶级在某种意义上,是资产阶级的宠儿。资产阶级在知识阶级里面,找得了思想的,技术的支持。他们努力给与教养,增加知识阶级的奴隶的气分,因之,一部分知识阶级就随时地在扮演拥护资产阶级的功效卓著的脚色了。对于他们,最大的诱惑,就是希望自己也受财星高照,登上资产阶级的宝库这一种幻想","所以他们的特色,不是不显示全般的动摇,而在于否定招致动摇的事实,对于正在动摇的自己,还拼命地勉励着说,没有动摇,不许动摇"④。最后,青野季吉认为,在当时阶级矛盾激化的情况下,"中产阶级的地位,反不如劳动阶级,中产阶级较之劳动阶级,更没有希望,更黑漆一团","中产阶级的苦痛,一天一天地增加",而出路只有一条,就是"与从事于自己所属的产业的劳动阶级结合"。⑤ 目前没有证据表明鲁迅阅读过青野季吉的《社会思想与中产阶级》,只是借助青野季吉文章中的说法可以较为方便地澄清鲁迅所谓"中产的智识阶级分子"的内涵。按照青野季吉的分析,现代社会由布尔乔

---

① 中井政喜:《鲁迅探索》,卢茂君、郑民钦译,北京:知识产权出版社,2017 年,第 334—335 页。

② 青野季吉:《社会思想与中产阶级(四续)》,钱青译,《学艺》杂志第 12 卷第 9 号,1933 年 11 月 15 日。

③ 青野季吉:《社会思想与中产阶级(五续)》,钱青译,《学艺》杂志第 12 卷第 10 号,1933 年 12 月 15 日。

④ 青野季吉:《社会思想与中产阶级(六续)》,钱青译,《学艺》杂志第 13 卷第 1 号,1934 年 2 月 15 日。

⑤ 青野季吉:《社会思想与中产阶级(续完)》,钱青译,《学艺》杂志第 13 卷第 2 号,1934 年 3 月 15 日。

亚和普罗列塔利亚两大阶级构成，中产阶级处于两大阶级之间，本身是"异质者的结合"，可能布尔乔亚化，也可能普罗列塔利亚化，缺乏独立性。而知识分子作为中产阶级，同样是"异质者的结合"，可以向不同方向分化，但成为问题的是，知识分子"是资产阶级的宠儿"，出路却只有和劳动阶级结合一条。这就能很好地理解鲁迅为什么不认为知识分子具有独立性，为什么"毫不可惜它的溃灭"。①对独立性的否认可以理解成为青野季吉所谓中产阶级是"异质者的结合"，而所谓"毫不可惜它的溃灭"，即可以理解成为青野季吉所谓主动斩断与资产阶级的经济、观念的纽带，以及中产阶级被认为当时已表现出来的痛苦和毫无出路。鲁迅的知识分子主体意识因此具有"积极的行动"的价值。关于"积极的行动"，青野季吉有两种描述，第一种描述是，他认为有一部分知识分子，"他们是脱却了大部分知识阶级所有的迟钝，他们以虚无思想，无政府主义思想来指示自己的思想与行动，他们对于社会罪恶的憎恨和破坏的欲望，不消说，万分炽烈。在这一点上，他们是脱却了知识阶级的中间态度的勇敢的战斗分子"，但"这种倾向，本来是一部分知识阶级之思维的产物，所以不会侵入有着行动发生的劳动阶级"，"决不会与劳动阶级合作"；第二种描述是，他认为还有一部分知识分子"对于罪恶的社会有着正确明了的见解，而且还燃烧着炽烈的愤怒。然而他们不会只由自己的思维作用去空设何种幻影来欺骗人们"，"他们对于人类的未来，虽不放弃理想主义的色彩，然而对于现实的社会国家的崩溃原理，新社会的建设原理，却常常有着科学的现实的态度。他们是生活在人间的理想主义与现实主义融合了的能动的（Active）气分之中。真的爽直，强的执拗，这些只能到他们的队伍中去寻求，才能获得"，"整个知识阶级中，只有这一群，才能与劳动阶级合作。劳动阶级也只有与这一群合作之后才能成就伟业"。②可以判断的是，鲁迅所憎恶的"中产的智识阶级分子"的状态即是青野季吉所描述的第一种状态，虽然脱却了知识分子的中间态度却只是

---

① 值得注意的是，鲁迅在转向的途中与创造社论战时，曾在《"醉眼"中的朦胧》一文中以嘲讽的语气写道："何况'呜呼！小资产阶级原有两个灵魂。……'虽然也可以向资产阶级去，但也能够向无产阶级去的呢。"见鲁迅：《"醉眼"中的朦胧》，《语丝》第4卷第11期，1928年3月12日。

② 青野季吉：《社会思想与中产阶级（六续）》，钱青译，《学艺》杂志第13卷第1号，1934年2月15日。

虚无主义式的激烈，而他所希望抵达的状态即是青野季吉所描述的第二种状态，"生活在人间的理想主义与现实主义融合了的能动的（Active）气分之中"，与劳动阶级合作以成就一番伟业。鲁迅所谓"惟新兴的无产者才有将来"正是此意。而且必须强调的是，从《二心集·序言》的表述上来看，鲁迅不仅从理论上抵达了此种认识，而且从个体经验上借助"事实的教训"确认了此种认识。因此，从主体意识上来说，鲁迅通过对知识分子的理解真正实现了自我成长，他不再抽象地或虚无主义式地讨论知识分子意识，而是在具体的社会结构和历史发展中讨论知识分子的主体作用，试图完成自我的超克以进入现实和历史。

尤为可贵的是，虽然在理论和个体经验上都意识到了"惟新兴的无产者才有将来"，但鲁迅并不主观地认为自己可以通过"奥伏赫变"成为无产者的一员，而仍然承认或不回避自己"中产的智识阶级分子"的身份。这是他对自己所谓"真的智识阶级"进步不快的再一次确认，他并不因为自己对于时代、革命、无产者、知识分子有了新的理解和判断而放弃对自我的解剖，仍然保持着对身份和主体之间差异的清醒认识。

因此，总体上来说，如果要确认鲁迅的杂文是鲁迅以一个独立知识分子的身份在不自由的条件下自由写作这一判断，首先应当注意的是身份意识和主体意识之间的区别。而鲁迅的主体意识有一个成长的过程，在成长的过程中，他由在一定的社会结构中批判假冒的知识分子转变为在历史的主体判别中否认知识分子的独立性，认为知识分子只有通过战斗和蜕变，才能重获独立性。这样一来，知识分子的独立性就不再是身份问题，而是历史主体问题。在这样的主体意识的影响之下，鲁迅写作杂文的状态发生了相应的变化，杂文的形式也有相应的变化痕迹。下文将试着分析这些变化。

三

在分析相应的变化之前，首先需要强调的是，虽然在写作《二心集·序言》的1932年鲁迅已经明确批判自己身上的"中产的智识阶级分子的坏脾气"，但他并没有把自己"奥伏赫变"为无产者，他身上始终留有自己所批判的东西。在1934年4月30日写给曹聚仁的信中，本来不过是抱怨寄给曹聚仁的《南腔北调集》到得太慢，却接着写道：

> 多伤感情调,乃知识分子之常,我亦大有此病,或此生终不能改;杨邨人却无之,此公实是一无赖子,无真情,亦无真相也。
>
> 习西医大须记忆,基础科学等,至少四年,然尚不过一毛胚,此后非多年练习不可。我学理论两年后,持听诊器试听人们之胸,健者病者,其声如一,大不如书上所记之了然。今幸放弃,免于杀人,而不幸又成文氓,或不免被杀。倘当崩溃之际,竟尚幸存,当乞红背心扫上海马路耳。①

大概曹聚仁来信中有"伤感情调",鲁迅乃借题发挥,说明自己"大有此病"且很有可能"此生终不能改"。但有意思的是,对于此种"中产的智识阶级分子的坏脾气",鲁迅在信中并不以为忤,反而强调没有"伤感情调"的杨邨人"实是一无赖子,无真情,亦无真相也"。这些话当然是写给曹聚仁看的,有安慰对方的意思,但也可见鲁迅并不是对"中产的智识阶级分子的坏脾气"只有负面的理解。而接下来关于医学和文氓的议论,尤其是关于"当乞红背心扫上海马路耳"的议论,又是"伤感情调",而且是典型的"中产的智识阶级分子的坏脾气","好像全世界的苦恼,萃于一身,在替大众受罪似的"。这就是说,鲁迅虽然憎恶本阶级,"毫不可惜它的溃灭",但并不打算因为憎恶而自我溃灭。而在与杨邨人辈的对比中,他甚至是颇以"伤感情调"所关联的"真情"而自傲的。具体到杂文的写作中,鲁迅的确在《二心集·序言》中反思过"我时时说些自己的事情,怎样地在'碰壁',怎样地在做蜗牛",仿佛是打算以后再也不"时时说些自己的事情"了,事实上全非如此,他仍然"时时说些自己的事情"。例如1933年写的名文《为了忘却的记念》,目的是要"记念""左联"五烈士,但开头却是这样的:

> 我早已想写一点文字,来记念几个青年的作家。这并非为了别的,只因为两年以来,悲愤总时时来袭击我的心,至今没有停止,我很想借此算是竦身一摇,将悲哀摆脱,给自己轻松一下,照直说,就是我倒要

---

① 鲁迅:《340430 致曹聚仁》,《鲁迅全集》第 13 卷,第 87 页。

将他们忘却了。①

这完全是在"说些自己的事情",而且强调"两年以来,悲愤总时时来袭击我的心",正是又一种"好像全世界的苦恼,萃于一身"的表达。其中真情自然可感,然而也不能不说是鲁迅自己所说的"中产的智识阶级分子的坏脾气"的表现。结尾也同样表现了"中产的智识阶级分子的坏脾气",鲁迅写:"我只能用这样的笔墨,写几句文章,算是从泥土中挖一个小孔,自己延口残喘,这是怎样的世界呢。"② 因此,"时时说些自己的事情"是鲁迅杂文写作中一以贯之的典型表现,是鲁迅知识分子意识最常见的流露方式。而且,就个人与写作的关系而言,这也是鲁迅知识分子主体意识的典型表现。

不过,正如他清醒地执行自我批判一样,鲁迅"时时说些自己的事情"既起于对现代评论派的"公理"的反抗,也就是要从切身的经历和经验出发,不掩真情并寻找真相。这是鲁迅对杨邨人辈也持否定态度的根本原因,他未必乐意见到杨邨人辈"多伤感情调",但肯定反感此辈没有真情,掩盖真相。因此,鲁迅的知识分子主体意识中虽然难免一些自恋的气息,但总体上乃是真情的表露,是寻求真相的结果。而且,鲁迅如此坚持"时时说些自己的事情"的结果,不是陷入自恋的窠臼,而是敞开和扩张自我意识,打破"公理"之类的外在观念的束缚,真正与混沌的现实搏斗,从而获得对于个体、现实、社会和历史的新理解,切身切实地介入现实。一旦冲破"公理"的束缚,鲁迅的知识分子主体意识就与知识分子身份意识明确拉开了距离,其所谓"碰壁"和"做蜗牛"的说法,多多少少还带有着代言人的气息,是一种仗义执言,而在《为了忘却的记念》一文中的抒发,"这是怎样的世界呢"的感愤,则是一种共同体的责任和承担。在替女师大风潮中的学生辩护时,鲁迅尚有西宾、婆媳等诸种内外的区分,在"记念""左联"五烈士时则完全是彼此同心共感的写作姿态,所谓"时时说些自己的事情"是写自己的悲痛之情,也即是写出一个共同体的悲痛。从对一个他者的同情转向视彼身若己身,鲁迅的"中产的智识阶级分子的坏脾气"发生了

---

① 鲁迅:《为了忘却的记念》,《现代》第 2 卷第 6 期,1933 年 4 月 1 日。
② 同上。

微妙的变化。

而从微妙的变化出发来理解鲁迅"中产的智识阶级分子的坏脾气",大致可以观察到的一个脉络是,鲁迅在《新青年》发表随感录时,很少说自己的事情,多凭借知识和公理立论,在《语丝》上发表杂感时,则因为"公理"都被"正人君子"占据了,才"时时说些自己的事情",到了《莽原》上的社会批评和文明批评,鲁迅又不频繁地说自己了,而到《申报·自由谈》上的文章,则本来多以笔名写成,更是少有"自己的事情"出现了。应该说,这个脉络是鲁迅杂文面貌的主脉,尽管鲁迅杂文始终存在着"时时说些自己的事情"的情况,但总体上是有明显的起伏变化的。鲁迅列举"碰壁"和"做蜗牛"来说明自己的"坏脾气"也表明,"坏脾气"的表征主要出现在《语丝》时期。在《新青年》时期,鲁迅的随感录最具有一己私人情感经验发露的是《随感录四十》,文章从室内枯坐的无聊起兴,引出一位不认识的少年寄来的诗《爱情》,认为"对于我有意义",之后发议论道,"爱情是什么东西?我也不知道","然而无爱情结婚的恶结果,却连续不断的进行","我们还要叫出没有爱的悲哀,叫出无所可爱的悲哀。……我们要叫到旧账勾消的时候"①。但对于其中关乎鲁迅个人的私人情感经验,仅仅从文章字面上是很难读出来的。文章虽然写了"我也不知道"爱情是什么,透露了作者的私人信息,但总体上是把爱情问题当成一个当时的公共问题来进行讨论,行文中处处顾及的是中国缺乏世界意义上的爱情,关注和分析的是"我们"的问题,而不是"我"的问题,是"我们""要叫出没有爱的悲哀",而不是"我""要叫出没有爱的悲哀"。可是,熟悉鲁迅的读者都知道,唐俟是鲁迅的笔名之一,"无爱情结婚的恶结果"是写作该文时的鲁迅正在承受的,其中"也只好陪着做一世牺牲,完结了四千年的旧账"② 的说法也正是鲁迅其时的打算。而所谓"也只好陪着做一世牺牲,完结了四千年的旧账",正是"好像全世界的苦恼,萃于一身"的悲情和自我崇高。但是,鲁迅以表达"我们"的方式掩藏了这一切,并未坦然地露出自己"中产的智识阶级分子的坏脾气"。这就是说,即使是最为切身的两性关系问题,即使是自身也深受无爱的包办婚姻的困扰,鲁迅也不打算

---

① 唐俟:《随感录四十》,《新青年》第 6 卷第 1 号,1919 年 1 月 15 日。

② 同上。

直接"说些自己的事情"。如果不是一封写自己苦于无爱的信引发了共情，已经有了"陪着做一世牺牲"的悲情和决断的鲁迅，大概是要将寂寞和悲哀深藏心底，直到坟墓的吧。

由此也就引发一个新的问题，即鲁迅的主体意识表露并不全然是自觉自主的，它往往受到外界种种因素的牵引、逼迫和压抑，然后才以某种形态表现出来。在这个意义上，鲁迅发表在《京报副刊》的《并非闲谈》一文，其开头就非常值得分析：

> 凡事无论大小，只要和自己有些相干，便不免格外警觉。即如这一回女子师范大学的风潮，我因为在那里担任一点钟功课，也就感到震动，而且就发了几句感慨，登在五月十二的京副上。自然，自己也明知道违了"和光同尘"的古训了，但我就是这样，并不想以骑墙或阴柔来买人尊敬。①

鲁迅在这里明确写出了自己的主体意识，即"并不想以骑墙或阴柔来买人尊敬"。而鲁迅之所以明确表达此种主体意识，则是因为自己在女师大兼课，觉得女师大风潮"和自己有些相干"。但仅仅有此相关性的话，鲁迅也只是写写《忽然想到（七）》那样旁敲侧击，并不指名道姓的文章，更不会自己出来现身说法。可是，当看到《现代评论》杂志上陈西滢的《闲话》中出现"某籍某系"之类在鲁迅看来带有政治恶意的表达时，鲁迅便不惜现身说法了，强调"我就是这样，并不想以骑墙或阴柔来买人尊敬"。《忽然想到（七）》的表达虽然并不"骑墙或阴柔"，"羊样的凶兽"和"凶兽样的羊"② 作为国民性批判也足够辛辣，但到底没有指名道姓，留有余地，更没有现身说法，摆出赤膊上阵的架势来。因此，没有陈西滢《闲话》作为外在因素的强势逼迫，鲁迅既不一定下战场，更不一定会赤膊上阵，明确写出自己的主体意识。然而，一旦开战，鲁迅便"纠缠如毒蛇，执着如怨

---

① 鲁迅：《并非闲谈》，《京报副刊》第166期，1925年6月1日。该文收入《华盖集》时改题为《并非闲话》，文中"京副"改为"《京报副刊》"。见鲁迅：《华盖集》第5版，第74页。
② 鲁迅：《忽然想到（七）》，《京报副刊》第146期，1925年5月12日。

鬼"①，以至于在编完《华盖集》写题记时，作出如下表达：

> 我知道伟大的人物能洞见三世，观照一切，历大苦恼，尝大欢喜，发大慈悲。但我又知道这必须深入山林，坐古树下，静观默想，得天眼通，离人间愈远遥，而知人间也愈深，愈广；于是凡有言说，也愈高，愈大；于是而为天人师。我幼时虽曾梦想飞空，但至今还在地上，救小创伤尚且来不及，那有余暇使心开意豁，立论都公允妥协，平正通达，像"正人君子"一般；正如沾水小蜂，只在泥土上爬来爬去，万不敢比附洋楼中的通人，但也自有悲苦愤激，决非洋楼中的通人所能领会。
>
> 这病痛的根柢就在我活在人间，又是一个常人，能够交着"华盖运"。②

这种反讽的表达因为混杂着"大苦恼""大欢喜""大慈悲"等语汇，最容易让人发生的联想是鲁迅将"正人君子"比为超脱俗世的佛陀，讽刺对方远离人间，表面上"公允妥洽""平正通达"，是"洋楼中的通人"，实际上则不通之至，根本不是"活在人间"，自然也就不可能对人间的事有什么通达之见。这自然是鲁迅表达的题中之义，但还有一层自嘲的意味在里面需要揭发。"深入山林"而知人间愈深愈广，立论愈高愈大的，应该也包括鲁迅耽溺其中的《查拉图斯特拉如是说》里面的主人公。1919年在《新青年》上写随感录时，鲁迅曾表示"尼采式的超人""太觉渺茫"③，此处对"伟大的人物"的反讽，则不仅是觉得"渺茫"，而且是要自我解剖，确认自己"沾水小蜂"式的"常人"性质，在现实人间的具体社会结构中觉醒关于自我的主体意识。还有一层，所谓"洋楼中的通人"也是反讽"正人君子"在楼上，不在地上；而所谓"洋楼"也是反讽"正人君子"的"立论"并不是"拿来"的，是对于外国观念不假思索的复制。因此，鲁迅执着地抛弃了与知识分子相关联的种种光环和衔接，在地上、人间与"常人"取得

---

① 鲁迅：《杂感》，《莽原》第3期，1925年5月8日。
② 鲁迅：《华盖集题记》，《莽原》第1卷第2期，1926年1月25日。该文收入《华盖集》时，"立论都公允妥协"改作"立论都公允妥洽"。见鲁迅：《华盖集》第5版，第1—2页。
③ 唐俟：《随感录四十一》，《新青年》第6卷第1号，1919年1月15日。

了相互之间的确认。但值得特别强调的是,鲁迅并不是由此否认自己的知识分子身份,只是因为不愿意与"正人君子"为伍而有意细化和锐化自己的知识分子意识,塑造自己"活在人间"的"常人"形象,从而获得了新的主体意识。而因为获得了新的主体意识了,鲁迅才会在《华盖集》的题记中肯定《华盖集》中的"这些无聊的东西",并表示"实在有些爱他们了"①。这里的主体意识表现出明显的"中产的智识阶级分子的坏脾气"的特点,有"萃于一身"的"悲苦愤激",更进化出对于杂文形式的崭新认知。

此后,面对后期创造社和太阳社更为激烈的刺激,鲁迅却不那么"悲苦愤激"了。例如1928年在《我的态度气量和年纪》一文中,面对对方抓住"态度""气量"和"年纪"而展开的恶意攻击,鲁迅却不过是自辩"我自信对于创造社,还不至于用了他们的籍贯,家族,年纪,来作奚落的资料"②,比反击陈西滢时客气多了。即使是关于钟敬文编的书《鲁迅在广东》这样的涉及政治利害的话题③,鲁迅反击时也只是说:

> 例如《鲁迅在广东》这一本书,今年战士们忽以为编者和被编者希图不朽,于是看得"烦躁",也给了一点对于"冥顽不灵"的冷嘲。我却以为这太偏于唯心论了,无所谓不朽,不朽又干吗,这是现代人大抵知道的。所以会有这一本书,其实不过是要黑字印在白纸上,订成一本,作商品出售罢了。无论是怎样泡制法,所谓"鲁迅"也者,往往不过是充当了一种的材料。这种方法,便是"所走的方向不能算不对"的创造社也在所不免的。托罗兹基虽然已经"没落",但他曾说,不含利害关系的文章,当在将来另一制度的社会里。我以为他这话却还是对的。④

鲁迅自然没有放过对创造社冷嘲热讽的机会,讽刺他们是"战士","所走

---

① 鲁迅:《华盖集题记》,《莽原》第1卷第2期,1926年1月25日。
② 鲁迅:《我的态度气量和年纪》,《语丝》第4卷第19期,1928年5月7日。
③ 关于其中政治利害的问题,可参考邱焕星:《有限革命的张力——"国民革命鲁迅"形象的建构与解构》,《西南民族大学学报(人文社会科学版)》2022年第2期。
④ 鲁迅:《我的态度气量和年纪》,《语丝》第4卷第19期,1928年5月7日。

的方向"未必"不能算不对",但说到《鲁迅在广东》,却轻描淡写地视为"商品",同时对于切己的事情,即炮制"鲁迅",也显得是以客观的态度来对待,反对唯心论式的不朽论,而且认为《鲁迅在广东》还有"利害关系",也只是阶级社会里的当然罢了。鲁迅显示出的冷静、客观的态度就仿佛他身上已经没有"中产的智识阶级分子的坏脾气"了一样,读者只能从"鲁迅""不过是充当了一种的材料"的表达中窥见一点点消息,鲁迅当然还是有苦恼"萃于一身"之感隐藏在心底。1928年的鲁迅也许未见得已经自觉批判自身的"中产的智识阶级分子的坏脾气",但他的确已经开始将切己的小事放置在唯物论和对于共产革命的理解中来展开,从而获得了较为冷静、客观的主体意识。也正是因为如此,他1932年在《三闲集》的序言里表示的对创造社的感谢,乃是十分真诚的,并不是常见的鲁迅式的反讽:

> 我有一件事要感谢创造社的,是他们"挤"我看了几种科学底文艺论,明白了先前的文学史家们说了一大堆,还是纠缠不清的疑问。①

其中"纠缠不清的疑问"当指文学的起源、本质、功能和阶级性等问题,此处不赘。有意思的是,与鲁迅表达感谢的心态相关,《三闲集》中的杂文也与此前几个杂文集子不一样,出现了通脱的特点;而此后杂文的气象更主要是走向了开阔。

因此,在鲁迅杂文所反映的不变的"坏脾气"中,也阶段性地显现出鲁迅的主体意识受到外在因素的影响而发生的种种变化。相应地,鲁迅的杂文形式也阶段性地发生变化,值得进一步分析。

四

关于自己杂文的起点,鲁迅至少提供了两种叙述,一种是以留日时期的文言论文为起点,一种是以《新青年》时期的随感录为起点。在1926年的《写在〈坟〉后面》一文中,鲁迅开头写"在听到我的杂文已经印成一半的消息的时候,我曾经写了几行题记,寄往北京去"②,这便意味着将《坟》

---

① 鲁迅:《三闲集·序言》,《鲁迅全集》第4卷,第6页。
② 鲁迅:《写在〈坟〉后面》,《语丝》第108期,1926年12月4日。

中的《人之历史》《科学史教篇》《文化偏至论》《摩罗诗力说》等文章都视为"杂文"了。①"杂文"概念的如此用法以后在《且介亭杂文》中得以发扬光大。按照这一线索来理解鲁迅杂文的形式起点,就不能不强调鲁迅自居为 20 世纪个人主义者的意识,其主体意识即在于"度越前古,凌驾亚东",开掘"二十世纪之新精神","恃意力以辟生路",建构中国"二十世纪之文明"②,其杂文形式即是一种典型的文明论。而《新青年》时期的随感录,虽然通常被认为是鲁迅杂文的起点,但其中文章的形式与《文化偏至论》份属同调,虽然文白有别,长短不一。如 1918 年发表的《随感录三十六》:

现在许多人有大恐惧;我也有大恐惧。

许多人所怕的,是"中国人"这名目要消灭;我所怕的,是中国人要从"世界人"中挤出。

我以为"中国人"这名目,决不会消灭;只要人种还在,总是中国人。譬如埃及犹太人,无论他们还有"国粹"没有,现在总叫他埃及犹太人,未尝改了称呼。可见保存名目,全不必劳力费心。

但是想在现今的世界上,协同生长,挣一地位,即须有相当的进步的智识道德品格思想,才能够站得住脚:这事极须劳力费心。而"国粹"多的国民,尤为劳力费心,因为他的"粹"太多。粹太多,便太特别。太特别便难与种种人协同生长,挣得地位。

有人说:"我们要特别生长;不然,何以为中国人!"

于是乎从"世界人"中挤出。

于是乎中国人失了世界,却又暂时仍要在这世界上住!——这便是我的大恐惧。③

---

① 陈平原认为这是将不同体式的文章编在了一起的意思。说见陈平原:《分裂的趣味与抵抗的立场——鲁迅的述学文体及其接受》,《文学评论》2005 年第 5 期。
② 鲁迅:《坟·文化偏至论》,《鲁迅全集》第 1 卷,第 56—57 页。
③ 俟:《随感录三十六》,《新青年》第 5 卷第 5 号,1918 年 11 月 15 日。该文收入《热风》时,"智识道德品格思想"改为"智识,道德,品格,思想","却又暂时"改为"却暂时"。见鲁迅:《热风》,上海:北新书局,出版年份不详,第 15 页。

作为一篇"短论",其中表现出来的主体意识与《文化偏至论》等文言论文一般无二,所谓"现今的世界"是一个"进步"的世界,"中国人"必须成为"世界人",背后的主体意识即是自居于"进步"的"世界人",试图唤起国人与"世界""协同生长",成为20世纪"世界人"的一分子。于是,该"短论"虽然篇幅短小,书写语言也是白话,但其形式却是一种文明论,作者表达"大恐惧"时所倚仗的文明资源非常确定,正面的主张和立场非常清晰。也许正是在这个意义上,无论是劝架时的胡适①,还是与鲁迅论战的陈源②,都肯定鲁迅杂文集《热风》中的文章;胡适和陈源更倾向于在文章中陈述正面的主张和立场,以20世纪文明的建设者自居。

不过,有意思的是,虽然作为文明论,鲁迅《新青年》时期的随感录与留日时期的文言论文大体上是一致的,但其中仍然有细微的差别。鲁迅在《随感录三十六》中所认同的"世界人"意识,其实乃是他留日时期的文言论文《破恶声论》所批驳的。《破恶声论》是一篇未完稿,文中认为当时存在两类六种恶声,"一曰汝其为国民",包括"破迷信也,崇侵略也,尽义务也"三种恶声,"一曰汝其为世界人",包括"同文字也,弃祖国也,尚齐一也"三种恶声,都恫吓"非然者,将不足生存于二十世纪"。③ 考其原因,则是鲁迅写《破恶声论》时受章太炎影响,对无政府主义者的世界主义主张不以为然④,写《随感录三十六》时则受其时世界主义和普遍主义思潮的影响,相信"世界人"的价值和意义⑤。这种前后矛盾意味着鲁迅的主体意识和观念乃是内在于历史之中的,其杂文形式作为一种文明论,虽然在局部表现为一种非时间化的普遍形式,但整体上乃是一种历史的形式,充分

---

① 胡适在劝架信中引用了鲁迅《热风》中的"愿中国青年都摆脱冷气……"之后说:"这一段有力的散文使我很感动。"见胡适:《胡适致鲁迅周作人陈源》,见陈漱瑜主编《一个都不宽恕——鲁迅和他的论敌》,第128页。

② 陈源在《闲话》中说:"我不能因为我不尊敬鲁迅先生的人格,就不说他的小说好,我也不能因为佩服他的小说,就称赞他其余的文章。我觉得他的杂感,除了《热风》中二三篇外,实在没有一读的价值。"见西滢:《闲话》,《现代评论》第3卷第71期,1926年4月17日。

③ 迅行:《破恶声论》,《河南》第8期,1908年11月20日。

④ 相关论述可参考汪晖:《声之善恶:什么是启蒙?——重读鲁迅的〈破恶声论〉》,《开放时代》2010年第10期。

⑤ 相关论述可参考陈方竞:《关于"世界主义"问题——五四新文化(文学)运动中心的多重对话》,《鲁迅研究月刊》2003年第7—10期。

体现了鲁迅以杂文介入现实和历史的基本写作倾向。

而一旦将鲁迅杂文视为历史的形式,《随感录三十六》一文中的第一句话"现在许多人有大恐惧;我也有大恐惧"就构成了理解该文的形式问题的微观层次。鲁迅针对现实发生的"现在许多人有大恐惧"而产生相应的写作行为,可以说明《随感录三十六》首先是写给这"许多人"看的,故而文章的起讫乃以"大恐惧"为中心,集中地回应着时代和时人的问题。既然是集中回应时代和时人的问题,《随感录三十六》因此也就具有社会批评的质地,鲁迅是在具体的现实语境中提出和调整自己的文明论构想,使得文章兼具现实感和普遍性。

而同样收在《热风》集中的《智识即罪恶……》《事实胜于雄辩》《估〈学衡〉》等文章,都见刊于《晨报副刊》,由于并不是发表在《新青年》上,形式上便有一些差异,有的如《智识即罪恶……》《事实胜于雄辩》,差异还比较大,甚至可以说不是一种文明论的形式,从而构成了鲁迅杂文真正的另一种起点。《智识即罪恶……》一篇因为刊于"开心话"栏目,其滑稽的风格和拟小说的文体似乎还是例外,但刊于"杂感"栏目的《事实胜于雄辩》就值得专门分析一下了:

> 西哲说:事实胜于雄辩。我当初很以为然,现在才知道在我们中国,是不适用的。
>
> 去年,我在青云阁的一个铺子里买过一双鞋,今年破了,又到原铺子去照样的买一双。
>
> 一个胖伙计,拿出一双鞋来,那鞋头又尖又浅了。
>
> 我将一只旧式的和一只新式的都排在柜上,说道:
>
> "这不一样……"
>
> "一样,没有错。"
>
> "这……"
>
> "一样,您瞧!"
>
> 我于是买了尖头鞋走了。
>
> 我顺便,有一句话奉告我们中国的某爱国大家,您说,攻击本国的缺点,是拾某国人的唾余的,试在中国上,加上我们二字,看

看通不通。

现在我谨敬加上了,看过了,然而通的。

您瞧!①

"西哲"和"我们中国"云云,意味着鲁迅写作此文时也是在中西比较的文明论框架中进行思考,与《新青年》随感录并无不同。明显的差异是文章的核心内容是具有小说细节形式的日常生活叙述,并以此为胜于雄辩的"事实"。通过鲁迅的叙述,日常生活毫不起眼但又经常发生的细节进入了杂文文明论形式的肌理中,从而使得文章在以"我们中国的某爱国大家"为读者的同时,也面向了《晨报副刊》所关联的一般市民读者。一方面,鲁迅的主体意识借着中西比较的文明论框架而表现为知识分子意识,另一方面,日常生活细节的呈现使得鲁迅的主体意识与市民建立关联,鲁迅虽然是个知识分子,但也是个日常买卖中的普通市民。如此一来,《事实胜于雄辩》的文明论形式就与市民形式缝合在一起。假使不熟悉作者鲁迅,通过该文确认作者的主体意识是很困难的。这是报刊发表对鲁迅的主体意识表达带来的一种影响,并在鲁迅此后十多年的报刊发表的文章中延续,使得就报刊语境来讨论鲁迅的杂文变成一件极为暧昧难明的工作。在很多时候,鲁迅的杂文并不能说和报刊上的其他作者的杂文有多么明显的形式区别。而大多数关于鲁迅杂文特征的认知以及鲁迅杂文与其他杂文不同的认知,都依赖鲁迅自编的杂文集子以及鲁迅自编杂文集子时的一系列自述。这些是不得不承认的客观情形,意味着分辨鲁迅杂文的形式需要更为精微的分析框架和路径。

就类似于《事实胜于雄辩》一文中流露出来的普通市民的意识来看,鲁迅放松了自己作为知识分子的紧张感,认为知识分子也就是市民的一分子。这一点在《申报·自由谈》时期的杂文写作中,表现得更为清晰,比如1933年6月20日的《"抄靶子"》一文,鲁迅开头也是写中国文明、20世纪之类的文明论表达,但接着就写"假如你常在租界的路上走",在纸面上引发与《申报》读者的直接对话,吁请普通市民的共情,并在结尾一段写道:

---

① 风声:《事实胜于雄辩》,《晨报副刊》1921年11月4日。该文收入《热风》时,"谨敬"改为"敬谨"。见鲁迅:《热风》,第82页。

> 然而我们这些"靶子"们,自己互相推举起来的时候却还要客气。我不是"老上海",不知道上海滩上先前的相骂,彼此是怎样赐谥的了。但看看记载,还不过是"曲辫子","阿木林"。"寿头码子"虽然已经是"猪"的隐语,然而究竟还是隐语,含有宁"雅"而不"达"的高谊。若夫现在,则只要被他认为对于他不大恭顺,他便圆睁了绽着红筋的两眼,挤尖喉咙,和口角的白沫同时喷出两个字来道:猪猡!①

"我们这些'靶子'们"自然是进一步拉近与读者关系的措辞,表示作者和读者同居于"靶子"位置的状况。而更重要的是,作者坦言"我不是'老上海'",这种自曝其短的修辞就进一步把作者的身份祛魅,作者与《申报》很多可能的读者一样,都是从其他地方来到上海的居民,对上海的了解还不如"老上海"。因此,当文章又是在讨论市井日常口语中的"曲辫子""阿木林""寿头码子""猪猡"等骂人的话时,读者更容易感受到的显然就不再是文章表现出来的知识分子意识及背后的文明论气息,很难不觉得作者是一个与自己同呼吸、共命运的普通上海市民。

这种从报刊写作中日渐发展出来的市民认同之感,作为一种向下认同,发展到最后的结果是鲁迅对自己的"中产的智识阶级分子的坏脾气"另一个向度的批判和反思。最为典型地反映了鲁迅此种批判和反思的杂文是1935年12月21日写作的《阿金》。在这篇近些年被超频分析的名文中,鲁迅从文章开始就以一个懊恼的写作者形象出现,受刺激的程度甚至于到了"会在稿子上写一个'金'字","摇动了我三十年来的信念和主张"。而"我三十年来的信念和主张"是"兴亡的责任,都应该男的负",这本来意味着对女性的同情和解放,如今却因为阿金在上海市井中所表现出来的泼辣恣肆的生命力而沦为空谈,于是,"近几时我最讨厌的阿金,仿佛她塞住了我的一条路"。② 从讨厌阿金而感到懊恼的层面来说,鲁迅写作《阿金》是为了区隔自己和阿金,所谓的"摇动"和"塞住"便是一种"中产的智识阶级分子"的抱怨,是"坏脾气"的表现。但如果仅仅是为了区隔自己和阿金,鲁迅大可以启蒙的姿态将阿金打入另册,不必为之懊恼不已。而一旦

---
① 旅隼:《"抄靶子"》,《申报·自由谈》1933年6月2日。
② 鲁迅:《阿金》,《海燕》第2期,1936年2月20日。

懊恼不已,虽形诸笔墨而仍然无法定义阿金,甚至只能以徒叹奈何式的"愿阿金也不能算是中国女性的标本"① 结束全文,则意味着鲁迅的主体意识与阿金发生了深度的纠缠。除了一种乡下人的共感之外,值得注意的是,鲁迅意识到了自己作为上海的普通居民和阿金作为上海的普通居民之间的激烈碰撞。他可以在杂文写作中想象读者时建构与市民的认同感,却无法在日常生活中建构与市民的认同感。这也就是说,鲁迅可能发现了,建构一种想象性的认同容易,建构一种日常生活中的实际认同困难。难易之间恰是鲁迅丧失了对阿金居高临下的同情能力,鲁迅发现自己在日常生活中,确实是与阿金一样的市民。这种事实处境的发现是真正令鲁迅懊恼的。

有意思的是,鲁迅正视了这一懊恼,并进行了一次懊恼的叙述,从而在两个层面展开了自我批判,即批判自己的"中产的智识阶级分子的坏脾气"和批判自己无法与现实中的市民建构认同,从而在理论上也就无法超越自己作为市民的经验。这种状况是理解鲁迅的"中产的智识阶级分子"主体意识最末一环,而鲁迅的杂文也因此发展出了与知识分子写作相互排斥的情况。鲁迅所反复强调的知识分子要有明确的是非和热烈的好恶,在类似《阿金》这样的杂文中就成为一个难以展开的主体意识,鲁迅始终在怀疑,自己的是非好恶是那么可靠的吗?

第二节 生 产 者

一

在鲁迅的杂文中,至少有两处是关于"生产者"的明确表达,第一处在 1934 年 5 月 4 日发表的《论"旧形式的采用"》一文中,提出了与"高等有闲者"的"消费者艺术"相对立的"生产者的艺术"②,第二处在 1935 年 5 月 5 日发表的《徐懋庸作〈打杂集〉序》一文中,认为杂文作者写杂

---

① 鲁迅:《阿金》,《海燕》第 2 期,1936 年 2 月 20 日。
② 鲁迅:《且介亭杂文·论"旧形式的采用"》,《鲁迅全集》第 6 卷,第 23—25 页。

文与"农夫耕田,泥匠打墙"一样,都是不得不作,不是为了青史留名①,由此可以推论的是,鲁迅把杂文作者喻为与农夫、泥匠一样的生产者。而在1935年12月30日写的《且介亭杂文·序言》中,鲁迅又说自己出杂文集就像是深夜街头摆地摊,"所有的无非几个小钉,几个瓦碟"②,这就进一步表明他将自己的杂文写作视为小钉、瓦碟的生产,将自己杂文写作中的主体意识建构为一种生产者意识。

鲁迅虽然是在1934年至1935年的杂文中作出了关于"生产者"的明确表达,将自己杂文写作中的主体意识建构为生产者意识,但相关的意识可以说是其来有自,并非突然发生的。追踪的方向有两种,其一是追踪时代的影响,其二是追踪生产者意识在鲁迅思想和文学表达自身中的脉络。为了论题的集中和行文的方便,这里仅追踪生产者意识在鲁迅思想和文学表达自身中的脉络,因及相应的杂文形式问题。

从思想观念上来看,鲁迅在1908年写作的文言论文《文化偏至论》中即已表露出生产者意识。他斥责主张"金铁立宪国会"诸说者舍本逐末,认为"物质"和"众数"是西方19世纪末叶文明不得已的偏至,不应该"横取而施之中国"。在此批判的基础上,他提出"掊物质而张灵明,任个人而排众数"的主张,并展开了对20世纪文明的畅想:

> 意者文化常进于幽深,人心不安于固定,二十世纪之文明,当必沉邃庄严,至与十九世纪之文明异趣。新生一作,虚伪道消,内部之生活,其将愈深且强欤?精神生活之光耀,将愈兴起而发扬欤?成然以觉,出客观梦幻之世界,而主观与自觉之生活,将由是而益张欤?内部之生活强,则人生之意义亦愈邃,个人尊严之旨趣亦愈明,二十世纪之新精神,殆将立狂风怒浪之间,恃意力以辟生路者也。③

鲁迅这里所想象的"二十世纪之文明"是一种"与十九世纪之文明异趣"

---

① 鲁迅:《且介亭杂文二集·徐懋庸作〈打杂集〉序》,《鲁迅全集》第6卷,第299—302页。
② 鲁迅:《且介亭杂文·序言》,《鲁迅全集》第6卷,第4页。
③ 鲁迅:《坟·文化偏至论》,《鲁迅全集》第1卷,第56—57页。

的新生文明,其中"内部之生活""精神生活""主观与自觉之生活""个人尊严之旨趣"等诸多表述都是鲁迅拟想中的 20 世纪文明的内容①,需要有人"恃意力以辟生路"。相应地,由于鲁迅在行文中批评当时的知识者往往是以所学"干天下""干禄""博志士之誉""得温饱"②,是以各种方式消费知识的行为,当他强调 20 世纪文明与 19 世纪文明异趣,拟想 20 世纪文明的基本特点时,就是将自己拟想为生产和建设 20 世纪文明的"意力之人"③,表现出极为明显的以生产者自居的主体意识。

上述以生产者自居的主体意识,在 1919 年前后的杂文写作中有进一步的发展。如果说在 1908 年前后,鲁迅更多地是在拟想自己如何生产和建设 20 世纪文明,也在一定程度上以写作和翻译的方式进行了实践,在 1919 年前后则以更为具体而实在的文化实践行为践行自己的主张。因此,观察鲁迅 1919 年前后的文学表达,可以更加清晰地观察到鲁迅以生产者自居的主体意识。首先,与 1908 年前后的强大自信不同的是,鲁迅 1919 年前后表现出了深刻的自我怀疑。诸如 1918 年《狂人日记》中的"我未必无意之中,不吃了我妹子的几片肉"④ 和 1919 年《我们现在怎样做父亲》中的"自己背着因袭的重担,肩住了黑暗的闸门,放他们到宽阔光明的地方去"⑤ 等表达,都是一种面向未来应当出现怎样的社会和人伦关系时所产生的担当和怀疑意识。担当关联的即是主体意识,鲁迅其时相信进化论,认为自己可以在历史发展的链条中承担关键的一环,助益于建设一种理想的未来社会和人伦关系;怀疑关联的即是对自己能否承担关键的一环以及进入理想的未来社会和人伦关系的怀疑。但是,即使有此怀疑,鲁迅并不放弃承担,其以生产者自居的主体意识乃由强大的自信转为怀疑中的坚韧。从强大的自信到怀疑中的坚韧,这是非常重要的发展,只有拥有了怀疑中的坚韧,鲁迅以生产者自居的主体意识才能更好地面对挫折,因应不同历史和社会条件下生产和建设理想的未来社会和人伦关系的需要。这也就是说,即使 1908 年前后所拟想

---

① 至于 20 世纪文明是否如鲁迅所拟想,鲁迅后来又如何实践其拟想,可参考李国华:《现代心灵及身体与言之文之关系——鲁迅〈野草〉的一个剖面》,《文艺争鸣》2021 年第 11 期。
② 鲁迅:《坟·文化偏至论》,《鲁迅全集》第 1 卷,第 46 页。
③ 同上书,第 56 页。
④ 鲁迅:《呐喊·狂人日记》,《鲁迅全集》第 1 卷,第 454 页。
⑤ 鲁迅:《坟·我们现在怎样做父亲》,《鲁迅全集》第 1 卷,第 135 页。

的20世纪文明未必如期出现,即使心中萦绕着种种因为挫折而生成的寂寞、孤独、无力之感,如《呐喊·自序》中所书写的那样①,鲁迅也不会放弃以生产者自居的主体意识,而是在时时反顾和回眸中又继续前行,随着历史和社会条件的变化而改易一些对未来理想社会想象的具体内容。

其次,鲁迅1919年前后的杂文写作表明,他延续了1908年前后的批判意识,更加主动和积极地批评时人消费知识的诸种行为。

鲁迅批评的第一种行为是消费知识以抵制知识的行为。在《随感录三十三》中,他发现当时的"儒道诸公""把科学东扯西拉,羼进鬼话,弄得是非不明,连科学也带了妖气",诸如"精神能影响于血液,昔日德国科布博士发明霍乱(虎列拉)病菌,有某某二博士反对之,取其所培养之病菌,一口吞入,而竟不病"之类的说法,乃是"最恨科学"之辈的"捣乱",而究其原因,则是因为中国其时"何尝真有科学"。②鲁迅所批判的这种现象,从相反的角度来说,是科学作为一种话语进入近代中国以后,影响了当时"儒道诸公"的表达,使他们无法以原来的方式进行言说。但鲁迅身在历史之中,洞悉其中情伪,认为就中国一域当时的情况而言,科学并不是强势的存在,故而并不认为是科学侵入了"儒道诸公"的鬼话,而是"儒道诸公"在科学中"羼进鬼话",消费科学。相较于对"儒道诸公"这样的守旧人物的批评,鲁迅更加严厉地批评了一些自居新派的人物消费科学的行为。在《随感录四十八》中,他认为维新变法以来的新人物提出的"中学为体,西学为用"和"因时制宜,折衷至当"等主张,以及"早上打拱,晚上握手;上午'声光化电',下午'子曰诗云'"等相应的行为,其实都是"学了外国本领,保存中国旧习",故而应当采取易卜生的态度,"All or nothing"。③这也就是说,鲁迅以非此即彼的决绝态度将维新变法以来的一些自居新派的人物视为必须彻底批判的对象。那么,相应地,这些新派人物对"声光化电"的态度,在鲁迅看来就是消费科学的行为了。平情而论,鲁迅当然明白这些新派人物在历史的链条中承担了正面的任务,只是因为断定中国其时"何尝真有科学",才以如此严厉的态度进行批评的吧。

---

① 鲁迅:《呐喊·自序》,《鲁迅全集》第1卷,第439—440页。
② 鲁迅:《热风·随感录三十三》,《鲁迅全集》第1卷,第314—318页。
③ 鲁迅:《热风·随感录四十八》,《鲁迅全集》第1卷,第352—353页。

鲁迅批评的第二种行为是消费知识以攻击知识的行为，并借机生发出深刻的文明批评。在《随感录四十三》中，他发现《上海新报》的星期图画增刊《泼克》上模仿西洋的讽刺画，可惜画法虽然模仿西洋，但思想顽固，人格卑劣。鲁迅因此发出了著名的染缸论：

> 可怜外国事物，一到中国，便如落在黑色染缸里似的，无不失了颜色。美术也是其一：学了体格还未匀称的裸体画，便画猥亵画；学了明暗还未分明的静物画，只能画招牌。皮毛改新，心思仍旧，结果便是如此。至于讽刺画之变为人身攻击的器具，更是无足深怪了。①

把《泼克》上的讽刺画视为"猥亵画""招牌"和"人身攻击的器具"式的存在，这已经是对讽刺画作者消费美术的批评了。更重要的是，鲁迅在这里表达了自己进行批评的深层逻辑，即认为中国具有"黑色染缸"的性质，能将到中国的外国事物染得"无不失了颜色"。果然如此的话，鲁迅就不仅仅是在批评一时一地的消费知识的现象，他批评的是中国难以改易的某种根性。从这个意义上来说，鲁迅以生产者自居的主体意识就愈发难能可贵，他以此种意识面对时人消费知识的现象，就愈发会坚持生产者的主体意识，以期个人、社会和国族的新生。秉持这样的深层逻辑，鲁迅在《随感录四十六》中再次批评了《泼克》讽刺画作者消费美术的行为，并且认为其骂提倡新文艺的人崇拜外国偶像，乃是可怜的行为。鲁迅讽刺"这美术家可怜：他学了画，而且画了'泼克'，竟还未知道外国画也是文艺之一"，最后决绝地表示，"与其崇拜孔丘关羽，还不如崇拜达尔文易卜生；与其牺牲于瘟将军五道神，还不如牺牲于 Apollo"。②脱离鲁迅杂文提供的批评《泼克》上的美术家的语境来立论的话，崇拜任何偶像都是不当的。但鲁迅在杂文中着意的显然不是表面上立论的公允平正，而是针对性地驳倒对手，揭示一些现象背后存在的普遍问题和规律。这也就是说，鲁迅对一时一地消费知识现象的批评所关联的是对普遍问题和规律的揭示，他大概认为对于一时一地现象的批评并不足以解决问题，只有在普遍和规律的层面形成了有效判断，才

---

① 鲁迅：《热风·随感录四十三》，《鲁迅全集》第 1 卷，第 346—347 页。
② 鲁迅：《热风·随感录四十六》，《鲁迅全集》第 1 卷，第 348—349 页。

能狙击笔下所批评的具体人事。因此,与其说鲁迅乐于在纷纭世相中磨砺自己杂文写作的刀锋,不如说鲁迅乐于探寻纷纭世相的"本根",在本质的意义上进行思考和写作。在鲁迅的表达中,"本根"一词最早出现在1908年的《科学史教篇》一文中,其后《文化偏至论》《破恶声论》《儗播布美术意见书》诸文中都有使用,而以1923年《中国小说史略》中的说法最见鲁迅思维特性:

> "街谈巷语"自生于民间,固非一谁某之所独造也,探其本根,则亦犹他民族然,在于神话与传说。①

鲁迅在本质的意义上进行思考和写作的思维特质,不独在学术著作如《中国小说史略》中有明确表现,而且在杂文写作中有同样的表现。他孜孜不倦地在杂文中"探其本根",正是一种以学术的精神对其所生存的中国和世界进行研究的探寻工作。而这也是读者总能从鲁迅的杂文中感受到某种超乎纷纭世相的普遍和规律,无法轻易否定其文学价值的原因吧。鲁迅的杂文因此是真理的形式再现,而真理虽然令人恐惧,也令人爱不释手。

鲁迅批评的第三种行为是消费知识以自我疗愈和欺骗的行为,并借机生发对于自身知识分子意识的批判。在1922年的《无题》一文中,他先是写了自己日常生活中遭遇的一件琐事,去买朱古律的时候敏感于卖东西的公司伙计扠开五指罩住其他朱古律,他拍着伙计的肩头表示自己不至于多拿一个,伙计惭愧地掣回手:

> 这很出我意外,——我预料他一定要强辩,——于是我也惭愧了。
> 这种惭愧,往往成为我的怀疑人类的头上的一滴冷水,这于我是有损的。
> 夜间独坐在一间屋子里,离开人们至少也有一丈多远了。吃着分剩的"黄枚朱古律三文治";看几叶托尔斯泰的书,渐渐觉得我的周围,又远远地包着人类的希望。②

---

① 鲁迅:《中国小说史略》,《鲁迅全集》第9卷,第19页。
② 鲁迅:《热风·无题》,《鲁迅全集》第1卷,第406页。

伙计的行为使作者感到惭愧,但作者却认为这种惭愧于自己有损。这种紧张的自我与他者的关系,挑衅了"我的怀疑人类",那么作者是否应当改变自己的怀疑呢?因为作者夜间独坐在屋子里,远离人群,吃着朱古律,而又"看几叶托尔斯泰的书",便从紧张中松弛下来,渐渐觉得周围"又远远地包着人类的希望",悬置了应否改变自己的怀疑的问题。通过远离人群独坐、吃朱古律和读托尔斯泰,作者完成了自我疗愈和欺骗。从鲁迅的具体行文来看,对远离人群独坐的表达独立成句,对吃朱古律的表达以分号结束,都不如以逗号结束的读托尔斯泰的表达在次序和意义上离自我疗愈和欺骗的表达近,因此,可以推定,鲁迅其时认为读托尔斯泰构成了直接的自我疗愈和欺骗。托尔斯泰以爱和无抵抗为核心的哲学是否有自我疗愈和欺骗的效果当然是可以讨论的,但鲁迅借此表达的是,读托尔斯泰变成了消费知识的行为,不仅不能助益于现实生活中问题的解决,而且将实实在在的问题取消了。这种无法解决现实中的矛盾,却足以抚平内心惭愧的阅读,当鲁迅专门在杂文中揭示出来之后,就变成了他对于消费知识以自我疗愈和欺骗的批评了。而由于鲁迅在文中写的是亲身经历,指向的是自我的精神状态,作为知识分子,其针对知识分子意识而展开的批评也就义在其中了。正如鲁迅在其他涉及日常生活琐事的杂文中所表现出来的一样,他洞悉知识分子具有消费知识、将知识审美化的特性,故而时时警醒自己,以维持自己坚韧的以生产者自居的主体意识。

鲁迅在上述对消费知识的批评中所表现出来的探寻"本根"和自我批评的思维特质,使其以生产者自居的主体意识得以维系和发扬,并助益着其知识分子主体意识的发展,提升了其杂文形式的审美质地。

二

在 1925 年前后,由于《新青年》团体的分化,鲁迅再次陷入孤独、消沉的情绪之中,而由于现代政党推动的大革命形势将越来越多的人群卷入其中,他陷入了彷徨、战斗、革命诸种情绪的交错中。因此,他尝试结成新的团体,领导青年进行社会批评和文明批评,甚至想要与现代政党发生具体的联系。在这样的情形中,鲁迅以生产者自居的主体意识出现了明显政治化、实践化的复杂内容,值得进行仔细分梳。

首先，鲁迅延续了此前一贯的对于消费知识的批评。在与陈西滢的论战中，他不仅大谈特谈"公理"的把戏，隔断自己 1919 年在《随感录六十二 恨恨而死》中对借言"天下无公理，无人道"而遮盖自暴自弃行为的"恨人"① 的批评，仿佛延续了乃师章太炎在《民报》上笔战无政府主义者时所写《四惑论》对"公理"的批判②，而且创造了"公理家""公理专家""兼差的公理维持家"③ 之类的说法，彻底将消费知识的人群符号化、类型化。与此同时，更为值得注意的是，鲁迅不再指斥论敌算不上"'公理'的化身"④，而在 1926 年 10 月 14 日写的《华盖集续编小引》中声言："现在更不想和谁去抢夺所谓公理或正义。"⑤ 在将消费知识的人群符号化、类型化之后，他决绝地宣称自己"更不想和谁去抢夺所谓公理或正义"，那么，他将以何言说呢？一方面，鲁迅将"公理"及相关词语放进引号中继续使用，另一方面，他不得不从切身的利害出发，发明一套新的词语以实现言说的可能。正是在此意义上，鲁迅一面在《野草》中进行词语的实验，思考"无词的言语"⑥ 的问题，一面在《朝花夕拾》中回溯自身的经验和记忆⑦，一面在杂文和翻译中萃取理论、经验和词语，更新以生产者自居的主体意识的表达形态。

其次，鲁迅开始明确展望与既有历史不同的"第三样时代"，并且认为创造"第三样时代"是青年的使命，似乎将以生产者自居的主体意识让渡给了下一代。在 1925 年写的《灯下漫笔》中，鲁迅针对修史者所谓"汉族发祥时代""汉族发达时代""汉族中兴时代"而表示中国历史只存在"想做奴隶而不得的时代"和"暂时做稳了奴隶的时代"的循环，但接下来表

---

① 鲁迅：《热风·随感录六十二 恨恨而死》，《鲁迅全集》第 1 卷，第 378 页。
② 参见汪晖：《现代中国思想的兴起》，北京：生活·读书·新知三联书店，2008 年，第 1011—1046 页。
③ 相关说法分别见鲁迅：《华盖集续编·不是信》，《鲁迅全集》第 3 卷，第 238 页；《华盖集续编·记"发薪"》，《鲁迅全集》第 3 卷，第 370 页；《华盖集续编·为半农题记〈何典〉后，作》，《鲁迅全集》第 3 卷，第 321 页。
④ 鲁迅：《华盖集续编·我还不能"带住"》，《鲁迅全集》第 3 卷，第 259 页。
⑤ 鲁迅：《华盖集续编·小引》，《鲁迅全集》第 3 卷，第 195 页。
⑥ 鲁迅：《野草·颓败线的颤动》，《鲁迅全集》第 2 卷，第 211 页。
⑦ 关于《朝花夕拾》的新近讨论，可参考李音：《作为民族之声的文学——鲁迅、赫尔德与〈朝花夕拾〉》，《中国现代文学研究丛刊》2021 年第 12 期；张旭东：《漂泊之路上的回忆闪烁——〈朝花夕拾〉与杂文风格发展的缠绕》，《文艺研究》2022 年第 4 期。

示"前面还有道路在。而创造这中国历史上未曾有过的第三样时代,则是现在的青年的使命",并在文末指出中国文明从古至今一直排着"人肉的筵宴",而:"扫荡这些食人者,掀掉这筵席,毁坏这厨房,则是现在的青年的使命!"①诚可谓卒章显志。这也就是说,《灯下漫笔》的核心意旨不是批判中国历史的循环和一直排着的"人肉的筵宴",而是借此批判的力道召唤青年去掀掉筵席,创造第三样时代②。在一篇并非演讲的文章中两次召唤青年,多少是有些突破鲁迅自己的行文风格的,必须与鲁迅创办《莽原》杂志的初衷联系起来才能理解。他1925年曾在《华盖集》的题记中解释说:

> 我早就很希望中国的青年站出来,对于中国的社会,文明,都毫无忌惮地加以批评,因此曾编印《莽原周刊》,作为发言之地,可惜来说话的竟很少。③

既然编印《莽原》的目的是"希望中国的青年站出来",而创办之后"来说话的竟很少",那就可以理解鲁迅为什么要在《灯下漫笔》中召唤青年,而且态度非常恳切、激烈。

从逻辑上来说,鲁迅办刊提供园地给青年发言,延续了1919年前后"肩住了黑暗的闸门"的担当和怀疑意识。不过,鲁迅在怀疑一端似乎走得更远了,他虽然确信"前面还有道路在",但却将创造"第三样时代"和掀掉筵席都视为青年的使命了。他自己难道就只剩吃肉和帮忙制作醉虾④的罪感了吗?而且,他似乎沉浸在罪感中,以《野草》中向内探求的方式反复建构主体性,却终于只能从无中获得有,从向内探求转向向外探求。⑤ 在这个意义上来看,鲁迅1925年写《希望》的意图,恐怕并非他自己1932年在

---

① 鲁迅:《坟·灯下漫笔》,《鲁迅全集》第1卷,第222—229页。
② 关于"第三样时代"的相关讨论,可参看董炳月对日本学者新岛淳良的述评,见董炳月:《鲁迅形影》,北京:生活·读书·新知三联书店,2015年,第207—256页。
③ 鲁迅:《华盖集·题记》,《鲁迅全集》第3卷,第4页。
④ 鲁迅:《而已集·答有恒先生》,《鲁迅全集》第3卷,第474页。
⑤ 木山英雄:《〈野草〉的诗与"哲学"》,赵京华译,《鲁迅研究月刊》1999年第9—11期。

《〈野草〉英文译本序》所说的"因为惊异于青年之消沉,作《希望》"①那么简单。《希望》中有如下表达:

> 倘使我还得偷生在不明不暗的这"虚妄"中,我就还要寻求那逝去的悲凉漂渺的青春,但不妨在我的身外。因为身外的青春倘一消灭,我身中的迟暮也即凋零了。
>
> 然而现在没有星和月光,没有僵坠的胡蝶以至笑的渺茫,爱的翔舞。然而青年们很平安。
>
> 我只得由我来肉薄这空虚中的暗夜了,纵使寻不到身外的青春,也总得自己来一掷我身中的迟暮。②

这些表达与《灯下漫笔》和《华盖集》题记中对青年的看法是一致的,即鲁迅在不同文体中都表达了"青年们很平安"的观感。只不过与这一观感相关联的是鲁迅自己迟暮和衰老的主体状态,他想通过寻求"那逝去的悲凉飘渺的青春"和"身外的青春"来一掷"身中的迟暮"。而"身中的迟暮"显然比"青年们很平安"更严重地威胁着鲁迅的主体状态,因此寻求"身外的青春"乃是一种自救行为。但"身外的青春"求而不得,鲁迅发现"青年们很平安",很消沉,更发现自己身中都是迟暮。因此,所谓"不明不暗的这'虚妄'"和"这空虚中的暗夜"固然不能不说是现实,但更多地乃是鲁迅心境的外化。只有理解为心境的外化,"肉薄这空虚中的暗夜"就能"一掷我身中的迟暮"的表达才是合乎逻辑的。

不过,鲁迅可能的确迷乱于向外探求以建构自己的主体状态和唤醒青年之间的关系,或者说,他不愿意直接承认其时自己需要青年的拯救,故而在《希望》中写下了极难索解的一句:"因为身外的青春倘一消灭,我身中的迟暮也即凋零了。"从全文的逻辑来说,鲁迅表达的是身外青春与身中迟暮的反比关系,即身外青春消灭则身中迟暮极盛,而非凋零,否则他无法做到一掷迟暮以唤醒青年。只有理解成"身外的青春"被鲁迅移进身中,鲁迅

---

① 鲁迅:《二心集·〈野草〉英文译本序》,《鲁迅全集》第4卷,第365页。
② 鲁迅:《野草·希望》,《鲁迅全集》第2卷,第182页。

以"身外的青春"消解"身中的迟暮",即以"身外的青春"拯救自我,才能说"身外的青春"消灭就会带来"身中的迟暮"凋零的结果。如果是这样的话,鲁迅表达的就不是"惊异于青年之消沉",而是惊异于自身之迟暮了。与此同时,鲁迅在《灯下漫笔》中将创造"第三样时代"的使命赋予青年就非常好理解了,因为惊异于自身之迟暮,鲁迅不得不将以生产者自居的主体意识让渡给下一代,从而获得完成自我主体性的建构的契机。

最后,与让渡以生产者自居的主体意识密切相关,鲁迅在文化和政治实践上一边彷徨,一边则日趋激进,但却始终找不准自己的位置。1926年"被学者们挤出集团之后"①,鲁迅先到了厦门,第二年即前往当时的革命策源地广州。广州时期的杂文《革命时代底文学》和《怎么写——夜记之一》很好地表征了鲁迅找不准自己位置的状况。先说《革命时代底文学》一文,该文是鲁迅1927年4月8日应邀去黄埔军官学校所做讲演的记录稿。因为听众是军校学生,鲁迅开讲不久就表示:

> 文学是最不中用的,是无聊的人讲的;有实力的人并不开口,就能杀人,受压迫的人开口讲几句,就要被杀;所以文学是不中用的。②

如此承认文学之不中用并自居"无聊的人",虽然是文人面对武人时特有的表达,所谓"秀才遇到兵,有理说不清",但也足见鲁迅其时感觉自己在革命策源地的社会结构中乃是冗余人员,只能接受某种秩序安排,而无法以生产者的主体意识(参与)生产理想的未来社会和人伦关系。不过鲁迅接下来又说"纯洁的文艺作品,不受他人命令,不管利害,自然而然地从心中说出","宣传、鼓吹、煽动"革命的文字"在文学中价值很低",与最后所说的"现在中国没有平民文学,世界上也没有平民文学,所有的文学,歌呀,

---

① 鲁迅:《朝花夕拾·小引》,《鲁迅全集》第2卷,第236页。
② 鲁迅:《革命时代底文学》,吴之苹记,《黄埔生活》第4期,1927年6月12日。收入《而已集》时,鲁迅做了大量修改,此处引文在《而已集》的表述为:"文学文学,是最不中用的,没有力量的人讲的;有实力的人并不开口,就杀人,被压迫的人讲几句话,写几个字,就要被杀;即使幸而不被杀,但天天呐喊,叫苦,鸣不平,而有实力的人仍然压迫,虐待,杀戮,没有方法对付他们,这文学于人们又有什么益处呢?"见鲁迅:《革命时代的文学》,《而已集》第5版,第12页。

诗呀,是给阔人富人看的;它们吃饱了,睡在躺椅上,捧着看"以及"他人以为文学至高无上,我个人总觉得怀疑,文学不过是一种消遣品,无非民族底文学表示一民族底文化罢了"①构成呼应,这就意味着,他的自居"无聊"乃是强调文学的独立,他的认为文学无用乃是强调革命与文学各有职事,不能混而言之。因此,鲁迅虽然说大革命足以改变文学的色彩,但却认为大革命前"叫苦鸣不平的文学对于革命没有大影响",大革命的时代则因为"大家忙着革命,没有闲空谈文学","文学没有了",大革命成功后有两种文学,"一种文学是赞扬革命,称颂革命","另一种文学是吊旧社会底灭亡",且因中国革命尚未成功,故而没有"对旧制度挽歌,对新制度讴歌"的两种文学。在这里,鲁迅表现出始终在言说文学独立性的状态。但与其强调这是一种文学独立性的表示,不如朴素一些,强调黄埔军校学生作为听众所带来的影响。实际上,鲁迅把讲稿收入《而已集》时做了很大修改,其中关键的一处是把"文学不过是一种消遣品"改为"文学总是一种余裕的产物"②,就很好地区分了阔人富人看的文学和工农看的文学,前者的确是"消遣品",后者虽然也没什么伟力,但却不仅仅是"消遣品"。

而且,通过修改,鲁迅进一步锐化了自己的激进立场,他不想文学继续沦为阔人富人的消遣品,而瞩望于一种平民文学的出现,"现在的文学家都是读书人,如果工人农民不解放,工人农民底思想,仍然是读书人底思想,所以必待工人农民得到真正的解放,然后才有真正的平民文学",然后以比喻的方式说明在革命时代讲文学:

> 譬如农夫种柳树,待到柳树长大,浓阴蔽日,本可以坐在树阴休息休息,但是农夫一天到晚,耕作不息,止有在正午——十二点钟时候,或者可以坐在柳树底下吃饭,此外没有什么用处。③

在这种比喻中,鲁迅揭示了文学在大革命时代虽然无用但却必要的特点。而更为重要的是,因为畅想"真正的平民文学",鲁迅将文人谈文学与农夫种

---

① 鲁迅:《革命时代底文学》,吴之苹记,《黄埔生活》第4期,1927年6月12日。
② 鲁迅:《革命时代的文学》,《而已集》第5版,第22页。
③ 鲁迅:《革命时代底文学》,吴之苹记,《黄埔生活》第4期,1927年6月12日。

柳树建立了象喻关系。这就非常接近他 1934 年和 1935 年所讨论的"生产者"问题了。在不断激进化的过程中，鲁迅虽然没有找准自己在具体的社会结构中的位置，但显然已经透露出从知识分子向工农倾斜的意识，他已经在获得将自己的杂文写作视同工农的劳动的以生产者自居的主体意识之路上了。

因为在路上，鲁迅同时期在《怎么写——夜记之一》一文中思考的怎么写的问题，即是如何因应具体的革命语境，直面自己向工农倾斜的主体意识改造过程。文章破题之后从自己"今年不大写东西"写起，写到自己的"荒芜，浅陋，空虚"，但却并不是因为没什么可写，而是什么都不愿意写，只想写一些类似蚊子叮咬的小事情。而类似蚊子叮咬的小事件就是广州出现的两份立场相反的杂志《做什么》和《怎么做》，给他造成了思想上的蚊子叮咬，令他难以释怀。他觉得其中一定存在孰真孰伪的问题，故而接着谈自叙传、日记、小说、书信、变戏法、史传中的"真"，认为"幻灭之来，多不在假中见真，而在真中见假"，最后落脚到怎么写的问题："与其防破绽，不如忘破绽。"① 鲁迅的文思百转千回，但主线清晰，前后也不乏呼应，构成了表层和深层相关的双线结构，表层是谈文章写作，深层是谈自我转向的真实与大革命的关系。显然，在鲁迅看来，只有直面自己转向的真实状况，而不是处处防破绽，怕动人观瞻，才能写出真实，消除文人"侥幸者"和"乖角儿"的身份。② 可以想象，鲁迅虽然不能朝夕间"奥伏赫变"，但已经开始为自己的转变作积极准备。

三

从时间节点上来看，1930 年 3 月 2 日左翼作家联盟的成立意味着中国现代文坛集体左转的结果，鲁迅作为"左联"的旗帜人物，也终于摆脱了彷徨的状态，彻底左转了。以结果论，1930 年左右可以视为鲁迅杂文写作的又一阶段。在"左联"成立大会上，鲁迅作了题为《对于左翼作家联盟的意见》的发言。他发言的主旨是"'左翼'作家是很容易成为'右翼'作家的"，举出的理由有三条，第一条是"倘若不和实际的社会斗争接触，单关

---

① 鲁迅：《三闲集·怎么写——夜记之一》，《鲁迅全集》第 4 卷，第 22—25 页。
② 同上书，第 20 页。

在玻璃窗内做文章，研究问题，那是无论怎样的激烈，'左'，都是容易办到的；然而一碰到实际，便即刻要撞碎了"，第二条是"倘不明白革命的实际情形，也容易变成'右翼'"，而"革命是痛苦，其中也必然混有污秽和血"，第三条是诗人或文学家并不高于一切人，"知识阶级有知识阶级的事要做，不应特别看轻，然而劳动阶级决无特别例外地优待诗人或文学家的义务"。在此基础上，鲁迅提出左联今后工作应当注意的四点：第一点是要对旧社会和旧势力作坚决、持久的斗争，不能让无产文学成为旧社会的装饰，无产文学者脱离无产阶级，回到旧社会的结构中去；第二点是要扩大战线，与一切旧文学旧思想战斗，不容旧派的人闲舒观战；第三点是要培养大群新战士，战士要有韧的战斗精神，否则文化上难以有成绩；第四点是建立以工农大众为目的的统一战线，对抗反动派的联合战线。① 鲁迅发言中的位置感非常清晰，从社会站位上来说，不能脱离实际的社会斗争，在书斋里革命，从阶级关系上来说，不能脱离劳动阶级，知识阶级和工农大众是平等的，而建立以工农大众为目的的统一战线则意味着鲁迅赋予自己以生产者自居的主体意识崭新的内容，理想的未来社会和人伦关系应该是以工农大众为主体的。

然而，更为重要的是，鲁迅不是仅仅在理论上形成上述位置感的，他在《对于左翼作家联盟的意见》中的一切表述，都沉淀着个人丰富的切身经验。当他说"一碰到实际，便即刻要撞碎了"，背后的个人切身经验即是他1927年在《在钟楼上——夜记之二》一文中曾经感慨过的：

> 其实是，那时我于广州无爱憎，因而也就无欣戚，无褒贬。我抱着梦幻而来，一遇实际，便被从梦境放逐了，不过剩下些索漠。我觉得广州究竟是中国的一部分，虽然奇异的花果，特别的语言，可以淆乱游子的耳目，但实际是和我所走过的别处都差不多的。②

广州当时是革命的策源地，鲁迅"抱着梦幻而来"，却不料革命的策源地也

---

① 鲁迅：《对于左翼作家联盟的意见——在左翼作家联盟成立大会上的演说》，《萌芽月刊》第1卷第4期，1930年4月1日。

② 鲁迅：《三闲集·在钟楼上——夜记之二》，《鲁迅全集》第4卷，第33页。

很守旧、庸常,甚至可以做反革命的策源地,故而"一遇实际,便被从梦境放逐了"。在这样的境遇中,鲁迅不知如何立言,却遭到宋云彬的质问,"嘻嘻!异哉!鲁迅先生竟跑出了现社会,躲向牛角尖里去了。旧社会死去的苦痛,新社会生出的苦痛,多多少放在他眼前,他竟熟视无睹!他把人生的镜子藏起来了,他把自己回复到过去时代去了。嘻嘻!异哉!鲁迅先生躲避了"。这让鲁迅深受刺激,辩称自己当时在中山大学忙于教学,并非躲避了,更不是革命的旁观者。① 在中山大学忙于教学确是实情,无论是作为教务长规划整个学校的教学及相应的日常公务,还是作为教师备课、上课、改作业等,都足够烦冗,但鲁迅此时"一碰到实际,便即刻要撞碎了"也是实情,他只得咀嚼此种顿挫的经历。鲁迅的坚韧之处在于,他并没有像他所了解的叶遂宁和梭波里一样,仅"以自己的沉没,证明着革命的前行"②,而是继续缠斗在大革命以后的现实中,将顿挫的经历化为经验,并告诫同志要"和实际的社会斗争接触"。

也正是因为与实际的社会斗争接触,鲁迅将自己半生所见革命中的种种"污秽和血"串联起来,对叶遂宁、毕力涅克和爱伦堡的自杀都持批判态度,并且也认为辛亥革命后南社文人的失望以至"成为新的运动的反动者"是应当引以为戒的。③ 同时,在1930年写的杂文《非革命的急进革命论者》中,鲁迅开篇就写道:

> 倘说,凡大队的革命军,必须一切战士的意识,都十分正确,分明,这才是真的革命军,否则不值一哂。这言论,初看固然是很正当,彻底似的,然而这是不可能的难题,是空洞的高谈,是毒害革命的甜药。④

这是非常务实的意见,不但指出"必须一切战士的意识,都十分正确"是"空洞的高谈",而且认为这种论调"是毒害革命的甜药",不仅无益,而且

---

① 鲁迅:《三闲集·在钟楼上——夜记之二》,《鲁迅全集》第4卷,第36页。
② 同上。
③ 鲁迅:《对于左翼作家联盟的意见——在左翼作家联盟成立大会上的演说》,《萌芽月刊》第1卷第4期,1930年4月1日。
④ 鲁迅:《二心集·非革命的急进革命论者》,《鲁迅全集》第4卷,第231页。

有害。鲁迅接下来论证自己的看法道：

> 因为在进军的途中，对于敌人，个人主义者所发的子弹，和集团主义者所发的子弹是一样地能够制其死命；任何战士死伤之际，便要减少些军中的战斗力，也两者相等的。但自然，因为终极目的的不同，在行进时，也时时有人退伍，有人落荒，有人颓唐，有人叛变，然而只要无碍于进行，则愈到后来，这队伍也就愈成为纯粹，精锐的队伍了。①

鲁迅不仅务实地看到在同一队伍中不同倾向的成员的一致性，而且提出了相当辩证的进一步意见，即革命队伍中发生种种状况是可以预料的，只要队伍始终在前进，最后的结果一定是"纯粹，精锐的队伍"出现。有了这样务实而辩证的对革命的理解，鲁迅才能在文章中"指出貌似彻底的革命者，而其实是极不革命或有害革命的个人主义的论客来"，批评一种波特莱尔式的颓废者和一种消费革命的论客：

> 其一，我还定不出他的名目。要之，是毫无定见，因而觉得世上没有一件对，自己没有一件不对，归根结蒂，还是现状最好的人们。他现为批评家而说话的时候，就随便捞到一种东西以驳诘相反的东西。要驳互助说时用争存说，驳争存说时用互助说；反对和平论时用阶级争斗说，反对斗争时就主张人类之爱。论敌是唯心论者呢，他的立场是唯物论，待到和唯物论者相辩难，他却又化为唯心论者了。要之，是用英尺来量俄里，又用法尺来量密达，而发见无一相合的人。因为别的一切，无一相合，于是永远觉得自己是"允执厥中"，永远得到自己满足。②

从"毫无定见""世上没有一件对，自己没有一件不对""永远觉得自己'允执厥中'"等描述来看，鲁迅还定不出更具体名目的论客，具有他青年时期的文言论文《破恶声论》中所批评的"伪士"的特征③，也具有他与现

---

① 鲁迅：《二心集·非革命的急进革命论者》，《鲁迅全集》第4卷，第231页。
② 同上书，第233页。
③ 鲁迅：《集外集拾遗补编·破恶声论》，《鲁迅全集》第8卷，第30页。

代评论派论战时所指斥的"正人君子"的特征,也具有他1926年写的杂文《马上支日记》中所指出的"做戏的虚无党"的特征①,如今汇聚到"革命"的名下,变成了消费革命的论客。他们没有特操,没有信仰,但又自视"允执厥中",实在不过是为了自我满足而维持现状的非革命论者,是"极不革命或有害革命的个人主义的论客"。如果可以把鲁迅尚未定下具体名目的"极不革命或有害革命的个人主义的论客"视为消费革命的论客,那么,可以推论的是,鲁迅延续了自己一贯的对于消费知识的批判,不过在1930年前后将这一批判具体改换为对于消费一种特殊的知识,即消费革命的批判。在这个意义上,鲁迅就是进一步发展以生产者自居的主体意识,将阶级论意义上的革命理解纳入其中了。而且,他1927年在《小杂感》一文中提出的下列对于革命的看法也可以获得新的理解:

> 革命,反革命,不革命。
> 革命的被杀于反革命的。反革命的被杀于革命的。不革命的或当作革命的而被杀于反革命的,或当作反革命的而被杀于革命的,或并不当作什么而被杀于革命的或反革命的。
> 革命,革革命,革革革命,革革……。②

过去一般把鲁迅的这些表达视为对于革命的恐惧和失望,这自然也有一定的道理。但如果把这些表达视为对于革命时期出现的消费革命的论客的批判,无疑有更深长的意味。"革命""反革命"与"不革命"形成一个基本利害格局,"革命的"与"反革命的"之间互杀,乃是革命时期必然出现的"污秽和血",而"不革命的或当作革命的……"云云则是在消费"革命"或"反革命",目的不过是自我满足而已,"革命,革革命……"云云就是"非革命的急进革命论者",表面上追求彻底的革命,实际上是"毫无定见",没有特操,没有信仰,仅仅是消费革命的"极不革命或有害革命的个人主义的论客"。这也就是说,针对大革命时期出现的种种状况,鲁迅在《小杂感》中做出的批评并非反对革命,而是反对消费革命的现象,瞩望革命能真

---

① 鲁迅:《华盖集续编·马上支日记》,《鲁迅全集》第3卷,第345—346页。
② 鲁迅:《而已集·小杂感》,《鲁迅全集》第3卷,第556页。

正改革社会,造福人群。唯有如此理解,才能解释鲁迅在作了"革命,革革命,革革革命,革革……"之类的表达后没有变成反对革命者,即使被毁为"不得意的法西斯蒂"和"二重性的反革命的人物"①,却仍然走向革命,并且表示"由于事实的教训,以为惟新兴的无产者才有将来"②,希望无产文学者不要脱离无产阶级,希望建立以工农大众为目的的统一战线。

将时间线稍微延长一点,来到1933年,鲁迅对"第三种人"杨邨人做了种种批判,其中1933年12月28日写的《答杨邨人先生公开信的公开信》有一段话,最足以表现鲁迅对消费革命的理解和批判:

> 对于先生,照我此刻的意见,写起来恐怕也不会怎么坏。我以为先生虽是革命场中的一位小贩,却并不是奸商。我所谓奸商者,一种是国共合作时代的阔人,那时颂苏联,赞共产,无所不至,一到清党时候,就用共产青年,共产嫌疑青年的血来洗自己的手,依然是阔人,时势变了,而不变其阔;一种是革命的骁将,杀土豪,倒劣绅,激烈得很,一有蹉跌,便称为"弃邪归正",骂"土匪",杀同人,也激烈得很,主义改了,而仍不失其骁。先生呢,据"自白",革命与否以亲之苦乐为转移,有些投机气味是无疑的,但并没有反过来做大批的买卖,仅在竭力要化为"第三种人",来过比革命党较好的生活。既从革命阵线上退回来,为辩护自己,做稳"第三种人"起见,总得有一点零星的忏悔,对于统治者,其实是颇有些益处的,但竟还至于遇到"左右夹攻的当儿"者,恐怕那一方面,还嫌先生门面太小的缘故罢,这和银行雇员的看不起小钱店伙计是一样的。③

在这里,鲁迅将投机革命、"革命与否以亲之苦乐为转移"的杨邨人视为"革命场中的一位小贩",认为他"从革命阵线退回来"所做的自我辩护和"零星的忏悔"可以给自己带来"比革命党较好的生活",而"对于统治者,

---

① 杜荃:《文艺战上的封建余孽——批评鲁迅的"我的态度气量和年纪"》,《创造月刊》第2卷第1期,1928年。
② 鲁迅:《二心集·序言》,《鲁迅全集》第4卷,第195页。
③ 鲁迅:《南腔北调集·答杨邨人先生公开信的公开信》,《鲁迅全集》第4卷,第646—647页。

其实是颇有些益处的"。这就是贩卖革命以交换利益。只不过在鲁迅看来，杨邨人"门面太小"，统治者并不是很看得上，所以落得了一个"左右夹攻"的处境。非常有意味的是，为了凸显杨邨人"革命小贩"的身份，鲁迅特别强调大革命时期的"阔人"和"革命的骁将"才是"奸商"。既然将"阔人"和"革命的骁将"视为"革命奸商"，可见鲁迅是把"那时颂苏联，赞共产"和"杀土豪，倒劣绅"的行为都理解成消费革命的行为的。而"阔人""用共产青年，共产嫌疑青年的血来洗自己的手"，"革命的骁将""骂'土匪'，杀同人，也激烈得很"，正是"革命，革革命，革革革命，革革……"的表现。因此，不是革命的理念和理想有什么大的问题，而是一些参与其中的人乃是消费革命者，鲁迅当然不会因此就反对革命。实际上，正如他在《非革命的急进革命论者》一文中所说的那样，行进中"有人退伍，有人落荒，有人颓唐，有人叛变"之后，革命队伍"就愈成为纯粹，精锐的队伍了"，鲁迅更加坚定了自己革命意志和理想，发展自己以生产者自居的主体意识。

不过，值得注意的是，虽然1930年鲁迅可谓彻底左转了，他的以生产者自居的主体意识也发展出了阶级论意义的革命内容，相应地，他的杂文形式也变成个体经验与革命愿景的复合，其中往往直接写出自己的正面主张和愿望，但他仍然不忘时刻警醒自己左翼也会右翼化。即如在《对于左翼作家联盟的意见》一文中，鲁迅要从"左翼"作家很容易成为"右翼"作家讲起，便不仅是提醒同志，也是提醒自己，一定要把革命理论和愿景与自我切身的经验相结合，不能变成"非革命的急进革命论者"。在公共表达中隐藏对于自我的警醒，而不是直接地"时时说些自己的事情"，这是鲁迅此时杂文新出现的形式状况，自我意识作为杂文的潜文本，引人深思。在这个意义上，当鲁迅1929年在《叶永蓁作〈小小十年〉小引》中说"在这里，是屹然站着一个个人主义者，遥望着集团主义的大纛，但在'重上征途'之前，我没有发现其间的桥梁"[1]，在《柔石作〈二月〉小引》中说萧涧秋"其实并不能成为一小齿轮，跟着大齿轮转动，他仅是外来的一粒石子，所以轧了几下，发几声响，便被挤到女佛山——上海去了"[2]，都不仅仅是在分析小

---

[1] 鲁迅：《三闲集·叶永蓁作〈小小十年〉小引》，《鲁迅全集》第4卷，第150页。
[2] 鲁迅：《三闲集·柔石作〈二月〉小引》，《鲁迅全集》第4卷，第153页。

说，评价人物，而且也在提醒自己革命征程之遥远和艰辛，一不小心就会失去道路，甚至变成一颗脱离社会和历史秩序的石子，丧失以生产者自居的主体意识。

四

与以生产者自居的主体意识相关的是，随着其中阶级论意义上的对于消费知识的批判越来越强，鲁迅1932年在《二心集》的序言中明确表示毫不可惜身在其中的知识分子阶级的溃灭。而且，正如前文已经引述的那样，在1927年的《革命时代底文学》中，鲁迅只是在文人写作与农夫种柳之间建立象喻关系，其中的相似性仍然在"消遣"或"余裕"，而在1935年的《徐懋庸作〈打杂集〉序》中，则已在杂文写作与"农夫耕田，泥匠打墙"之间建立同构关系，认为杂文作者写杂文、农夫耕田和泥匠打墙都是切身、必要的功利，并非"余裕"，更非"消遣"。这也就是说，到了1934年前后，鲁迅对于时代的理解以及对于文学的社会功能的理解，都与他以生产者自居的主体意识密切相关。他1935年在《且介亭杂文》的序言中说"现在是多么切迫的时候"，杂文因而是"感应的神经"和"攻守的手足"①，表达的主体意识即是非常清晰的以生产者自居的主体意识了，其中间不容发，毫无"余裕"可言。相比较之下，鲁迅1933年在杂文《小品文的危机》中的说法，还留有"余裕"论的明显痕迹：

> 生存的小品文，必须是匕首，是投枪，能和读者一同杀出一条生存的血路的东西；但自然，它也能给人愉快和休息，然而这并不是"小摆设"，更不是抚慰和麻痹，它给人的愉快和休息是休养，是劳作和战斗之前的准备。②

一方面，小品文是匕首和投枪，而且"能和读者一同杀出一条生存的血路"，故而是充满生产性的；另一方面，小品文虽然不是给人"抚慰和麻痹"的"消遣"，但仍然能够给人在"劳作和战斗之前"以"愉快和休息"，

---

① 鲁迅：《且介亭杂文·序言》，《鲁迅全集》第6卷，第3页。
② 鲁迅：《南腔北调集·小品文的危机》，《鲁迅全集》第4卷，第592—593页。

是与"余裕"密切相关的。战斗的间隙需要"愉快和休息",鲁迅自然在1935年也不会否认,但从杂文的表达上来说,他确实变得激进,文字表面上也不那么辩证了。究其原因,则大概是因为鲁迅看到在当时切迫的情形下,只能如此吧:

  在现在这"可怜"的时代,能杀才能生,能憎才能爱,能生与爱,才能文。①

这是鲁迅1935年9月12日写在杂文《七论"文人相轻"——两伤》中的看法,其主语当然是鲁迅想象中的爱憎分明的文人。"能杀才能生"指向的是文人应该写出像匕首和投枪一样的杂文,"杀出一条生存的血路","能憎才能爱"指向的是文人对"可怜"时代的批判,而"能生与爱,才能文"则指向的是杂文的生产性,即杂文实际上并不以杀和憎为目的,而是以生与爱为目的。如此地理解杂文写作与时代、爱憎及生存的关系,既不因为对于时代的恨而沦为"恨恨而死"的"恨人",也不因为对于"生与爱"的要求而热衷"抚慰和麻痹",无疑是充满辩证的智慧的。这也就是说,鲁迅1934年前后的杂文,其辩证性不是表现在文字表达的表层,而是表现在杂文写作与现实的关系上。也正是在这一意义上,鲁迅将杂文作者写杂文与"农夫耕田,泥匠打墙"同构,才是既可理喻,又充满时代、生活和经验的互动的。

而由于鲁迅以生产者自居的主体意识如此激进,他对中国新文学史的学术梳理也充满战斗色彩。在1935年3月2日写完的《〈中国新文学大系〉小说二集序》一文中,鲁迅处处留意的是作家作品及团体的社会作用和效果,如评价《新潮》作者的共同点是"没有一个以为小说是脱俗的文学,除了为艺术之外,一无所为的。他们每作一篇,都是'有所为'而发,是在用改革社会的器械,——虽然也没有设定终极的目标"②,批评废名《竹林的故事》"以冲淡为衣","从率直的读者看来,就只见其有意低徊,顾影自怜

---

  ① 鲁迅:《且介亭杂文二集·七论"文人相轻"——两伤》,《鲁迅全集》第6卷,第419页。
  ② 鲁迅:《且介亭杂文二集·〈中国新文学大系〉小说二集序》,《鲁迅全集》第6卷,第247页。

之态"①，这些说法当然很有道理，但却忽略或曲解了《新潮》作者群的变化，如杨振声写《玉君》的目的不在"改革社会"；尤其是对废名的批评，多少贬低了废名小说的艺术成就。虽然说所谓学者在进行艺术评价和审美判断时，也自有其尺度和偏好，但鲁迅此处表现出来的尺度和偏好显然还要在艺术评价和审美判断之外求解。他并非不能欣赏那些被忽略或曲解的部分，只是出于对时代和未来的理解，作为一个以生产者自居的人，他更加看重的是文学改革社会的作用。在同样的逻辑上，他认为王鲁彦的作品"是往往想以诙谐之笔出之的，但也因为太冷静了，就又往往化为冷话，失掉了人间的诙谐"②，不希望作者因为失望和挫折而变成高高在上的"冷静"，从而失掉"人间的诙谐"，无法"和读者一同杀出一条生存的血路"。

鲁迅的战斗色彩在对隐士的评价上，有更为精彩的表现。这里主要以鲁迅对陶渊明的评价为中心来进行分析。早在1925年的杂文《春末闲谈》中，鲁迅即以嘲讽的口吻提到陶渊明：

> 陶潜先生又有诗道："刑天舞干戚，猛志固常在。"连这位貌似旷达的老隐士也这么说，可见无头也会仍有猛志，阔人的天下一时总怕难得太平的了。③

结合《春末闲谈》批判"特殊知识阶级"的主旨来看，鲁迅对陶渊明的评价贬中含褒，肯定陶渊明乃是一位不满于"阔人的天下"的隐士。正是在这个意义上，鲁迅在1927年的杂文《魏晋风度及文章与药及酒之关系》中强调陶渊明"总不能超于尘世，而且，于朝政还是留心，也不能忘掉'死'"④，在1936年的杂文《"题未定"草（六至九）》中反对朱光潜的看法，强调陶渊明也金刚怒目，并认为"陶潜正因为并非'浑身是"静穆"，所以他伟大'"⑤。在不同的语境下，鲁迅对陶渊明的评价相当一致，

---

① 鲁迅：《且介亭杂文二集·〈中国新文学大系〉小说二集序》，《鲁迅全集》第6卷，第252页。
② 同上书，第257页。
③ 鲁迅：《坟·春末闲谈》，《鲁迅全集》第1卷，第218页。
④ 鲁迅：《而已集·魏晋风度及文章与药及酒之关系》，《鲁迅全集》第3卷，第538页。
⑤ 鲁迅：《且介亭杂文二集·"题未定"草（六至九）》，《鲁迅全集》第6卷，第444页。

而"貌似旷达的老隐士"这样的说法,其实也透露出鲁迅并不以为然的态度。在鲁迅看来,陶渊明"超于尘世",乃是因为不见容于尘世罢了,并非真甘心做隐士。

在1935年写作的杂文《隐士》中,鲁迅全面展开了对于隐士的批判。文章先从隐士是美名也是笑柄写起,引了讽刺陈眉公的诗"翩然一只云中鹤,飞来飞去宰相衙",然后议论说隐士是一块招牌,隐士身边还有"啃招牌边"的帮闲,说明隐士其实是"阔绰"的。接着就说到陶渊明处在汉晋,家里有奴子侍候和种地,故而"也还略略有些生财之道",并进而得出判断,对于很多人来说,"登仕,是噉饭之道,归隐,也是噉饭之道",隐士的秘密就在唐末诗人左偃的一句诗"谋隐谋官两无成"中。鲁迅因而断言:"泰山崩,黄河溢,隐士们目无见,耳无闻,但苟有议及自己们或他的一伙的,则虽千里之外,半句之微,他便耳聪目明,奋袂而起,好像事件之大,远胜于宇宙之灭亡者,也就为了这缘故。"这指向了1935年各种各样谈隐士的人物自私自利的本来面目。文中具有关键意义的段落是:

> 陶渊明先生是我们中国赫赫有名的大隐,一名"田园诗人",自然,他并不办期刊,也赶不上吃"庚款",然而他有奴子。汉晋时候的奴子,是不但侍候主人,并且给主人种地,营商的,正是生财器具。所以虽是渊明先生,也还略略有些生财之道在,要不然,他老人家不但没有酒喝,而且没有饭吃,早已在东篱旁边饿死了。①

从"办期刊""吃'庚款'"等用词可以看出《隐士》一文的现实针对性,但更重要的是鲁迅从汉晋时代的历史事实出发,指出虽然史无明文,但陶渊明是有专属的奴子侍候他,给他种地营商的。因此,陶渊明作为"赫赫有名的大隐",固然是因为他的不见容于尘世,不为五斗米折腰,不得不归隐田园,而所以能够归隐田园并为世所知,却是因为他居于主人的地位,有可以役使的奴子。鲁迅以此表明的意图是,隐士不仅有不见容于尘世的猛志,而且有高于一般人的地位和财富,抽象地讨论隐士的生活、文学、审美和境界

---

① 鲁迅:《且介亭杂文二集·隐士》,《鲁迅全集》第6卷,第231—232页。

是不足以说明问题的。而所谓陶渊明"早已在东篱旁边饿死"的说法，则意味着在鲁迅看来，种地营商的奴子支撑着陶渊明式的隐士生存的社会结构，1935年的隐士们高扬的生活和美学背后是"庚款"所关联的近代中国的殖民屈辱，一切都要从生产者的角度实行文学和审美的阶级批判。与此相应的是，《隐士》一文用语直白浅近，既适切《太白》大众化的办刊风格，也适切文章从生产者的角度进行写作的需要。鲁迅以生产者自居的主体意识在《隐士》一文的形式和内容两个层面都得到了体现。

关于隐士问题，鲁迅在《采薇》《出关》《起死》等小说和《听说梦》《小品文的危机》《伪自由书·前记》《准风月谈·后记》《"京派"和"海派"》《帮忙文学与帮闲文学》等杂文中都有或集中或零散、或深或浅的处理，这里不再讨论，其中作者以生产者自居的主体意识不言而喻。需要再略作讨论的是，在1934年前后，鲁迅不仅对工农大众这样的生产者产生了阶级认同，而且产生了知识和审美认同。审美认同即表现在鲁迅对"生产者的艺术"的肯定上，知识认同则表现在鲁迅对中国的"愚民"不亲近孔夫子的态度的分析上。在1935年写作的杂文《在现代中国的孔夫子》中，鲁迅最后写道：

> 中国的一般的民众，尤其是所谓愚民，虽称孔子为圣人，却不觉得他是圣人；对于他，是恭谨的，却不亲密。但我想，能像中国的愚民那样，懂得孔夫子的，恐怕世界上是再也没有的了。不错，孔夫子曾经计划过出色的治国的方法，但那都是为了治民众者，即权势者设想的方法，为民众本身的，却一点也没有。这就是"礼不下庶人"。成为权势者们的圣人，终于变了"敲门砖"，实在也叫不得冤枉。和民众并无关系，是不能说的，但倘说毫无亲密之处，我以为怕要算是非常客气的说法了。不去亲近那毫不亲密的圣人，正是当然的事，什么时候都可以，试去穿了破衣，赤着脚，走上大成殿去看看罢，恐怕会像误进上海的上等影戏院或者头等电车一样，立刻要受斥逐的。谁都知道这是大人老爷们的物事，虽是"愚民"，却还没有愚到这步田地的。①

---

① 鲁迅：《且介亭杂文二集·在现代中国的孔夫子》，《鲁迅全集》第6卷，第329—330页。

中国的愚民不觉得孔子是圣人，因而对于他虽恭谨却不亲近，这一般被认为是愚民之所以是愚民的原因。但鲁迅却认为这是愚民"懂得孔夫子"的表现，他们深知孔夫子"出色的治国的方法""都是为了治民众者"，"为民众本身的，却一点也没有"，"不去亲近那毫不亲密的圣人"，正是充满智慧的表现。鲁迅不是站在高于愚民的位置发现了孔夫子治国方法的秘密，而是站在等于愚民的位置上发现了这一点；在此时鲁迅的眼里，中国的愚民恰恰不是没有知识，而是充满具有智慧的知识，将圣人恰如其分地叫成了"敲门砖"。不仅如此，鲁迅还通过体贴中国愚民在现实中的境遇来进一步确认了他们的知识是具有智慧的，他认为现实中缺乏经济地位和社会地位的愚民"穿了破衣，赤着脚"无法走进孔夫子的大成殿，就像"误进上海的上等影戏院或者头等电车"会被斥逐一样。愚民在当下现实中的境遇驱散了围绕在孔夫子身上的虚假光辉，而鲁迅从中获得真正的知识，形成与工农大众的知识认同。鲁迅青年时期曾经同情农民，认为农民"神思美富"，道德高尚①，到了1934年前后，他终于意识到，工农大众不仅具有朴素的道德和新鲜的想象力，而且对历史和现实具有深刻的知识，能够做出智慧的判断。在这个意义上，鲁迅以生产者自居的主体意识就不仅仅是一种知识分子式的自我建构，而是努力弃尽所有，不惜本阶级溃灭的生产者意识。

总的来说，在1934年前后，鲁迅终于不在杂文集的序跋中"时时说些自己的事情"了，他乐于虚己待人，在主体意识上认为自己是生产者。

第三节 过　　客

对鲁迅而言，过客意识的表达集中出现在《野草》的《过客》一篇中；鲁迅之以过客自况，也是极为明显的。因此，过客意识作为理解鲁迅在《野草》中的主体意识建构的一个节点，也是极为重要的。而且，由于过客意识与鲁迅在自编杂文集的序跋中所表露的反抗绝望及祈求速朽而又不甘朽腐的意识密切相关，杂文背后的鲁迅表现为一个唯恐把握不住中国现代社会的充

---

① 相关讨论参见李国华：《章太炎的"自性"与鲁迅留日时期的思想建构》，《中国现代文学研究丛刊》2009年第1期。

满刺激的瞬间、跟不上中国现代社会节奏的作者,穿行在中国现代社会生产过剩的话语洪流中,寻找着尚未被话语拓殖的荆棘之地,故而过客意识也构成了理解鲁迅杂文写作背后的主体意识的一个关键节点。如何理解作为主体意识的过客意识与杂文写作的关系,即在很大程度上决定着如何理解鲁迅杂文的内容和形式。

一

鲁迅曾在两个自编文集的序跋中使用"杂文"一词来指称自己的文章,即《坟》的序跋和《且介亭杂文》的序。两处的使用颇有些相似之处,如《坟·题记》称"这些体式上截然不同的东西,集合了做成一本书样子"①,而《写在〈坟〉的后面》呼应以"我的杂文已经印成一半"②,这和《且介亭杂文》序言所谓"不管文体,各种都夹在一处"③的说法如出一辙,都是在集子所收文章体式不同的意义上使用"杂文"一词。从《坟》的序跋到《且介亭杂文》的序,时间相差近十年,而鲁迅的文体意识则似乎前后相仍,确乎容易让人产生误会,认为鲁迅在写作《坟》的序跋时即已产生杂文自觉之类的意识。实际上,鲁迅在《坟》的序跋中的确是单纯在文章体式的意义上说《坟》是文章的杂集,《写在〈坟〉后面》谓"除小说杂感之外,逐渐又有了长长短短的杂文十多篇"④,即明确表示"杂文"是相对于"小说杂感"而言的体式不一的文章。在鲁迅的这种对举中,《呐喊》《彷徨》是体式相对统一的小说,《热风》《华盖集》是体式相对统一的杂感,而《坟》是体式不一的杂文。但在《且介亭杂文》的序中,鲁迅开篇写下的"近几年来,所谓'杂文'的产生"⑤,不仅提供了言说杂文的具体语境,而且以引号的方式确认了杂文的文体性质,即在他看来,杂文已经不仅仅是体式不一的文章,更是一种被放置在引号里的引起了专门的议论、分析和研究的文章,它是自成一体的。从这个意义上来说,鲁迅写《且介亭杂文》

---

① 鲁迅:《坟·题记》,《鲁迅全集》第1卷,第3页。
② 鲁迅:《坟·写在〈坟〉后面》,《鲁迅全集》第1卷,第298页。
③ 鲁迅:《且介亭杂文·序言》,《鲁迅全集》第6卷,第3页。
④ 鲁迅:《坟·写在〈坟〉后面》,《鲁迅全集》第1卷,第298页。
⑤ 鲁迅:《且介亭杂文·序言》,《鲁迅全集》第6卷,第3页。

的序时,因为不得不应对当时文坛各色人等对杂文的切骨之仇①,终于在文体意识上产生了对于杂文的自觉。而按照这一"杂文的自觉"进行回溯,将《坟》追认为文体意义上的杂文集,而非体式不一的文章杂集,大概也不是不可行的。这也就是说,如果将《坟》追认为杂文自觉意义上的杂文集,鲁迅便在不自觉中通过写《坟》的题跋表露了自己写作杂文时的主体意识的一些内容。这些内容归纳起来,主要有以下两个有相互交叉关系的方面:

其一是鲁迅将写下的杂文视为战斗的记录和警醒,对于自身而言,杂文则是"生活的一部分的痕迹",编辑杂文集即是造一座"小小的新坟",以供埋藏和留恋。所谓"至于不远的踏成平地,那是不想管,也无从管了"②的说法,则意味着鲁迅并不觉得杂文一定可以传之久远。而"逝去,逝去,一切一切,和光阴一同早逝去,在逝去,要逝去了。——不过如此,但也为我所十分甘愿的"③ 这样的进一步解释和表达,表露的意识和《野草·题辞》几乎完全一致,鲁迅认为自己也不过是匆匆过客罢了,管不了那么多,甚至应该"坦然,欣然。我将大笑,我将歌唱"④。鲁迅以此表现出极为明显的反抗绝望的过客意识。

其二是鲁迅将写下的杂文视为从文言到白话的过程中的"中间物",并在一种自我宽解的口吻中提出:"在进化的链子上,一切都是中间物。"⑤ 作为中间物,自然有"喊出一种新声"和对旧垒"反戈一击"的任务,"但仍应该和光阴偕逝,逐渐消亡,至多不过是桥梁中的一木一石,并非什么前途的目标,范本"⑥。而且,鲁迅又表示:"我只很确切地知道一个终点,就是:坟。"⑦ 由此言之,鲁迅表露出了甘于绝望和毁灭的意识,并未把"前途"所指涉的希望指向自身,其反抗绝望的承担意识背后其实有着甘于绝望的背景。

---

① 鲁迅:《且介亭杂文·序言》,《鲁迅全集》第6卷,第3页。
② 鲁迅:《坟·题记》,《鲁迅全集》第1卷,第4页。
③ 鲁迅:《坟·写在〈坟〉后面》,《鲁迅全集》第1卷,第299页。
④ 鲁迅:《野草·题辞》,《鲁迅全集》第2卷,第163页。
⑤ 鲁迅:《坟·写在〈坟〉后面》,《鲁迅全集》第1卷,第302页。
⑥ 同上。
⑦ 同上书,第300页。

所谓"反抗绝望的过客意识",最早是鲁迅自己在写给赵其文的书信中提出来的。针对赵其文信中对散文诗《过客》的说法,鲁迅 1925 年 4 月 11 日覆信表示:

> 《过客》的意思不过如来信所说那样,即是虽然明知前路是坟而偏要走,就是反抗绝望,因为我以为绝望而反抗者难,比因希望而战斗者更勇猛,更悲壮。但这种反抗,每容易蹉跌在"爱"——感激也在内——里,所以那过客得了小女孩的一片破布的布施也几乎不能前进了。①

"更勇猛,更悲壮"这样的回复多少带有"对年轻人的过剩的爱顾"②,在鲁迅自己的感觉中,则反抗绝望未必就有什么勇猛、悲壮的意思。甚至可以说,当鲁迅在《坟》的序跋中表示终点是坟,而同时却自建坟墓以供埋藏和留恋时,他表达的不是反抗绝望,而是接受绝望,并将绝望作为一种可以审美的对象内化在自己的生命体验中。这也就是说,鲁迅身在绝望中却不为绝望所摧毁,甚至将绝望置于对象化的位置,乃是将绝望悬置起来,切断了绝望与勇猛、悲壮之类的情感反应之间的因果联系。既然绝望并不造成主体被摧毁的感觉,不发生勇猛、悲壮之类的情感反应,那么,所谓反抗也就是一种近乎无目的的行为,是自为的,不是自觉的。同样地,小女孩出于同情所给出的布施,便不仅仅是使人蹉跌的"爱",而且是对过客缺乏理解的一种隔膜的表现。鲁迅写给许广平的信里所说的"我自己对于苦闷的办法,是专与苦痛捣乱,将无赖手段当作胜利,硬唱凯歌,算是乐趣,这或者就是糖罢"③ 和 "我的反抗,却不过是偏与黑暗捣乱"④,都是鲁迅的反抗绝望的行为乃是无目的、审美化的证据。也正是在这一意义上,他 1926 年 1 月在杂文《有趣的消息》中对凌叔华劝慰陈西滢的话的戏仿,乃是一种极富意味的审美化行为:

---

① 鲁迅:《书信·250411 致赵其文》,《鲁迅全集》第 11 卷,第 477—478 页。
② 木山英雄:《〈野草〉解读(节选六章)》,赵京华译,《鲁迅研究月刊》2004 年第 2 期。
③ 鲁迅:《书信·250311 致许广平》,《鲁迅全集》第 11 卷,第 462 页。
④ 鲁迅:《书信·250530 致许广平》;《鲁迅全集》第 11 卷,第 493 页。

> 北京就是一天一天地百物昂贵起来；自己的"区区金事"，又因为"妄有主张"，被章士钊先生革掉了。向来所遭遇的呢，借了安特来夫的话来说，是"没有花，没有诗"，就只有百物昂贵。然而也还是"妄有主张"，没法回头；倘使有一个妹子，如《晨报副刊》上所艳称的"闲话先生"的家事似的，叫道："阿哥！"那声音正如"银铃之响于幽谷"，向我求告，"你不要再做文章得罪人家了，好不好？"我也许可以借此拨转马头，躲到别墅里去研究汉朝人所做的"四书"注疏和理论去。然而，惜哉，没有这样的好妹子；"女嬃之婵媛兮，申申其詈予，曰：鲧婞直以亡身兮，终然殀乎羽之野。"连有一个那样凶姊姊的幸福也不及屈灵均。我的终于"妄有主张"，或者也许是无可推托之故罢。①

鲁迅先是勾勒了自己"做文章"的后果，在百物昂贵的北京因为"妄有主张"而被革职。这可以说是死路一条了，到了坟一样的终点，但却"还是'妄有主张'，没法回头"。在这样的"没法回头"、不得不直面后果的状况中，鲁迅顺手戏仿凌叔华劝陈西滢的桥段，表示自己如被劝慰，也可拨转马头，并以充满遗憾的口吻写道，"惜哉，没有这样的好妹子"，"连有一个那样凶姊姊的幸福也不及屈灵均"，似乎真的是特别艳羡"闲话先生"之有妹子一样。于是，一个逻辑的闭环也就形成，"没有这样的好妹子"，也就落得"妄有主张"，"没法回头"。但事实上，鲁迅行文中毫无艳羡之意，充满的是对于论敌的鄙视和戏谑，他并不以得罪人为意，更鄙视"躲到别墅里去研究汉朝人所做的'四书'注疏和理论去"，徒居富贵和安稳，然而不知汉朝并无"四书"的说法，可谓大言不惭，自居文化人而粗鄙不文。陈西滢当然有他靠谱的学问和知识，但鲁迅攻其一点不及其余，却是为了将凌叔华对陈西滢的劝慰漫画化，使人感受到劝人不写得罪人的文章的行为之荒唐可笑：与其研究不存在的汉朝人所做的"四书"注疏和理论，倒不如写得罪人的文章。所谓"得罪人的文章"即是《华盖集》中所收的杂文，鲁迅以否定的方式确认了杂文的价值，在有些人的眼中，杂文虽然不过是"得罪人的文章"，但在鲁迅眼中，它到底是"生活的一部分的痕迹"，是真实的，

---

① 鲁迅：《华盖集续编·有趣的消息》，《鲁迅全集》第3卷，第210—211页。

不像有些所谓的研究，是空幻虚假的。因此，得罪人的文章和不良的生活遭遇都反而变成了推进思考和确证自我的存在，鲁迅从中图解出了杂文的价值，并将凌叔华对陈西滢的劝慰喜剧化了。比较而言，《过客》中小女孩给过客的一片破布与凌叔华给陈西滢的劝慰，具有类似的布施效果，即都是出于同情而做出的表达。而过客内心对小女孩布施的拒绝，正是以反抗、捣乱为乐趣的主体意识所必然做出的反应。那么，可以推测的是，当鲁迅在文中戏仿凌叔华劝陈西滢时，实在并无艳羡之心，而徒有审美之意，不过是写来一助文章的趣味罢了。这是真正的捣乱的乐趣，而不谙其道者可以谓之无聊。鲁迅1933年5月1日题诗《彷徨》谓："寂寞新文苑，平安旧战场。两间余一卒，荷戟独彷徨。"① 这正是鲁迅以捣乱、反抗本身为乐趣的绝佳写照。"荷戟独彷徨"，鲁迅日记中作"荷戟尚彷徨"②，着一"尚"字更见鲁迅战无可战而战有余情的状态，他写杂文的热情似乎的确系乎文章杀伐本身，别无他意了。

但是，正如《有趣的消息》一文接下来议论孔子"抽出钢笔来作《春秋》"是"未能将坏人'投畀豺虎'于生前，当然也只好口诛笔伐之于身后"一样，鲁迅对孔子戏谑的指称背后也有扫除秽恶以迎未来的意思，他在文末斩钉截铁地表示：

得罪人要受报应，平平常常，并不见得怎样奇特，有时说些宛转的话，是姑且客气客气的，何尝想借此免于下地狱。这是无法可想的，在我们不从容的人们的世界中，实在没有那许多工夫来摆臭绅士的臭架子了，要做就做，与其说明年喝酒，不如立刻喝水；待廿一世纪的剖掘戮尸，倒不如马上就给他一个嘴巴。至于将来，自有后起的人们，决不是现在人即将来所谓古人的世界，如果还是现在的世界，中国就会完！③

鲁迅虽然不确定将来的世界如何，但却绝不愿意"还是现在的世界"，故而"实在没有那许多工夫来摆臭绅士的臭架子了"，只能写下得罪人的杂文，

---

① 鲁迅：《集外集·题〈彷徨〉》，《鲁迅全集》第7卷，第156页。
② 鲁迅：《日记·日记廿二 三月》，《鲁迅全集》第16卷，第364页。
③ 鲁迅：《华盖集续编·有趣的消息》，《鲁迅全集》第3卷，第214—215页。

以扫荡"不从容的人们的世界"。得罪人的杂文和不从容的世界构成一组紧张的对应关系,与近十年后鲁迅在《且介亭杂文》的序中说法惊人一致,彼时他说:"现在是多么切迫的时候,作者的任务,是在对于有害的事物,立刻给以反响或抗争,是感应的神经,是攻守的手足。潜心于他的鸿篇巨制,为未来的文化设想,固然是很好的,但为现在抗争,却也正是为现在和未来的战斗的作者,因为失掉了现在,也就没有了未来。"①"切迫的时候"即是"不从容的人们的世界",而"失掉了现在,也就没有了未来"即是"如果还是现在的世界,中国就会完",只不过相比较而言,在《有趣的消息》中鲁迅还认为"将来,自有后起的人们",透露出一种进化论意义上的渺茫的信心,而在《且介亭杂文》的序中,他已经认为未来是通过现在的战斗的作者得以显现的;彼时他已扬弃了进化论,转而认为未来需要通过战斗获得,历史也是由战斗者的努力所创造。因此,在前后相续的惊人一致中,可以看到的是,作为过客的鲁迅并未对未来完全绝望,鲁迅对于杂文价值的认识,则从仅仅视杂文为给敌人以不舒服和给自己的生活留下痕迹的存在转变为足以把握现在和创造未来的存在。这也就是说,对于在历史和人生的行旅中不断跋涉向前的鲁迅来说,杂文曾经是自己误打误撞进入的写作荒地,到了写《且介亭杂文》的序时,杂文已是一片生机勃勃的土地,他从根本上确认了杂文之为文学的独特价值,并且在给徐懋庸的杂文集《打杂集》写的序中毫不客气地认为"杂文这东西,我却恐怕要侵入高尚的文学楼台去的"②。因为是给后辈杂文作者的杂文集写序,其中自然不乏给后辈打气而作壮词的意味,但鲁迅其时已对杂文之文学性产生自觉,也是极为明显的。

如果说鲁迅反抗绝望的过客意识中兼有对绝望的审美式赏玩,而其一路跋涉的过程中对于杂文写作的理解又是发生变化的,那么,可以推论的是,鲁迅的过客意识既不单纯,也不是一成不变的。而且,考虑到鲁迅"中产的智识阶级分子"意识和生产者意识都有逐步进化的过程,具有成长的特点,一个顺理成章的结论就是,鲁迅的过客意识也是在成长中的。鲁迅之自居为

---

① 鲁迅:《且介亭杂文·序言》,《鲁迅全集》第 6 卷,第 3 页。
② 鲁迅:《且介亭杂文二集·徐懋庸作〈打杂集〉序》,《鲁迅全集》第 6 卷,第 300—301 页。

过客的意识既然并非一成不变，那么，过客意识的变化自然也就表征着鲁迅主体意识的变化。鲁迅使用了相同的字面，但其前后的主体意识则是发生了变化的。而这种变化，与其说是一种单一性的个人主体式的成长，不如说是鲁迅在与时代和社会的互动中重新安置自我的一种历史主体的成长，即是时代和社会的变化推动着鲁迅认知的变化，从而推动着他主体意识的变化，使过客意识从形而上学的存在式体悟转化为介入时代和社会的历史主体意识。①

二

孙玉石重释鲁迅《过客》时曾引证片山智行所谓"为了下一代而牺牲自我的'过渡期的人'"的观点，认为"接近于作者生命哲学的思考的实际"。② 这一思路沟通的正是鲁迅的过客意识与中间物意识的关系。这一方面说明鲁迅写作《野草》和杂文背后的主体意识有着相同、相近、相似之处；另一方面则说明，如果将过客意识视为鲁迅的主体意识的话，非常有必要分析中间物意识在过客意识中的位置。

按照汪晖的理解，历史的中间物是在近代中国文化断层中出现的知识分子，"他们一方面在中西文化大交汇过程中获得现代意义上的价值标准，另一方面又处于与这种现代意识相对立的传统文化结构中；而作为从传统文化模式中走出又生存于其中的现代意识的体现者，他们自觉或不自觉地对传统文化存在着某种联系——这种联系使得他们必须同时与社会和自我进行悲剧性抗战"，鲁迅对这些内容的体认构成了"第二次觉醒"，并发展下列精神特征：其一是"与强烈的悲剧感相伴随的自我反观和自我否定"，其二是"对'死'（代表着过去、绝望和衰亡的世界）和'生'（代表着未来、希望和觉醒的世界）的人生命题的关注；他们把生与死提高到历史的、哲学的、伦理的、心理的高度来咀嚼体验，在精神上同时负载起'生'和'死'

---

① 从这个意义上来说，孙玉石在《现实的与哲学的——鲁迅〈野草〉重释》中呼应当时生命哲学的问题意识，改变自己曾经在《〈野草〉研究》中对《过客》作出的判断，很难说是一种学术研究的进展；也许更多的只是一种学术话语的更替吧。参见孙玉石：《〈野草〉研究》，北京：北京大学出版社，2010年，第23—31页；《现实的与哲学的——鲁迅〈野草〉重释》，北京：北京大学出版社，2010年，第135—151页。

② 孙玉石：《现实的与哲学的——鲁迅〈野草〉重释》，第149页。

的重担,从而以某种抽象的或隐喻的方式表达自己的'中间物'的历史观念",其三是"建立在人类社会无穷进化的历史信念基础上的否定'黄金时代'的思想,或者说是一种以乐观主义为根本的'悲观主义'认识"。汪晖以此将《呐喊》和《彷徨》"看作是一个整体,又是一个过程",认为:"鲁迅小说在觉醒知识分子的心理发展中发现了中国社会和历史的'吃人'本质,批判了落后群众,尤其是农民的严重精神缺陷,提出了改造'国民性'的历史课题,同时又把否定的锋芒指向知识者自身。鲁迅小说现实主义的这一内在发展过程正是一个否定的过程,它从知识者的自我觉醒开始,经由对外部世界的认识和否定,归结到对自我的再认识和否定。鲁迅的精神探索、鲁迅小说的现实主义就在这否定的过程中深化了,发展了;而这种深化和发展同时伴随着小说的中心线索、内在精神线索、基本感情背景、美学风格、语气氛围的内在演化。这就是所谓'过程'的意义。"① 在汪晖的理解中,鲁迅作为历史的中间物所表现出来的精神特征与过客意识极为相似,甚至毋宁说在根本上乃是一致的,无论是自我反观和自我否定,负载起生死的重担,还是以乐观主义为根本的悲观主义,都与反抗绝望的过客意识密切相关。但是,正如汪晖要把《呐喊》和《彷徨》看作一个过程并进而把握鲁迅的精神发展一样,历史的中间物已经被汪晖抽离鲁迅《写在〈坟〉后面》的文本语境,变成一个内涵流动、边界不甚清晰的概念。在原来的文本语境中,历史的中间物是鲁迅用来指称进化链条中的一环的,即中间物是进化过程中相对稳定的存在,突出的是中间物处于一定的进化过程中,而不是中间物本身包含进化的过程。而且,当鲁迅说中间物"仍应该和光阴偕逝,逐渐消亡"时,他所强调的就不仅不是中间物可能发生进化,而是中间物别无进化的可能,只有消亡一途,即终点是坟。这也就是说,仅就《写在〈坟〉后面》的文本语境而言,中间物意识固然有其"反戈一击"的反抗性,但并无明显的反抗绝望的意味,表现得明显的反而是留恋、埋藏、凭吊等甘于绝望的意味。而由于汪晖的理解溢出了孤立的文本语境,与《野草》中的《墓碣文》及《影的告别》建立了的联系,就间接与《过客》中的过客意识勾连在了一起。但就文本语境而言,《野草》中诸篇什提供的是一个个主体

---

① 汪晖:《历史的"中间物"与鲁迅小说的精神特征》,《文学评论》1986年第5期。

躁动不安而时空凝滞的场景,《墓碣文》和《影的告别》是这样的,而《过客》尤为典型,与《写在〈坟〉后面》很不一样。在《过客》的戏剧化场景中,并置的不仅是前方、后方这样的空间指向,而且是老翁、女孩、过客这样的时间指向。在三人对话发生的时空中,老翁不仅表示走过过客走过的路,而且听过过客听过的声音,可以说完美覆盖了过客,而女孩对前方坟地的知见也没有越出老翁的视野,三者区别只在于面对相同的时空却采取了不同的态度,尤其是过客,他躁动不安,试图追随时空之外的声音,打破凝滞的时空。这也就是说,对于老翁而言,时间不是作为流动的对象而存在,去前方倒不如回过去,他对过客说:"我单知道南边;北边;东边,你的来路。那是我最熟悉的地方,也许倒是于你们最好的地方。"① 那么,空间也就是不需要延展的存在,与其前往不熟悉的西边,不如回到最熟悉的东边。鲁迅此处也许不免有些东西方文化比较的挑衅意图,但更重要的是他通过过客对老翁的反驳所展现的主体意识和历史图景:

> 那不行!我只得走。回到那里去,就没一处没有名目,没一处没有地主,没一处没有驱逐和牢笼,没一处没有皮面的笑容,没一处没有眶外的眼泪。我憎恶他们,我不回转去!②

很显然,过客对于过去没有任何留恋和凭吊的意思,只想继续走下去,打破过去的种种。老翁需要的是可以走完的路,可以封闭起来的时空,而过客需要的是在自己的行走中打开的时空,充满未知和不确定性。这样的情形在《写在〈坟〉后面》中被颠倒过来,历史和时间是不断进化的,而作者却不过是进化链条上的一环,而且作者将自己编一个杂文集理解为造一座小小的新坟,目的是埋藏、留恋和凭吊,其自我意识接近的是《过客》中的老翁,与过客相距甚远。因此,与其强调过客意识与中间物意识的相同、相近、相似,不如强调,在过客决绝向前的实践意识中,内含的是一个相互矛盾的中间物意识。鲁迅戏剧化的写作也许是为了空间化地呈现过客意识的一体三面,它有着老翁一样的怀旧和懈怠,也有着女孩一样的热情和天真,但过客

---

① 鲁迅:《野草·过客》,《鲁迅全集》第 2 卷,第 195 页。
② 同上书,第 196 页。

只有扬弃老翁和女孩的意识,才能决绝向前,开掘出打破时空凝滞的实践路向。这也就是说,汪晖所归纳的中间物的三种精神特征既是过客意识的组成部分,也是过客需要扬弃的部分。只不过就《过客》的文本语境而言,过客对老翁的训诫多少有一些暧昧的态度,甚至惊讶于老翁也听过自己听到的声音,这表明其时鲁迅对扬弃中间物意识感到犹疑,虽决绝向前,但并不取消老翁的意义和价值。

值得注意的是,虽然《过客》作为鲁迅1925年写作的篇章,更多关联了中期鲁迅的主体意识和生命特征,但鲁迅此后的杂文写作和编集仍然流露出类似于《过客》中的老翁与《写在〈坟〉后面》的留恋、埋藏、凭吊和怀旧意识。例如在《且介亭杂文》的序中,鲁迅就说:"我只在深夜的街头摆着一个地摊,所有的无非几个小钉,几个瓦碟,但也希望,并且相信有些人会从中寻出合于他的用处的东西。"① 在《且介亭杂文二集》的序中,他又说:"我的不正当的舆论,却如国土一样,仍在日即于沦亡,但是我不想求保护,因为这代价,实在是太大了。单将这些文字,过而存之,聊作今年笔墨的记念罢。"② 虽然前者偏于表达对杂文集子的社会功用的期待,隐藏着生产者的倾向,但深夜街头摆地摊的形象,自谦只有"几个小钉,几个瓦碟"的意识,所表露出来的仍是自恋、留恋、凭吊和怀旧,他似乎想驻足于此刻,不再向前。而后者偏于表达对杂文写作与民族危局之间的紧张关系,彰显的是杂文的战斗倾向,但所谓"过而存之,聊作今年笔墨的记念罢",也即是《坟》的题记中所谓"生活的一部分的痕迹"的同义反复,"记念"一语也更多地指向作者的私人记忆,而非公共的历史动向。③ 这也就是说,当时间洪流滚滚向前流动时,像过客一样决绝向前的鲁迅也会钻进时间的缝隙里,发生留恋、凭吊、怀旧、自恋等诸种感情,仿佛时间的流驶与自己无关似的。同样地,鲁迅晚年书写疾病的一些杂文,也表露出类似的主体意识。他在《病后杂谈》一文的开头写道:

---

① 鲁迅:《且介亭杂文·序言》,《鲁迅全集》第6卷,第4页。
② 鲁迅:《且介亭杂文二集·序言》,《鲁迅全集》第6卷,第226页。
③ 关于"记念"的特殊使用,可参考符杰祥:《鲁迅的纪念文字与"记念"的修辞术》,《文史哲》2013年第2期。

生一点病，的确也是一种福气。不过这里有两个必要条件：一要病是小病，并非什么霍乱吐泻，黑死病，或脑膜炎之类；二要至少手头有一点现款，不至于躺一天，就饿一天。这二者缺一，便是俗人，不足与言生病之雅趣的。①

这开头颇近于辛辣的讽刺，似乎是要挖苦以生病为雅趣的阔人，鲁迅也确实喜欢如此夹枪带棒，但下文明白说出是很少生病的自己上个月生了一点点病，并且因为病征不过是每晚发热，没有力，不想吃东西，没有大痛苦，反而得以以养病的名义"玩他几天"②。由此可见，鲁迅写下这么个开头时，心里也确实觉得"生一点病，的确也是一种福气"，颇有些自嘲的意味。因为出现了生病这样一个打断日常生活时间流驶的偶然事件，鲁迅乃得以在杂文中咀嚼一己之悲欢，并以此咀嚼为凭，或直接或间接地延展向对社会公共事件和历史事件的关注，将私人记忆和公共事件建构为一个相互联通的整体。也许有人会将类似于《病后杂谈》这样的文章视为杂文之外的散文，但在鲁迅自己的文体判断中，《病后杂谈》是实实在在的杂文。在《徐懋庸作〈打杂集〉序》中，鲁迅说："杂文中之一体的随笔，因为有人说它近于英国的 Essay，有些人也就顿首再拜，不敢轻薄。"③ 将"随笔"视为"杂文中之一体"，这便意味着即使将《病后杂谈》之类的文章视为散文随笔，鲁迅也会不以为忤地将《病后杂谈》视为正宗的杂文。但是，正如他在杂文《"题未定"草（六至九）》里说的："譬如勇士，也战斗，也休息，也饮食，自然也性交，如果只取他末一点，画起像来，挂在妓院里，尊为性交大师，那当然也不能说是毫无根据的，然而，岂不冤哉！"④ 鲁迅试图辩证地强调，休息、饮食和性交不是勇士之为勇士的特征，尊之为性交大师实在是"冤哉"，理解鲁迅杂文写作和编集中的留恋、埋藏、凭吊和怀旧意识时，也不宜喧宾夺主，忽视了鲁迅决绝向前的过客意识，更不可截长留短，竟至于像只看了《病后杂谈》第一段的作家一样，认为"鲁迅是赞成生病的"⑤，

---

① 鲁迅：《且介亭杂文·病后杂谈》，《鲁迅全集》第6卷，第167页。
② 同上书，第168页。
③ 鲁迅：《且介亭杂文二集·徐懋庸作〈打杂集〉序》，《鲁迅全集》第6卷，第301页。
④ 鲁迅：《且介亭杂文二集·"题未定"草（六至九）》，《鲁迅全集》第6卷，第436页。
⑤ 鲁迅：《且介亭杂文·附记》，《鲁迅全集》第6卷，第220页。

将鲁迅的主体意识完全看偏了。

因此，在鲁迅杂文写作背后的过客意识中，的确内含着中间物意识，鲁迅有视自己为中间物的自我反观与否定、对生死的负载以及留恋、凭吊、怀旧、自恋等诸般选择及相应的情绪反应，鲁迅甚至有甘于绝望的审美化情绪，但重要的仍然是那种决绝向前的战士意识。他扬弃中间物意识的种种内容，包括扬弃其中自我崇高的牺牲精神，以否定和承认相联结的方式持续从事杂文写作和编集。也就是在这个意义上来说，《过客》中的过客并不截然否定老翁对过去的缅怀，但却绝不回去。而鲁迅在杂文中也一直不遗余力地清扫那"没一处没有名目，没一处没有地主，没一处没有驱逐和牢笼，没一处没有皮面的笑容，没一处没有眶外的眼泪"的过去，并不缅怀老翁所谓"你也会遇见心底的眼泪，为你的悲哀"，而决然表示"我不愿看见他们心底的眼泪，不要他们为我的悲哀"。①

但是，饶有意味的是，正如"抉心自食"② 的象征行为发生在中期鲁迅身上一样，对于过去的激烈批判行为也发生在这一时期。鲁迅1925年5月1日在《灯下漫笔》一文中写道：

> 这人肉的筵宴现在还排着，有许多人还想一直排下去。扫荡这些食人者，掀掉这筵席，毁坏这厨房，则是现在的青年的使命！③

"扫荡""掀掉"和"毁坏"都是动作性极强的词，其时鲁迅也确实在憧憬着某种新的革命性暴力打碎历史的桎梏。但当鲁迅左转以后，当他切身介入国际共产主义运动和中国共产党的革命事业之后，其杂文中却不再使用"扫荡""掀掉"和"毁坏"等动作激烈的语词，可谓耐人寻味。

三

可以解释的是，鲁迅之所以在《灯下漫笔》中使用"扫荡""掀掉"和"毁坏"等动作性极强的词，是因为他一方面延续着青年时期对于摩罗诗人

---

① 鲁迅：《野草·过客》，《鲁迅全集》第2卷，第196页。
② 鲁迅：《野草·墓碣文》，《鲁迅全集》第2卷，第207页。
③ 鲁迅：《坟·灯下漫笔》，《鲁迅全集》第1卷，第229页。

和尼采笔下的超人的想象,另一方面又觉得深陷万难发生改变的境遇中。无论从哪一方面出发,他都有"立意在反抗,指归在动作"①的激进要求。而且,他对于摩罗诗人和超人的想象所关联的境遇即是类似于他在《破恶声论》开篇描述的"本根剥丧,神气旁皇,华国将自槁于子孙之攻伐,而举天下无违言,寂漠为政,天地闭矣"②,面对此种昏天黑地的氛围,似乎没有激烈的动作,是万难改变的。鲁迅甚至在《呐喊·自序》和《野草》的一些篇章中将这种昏天黑地的氛围进一步推向极端的两难,认为铁屋子是万难破毁的,叫醒了铁屋子里沉睡的人是徒然增加清醒的痛苦③,认为像影、死火、立论……一样,明显相反的选择却带来相似的结局④,在一个具体境遇的内部,似乎只有采取激烈的动作,以玉石俱焚的方式解决问题。这就是说,按照过去较为熟悉的解释方式来说,鲁迅只能进行绝望的抗战,故而也就必然在文学表达上采用动作性极强的词。

但是,值得注意的是,鲁迅从一开始就不仅仅瞩目于一种通过内部突破来解决问题的思路。比如"其因动于怀古"的《摩罗诗力说》,鲁迅提出的解决路径和方案就是"今且置古事不道,别求新声于异邦"⑤,充满着辩证的智慧。从逻辑上来说,能够作出求新声于异邦的选择,则意味着选择主体认为本邦内部存在需要解决的问题,并且这一需要解决的问题不能从本邦内部寻找答案,必须求新声于异邦。这也就是说,在鲁迅看来,本邦内部的问题已经陷入死结,虽然解决问题的仍然是本邦的人,但因只能求新声于异邦,可见在一个问题所关联的双方之外,必须有一个在问题外部的第三方,才能形成问题的解决方案。这大概也就是鲁迅在《摩罗诗力说》一文中所说的"首在审己,亦必知人,比较既周,爰生自觉"⑥的方法论。"自觉"作为结果,并不是仅凭一个问题所关联的双方所构成的内部所能到达的,必须依赖着"亦必知人"的外部构建才能到达。因此,可以进一步推论的是,

---

① 鲁迅:《坟·摩罗诗力说》,《鲁迅全集》第1卷,第68页。
② 鲁迅:《集外集拾遗补编·破恶声论》,《鲁迅全集》第8卷,第25页。
③ 鲁迅:《呐喊·自序》,《鲁迅全集》第1卷,第441页。
④ 分别参见鲁迅:《野草·影的告别》,《鲁迅全集》第2卷,第169—170页;《野草·死火》,《鲁迅全集》第2卷,第200—201页;《野草·立论》,《鲁迅全集》第2卷,第212页。
⑤ 鲁迅:《坟·摩罗诗力说》,《鲁迅全集》第1卷,第68页。
⑥ 同上书,第67页。

如果没有一个在问题外部的第三方所关联的"知人""既周""自觉"诸项，问题内部就是凝滞不动的，所谓解决问题的行为便只能是无方向、无目的的盲动，但行为的主体却又不得不诉诸动作性极强的词。尤其是在经历种种挫败之后，鲁迅发现自己并非应者云集的英雄之后①，就更是容易使用动作性极强的词，同时却又时时渴望某种打破僵局的力量出现。在个人传记的意义上，当在槐树下抄古碑的鲁迅被频繁来访的钱玄同骚动之后，鲁迅所谓"希望是在于将来，决不能以我之必无的证明，来折服了他之所谓可有"② 即是欣喜地迎来了打破僵局力量的时刻。而在文学表达的意义上，田中实借助鲁迅的小说《故乡》所讨论的"第三项"问题，便是鲁迅将"别求新声于异邦"的辩证思维位移至历史主体与未来社会的具体表现。

按照吴晓东的解释，田中实所谓的"第三项"理论，就是"把主体实际可以察觉、捕捉到的客体对象领域，称为'我内部的他者'；把主客关系外部的，对象本身的领域称为'第三项''不可知的他者'"，并借助这一"第三项"理论发现了鲁迅小说《故乡》存在的知晓故事全貌的"功能叙述者"。在田中实看来，小说中第一人称叙述者"我"被束缚在自己的故事空间中，既无法进入闰土、杨二嫂等人物的内心，也无法知道未来会发生什么，但"功能叙述者"却超越了"我"，它体贴闰土，"不仅仅把闰土看作是叙述者'我'试图审视和批判的需要启蒙的对象"，从而"站在将主客关系相对化层面的更上一层，实现了对主体所不及的不可知的'他者'领域的观察和思考。鲁迅因此在《故乡》中同时从现实主义领域和'永恒沉默之域'两个方向开拓现代小说的精髓。田中实顺着这一逻辑解释《故乡》关于"希望"和"路"的议论，认为"路"的比喻意味着"希望"超越了小说中的"我"的认知，并进一步推论"打开'铁屋子'的开关在里面，而门只能从外面开启"。吴晓东认为"这一论述的精彩处在于，作者认为鲁迅已经不把希望的有无问题的解决局限于主体认知的内部，而是他求于外部"，并进一步追问道："究竟是谁从外面去开启'铁屋子'之门呢？"吴晓东给出的答案是：

---

① 鲁迅：《呐喊·自序》，《鲁迅全集》第 1 卷，第 439—440 页。
② 同上书，第 441 页。

鲁迅最后的上海十年，集中思考的或许就是如何从"人生框架、主客关系框架的外部"出发去打破铁屋子，拆掉黑暗的闸门。这个兼具民族性和历史性的工程当然是鲁迅一个人无法完成的。因此鲁迅的省思的主体已然开始探索寻求外力的可能性，这个外力就是大众主体，是社会运动，是历史意志。《故乡》中的"我"把希望寄托于后代以及历史中的大众的实践（即"走的人多了，也便成了路"），正是自我他寻的一种可能性。这就是田中实文章的结论部分对笔者的启发，也启发我们思考如何重新寻求知识分子的历史主体性和可能性动能。田中实告诉我们，在《故乡》的结尾，已经预示了鲁迅对群体性的社会革命的关注，同时打破铁屋子就具有了历史可能性。

田中实说的好：脱离"铁屋子"的秘密是"开关在里面，门从外面开启"。而鲁迅的《故乡》"交给了我们一把转换世界观认知的钥匙"。鲁迅既从里面摸索到了这个开关，同时也从外部在致力于开启黑暗之门的努力。这恐怕才构成了鲁迅"转换世界观认知"的更根本的方式，而所谓的"外部"，也正是鲁迅式的反思型知识分子获得历史主体性的终极依据。[①]

从吴晓东提供的答案来看，鲁迅在上海十年的所思所想所行正源于他始终清醒地把握着自我作为主体的限度，从而自觉"探索寻求外力的可能性"，将大众主体、社会运动、历史意志诸项作为理解历史主体及其可能的基本内容。这些具体的内容作为鲁迅文学表达的思想背景和内景，是鲁迅自觉意识的表露，因而也是较为容易把握的。田中实对《故乡》的"功能叙述者"的分析则意味着，鲁迅可能在非自觉的意义上制造了小说的双重结构，"我"对闰土和杨二嫂的态度是作者态度的自觉传达，而"功能叙述者"对闰土和杨二嫂的态度是作者态度的非自觉传达。在鲁迅的思维方式中，因为存在着对于"第三项"的特殊关注，他必然自觉不自觉地将闰土和杨二嫂视为不可知的"他者"，但如何呈现这一"不可知的'他者'"可能存在的具体内容，则是非自觉的，故而需要研究者借助类似"功能叙述者"之类

[①] 吴晓东：《从"功能叙述者"到"第三项"理论——田中实对鲁迅〈故乡〉的解读》，《鲁迅研究月刊》2021年第9期。

的概念来进行分析和把握。鲁迅 1933 年在《英译本〈短篇小说选集〉自序》中解释自己的短篇小说创作时曾说,中国的知识阶级惯于把劳苦大众看作平和的花鸟,自己作为都市大家庭的一分子,也曾作如是观,但因为外婆家在农村而获得亲近农民的机会,感受到了农民所受的压迫和痛苦,"和花鸟并不一样",却不知如何表达,以后接受了俄罗斯、波兰和巴尔干诸小国文学的启示,才决定用短篇小说写"上流社会的堕落和下层社会的不幸",而此时面对人民更加困苦的状况,自己的意思也变了,"写新的不能,写旧的又不愿",最终在文末发愿:"但我想再学下去,站起来。"① 这些解释在在表明,鲁迅始终留意自我的主体认知的限度,努力借助亲近农民、接受俄罗斯等国文学启示、"再学下去"等超越主体认知束缚的方式实现认知的突破,却从未认为此种努力可以一劳永逸。历史在发生变化,他也只能"再学下去"。在这解释的字里行间,鲁迅的不断决绝前行的过客形象宛然在目。而更为重要的是,鲁迅的解释也表明,文学作品的写法及其变化源于社会历史的变迁及创作者对变迁的感知,而作为创作者的鲁迅,他能够清晰地表达个中的思想流动,也能略微陈述一下个中的情感变迁。此中知识、思想的确定性和情感的不确定性,大约便是鲁迅的文学表达总存在双重结构或反讽意识的缘由之一,田中实所谓"第三项"的问题也因此不仅是知识、思想上的"第三项",也是情感上的"第三项"。这同时也可以从侧面说明,鲁迅所以能像过客一样决绝前行,乃是因为在他的知识、思想和情感的构造中,始终存在着充满魅惑力的"第三项"。

而无论是"第三方"还是"第三项",都可以结构对《过客》的重新解读。过客不愿回到过去,老翁表示"你只得走了",过客表示同意,并增补了一条:"况且还有声音常在前面催促我,叫唤我,使我息不下。"② 这一增补同样遭到了老翁的否定,但过客却甘之如饴。对于这一点,孙玉石先提供的解释是,所谓的"声音"指鲁迅对美好而光明的未来的信念,过客与老翁的对比揭示了一个真理,"时时刻刻不忘先进理想的呼唤,是一切革命者

---

① 鲁迅:《集外集拾遗·英译本〈短篇小说选集〉自序》,《鲁迅全集》第 7 卷,第 411—412 页。

② 鲁迅:《野草·过客》,《鲁迅全集》第 2 卷,第 196 页。

能够坚持前进的力量源泉"①，后提供的解释是，"'自我战胜自我'的力量的来源，不是一种'反抗绝望'的'自我生命存在'的虚无的思想力量，相反，倒是对于生命奋斗的未来的一种坚定的承担，或者说，更主要的还是一个启蒙者所承担的改造社会的使命感。老翁丧失了这种使命感，所以他不再前进了"②。是将鲁迅视为革命者还是启蒙者，这两种解释有很大的区别，但也有根本相同的两点，一是反对将鲁迅视为现代主义者，否定"自我生命存在"构成过客前行的力量源泉，二是所谓"信念"和"使命感"，都是对进化论意义上的历史意志在过客的个人意志上的表征。从这根本相同的两点出发，过客就被视为历史轨道上的一个具体的存在，而且过客的言行不过是历史进化的意志的具体体现。虽然所谓的"声音"可以被视为过客主体意志的外化，被称为"信念"或"使命感"，但其实不过是过客对于客观时间或规律的一种体察和承认而已。正是在这个意义上，孙玉石进行解释时总是要引证鲁迅写给许广平的信中的下列说法："'将来'这回事，虽然不能知道情形怎样，但有是一定会有的，就是一定会到来的。"③鲁迅的这一说法确实和《过客》中的表达若合符节。不过，如果考虑到过客对"声音"的倾听和追逐只是为了改变现状，而不是认定了历史的线性进展和美好的未来，自然会产生"反抗绝望"式的解释。而如果考虑到"第三方"或"第三项"的解释，过客对待"声音"的方式就可被理解为鲁迅对主体认知的限度的一种表达。过客清楚地知道自己对过去和现状的种种不满，其不满并且已经化为具体的知识话语和情感结构，但他并不愿意基于此而承认老翁的选择。这也就是说，老翁的选择看似是基于充分的经验、思考和情感作出的，老翁的主体意识是清晰、连贯而理性的，但过客仍然否定了老翁的选择而决意逐声前行。那么，过客否定老翁选择的逻辑何在？其逻辑即在于过客并不认为主体的自我认知是完满无缺的，而老翁的回答则进一步证明了这一点。他的回答是因为自己不理那声音，那声音也就不叫了。④ 由此可见，不

---

① 孙玉石：《〈野草〉研究》，第28页。
② 孙玉石：《现实的与哲学的——鲁迅〈野草〉重释》，第147页。
③ 孙玉石：《〈野草〉研究》，第28页；《现实的与哲学的——鲁迅〈野草〉重释》，第144页。
④ 鲁迅：《野草·过客》，《鲁迅全集》第2卷，第197页。

是老翁的经验、思考和情感已然完满无缺,而是由于老翁故意忽视了"声音",从而获得了"完满无缺"的幻觉。而过客打破这一幻觉,就既有可能进入对于历史意志的体察和承认,成为不舍昼夜的革命家,也有可能追逐生命或经验的整全之感,成为形而上学的哲学家。总之,一切的关键在于,鲁迅试图通过过客对"声音"的倾听和追逐表达的是,主体的自我认知并不是完满无缺的,必须时刻保持着对于未知的好奇心和行动能力,过客决绝前行的选择关联的乃是未知和不完满。

这种因为未知和不完满所发生的过客意识,正是鲁迅写作杂文的主体意识的内容。他在《坟》的题记中不过说"中国人的思想,趣味,目下幸而还未被所谓正人君子所统一"①,在跋中就明确宣称:

>　　就是偏要使所谓正人君子也者之流多不舒服几天,所以自己便特地留几片铁甲在身上,站着,给他们的世界上多有一点缺陷,到我自己厌倦了,要脱掉了的时候为止。倘说为别人引路,那就更不容易了,因为连我自己还不明白应当怎么走。②

这种对"统一"的批判针对的正是统一的幻觉,而所谓"给他们的世界上多有一点缺陷",既指打破正人君子的统一,也指打破读者对于正人君子所营造出来的完满世界的幻象。鲁迅的"偏要"因此即是一种过客式选择,而所谓"连我自己还不明白应当怎么走"更是进一步打破完满的幻象,仿佛写杂文是一种为了反抗而反抗的行为。但过客意识的精髓也即在于此,这里的"路"与田中实所分析的《故乡》中的"路"一样,"路"承载的是超过言说者的主体认知的存在,鲁迅明白"路"该怎么走,固然可以构成写作和行走的理由,但不明白"路"该怎么走,似乎更构成了写作和行走的动因。而且,必须分辨的是,鲁迅写杂文背后的主体意识并不是一种无政府主义式的复仇,他之"偏要使所谓正人君子也者之流多不舒服几天",也仍然关联着对大革命的关注。当他在写给友人的信中对"正人君子"也南

---

① 鲁迅:《坟·题记》,《鲁迅全集》第1卷,第4—5页。
② 鲁迅:《坟·写在〈坟〉后面》,《鲁迅全集》第1卷,第300页。

下革命表示不解①时,多少有一些狭隘和私人意气,但也并非绥惠略夫式的复仇。鲁迅认为绥惠略夫在无路可走的境遇里不得不寻出路,于是反抗托尔斯泰的无抵抗主义,"对于不幸者们也和对于幸福者一样的宣战了"②,鲁迅从未向"不幸者们"宣战。这是分析鲁迅杂文中的批评和骂詈的界线。

四

事实上,正如散文诗《过客》所表露的那样,过客虽然不同意老翁和女孩的看法,甚至诅咒女孩的布施,但最终也许会接受老翁的建议将布片"挂在野百合野蔷薇上"③,并未以个人虚无主义的方式否定人间的善意。而且,那个倾听前方的"声音"而决绝前行的过客,与青年鲁迅留给读者的印象一致,是《破恶声论》中"吾未绝大冀于方来,则思聆知者之心声而相观其内曜"④的作者形象,因此是一个对未来充满信心和希望的形象。不过,对于过客这一对未来充满信心和希望的形象需要做一些简单的梳理,才能获得较为准确的把握。

如果采用回溯式的分析,鲁迅青年时期的写作因为被编在杂文集《坟》中,就也是可以被视为杂文的。那么,青年时期写作文言论文的作者也就是杂文作者,其中所表露的主体意识因之也就与杂文写作密切相关。除了《破恶声论》一文中的"吾未绝大冀于方来",其他诸文莫不采取鉴往知来的路径,认为中国有美好的未来。其中最具代表性的表达当属《摩罗诗力说》的题记:

> 求古源尽者将求方来之泉,将求新源。嗟我昆弟,新生之作,新泉之涌于渊深,其非远矣。
>
> ——尼佉⑤

---

① 鲁迅:《书信·270919 致翟永坤》,《鲁迅全集》第12卷,第68页。
② 鲁迅:《译文序跋集·译了〈工人绥惠略夫〉之后》,《鲁迅全集》第10卷,第183页。
③ 鲁迅:《野草·过客》,《鲁迅全集》第2卷,第198页。
④ 鲁迅:《集外集拾遗补编·破恶声论》,《鲁迅全集》第8卷,第25页。
⑤ 鲁迅:《坟·摩罗诗力说》,《鲁迅全集》第1卷,第65页。

尼采的这段话很有意思,鲁迅借此说出了自己要"别求新声于异邦"的逻辑基础,即"求古"与"求新"存在着辩证关系,而"求古源尽者将求方来之泉",即是向未来寻求救援,因此绝不可能"绝大冀于方来"。孙周兴的相应翻译如下:

> 谁若变得智慧了,明达于古老的本源,那么,看哪,他最后就将寻求未来的新泉,寻求新的本源。——
> 呵,我的兄弟们,不会太久了,新的民族就将脱颖而出,新的源泉就将奔腾而下,入于新的深渊。①

孙周兴的翻译与鲁迅略有不同,可以帮助理解尼采的原意,其中鲁迅所谓"求古源尽者"即"明达于古老的本源",是与古为新的意思,而"新生"指"新的民族"。如此一来,木山英雄所讨论的"文学复古"与"文学革命"的话题就添了一重证据②,而周作人指称青年鲁迅是民族主义者的观点③,也变得更加可以理解;甚至鲁迅后来在杂文中反复使用的查历史旧账的表达,也是尼采式的与古为新的变形。如1925年在《这个与那个》一文中的说法:"试到中央公园去,大概总可以遇见祖母带着她孙女儿在玩的。这位祖母的模样,就预示着那娃儿的将来。所以倘有谁要预知令夫人后日的丰姿,也只要看丈母。不同是当然要有些不同的,但总归相去不远。我们查帐的用处就在此。"④ 这便是通过观察过去和现在而足以知晓未来的比喻式说法。从这个意义上来说,《过客》中诅咒过去并急于摆脱过去的过客不仅通晓过去,而且选择与古为新,是在明达过去之后才决绝前行,走向新生。这也多少可以说明,过客和老翁虽然对于逐"声音"而前行持不同意见,但二者却共享着一些理解过去、现在和未来的关键信息,如过去是必须诅咒

---

① 尼采:《查拉图斯特拉如是说》,孙周兴译,上海:上海人民出版社,2018年,第325页。
② 参见木山英雄:《"文学复古"与"文学革命"》,《"文学复古"与"文学革命"——木山英雄中国现代文学思想论集》,赵京华编译,北京:北京大学出版社,2004年,第209—238页。
③ 参见知堂:《关于鲁迅之二》,《宇宙风》第30期,1936年12月1日。
④ 鲁迅:《华盖集·这个与那个》,《鲁迅全集》第3卷,第149页。

的，感激是于己有害的，前方是坟而"声音"又是来自前方的，等等。因此，在《文化偏至论》中，鲁迅的基本方法论是"取今复古"①，在《看镜有感》中，他的基本民族感情是"遥想汉人多少闳放"②，杂文集《坟》的作者，不仅表露出"未绝大冀于方来"的主体意识，而且表露出未绝大冀于过去的主体意识。北冈正子比对《摩罗诗力说》的材源时发现，鲁迅的雪莱观沿取自滨田佳澄写的《雪莱》，将雪莱的革命精神视为"在黑暗中看到一线光明，在绝望中牵系一缕希望"，北冈正子由此进一步强调，鲁迅在《摩罗诗力说》中说雪莱能够引领未觉者"怀大希以奋进，与时劫同其无穷"，是把雪莱当作"正行进在无限的人之进化的道路上"的"理想之'人'的形象"来看待的。③ 这进一步表明，鲁迅不仅没有将希望视为虚妄，而且是在希望中坚持前行，写杂文和进行一些文化实践的。虽然《文化偏至论》《摩罗诗力说》《破恶声论》等文章写于留日时期，因而更多反映了彼时鲁迅的主体意识，但因为这些文章大都收集于《坟》，而《看镜有感》之类的杂文是与《野草》诸篇同期之作，则可以推论的是，即使是重复着裴多菲的话，写着"绝望之为虚妄，正与希望相同"④ 的鲁迅，其主体意识仍然是通过青春的血腥歌声的回忆⑤而传递"在黑暗中看到一线光明，在绝望中牵系一缕希望"的信息。《坟》的序跋中所透露的种种低回、犹疑的情绪，都无法掩盖鲁迅作为决绝前行的过客的主体意识，那是怀抱希望和信心因而勇于战斗和写作的主体意识，相应的杂文写作也因此给读者以激动人心的力量，催人奋进，一往无前。

因为是怀抱希望和信心而战斗和写作，1929年左转途中的鲁迅对"近似带革命性的文学作品"做了下述评价：

> 各种文学，都是应环境而产生的，推崇文艺的人，虽喜欢说文艺足以煽起风波来，但在事实上，却是政治先行，文艺后变。倘以为文艺可

---

① 鲁迅：《坟·文化偏至论》，《鲁迅全集》第1卷，第57页。
② 鲁迅：《坟·看镜有感》，《鲁迅全集》第1卷，第208页。
③ 北冈正子：《鲁迅 救亡之梦的去向——从恶魔派诗人论到〈狂人日记〉》，李冬木译，北京：生活·读书·新知三联书店，2015年，第51页。
④ 鲁迅：《野草·希望》，《鲁迅全集》第2卷，第182页。
⑤ 同上书，第181页。

以改变环境,那是"唯心"之谈,事实的出现,并不如文学家所豫想。所以巨大的革命,以前的所谓革命文学者还须灭亡,待到革命略有结果,略有喘息的余裕,这才产生新的革命文学者。为什么呢,因为旧社会将近崩坏之际,是常常会有近似带革命性的文学作品出现的,然而其实并非真的革命文学。例如:或者憎恶旧社会,而只是憎恶,更没有对于将来的理想;或者也大呼改造社会,而问他要怎样的社会,却是不能实现的乌托邦;或者自己活得无聊了,便空泛地希望一大转变,来作刺戟,正如饱于饮食的人,想吃些辣椒爽口;更下的是原是旧式人物,但在社会里失败了,却想另挂新招牌,靠新兴势力获得更好的地位。①

这段话包含了极为丰富的信息,非常值得分析。首先,将文艺改变环境的看法视为"'唯心'之谈",是与鲁迅自己所坚持的文学改良人生的看法相矛盾的。虽然1933年在《我怎么做起小说来》一文中,鲁迅宣称自己仍然抱着十多年前的启蒙主义来写小说,是要"为人生"并且改良这人生的②,但对文学的社会功能及相应的性质判断无疑有了更为复杂的看法,不再像写作《摩罗诗力说》那样单纯以浪漫主义的眼光肯定文学的性质和作用。其次,更为关键的是,在《头发的故事》和《影的告别》中借N先生和影之口批判"黄金时代"的鲁迅③,此处却指出,当旧社会将近崩坏时出现的"没有对于将来的理想"的文学"并非真的革命文学",幻想"不能实现的乌托邦"的文学和"空泛地希望一大转变,来作刺戟"的文学,也不是"真的革命文学",等而下之的更不过是"旧式人物""想另挂新招牌,靠新兴势力获得更好的地位"的东西而已。在这里,鲁迅一方面认为有"不能实现的乌托邦",仍然延续了对于"黄金时代"的批判,另一方面则认为"真的革命文学"必须有"对于将来的理想"。"对于将来的理想"与"不能实现的乌托邦"之间到底有多大差异,不是很容易讨论的,但不管如何,鲁迅以"对于将来的理想"的坚持打破了所谓"绝望之为虚妄,正与希望相同"的

---

① 鲁迅:《三闲集·现今的新文学的概观》,《鲁迅全集》第4卷,第137页。
② 鲁迅:《南腔北调集·我怎么做起小说来》,《鲁迅全集》第4卷,第526页。
③ 鲁迅:《呐喊·头发的故事》,《鲁迅全集》第1卷,第488页;《野草·影的告别》,《鲁迅全集》第2卷,第169页。

形而上学循环，并以此为基准展开了对于旧社会将近崩坏时出现的各种文学作品的性质的分析和批判。而借助他在1932年《二心集》序言中所说的"由于事实的教训，以为惟新兴的无产者才有将来"①，可以推论的是，"事实的教训"敲碎了鲁迅理论、经验和情感的逻辑，使得他不得不重新检讨自己在形而上学的意义上所推详的希望、绝望、未来、理想等命题的意义，进而将"事实的教训"所带来的无产者的问题安置在自己过去所以为不完满的、缺乏内容的地方。在这个意义上，前引吴晓东讨论田中实的"第三项"理论时所给出的解释，即"鲁迅的省思的主体已然开始探索寻求外力的可能性，这个外力就是大众主体，是社会运动，是历史意志"，也有了实在的内容。针对小说《故乡》来说，田中实的确只能借助小说的留白之处和末尾形而上学的议论抽象地讨论"第三项"问题，针对鲁迅1930年代的杂文写作来说，可以讨论的问题就非常具体了。鲁迅不再是像《过客》中的过客一样想象前方有一个呼唤自己前行的"声音"，而是毫不可惜自己所熟识的本阶级即"中产的智识阶级"的溃灭②，甘为过客，却又热情拥抱新兴无产者才有的未来；所谓"第三方"或"第三项"的问题，由此转化为一个历史唯物主义问题，个体的意志和命运或某一阶级的意志和命运都是在历史的客观发展之中的。如何对待历史的客观发展，自然可以有不同的态度，而鲁迅是倾向于历史唯物主义的态度的。那么，可以肯定的是，所谓反抗绝望的过客意识，对于左转以后的鲁迅而言已然发生巨大的改换，鲁迅面对的不再是个人的孤独和绝望，而是历史的无限的平行四边形的力发生作用之际所可能展现的革命和理想社会。而鲁迅拒绝设想，在将来的理想社会中，自己作为知识者，独独占据了有利位置。这便是他为什么不止一次讽刺海涅幻想自己死后是坐在上帝旁边吃点心的诗人③，讽刺文学家幻想革命成功后"劳动者捧着牛油面包来献他"④。说到底，在鲁迅看来，自己相对于无穷的时间和历史而言，不过是匆匆过客，过多的占有无济于事，只有投身于集体的事业才能抵挡无穷的时间和历史的销蚀。

---

① 鲁迅：《二心集·序言》，《鲁迅全集》第4卷，第195页。
② 同上。
③ 鲁迅：《三闲集·现今的新文学的概观》，《鲁迅全集》第4卷，第138页；《二心集·对于左翼作家联盟的意见》，《鲁迅全集》第4卷，第239页。
④ 鲁迅：《二心集·对于左翼作家联盟的意见》，《鲁迅全集》第4卷，第239页。

因此，在杂文集的序跋中，当鲁迅说"我以为凡对于时弊的攻击，文字须与时弊同时灭亡，因为这正如白血轮之酿成疮疖一般，倘非自身也被排除，则当它的生命的存留中，也即证明着病菌尚在"①，他是以期待文字与时弊俱灭的方式建构杂文写作与集体事业的关系。所谓与时俱灭，自然不乏匆匆过客的自觉，但必须捆绑着文字与时弊而进行表达，则仍有不肯自生自灭的倔强。当鲁迅说杂文"是我转辗而生活于风沙中的瘢痕。凡有自己也觉得在风沙中转辗而生活着的，会知道这意思"②，他既是在个体的意义上体悟自己过客般的生活，"转辗而生活于风沙中"，也是在个体的意义上召唤同类，从而获得某种集体感和历史感。而当鲁迅说自己的杂文集是一个地摊，"希望，并且相信有些人会从中寻出合于他的用处的东西"时，他便已经将自己的杂文写作视为集体事业的有机组成部分，他自己也真正成为集体和历史的一环，"只是前前后后，都做一个过付的经手人罢了"③。他是一个彻彻底底的过客，然而因为自觉身在历史之中，甚至恍然以为自己是未来的影子投射到现在，于是获得了历史主体意识的格外自觉。

---

① 鲁迅：《热风·题记》，《鲁迅全集》第1卷，第308页。
② 鲁迅：《华盖集·题记》，《鲁迅全集》第3卷，第5页。
③ 鲁迅：《坟·我们现在怎样做父亲》，《鲁迅全集》第1卷，第137页。

第四章　审美的三种形式

自从鲁迅杂文成为重要的文学现象以来，如何在审美的意义上对其进行定位就成了一个有争议的大问题。除了种种贬低的意见，也有诸如"战斗的'卓利通'"、诗和政论的结合①、诗史、寓言、抒情等肯定的说法。考虑到鲁迅自己在自编杂文集的序跋中提供的种种说法构成了辨析鲁迅杂文的审美形式的主要资源，此处拟从鲁迅的说法出发，从诗史、讽喻和抒情诗三个角度分析鲁迅杂文的审美形式。

从理论上来说，诗史、讽喻和抒情诗既是分析鲁迅杂文的三个美学角度，也是鲁迅杂文的三种审美形式。只不过具体落实到鲁迅杂文的理解时要做一些调整，即鲁迅杂文不是一般的诗史，而是关于现代中国的败落的诗史，不是一般的讽喻，而是关于中国大众的灵魂的讽喻，不是一般的抒情诗，而是关于一己之有情和愤懑的隐秘的抒情诗。

---

① 诗和政论的结合的说法源于冯雪峰。相关研究可参考孙玉石：《鲁迅文学创作与精神气质之诗性特征——冯雪峰对鲁迅理解阐释的一个侧面之浅议》，见《上海鲁迅研究》2013年秋卷，上海：上海社会科学院出版社，2013年，第35—47页。

第一节　败落的诗史

鲁迅的两处自述是讨论鲁迅杂文与诗史关系的重要提示。其一，鲁迅曾在《南腔北调集》的题记中说"一年要出一本书，确也可以使学者们摇头的，然而只有这一本，虽然浅薄，却还借此存留一点遗闻逸事，以中国之大，世变之亟，恐怕也未必就算太多了罢"①，这是一种视自己的杂文集为记录"遗闻逸事"的稗史意识②；其二，他在《且介亭杂文》的序言中又说，"这一本集子和《花边文学》，是我在去年一年中，在官民的明明暗暗，软软硬硬的围剿'杂文'的笔和刀下的结集，凡是写下来的，全在这里面。当然不敢说是诗史，其中有着时代的眉目，也决不是英雄们的八宝箱，一朝打开，便见光辉灿烂"③，则在否认"英雄们的八宝箱"的同时认为自己的杂文集可能"有着时代的眉目"，是现代中国的"诗史"。唐弢认为鲁迅杂文"确是一部史诗，我们可以清楚地认出时代的面目来"④，即由鲁迅的自述讹变而来。

事实上，鲁迅杂文笔锋所及，包罗万有，很大程度上的确可谓中国现代社会的诗史。但因其形制多变，像变色龙一样拟态不同的媒介空间和舆论环境，总体状态晦暗不明，故而就算是中国现代社会的诗史，也是一种败落的形式。这种败落的形式意味着鲁迅对于现代性背后的深度模式的怀疑，也意味着不同的总体性想象之间的冲突。

一

《花边文学》和《且介亭杂文》都是按写作和发表时间编排的杂文集，又因为"凡是写下来的，全在这里面"，可谓鲁迅个人 1934 年的编年史，而

---

① 鲁迅：《南腔北调集·题记》，《鲁迅全集》第 4 卷，第 428 页。
② 当年有读者素痴谓《南腔北调集》可以是"我们当前的时代的史"，当受到鲁迅题记的启发。素痴：《谈〈南腔北调集〉》，见中国社会科学院文学研究所鲁迅研究室编《1913—1983 鲁迅研究学术论著资料汇编》第 1 卷，第 1031 页。
③ 鲁迅：《且介亭杂文·序言》，《鲁迅全集》第 6 卷，第 3—4 页。
④ 唐弢：《鲁迅的杂文》，《鲁迅风》第 1 期，1939 年 10 月 11 日。

因其中"有着时代的眉目",便有了诗史之概。在这里,鲁迅使用的"诗史"概念近乎唐孟棨《本事诗·高逸第三》评价杜诗时的本意。孟谓"杜逢禄山之难,流离陇蜀,毕陈于诗,推见至隐,殆无遗事,故当时号为'诗史'",刘宁推演道:

> 杜甫之被奉为"诗史"的典范,一方面是因为他的一部分作品,的确体现了"善写时事"和"实录"的特点,但就其整体的艺术格局而言,则更与胡宗愈的诗史观相接近。杜诗在详陈个体人生出处的基础上,展现了社会时代的广阔画卷,表达了诗人感时忧世之情怀,深入地开拓了以"一人之诗"表现"一代之史"的艺术可能。

朱刚对刘宁的推演极为推崇,认为发挥了胡宗愈所谓"凡出处去就、动息、劳佚、悲欢、忧乐、忠愤、感激、好贤、恶恶,一见于诗,读之可以知其世"的看法,并进一步认为,如果"把苏轼的诗歌编年整理出来",因为"大部分有比较原始的根据",会是更好的一部"诗史"。① 按照朱刚的理解,鲁迅杂文既有作者个人的自觉编年文集,有充分可靠的原始根据,绝大部分又都是鲁迅个人的"一人之文"而"展现了社会时代的广阔画卷",那么,将鲁迅杂文理解为"诗史"是毫无疑义的。

但值得注意的是,在董乃斌看来,"诗史"并不是一个不言自明的概念,他认为孟棨使用时只是描述了有人称杜诗为"诗史"的现象,并未下定义,并以明杨慎的看法和明末清初王夫之的看法为例,认为"诗史"是一个内涵和外延都有争议的概念。杨慎认为"'诗史'之名根本不通","夫诗之不可以史为,若口与耳之不相为代也",王夫之在《唐诗评选》中评价李白《登高丘而望远海》谓"后人称杜陵为诗史,乃不知此九十一字中有一部开元天宝本纪在内。俗子非出像则不省,几欲卖陈寿《三国志》以雇说书人打匾鼓说赤壁鏖兵。可悲可笑,大都如此",这让董乃斌产生一个根本性的疑问:"诗史可不可以有多种写法呢?"董乃斌的结论性意见是:

---

① 参见朱刚:《苏轼十讲》,上海:上海三联书店,2019年,第410—414页。

那些叙述记录了许多当日生活细节、在时光流逝中历史认识价值见涨的作品，如杜甫的诗，固然可称诗史；那些并未记述多少生活细节，却写出了历史的氛围和动向的作品，如李白的《登高丘而望远海》，也不妨是诗史的一种。而且，甚至比李白的诗思更超脱、更浪漫、更大胆，比李白诗表现得更天马行空、更幽深隐微、更匪夷所思、更独特而出格，而实际上仍不过是现实生活变形的作品，也能够因具有史性而堪称诗史，如李贺的某些诗。诗史无疑是崇高的，但并不神秘，并非高不可攀，当然更不是杜甫的个人专利。只要认真表现生活，无论表现的是生活细节，还是生活感受，是百姓的柴米油盐，还是民众的喜怒哀乐，就都有可能触及生活的腠理、社会的脉搏、历史的足音，在或长或短的时间以后，被发现并被承认为"诗史"。

董乃斌甚至进一步认为，李白、杜甫等诗人有多种多样表现手法以写出诗史，杜甫除了"推见至隐，殆无遗事"的诗史，还有《兵车行》那样的"新闻报道式的诗史"，"三吏三别"那样的"小说戏剧型的诗史"，《秋兴八首》那样的"组诗式诗史"，其他诗人的诗集也都是诗史，"一部《全唐诗》岂不更是有唐三百年波澜起伏的宏伟诗史"？在提供了如此发散、宏阔的视野之后，董乃斌对诗史的理解又有所收束，他表示，"诗史是诗歌中渗透了史性、史识、史意、史味的部分，但它的本质还是审美的"。①

董乃斌极具挑战性的思考引入了关于诗史概念理解的丰厚历史，颇有六经皆史的意味，但实际上并未颠倒刘宁、朱刚等人对这一概念的基本内涵的界定，诗史仍然关乎个人写作与时代之关系。不过，董乃斌带来的启发是，诗史虽然是相对稳定的，但表现形态却是多种多样的，不同的写作者有不同的诗史写法，同一个作者也可能会有多种多样的诗史写法。更为重要的是，董乃斌强调诗史并不是一个神秘的概念，所有人的写作都可是诗史，诗史的本质"还是审美的"②。这就是说，诗史本质上是一个美学的概念，不是一

---

① 董乃斌：《李白与诗史》，《文史知识》2018年第3期。
② 董乃斌虽然强调诗史的本质是审美，但认为中国的诗史传统不是抒情传统，而是叙事传统，并明确认为，在中国诗歌史上，叙事传统足与抒情传统对垒。参见董乃斌：《诗史言说与叙事传统》，见中华诗词研究院、复旦大学中国古代文学研究中心编《中华诗词研究》第3辑，上海：东方出版中心，2017年，第182—198页。

定要从文学作品中发现历史，更不是要以历史写作的要求来规范文学写作，将具有历史写作特点的文学作品视为更好或更崇高的作品；刘宁所谓"以'一人之诗'表现'一代之史'的艺术可能"的说法关乎的也是文学的审美形式的话题。从这个意义上来说，虽然鲁迅在《且介亭杂文》的序言所作的表示确有一丝不敢高攀"诗史"的意味，但实际上可以不如此细谨。对于鲁迅杂文的理解而言，"诗史"也只是一个提供了认识鲁迅杂文的审美形式的概念罢了。而且，不妨先借用刘宁的话作出结论性的判断，即鲁迅杂文在详陈个体人生出处的基础上，展现了社会时代的广阔画卷，表达了作家感时忧世之情怀，深入地开拓了以"一人之文"表现"一代之史"的艺术可能。这些都不足以见出鲁迅杂文作为诗史的特出之处。因此，理解鲁迅杂文之为诗史的关键仍然在于，鲁迅杂文的诗史内容是哪些？相应的表现手法是哪些？借用董乃斌的思路来说，鲁迅杂文中有多种多样的诗史吗？分别是什么？

在论题展开之前，应当说明的是，董乃斌、刘宁、朱刚等人关于诗史的讨论因为讨论对象本来就是诗歌，所以只需要解决诗与史的关系问题，而关于鲁迅杂文与诗史的讨论，则不仅要解决鲁迅杂文是否为"一代之史"的问题，而且要解决鲁迅杂文作为"一人之文"是否也可以视为"一人之诗"的问题。诗史自有分界和关联，诗文亦自有关联和分界；分界存乎文体，本来就很明了，关联存乎审美的本质，是需要深入讨论的所在。此处对于诗文的关联和分界，存而不论。

"有着时代的眉目"的说法虽然带有性质判断的意味，但只是一个很笼统的说法，"时代的眉目"的具体内容是什么，是需要深入分析的。而入手分析的最简便的办法莫过于就鲁迅杂文集的文章内容进行分类。但是，考虑到鲁迅杂文与时代的紧密关联，即很难脱离文章的写作和阅读语境来进行理解，从历史现场中的读者反应的分析入手才是更有学理性的方式。从基本的历史材料来看，"时代的眉目"大概包括以下四个方面：

其一是鲁迅杂文表现了现代中国的革命力量，史家不读就不能了解现代中国。

史沫特莱（Smedley）1939年在纪念鲁迅的文章《鲁迅是一把宝剑》一文中认为，写作杂文的鲁迅不是中国的高尔基或中国的萧伯纳，而是中国的伏尔泰，并在文末表示："中国的史家，倘不阅读他的著作，决不能了解从五四到现在，从现在以至未来的若干年间这一时期的中国。因为他的著作中间，用美和有力的言辞，表现了新中国的伟大创造的革命力量。鲁迅之所以成为一个天才，而不仅是一个有擅长有能力的像我辈其余的人一样，就因为他具有这纵垂久远横被世界的普遍性和创造的才能。"①

其二是鲁迅杂文写文人和社会的沉浮变化，映现革命的历史。

鲁迅去世不久，有署名宗珏的书评《〈花边文学〉》发表在 1937 年 3 月 29 日出版的《国闻周报》第 14 卷第 12 期上，内中认为鲁迅的《花边文学》"包涵了各色各样的物事"，既揭破文人学者的个人阴私，更"揭破黑暗社会底烟幕"，鲁迅因此是"一面中国革命的镜子"。②

其三是鲁迅杂文写中国现代社会的种种变动，抓住了每一阶段的时代精神。

1937 年 3 月，谭丕模写纪念鲁迅的长文《鲁迅作品的时代性》，将鲁迅作品按阶段分为"革命的布尔乔亚之作""苦闷的布尔乔亚之作""英勇的普洛利塔利亚斗士之作"和"英勇的民族解放战士之作"，并在文末表示："中国社会受国际资本主义总崩溃的影响，在不断的变动中，鲁迅把每一阶段变动中的时代精神，都紧紧地抓住了。鲁迅之所以被称为伟大的作家即在此。"③

其四是鲁迅杂文写青年的遭遇，见出一个时代的性质。

当《南腔北调集》1934 年 3 月由上海同文书店出版发行时，即有读者素痴在同年 9 月 15 日的《大公报》（天津）上表示该书是"我们当前的时代史"，并给出了具体的读法。素痴表示"一个时代的性质可用其中感觉敏锐的青年的遭遇来量度"，并以《南腔北调集》中的《为了忘却的记念》一文为例，节抄其中大段文字，引为"极重要的史料"，最后感慨道："想起一些与柔石辈遭遇相似的同学少年，禁不得在'人间何世'的疑问

---

① Smedley:《鲁迅是一把宝剑》，凡容译，《文化月刊》第 3 期，1939 年 10 月 20 日。
② 宗珏:《〈花边文学〉》，《国闻周报》第 14 卷第 12 期，1937 年 3 月 29 日。
③ 谭丕模:《鲁迅作品的时代性（下次完）》，《文化动向》第 1 卷第 1 期，1937 年 3 月 5 日;《鲁迅作品的时代性（续完）》，《文化动向》第 1 卷第 2 期，1937 年 3 月 20 日。

下搁笔了。"①

上述四个方面各有侧重，史沫特莱侧重的是鲁迅杂文所揭示的现代中国革命的力量和可能，强调其"纵垂久远横被世界的普遍性"，宗珏侧重的是鲁迅杂文作为中国革命的镜子所映现的灰暗历史，谭丕模侧重的是鲁迅杂文抓住了不同历史段落的时代精神，素痴侧重的是鲁迅杂文中所写的青年与时代性质的关联，但很显然都是从鲁迅杂文的内容出发，将鲁迅杂文视为现代中国的历史档案，试图从中把握现代中国的"时代的眉目"。这种越过形式直取内容的读法，不仅有其读法本身的合法性，而且也能从对象自身获得支援。鲁迅解释自己的小说创作时曾明确表示自己写小说的目的是"引起疗救的注意"，故而"力避行文的唠叨，只要觉得够将意思传给别人了，就宁可什么陪衬拖带也没有"，并以中国旧戏和民间花纸为例，强调这样的写法使自己成了 Stylist。② 在现代小说这种形式讲究极为强烈的文类上，鲁迅尚且可以做到"宁可什么陪衬拖带也没有"，那么在杂文这种形式上可以别无讲究的文类上，他当然可以做到使内容自我呈现，形式仿佛是透明的一样。这也正是他讨论"怎么写"时所谓"与其防破绽，不如忘破绽"③ 的精义，而他认为《语丝》的特色是"任意而谈，无所顾忌"④ 的线索也隐伏其中。因此，在理论的意义上，如果鲁迅杂文真的做到了"忘破绽"，做到了"任意而谈，无所顾忌"，越过形式直取内容的读法恰恰直抵鲁迅杂文形式，看似朴素，实则越过"陪衬拖带"的障碍，把握住了鲁迅杂文堪称诗史的本质。但问题在于鲁迅并未做到"忘破绽"，在具体的历史段落中，他几乎总是不能"任意而谈，无所顾忌"，那么，关于鲁迅杂文的"时代的眉目"的问题就不得不在内容之外也进行深入的分析。

二

有意思的是，前引关于鲁迅杂文与"时代的眉目"的观点都出现在鲁

---

① 素痴：《谈〈南腔北调集〉》，见中国社会科学院文学研究所鲁迅研究室编《1913—1983鲁迅研究学术论著资料汇编》第 1 卷，第 1031—1032 页。
② 鲁迅：《南腔北调集·我怎么做起小说来》，《鲁迅全集》第 4 卷，第 526—527 页。
③ 鲁迅：《三闲集·怎么写——夜记之一》，《鲁迅全集》第 4 卷，第 25 页。
④ 鲁迅：《三闲集·我和〈语丝〉的始终》，《鲁迅全集》第 4 卷，第 171 页。

迅 1930 年代关于自己的杂文与稗史、诗史的说法之后，这不仅意味着鲁迅自己对杂文的理解和认识有一个变化的过程，而且意味着他通过杂文集序跋的写作引领着时人对杂文的理解和认识，使时人身上也发生了相应的变化过程，从而形成一种时代的共振。因此，正所谓解铃还须系铃人，关于鲁迅杂文与诗史关系的讨论注定要再次从鲁迅自身对杂文的理解和认识谈起。在编的第一部杂文集《热风》的题记中，他曾表示：

> 我的应时的浅薄的文字，也应该置之不顾，一任其消灭的；但几个朋友却以为现状和那时并没有大两样，也还可以存留，给我编辑起来了。这正是我所悲哀的。我以为凡对于时弊的攻击，文字须与时弊同时灭亡，因为这正如白血轮之酿成疮疖一般，倘非自身也被排除，则当它的生命的存留中，也即证明着病菌尚在。①

这段充满抒情性的话里至少包含三层意思，最表面的一层是杂文是攻击时弊的功利性文字，没有存留成集的价值，其下蕴含的意思是时弊的存留使得"浅薄的文字"仍然有存留成集的必要，杂文的价值不是由其自身决定的，最底层的意思则是一种文体的沉浮、社会意义和审美价值往往不是写作者所能决定的，写作者及其生产都在时代之中，分享着时代的具体情绪。因此，所谓的"这正是我所悲哀的"的情绪，不仅是一个过程的终点，而且是另一个过程的起点，鲁迅必须理解、抵抗和消化自己的悲哀之感。至于鲁迅以白血轮的比喻所表达的捍卫生命的意味以及接下来关于"无情的冷嘲"和"有情的讽刺"的对举②，自然也是值得深入分析的，此处按下不表。

为了理解、抵抗和消化自己的悲哀之感，鲁迅对杂文和时代的关系就有进行更深入的思索的必要。延续《热风》题记所表达的意思的是他在前引《南腔北调集》的题记中所说的"虽然浅薄，却还借此存留一点遗闻逸事"，佯言"浅薄"，实际上却是肯定杂文稗史式的价值，更进一步确认了在时代中定位杂文的思路。需要补充说明的是，稗史和正史在鲁迅的知识视野和思想认知中的位置。在他看来，钦定的正史"要摆'史架子'；里面也不敢说

---

① 鲁迅：《热风·题记》，《鲁迅全集》第 1 卷，第 308 页。
② 同上。

什么"，而"野史和杂说自然也免不了有讹传，挟恩怨，但看往事却可以较分明，因为它究竟不像正史那样地装腔作势"①，这就可以推论，在"看往事却可以较分明"这一点上，他更加看重稗史。这也就是说，当鲁迅把自己的杂文比为"遗闻逸事"时，他不仅不是在贬低杂文的价值，而且是在强调杂文保留了历史的真相，戳穿了正史的"史架子"。另外，在野史的读法中，鲁迅还每每强调以野史为鉴，如在写给友人的书信中谓"观明末野史，则现状之可藉以了然者颇多"②，"偶看明末野史，觉现在的士大夫和那时之相像，真令人不得不惊"③，可见他不仅在历史真相的意义上看待"遗闻逸事"，而且在鉴往知来、探察人性（国民性）的意义上看待它们。而在鲁迅看来，野史、遗闻逸事或稗史在现代社会的变体就是报章上的新闻报道，他在《再谈保留》一文中表示："从清朝的文字狱以后，文人不敢做野史了，如果有谁能忘了三百年前的恐怖，只要撮取报章，存其精英，就是一部不朽的大作。"④"撮取报章，存其精英"即可算其时的文人在写野史，而且堪堪造就"一部不朽的大作"，可见鲁迅对野史的评价之高。这背后自然关联着鲁迅对野史具有戳穿正史的"史架子"、存留历史的真相及鉴往知来、探察人性等作用的认识，而更为重要的是，鲁迅由此产生了"不朽"意识。这便意味着鲁迅对"浅薄"的杂文的认识已经顺着野史理解的脉络发生了深刻变化，他不但不再纠结于时弊不灭所带来的杂文仍值得存留的悲哀，而且认为杂文就像野史一样能存留真相、洞察过往且烛照未来，本身即是不朽的。毫无疑问，自《新青年》时代的随感录写作以降，鲁迅的杂文大部分都是"撮取报章，存其精英"之作，而且更其有透辟的分析、精警的议论及"美和有力的言辞"，故而必然是野史意义上的"不朽的大作"。因此，鲁迅在《热风》题记中所表达的希望杂文与时弊俱灭的想法，其重点是在希望时弊灭亡，至于杂文之速朽还是不朽，无关紧要。

不过，虽然鲁迅将杂文与时代进行关联并获得了不朽意识，但他并非从一开始就直面此等问题的。实际上，《热风》题记中"如鱼饮水冷暖自知"⑤

---

① 鲁迅：《华盖集·这个与那个》，《鲁迅全集》第3卷，第148页。
② 鲁迅：《书信·270802 致江绍原》，《鲁迅全集》第12卷，第59页。
③ 鲁迅：《书信·350108 致郑振铎》，《鲁迅全集》第13卷，第338页。
④ 鲁迅：《伪自由书·再谈保留》，《鲁迅全集》第5卷，第155页。
⑤ 鲁迅：《热风·题记》，《鲁迅全集》第1卷，第308页。

的譬解固然是从个人的情感和经验的意义上确认自己的杂文结集的价值，《华盖集》题记中的说法更是完全指向个人的情感、经验和记忆：

> 现在是一年的尽头的深夜，深得这夜将尽了，我的生命，至少是一部分的生命，已经耗费在写这些无聊的东西中，而我所获得的，乃是为自己的灵魂的荒凉和粗糙。但是我并不惧惮这些，也不想遮盖这些，而且实在有些爱他们了，因为这是我转辗而生活于风沙中的瘢痕。凡有自己也觉得在风沙中转辗而生活着的，会知道这意思。①

在这段自我譬解中，鲁迅表述的重心不再是《华盖集》所收杂文的内容和主题是什么，似乎反正是些"无聊的东西"，不值得再多说。值得再说的是"写"本身，"写"作为一种具体的行为，耗费了生命，造成了"灵魂的荒凉和粗糙"，"写"成为"生活于风沙中的瘢痕"，而"写"出来的杂文因此就是"写"这一行为的象征物，不是杂文的内容和主题构成对写作主体的价值和意义，而是杂文作为"写"这一行为发生后所带来的生命的耗费、灵魂的粗糙和生活的瘢痕的表征，构成写作主体反复咀嚼的个人情感、经验和记忆。鲁迅甚至召唤读者共享自己反复咀嚼的个人情感、经验和记忆，希图获得读者的共情。这就是说，即使《华盖集》中有接近一半的杂文不是"执滞于小事情"②，类似《青年必读书》《牺牲谟》《战士和苍蝇》《长城》《十四年的"读经"》《这个与那个》《我观北大》等文章论及的都是东西文明比较、革命政治、文化政治、大学教育之类宏观的大事情、大问题，但鲁迅在题记中仍然言小不言大，可见彼时更加愿意思考的问题乃是杂文关乎个人的情感、经验和记忆的问题，并未思及如何在历史的维度上确认杂文的位置。政治恢诡的风云、历史沉重的命题和文明再造的可能似乎都尚未构成鲁迅思考杂文价值和功能的坐标，他只是在个人出处上咀嚼着情感、经验和记忆，连接个人与杂文的关系，确认杂文的价值和意义。

但值得注意的是鲁迅同时期写给许广平的书信中下述说法：

---

① 鲁迅：《华盖集·题记》，《鲁迅全集》第3卷，第4—5页。
② 同上书，第3页。

> 中国现今文坛（？）的状态，实在不佳，但究竟做诗及小说者尚有人。最缺少的是"文明批评"和"社会批评"，我之以《莽原》起哄，大半也就为得想引出些新的这样的批评者来，虽在割去舌之后，也还有人说话，继续撕去旧社会的假面。可惜现在所收的稿子，也还是小说多。①

鲁迅在此表现出极为明确的重视杂文的"文明批评"和"社会批评"功用的主张，因为恨其少，不但自己写，而且主办《莽原》杂志作为杂文发表的园地，以期培养更多作家写"撕去旧社会的假面"的杂文。这就意味着对于鲁迅来说，杂文的社会功能和意义是明确的，杂文就是"撕去旧社会的假面"的"文明批评"和"社会批评"，是彼时文坛最稀缺的品种，鲁迅并非在个人出处的层面确认杂文的价值和意义。结合他在《华盖集》题记中对杂文的理解和认知来说，可以做出的更为准确的推断是，鲁迅在写作一篇篇杂文时在意的是杂文的社会功能和意义，并不重视杂文与个人出处的关系；而当他编杂文集回顾昔日的写作时，不免有近身及身之感，于是叙及杂文与个人出处之关联，道出"执滞于小事情""灵魂的荒凉和粗糙"及"生活于风沙中的瘢痕"等个人心曲。应当说，道出个人心曲是一种三省吾身式的主体意识表达，并不是对杂文的价值和意义的直接确认。

而正是由于鲁迅一方面推重杂文"撕去旧社会的假面"的社会作用，另一方面又反复确认杂文写作与一己之"如鱼饮水冷暖自知"的情感体认的关系，就使得杂文写作对于鲁迅而言不仅是功利性的存在，而且是一己之情感、经验和记忆的所在。在这一意义上才可以说，鲁迅通过杂文写作，既幽微曲折地写出了个体人生的出处，又展现了社会时代的广阔画卷，表达了感时忧世之情怀，深入地开拓了以"一人之文"表现"一代之史"的艺术可能，鲁迅杂文因此乃是类似于杜甫诗歌一样的诗史存在。

另外，由于鲁迅在写作杂文的同时，还在进行其他文体的写作，尤其是1927年之前，小说和散文诗才是他写作的重心，就不得不讨论他1932年在《〈自选集〉自序》一文中解释自己过往的各类写作的下述说法：

---

① 鲁迅：《书信·250428 致许广平》，《鲁迅全集》第 11 卷，第 486 页。

> 有了小感触,就写些短文,夸大点说,就是散文诗,以后印成一本,谓之《野草》。得到较整齐的材料,则还是做短篇小说,只因为成了游勇,布不成阵了,所以技术虽然比先前好一些,思路也似乎较无拘束,而战斗的意气却冷得不少。①

从这个朴素的说法来看,鲁迅对各类文体的社会功用持有相同看法,注重的都是布阵战斗,至于写成小说还是散文诗,则视材料而定,如果所得材料较为整齐,就写成小说,如果材料只是"小感触",就写成散文诗。既然是从所得材料上见分别,那么写杂文的材料是什么呢?《〈自选集〉自序》没有答案,但好在《且介亭杂文》的序言中提供了一条线索:

> 我只在深夜的街头摆着一个地摊,所有的无非几个小钉,几个瓦碟,但也希望,并且相信有些人会从中寻出合于他的用处的东西。②

其中"几个小钉,几个瓦碟"自然谦指《且介亭杂文》中的文章是琐屑的,是时代的大厦中不起眼的组件,虽然自有用处,似乎也非不可或缺。如果杂文作为成品都是琐屑的,那么不难推想,写杂文的材料更是琐琐不足道,是比写散文诗的"小感触"更琐屑的材料。由此反观鲁迅不同文体的写作,可以发现,小说的确最具有整体性,散文诗次之,杂文显得杂乱无章,杂文因此也很难在单篇文章的意义上通向诗史。而鲁迅也深知其中奥妙,故而对杂文集的编辑颇费匠心,尝试了依主题、文体、编年进行编集的不同方法,劳心费力地写作序跋,说明杂文于己于人的意义。其中公开揭出通过编集来构建杂文的整体性的说法,莫过于《准风月谈》后记中的剖白:

> 记得《伪自由书》出版的时候,《社会新闻》曾经有过一篇批评,说我的所以印行那一本书的本意,完全是为了一条尾巴——《后记》。这其实是误解的。我的杂文,所写的常是一鼻,一嘴,一毛,但合起来,已几乎是或一形象的全体,不加什么原也过得去的了。但画上一条

---

① 鲁迅:《南腔北调集·〈自选集〉自序》,《鲁迅全集》第4卷,第469页。
② 鲁迅:《且介亭杂文·序言》,《鲁迅全集》第6卷,第4页。

尾巴，却见得更加完全。所以我的要写后记，除了我是弄笔的人，总要动笔之外，只在要这一本书里所画的形象，更成为完全的一个具象，却不是"完全为了一条尾巴"。①

在这段激情洋溢的剖白中，鲁迅不仅把自己杂文的编集视为"或一形象的全体"的建构，而且把写长后记的行为解释为"要这一本书里面所画的形象，更成为完全的一个具象"。的确，无论是《伪自由书》的后记，还是《准风月谈》的后记，都长篇大论地铺叙集子中的杂文写作的微观语境，力求以丰富的材料详尽地叙述某一事件的方方面面，从而形成完整的历史叙述，示人以"完全的一个具象"。这种具有方法论自觉的编集和写作毫无疑问建构了鲁迅杂文写作的整体性，从而在整体的意义上绘就"时代的眉目"，抵达时代精神的深处。从这个意义上来说，素痴所谓鲁迅杂文中的青年形象表现了时代精神，可谓以枝节为事，并未抓住鲁迅杂文与时代精神之间的整体关系。

因此，鲁迅写作杂文的不朽意识和诗史意识是在不断的编集行为中觉醒的，而鲁迅杂文的诗史意义也是在鲁迅不断编集杂文的行为中逐步建构和呈现出来的。至于鲁迅作品的时代性是不是表现为抓住了每一阶段变动中的时代精神，是否有"革命的布尔乔亚之作""苦闷的布尔乔亚之作""英勇的普洛利塔利亚斗士之作"和"英勇的民族解放战士之作"的分别，倒不是很要紧的了。

三

事实上，与其直接就鲁迅杂文的内容和主题讨论其时代性，不如先充分考虑一个基本情况，即鲁迅杂文的形式其实是受制于多重语境而形成的，并非鲁迅想象中的将意思传递给读者就够了，而是陪衬拖带众多且复杂，需要进行细致的形式分析。即如鲁迅当年在《我和〈语丝〉的始终》一文中认定《语丝》的特色是"任意而谈，无所顾忌"时，下文即刻就有如下回退：

---

① 鲁迅：《准风月谈·后记》，《鲁迅全集》第5卷，第402—403页。

但应该产生怎样的"新",却并无明白的表示,而一到觉得有些危急之际,也还是故意隐约其词。陈源教授痛斥"语丝派"的时候,说我们不敢直骂军阀,而偏和握笔的名人为难,便由于这一点。但是,叭儿狗险于叭狗主人,我们其实也知道的,所以隐约其词者,不过要使走狗嗅得,跑去献功时,必须详加说明,比较地费些力气,不能直捷痛快,就得好处而已。①

所谓"任意而谈,无所顾忌"的《语丝》上的杂文其实是免不了"故意隐约其词"的。"故意隐约其词"的外部原因是,在军阀专制造成的"危急时刻",不仅"不敢直骂军阀",连走狗文人的嗅觉也不得不防,这是容易想到的,也是鲁迅专门渲染的,但显然还有内部原因,即是鲁迅一笔带过的"应该产生怎样的'新',却并无明白的表示"。所谓无法明白表示应该产生怎样的"新",即是指《语丝》上的杂文无法抓住历史发展的方向,无法把握住时代精神,因而无法准确地呈现"时代的眉目"。鲁迅发表在《语丝》上的杂文同样有此性质,它们只是漂浮在时代大潮中的碎片,只能讽喻式地指向时代,无法直接呈现为诗史式的存在。这也在另外向度提示了鲁迅编集杂文的重要性,碎片要在某种刻意的整合中才能完成讽喻的指向性,进而形成整体之感。从这个意义上来说,成仿吾当年对语丝派的批评可谓一语中的:

他们是代表着有闲的资产阶级,或者睡在鼓里面的小资产阶级。他们超越在时代之上;他们已经这样过活了多年,如果北京的乌烟瘴气不用十万两无烟火药炸开的时候,他们也许永远这样过活的罢。②

虽然鲁迅认为《语丝》"任意而谈,无所顾忌"的目的是"要催促新的产生,对于有害于新的旧物,则竭力加以排击"③,但不知道该产生怎样的"新"的知识分子群体是难以豁免"睡在鼓里"及"超越在时代之上"的批

---

① 鲁迅:《三闲集·我和〈语丝〉的始终》,《鲁迅全集》第4卷,第171页。
② 成仿吾:《从文学革命到革命文学》,《创造月刊》第1卷第9期,1927年。
③ 鲁迅:《三闲集·我和〈语丝〉的始终》,《鲁迅全集》第4卷,第171页。

评的。事实上，也正是大革命对军阀统治的打击炸开了北京的乌烟瘴气，从而造成了北京知识分子群体的分化和南下。鲁迅作为南下漂泊的一员，经历了厦门和广州的历练，当他定居于上海之后，杂文的形式面貌也一度出现了李长之所谓"爽朗，宏阔"①的情形。

不过，历史演进并不是直线的，鲁迅在解释自己的杂文写作时频繁出现类似"危急之际"的描述：

> 我是在二七年被血吓得目瞪口呆，离开广东的，那些吞吞吐吐，没有胆子直说的话，都载在《而已集》里。②

> 这些短评，有的由于个人的感触，有的则出于时事的刺戟，但意思都极平常，说话也往往很晦涩，我知道《自由谈》并非同人杂志，"自由"更当然不过是一句反话，我决不想在这上面去驰骋的。③

> 我曾经和几个朋友闲谈。一个朋友说：现在的文章，是不会有骨气的了，譬如向一种日报上的副刊去投稿罢，副刊编辑先抽去几根骨头，总编辑又抽去几根骨头，检查官又抽去几根骨头，剩下来还有什么呢？我说：我是自己先抽去了几根骨头的，否则，连"剩下来"的也不剩。④

在这些频繁的描述中，除了迁延不变的社会、政治状况不良，值得注意的还有鲁迅写作杂文时应对策略的迁延和变异，他强调《而已集》里的杂文是"吞吞吐吐，没有胆子直说的话"，《伪自由书》里的杂文"意思都极平常"但说话却"往往很晦涩"，《花边文学》里的杂文更是"自己先抽去了几根骨头"，以保证写作发表并非毫无可能。这背后的线索是，应对1927年的政治恐怖时鲁迅写作杂文是吞吞吐吐不直说，但仍然颇能以讽喻见真章，如名文《魏晋风度及文章与药及酒之关系》那样引人深思，动人心旌，而应对1930年代相对稳定的政治治理之下的新闻审查时，鲁迅写作杂文却连极平

---

① 李长之：《鲁迅批判》，第155页。
② 鲁迅：《三闲集·序言》，《鲁迅全集》第4卷，第4页。
③ 鲁迅：《伪自由书·前记》，《鲁迅全集》第5卷，第4页。
④ 鲁迅：《花边文学·序言》，《鲁迅全集》第5卷，第438页。

常的意思也只能以晦涩出之，甚至于"自己先抽去了几根骨头"。按照鲁迅的表述，可以推论的是，在他看来，残酷的政治恐怖对杂文写作带来的影响是显而易见的，但细密的现代政治治理术对杂文写作带来的影响才是致命的，它甚至迫使已经自我阉割的写作者进一步存皮去骨，整个表达从一开始就不过是某种剩余物。从这个意义上来说，不是鲁迅杂文的内容和主题构成了"时代的眉目"，而是鲁迅杂文写法的迁延和变异象征了"时代的眉目"，作为内容和主题出现的杂文不过是一时的社会、政治允许存在的剩余物，作为写法出现的杂文才是一个时代的诗史。

不过，需要同时注意到的是，鲁迅虽然自言在现代政治治理术的细密治理之下不得不"自己先抽去了几根骨头"才能写作，但仍然是充满昂扬斗志的。这不仅表现在他编杂文集时蓄意恢复被删改的文字以及附上不允许发表的文章，而且表现在对杂文生机的判断上。在1933年的《小品文的危机》一文中，鲁迅先从收藏"小摆设"的名人临死前感叹"小摆设"将及身而绝说起，说"小摆设"是"达官富翁家的陈设"，其中象征的"幽雅"和"安闲"境地"已经被世界的险恶的潮流冲得七颠八倒，像狂涛中的小船"，可谓不合时宜；鲁迅进一步表示，"小摆设"在"太平盛世"也不是重要的物品，与伟大的作品相比，徒显滑稽而已，而"在风沙扑面，狼虎成群的时候"，"他们即使要悦目，所要的也是耸立于风沙中的大建筑，要坚固而伟大，不必怎样精；即使要满意，所要的也是匕首和投枪，要锋利而切实，用不着什么雅"，故而"小品文的生存，也只仗着挣扎和战斗的"。非常有意味的是，与以乾隆时代为治世的思路不同，鲁迅认为"小摆设"所以风行，乃是因为乾隆在"助虐的武将的刀锋，帮闲的文臣的笔锋"的协助下彻底压制了明末小品的"有不平，有讽刺，有攻击，有破坏"。这也就是说，小品文"幽雅"和"安闲"的境地乃是政治、文化危机的症候，是"生死的分歧"，并不是什么值得向往的境界。鲁迅最终给出结论性的意见：

> 生存的小品文，必须是匕首，是投枪，能和读者一同杀出一条生存的血路的东西；但自然，它也能给人愉快和休息，然而这并不是"小摆设"，更不是抚慰和麻痹，它给人的愉快和休息是休养，是劳作和战斗

之前的准备。①

鲁迅真不愧是现代中国最没有奴颜媚骨的文人,其所谓"生存的小品文"指的就是杂文,而"挣扎和战斗"指的是写作者的主体姿态,"匕首"和"投枪"指的是杂文的美学形态。有意思的是,对于杂文的这一美学形态,鲁迅不仅重视其"杀出一条生存的血路"的作用,而且强调其"能给人愉快和休息"的作用。这带来的一个启示是,对于鲁迅杂文的理解,不仅要关注其战斗形态的崇高美学,而且要关注其战斗间隙的某种日常形态的优美美学;甚至必须强调的是,战斗并不是目的,而生存,尤其是"愉快和休息"这种日常之感才是目的。只是"愉快和休息"与"抚慰和麻痹"的分野在哪里呢?鲁迅虽未明确说出,但其行文间对于"穷人"和"达官富翁"的并峙以及对"愉快和休息""是劳作和战斗之前的准备"的强调,提示的是一种阶级论的视野。在这种看到对峙并强调战斗的阶级论视野里,鲁迅如此注重"愉快和休息"以抗拒"抚慰和麻痹",不能不说鲁迅的战斗是手法极为细腻的文化战斗,背后有着朴素而博大的精神和情感关怀。与不知道应该产生怎样的"新"的时代相比,鲁迅似乎迁延了某种小资产阶级的气味,但其实却丰富了杂文写作的诗史内涵,"新"的产生不能不连通着"愉快和休息"这种日常之感的体悟,鲁迅杂文因此不仅有着时代的"狞眉厉目",而且有着精神和情感如何得以安顿的温度,凝聚着一个时代对人类美好生活的想象和向往。这也就是说,在鲁迅杂文中,不仅负载着现代中国已经发生的历史,而且正如史沫特莱所言,其中蕴藏着创造性,预示着可能的未来。

也许正是渊源于此,鲁迅才能不断地挣扎,甚至不惜穿上"拟态的制服"混战于话语场上。"拟态的制服"是鲁迅《热风》题记中的说法,他在题记中先是说西长安街的报童曾有制服,是童子军制服的拟态,此后针对寄生在《新青年》主导的改革中的混乱现象议论道:

> 自《新青年》出版以来,一切应之而嘲骂改革,后来又赞成改革,后来又嘲骂改革者,现在拟态的制服早已破碎,显出自身的本相来了,

---

① 鲁迅:《南腔北调集·小品文的危机》,《鲁迅全集》第 4 卷,第 590—593 页。

真所谓"事实胜于雄辩",又何待于纸笔喉舌的批评。①

鲁迅以"拟态的制服"比喻《新青年》的反对派之假装"赞成改革",讽刺的意思非常明确。② 客观地说,话语场中总是存在本相和拟态的复杂勾连,如果不考虑鲁迅用词的讽刺意味,那么,以"拟态的制服"来描述鲁迅使用花样繁多的笔名在不同的报章杂志上发表风格不一的杂文的现象,可谓铢两悉称。而且,非常重要的是,对于笔名繁多、杂文风格不一的客观现象,鲁迅有下述解释:

> 自从一九三一年二月起,我写了较上年更多的文章,但因为揭载的刊物有些不同,文字必得和它们相称,就很少做《热风》那样简短的东西了;而且看看对于我的批评文字,得了一种经验,好像评论做得太简括,是极容易招得无意的误解,或有意的曲解似的。③

既然鲁迅是主动根据刊物的不同来写作相称的文字,可见所谓拟态的问题对于鲁迅而言,就是一个主动行为。在生物学中,拟态是指一种生物在形态、行为等特征上模拟另一种生物,从而使一方或双方受益的生态适应现象,其中有一种进攻性拟态,非常适合用来描述鲁迅的杂文写作行为。据陈阅增等人编著的《普通生物学——生命科学通论》介绍:

> 很多动物有诱捕猎物的手段,如深海鱼类有发光器,能开关自如,可诱引小动物前来。珊瑚礁附近有一种鮟鱇,经常张口静止不动,形状和周围的珊瑚礁很相似,头上有一棒状附属物,末端像一条小鱼在水中不断摆动,模仿小鱼游泳,诱惑一些肉食性动物前来而落入口中。鮟鱇鱼此种诱捕方法可称为进攻性拟态(aggressive mimicry)。④

---

① 鲁迅:《热风·题记》,《鲁迅全集》第1卷,第307—308页。
② 关于反对改革者表示赞成改革的问题,可以参考袁一丹:《"另起"的"新文化运动"》,《中国现代文学研究丛刊》2009年第3期。
③ 鲁迅:《二心集·序言》,《鲁迅全集》第4卷,第195页。
④ 陈阅增等编著:《普通生物学——生命科学通论》,北京:高等教育出版社,1997年,第319页。

这种进攻性拟态在鲁迅的杂文写作行为中的表现是多个层面的。首先是笔名，鲁迅使用繁多的笔名，有的是为了不愿具名，如鲁迅，有的是为了逃过书报审查，如栾廷石，有的则是游戏或者自喻，如宴之敖者。而其中不乏充满挑逗性的，如何家干和隋洛文，前者是拟态书稿审查官的口吻，后者是拟态浙江省通缉鲁迅的罪名"堕落文人"，两者显然都是对国民党政府的政治治理的进攻。其次是写法，鲁迅本来就以杂文为匕首和投枪，如果他为了适应不同刊物的特点而调适写法，拟态的目的自然更是进攻性的了。代田智明揭发鲁迅写作杂文时的种种"谎言""恶意"和"圈套"，强调鲁迅利用笔名藏身，"常常会突然出现在写作者和编辑的面前"，这种不够光明正大的做法使得鲁迅成为"一个'地雷'式的匿名者"，这就说明了鲁迅的拟态是进攻性的。当然，如大部分论者一样，代田智明还是强调国民政府的言论封锁造成了鲁迅利用反语、讽刺等修辞方法设"圈套"窥测左翼青年的意识。① 最后是编杂文集，鲁迅不仅将不同笔名的杂文收编在同一个集子中，而且有时还特意将发表时的笔名留在文章题目之后，如《准风月谈》和《花边文学》，这是对书报审查赤裸裸的讽刺，也是对部分读者的嘲讽。与此同时，更有意思的是，鲁迅将瞿秋白写的杂文也收在自己的杂文集中，将论敌的杂文也附在后记里，全面挑战了集部的传统，使人无法从一般著作权、创作等意义上看待鲁迅的杂文集，也使人不得不面对"立此存照"和"事实俱在"式的进攻。

由于鲁迅是穿着"拟态的制服"在话语场上混战，写作者的主体意识就难以把握，写作者对时代和历史的态度也需要打开形式的多重褶皱才能得以发现，故而也就难以从内容和主题的意义上辨识鲁迅杂文与诗史的关系。总之，无论鲁迅是被迫写得晦涩、吞吞吐吐，还是主动拟态，匿名写反语，匿名进行讽刺，带来的客观效果是一样的，即鲁迅杂文形式本身的迁延变异也是诗史的一部分。

四

在前引《准风月谈》的后记中，鲁迅将《伪自由书》的编集与"或一

---

① 代田智明：《1934：作为媒介者的鲁迅》，《鲁迅研究月刊》2004年第2期。

形象的全体"进行了勾连,并强调了后记对于构建一个"完全的一个具象"的作用。这种对于全体的具象化理解和对于具象的全体性把握,是一种集历史和辩证的智慧于一体的总体性思考,令人对鲁迅杂文编集的内在理路充满好奇。从成集最早的《热风》和《坟》来看,鲁迅其时的考虑以文体为主,《坟》中所收为篇幅较长的论文,《热风》所收为篇幅短小的杂感,且因"存心忠厚"而删削了好几篇①。这种情形到《华盖集》和《二心集》时有较大的改变,《华盖集》不再刻意删削,"一时的杂感一类的东西,几乎都在这里面"②,《二心集》则不再刻意区分论文、译文,"这回就连较长的东西也收在这里面,译文则选了一篇《现代电影与有产阶级》附在末尾",甚至为了让读者明白通信的双方而将来信收录在集③,作为编者的鲁迅的编年意识和呈现问题的全貌的意图渐趋明显,相应地,既有的文体意识在弱化,而新的文体意识在萌生。类似的情形也发生在《三闲集》当中,它收录了编《而已集》时计划另成一书的两篇《夜记》和"浅薄或不关紧要"的讲演和通信④,这也是既有文体意识弱化而编年意识增强的表征。接下来三本杂文集《伪自由书》《南腔北调集》和《准风月谈》,根据发表的地方做了明确分工,《伪自由书》和《准风月谈》所收杂文都发表在《申报·自由谈》上,而"除登在《自由谈》上者外,几乎都在"《南腔北调集》集里⑤。除了都发表在《申报·自由谈》上,《伪自由书》和《准风月谈》还有五个非常重要的特点:

第一是《伪自由书》开启了随文附录论敌文章的编法,而《准风月谈》《花边文学》《且介亭杂文二集》等因之;

第二是《伪自由书》编入瞿秋白以鲁迅笔名发表的杂文,同样的情形出现在《南腔北调集》和《准风月谈》中,共12篇文章⑥;

第三是《伪自由书》和《准风月谈》都有长长的铺叙微观历史的后记,

---

① 鲁迅:《华盖集续编·再来一次》,《鲁迅全集》第3卷,第314页。
② 鲁迅:《华盖集·题记》,《鲁迅全集》第3卷,第5页。
③ 鲁迅:《二心集·序言》,《鲁迅全集》第4卷,第195—196页。
④ 鲁迅:《三闲集·序言》,《鲁迅全集》第4卷,第5页。
⑤ 鲁迅:《南腔北调集·题记》,《鲁迅全集》第4卷,第428页。
⑥ 此据人民文学出版社2005年版《鲁迅全集》的注释,见鲁迅:《伪自由书·王道诗话》注1,《鲁迅全集》第5卷,第51—52页。

其长度引发了公共议论;

第四是从《伪自由书》开始,以补记、加着重号等方式说明集子中所收杂文的发表情况,或未能公开发表,或被删节,等等;

第五是《准风月谈》使用了随文保留发表时所用笔名的编法,《花边文学》因之。

由此可见,围绕着发表在《申报·自由谈》上的杂文,鲁迅进行了一系列颇具探索性的杂文编集实验,其编集的内在理路的确值得深入分析;其中《准风月谈》集合了所有特点,而"全体"和"具象"问题的说法也出自该集的后记,故而不妨以《准风月谈》为例进行分析。《准风月谈》共收文64篇,以写作时间为序编排,起于1933年6月8日,迄于1933年11月7日,其中《中国文与中国人》一篇系瞿秋白所作,并有前记和后记,未另发表。将其中所有文章合并起来观察,会发现一些相对集中的主题,如《推》《"抄靶子"》《"吃白相饭"》《"推"的余谈》《踢》《"揩油"》《爬和撞》《冲》,谈的都是上海人与人之间逼仄紧张的生存竞争,构成了一种理解上海城市的"动作修辞学"①,但很难发现更具整体性的主题;鲁迅在前记中说"我的谈风月也终于谈出了乱子来"②,作为集名《准风月谈》的解释,似乎也只是划了一条文章内容的边界,并非主题式的概括。这也就是说,如果只是排比文章的内容,试图从主题上寻找某种概括,《准风月谈》就只是各种主题的集合,并不是某个"全体"的"具象"。但鲁迅显然不是无的放矢,他在后记提供了一种精彩的读法,清晰地呈现了他通过《准风月谈》的编集抵达的某个"全体"的"具象":

> 时光,是一天天的过去了,大大小小的事情,也跟着过去,不久就在我们的记忆上消亡;而且都是分散的,就我自己而论,没有感到和没有知道的事情真不知有多少。但即此写了下来的几十篇,加以排比,又用《后记》来补叙些因此而生的纠纷,同时也照见了时事,格局虽小,不也描出了或一形象了么?——而现在又很少有肯低下他仰视莎士比亚,托尔斯泰的尊脸来,看看暗中,写它几句的作者。因此更使我要保

---

① 参见郝庆军:《诗学与政治——鲁迅晚期杂文研究(1933—1936)》,第193—225页。
② 鲁迅:《准风月谈·前记》,《鲁迅全集》第5卷,第199页。

存我的杂感,而且它也因此更能够生存,虽然又因此更招人憎恶,但又在围剿中更加生长起来了。呜呼,"世无英雄,遂使竖子成名",这是为我自己和中国的文坛,都应该悲愤的。

　　文坛上的事件还多得很:献检查之秘计,施离析之奇策,起谣诼兮中权,藏真实兮心曲,立降幡于往年,温故交于今日……然而都不是做这《准风月谈》时期以内的事,在这里也且不提及,或永不提及了。还是真的带住罢,写到我的背脊已经觉得有些痛楚的时候了!①

在这两段关于《准风月谈》的精彩自剖中,鲁迅首先强调"大大小小的事情"会随着时光的流逝"在我们的记忆上消亡","而且都是分散的",这便意味着未被书写的"大大小小的事情"都是孤立的,与"全体"无关的,甚至在记忆中是难以存留的。但"大大小小的事情"一旦被书写,就可以在一定的编排规则中构成对"或一形象"的描绘,而所谓编排规则就是将几十篇按时序"加以排比",从而形成时间上连续性错觉;如果再使用后记"来补叙些因此而生的纠纷",就能"照见了时事",形成一定的格局。这就是说,原本分散的大大小小的事情在书写中凝定下来,并在具体的编排中产生联系,构成具体的形象。构成了具体的形象,其实就有了独立的价值,但鲁迅却进一步联系杂文(集)阅读的具体语境,文坛都是仰视莎士比亚、托尔斯泰的尊脸,没什么人低下头来看杂文作者,认为这反而构成了杂文生存的原因,杂文"在围剿中更加生长起来了"。这一推理逻辑略有一些费解,但只要联系到鲁迅关于杂文与时弊共生的判断,就能理解,越是对杂文不友好的环境确实越是杂文蓬勃发展的环境。这就是说,杂文和时代的关系是相反相成的,只有在反向关联的意义上才能把握住杂文的"全体",鲁迅杂文是关于现代中国的一面反向的镜子,时代的整体性是在"大大小小的事情"的书写和编排中以隐喻的方式显现出来的。而且,鲁迅强调《准风月谈》并没有提及所有"文坛上的事件",他可能也"永不提及"了。作为一个疲惫的书写主体,他决定在脊背的痛楚中选择了"还是真的带住罢"。鲁迅在对徐志摩语中带刺的暗引中承认了书写"全体"的困难,而所谓的

---

① 鲁迅:《准风月谈·后记》,《鲁迅全集》第5卷,第430—431页。

"永不提及"暗示的是,《准风月谈》的编排和后记的写作固然构画了"或一形象",那"形象"仍然是"或一"的,即不清晰的。那么,所谓"全体"的"具象"即是指《准风月谈》以"具象"暗示了超出《准风月谈》的"全体",鲁迅是在对于历史的"全体"的理解和想象中把握《准风月谈》中的"具象",并将已经书写的"大大小小的事情"编排为"或一形象"。鲁迅杂文编集背后的思想的确与卢卡奇所谓总体性的思想颇有契合之处。在卢卡奇看来:

> 只有在这种把社会生活中的孤立事件作为历史发展的环节并把它们归结为一个总体的情况下,对事实的认识才能成为对现实的认识。①

鲁迅在《准风月谈》的后记中如此在意"全体",并竭力构建"或一形象",正是一种将"社会生活中的孤立事件"视为具体的历史发展的环节,并把它们"归结为一个总体"的思维努力。而且,鲁迅反复强调杂文与时弊的关系,在《准风月谈》后记中甚至认为杂文"在围剿中更加生长起来了",正是不为事实表面迷惑的认识。如果说当鲁迅还纠结于杂文之不能与时弊俱灭时,他关于历史的理解就是历史处于永恒的停滞中,表现为一种启蒙主义式的将历史事件孤立化理解的方式,当他说杂文"在围剿中更加生长起来了",他关于历史的理解就是时弊也不过时弊,是历史发展的一个环节,杂文在这样的历史环节中生长,并在对于总体的理解和想象中实现对现实的认识。瞿秋白认为鲁迅笔端凝聚的革命传统,第一条就是"最清醒的现实主义",认为"善于读他的杂感的人,都可感觉到他的燃烧着的猛烈的火焰在扫射着猥劣腐烂的黑暗世界"②,其中突出的也是鲁迅在总体中把握社会生活中的孤立事件的思维质素。在此意义上,鲁迅1925年写的《杂感》一文中的下列说法是值得重新讨论的:

> 仰慕往古的,回往古去罢!想出世的,快出世罢!想上天的,快上

---

① 卢卡奇:《历史与阶级意识》,杜章智、任立、燕宏远译,北京:商务印书馆,1996年,第56页。着重号为原文所有。
② 何凝:《鲁迅杂感选集序言》,见何凝编《鲁迅杂感选集》,第22—23页。

> 天罢！灵魂要离开肉体的，赶快离开罢！现在的地上，应该是执着现在，执着地上的人们居住的。①

彼时鲁迅并未完成向左转，说出"惟新兴的无产者才有将来"②，甚至还未从"绝望之为虚妄，正与希望相同"③ 的形而上学思考中解脱出来，但他却仍然能够抗拒"往古""出世""上天""离开肉体"等非时间性的、非现实性的诱惑，坚决选择"执着现在，执着地上"，不能不说其中蕴藏着某种对于总体的冥契。因为相信"执着现在，执着地上"相比回往古、出世、上天和离开肉体而言能真正解决问题，绝非仅凭进化论式的将来总要好于现在而能做到的，"执着现在，执着地上"能够带来改变指的是人类通过主观的努力把握"现在"之为历史发展的一环的可能，背后正是一种总体性视野。因此，可以推论的是，鲁迅写杂文和编杂文集的行为正是"执着现在，执着地上"的行为，他之所以逐步左转，也是"执着现在，执着地上"的结果。从这个意义上来说，以《准风月谈》为代表的杂文集的编排规则蕴藏着一系列鲁迅如何建构诗史的秘密，他刻意附录论敌的文章、保留笔名、编入瞿秋白的文章、写铺叙微观历史的后记，都是为了尽最大努力保留历史的细节，使杂文写作与时代的关系得到立体的呈现，最后构建彼此普遍联系的细节体系，暗示写作背后的总体性追求。

而由于总体性的追求往往来自隐喻性暗示，鲁迅杂文也再次呈现为败落的诗史。甚至在一些具体的文章中，鲁迅的写作还表现出不同的总体性想象之间的冲突。例如在《现代史》一文中，他将现代中国的历史视为一部类似于变戏法的话语泡沫史④，就颇有取消卢卡奇意义上的总体性理解的总体性想象意味。更为值得注意的是，同样是在《准风月谈》的后记中，鲁迅在开头部分写道：

---

① 鲁迅:《华盖集·杂感》,《鲁迅全集》第 3 卷, 第 52 页。
② 鲁迅《二心集·序言》,《鲁迅全集》第 4 卷, 第 195 页。
③ 参见鲁迅:《野草·希望》,《鲁迅全集》第 2 卷, 第 181—182 页。当鲁迅 1933 年在《〈自选集〉自序》中重提"绝望之为虚妄，正与希望相同"时，其实表达的是一种刚健清新的自信。见鲁迅:《南腔北调集·〈自选集〉自序》,《鲁迅全集》第 4 卷, 第 468 页。
④ 参见李国华:《鲁迅论"现代史"》,《现代中文学刊》2021 年第 4 期。

> 回想离停笔的时候,已是一年有余了,时光真是飞快,但我所怕的,倒是我的杂文还好像说着现在或甚而至于明年。①

这也是鲁迅重复表达的意思之一,并不新鲜。但古怪的是,在后记中,鲁迅主要想通过"全体"和"具象"的建构指向未来,指向总体性的想象,史沫特莱也的确从鲁迅的写作中感受到了"新中国的伟大创造的革命力量",但鲁迅却仍然预料着"现在或甚而至于明年"的弊病会等待着杂文。"时光真是飞快",但一旦以鲁迅杂文所写下的内容为尺度,则去年、今年和明年没有区别,时间是停滞不动的,"现在"不再是历史发展的一环,被书写的"大大小小的事情"也不再能够归结到总体中去。如此一来,相互冲突的总体性想象就不仅发生在鲁迅不同阶段的写作中,而且在单一杂文的内部也出现了,这种矛盾的状态使得鲁迅杂文在更为复杂的情况下表现为一副败落的诗史的面貌。

总之,鲁迅杂文有着"时代的眉目"因而是诗史,这是一个充满复杂内容的命题。其中也许蕴藏着鲁迅赋予杂文以崇高美学价值的一般用心,但鲁迅杂文与时代紧密嵌套在一起的特质却使得其诗史的面貌和性质极为复杂;甚至可以说,不是鲁迅将杂文写成了诗史,而是时代将鲁迅杂文写成了败落的诗史,驱动鲁迅坚持不懈地写杂文和编杂文集。因此,鲁迅杂文作为败落的诗史,既沐浴着来自未来的光,也领受着来自未来的黑暗,难以一概而论。

第二节 灵魂的讽喻

鲁迅杂文作为灵魂的讽喻,既切己,又切人。所谓切己,指鲁迅杂文蕴藏着写作者本人鲁迅的精神现象,构成了灵魂的讽喻;所谓切人,则指鲁迅杂文写下了现代中国人的灵魂,构成了现代中国精神现象的一种讽喻。而切己切人之间交互沟通,使得鲁迅杂文中举凡社会时政、文人言议、身体发肤

---

① 鲁迅:《准风月谈·后记》,《鲁迅全集》第5卷,第402页。

之议论都具有言此意彼的特点。而所谓意彼，是指鲁迅杂文在讽喻的意义上指向现代社会个体和集体的精神征兆。当然，这里所谓的讽喻，并非詹明信所谓第三世界国家的文学都是一种民族寓言的讽喻。事实上，鲁迅杂文的文章形式蕴含着超越地缘政治的价值。

一

先从"灵魂"一词在鲁迅杂文中的下述三个用例说起：

> 现在是一年的尽头的深夜，深得这夜将尽了，我的生命，至少是一部分的生命，已经耗费在写这些无聊的东西中，而我所获得的，乃是我自己的灵魂的荒凉和粗糙。但是我并不惧惮这些，也不想遮盖这些，而且实在有些爱他们了，因为这是我转辗而生活于风沙中的瘢痕。凡有自己也觉得在风沙中转辗而生活着的，会知道这意思。①

> 陶元庆君绘画的展览，我在北京所见的是第一回。记得那时曾经说过这样意思的话：他以新的形，尤其是新的色来写出他自己的世界，而其中仍有中国向来的魂灵——要字面免得流于玄虚，则就是：民族性。②

> 这两位，一位比我为老丑的女人，一位愿我有"伟大的著作"，说法不同，目的却一致的，就是讨厌我"对于这样又有感想，对于那样又有感想"，于是而时时有"杂文"。这的确令人讨厌的，但因此也更见其要紧，因为"中国的大众的灵魂"，现在是反映在我的杂文里了。③

第一段引文出现在鲁迅1925年12月31日写作的《华盖集》的题记中，其中"灵魂"指写作者的精神世界。鲁迅反观自己从事杂文写作的结果，认为自己所获得的是"灵魂的荒凉和粗糙"，这意味着杂文对于鲁迅而言，至

---

① 鲁迅：《华盖集·题记》，《鲁迅全集》第3卷，第4—5页。
② 鲁迅：《而已集·当陶元庆君的绘画展览时》，《鲁迅全集》第3卷，第573页。
③ 鲁迅：《准风月谈·后记》，《鲁迅全集》第5卷，第423页。

少在编集的过程中,具有镜鉴的作用,写作者揽镜自照,从写作杂文这一行为中发现了自己精神世界的特殊性。在这一揽镜自照的行文中,杂文的主题和内容因其"无聊"而退居其次,杂文写作这一行为被凸显出来,鲁迅由此对杂文写作产生切己的感觉和认知,强调自己"实在有些爱他们了",并进而生发一种讽喻的指涉,"这是我辗转而生活于风沙中的瘢痕"。而且,他还希望读者对这一讽喻的指涉共情。如此一来,杂文写作对于鲁迅而言就构成了一种切于己的灵魂的讽喻。

  第二段引文出现在鲁迅 1927 年 12 月 13 日写作的《当陶元庆君的绘画展览时》一文中,其中最关键的信息是鲁迅把"魂灵"当作"民族性"的玄虚表达。在鲁迅的用词系统中,"魂灵"与"灵魂"同义,而"民族性"一词源自日语,基本上与"国民性"同义。不过,正如讨论阿 Q 的灵魂问题和讨论阿 Q 身上所表现的国民性问题不是一回事一样①,"魂灵"作为"民族性"的玄虚表达,自然也必须分而剖之,从而分析"灵魂"一词在鲁迅杂文中作为民族性或国民性的玄虚表达的意义。就《当陶元庆君的绘画展览时》一文的语境来说,鲁迅认为陶元庆的绘画以新形新色写出自己的世界,"而其中仍有中国向来的魂灵",这肯定不是指向一种国民性批判。实际上,根据鲁迅此文意思的最初表达,可以判断的是,鲁迅指向的是一种对于国民性的积极理解。鲁迅的最初表达见 1925 年 3 月 16 日的《〈陶元庆氏西洋绘画展览会目录〉序》:

  在那黯然埋藏着的作品中,却满显出作者个人的主观和情绪,尤可以看见他对于笔触,色采和趣味,是怎样的尽力与经心,而且,作者是夙擅中国画的,于是固有的东方情调,又自然而然地从作品中渗出,融成特别的丰神了,然而又并不由于故意的。将来,会当更进于神化之域罢,但现在他已经要回去了。②

---

  ① 参见李国华:《革命与"启蒙主义"——鲁迅〈阿 Q 正传〉释读》,《文学评论》2021 年第 3 期。
  ② 鲁迅:《集外集拾遗·〈陶元庆氏西洋绘画展览会目录〉序》,《鲁迅全集》第 7 卷,第 272 页。

在鲁迅看来，陶元庆的西洋绘画因为画家"夙擅中国画"而自然而然渗出"固有的东方情调"，并且"融成特别的丰神了"。这就意味着鲁迅特别肯定陶画自然流露的东方情调，将其奉为"特别的丰神"之后，还期待"更进于神化之域"。东方情调即是"中国向来的魂灵"，而"融成特别的丰神"的判断和"更进于神化之域"的期待，即隐含着鲁迅留日时期以来一贯的文化取径。在《文化偏至论》中鲁迅曾言："外之既不后于世界之思潮，内之仍弗失固有之血脉，取今复古，别立新宗，人生意义，致之深邃，则国人之自觉至，个性张，沙聚之邦，由是转为人国。"① 在《破恶声论》中复言："凡所浴颢气则新绝，凡所遇思潮则新绝，顾环流其营卫者，则依然炎黄之血也。荣华在中，厄于肃杀，婴以外物，勃焉怒生。于是苏古掇新，精神阔彻，自既大自我于无竟，又复时返顾其旧乡，披厥心而成声，殷若雷霆之起物。梦者自梦，觉者是之，则中国之人，庶赖此数硕士而不殄灭，国人之存者一，中国斯侘生于是已。"② 凡所言议，鲁迅的取径都是以"世界之思潮"复苏中国"固有之血脉"，从而"别立新宗"，其中既包含着对于彼时中国现状非改革不可的痛彻判断，又内蕴着对中国固有文化的特殊信心，"婴以外物，勃焉怒生"更是一种高情感强度的积极表达。而且，鲁迅这一文化取径的目标是要在整个世界的意义上创造新的文明和文化形态。因此，借陶元庆的画所展开的对于"中国向来的魂灵"的抉发以及对于"丰神"的判断和"神化"的期待，所涉理路是"取今复古，别立新宗"，所讽喻的是对于中国过去和未来的信心。从这个意义上来说，杂文写作对于鲁迅而言是关乎中国的灵魂讽喻。

第三段引文出现在鲁迅 1934 年 10 月 16 日写的《准风月谈》的后记中，其中"中国的大众的灵魂"一语直接来源于该后记所全文引录的鸣春《文坛与擂台》一文。《文坛与擂台》系《中央日报》上攻击鲁迅及其杂文的文字，该文引用翻译《阿Q正传》的俄国人 B. A. Vassiliev 的说法，即鲁迅因为《阿Q正传》而成为"反映中国大众的灵魂的作家"，指责鲁迅应该"多写几部比《阿Q传》更伟大的著作"，而不是写杂文，编"骂人文

---

① 鲁迅：《坟·文化偏至论》，《鲁迅全集》第 1 卷，第 57 页。
② 鲁迅：《集外集拾遗补编·破恶声论》，《鲁迅全集》第 8 卷，第 26 页。

选"。① 鲁迅看穿了该文对于"伟大的著作"的理解不过是为了攻击杂文，并借机表示，小说固然可以"反映中国大众的灵魂"，杂文也不例外，而且强调，在杂文被攻击的情形下，以杂文"反映中国大众的灵魂"是更加要紧的。鲁迅通过将时人理解小说的逻辑顺势套在杂文的理解上，使得杂文也具有了"反映中国大众的灵魂"的作用，从而在切于人的意义上构成灵魂的讽喻。

"灵魂"一词在鲁迅杂文中出现时，还有其他意蕴，这里不赘述。在进一步论述展开之前，需要再就"讽喻"一词作一番概念辨析。首先要说明的是，鲁迅翻译厨川白村的《苦闷的象征》时使用过"讽喻"一词：

> 象征的外形稍为复杂的东西，便是讽喻（allegory），寓言（fable），比喻（parable）之类，这些都是将真理或教训，照样极浅显地嵌在动物谭或人物故事上而表现的。但是，如果那外形成为更加复杂的事象，而备了强的情绪底效果，带着刺激底性质的时候，那便成为很出色的文艺上的作品。但丁的《神曲》（*Divina Commedia*）表示中世的宗教思想，弥耳敦的《失掉的乐园》（*Paradise Lost*）以文艺复兴以后的新教思想为内容，待到沙士比亚的《哈谟列德》来暗示而且表象了怀疑的烦闷，而真的艺术品于是成功。②

在厨川白村的理解中，讽喻（allegory）、寓言（fable）和比喻（parable）都是作为象征的复杂外形而存在的，基本含义则是以"动物谭或人物故事"来表现"真理或教训"，如果外形是复杂的事象加强烈情绪和刺激性质，就是很出色的文艺作品，如但丁的《神曲》、弥尔顿的《失乐园》和莎士比亚的《哈姆雷特》。就以"动物谭或人物故事"来表现"真理或教训"这一点而言，厨川白村将象征和讽喻、寓言、比喻联系在一起是有道理的，后世研究者张隆溪在解释什么是讽喻时就认为，"就其在形象之外另有寓意这一点

---

① 转引自鲁迅：《准风月谈·后记》，《鲁迅全集》第 5 卷，第 421—423 页。
② 厨川白村：《苦闷的象征》，鲁迅译，见止庵、王世家编《鲁迅著译编年全集》第 5 卷，第 313 页。

说来，象征和讽寓并没有本质区别"①。以鲁迅对厨川白村的推崇来看，他大概也能接受相关的理解，但从鲁迅对"讽喻"的用例来看，情况要复杂一些。在《摩罗诗力说》中，鲁迅认为普希金的诗"多讽喻，人即借而挤之"②，其中"讽喻"的实际含义是讽刺，即同文中评价普希金"指摘不为讳饰"③ 之意。其他各处"讽喻"的用法，如《中国小说史略》评价唐传奇"其间虽亦或托讽喻以纾牢愁，谈祸福以寓惩劝，而大归则究在文采与意想"④，评价清代小说《六合内外琐言》"故作奇崛奥衍之辞，伏藏讽喻"⑤，则明显看中的是所评作品的"另有寓意"这一点；而《"民族主义文学"的任务和运命》批评黄震遐的诗剧《黄人之血》写拔都率领联军攻打欧洲"是作者的讽喻，也是作者的悲哀"，意在讽喻大唱"日支亲善"的日本要"爱抚中华的勇士"⑥，《〈食人人种的话〉译者附记》说自己对菲力普的小说《食人人种的话》"所取的是篇中的深刻的讽喻，至于首尾的教训，大约出于作者的加特力教思想，在我是也并不以为的确的"⑦，则在"另有寓意"之外仍然另有深意。就鲁迅对黄震遐《黄人之血》的批评而言，与其说鲁迅识别了该剧的讽喻性质，不如说他通过讽喻的阅读和批评方法，识别了民族主义文学的作者无力守住民族立场的悲哀；就鲁迅对菲力普《食人人种的话》的取径而言，与其说鲁迅否定了小说"首尾的教训"，即否定了小说文本表层的讽喻指向，不如说他认为讽喻是一种对于小说文本的重新发现，并

---

① 张隆溪：《讽寓》，《外国文学》2003 年第 6 期。张隆溪在该文中特意将 allegory 翻译为"讽寓"，2021 年又特意著文《略论"讽寓"和"比兴"》回应罗钢 2013 年在《当"讽喻"遭遇"比兴"——一个西方诗学观念的中国之旅》的批评，认为罗钢对自己 2005 年英文著作 Allegoresis: Reading Canonical Literature East and West 的理解有误，强调自己将 allegory 译为"讽寓"是因为"'寓'字可以明确突出作品在字面意义之外，还另有寓意寄托其间"。在两位学者论衡的过程中，朱国华也著文《何谓讽喻》参与，着重阐发本雅明的讽喻理论。参见张隆溪：《略论"讽寓"和"比兴"》，《文艺理论研究》2021 年第 1 期；罗钢：《当"讽喻"遭遇"比兴"——一个西方诗学观念的中国之旅》，《北京师范大学学报（社会科学版）》2013 年第 3 期；朱国华：《何谓讽喻》，《中国图书评论》2014 年第 9 期。

② 鲁迅：《坟·摩罗诗力说》，《鲁迅全集》第 1 卷，第 89 页。

③ 同上书，第 90 页。

④ 鲁迅：《中国小说史略》，《鲁迅全集》第 9 卷，第 73 页。

⑤ 同上书，第 219 页。

⑥ 鲁迅：《二心集·"民族主义文学"的任务和运命》，《鲁迅全集》第 4 卷，第 322—324 页。

⑦ 鲁迅：《译文序跋集·〈食人人种的话〉译者附记》，《鲁迅全集》第 10 卷，第 506 页。

在重新发现的意义上颠覆了文本的表层意思。因此，就前引鲁迅对于"灵魂"和"讽喻"的用例而言，鲁迅不仅在写作的意义上深谙"讽喻"之道，而且在阅读和批评的意义上深谙"讽喻"之道。关于阅读和批评意义上的"讽喻"，张隆溪曾以另一相关概念"讽寓解释"allegoresis 来表达，他认为 allegoresis 就是 allegorical interpretation，是一种特别的阐释方法，目的"也就是在文学作品字面意义之外，寻找另外一层意义的解释，而那层意义往往归结于宗教、道德或政治的意义，具有强烈的意识形态色彩"。① 鲁迅对《黄人之血》和《食人人种的话》的批评和取径符合此旨，不过对《食人人种的话》的取径蕴藏着以讽寓解释取代文本本身的讽喻的意图，更加凸显了讽寓解释可以发明、建构和解构文本的指向。张隆溪认为自斯多葛的哲学家为了维护荷马的权威而主张荷马史诗是"讽喻"开始，"讽喻"的精髓就是"替换"或"取代"，"用符合某一意识形态（无论是宗教、伦理或政治）的意义取代文本字面的意义"，与中国古代读经的美刺讽谏说一致。② 这便意味着，无论古今中西，"讽喻"都意味着以一种写作的意识形态"替换"或"取代"另一种写作的意识形态，而"讽喻"的阅读和批评则是意识形态斗争的展开方式。那么，当鲁迅将杂文写成灵魂的讽喻，并再三对自己的杂文进行讽喻式阅读和批评时，"灵魂的讽喻"就构成了一个在主体、历史和理论上都充满动能的命题。

二

关于灵魂的讽喻这一充满动能的命题，鲁迅本人提供的最表层的内容是鲁迅杂文反映了"中国大众的灵魂"。从鲁迅建构命题的基本机制来说，有两点是要特别注意的：其一是灵魂的讽喻本来是对鲁迅小说、尤其是《阿Q正传》的理解，鲁迅将其挪用过来理解杂文，小说和杂文之间出现了同构关系；其二是鲁迅以灵魂的讽喻"取代"了文坛长期以来对杂文的理解方式，表现出强烈的辩护和抗争的指向。

鲁迅的挪用看似被动，其实背后早有踪迹。早在《呐喊》的自序中解

---

① 张隆溪：《略论"讽寓"和"比兴"》，《文艺理论研究》2021年第1期。
② 按照张隆溪的逻辑，allegory 与美刺讽谏一致，那么，allegory 翻译成"讽喻"是再合适不过的，因为"讽喻"也就是美刺讽谏之意。

释自己为什么从事文艺活动时,鲁迅即曾表示是为了以文艺改变国民的"精神"①,在《俄文译本〈阿Q正传〉序及著者自叙传略》中解释自己的小说写作时,又表示"终于自己还不能很有把握,我是否真能够写出一个现代的我们国人的魂灵来"②,"精神""魂灵"和"灵魂"三者在鲁迅的使用里往往多有交叉,甚至是同义的。而有意思的是,鲁迅对自己能否写出"国人的魂灵"的说法正是对前引俄国人 B. A. Vassiliev 认为《阿Q正传》反映了"中国大众的灵魂"的委婉认领,他相信文艺创作是灵魂的讽喻,而且也在灵魂讽喻的意义上充分肯定陀思妥耶夫斯基的小说"显示着灵魂的深",使读者的精神也发生变化③。因此,与其说 B. A. Vassiliev 发明了以灵魂的讽喻来读鲁迅文学的读法,不如说他被鲁迅的表达引导着以灵魂的讽喻来解读鲁迅的文学。更为明显的证据是,鲁迅对自己小说中的人物构造和自己杂文中的形象构造,描述方式几乎完全一样:

> 所写的事迹,大抵有一点见过或听到过的缘由,但决不全用这事实,只是采取一端,加以改造,或生发开去,到足以几乎完全发表我的意思为止。人物的模特儿也一样,没有专用过一个人,往往嘴在浙江,脸在北京,衣服在山西,是一个拼凑起来的脚色。有人说,我的那一篇是骂谁,某一篇又是骂谁,那是完全胡说的。④

> 我的杂文,所写的常是一鼻,一嘴,一毛,但合起来,已几乎是或一形象的全体,不加什么原也过得去的了。但画上一条尾巴,却见得更加完全。所以我的要写后记,除了我是弄笔的人,总要动笔之外,只在要这一本书里所画的形象,更成为完全的一个具象,却不是"完全为了一条尾巴"。⑤

---

① 鲁迅:《呐喊·自序》,《鲁迅全集》第 1 卷,第 439 页。
② 鲁迅:《集外集·俄文译本〈阿Q正传〉序及著者自叙传略》,《鲁迅全集》第 7 卷,第 83 页。
③ 鲁迅:《集外集·〈穷人〉小引》,《鲁迅全集》第 7 卷,第 105 页。
④ 鲁迅:《南腔北调集·我怎么做起小说来》,《鲁迅全集》第 4 卷,第 527 页。
⑤ 鲁迅:《准风月谈·后记》,《鲁迅全集》第 5 卷,第 402—403 页。

对于自己小说中的人物构造，鲁迅强调是从碎片中拼合出来的，对于自己杂文中的形象，鲁迅强调写的时候是碎片，但在杂文集子中拼合起来，就可以构成整体。这就意味着对于鲁迅来说，无论是写小说还是写杂文，面对的都是碎片，而写作的目的都是为了拼合出完整的形象。所谓完整的形象，在小说表现为人物形象，如阿Q，如祥林嫂，在杂文或杂文集子中则表现为对于时事和时代的讽喻。小说和杂文在文体上固然不同，但在灵魂讽喻的意义上却是一致的。因此，当鲁迅将评价小说的反映了"中国大众的灵魂"挪用至杂文时，他不过是在灵魂讽喻的意义上将小说和杂文的审美形式贯通理解罢了。也正是这样的逻辑上，鲁迅的弟子萧军著文讨论鲁迅杂文中的典型人物可谓是契合鲁迅杂文的审美形式的一种读法。萧军的核心论旨如下：

> 鲁迅先生不独能用小说和散文的形式来从事这工作——典型铸造，他还能应用"杂文"。这是他在用以铸造典型的另一种形式；也就是他在艺术上的另一种手法！但这是一种不大容易学习而更学得好的手法。①

萧军把握鲁迅小说、散文、杂文等不同文体写作的统一性的理论工具是马克思主义文艺批评中的"典型"理论，他以典型塑造作为艺术通则来审视鲁迅杂文的形式，并且认为鲁迅杂文中出现的胡羊、蚊蚋、浮水的狗、要不朽的作家、非猫非狗的动物……就是典型。② 萧军的举例论证多少有些薄弱，但把鲁迅杂文论涉的种种碎片化形象升格为典型，则还是契合鲁迅杂文写作的意图的。鲁迅曾以"砭锢弊常取类型"解释自己杂文中攻击的对象，表示"盖写类型者，于坏处，恰如病理学上的图，假如是疮疽，则这图便是一切某疮某疽的标本，或和某甲的疮有些相像，或和某乙的疽有点相同"③，这种科学式的解释思路契合典型理论背后的社会科学思维，也与鲁迅认为自己写小说是为了揭出病苦以引起疗救的注意④的意图如出一辙。鲁迅写杂文

---

① 萧军:《鲁迅杂文中底"典型人物"》,《鲁迅风》第15期,1939年6月5日。
② 同上。
③ 鲁迅:《伪自由书·前记》,《鲁迅全集》第5卷,第4页。
④ 鲁迅:《南腔北调集·我怎么做起小说来》,《鲁迅全集》第4卷,第526页。

时将"锢弊"作为"类型"来处理,这与典型理论若合符节,而病理学式的认知逻辑又与小说写作的意图一致,故而借助典型理论来升格鲁迅杂文中出现的各类形象,可谓水到渠成。这就是说,萧军薄弱的论证也是一种灵魂讽喻式的解读,弥合了文体和形式之间的隔阂,在一定程度上抉发了鲁迅杂文反映"中国大众的灵魂"的具体方式。

而且,关于弥合文体和形式之间的隔阂,鲁迅还有一些说法值得关注。在解释《狂人日记》的写作时,鲁迅提供的以下三处说法不妨再做讨论:

> 《狂人日记》实为拙作,又有白话诗署"唐俟"者,亦仆所为。前曾言中国根柢全在道教,此说近颇广行。以此读史,有多种问题可以迎刃而解。后以偶阅《通鉴》,乃悟中国人尚是食人民族,因成此篇。此种发见,关系亦甚大,而知者尚寥寥也。①
>
> 《狂人日记》很幼稚,而且太逼促,照艺术上说,是不应该的。②
>
> 我的来做小说,也并非自以为有做小说的才能,只因为那时是住在北京的会馆里的,要做论文罢,没有参考书,要翻译罢,没有底本,就只好做一点小说模样的东西塞责,这就是《狂人日记》。③

这三处说法分别来自《狂人日记》发表不久写给好友许寿裳的私人信件、写给北大学生傅斯年的公开信和《狂人日记》发表多年后的回顾文章。虽然公私和时间不一,但鲁迅对《狂人日记》的态度相当统一,即强调《狂人日记》的小说艺术不够,徒具"小说模样",自己本来可能更倾向于以论文的形式表达"中国人尚是食人民族"的发现,只因住在北京的会馆里没有参考书,才写成了小说《狂人日记》。鲁迅是否真的被迫写成小说模样,还值得讨论。此处可以引申的是,对于鲁迅而言,不同文体的写作不过是他发表意见的不同方式而已,论文和小说在文体上自有区别,但在功能和形式上则往往是一致的。假如将《狂人日记》当作论文来看,其日记叙述的推

---

① 鲁迅:《书信·180820 致许寿裳》,《鲁迅全集》第 11 卷,第 365 页。
② 鲁迅:《集外集拾遗·对于〈新潮〉一部分的意见》,《鲁迅全集》第 7 卷,第 236 页。
③ 鲁迅:《南腔北调集·我怎么做起小说来》,《鲁迅全集》第 4 卷,第 526 页。

进的确具有论述的痕迹，其中"凡事须得研究，才会明白"及重复性的"凡事总须研究，才会明白"两句①，甚至构成了理解小说的文眼。同样地，在鲁迅的杂文集子中，也可以读到不少小说式的杂文，如1921年写的《智识即罪恶》，1922年写的《无题》，1926年写的《记"发薪"》，1933年写的《上海的少女》，1934年写的《阿金》，而尤以《阿金》为最，引发了关于《阿金》是小说还是杂文的长久讨论②。文体上的细致辨认固然是重要的学术课题，但对于理解鲁迅的文体而言，鲁迅如何超乎文体的固有认知以获得表达的自由也许是更重要的学术课题，在灵魂讽喻的意义上，鲁迅其实已经打破小说和杂文的区隔，已经可以自由地写和读了。

虽然就鲁迅自身而言，他早在写《狂人日记》时就没有如何区分小说和杂文的执念，但鲁迅杂文的读者并不都在同一个认知轨道上。甚至毋宁说，鲁迅的论敌对于杂文的种种贬抑，实际上是一种直接从字面阅读获取信息的准确反映，诸如陈西滢说鲁迅的杂感"除了热风中二三篇外，实在没有一读的价值"③，王平陵老调重弹说鲁迅杂文骂人不过是"不自觉的供状"④，都并非毫无讨论价值。鲁迅在《热风》的题记中感慨集中所收不过是"应时的浅薄的文字"，"应该置之不顾，一任其消灭的"⑤，在《华盖集》的题记中感慨集中"无聊的东西"是自己"生活于风沙中的瘢痕"⑥，就都是与论敌的意思相近而情感态度不一的说辞。因此，无论是针对论敌的攻讦而言，还是针对自我的消极理解而言，挪用理解小说的方式以建构对于杂文的灵魂的讽喻，都是非常必要的辩护和抗争。鲁迅的辩护和抗争最早见于1926年2月回应陈西滢的《不是信》一文中：

  我有时泛论一般现状，而无意中触着了别人的伤疤，实在是非常抱

---

① 鲁迅：《呐喊·狂人日记》，《鲁迅全集》第1卷，第445—447页。
② 相关讨论可参考陈迪强：《"阿金"是虚构的吗？——与李冬木先生商榷》，见《上海鲁迅研究》2010年夏季，上海：上海社会科学院出版社，2010年，第144—150页。
③ 陈源：《新文学运动以来的十部著作（上）》，见陈漱渝主编《一个都不宽恕——鲁迅和他的论敌》，第117页。
④ 王平陵：《骂人与自供》，转引自鲁迅：《准风月谈·后记》，《鲁迅全集》第5卷，第429—430页。
⑤ 鲁迅：《热风·题记》，《鲁迅全集》第1卷，第308页。
⑥ 鲁迅：《华盖集·题记》，《鲁迅全集》第3卷，第5页。

歉的事。但这也是没法补救,除非我真去读书养气,一共廿年,被人们骗得老死牖下;或者自己甘心倒掉;或者遭了阴谋。即如上文虽然说明了他们是亲戚并不是我说的话,但因为列举的名词太多了,"同乡"两字,也足以招人"生气",只要看自己愤然于"流言"中的"某籍"两字,就可想而知。照此看来,这一回的说"叭儿狗"(《莽原半月刊》第一期),怕又有人猜想我是指着他自己,在那里"悻悻"了。其实我不过是泛论,说社会上有神似这个东西的人,因此多说些它的主人:阔人,太监,太太,小姐。本以为这足见我是泛论了,名人们现在那里还有肯跟太监的呢,但是有些人怕仍要忽略了这一层,各各认定了其中的主人之一,而以"叭儿狗"自命。时势实在艰难,我似乎只有专讲上帝,才可以免于危险,而这事又非我所长。但是,倘使所有的只是暴戾之气,还是让它尽量发出来罢,"一群悻悻的狗",在后面也好,在对面也好。我也知道将什么之气都放在心里,脸上笔下却全都"笑吟吟",是极其好看的;可是掘不得,小小的挖一个洞,便什么之气都出来了。但其实这倒是真面目。①

这段辩护和抗争至少有五层意思值得注意:第一,鲁迅委婉地承认了自己的文章有攻击具体个人的效果,只是强调自己是无意的。第二,他强调自己性情难移,无法补救误伤的弊病。第三,他正面举例抗争说自己为了表达泛论之意,防止被认为攻击具体个人,已经使用"太监"这样泛无实指的词,但却仍然无法控制读者的接受;这是人性如此,自己对"流言"中的"某籍"两字也是"愤然"的。第四,他于是推论"只有专讲上帝,才可以免于危险"。第五,他强调一个写作者如果只有"暴戾之气","还是让它尽量发出来罢",否则就算他人只是"小小的挖一个洞,便什么之气都出来了",露出真面目。根据这五层意思可以大致推论的是,鲁迅以写作者的真性情和真面目为写作的根本,反对一切伪饰和伪善,同时将杂文的意义结构离析为两层,一层是字面上可能造成的对于具体个人的揭伤疤效果,一层是讽喻的意义上对一般社会的批评。鲁迅尤其看重的是在讽喻的意义上对一般社会的

---

① 鲁迅:《华盖集续编·不是信》,《鲁迅全集》第3卷,第239页。

批评，并以"叭儿狗"为例说明自己对一般社会的精神世界的批判。他并不讳言自己的杂文对具体个人可能带来的阅读效果，而且徒有歉意绝不悔改，但他想象着读者会把类似于"叭儿狗"所关联的精神现象理解为一般社会的典型现象。通过这样的努力，鲁迅就把自己的杂文从私人意气的漩涡中解救出来，并赋予其灵魂的讽喻的品质。

而且，值得注意的是，鲁迅通过辩护和抗争而赋予杂文的灵魂讽喻，既是一种杂文的读法，也是一种杂文的写法。1926年前的杂文写作，鲁迅实行的更多的是一种意在言中的写作；1926年后的杂文写作，实行的更多的则是意在言外的写作。一个经典的误读个案可以证明这一点，当时的左翼新晋青年作家廖沫沙读了鲁迅以笔名公汗发表在《申报·自由谈》上的《倒提》一文后，写了《论"花边文学"》一文进行批评，认为《倒提》是"走入鸟道以后的小品文变种"，"渗有毒汁，散布了妖言"，其作者是称洋人为"我们的东家"的买办文人。① 此文可谓一石激起千层浪，鲁迅借机将其时的杂文集子定名为《花边文学》，并解释在国民党政府的书报检查之下，"花边文学"只能是"吞吞吐吐，不知所云"的"奴隶文章"，自辩"我的投稿，目的是在发表的，当然不给它见得有骨气"。② 鲁迅的回应对廖沫沙虽然未假辞色，但主要针对的是国民党的文网。这与廖沫沙1984年的回忆可谓异曲同工，廖沫沙也主要解释的是国民党营构的文网使自己无法识别《倒提》出自鲁迅之手，也没有看懂鲁迅的深意③。鲁迅为了在国民党的文网中发表杂文，不得不"吞吞吐吐，不知所云"，进行一种意在言外的讽喻式写作。这样一来，读者也需要进行一种读出言外之意的讽喻式阅读。廖沫沙的阅读也是一种讽喻式阅读，只是讽喻式的阅读未必总是能够读出讽喻式写作的写作意图罢了。由于这种写和读无法对接的现象经常存在，鲁迅不得不以各种方式一而再再而三地进行回应，从而导致新的辩护和抗争再次出现，鲁迅杂文写作也再次增添讽喻的层次。因此，灵魂的讽喻对于鲁迅杂文而言，还层叠着种种过往经验的写法和读法，充满魅惑力。

---

① 林默：《论"花边文学"》，见陈漱渝主编《一个都不宽恕——鲁迅和他的论敌》，第451—452页。
② 鲁迅：《花边文学·序言》，《鲁迅全集》第5卷，第437—438页。
③ 廖沫沙：《我在三十年代写的两篇杂文（节录）》，见陈漱渝主编《一个都不宽恕——鲁迅和他的论敌》，第454—457页。

三

关于灵魂的讽喻这一充满动能的命题，鲁迅本人提供的第二层内容关乎"中国向来的魂灵"，即在玄虚意义上的中国的民族性。这一层内容很难从鲁迅杂文的字面上读到，大体上需要从鲁迅的杂文形式及杂文写作行为中读出来。从字面上看，正如种种国民性论述所注意的那样，鲁迅是不惮以最坏的恶意来推测中国人的①，鲁迅是看见中国这辆车要翻了就要等翻了以后再去抬的②，鲁迅是认为中国历史上只有做奴隶而不得的时代和暂时坐稳了奴隶的时代的循环的③，等等，的确很难见到鲁迅对"中国向来的魂灵"的积极书写。偶有一些表述，如鲁迅在《看镜有感》中"遥想汉人多少闳放"④，在《中国人失掉自信力了吗》中认为"我们从古以来，就有埋头苦干的人，有拼命硬干的人，有为民请命的人，有舍身求法的人，……虽是等于为帝王将相作家谱的所谓'正史'，也往往掩不住他们的光耀，这就是中国的脊梁"⑤，也都淹没在鲁迅对于"中国向来的魂灵"的消极书写中。不过，一旦鲁迅关于"中国向来的魂灵"的积极书写成为值得研究的问题，被淹没的积极书写反而凸显出来成为焦点，即在鲁迅浩繁的国民性批判的书写中，何以存在着对于"中国向来的魂灵"的积极书写？其中是不是隐藏着鲁迅独特的心曲？根据一般的矛盾律来看，鲁迅是有大爱大恨的人，他之越是猛烈地抨击中国存在种种问题，就越是源于对中国博大的爱。鲁迅的挚友许寿裳即曾经表示：

> 鲁迅的人格和作品的伟大稍有识者都已知道，原无须多说。至于他之所以伟大，究竟本原何在？依我看，就在他的冷静和热烈双方都彻底。冷静则气宇深稳，明察万物；热烈则中心博爱，自任以天下之重。其实这二者是交相为用的。经过热烈的冷静，才是真冷静，也就是智；经过冷静的热烈，才是真热烈，也就是仁。鲁迅是仁智双修的人。唯其智，所以顾视清高，观察深刻，能够揭破社会的黑暗，抉发民族的劣根

---

① 鲁迅：《华盖集续编·记念刘和珍君》，《鲁迅全集》第3卷，第291页。
② 鲁迅：《集外集·渡河与引路》，《鲁迅全集》第7卷，第38页。
③ 鲁迅：《坟·灯下漫笔》，《鲁迅全集》第1卷，第225页。
④ 鲁迅：《坟·看镜有感》，《鲁迅全集》第1卷，第208页。
⑤ 鲁迅：《且介亭杂文·中国人失掉自信力了吗》，《鲁迅全集》第6卷，第122页。

性，这非有真冷静不能办到的；唯其仁，所以他的用心，全部照顾到那愁苦可怜的劳动社会的生活，描写得极其逼真，而且灵动有力。他的一支笔，从表面看，有时好像是冷冰冰的，而其实是藏着极大的同情，字中有泪的。这非有真热烈不能办到的。①

许寿裳对鲁迅人格的分析极富同情心和洞察力、冷静与热烈、明察与博爱、智与仁、冷冰冰的表面与极大同情的内里，这些看似二元对立的范畴相互依存，共同刻画出鲁迅的伟大人格。② 但这种知人论世的理解还是不够的，仅仅理解鲁迅的人格在字面上表现为"字中有泪"是不够的，需要深入分析的仍然是鲁迅通过深刻的观察揭破社会的黑暗之后，将"中国向来的魂灵"的积极内容暗示给读者，使读者感受到鲁迅内心深处博大的爱和信心。这也就是说，只有一个"仁智双修"的鲁迅才能真冷静，才不是一味垂泪，才能写出"中国向来的魂灵"的积极内容来。因此，关于"中国向来的魂灵"问题，鲁迅多以讽喻的方式写出，而读者的解释也只好从讽喻着手。

汪晖解读《阿Q正传》的时候认为小说存在国民性的两重性，一重是学界经常讨论的国民劣根性，另一重是反思国民性的国民性，其中反思国民性的国民性就意味着革命的可能性。③ 这一解读思路带来的启发是，在鲁迅杂文中，是否也存在着关于"中国向来的魂灵"的两重性书写？这种两重性书写不是杂文《中国人失掉自信力了吗》在内容层面的阶级书写，也不是《田军作〈八月的乡村〉序》中所引用的爱伦堡的话"一方面是庄严的工作，另一方面却是荒淫和无耻"④，这些都属于字面上就存在的二元对立，并不需要经过讽喻解读才能发现。需要经过讽喻解读才能发现两重性书写的是类似于《且介亭杂文》的附记那样的杂文，这篇附记广被征引的末尾点题的一句"我们活在这样的地方，我们活在这样的时代"⑤，论者往往借此

---

① 许寿裳：《许寿裳鲁迅传》，长春：吉林出版集团股份有限公司，2017年，第130页。
② 曹聚仁写《鲁迅评传》，进一步发挥了许寿裳的观察。参见曹聚仁：《鲁迅评传》，上海：复旦大学出版社，2006年，第212—215页。
③ 参见汪晖：《阿Q生命中的六个瞬间——纪念作为开端的辛亥革命》，《现代中文学刊》2011年第3期。
④ 鲁迅：《且介亭杂文二集·田军作〈八月的乡村〉序》，《鲁迅全集》第6卷，第295页。
⑤ 鲁迅：《且介亭杂文·附记》，《鲁迅全集》第6卷，第221页。

发挥关于现代中国的灰暗理解。这也没有什么不对，因为鲁迅在整篇附记中所记录的都是些与《且介亭杂文》中的杂文发表有关的各类不如意的琐事，《关于中国的两三件事》被林语堂、邵洵美和章克标编的杂志《人言》用作攻击作者的材料，《草鞋脚》无法出版，《答曹聚仁先生信》被登在《社会月报》后，田汉攻击鲁迅是替杨邨人打开场锣鼓，《门外文谈》《不知肉味和不知水味》《中国人失掉自信力了吗》《脸谱臆测》《病后杂谈》《病后杂谈之余》《阿金》都被"中央宣传部书报检查委员会"或"第三种人"删改或拒绝登载，《答〈戏〉周刊编者信》被"战友"沈端先嘲笑"这老头子又发牢骚了"。① 这些琐事不相连属，有的指向林语堂、邵洵美和章克标这些自由主义文人的狭隘，有的指向国民党政府统治的专制，有的指向同为左翼文人的"战友"田汉、沈端先的无聊和霸道，有的指向"第三种人"的挟私报复，无论是什么样的政治和文化立场，无论与鲁迅关系亲疏远近，鲁迅所揭示的都是每一个对象存在的问题。因此，附记虽然由琐屑的片段连缀而成，但总体却构成了鲁迅末尾点题的氛围："我们活在这样的地方，我们活在这样的时代。"鲁迅似乎放弃了政治立场的辨别，对现代中国感到极度虚妄，从而生成完全负面的判断，"中国向来的魂灵"反映在这篇附记中，真可谓一团黑暗。那么，该如何建构对这篇附记的讽喻解读呢？它不是小说，无法通过离析作者、叙述者和人物来建构两重性，附记字面上的灰暗情绪就是作者的情绪，不能另立说辞。对于这样的困局，许寿裳对鲁迅人格的分析提供了一种脱困的路径，即认为鲁迅所以在附记中"揭破社会的黑暗，抉发民族的劣根性"是因为大爱。但要从这样的逻辑里推导出鲁迅对"中国向来的魂灵"的积极理解是几乎毫无可能的，问题仍然悬而未决。这就需要从形式分析入手了。附记之所以是附记，是因为附属在文集的末尾，必须与文集联系起来才能获得完整性。这也就说，要理解《且介亭杂文》的附记对"中国向来的魂灵"的完整书写，就必须将附记与《且介亭杂文》联系起来，否则是无法突破对附记内容和形式的消极理解的。

而一旦将附记中的书写情绪和整个《且介亭杂文》连贯起来看待，就会发现，尽管鲁迅感慨"我们活在这样的地方，我们活在这样的时代"的

---

① 鲁迅：《且介亭杂文·附记》，《鲁迅全集》第6卷，第216—221页。

情绪无比真实，有着复杂的事实支撑，但他并不是只有这一面的情绪。事实上，《且介亭杂文》共收文 37 篇，其中至少有 11 篇杂文是积极书写，而尤以《拿来主义》《中国人失掉自信力了吗》《门外文谈》和《中国语文的新生》4 篇为最，它们展开的对于中国历史、现在和未来的理解，对于中国人的信心，都是明显而确切的。由此可见，当鲁迅在附记中书写"我们活在这样的地方，我们活在这样的时代"，这并不是一个对于现代中国的整全判断，而是序言所说的"为现在抗争"①。正如鲁迅在《且介亭杂文》的序言中说的一样，"战斗一定有倾向"②，有倾向就必然表现为杂文中的选择性书写，即《且介亭杂文》的附记选择性地进行了消极书写。用鲁迅自己的话来说，这是战斗的策略，"世上如果还有真要活下去的人们，就先该敢说，敢笑，敢哭，敢怒，敢骂，敢打，在这可诅咒的地方击退了可诅咒的时代"③，唯有在杂文中"敢说，敢笑，敢哭，敢怒，敢骂，敢打"，才能"在这可诅咒的地方击退了可诅咒的时代"，"真要活下去的人们"的"魂灵"因此也就表现为一种积极的形态。相应地，《且介亭杂文》的附记中所呈现出来的作者形象，就是一个"敢说，敢笑，敢哭，敢怒，敢骂，敢打"的"魂灵"，并召唤着"真要活下去的人们"共同战斗。这构成了对于"中国向来的魂灵"第一重积极书写，其积极内涵类似于汪晖所谓的反思国民性的国民性。但更重要的是，《且介亭杂文》的附记关联着《拿来主义》和《中国人失掉自信力了吗》等杂文中对于"中国向来的魂灵"的积极书写，那不是一种自我反思式的积极书写，而是对于"地底下"④ 的发现。"地底下"作为客观存在的历史事实和现阶段的历史主体，强势地提醒着读者，鲁迅在附记中的一系列记录和点题自然都是真实的，但并不是"中国向来的魂灵"的全部，用《中国人失掉自信力了吗》一文中的话来说，即"倘若加于全体，那简直是污蔑"⑤。这也就是说，杂文作者的自我反思固然构成了关于"中国向来的魂灵"的积极书写，但更重要的是历史事实和历史主体的客观存在教会了杂文作者必须对"中国向来的魂灵"进行积极书写。而在这一意义

---

① 鲁迅：《且介亭杂文·序言》，《鲁迅全集》第 6 卷，第 3 页。
② 同上。
③ 鲁迅：《华盖集·忽然想到（五至六）》，《鲁迅全集》第 3 卷，第 45 页。
④ 鲁迅：《且介亭杂文·中国人失掉自信力了吗》，《鲁迅全集》第 6 卷，第 122 页。
⑤ 同上。

上来说，单篇杂文的阅读必须在回到杂文集子的整体中才能完成，灵魂的讽喻的完整图景和路径是历史的图景和路径。也许正是因为对于这种碎片和讽喻的洞察，鲁迅才会在《且介亭杂文》的序言中调动自己和读者对于"诗史"的理解和想象①。

因此，关于"中国向来的魂灵"，即玄虚意义上的民族性，鲁迅的确在杂文中进行了双重书写，他写出了自己的反思和大爱，也让历史事实和历史主体的客观存在进入了自己的思考和书写，从而建构了对于中国的民族性的过去、现在和未来的积极理解。而也是在这一逻辑上，当鲁迅在评价陶元庆的画时，不是直接使用民族性这样的外来词，而是使用玄虚的传统词汇"魂灵"来进行表达，这是为了积极地表达自己对于古国的信心。在语词的择用上，鲁迅将自己对"中国向来的魂灵"的书写与"取今复古，别立新宗"的文化政治想象建立了讽喻式关联，在看似不起眼的细节和碎片中，鲁迅留下了灵魂的讽喻的写作痕迹和阅读方向。这才是鲁迅对民族性的本根的洞察和书写，其中值得申议的是一种与语词表面的绝望逆向相关的希望的伦理和哲学，倒也是朴素而质实的。② 从这个意义上来说，灵魂的讽喻是与形而上学无缘的，鲁迅对"中国向来的魂灵"的信心不是盲目的情感，而是客观存在的历史事实和历史主体的发现。

---

① 参见鲁迅：《且介亭杂文·序言》，《鲁迅全集》第6卷，第4页。
② 竹内好在《作为思想家的鲁迅》一文中的说法大概构成了这些年理解鲁迅思想的源头，但竹内好的说法本身充满形而上学的迷思，使他难以理解鲁迅杂文。竹内好的相关说法如下：

鲁迅无法相信与恶相对抗的善。在世界上，善也许是有的；但是，不管怎么说，他本身并不是善。他与恶战斗，就是与自己战斗；消灭自己，也就是要消灭恶。这对于鲁迅就是生命的意义，因此，他的唯一的希望就是下一代不与自己相似。为了消灭恶就要了解恶，这只能是为恶所允许的，也可以说是恶的特权。在某个时候实现了的善，由于恶的自我克服，才被赋予了克眼其相对性的基础吧。不用说，鲁迅这种虚无主义是以落后、闭塞的社会为条件的。但是，应该注意到，它在鲁迅那里产生出了诚实的生活者的实践。同时，它显示了今天的中国文学自律性的根源。

鲁迅晚年由于接受了马克思主义世界观，摆脱了早期尼采主义的影响；但是，这并不能改变他的虚无主义的本质。与其他思想一样，马克思主义也仍然没有赋予他解放的幻想。在与黑暗的格斗中，为了加强斗争力，阶级斗争学说发挥了作用；但是，他仍然不能具体地描绘理想社会。与其说那是武器、是手段，但不是目的；不如说，由于他通过与那些以挥舞马克思主义的旗号为目的的人的对立、由于否定把应该给予的新社会的秩序作为能够给予的东西来要求，他以那种否定为媒介，在相反的方向上，使自己在个性上马克思主义化了。这与中国共产主义运动的特殊性是对应的，毛泽东把并不相信自己是共产主义者的鲁迅评价为"比马克思主义者更加马克思主义化"。

（见竹内好：《鲁迅》，李心峰译，杭州：浙江文艺出版社，1986年，第161页。）

四

关于灵魂的讽喻这一充满动能的命题，鲁迅本人提供的第三层内容关乎个体的精神世界与杂文写作的纠缠，是切己的灵魂讽喻。这一层内容由两个方面构成，其一是鲁迅自己多次叙述的，杂文写作耗费了他的生命，使他的灵魂粗糙，他从杂文中看到了自己生命的瘢痕，其二是鲁迅自己几乎从不谈起的，几乎每一篇杂文都散落着指向鲁迅个体的对付论敌经历的符码，那些符码在失去了对敌战斗的意义之后，鲁迅却仍然孜孜不倦地使用它们，从而构成极为独特的灵魂讽喻现象。鲁迅自己几乎从不谈起的灵魂的讽喻，与他多次叙述的内容形成奇妙的对照，其中蕴藏的与其说是生命耗费和灵魂粗糙的瘢痕，不如说是生命的经历不断被记忆和书写强化的讽喻，是鲁迅外溢的生命热情，既虚无，又温暖。

就鲁迅自己多次叙述的内容来说，正如上文引证分析其《华盖集》题记中的自叙时所说的那样，鲁迅将杂文的主题和内容虚化处理，突出杂文的写作和编集行为，并从中照见了自己灵魂的荒凉和粗糙，像是在揽镜自照。不过，在《华盖集》的题记中，鲁迅并没有说出灵魂的荒凉和粗糙的具体所指，从以杂文为无聊的东西这一点来看，所谓灵魂的荒凉和粗糙似乎指的是甘于写杂文。鲁迅在1927年写的《怎么写——夜记之一》一文中也提供了翔实的佐证，他在一段《野草》式的抒情文字之后插入日常生活的细节，然后以"尼采爱看血写的书"为中介议论道：

> 能不写自然更快活，倘非写不可，我想，就是随便写写罢，横竖也只能如此。这些都应该和时光一同消逝，假使会比血迹永远鲜活，也只足证明文人是侥幸者，是乖角儿。但真的血写的书，当然不在此例。
> 当我这样想的时候，便觉得"写什么"倒也不成什么问题了。[①]

无论是"随便写写罢"和"'写什么'倒也不成什么问题"，还是鲁迅的口气，都将杂文写作行为与生命的消耗绾合在了一起，不是"写什么"刺激

---

① 鲁迅：《三闲集·怎么写——夜记之一》，《鲁迅全集》第4卷，第20页。

着写作者,而是"随便写写罢"刺激着写作者。而"随便写写罢"对写作者的刺激,既是写作者无奈地只能写的表现,又是写作者备受诱惑不能不写的表现。鲁迅作为写作者,他不能从"写什么"中获得价值和意义,而只能"随便写写罢",则其灵魂的荒凉和粗糙可想而知。他已经不能从写作《野草》式的文字中获得灵魂的丰盈和细腻,更不能豁免自己对于血迹的恐怖之感,故而的确是只能"'而已'而已"①,写作变成书写,随书写行为出现的文字只剩能指在自为自在地空转。鲁迅这种极端荒凉和粗糙的精神现象当然跟1927年的白色恐怖有关,即所谓"被血吓得目瞪口呆"②,但与此同时,他却觉得写作摆脱了"写什么"的局囿,"随便写写罢"却写成的是"纵意而谈"的"杂感",自己即使"很吃过一点苦",也要继续写,继续编集。③这也就是说,随着"随便写写罢"的杂文写作行为持续发生,鲁迅不仅摆脱了"灵魂的荒凉和粗糙"之感,反而努力向读者说明杂文的价值。在较早的集子《坟》的后记中,鲁迅还不过说《论费厄泼赖应该缓行》"是见了我的同辈和比我年幼的青年们的血而写"故而"也许可以参考罢"④,在较晚的集子如《且介亭杂文》的序言中,就"希望,并且相信有些人会从中寻出合于他的用处的东西"⑤了。在鲁迅说辞的变迁中,杂文从"无聊的东西"变成了有用处的东西了,那么,鲁迅的灵魂是不是也就从"荒凉和粗糙"变为丰盈和细腻了呢?这个问题不好回答,但至少有两点是确定的:其一,鲁迅后来不但不再说杂文是"无聊的东西",而且反复强调杂文的价值;其二,鲁迅后来不再感慨灵魂的荒凉和粗糙,反而着力抒发"风沙扑面,狼虎成群"的时代⑥,崇高的美学是更重要的。这也就意味着,即使灵魂并未变得丰盈和细腻,鲁迅也找到了新的路径以充实灵魂的空虚,建构对于自身而言的新的精神现象学。

就鲁迅几乎不谈起的内容而言,鲁迅的精神世界其实是相当自足的,似乎从来没有遇到危机。鲁迅写作杂文时频繁将论敌的语词植入自己的文本始

---

① 鲁迅:《而已集·题辞》,《鲁迅全集》第3卷,第425页。
② 鲁迅:《三闲集·序言》,《鲁迅全集》第4卷,第4页。
③ 同上书,第3页。
④ 鲁迅:《坟·写在〈坟〉后面》,《鲁迅全集》第1卷,第299页。
⑤ 鲁迅:《且介亭杂文·序言》,《鲁迅全集》第6卷,第4页。
⑥ 鲁迅:《南腔北调集·小品文的危机》,《鲁迅全集》第4卷,第591页。

于和陈西滢论战的阶段，在此之前，他发表在《新青年》和《晨报副刊》上的杂文都非常节制，甚至拒绝植入论敌的语词，批评学衡派的几篇杂文开始植入论敌的语词，但也带有偶一为之的意味。待到与陈西滢论战时，鲁迅的确投入了个人意气，1925年5月21日写了《"碰壁"之后》便一发不可收拾，着意于将论敌使用的一些词汇进行改造，如《"碰壁"之后》将"学校犹家庭"和"勃谿相向"改造为"婆婆"和"媳妇儿们"①，《我的"籍"和"系"》将陈西滢暗示的浙江籍和国文系改造为陈西滢可能暗示的是浙江籍和研究系、交通系②，但登峰造极的还是从1925年11月的《从胡须说到牙齿》一文开始到去世的12年间，鲁迅在50篇（封）不同文体的文章、书信中对"正人君子"一词的改造，使得他的读者一在他的各类文本中碰到"正人君子"四个字就条件反射地联想到陈西滢的形象。陈西滢在写下自己是正人君子的那一刻，是无论如何不会想到"正人君子"一词竟被鲁迅如此爆破的。因为衔怨如此之深，以至于鲁迅在1935年12月31日写的《且介亭杂文二集》的后记中还愤愤不平地说：

> 呜呼，"男盗女娼"，是人间大可耻事，我负了十年"剽窃"的恶名，现在总算可以卸下，并且将"谎狗"的旗子，回敬自称"正人君子"的陈源教授，倘他无法洗刷，就只好插着生活，一直带进坟墓里去了。③

鲁迅的激烈情绪跃然纸上，"正人君子"也因此随着陈西滢形象的复现而反讽的含义更加稳定。鲁迅就像是自己小说《铸剑》中的人物宴之敖者，"你还不知道么，我怎么地善于报仇。你的就是我的；他也就是我。我的魂灵上是有这么多的，人我所加的伤，我已经憎恶了我自己"④，是"纠缠如毒蛇，执着如怨鬼"⑤的善于记仇和复仇的灵魂。但是，鲁迅这一善于记仇和复仇的形象并不是在单篇杂文中完成的，而是通过拼合一系列散落在不同杂文中

---

① 鲁迅：《华盖集·"碰壁"之后》，《鲁迅全集》第3卷，第72—77页。
② 鲁迅：《华盖集·我的"籍"和"系"》，《鲁迅全集》第3卷，第87—89页。
③ 鲁迅：《且介亭杂文二集·后记》，《鲁迅全集》第6卷，第465—466页。
④ 鲁迅：《故事新编·铸剑》，《鲁迅全集》第2卷，第441页。
⑤ 鲁迅：《华盖集·杂感》，《鲁迅全集》第3卷，第52页。

的碎片形成的。单独看一篇杂文,鲁迅的记仇和复仇或许会被理解为一时之意气,将几乎散落在所有杂文中的碎片拼合起来看,才能看到鲁迅的记仇和复仇并非一时之意气,背后有着超越个体、你我等世俗之见的形而上学维度。正如宴之敖者的复仇不但不是为了个体的仇恨,而且带着对于自我的憎恶,鲁迅留在杂文中的复仇形象也变成了灵魂的讽喻,那种形而上学的意味也许恰如竹内好所理解的那样,鲁迅"他与恶战斗,就是与自己战斗;消灭自己,也就是要消灭恶",复仇是为了对恶的真正克服,而非个人之意气。

而在审美形式上,鲁迅此刻灵魂的讽喻就像是本雅明所理解的巴洛克艺术,一切繁复的细节都指向形而上学的不安。本雅明以卡尔德龙希律剧的一个段落来说明巴洛克艺术的讽喻问题,希律的妻子玛丽安娜偶然发现了丈夫命令自己死的一封信的碎片,然后叙述道:

> 它们都讲了些什么?我所看到的第一个词就是死;这里是名誉,而在那里我看到了玛丽安娜。这意味着什么呢?上天保佑我!因为这三个字已经说得很清楚了:玛丽安娜,死亡和荣誉。这里说秘密进行,这里是尊严;这里:命令;还有这里:野心;这里还说:如果我死了。还有什么可怀疑的呢?从这卷文件中我已经得知,这里包藏着他们的祸心。噢,大地啊,在你绿色的地毯上,让我把它们拼在一起吧!

本雅明就此议论,"即使是孤立的,这些词也揭示出其致命的意义。事实上,人们禁不住要说,它们在孤立状态下仍然具有意义这个事实给予它们所保留的残余意义以危险的性质","语言的破碎是为了获得其残片中变化了的和强化了的意义","破碎的语言已不再纯粹是交流的过程,而是作为一个新生的客体获得了与融入寓言的诸神、河流、美德和同样的自然形态相同的尊严"。① 本雅明这里所说的寓言即讽喻,在讽喻的意义上,词语的碎片比完整的句子具有更高的位格,可以拥有与诸神、河流、美德和同样的自然形态相同的尊严。在鲁迅的杂文中,类似于"正人君子"这样的语词碎片也同样可以脱离单一的文本语境,被重新拼合在鲁迅杂文整体的讽喻结构中,指

---

① 本雅明:《德国悲剧的起源》,陈永国译,北京:文化艺术出版社,2001年,第171—172页。

向鲁迅对现代中国的深刻批判。在这个意义上，当鲁迅锲而不舍地在杂文中给类似"正人君子"的语词碎片加上引号，就是在进行灵魂的讽喻，所有私人恩怨和个人意气固然附着其上，构成意义的双重结构，但更重要的是鲁迅对整个现代中国的知识者所感到的不安和愤懑已经上升到了形而上学的层次，他甚至无法将自己从这种形而上学的不安中解脱出来。

　　但是，必须强调的是，当事过境迁之后，鲁迅还在杂文写作中植入各种论敌提供的语词的碎片，倒也不一定总是出于个人意气和形而上学的愤懑。在许多特殊的角落，他植入论敌的语词碎片仅仅是文本性的，即他仅仅是为了游戏般的愉悦而书写论敌的语词碎片。在散文诗《风筝》中，鲁迅曾经深感虚妄地表示，自己记住了对于弟弟的伤害，而弟弟却早已忘却，那种无怨的怨不过是说谎①，这种为自己的记忆所苦的情境，发生在他的小说写作中，即《呐喊》自序所谓"苦于不能全忘却"②，大概也发生在他的杂文中，他试图把杂文写作当成一种"为了忘却的记念"，让书写帮自己"竦身一摇，将悲哀摆脱，给自己轻松一下"③。因此，当鲁迅在跟当初的论敌毫不相干的杂文中也植入论敌的语词碎片时，他不过是在"给自己轻松一下"，乘着语词碎片的小舟在荒凉和粗糙的精神世界里漂浮一小会儿。举例来说，鲁迅确实很讨厌诗人徐志摩，以至于徐志摩在鲁迅与陈西滢论战中出来猛喝一声"带住"时，鲁迅不仅在杂文标题上就说"我还不能'带住'"④，在1926年后的多篇杂文中都给"带住"一词加上了引号。但是，1931年以后，徐志摩已经辞世，鲁迅的论敌也早换了几茬，虽然未必要宽恕，但当他还在杂文《"人话"》⑤和《"靠天吃饭"》⑥中植入"带住"，实在不过是玩玩而已吧。在1925年5月30日写给许广平的信中，鲁迅说过：

　　　　其实，我的意见原也不容易了然，因为其中本有着许多矛盾，教我自己说，或者是"人道主义"与"个人的无治主义"的两种思想的消

---

① 鲁迅：《野草·风筝》，《鲁迅全集》第2卷，第188—189页。
② 鲁迅：《呐喊·自序》，《鲁迅全集》第1卷，第437页。
③ 鲁迅：《南腔北调集·为了忘却的记念》，《鲁迅全集》第4卷，第493页。
④ 鲁迅：《华盖集续编·我还不能"带住"》，《鲁迅全集》第3卷，第258页。
⑤ 鲁迅：《伪自由书·"人话"》，《鲁迅全集》第5卷，第80页。
⑥ 鲁迅：《且介亭杂文二集·"靠天吃饭"》，《鲁迅全集》第6卷，第380页。

长起伏罢。所以我忽而爱人,忽而憎人;做事的时候,有时确为别人,有时却为自己玩玩,有时则竟因为希望生命从速消磨,所以故意拼命的做。①

描述鲁迅的思想和情感世界时,这段话是广被征引的,其中关于鲁迅思想的矛盾和精神世界的黑暗,学界多有论述。此处仅想表达的是,在种种复杂的处境中,鲁迅做事有时不过是"为自己玩玩",杂文写作当然也不例外。游戏式地植入论敌的语词碎片,也许很难构建鲁迅灵魂的讽喻的崇高美学面貌,但却可能通往更为鲜活有趣的鲁迅的精神世界和杂文世界,令人感受到鲁迅外溢的生命热情是多么地既虚无,又温暖。

第三节　隐秘的抒情诗

杂文之偏于论,是显而易见的。然而鲁迅杂文的特出在于,它们充满诗的因素,除了鲁迅自己提供的"有情的讽刺"和"释愤抒情"等说法,鲁迅在杂文中是放逐还是沉溺于抒情,其杂文中出现的疾病书写和怀旧老人的形象,都似乎是抒情诗的某种隐秘形态。因此,讨论鲁迅杂文的审美形式,抒情诗的问题也是不可或缺的一环。事实上,鲁迅也是以杂文作为抵抗现代中国带来的精神分裂症的主要方式的,他从自身的疾病体验出发,构建个人主体与无穷远方、无数人们的隐秘联系,使其杂文出现了一种老人形象和怀旧情结相纠结的状况。作为文明批评和社会批评的鲁迅杂文,也因此获得释愤抒情的功能,指向鲁迅情感和精神世界的内意识现象学。

一

张洁宇曾以"有情的讽刺"概括鲁迅杂文的艺术特质,认为鲁迅杂文"树立了一种'大时代'特殊的美学风范"。在具体的论述中,张洁宇强调鲁迅杂文"讽刺"的生命是"真实",与"幽默"的区别即在于是否"有

---

① 鲁迅:《书信·250530 致许广平》,《鲁迅全集》第 11 卷,第 493 页。

情"。她注意到鲁迅"无情的冷嘲和有情的讽刺相去本不及一张纸"的说法，并意识到这一说法与鹤见祐辅将冷嘲视为"一种书斋里安全而敷衍的空谈"有关，认为"失去讽刺的勇气有可能堕入幽默，但若正视现实改变思想，幽默也不是不可以'改变样子'，重新成为'对社会的讽刺'"。① 其中有一个细微的线索，即鲁迅对讽刺和冷嘲的理解与日本文人鹤见祐辅的关系，值得进一步展开。鲁迅曾两次提到讽刺和冷嘲相隔一纸，分别是在1925年写11月3日写的《热风》题记和1927年7月11日写的《朝花夕拾》后记中：

> 但如果凡我所写，的确都是冷的呢？则它的生命原来就没有，更谈不到中国的病证究竟如何。然而，无情的冷嘲和有情的讽刺相去本不及一张纸，对于周围的感受和反应，又大概是所谓"如鱼饮水冷暖自知"的；我却觉得周围的空气太寒冽了，我自说我的话，所以反而称之曰《热风》。②

> 人说，讽刺和冷嘲只隔一张纸，我以为有趣和肉麻也一样。孩子对父母撒娇可以看得有趣，若是成人，便未免有些不顺眼。放达的夫妻在人面前的互相爱怜的态度，有时略一跨出有趣的界线，也容易变为肉麻。③

鲁迅这两处的话都表现出非常明确的界线意识，他试图分辨表面上相似甚或一致的事物背后可能截然相反的本质，这的确是鲁迅的自觉。而更重要的是，鲁迅对事物的表象可能掩盖的本质区别并不是从抽象的概念出发的，而是从事物的表象所关联的具体结构关系出发的，如辨别冷嘲和讽刺要看写作者"对于周围的感受和反映"，辨别"有趣和肉麻"要看行为主体的年龄和行为发生的环境。这就意味着鲁迅分辨概念的差异，不但是一种理性行为，而且是一种充满个人情感的"有情"的行为。这也就是说，鲁迅并不是单

---

① 张洁宇：《"有情的讽刺"：鲁迅杂文的美学特质》，《西北大学学报（哲学社会科学版）》2020年第3期。
② 鲁迅：《热风·题记》，《鲁迅全集》第1卷，第308页。
③ 鲁迅：《朝花夕拾·后记》，《鲁迅全集》第2卷，第340页。

纯袭用了他人关于"讽刺和冷嘲只隔一张纸"的说法,他注入了个人的"有情"理解。而因为注入了个人的"有情"理解,对他人说法的袭用似乎也就出现了偏移现象。考察鲁迅相关时期的翻译和写作,可知其所谓"人说,讽刺和冷嘲只隔一张纸"中的"人"只能是写《说幽默》的鹤见祐辅。鲁迅1924年7月3日译完了鹤见祐辅的《说幽默》,1926年12月7日写了译者识,《说幽默》的译文及鲁迅的译者识刊于《莽原》杂志第2卷第1期(1927年1月10日出刊)。据鲁迅的译文,鹤见祐辅在《说幽默》中有如下一些说法:

> 懂得幽默,是由于深的修养而来的。这是因为倘若目不转睛地正视着人生的诸相,我们便觉得倘没有幽默,即被赶到仿佛不能生活的苦楚的感觉里去。悲哀的人,是大抵喜欢幽默的。这是寂寞的内心的安全瓣。
>
> 泪与笑只隔一张纸,恐怕只有尝过了泪的深味的人,这才懂得人生的笑的心情。
>
> 故意地笑,并不是幽默,只在真可笑的时候,才是幽默。
>
> 在这里,我所视为危险者,就是幽默的本性,和冷嘲(cynic)只隔一张纸。幽默常常容易变成冷嘲,就因为这缘故。
>
> 因为幽默是从悲哀而生的"理性底逃避"的结果,所以这常使人更进而冷嘲人间。对于一切气愤的事,并不直率地发怒,却变成衔着香烟,只有嘲笑,是很容易的。
>
> 使幽默不堕于冷嘲,那最大的因子,是在纯真的同情罢。同情是一切事情的础石。法兰斯曾说,天才的础石是同情;托尔斯泰也以同情为真的天才的要件。
>
> 幽默不怕多,只怕同情少。以人生为儿戏,笑着过日子的,是冷嘲。深味着人生的尊贵,不失却深的人类爱的心情,而笑着的,

是幽默罢。①

其中"泪与笑只隔一张纸"及"幽默的本性,和冷嘲(cynic)只隔一张纸"是鲁迅相关表达的直接来源,不过鲁迅用"讽刺"替换了"幽默"。值得注意的是,在鹤见祐辅看来,"因为幽默是从悲哀而生的'理性底逃避'的结果,所以这常使人更进而冷嘲人间",但只要有"纯真的同情"作为基础,幽默就不会堕于冷嘲,冷嘲是"以人生为儿戏"的,幽默是"不失却深的人类爱的心情"的,这些说法其实启发了鲁迅如何区隔"讽刺"和"冷嘲",鲁迅所谓"无情的冷嘲和有情的讽刺相去本不及一张纸"正是对鹤见祐辅的看法的发挥。

不过,鲁迅的偏移也非常显眼,他没有改变鹤见祐辅分辨幽默和冷嘲的基本路径,却用讽刺取代了幽默。究其原因,大概有三个:其一是正如鹤见祐辅所说,"幽默是从悲哀而生的'理性底逃避'的结果","是寂寞的内心的安全瓣",极容易变成冷嘲;其二是鲁迅认为幽默"是只有爱开圆桌会议的国民才闹得出来的玩意儿,在中国,却连意译也办不到"②,"中国没有幽默"③;其三是鲁迅认为"'幽默'既非国产,中国人也不是长于'幽默'的人民,而现在又实在是难以幽默的时候。于是虽幽默也就免不了改变样子了,非倾于对社会的讽刺,即堕入传统的'说笑话'和'讨便宜'"④。而推论起来,既然幽默倾向于逃避,且性质不稳定,容易变成冷嘲,那就干脆不提倡幽默,倒不如用性质更为稳定的讽刺取代幽默,并分辨讽刺、冷嘲、滑稽、正经之间的界线。

而且,鲁迅不仅认为中国没有幽默,而且认为中国连冷嘲都没有。鲁迅表示"约翰弥耳说:专制使人们变成冷嘲。我们却天下太平,连冷嘲也没有。我想:暴君的专制使人们变成冷嘲,愚民的专制使人们变成死相"⑤,

---

① 鹤见祐辅:《说幽默》,见止庵、王世家编《鲁迅著译编年全集》第7卷,第416—418页。
② 鲁迅:《南腔北调集·论语一年》,《鲁迅全集》第4卷,第582页。
③ 鲁迅:《花边文学·玩笑只当它玩笑(下)》,《鲁迅全集》第5卷,第554页。
④ 鲁迅:《伪自由书·从讽刺到幽默》,《鲁迅全集》第5卷,第47页。
⑤ 鲁迅:《华盖集·忽然想到(五至六)》,《鲁迅全集》第3卷,第45页。关于"专制使人们变成冷嘲"的说法也是转道来自鹤见祐辅。

又表示"还有一层,是'专制使人们变成冷嘲',但这是英国的事情,古来只能'道路以目'的人们是不敢的。不过时候也到底不同了,就要听洋讽刺家来'幽默'一回,大家哈哈一下子"①,这就是说中国过去和当时的专制的黑暗超过了英国,因而连冷嘲也不能有。面对如此黑暗的历史和社会,鲁迅表现出了瞿秋白所谓"他的燃烧着的猛烈的火焰在扫射着猥劣腐烂的黑暗世界"②的战斗精神,更加反对幽默而坚持讽刺。因此,当有文人看上去极为幽默地表示拥护言论不自由的条件下出现的种种不负责任的文体时,鲁迅写下了燃烧着"猛烈的火焰"的杂文《不负责任的坦克车》:

新近报上说,江西人第一次看了坦克车。自然,江西人的眼福很好。然而也有人惴惴然,唯恐又要掏腰包,报效坦克捐。我倒记起了另外一件事:

有一个自称姓"张"的说过,"我是拥护言论不自由者……唯其言论不自由,才有好文章做出来,所谓冷嘲,讽刺,幽默和其他形形色色,不敢负言论责任的文体,在压迫钳制之下,都应运产生出来了。"这所谓不负责任的文体,不知道比坦克车怎样?

讽刺等类为什么是不负责任,我可不知道。然而听人议论"风凉话"怎么不行,"冷箭"怎么射死了天才,倒也多年了。既然多年,似乎就很有道理。大致是骂人不敢冲好汉,胆小。其实,躲在厚厚的铁板——坦克车里面,砰砰碰碰的轰炸,是着实痛快得多,虽然也似乎并不胆大。

高等人向来就善于躲在厚厚的东西后面来杀人的。古时候有厚厚的城墙,为的要防备盗匪和流寇。现在就有钢马甲,铁甲车,坦克车。就是保障"国民"和私产的法律,也总是厚厚的一大本。甚至于自天子以至卿大夫的棺材,也比庶民的要厚些。至于脸皮的厚,也是合于古礼的。

独有下等人要这么自卫一下,就要受到"不负责任"等类的嘲笑:"你敢出来!出来!躲在背后说风凉话不算好汉!"

---

① 鲁迅:《南腔北调集·〈萧伯纳在上海〉序》,《鲁迅全集》第4卷,第514—515页。
② 何凝:《鲁迅杂感选集序言》,见何凝编《鲁迅杂感选集》,第23页。

但是，如果你上了他的当，真的赤膊奔上前阵，像许褚似的充好汉，那他那边立刻就会给你一枪，老实不客气，然后，再学着金圣叹批《三国演义》的笔法，骂一声"谁叫你赤膊的"——活该。总之，死活都有罪。足见做人实在很难，而做坦克车要容易得多。①

该文写于1933年5月6日，文中江西的坦克车指的是国民党政府围剿江西的中华苏维埃政府使用了坦克车，"姓'张'的"指张若谷。张若谷与国民党文人傅彦长、朱应鹏合作编过《艺术三家言》，其时担任《大晚报》的记者②，而大晚报社是国民党要人孔祥熙名下的四大报社之一③，故而在鲁迅看来，张若谷在《大晚报》上发表"所谓冷嘲，讽刺，幽默和其他形形色色，不敢负言论责任的文体"之类的言论就是"躲在厚厚的铁板——坦克车里面"说风凉话。在张若谷这种与"高等人"沆瀣一气的行为面前，鲁迅将"冷嘲，讽刺，幽默和其他形形色色，不敢负言论责任的文体"都视为"下等人"自卫的文体，不再刻意区分冷嘲、讽刺和幽默，而是刻意揭发张若谷的言论不仅是不负责任的，而且是厚颜无耻的。鲁迅认为"高等人"的一切都与"厚"有关，"脸皮的厚"自然也是超过庶民的，张若谷自甘与"高等人"为伍，脸皮自然也是极厚的。而且，鲁迅暗示张若谷选择了"做坦克车"，故而其人也就"似乎并不胆大"，只不过是一副奴颜媚骨的死相。然而，有意思的是，鲁迅写作《不负责任的坦克车》的目的并不是要将张若谷钉在耻辱柱上，他确实觉得张若谷连被自己一嘘的资格都没有④，故而行文中连其人名字都不屑写出。鲁迅的真正目的是将"姓'张'的"言论背后的整个政治和文化结构揭示出来：坦克车指的是国民党政府围剿"下等人"的军事行动，坦克捐指的是国民党政府剥削"下等人"的经

---

① 鲁迅：《伪自由书·不负责任的坦克车》，《鲁迅全集》第5卷，第138—139页。
② 龙鸿彬：《张若谷》，见景亚南主编《浦东早期留学人员选录1872—1949》，上海：上海大学出版社，2016年，第237—238页。
③ 曹聚仁：《〈大晚报〉与曾虚白》，《上海春秋》（修订版），北京：生活·读书·新知三联书店，2016年，第159—160页。
④ 鲁迅在《答杨邨人先生公开信的公开信》里说："先生似乎羞与梁实秋张若谷两位先生为伍，我看是排起来倒也并不怎样辱没了先生，只是张若谷先生比较的差一点，浅陋得很，连做一'嘘'的材料也不够，我大概要另换一位的。"见鲁迅：《南腔北调集·答杨邨人先生公开信的公开信》，《鲁迅全集》第4卷，第646页。

济政策,"厚厚的一大本"的法律指的是国民党政府维护"高等人"的既得利益的法律体系,棺材和脸皮的厚都合于古礼指的是国民党政府维护"高等人"虚伪落后的伦理体系,"姓'张'的"指的是国民党政府压迫钳制"下等人"的文化治理手段,而且军事、赋税、法律、伦理、文化相互联系和支撑,共同构成了国民党政府整个统治的网络。在这样的网络结构中,"姓'张'的"说些有利于网络巩固的"风凉话",实在不过是细枝末节了。在这个意义上,鲁迅通过杂文写作展现了对于国民党政府的大恨以及对于"下等人"的大爱,这种大爱的确是一种"深的人类爱"。只不过在 1933 年,鲁迅已然左转之后,他的大爱具体表现为对于"下等人"的阶级友爱。

因此,当鲁迅在杂文中燃烧起猛烈的火焰来扫射猥劣腐烂的黑暗世界时,其根底却在于爱。鲁迅 1927 年在《小杂感》一文中重复有岛武郎的话:"创作总根于爱。"① 它似乎呼应着《小杂感》开头的话:

> 蜜蜂的刺,一用即丧失了它自己的生命;犬儒的刺,一用则苟延了他自己的生命。
> 他们就是如此不同。②

即使创作都是根于爱,都是有情的,但有的是不惜生命的抗争,有的是为了苟活的冷嘲,本质上是不一样的。鲁迅所谓"有情的讽刺"由此明确显现了"纯真的同情"和"深的人类爱",不是为了自我的苟活,而是为了整个社会的改变。他在《随感录四十一》里说:"此后如竟没有炬火:我便是唯一的光。倘若有了炬火,出了太阳,我们自然心悦诚服的消失,不但毫无不平,而且还要随喜赞美这炬火或太阳;因为他照了人类,连我都在内。我又愿中国青年都只是向上走,不必理会这冷笑和暗箭。"③ 鲁迅的"有情的讽刺"就是这样的无我的、忘我的、燃烧自我的对于人类的大爱,而他的杂文因此就成为了抒发大爱的抒情诗。

---

① 鲁迅:《而已集·小杂感》,《鲁迅全集》第 3 卷,第 556 页。
② 同上书,第 554 页。
③ 鲁迅:《热风·随感录四十一》,《鲁迅全集》第 1 卷,第 341 页。

二

与淑世的热情不同的是，鲁迅认为写杂文于自身而言也是一种"释愤抒情"。他 1926 年 11 月 16 日在《华盖集续编》的小引中写道：

> 还不满一整年，所写的杂感的分量，已有去年一年的那么多了。秋来住在海边，目前只见云水，听到的多是风涛声，几乎和社会隔绝。如果环境没有改变，大概今年不见得再有什么废话了罢。灯下无事，便将旧稿编集起来；还豫备付印，以供给要看我的杂感的主顾们。
>
> 这里面所讲的仍然并没有宇宙的奥义和人生的真谛。不过是，将我所遇到的，所想到的，所要说的，一任它怎样浅薄，怎样偏激，有时便都用笔写了下来。说得自夸一点，就如悲喜时节的歌哭一般，那时无非借此来释愤抒情，现在更不想和谁去抢夺所谓公理或正义。你要那样，我偏要这样是有的；偏不遵命，偏不磕头是有的；偏要在庄严高尚的假面上拨它一拨也是有的，此外却毫无什么大举。名副其实，"杂感"而已。①

这短短的两段文字引发学界极大的兴趣，不少学者追踪"释愤抒情"四字所可能蕴含的信息。1986 年，皮远长讨论鲁迅杂文的"释愤抒情"时提供了一个特别的背景，他说"我们总是强调鲁迅是'为革命'而写杂文，这并不错，但却往往忽略了'为革命'如果不是激荡于作家内心的一股激情，不能与作家个人独特的感情体验相契合，而只是理智的，甚至是某种外在的要求，那么，在这种创作心理状态下，则只能产生鲁迅所批评的那种'赋得革命'式的作品"。为了破除这种以革命压倒抒情的思路，皮远长强调"鲁迅借杂文所'释'之'愤'，所'抒'之'情'，既是他个人独有的真切感受，也是人民大众所共有的感情"，认为鲁迅"既强调杂文的战斗作用，也重视它的审美愉悦功能和移情效果"。皮远长接下来的分析非常精彩，他在简述了鲁迅杂文以形象和直抒胸臆感人之后提出了一个问题，即鲁迅杂文

---

① 鲁迅：《华盖集续编·小引》，《鲁迅全集》第 3 卷，第 195 页。

"在好像客观的叙述和冷静的议论中表露出细腻而活跃的情绪、丰富而浓郁的感情",这是怎么做到的?皮远长借助柏格森在《笑——论滑稽的意义》一书中对"语言的滑稽"的论述来给出了回答,认为鲁迅杂文是通过充分运用"语言的音乐美"和"'辞趣'的表情作用"来实现情感表达的,并举例说明了鲁迅杂文句式多变带来的"情绪节奏"对读者的感染作用以及鲁迅杂文通过一些微妙的用词选择来"表达出语言主体的各种微妙的情绪和感情"。① 在此意义上,鲁迅杂文如何"释愤抒情"构成了一个极其微观的形式诗学问题,正好与"现在更不想和谁去抢夺所谓公理或正义"的说法构成呼应,即鲁迅因为放逐了对"所谓公理或正义"的认同,反而可以无所顾忌地,甚至倾向性激烈地"偏要"在语词表面表达自己的情绪和感情,他不是以理节情,反而是以情达理。

而且,也正是因为不是以理节情,反而是以情达理,鲁迅说自己写杂文"就如悲喜时节的歌哭一般,那时无非借此来释愤抒情"才真正称得上"释愤抒情"。正如后世研究者所论述的那样,"释愤抒情"所关联的是屈原"发愤以抒情"、司马迁"发于情,肆于心而为文"的古典传统②,而无论是屈原还是司马迁,在自居儒家正统的人物眼里都是"露才扬己"之辈,不足取也。但鲁迅却别具只眼,认为屈原的《天问》是"抒愤懑",楚辞与诗经相比,"则其言甚长,其思甚幻,其文甚丽,其旨甚明,凭心而言,不遵矩度"③,认为"武帝时文人,赋莫若司马相如,文莫若司马迁,而一则寥寂,一则被刑。盖雄于文者,常桀骜不欲迎雄主之意,故遇合常不及凡文人"④,认为司马迁"恨为弄臣,寄心楮墨,感身世之戮辱,传畸人于千秋,虽背《春秋》之义,固不失为史家之绝唱,无韵之《离骚》矣"⑤,都是极为肯定屈原的"凭心而言,不遵矩度"和司马迁司马相如的"桀骜",欣赏他们的作品,字里行间颇有同情和知己之感。这种同情和知己之感显然都是个人化的,并不是"人民大众所共有的感情"。鲁迅编《华盖集续编》时的

---

① 皮远长:《"无非借此来释愤抒情"——浅谈鲁迅杂文的感情表达》,《武汉大学学报(社会科学版)》1986年第2期。
② 参见肖剑南:《鲁迅散文"释愤抒情"的理论探源》,《嘉应学院学报》2005年第4期。
③ 鲁迅:《汉文学史纲要》,《鲁迅全集》第9卷,第382页。
④ 同上书,第431页。
⑤ 同上书,第435页。

情绪与编《华盖集》《朝花夕拾》《野草》时颇有相通之处，即所谓"年月是改了，情形却依旧"①，他仍然觉得自己"华盖运"未离身，被"正人君子"们"党同伐异"而"自有悲苦愤激"，于是"乐则大笑，悲则大叫，愤则大骂"②，迫于无奈而无所顾忌地写杂文。这种情绪与鲁迅节引在《汉文学史纲要》中的司马迁《报任安书》相似，可谓千古有此同慨③：

> 其友益州刺史任安，尝责以古贤臣之义，迁报书有云：
> "……所以隐忍苟活，函粪土之中而不辞者，恨私心有所不尽，鄙没世而文采不表于后也。古者富贵而名摩灭不可胜记，惟倜傥非常之人称焉。盖西伯拘而演《周易》；仲尼厄而作《春秋》；屈原放逐，乃赋《离骚》；左丘失明，厥有《国语》；孙子膑脚，《兵法》修列。……《诗》三百篇，大抵贤圣发愤之所为作也。此人皆意有所郁结，不得通其道，故述往事，思来者。及如左丘明无目，孙子断足，终不可用，退论书策，以舒其愤，思垂空文以自见。仆窃不逊，近自托于无能之辞，网罗天下放失旧闻，考之行事，稽其成败兴衰之理，凡百三十篇。亦欲以究天人之际，通古今之变，成一家之言。草创未就，适会此祸，惜其不成，是以就极刑而无愠色。仆诚已著此书，藏之名山，传之其人，通邑大都，则仆偿前辱之责，虽万被戮，岂有悔哉？然此可为智者道，难为俗人言也！……"④

《汉文学史纲要》是鲁迅 1926 年在厦门大学教中国文学史时编写的讲义。对于自己的厦门大学之旅，鲁迅自己的看法是"因为做评论，敌人就多起来，北京大学教授陈源开始发表这'鲁迅'就是我，由此弄到段祺瑞将我撤职，并且还要逮捕我。我只好离开北京，到厦门大学做教授；约有半年，和校长以及别的几个教授冲突了，便到广州，在中山大学做了教务长兼文科教

---

① 鲁迅：《华盖集续编·小引》，《鲁迅全集》第 3 卷，第 195 页。
② 鲁迅：《华盖集·题记》，《鲁迅全集》第 3 卷，第 3—4 页。
③ 关于《汉文学史纲要》对司马迁的理解，可参考潘德延：《史家之绝唱 无韵之〈离骚〉——鲁迅与司马迁》，《鲁迅研究月刊》2007 年第 4 期。
④ 鲁迅：《汉文学史纲要》，《鲁迅全集》第 9 卷，第 434 页。

授"①,这意味着编写讲义到司马迁的部分时,他对于《报任安书》中的陈情很难不感同身受。任安责司马迁以古贤臣之义,"正人君子"则责鲁迅以"公理或正义",司马迁身陷囹圄,而鲁迅遭到了"正人君子"告密和"正人君子"背后的反动政府通缉②,逃到厦门又和校长、教授起冲突,虽不至于"隐忍苟活,函粪土之中而不辞",但也绝对是一腔愤懑亟需抒发了。在这个意义上,鲁迅对司马迁所追认的人物和文章谱系以及"此人皆意有所郁结,不得通其道,故述往事,思来者"肯定是充满认同的,他之写杂文是为了"以舒其愤",他之编杂文集,则恐怕不是单纯的自我抚慰③和"以供给要看我的杂感的主顾们",而是包含着"思来者"的用心。至于"这里面所讲的仍然并没有宇宙的奥义和人生的真谛。不过是,将我所遇到的,所想到的,所要说的,一任它怎样浅薄,怎样偏激,有时便都用笔写了下来"的说法,看上去是在说自己的杂文"浅薄"和"偏激",实际上是在说"宇宙的奥义和人生的真谛"之虚妄,从而暗示自己"用笔写了下来"的才是真实的人生世相,不但足以"垂空文以自见",而且也许还有"究天人之际,通古今之变,成一家之言"的可能。其中《华盖集》题记中"凡有自己也觉得在风沙中转辗而生活着的,会知道这意思"④ 的说法可谓"传之其人"的表达,《且介亭杂文》序言中的"当然不敢说是诗史,其中有着时代的眉目"⑤ 的说法可谓期待读者反馈,实现"究天人之际,通古今之变,成一家之言"的立言之不朽。这也就是说,当鲁迅营造一个"秋来住在海边,目前只见云水,听到的多是风涛声,几乎和社会隔绝"的寂寞孤独之境时,他的精神世界里涌现的是关于自己的"释愤抒情"能否舒愤懑、能否"传之其人"、能否"垂空文以自见"、能否不朽的种种念头,一切都与个人的出处穷达有关,与一个渺小的生命个体在云水风涛的围绕中期望不朽有关。因此,可以说鲁迅所谓"释愤抒情"是一种沟通天人、直抵生命本质的抒情,但并不直接与人民大众的感情相关,它只是个体生命意识的外溢,一种在时

---

① 鲁迅:《集外集拾遗补编·自传》,《鲁迅全集》第 8 卷,第 402 页。
② 关于通缉一事,学界略有争议。可参考陈漱渝:《提出新论要以充分的史实为据——也谈鲁迅遭段祺瑞政府通缉的真相》,《鲁迅研究月刊》2007 年第 3 期。
③ 鲁迅:《华盖集·题记》,《鲁迅全集》第 3 卷,第 5 页。
④ 同上书,第 5 页。
⑤ 鲁迅:《且介亭杂文·序言》,《鲁迅全集》第 6 卷,第 4 页。

间和历史中留痕的不朽冲动。

1935年3月31日在《徐懋庸作〈打杂集〉序》中,鲁迅认为《唐诗三百首》中第一首诗"夫子何为者?栖栖一代中"不及徐懋庸的杂文"和现在切贴,而且生动,泼剌,有益,而且也能移人情",强调"能移人情"的杂文"要搅乱你们的文苑"①,这些说法一方面在强调杂文的时代感和社会功用,另一方面则提出了一个更具挑战性的问题,即杂文"也能移人情"。杂文之能移人情,当然跟杂文作者的淑世情怀有关,但鲁迅在"切贴"和"生动,泼剌,有益"之外强调"能移人情",所着眼的显然已不只是功利主义式的淑世情怀,而是杂文本身传递写作者个人感情所带来的移情作用;也就是说,读者不需要调动某种关于感情的意识形态结构也能够从杂文的语词中感受到微观的感动,感受到娱乐、休息和"释愤抒情"的精神愉悦。从文体上来说,杂文作为说理的文章,以理服人是其本色,如果能以情动人,自然不免"搅乱你们的文苑"。但鲁迅话说得漂亮,事实上关于文学的观念却回到了青年时期以来的一贯立场,看上去未免有些保守。在《摩罗诗力说》中,鲁迅即曾申说,"由纯文学上言之,则以一切美术之本质,皆在使观听之人,为之兴感怡悦。文章为美术之一,质当亦然,与个人暨邦国之存,无所系属,实利离尽,究理弗存",并借穆勒的说法"近世文明,无不以科学为术,合理为神,功利为鹄。大势如是,而文章之用益神。所以者何?以能涵养吾人之神思耳"来从科学和进化的意义推导出"涵养人之神思,即文章之职与用也"的结论。② 文学在这里被当成系统的一个看不见的补丁,负责使人"兴感怡悦"和"涵养人之神思"。此后,鲁迅在《汉文学史纲要》中梳理萧梁时期的文笔之议时表示,"盖其时文章界域,极可弛张,纵之则包举万汇之形声;严之则排摈简质之叙记,必有藻韵,善移人情,始得称文。其不然者,概谓之笔"③,这虽然是一种历史描述,但隐含

---

① 鲁迅:《且介亭杂文二集·徐懋庸作〈打杂集〉序》,《鲁迅全集》第6卷,第301—302页。
② 鲁迅:《坟·摩罗诗力说》,《鲁迅全集》第1卷,第73—74页。关于穆勒的说法,迄今未见出处,故而不知鲁迅征引的穆勒说法是不是涉及了涵养神思的问题。有论者指出穆勒的说法见《功利主义》一书(王福湘:《约翰·穆勒:鲁迅自由思想资源第一人》,《学术研究》2007年第12期),经查证不见,只得暂时存疑。
③ 鲁迅:《汉文学史纲要》,《鲁迅全集》第9卷,第356页。

的判断是以"必有藻韵,善移人情"的"文"为文学。一旦鲁迅将与"兴感怡悦""涵养人之神思"同义的"能移人情"视为杂文的重要特质,则与其说是鲁迅拓展了自己对于文学的理解,不如说是他坚持"能移人情"是文学的特质,并将其延伸至对于杂文的文学性的判断,从而将杂文安插进既有的文学秩序中去。因此,鲁迅所谓"杂文这东西,我却恐怕要侵入高尚的文学楼台去的"①,不是指用杂文改变了关于文学是什么的基本理解,而是改变了既有文学内部的文类秩序。不过,事实未必如鲁迅所愿的是,一旦杂文真的被放在文学的意义上来进行讨论,文学的基本理解是无法不被改变的,所谓"能移人情"的特质也就蜕变为理解文学的一个向度罢了。而这一点,鲁迅的老师章太炎早就在《国故论衡》中批判过了:"或言学说、文辞所由异者,学说以启人思,文辞以增人感,此亦一往之见也。"②

三

但正因为鲁迅坚持以"能移人情"来论文学以及对杂文的文学性进行升格,理解其杂文中放逐抒情的段落就需要有复杂的调整。例如 1927 年 10 月 10 日的《怎么写——夜记之一》,开头不久就有几段抒情性极强的表达:

> 写什么是一个问题,怎么写又是一个问题。
> 今年不大写东西,而写给《莽原》的尤其少。我自己明白这原因。说起来是极可笑的,就因为它纸张好。有时有一点杂感,子细一看,觉得没有什么大意思,不要去填黑了那么洁白的纸张,便废然而止了。好的又没有。我的头里是如此地荒芜,浅陋,空虚。
> 可谈的问题自然多得很,自宇宙以至社会国家,高超的还有文明,文艺。古来许多人谈过了,将来要谈的人也将无穷无尽。但我都不会谈。记得还是去年躲在厦门岛上的时候,因为太讨人厌了,终于得到"敬鬼神而远之"式的待遇,被供在图书馆楼上的一间屋子里。白天还有馆员,钉书匠,阅书的学生,夜九时后,一切星散,一所很大的洋楼

---

① 鲁迅:《且介亭杂文二集·徐懋庸作〈打杂集〉序》,《鲁迅全集》第 6 卷,第 300—301 页。

② 章太炎:《国故论衡》,上海:上海古籍出版社,2006 年,第 41 页。

里，除我以外，没有别人。我沉静下去了。寂静浓到如酒，令人微醺。望后窗外骨立的乱山中许多白点，是丛冢；一粒深黄色火，是南普陀寺的琉璃灯。前面则海天微茫，黑絮一般的夜色简直似乎要扑到心坎里。我靠了石栏远眺，听得自己的心音，四远还仿佛有无量悲哀，苦恼，零落，死灭，都杂入这寂静中，使它变成药酒，加色，加味，加香。这时，我曾经想要写，但是不能写，无从写。这也就是我所谓"当我沉默着的时候，我觉得充实，我将开口，同时感到空虚"。

莫非这就是一点"世界苦恼"么？我有时想。然而大约又不是的，这不过是淡淡的哀愁，中间还带些愉快。我想接近它，但我愈想，它却愈渺茫了，几乎就要发见仅只我独自倚着石栏，此外一无所有。必须待到我忘了努力，才又感到淡淡的哀愁。

那结果却大抵不很高明。腿上钢针似的一刺，我便不假思索地用手掌向痛处直拍下去，同时只知道蚊子在咬我。什么哀愁，什么夜色，都飞到九霄云外去了，连靠过的石栏也不再放在心里。而且这还是现在的话，那时呢，回想起来，是连不将石栏放在心里的事也没有想到的。仍是不假思索地走进房里去，坐在一把唯一的半躺椅——躺不直的藤椅子——上，抚摩着蚊喙的伤，直到它由痛转痒，渐渐肿成一个小疙瘩。我也就从抚摩转成搔，掐，直到它由痒转痛，比较地能够打熬。

此后的结果就更不高明了，往往是坐在电灯下吃柚子。

虽然不过是蚊子的一叮，总是本身上的事来得切实。能不写自然更快活，倘非写不可，我想，也只能写一些这类小事情，而还万不能写得正如那一天所身受的显明深切。而况千叮万叮，而况一刀一枪，那是写不出来的。①

李长之认为"鲁迅是长于抒情的，尤其长的是寂寞之感"，并以上引文字中从"记得还是去年"到"比较地能够打熬"的三段为例进行分析鉴赏："这是多末美的，而近于诗的呢！不过鲁迅不常有这样的文字的，这没有别的理由，只因为热情驱使他，对于社会的关怀逼迫他，使他忘了自己的寂寞，而

---

① 鲁迅：《三闲集·怎么写——夜记之一》，《鲁迅全集》第4卷，第18—19页。

单是挺身而出、作战士去了。"① 李长之不仅发现了鲁迅擅于抒发寂寞之感的抒情特点，而且曲谅人心，认为鲁迅根本上乃是偏于抒发一己之私情的，只是因为急公好义，为淑世的热情所驱使而"忘了自己的寂寞"罢了。这也就是说，在李长之看来，不常有的文字中所见的寂寞抒发，乃是鲁迅隐秘的抒情，蕴藏着鲁迅深潜的生命意识。在这种颇具洞见的分析鉴赏中，鲁迅杂文作为"有情的讽刺"的表面与作为抒情的内面之间的辩证关系就被发现了。就上述引文的基本肌理而言，"有情的讽刺"与抒情之间的辩证关系值得更进一步的分析和讨论。从字面意思上看，鲁迅以蚊子"腿上钢针似的一刺"否定了"哀愁"和"夜色"所表征的寂寞之感，强调"世界苦恼"式的抒情不如蚊子叮咬切实，故而自己要写什么东西的话，"也只能写一些这类小事情"。很明显，鲁迅打算放逐"世界苦恼"式的抒情，而放弃的原因似乎也不是李长之所说的"对于社会的关怀"，反而是对于切己的小事的关怀。但是，如果从字里行间看，就又会发现很不一样的作者意图。第一，较为明显的是，鲁迅以"这类小事情"取代"世界苦恼"之后，马上表示"还万不能写得正如那一天所身受的显明深切"，这与"我曾经想要写，但是不能写，无从写"构成呼应，即鲁迅认为对切己小事的感受和寂寞的心绪一样，都是文字"写不出来的"。这就是说，对于鲁迅而言，生命和生活中的一切实际感受与文字书写之间都是有距离的。因此，与其说鲁迅在放逐"世界苦恼"式的抒情，不如说他是在更深地确认"世界苦恼"式的抒情，"千叮万叮"和"一刀一枪"带来的感受同样"写不出来"，与自己面对"夜色"的"哀愁"而无法写出的局面一样，都是"当我沉默着的时候，我觉得充实，我将开口，同时感到空虚"。第二，应当注意的是，无法写出"哀愁"和无法写出"千叮万叮"的感受是在鲁迅设置的同一个问题系统中出现的，即都是文章开头提出的"怎么写又是一个问题"中出现的。在"怎么写"这个问题系统中，"写什么"不成问题，"可谈的问题自然多得很，自宇宙以至社会国家，高超的还有文明"，寂寞的哀愁和切己小事也可以写，成为问题的是，鲁迅觉得"不能写，无从写"。但是，在"怎么写"这个问题系统中，鲁迅仍然渗进了"写什么"的杂音，他明确表示自己不

---

① 李长之：《鲁迅批判》，第154页。

会去写"自宇宙以至社会国家,高超的还有文明",甚至说只是因为《莽原》"纸张好",他便觉得自己的杂感不应该"去填黑了那么洁白的纸张"。这就是说,在"怎么写"的问题系统中,鲁迅因为"无从写"和"写不出来"而产生了"世界苦恼",这是一种形而上学的思索;而这种形而上学的思索却和不愿以杂感填黑白纸的琐屑顾虑紧扣在一起,给人的感觉是鲁迅其时面对世界万象产生了高度的精神紧张。因此,鲁迅不但不能以"有情的讽刺"取代抒情的内面,反而连"有情的讽刺"也在高度的精神紧张中一并放逐了。那么,第三,可以看到的是,在鲁迅的潜意识里,他并不是像李长之所说的那样,因为对社会的关怀而忘记了自身的寂寞,反而是因为感受到杂文"没有什么大意思",因为自己的社会关怀而产生了更深的寂寞之感。事实上,《怎么写——夜记之一》提出问题之后,正是从对于杂文的否定进行展开的,而在这个基础上,鲁迅继续书写了自己"被供在图书馆楼上的一间屋子里"的被迫与世隔绝的寂寞,并因此在"寂静浓到如酒"的夜色中"听得自己的心音,四远还仿佛有无量悲哀,苦恼,零落,死灭,都杂入这寂静中,使它变成药酒,加色,加味,加香",产生"哀愁"与"愉快"相杂的心绪。就像在《呐喊·自序》里所抒解的一样,在鲁迅看来,寂寞是个体的内在情绪,但其产生的原因却是外在的,即他种种努力和功业遭受的挫折或失败使他产生了寂寞感①,他并不是在形而上学的意义上抒发寂寞之情的。因此,第四,《怎么写——夜记之一》的确带有明显的《野草》的痕迹,不仅像是《野草》写作的余波曼衍到了这里,而且鲁迅有意征引了《野草》题辞中的表达,坐实了与《野草》的关系。但却有必要强调的是,不是《野草》的写作影响了《怎么写——夜记之一》的抒情面貌,而是鲁迅面对杂文"没有什么大意思"的情形,试图通过"怎么写"的提问,撬开 1927 年国民党白色恐怖的帷幕,为杂文寻得书写的空间,为自己寻得心安的路径。从这个意义上来说,《怎么写——夜记之一》既是一种具有理论性和政治性的探讨,也是一种自我的心灵按摩和释放。而被李长之称道的片段,如此恣肆的铺叙,在艺术特征上呈现为抒情,在书写功用上则呈现为写作者的耽溺、陶醉、自我疏解和疗愈,鲁迅抒情的内面因此是在书写的过程

---

① 鲁迅:《呐喊·自序》,《鲁迅全集》第 1 卷,第 437—440 页。

中隐现的,在文字表层却表现为对于抒情的放逐。这样一来就没有理由不提出一个议题,对于鲁迅而言,写杂文就是写隐秘的抒情诗。

而且,可以就《怎么写——夜记之一》再进一步讨论的是,只要不随着作者行文的内容转换而轻易改换阅读观感,李长之所欣赏的镶嵌在文本中的抒情段落实际上也构成了明显的表象,放逐抒情的上下文是外在的画框,抒情是画框里的画,鲁迅其实是在一个呈现否定性质的上下文中进行明确而热烈的抒情。就《怎么写——夜记之一》来说,有的论者也许会认为该文不是杂文,而是散文。不过《"硬译"与文学的阶级性》也许会打破这样的认知思路,不会有人否认它是杂文,但该文出现了下述段落:

> 人往往以神话中的 Prometheus 比革命者,以为窃火给人,虽遭天帝之虐待不悔,其博大坚忍正相同。但我从别国里窃得火来,本意却在煮自己的肉的,以为倘能味道较好,庶几在咬嚼者那一面也得到较多的好处,我也不枉费了身躯:出发点全是个人主义,并且还夹杂着小市民性的奢华,以及慢慢地摸出解剖刀来,反而刺进解剖者的心脏里去的"报复"。①

李欧梵认为这段文字是"想象和隐喻飞翔的例子",有"一种悲剧精神的高贵的迸发","将对手的相当有理的论点(硬译难懂)贬低到似乎毫无意义了"。② 不过,除了鲁迅是否贬低对手到毫无意义值得讨论,更重要的是,这段文字不仅有"想象和隐喻飞翔",而且本身也是抒情性的,抒发的是自己的翻译主张不被人理解之后的内面情绪,"个人主义"、"小市民性的奢华"和解剖刀"反而刺进解剖者的心脏里"的表达都是内在情绪过于充盈而出现外溢的表征。更准确地说,鲁迅是通过类似段落的书写过程来疏解自己的情绪,具有隐秘性。但它同时又是极容易被识别的,李欧梵即从这样的段落中看到了鲁迅后期杂文与过去一样的"视界和深度感"③。李欧梵更加看重的是鲁迅杂文中"极有艺术力的强烈抒情的文字",并首推《为了忘却

---

① 鲁迅:《二心集·"硬译"与文学的阶级性》,《鲁迅全集》第 4 卷,第 213—214 页。
② 李欧梵:《铁屋中的呐喊》,第 148 页。
③ 同上书,第 144 页。

的记念》,认为在该文中,鲁迅"典型的讽刺文中的'刺'几乎全不存在了,在感情力量之上,更盖之以文笔的清新和简洁","一种抒情的调子贯彻始终地弥漫于全篇"。在引证《为了忘却的记念》的开头之后,李欧梵表示:"这种温和的反讽语气很像《呐喊·自序》的开始。"① 一方面,李欧梵的分析很好地识别了《为了忘却的记念》的抒情性,另一方面,他对于该文抒情性质的判定又充满启蒙主义的倾向性,他试图将鲁迅在《为了忘却的记念》中所隐藏的革命政治诉求虚化,将其视为鲁迅向启蒙时代的回归。这种解释当然是错位的。不过这种错位的解释充满隐喻性,它暗示了鲁迅抒情的隐秘性质。《为了忘却的记念》一文的开头如下:

> 我早已想写一点文字,来记念几个青年的作家。这并非为了别的,只因为两年以来,悲愤总时时来袭击我的心,至今没有停止,我很想借此算是竦身一摇,将悲哀摆脱,给自己轻松一下,照直说,就是我倒要将他们忘却了。②

与《怎么写——夜记之一》类似,这一开头在字面上是写自己要"将悲哀摆脱",即是要放逐对悲哀愤怒之情的抒发,但其书写过程却正是悲哀愤怒之情的抒发;如果没有这一书写过程,写作者固然难以"竦身一摇",读者也无法获悉写作者内在情绪淤积了两年的情形。而在此隐秘抒情之下,更为重要的是鲁迅抒发的对于革命的乌托邦热情。这种热情隐伏在"记念几个青年的作家"的内面,在极为微细的角落里偶然闪现,如写五个青年作家的遇害时间是"一九三一年的二月七日夜或八日晨"③,以时间的不确定性暗示迫害者的残忍,如写第三次相见,白莽"才告诉我他是一个革命者"④,以一笔带过的写法闪现革命的用心,如写着写着写自己曾经"积习"发作写了旧体诗,其中"城头变幻大王旗"⑤ 一句就暗写革命的必要性,而文章结尾是这样的:

---

① 李欧梵:《铁屋中的呐喊》,第 148 页。
② 鲁迅:《南腔北调集·为了忘却的记念》,《鲁迅全集》第 4 卷,第 493 页。
③ 同上。
④ 同上书,第 494 页。
⑤ 同上书,第 501 页。

> 不是年青的为年老的写记念,而在这三十年中,却使我目睹许多青年的血,层层淤积起来,将我埋得不能呼吸,我只能用这样的笔墨,写几句文章,算是从泥土中挖一个小孔,自己延口残喘,这是怎样的世界呢。夜正长,路也正长,我不如忘却,不说的好罢。但我知道,即使不是我,将来总会有记起他们,再说他们的时候的。……①

以省略号结尾既意味着尚有未尽之意,更意味着"再说他们的时候"也许会有不一样的说法,比如直接写出五个青年作家是为了共产主义革命而牺牲。但鲁迅没有从字面上直接写出革命的信息,而是诉诸暗示,于是就变成年老的为年青的写"记念",徒劳无功地进行抒情了。李欧梵认为鲁迅为此"深深感到烦恼",并加了一句:"但不久,他就明白自己的生命也并不久长了。"② 这一句加得缺乏逻辑,但却暗示了过多的信息,似乎鲁迅对革命的前景也丧失了信心。但通过"夜正长,路也正长",鲁迅抒发的确实是对于革命的信心,长路终将穿越长夜,"将来总会有记起他们,再说他们的时候的",历史远不是闭合的。鲁迅的抒情的确蕴含着多重隐秘的形态。

四

李欧梵试图暗示的是,写《为了忘却的记念》的鲁迅之后写了一系列杂文,如《病后杂谈》《病后杂谈之余》《女吊》《关于太炎先生二三事》《死》《"这也是生活"……》,其中展露出"另一种写作的倾向,使人感到亲切,在新的思想广度中把人引向了他早期杂文的抒情的、隐喻的意味。可惜,由于他的过早的、突然的死去,这种状况未能继续"③。在这样的描述中,鲁迅杂文写作被认为只有不断向早期抒情、隐喻的面貌回归才是令人"感到亲切"的,李欧梵因此明确表现出对鲁迅后期杂文的讽刺性和政治性的隔膜,从而将暗藏在研究背后的意识形态感伤也暴露出来。不过更有意思的是李欧梵认为鲁迅"在新的思想广度中把人引向了他早期杂文的抒情的、隐喻的意味",这一表述将鲁迅杂文的某种艺术特质视为常量,将鲁迅的思

---

① 鲁迅:《南腔北调集·为了忘却的记念》,《鲁迅全集》第4卷,第502页。
② 李欧梵:《铁屋中的呐喊》,第149页。
③ 同上书,第149—150页。

想状况视为变量，文学因此获得了如果不是高于思想至少也是恒定于思想的质地，杂文被理解成为一个足以向思想（甚至历史、社会和政治）敞开的恒定性场域。在这个意义上，鲁迅可以被理解为一个以文学的方式因应历史、社会和政治的思想家，杂文也因此在作为一种文学形式的意义上获得了思想的质地。因此，在李欧梵看到了抒情和隐喻的《病后杂谈之余——关于"舒愤懑"》一文中，也许更值得注意的是文章的副标题"关于'舒愤懑'"所涉及的思想命题。该文发表时副标题被删去，从而给读者增添了漫谈的感受，而"舒愤懑"一语也就迟至写俞正燮对清朝解放堕民丐户等事的评论中才出现，"汉儒歌颂朝廷功德，自云'舒愤懑'"①，但和俞正燮不同，鲁迅是在反讽的意义上使用"舒愤懑"一语，例如下文针对《嵩山文集》"抄者不自改，读者不自改，尚存旧文"的情形感慨"也可以算是令人大'舒愤懑'的了"②，就隐含着对于乾隆时期修四库的批判和否定；如对光绪中以来种种"舒愤懑"之事，鲁迅似乎最看重剪辫子，表示"假如有人要我颂革命功德，以'舒愤懑'，那么，我首先要说的就是剪辫子"③，关心的重点落在切已的小事上，与汉儒反其道而行之。而文章的结尾针对"生下来就已经是民国"的人，鲁迅写出了一种寂寞的感慨："那么，我的'舒愤懑'，恐怕也难传给别人，令人一样的愤激，感慨，欢喜，忧愁的罢。"④ 这种充满个人性的寂寞抒发与司马迁《报任安书》里的写法近乎完全一致：

> 今少卿抱不测之罪，涉旬月，迫季冬，仆又薄从上雍，恐卒然不可为讳。是仆终已不得舒愤懑以晓左右，则长逝者魂魄私恨无穷。⑤

对于司马迁来说，"舒愤懑"几乎完全是个人的事情，他在乎的是周围的人

---

① 鲁迅：《且介亭杂文·病后杂谈之余——关于"舒愤懑"》，《鲁迅全集》第6卷，第187页。
② 同上书，第191页。
③ 同上书，第195页。
④ 同上书，第196页。
⑤ 司马迁：《报任安书》，见吴楚材、吴调侯选编《古文观止》，武汉：崇文书局，2020年，第87页。

是否能够理解他的愤懑和心曲。鲁迅也同样如此,在讨论历史上的公共事件的时候,他悄悄添加的情绪却是自己作为民国的老人与生下来就是民国人的后辈之间的代际隔膜,那种独自"愤激,感慨,欢喜,忧愁"的感受,也许会让他联想到"白头宫女在,闲坐说玄宗"吧。但是,鲁迅并不是不知世变的玄宗宫女,他所抒发的感情,除了司马迁式的寂寞,还有一种时间流驶而自己无力随着时流而遗忘一些事情的挫败感吧。代际的隔膜,自我的寂寞,时间的流驶,苦于无法忘却,这些因素叠加在一起,就构成了杂文《病后杂谈之余——关于"舒愤懑"》的文明批评表象背后隐秘的抒情内容,那是一个记忆力太好、正在抒发寂寞之情的老年抒情主体,他试图从寂寞中挣扎出来。①

对于这样一个老年抒情主体而言,其挣扎之感最具症候性的表现见杂文《"这也是生活"……》。该文写于1936年8月23日,确实离作者大去之期不远,故而文章从自己生病谈起,谈到"无欲望状态",谈到"我要过活",最后谈到"战士的日常生活,是并不全部可歌可泣的",有一种哀绝定命之感,其中最有意味的是下面几段:

> 有了转机之后四五天的夜里,我醒来了,喊醒了广平。
> "给我喝一点水。并且去开开电灯,给我来看看去的看一下。"
> "为什么?……"她的声音有些惊慌,大约是以为我在讲昏话。
> "因为我要过活。你懂得么?这也是生活呀。我要看来看去的看一下。"
> "哦……"她走起来,给我喝了几口茶,徘徊了一下,又轻轻的躺下了,不去开电灯。
> 我知道她没有懂得我的话。

---

① 在知人论世的意义上,很多学者会将鲁迅"舒愤懑"的内容指向鲁迅社会政治生活的具体事件。例如陈漱渝就明确认为"愤懑"二字可以比较准确地概括鲁迅晚年的心态,并引证鲁迅写给杨之华的信和萧军在鲁迅葬仪上的演讲说明鲁迅腹背受敌之后心情大受影响,身体状况也随之变得更差(参见陈漱渝:《两个口号·三份宣言·四条汉子——鲁迅临终前的"愤懑"》,《山东师范大学学报(人文社会科学版)》2016年第1期)。这种指涉对于理解鲁迅的生平非常有价值,对于理解鲁迅杂文的审美形式也有一定的参考意义,一定程度上可以帮助理解鲁迅杂文的抒情内容何以需要通过形式分析才能发现。

街灯的光穿窗而入，屋子里显出微明，我大略一看，熟识的墙壁，壁端的棱线，熟识的书堆，堆边的未订的画集，外面的进行着的夜，无穷的远方，无数的人们，都和我有关。我存在着，我在生活，我将生活下去，我开始觉得自己更切实了，我有动作的欲望——但不久我又坠入了睡眠。

第二天早晨在日光中一看，果然，熟识的墙壁，熟识的书堆……这些，在平时，我也时常看它们的，其实是算作一种休息。①

下文紧接着的是关于"这些平凡的都是生活的渣滓"的议论，以格言式表达"删夷枝叶的人，决定得不到花果"② 作结，这些议论虽然堪称警譬，但都是派生物，不足为奇。而从上述引文可以看到的是，鲁迅从疾病的折磨中略略缓过劲儿来之后，他终于产生了新的观察自己的生活世界的眼光，但却引来了许广平的恐惧，担心是一种病重时的谵妄。在生活和心灵最亲近的人许广平那里，鲁迅的言行反而被视为一种病态，这可以说是许广平关心则乱，无法客观评估情况，但也可以说是她另有感应，却又不便明言。总之，在一种极为紧张的境遇中，鲁迅开始了自己的"舒愤懑"："因为我要过活。你懂得么？这也是生活呀。我要看来看去的看一下。"然而，鲁迅认为许广平没有听懂，于是就有了杂文《"这也是生活"……》的写作，留下了"无穷的远方，无数的人们，都和我有关"的崇高表达③。这种从书写追踪事实的路径也许会落进写作者预设的圈套里，从而远离事实，但从书写层面来看，鲁迅确实是在一种否定的情绪之后开启的抒情，他否定了许广平对于疾病的恐惧，也否定了自己过往对于生活的理解，"这也是生活"的表达既指许广平不懂鲁迅要开灯看看的想法④，也指鲁迅自己过去不知道"生活的渣

---

① 鲁迅：《且介亭附集·"这也是生活"……》，《鲁迅全集》第 6 卷，第 623—624 页。
② 同上书，第 624 页。
③ 这种崇高表达背后隐藏的是一个自感脆弱无力的主体。参见李国华：《鲁迅旧诗的菰蒲之思》，《中国现代文学研究丛刊》2014 年第 1 期。
④ 关于鲁迅与许广平生活在一起之后的生活状态，学界有不少争议，诸如鲁迅感觉自己不被许广平理解，鲁迅限制了许广平的发展，等等，都是争议的具体内容。相关研究可参看张恩和：《鲁迅与许广平》，武汉：湖北人民出版社，2008 年；倪墨炎、陈九英：《鲁迅与许广平》，上海：上海书店出版社，2009 年。

泽"的意义。而因为是在否定中展开的抒情，鲁迅接下来写街灯的光穿窗而入，屋内秩序显现，就给人一种通过细节真实的书写来捕捉虚无的感觉，屋内的一切仿佛是为了意义的需要而偶然在鲁迅的书写中显现，屋外的夜、远方和人们也仿佛是为了意义的需要而偶然浮现。因此，鲁迅所谓"我存在着，我在生活"的表达，虽然他自己书写为"我开始觉得自己更切实了"，但给人的感觉却是一种形而上的关怀化作街灯的光，照见了写作者原本虚无不见的肉身和意识。接下来的表达"但不久我又坠入了睡眠"为此提供了佐证，这不过是昏睡前的一段灵魂出窍，而且来自写作者事后的追忆。只不过这虽然是昏睡前的一段灵魂出窍，写作者却以此改易了白天对于熟视无睹的事物的理解方式；但这就更加凸显出了一种形而上学的意味。鲁迅所谓"这也是生活"，表达的实在是自己对于生活的需要，而非对于生活的发现，虽然他下文议论的是对于生活的发现。而因为鲁迅表达的是对于生活的需要，其中扎挣之意就极为明确了，他要从自己的疾病状态中扎挣出来，试图重新拥抱和占据生活，成为生活的主体，即自我感觉"我存在着，我在生活"。但这一切都是街灯的光照下的灵光乍现，仿佛是无法挽回和留住的瞬间，只能在书写中成形，鲁迅的书写因此就表现为暧昧难明的抒情表达，他既是在司马迁的意义上"舒愤懑"，又是在徒劳无功的意义试图让时间的流驶停下，让他可以"看来看去的看一下"。

但是，就像鲁迅自己在杂文《记念刘和珍君》中写过的那样，"时间永是流驶，街市依旧太平，有限的几个生命，在中国是不算什么的，至多，不过供无恶意的闲人以饭后的谈资，或者给有恶意的闲人作'流言'的种子"[1]，这种时间和生命对照的图式在残酷的政治杀戮中是这样，在鲁迅的疾病和衰老中也不会有太大的不同，鲁迅想通过将自己的生命与"无穷的远方，无数的人们"勾连，以抵抗时间的流驶，但却毫无办法。现代人在科学观念的洗礼下，自然很难再有肉身永恒的想象，但在立言不朽的意义上，鲁迅却是与司马迁一样的，"恨私心有所不尽，鄙陋没世而文采不表于后世也"[2]，故而一切书写都内蕴着"舒愤懑"的精义，鲁迅评价《史记》为"无韵之《离骚》"，殆以此也。而鲁迅留在杂文序跋中的种种表达，诸如

---

[1] 鲁迅：《华盖集·记念刘和珍君》，《鲁迅全集》第3卷，第293页。
[2] 司马迁：《报任安书》，见吴楚材、吴调侯选编《古文观止》，第90页。

"如鱼饮水冷暖自知"的愤懑,"这是我转辗而生活于风沙中的瘢痕"① 的生命意识,"无非借此来释愤抒情"的自觉,"总算是生活的一部分的痕迹"的"埋藏"和"留恋"②,也都在时间和生命对照的图式中得以连贯起来,构成鲁迅以杂文书写抵抗时间的抒情线索。在这个意义上,鲁迅对于自己的杂文和诗史之间关系的建构和想象,也同样是他个体生命的抒情面影。

最后,必须再次澄清的是,鲁迅杂文作为隐秘的抒情诗,其基本面目始终被鲁迅杂文的崇高美学形象所笼罩,即使讨论鲁迅杂文的抒情问题,注重的也往往是"有情的讽刺"。然而,就是在鲁迅将杂文定义为匕首、投枪的同一篇杂文《小品文的危机》中,他也强调杂文"能给人愉快和休息"③,明确将杂文的崇高与优美视为一体之两面,就像他在《"这也是生活"……》中将"生活的渣滓"视为生活的基本面相并进行理论和审美的关怀一样,鲁迅以杂文进行抒情的行为始终自觉存在,只是抒情的具体内容往往需要特别的关注和分析而已。

---

① 鲁迅:《华盖集·题记》,《鲁迅全集》第3卷,第5页。
② 鲁迅:《坟·题记》,《鲁迅全集》第1卷,第4页。
③ 鲁迅:《南腔北调集·小品文的危机》,《鲁迅全集》第4卷,第593页。

结　语

　　曹聚仁讨论"鲁迅风"时特别看重鲁迅1934年在《看书琐记》和《看书琐记（二）》中对文学普遍性的思考。鲁迅在《看书琐记》中表示："文学有普遍性，但有界限；也有较为永久的，但因读者的社会体验而生变化。……一有变化，即非永久，说文学独有仙骨，是做梦的人们的梦话。"①曹聚仁认为这是鲁迅"晚年见道之论"，"他已经体会得一个人的意识形态，就是他那社会环境所孕育的；普遍性和永久性，都受着相当的限制的"。②当本书抽绎"生产者的诗学"这一概念对鲁迅杂文进行解读时，基本的理论意图是要建构一种具有"普遍性和永久性"的诗学图式，但同时也将这一诗学图式的"界限"和"限制"考虑在内了。虽然本书努力以鲁迅为中介、以形式为依归来建构鲁迅进行杂文写作的"社会环境"，力图贴着鲁迅的经验感知和形式创造来还原孕育其意识形态的社会环境，但文学之普遍性是因读者的社会体验而生变化的，还原的过程即是研究者所处的社会环境和研究对象所处的社会环境之间相互敞开和发明的过程，而那个被还原的社会环境因此就是流动变化的。这不是要否认历史和真相，也不是要否认鲁迅杂文作为一种独特的文学类型的"普遍性和永久性"，而是要强调，无论是接

---

① 鲁迅：《花边文学·看书琐记》，《鲁迅全集》第5卷，第560页。
② 曹聚仁：《鲁迅评传》，第176页。

近历史和真相，还是认知鲁迅杂文的普遍性和永久性，都是艰难的学术过程，"都受着相当的限制"。从这个意义上来说，自从瞿秋白和李长之做出关于鲁迅及其杂文的经典论述以来，认知鲁迅杂文的普遍性和永久性的艰难的学术过程就已经开始，其间冯雪峰、徐懋庸、唐弢、巴人、毛泽东、王瑶、李何林、竹内好、张梦阳、李欧梵、钱理群、薛毅、郝庆军、张历君、张旭东、代田智明、董炳月、张洁宇、牟利锋、周展安等众多好手的研究都是在各自所受的"相当的限制"中逐步拓展对鲁迅杂文的"普遍性和永久性"的认知，本书试图成为这艰难的学术过程中的一分子。

在"相当的限制"中，本书以"生产者的诗学"为题建构的诗学图式，是一种力求从形式的意义上把握鲁迅杂文的思想、社会、政治和历史内容的图式，它强调鲁迅通过杂文的具体句法、章法和修辞来进行思想，表达对社会、政治和历史的判断，强调鲁迅的思想形态和主体意识都可以从杂文的句法、章法和修辞中读出来，强调杂文的句法、章法和修辞中蕴藏着具体的历史、政治、思想、情感和经验的信息，更强调诸层诸种因素之间交相错杂的关系，从而既分析和探讨鲁迅杂文的句法、章法和修辞，也分析鲁迅杂文介入社会、历史和政治的具体内容和方式，在深细和宏通的结合中把握鲁迅的主体意识，分析鲁迅杂文的审美形式，认知鲁迅杂文作为一种独特的文学形态与现代中国的关联。因此，本书借鉴了一些篇章语言学的研究思路来进入对于鲁迅杂文形式的理解，希图将认为鲁迅杂文是一种关于话语的话语的观点从宏观的内容和形式层面的分析推进到微观层面的内容和形式分析，捕捉鲁迅操练种种思想和话语的微观思维过程，发现鲁迅杂文怎么写和怎么读的一般规律，并以此为逻辑的重要一环，去建构对于鲁迅写作的主体意识、社会语境与杂文写作关系的理解，最终归结为对于杂文的审美形式的探讨。

那么，可以肯定的是，本书关于形式的理解，既是"诗史""讽喻"和"抒情诗"等诸概念所显现的审美范畴，又是关联着历史、政治、社会、文明等诸多内容的文化诗学范畴。鲁迅杂文是一种政治形式，它蕴涵着鲁迅对于历史和现实政治的批判，更蕴藏着一种关于未来的乌托邦诗学，"惟新兴的无产者才有将来"构成了鲁迅杂文的形式自信；也是一种历史形式，现代中国以高度形式化的面目出现在鲁迅杂文中，使得鲁迅杂文既有立此存照的野史之义，也有关于现代中国历史的总体性观照；也是一种社会形式和文明形式，诸多相对稳定的形态和结构都可以在鲁迅杂文重复出现的句法、章法和修辞中得以显现，并在最浅显的层次上构成鲁迅杂文的普遍性和永久性的内容。而更为重要的是，所谓政治形式、历史形式、社会形式和文明形式的划分，都统一于鲁迅杂文是一种文学形式的理解之中；是在文学的意义上，鲁迅杂文获得了政治形式、历史形式、社会形式和文明形式等方面的内涵。因此，关于鲁迅杂文的讨论，不管如何深入地进入了对于中国历史、政治、社会、文明的讨论，不管如何惊异于鲁迅思想的深刻和观察的犀利，都始终以形式为依归，着力于探讨怎么写和怎么读的问题，探讨鲁迅在写作的过程中留下了怎样的情感、体验和经验的印痕。

事实上，这是极为繁难的工作。形式化的历史既是历史，更是形式，形式化的思想既是思想，更是形式，但历史、思想等会牵引研究的意图和思路，使得分析形式化的历史变成历史内容分析，分析形式化的思想变成思想内容分析……难以在形式上真有其根据。就鲁迅杂文来说，这一工作尤其繁难。鲁迅杂文包含着如此深刻、丰富的历史、思想等内容，读者的目光是很难从中摆脱出来的；鲁迅杂文又是如此地缺乏类似于鲁迅小说和散文诗那样的形式质感，读者的目光更是难以在此有所停留，因此，种种理论上的设想化为学术实践时都不得不持续而反复地抵抗来自形式分析之外的诱惑。但是，所谓的形式分析又决不能是篇章语言学和风格学意义上的归纳和总结，对于鲁迅杂文的形式分析尤其需要随时进入形式之外的领域，在两相撑拒中获得对于鲁迅杂文的形式感的理解和把握，故而真有剪不断、理还乱之感。本书试图厘清一些边界和线索，但同时又意识到，治丝益棼，或许鲁迅杂文的内容就是形式，二者并无分而治之的空隙。不过，空隙云云，并不是理论上进行退避的措辞，而是希图本书能够引起方家对相关问题的重视和思考，以补阙疑。

鲁迅在《看书琐记（二）》中表示："高超的文学家便自己定了一条规则，将不懂他的'文学'的人们，都推出'人类'之外，以保其普遍性。文学还有别的性，他是不肯说破的，因此也只好用这手段。然而这么一来，

'文学'存在,'人'却不多了。"① 虽然本书所用"生产者的诗学"的概念抽绎自鲁迅的杂文《论"旧形式的采用"》,但也已经是"自己定了一条规则",唯有祈盼这条规则有助于扩张对"文学"的理解,使"文学"如鲁迅所拟想的那样,是真正地为了广大的"人(类)"而存在的。唯有如此,未来才是可以畅想的吧。

---

① 鲁迅:《花边文学·看书琐记(二)》,《鲁迅全集》第5卷,第563页。

附录　近二十年鲁迅杂文研究之得失

三十多年前，张梦阳在梳理鲁迅杂文研究的历史时曾表示，鲁迅杂文"无论对于鲁迅本人，还是对于中国社会与中国文化，其重要性都超过了他的小说和其它著作"①。这意见大约从来都不是共识。相反，类似1926年陈源攻击鲁迅时说《呐喊》可存而杂文宜废②的意见，却常有论者共鸣。不过，梳理近二十年鲁迅杂文研究的基本状况，笔者发现，学界已通过严肃的学术劳作，真正逼近了鲁迅杂文的重要性。在深刻的文学、历史和政治眼光的烛照之下，学界认识到须在反抗内在于现代知识及其机制的陷阱的基础上，重新整合知识谱系和审美判断标准，才能接近和理解鲁迅杂文文本及其生产过程。正所谓"守己有度，伐人有序"③，检点近二十年鲁迅杂文研究的成绩，或许不仅有助于应对陈源式的见解，而且有助于打开鲁迅杂文研究的新局面，创新整个中国现当代文学研究的格局。

反抗现代知识的陷阱

在鲁迅杂文研究中，最早清晰地表示现代知识可能构成理解鲁迅杂文的

---

① 张梦阳：《鲁迅杂文研究六十年》，杭州：浙江文艺出版社，1986年，第5页。
② 西滢：《闲话》，《现代评论》，1926年第3卷第71期，1926年4月17日。
③ 章太炎撰，庞俊、郭诚永疏证：《国故论衡疏证》，北京：中华书局，2008年，第402页。

陷阱的是薛毅。在对于鲁迅杂文的质疑声中,有一种一直存在的意见是鲁迅的杂文不是真正的文学,缺乏"艺术的完整性"。那么,什么是"真正的文学"?什么是"艺术的完整性"?这里面就存在知识的陷阱。2000年,刚刚写完博士论文《论鲁迅的杂文》的薛毅很不客气地指出,所谓"艺术的完整性"的意见出于"纯文学"的立场,而"纯文学"的观念在中国是1930年代经由周作人、梁实秋、朱光潜等人之手建构起来的,1980年代又有新一轮的建构,并不是天然正确的。薛毅更富启发性的见解是关于现代知识与鲁迅之关系的。据他的描述,西方主义者觉得鲁迅太东方,东方主义者觉得鲁迅太西方,左派觉得鲁迅太"右",右派觉得鲁迅太"左",传统派觉得鲁迅太激进,激进派觉得鲁迅太传统……"用一种固定的标准来衡量鲁迅,鲁迅总是好像多了点什么,或者说少了点什么",鲁迅的位置是悖论性的。薛毅进一步表示,这种悖论是"站在现代的知识立场上看到的悖论",是现代知识无法解开、无法解释的。① 如何理解"现代",往往决定着理解鲁迅,尤其是鲁迅杂文的高度、深度和限度。"现代"作为一个包罗万象的符号,其内部众声喧哗,允许并诱惑着论者从不同的脉络建构"现代"的形象,现代主义、现代化、超克现代、反现代等说法都各具学理,引人深思;鲁迅及其文学与这一切也都颇有瓜葛,值得纠缠并一一清理。但是,正如"现代"这一符号所暗示的杂多性一样,对于鲁迅及其文学的理解,也需要一种辩证的逻辑,否则就容易掉进某种知识的陷阱。同样在2000年,郜元宝注意到,反抗"被描写"是解说鲁迅的一个基点,鲁迅"不仅要创造不容'被描写'的属于自己的思想,还要追求同样不容'被描写'的属于自己的形式"。郜元宝认为鲁迅像马克思在《路易·波拿巴的雾月十八日》、萨义德在《东方主义》中一样,勘破了"被描写"背后的话语和权力关系。② 郜元宝所提出的鲁迅反抗"被描写"的特点,正是站在现代知识的立场上看待鲁迅及其杂文就只能看到悖论的重要原因。

此后,对于现代知识立场的警惕和反思构成了鲁迅及其杂文研究的一脉重要思路。2006年,沈金耀在其专著《鲁迅杂文诗学研究》中发现,"无论

---

① 薛毅:《鲁迅与当代——就最近关于鲁迅的争鸣答朋友问》,《当代文化现象与历史精神传统》,桂林:广西师范大学出版社,2007年,第288—294页。

② 郜元宝:《反抗"被描写"——解说鲁迅的一个基点》,《鲁迅研究月刊》2000年第1期。

我们如何努力地挖掘杂文的文学特征,它总与现行的文学观念有些格格不入",因此"到了一个我们必须对原有知识体系进行调整的时候了"。① 郝庆军对1980年代以来鲁迅研究的批评更为明确和尖锐,他在2007年出版的专著《诗学与政治——鲁迅晚期杂文研究(1933—1936)》中表示:

> 二十多年来的鲁迅研究取得了巨大成就,走上了精细的专业化之路,但却也走向了某种狭窄、封闭甚至庸俗。鲁迅研究的职业化使之无形中形成一个"圈子",这个"圈子"是一个自足的存在,它有自己的独特话语形式和行规,使鲁迅研究变得更自主、更自由、更具学理化,是大家共同的期许和努力的方向,但鲁迅研究实际还是"当代研究",不可能"经典化",这是它的命运,也是现代文学研究的命运。多年来学界在努力挣脱这种命运,努力摆脱现实对"学术"的制约,提出种种方式如"回到鲁迅本身"、"心灵的探寻"、"鲁迅的生命哲学"等等来试图弱化政治现实与鲁迅研究的紧密关系,事实上这些跳脱的方式并没有奏效。"回到鲁迅本身"实际回应了80年代的启蒙主题;"心灵的探寻"契合了当代人重新寻找知识分子精神深度的愿望;"鲁迅的生命哲学"实际还是想把鲁迅与西方现代思潮如存在主义、非理性主义接轨,迎合了八九十年代那股弥漫在知识分子中的低迷情绪;世纪末那些希望搬掉鲁迅这块"老石头"的人,也是自由主义和保守主义一路高歌猛进,连同中国知识分子迅速中产阶级化的现实在鲁迅研究界的回响。②

郝庆军的目的是要重返政治领域,故而执意要打破非政治化的幻象,说明一切弱化政治现实与鲁迅研究的努力其实都通往具体的现实政治。而这种尖锐的政治判断背后蕴藏的正是对于现代知识立场的警惕和反思。"精细的专业化""学理化"是现代知识科层化的基本要求和表现,"经典""启蒙""知识分子精神""存在主义""自由主义""保守主义""中产阶级"……也都是现代知识中的一些基本概念、立场和机制。这些基本概念、立场和机制自

---

① 沈金耀:《鲁迅杂文诗学研究》,福州:福建教育出版社,2006年,第10页。
② 郝庆军:《诗学与政治——鲁迅晚期杂文研究(1933—1936)》,第11—12页。

有其魅力，因而构成现代知识的陷阱，使得鲁迅的读者和研究者深陷其中而不自知。因此，重返政治领域其实是要跳出现代知识的陷阱，从而获得看见真正的鲁迅的可能。以辩证的态度来看，堕入现代知识陷阱的鲁迅及其杂文的研究，与其说"回到"了"鲁迅本身"，不如说走上了远离鲁迅的逻辑轨道；至少从效果上来看是这样的。郝庆军批判精神的支撑点与薛毅、郜元宝非常相近，即都不希望鲁迅及其杂文成为被现代知识描写的对象，反而希图通过对鲁迅及其杂文的阅读和理解生产出新的知识来。于是，一种新的文学认知就亟需被勾勒出来。吴晓东的意见在一定程度上是近二十年学界努力勾勒新的文学认知的代表。他在与薛毅的对话中反思自己的文学研究和文学认知时陈述了下列意见：

> 我也一直在考虑这个问题，即把文学性问题作为一种视野，向历史情境以及文学性周边的一些问题保持某种开放，就像我刚才说到的，尤其是现代性的问题，也要把它们结合在一起进行考虑，视野才会宏阔。最终可能仍然要把审美主义的维度纳入进来，重新思考你在对话开始提到的关于康德的架构问题。这样构成的视野，可能会使问题更为复杂，使文学性面临的语境也更复杂，从而才能成为一个更有效的视野。①

把文学性问题作为可以向周边开放的视野，意味着文学不再是"纯文学"观念意义上的自律自主的领域，没有具体的领域，也没有具体的、一直不变的可以仰赖的知识、思想和理论资源。如此理解文学性，就会给予研究者自由，从现代知识的陷阱中脱身，从而更好地体贴鲁迅及其杂文，进入鲁迅杂文生产的具体情境中去把捉鲁迅杂文的文学性和形式感。也是在此意义上，汪卫东《鲁迅杂文：何种文学性？》强调鲁迅杂文通过对规范文学性的拒绝，"在更为阔大的版图上显现了文学性的要求，并彰显了20世纪中国现代文学性的新质"②，是别有所见的。因此，如果不再因循既有的文学认知，并且充分警惕现代知识的陷阱，或许能够较好地接近和理解鲁迅杂文，生产

---

① 吴晓东：《文学性的命运——与薛毅对话》，《文学性的命运》，广州：广东人民出版社，2014年，第44—45页。
② 汪卫东：《鲁迅杂文：何种文学性？》，《文学评论》2012年第5期。

一种新的知识,甚或能够构建新的中国现当代文学研究的范式。

开放的可能与限度

当然,将对文学性这一概念的理解开放,有其可能,也有其限度。从可能的角度而言,一种足够开放的对于文学性的理解将充分触及鲁迅杂文作为现代中国的诗史的广阔视野,真正理解"无穷的远方,无数的人们"① 内在于鲁迅及其杂文的根脉。在这里,首先要提到的是张旭东的研究。他在《杂文的"自觉"——鲁迅"过渡期"写作的现代性与语言政治》一文中认为:

> 我们要看到,"杂文的自觉"从我们今天的角度看固然代表一种写作的更高阶段,但在当时看,却也是鲁迅个人的危机阶段,因为随同"杂文的自觉"一同来到的也是对自己人生境遇的自觉;对自己同这个时代的对抗关系的自觉;当然,也是对自身有限性的自觉;越来越明白自己不可能做什么或不愿意做什么。简单的说,鲁迅选择杂文的过程,也是杂文选择鲁迅的过程。这是一个带有点宿命味道的痛苦、挣扎的过程,但也是意识越来越明确地把握和"接受"这种宿命、这种痛苦和挣扎的过程。正是通过这个过程,通过持续不断的对抗和冲突,鲁迅的写作同它的时代真正融合在一起,杂文作为一种时代的文体方才确立下来。②

简单地说,张旭东将杂文、鲁迅和时代做了三位一体的对待,把杂文与个体生命和时代精神做了同构处理。这也就意味着,文学、作家和时代在一种动态的互动中建立关系,对一定的文学和作家的理解,必须与对时代的理解绾结在一起,才有可能说明文学的性质、位置、价值和意义。而那试图从某一固定的概念出发来衡定鲁迅杂文之性质、位置、价值和意义的做法,当然不能说毫无道理可言,但却无疑是一厢情愿、自说自话的。而一旦将杂文和鲁迅之间的关系视为相互选择的关系,将杂文视为鲁迅与时代融合之后的时代

---

① 鲁迅:《且介亭杂文末编·"这也是生活"……》,《鲁迅全集》第6卷,第624页。
② 张旭东:《杂文的"自觉"——鲁迅"过渡期"写作的现代性与语言政治(上)》,《文艺理论与批评》2009年第1期。

的文体，则意味着杂文作为一种文学类型是随着新的历史时代及新时代人的精神痛苦而诞生的一种新生事物，必然要求相应的新的知识理解和阐释。若不如是，鲁迅作为一名小说、散文（诗）的伟大作者转而以几乎全部的精力写作杂文固然显得匪夷所思，即使是鲁迅思想和精神本来就有的内在统一性，也会因为不理解鲁迅写作杂文这一至关重要的事件，而被人为地切割开来。即此而言，有论者对夏济安所谓"鲁迅作品的黑暗面"提出商榷，认为不仅小说什么的与黑暗面有关，就是杂文，也牵扯着黑暗面①，是算得上以子之矛攻子之盾的，可谓相对客观地认识到了杂文在鲁迅文学世界中的位置。应当承认，从一种尚未获得清晰而准确的描述的动态关系中理解鲁迅杂文是相当困难的，因此也就难以"吾道一以贯之"。在前引《杂文的"自觉"——鲁迅"过渡期"写作的现代性与语言政治》一文中，张旭东在借用各种理论努力建构性地描述鲁迅杂文的新颖之时，却也留下了这样的表达："比如收入《野草》的散文诗作品作于1924年至1926年；《彷徨》里面的几篇东西作于1925年；后来收入《两地书》的同许广平之间的通信，在1925年上半年达到高潮；收入《朝花夕拾》的回忆性散文作品写于1926年。这些当然都是文学性比较强的作品，在气质和精神维度上同峻急的、徒手肉搏的杂文很不一样。"②《野草》《彷徨》等作品"文学性比较强"，因而和杂文很不一样，这样的说法意味着在张旭东那里，"文学性"是一个自明的概念，至少不是一个那么动态的、有待于建构的概念，故而概念的对象稳定，不得不撇清杂文与其他文学类型的关系。再深入琢磨一下，会发现，所谓《野草》《彷徨》等作品"文学性较强"，其实乃典型的现代主义式的对于文学性的理解。就像人无法摆脱自己的影子一样，即使是极高明的研究者，恐怕也难以将文学性的理解开放到摆脱现代主义的知识和价值的程度。因此，从方法论上言之，开放的可能在于尽量远离现代主义式的文学性理解，而开放的限度在于并不抛弃现代主义式的文学性理解，始终与之纠缠。

当然，看起来有些鲁迅杂文研究借助历史的眼光打开新的向度，或许有

---

① 李淑英：《关于"黑暗"和鲁迅的杂文转向——从"鲁迅作品的黑暗面"谈起》，《鲁迅研究月刊》2012年第7期。

② 张旭东：《杂文的"自觉"——鲁迅"过渡期"写作的现代性与语言政治（上）》，《文艺理论与批评》2009年第1期。

效地逃逸了现代主义式的文学性理解的缠绕,这是指那些从传统中国的文章学角度进入鲁迅杂文的尝试。在仲济强《从"论说"到"杂感"再到"杂文"——鲁迅文体意识脉络的钩沉》一文中,鲁迅的文体意识被钩沉到了传统中国的策论上①,相比鲁迅自己追溯的皮日休、陆龟蒙的文章②,或王瑶所论证的魏晋文章③,鲁迅杂文与传统中国文章的渊源还要深刻得多,甚至不免有些文章正统的意味。这可能会更新对鲁迅与传统关系的理解,从而更好地分析"拿来"传统的艰难,或者说更好地分析传统绵延的难以抗拒。

不过,正如另外一些从文章学的角度进入的鲁迅杂文研究所表明的那样,鲁迅杂文到底是现代中国的文章,不是传统的附庸,不能为了反抗现代知识的陷阱,就投入传统的怀抱,那无异于从一个陷阱跳进另一个陷阱。在王风看来,从发表在《新青年》上的随感录算起,鲁迅杂文就因其表现出作者的主体性而成为"现代论说文体"④,鲁迅杂文并不是那么传统的文章。有的论者甚至从鲁迅杂文的文章谈到了昆德拉的文学观念和当下的非虚构写作⑤,这更加说明,理解鲁迅杂文需要远比传统主义者纵深的历史眼光。因此,即使是借助传统文章学的视野进入鲁迅杂文,也不宜罔顾鲁迅杂文发生在现代中国的具体历史情境,从而丧失理解鲁迅杂文应有的立体感。

杂文并非杂乱无章

从"杂"字入手,是不少论者乐于遵从的路径。谨细的论者甚至专门著文辨析杂文、杂感、短论、短文等各类字眼在鲁迅使用时的具体时间和语境,从而建立一些有深意的判断。⑥ 如此细腻的、充满丰富的细节的研究当然是必要的,也是鲁迅杂文研究获得学术性的重要途径。但是,正如郝庆军

---

① 仲济强:《从"论说"到"杂感"再到"杂文"——鲁迅文体意识脉络的钩沉》,《中国现代文学研究丛刊》2013 年第 1 期。
② 鲁迅:《南腔北调集·小品文的危机》,《鲁迅全集》第 4 卷,第 591 页。
③ 王瑶:《论鲁迅作品与中国古典文学的历史联系》,《王瑶全集》第 6 卷,石家庄:河北教育出版社,1999 年,第 166—178 页。
④ 王风:《从"自由书"到"随感录"——晚清报刊评论与五四议论性文学散文》,见《现代中国》第 4 辑,武汉:湖北教育出版社,2004 年。
⑤ 刘春勇:《昆德拉·鲁迅·非虚构写作——鲁迅之"文"在当下的价值》,《中国现代文学研究丛刊》2016 年第 7 期。
⑥ 陈方竞:《鲁迅杂文文体考辨》,《中山大学学报(社会科学版)》2010 年第 4 期。

对 1980 年代鲁迅研究的"学理化"不以为然一样，辨析杂文、杂感、短论、短文等字眼的结果很可能导向鲁迅晚年所自觉建构的对应于 Essay 的文学类型 Tsa-wen① 失去名词的意义，反而因小失大。

如果说对概念考辨的担心未免杞人忧天，那么，追踪鲁迅杂文的知识图景而显得杂乱无章的研究，是必须做出检讨的。在一本题为《鲁迅杂文与中国杂学》的书中，作者认为鲁迅"杂以成家"，将鲁迅定位为一代杂学大家，从而在鲁迅杂文中看到了地方性方法、野史视野、幽暗意识、小说气和民俗美。② 这的确是别出心裁的研究。枝枝节节地看起来，作者谈地方性知识、汉画像砖、绍兴民俗与鲁迅杂文的关系，都颇能启人心智。但被这样的知识图景凸显出来的鲁迅及其杂文的形象，不免给人一种绍兴乡间的落魄秀才的印象，不复有"度越前古，凌驾亚东"③ 之感兴矣。作者的本意当然是要好好地表彰一番鲁迅及其杂文，但或许是事与愿违了。更有甚者，因为拎不出鲁迅杂文的脉络，就将鲁迅杂文简单地处理为批评文章，视鲁迅为批评家④，或者视鲁迅为后现代主义者⑤，就未免创新的愿望过于强烈了。笼统地动用"批评家""后现代"之类的说法，当然也并不成问题，但概念使用越缺乏紧张感，可能就越难以贴近鲁迅写作杂文的内在紧张感，从而导致有些判断不免似是而非。

还有一些进入鲁迅杂文的方式，因为借助了文化研究中的城市研究和空间研究的理论和方法，显得特别新鲜。如有论者强调鲁迅杂文通过船舱、街道和客厅等"中介空间"构成的"日常场景中的隐秘通道"，打开了"联通私人领域与公共领域的出入口"。⑥ 且不说"私人领域""公共领域"之类的划分仍需讨论，即使是对待鲁迅《略谈香港》等文本时的"碎义难逃"式的解经方法，也会让人感到遗憾：在刀兵相接、肌肤为伤的文体中，鲁迅

---

① 鲁迅：《且介亭杂文二集·徐懋庸作〈打杂集〉序》，《鲁迅全集》第 6 卷，第 299—302 页。
② 赵献涛：《鲁迅杂文与中国杂学》，北京：中国广播电视出版社，2014 年。
③ 鲁迅：《坟·文化偏至论》，《鲁迅全集》第 1 卷，第 56 页。
④ 罗执廷：《批评与批评家：论鲁迅及其杂文的身份问题》，《鲁迅研究月刊》2015 年第 2 期。
⑤ 阮波：《论鲁迅杂文的后现代风格》，《中国文学研究》2016 年第 1 期。
⑥ 陈欣瑶：《船舱、街道、客厅——鲁迅杂文中的"中介空间"》，《现代中文学刊》2012 年第 6 期。

可能那么细腻吗？当然，这不是说不应当细腻。其实，往事不远，犹在耳边，学界对于鲁迅文章《青年必读书》中的"我以为要少——或者竟不——看中国书，多看外国书"①一说，所以争议纷纭，很大程度上缺的正是必要的细腻。对于这样一句有语境、有具体读者对象的话，轻易地断言为鲁迅的什么具体主张，是缺乏历史眼光的表现。

同样是着眼于空间的另一位论者，则视鲁迅为一位1920年代城市公共空间里的孤独者，认为："对于鲁迅来说，孤独亦是一种介于'公'与'私'之间的'双重挣扎'，而杂文就在这样的孤独中生产出来。"②哈贝马斯大约不至于在他的公共空间里设置孤独者的角色，而鲁迅杂文虽然也是现代意义上的个人独自在室内写作出来的，却也恐怕主要不是在表达孤独。实际上，鲁迅杂文勾连和清理的乃是现代中国的一片喧嚣。这位论者大概是见多了从鲁迅的小说和散文诗中生发出来的关于"孤独"的论述，不免要往杂文的方向探望。殊不知，早在1927年的《怎么写——夜记之一》中，鲁迅即已明确表示：

> 虽然不过是蚊子的一叮，总是本身上的事来得切实。能不写自然更快活，倘非写不可，我想，也只能写一些这类小事情，而还万不能写得正如那一天所身受的显明深切。而况千叮万叮，而况一刀一枪，那是写不出来的。③

这是经鲁迅之文字表达出来的鲁迅杂文生产的具体情境。蚊子所代表的是世俗社会和人生的营营扰扰，而非内倾性的现代人的孤独，而所谓"只能写一些这类小事情"，即是从《野草》式的写作中脱身，进入远离孤独的杂文写作。当然，说鲁迅的杂文写作与孤独毫无关系并不明智，但如果说"杂文就在这样的孤独中生产出来"，则确乎设辞太远。

总之，鲁迅杂文并非杂乱无章，即使从"杂"字入手，亦不可随处开

---

① 鲁迅：《华盖集·青年必读书》，《鲁迅全集》第3卷，第12页。
② 马海：《1920年代的城市公共空间与鲁迅的杂文孤独》，《广西社会科学》2016年第2期。
③ 鲁迅：《三闲集·怎么写——夜记之一》，《鲁迅全集》第4卷，第19页。

河，以为自有活水。鲁迅说："我的杂文，所写的常是一鼻、一嘴、一毛，但合起来，已几乎是或一形象的全体。"① 诚如鲁迅所诫，其杂文所写乃是"或一形象的全体"，从形式而言，其杂文亦仍有其整体性。辨于细节和局部的进入鲁迅杂文的方式自不失其学术性，但疏于整体性的进入方式如何避免，恐怕是鲁迅杂文研究遇到的更重要的问题。而要点之一，是须从现代知识的分科分层状况中有所反抗，有所超拔，正确建构一种整体性的知识理解，从而才有可能在相等量的意义上进入鲁迅杂文，得出一些有价值的见解来。

结　语

纵览近二十年鲁迅杂文研究的基本状况，虽然可谓成绩斐然，无需妄自菲薄，也仍有些不尽如人意之处。最不足的是对鲁迅杂文整体性的认知，其次是过于"学理化"的"细腻"和理论比附，这都容易曲人从己，造成对于研究对象的曲解。不过，随着对于"现代"的理解愈见充分，对于鲁迅杂文的研究也将愈见高度和深度。而随着二者之间的相互触发，从"现代"的理解中获得对于鲁迅杂文的新的判断，从鲁迅杂文研究中获得对于"现代"的新的理解，互动既久，鲁迅杂文研究的新局面是可期的，甚或中国现当代文学研究的新格局也是可期的。

---

① 鲁迅：《准风月谈·后记》，《鲁迅全集》第 5 卷，第 403 页。

征引文献

爱罗先珂：《智识阶级的使命》，李小峰、宗甄甫合记，《民国日报·觉悟》1922年3月12日。

巴人：《阿Q正传》，《晨报副刊》1921年12月4日。

鲍国华：《鲁迅〈魏晋风度及文章与药及酒之关系〉：从记录稿到改定稿》，《鲁迅研究月刊》2016年第7期。

鲍国华：《鲁迅〈魏晋风度及文章与药及酒之关系〉汇校记》，《国际中国文学研究丛刊》第5集，上海：上海古籍出版社，2017年。

鲍国华：《论鲁迅〈魏晋风度及文章与药及酒之关系〉的注释及其修订》，《西北大学学报（哲学社会科学版）》2020年第3期。

北冈正子：《鲁迅 救亡之梦的去向——从恶魔派诗人论到〈狂人日记〉》，李冬木译，北京：生活·读书·新知三联书店，2015年。

本雅明：《德国悲剧的起源》，陈永国译，北京：文化艺术出版社，2001年。

本雅明：《译作者的任务》，见阿伦特编《启迪——本雅明文选》，张旭东、王斑译，北京：生活·读书·新知三联书店，2014年。

蔡元培：《鲁迅先生全集序》，见《鲁迅全集》第1卷，北京：人民文学出版社，1973年。

曹聚仁：《鲁迅评传》，上海：复旦大学出版社，2006年。

曹聚仁：《〈大晚报〉与曾虚白》，《上海春秋》（修订版），北京：生活·读书·新知三联书店，2016年。
曹清华：《鲁迅笔下的joy》，《鲁迅研究月刊》2016年第7期。
长庚：《唐朝的钉梢》，《北斗》第1卷第2期，1931年10月20日。
长堀祐造：《鲁迅与托洛茨基——〈文学与革命〉在中国》，王俊文译，台北：人间出版社，2015年。
陈迪强：《"阿金"是虚构的吗？——与李冬木先生商榷》，见《上海鲁迅研究》2010年夏卷，上海：上海社会科学院出版社，2010年。
陈方竞：《关于"世界主义"问题——五四新文化（文学）运动中心的多重对话》，《鲁迅研究月刊》2003年第7—10期。
陈方竞：《鲁迅与中国现代文学批评》，北京：北京大学出版社，2011年。
陈广：《记鲁迅先生的一次讲话》，见朱金顺辑录《鲁迅演讲资料钩沉》，长沙：湖南人民出版社，1980年。
陈平原：《分裂的趣味与抵抗的立场——鲁迅的述学文体及其接受》，《文学评论》2005年第5期。
陈漱渝：《提出新论要以充分的史实为据——也谈鲁迅遭段祺瑞政府通缉的真相》，《鲁迅研究月刊》2007年第3期。
陈漱渝：《两个口号·三份宣言·四条汉子——鲁迅临终前的"愤懑"》，《山东师范大学学报（人文社会科学版）》2016年第1期。
陈思和：《先锋与常态——现代文学史的两种基本形态》，《文艺争鸣》2007年第3期。
陈源：《闲话的闲话之闲话引出来的几封信》，《新文学运动以来的十部著作（上）》，见陈漱瑜主编《一个都不宽恕——鲁迅和他的论敌》，北京：中国文联出版公司，1996年。
陈阅增等编著：《普通生物学——生命科学通论》，北京：高等教育出版社，1997年。
成仿吾：《从文学革命到革命文学》，《创造月刊》第1卷第9期，1927年。
成仿吾：《〈呐喊〉的评论》，见中国社会科学院文学研究所鲁迅研究室编《1913—1983鲁迅研究学术论著资料汇编》第1卷，北京：中国文联出版公司，1985年。
厨川白村：《苦闷的象征》，鲁迅译，上海：北新书局，1930年。

厨川白村：《苦闷的象征》，鲁迅译，见止庵、王世家编《鲁迅著译编年全集》第 5 卷，北京：人民出版社，2009 年。

从予：《〈彷徨〉》，《一般》第 1 卷第 3 期，1926 年 11 月 5 日。

崔云伟：《鲁迅与西方表现主义美术》，山东师范大学博士学位论文，2006 年。

代田智明：《1934：作为媒介者的鲁迅》，《鲁迅研究月刊》2004 年第 2 期。

代田智明：《全球化·鲁迅·相互主体性》，李明军译，《内蒙古民族大学学报（社会科学版）》2008 年第 1 期。

丁佳园：《略谈鲁迅在上海所看电影类型》，见李浩、丁佳园编著《鲁迅与电影——鲁迅观影资料简编 1927.10.7—1936.10.10》，上海：上海书店出版社，2019 年。

董炳月：《鲁迅形影》，北京：生活·读书·新知三联书店，2015 年。

董乃斌：《诗史言说与叙事传统》，见中华诗词研究院、复旦大学中国古代文学研究中心编《中华诗词研究》第 3 辑，上海：东方出版中心，2017 年。

董乃斌：《李白与诗史》，《文史知识》2018 年第 3 期。

杜荃：《文艺战上的封建余孽——批评鲁迅的"我的态度气量和年纪"》，《创造月刊》第 2 卷第 1 期，1928 年。

杜荃：《文艺战上的封建余孽——批评鲁迅的〈我的态度气量和年纪〉》，见中国社会科学院文学研究所鲁迅研究室编《1913—1983 鲁迅研究学术论著资料汇编》第 1 卷，北京：中国文联出版公司，1985 年。

《发刊词》，《人间世》第 1 期，1934 年 4 月 5 日。

废名：《废名序》，见《周作人散文钞》，上海：开明书店，1933 年。

风声：《智识即罪恶……》，《晨报副刊》1921 年 10 月 23 日。

风声：《事实胜于雄辩》，《晨报副刊》1921 年 11 月 4 日。

符杰祥：《鲁迅的纪念文字与"记念"的修辞术》，《文史哲》2013 年第 2 期。

高远东：《现代如何"拿来"——以中国文学现代性的确立为讨论中心》，《现代如何"拿来"——鲁迅的思想与文学论集》，上海：复旦大学出版社，2009 年。

高远东：《〈故事新编〉的读法》，《中国现代文学研究丛刊》2012 年第 12 期。

郜元宝：《鲁迅精读》，上海：复旦大学出版社，2016年。

郜元宝：《关于〈II DEC·〉的若干史实考辨——从〈三闲集〉一条注释谈起》，《现代中文学刊》2019年第5期。

郝庆军：《诗学与政治：鲁迅晚期杂文研究（1933—1936）》，北京：文化艺术出版社，2007年。

何家干：《战略关系》，《申报·自由谈》1933年2月13日。

何家干：《推背图》，《申报·自由谈》1933年4月6日。

何凝：《鲁迅杂感选集序言》，见何凝编《鲁迅杂感选集》，上海：青光书局，1933年。

鹤见祐辅：《说幽默》，见止庵、王世家编《鲁迅著译编年全集》第7卷，北京：人民出版社，2009年。

亨利·克里普斯：《凝视的政治：福柯、拉康与齐泽克》，于琦译，《北京电影学院学报》2014年第4期。

胡风：《置身在为民主的斗争里面》，《希望》第1集第1期，1945年12月。

胡适：《胡适致鲁迅周作人陈源》，见陈漱瑜主编《一个都不宽恕——鲁迅和他的论敌》，北京：中国文联出版公司，1996年。

华圉：《门外文谈》，《申报·自由谈》1934年9月6日。

黄棘：《张资平氏的"小说学"》，《萌芽月刊》第1卷第4期，1930年4月1日。

黄坚：《上海：鲁迅第一次去南京的途经之地》，《桃花树下的鲁迅》，北京：九州出版社，2020年。

甲辰：《看了司徒乔的画》，《新文学史料》1998年第5期。

姜涛：《历史反复中"真的知识阶级"之难——〈鲁迅与当代中国〉读后》，《文艺争鸣》2017年第10期。

姜异新：《"百来篇外国作品"寻绎——留日生周树人文学阅读视域下的"文之觉"（上）》，《鲁迅研究月刊》2020年第1期。

姜异新：《"百来篇外国作品"寻绎——留日生周树人文学阅读视域下的"文之觉"（下）》，《鲁迅研究月刊》2020年第2期。

锦明：《论体裁描写与中国新文艺》，《文学周报》第5卷第2期，1928年2月合订本。

老舍：《论文学的形式》，《老舍全集》第 17 卷，北京：人民文学出版社，2008 年。

李长之：《鲁迅批判》，上海：北新书局，1936 年。

李初梨：《怎样地建设革命文学》，见中国社会科学院文学研究所鲁迅研究室编《1913—1983 鲁迅研究学术论著资料汇编》第 1 卷，北京：中国文联出版公司，1985 年。

李春林主编：《鲁迅与外国文学关系研究》，长春：吉林人民出版社，2003 年。

李冬木：《鲁迅怎样"看"到的"阿金"？》，《鲁迅研究月刊》2007 年第 7 期。

李广田：《鲁迅的杂文》，《李广田全集》第 5 卷，昆明：云南人民出版社，2010 年。

李国华：《章太炎的"自性"与鲁迅留日时期的思想建构》，《中国现代文学研究丛刊》2009 年第 1 期。

李国华：《行动如何可能——鲁迅〈故事新编〉主体构建的逻辑及其方法》，《鲁迅研究月刊》2012 年第 9 期。

李国华：《鲁迅旧诗的菰蒲之思》，《中国现代文学研究丛刊》2014 年第 1 期。

李国华：《革命与"启蒙主义"——鲁迅〈阿 Q 正传〉释读》，《文学评论》2021 年第 3 期。

李国华：《鲁迅论"现代史"》，《现代中文学刊》2021 年第 4 期。

李国华：《现代心灵及身体与言及文之关系——鲁迅〈野草〉的一个剖面》，《文艺争鸣》2021 年第 11 期。

李何林：《叶公超教授对鲁迅的谩骂》，见中国社会科学院文学研究所鲁迅研究室编《1913—1983 鲁迅研究学术论著资料汇编》第 2 卷，北京：中国文联出版公司，1986 年。

李欧梵：《铁屋中的呐喊》，尹慧珉译，长沙：岳麓书社，1999 年。

李欧梵：《中国现代文学与现代性十讲》，上海：复旦大学出版社，2002 年。

李四光、徐志摩：《结束闲话，结束废话！》，《晨报副刊》1926 年 2 月 3 日。

李秀明：《汉语元话语标记研究》，复旦大学博士学位论文，2006 年。

李雅娟：《鲁迅杂文集序跋中的"杂文"形象》，《文艺研究》2020 年第 7 期。

李音：《作为民族之声的文学——鲁迅、赫尔德与〈朝花夕拾〉》，《中国现代文学研究丛刊》2021年第12期。

利奥塔尔：《后现代状态——关于知识的报告》，车槿山译，北京：生活·读书·新知三联书店，1997年。

梁实秋：《鲁迅的新著》，见中国社会科学院文学研究所鲁迅研究室编《1913—1983鲁迅研究学术论著资料汇编》第1卷，北京：中国文联出版公司，1985年。

梁实秋：《论散文》，见《中国现代文学资料与研究》（下册），李春雨、杨志编著，北京：北京师范大学出版社，2008年。

梁展：《颠覆与生存——德国思想与鲁迅前期的自我观念（1906—1927）》，上海：上海锦绣文章出版社，2007年。

廖沫沙：《我在三十年代写的两篇杂文（节录）》，见陈漱渝主编《一个都不宽恕——鲁迅和他的论敌》，北京：中国文联出版公司，1996年。

廖秋忠：《现代汉语篇章中的连接成分》，《廖秋忠文集》，北京：北京语言学院出版社，1992年。

林默：《论"花边文学"》，见陈漱渝主编《一个都不宽恕——鲁迅和他的论敌》，北京：中国文联出版公司，1996年。

林万菁：《论鲁迅修辞：从技巧到规律》，新加坡：万里书局，1986年。

刘春勇：《文章在兹——非文学的文学家鲁迅及其转变》，长春：吉林大学出版社，2015年。

刘进才：《汉字，文化霸权抑或符号暴力？——以鲁迅和瞿秋白关于大众语和拉丁化新文字的倡导为例》，《鲁迅研究月刊》2007年第7期。

柳浪：《〈唐朝的钉梢〉补遗》，《吾友》第1卷94期，1941年11月1日。

龙鸿彬：《张若谷》，见景亚南主编《浦东早期留学人员选录1872—1949》，上海：上海大学出版社，2016年。

卢卡奇：《历史与阶级意识》，杜章智、任立、燕宏远译，北京：商务印书馆，1996年。

鲁迅：《热风》，上海：北新书局，出版年份不详。

鲁迅：《狂人日记》，《新青年》第4卷第5号，1918年5月15日。

鲁迅：《呐喊自序》，《文学旬刊》第9号，1921年8月21日。

鲁迅：《为俄国歌剧团》，《晨报副刊》1922年4月9日。

鲁迅：《娜拉走后怎样》，陆学仁、何肇葆笔记，《妇女杂志》第10卷第8期，1924年8月1日。

鲁迅：《说胡须》，《语丝》第5期，1924年12月15日。

鲁迅：《希望——野草之七》，《语丝》第10期，1925年1月19日。

鲁迅：《好的故事——野草之十》，《语丝》第13期，1925年2月9日。

鲁迅：《杂感》，《莽原》第3期，1925年5月8日。

鲁迅：《忽然想到（七）》，《京报副刊》第146期，1925年5月12日。

鲁迅：《"碰壁之后"》，《语丝》第29期，1925年6月1日。

鲁迅：《并非闲谈》，《京报副刊》第166期，1925年6月1日。

鲁迅：《死后》，《语丝》第36期，1925年7月20日。

鲁迅：《评心雕龙》，《莽原》第32期，1925年11月27日。

鲁迅：《并非闲话》，《语丝》第56期，1925年12月7日。

鲁迅：《论费厄泼赖应该缓行》，《莽原》第1卷第1期，1926年1月10日。

鲁迅：《华盖集题记》，《莽原》第1卷第2期，1926年1月25日。

鲁迅：《学界的三魂》，《语丝》第64期，1926年2月1日。

鲁迅：《不是信》，《语丝》第65期，1926年2月8日。

鲁迅：《一点比喻》，《莽原》第1卷第4期，1926年2月25日。

鲁迅：《〈坟〉的题记》，《语丝》第106期，1926年11月20日。

鲁迅：《写在〈坟〉后面》，《语丝》第108期，1926年12月4日。

鲁迅：《藤野先生——旧事重提之九》，《莽原》第1卷第23期，1926年12月10日。

鲁迅：《海上通信》，《语丝》第118期，1927年2月12日。

鲁迅：《革命时代底文学》，吴之莘记，《黄埔生活》第4期，1927年6月12日。

鲁迅：《略谈想干》，《语丝》第144期，1927年8月13日。

鲁迅：《关于智识阶级》，黄河清笔记，《国立劳动大学周刊》第5期，1927年11月13日。

鲁迅：《"醉眼"中的朦胧》，《语丝》第4卷第11期，1928年3月12日。

鲁迅：《我的态度气量和年纪》，《语丝》第4卷第19期，1928年5月7日。

鲁迅：《华盖集》第 5 版，上海：北新书局，1929 年。

鲁迅：《我和"语丝"的始终——"我所遇见的六个文学团体"之五》，《萌芽月刊》第 1 卷第 2 期，1930 年 2 月 1 日。

鲁迅：《译者附记》，《萌芽月刊》第 1 卷第 3 期，1930 年 3 月 1 日。

鲁迅：《对于左翼作家联盟的意见——在左翼作家联盟成立大会上的演说》，《萌芽月刊》第 1 卷第 4 期，1930 年 4 月 1 日。

鲁迅：《而已集》第 5 版，上海：北新书局，1933 年。

鲁迅：《为了忘却的记念》，《现代》第 2 卷第 6 期，1933 年 4 月。

鲁迅：《小品文的危机》，《现代》第 3 卷第 6 期，1933 年 10 月。

鲁迅：《"题未定"草》，《文学》第 5 卷第 1 号，1935 年 7 月 1 日。

鲁迅：《关于新文字》，《新文字》第 1 期，1935 年 8 月 15 日。

鲁迅：《从帮忙到扯淡》，《杂文》第 3 期，1935 年 9 月 20 日。

鲁迅：《准风月谈》，上海：联华书局，1936 年。

鲁迅：《"题未定"草》，《海燕》第 1 期，1936 年 1 月 20 日。

鲁迅：《阿金》，《海燕》第 2 期，1936 年 2 月 20 日。

鲁迅：《写于深夜里》，《夜莺》第 1 卷第 3 期，1936 年 5 月 10 日。

鲁迅：《死》，《中流》第 1 卷第 2 期，1936 年 9 月 20 日。

鲁迅：《半夏小集》，《作家》第 2 卷第 1 号，1936 年 10 月 15 日。

鲁迅：《三闲集》，鲁迅全集出版社，1941 年。

鲁迅：《鲁迅全集》，北京：人民文学出版社，2005 年。

鲁迅：《鲁迅手稿丛编》，北京：人民文学出版社，2014 年。

鲁迅博物馆鲁迅研究室编：《鲁迅年谱》（增订本）第 1 卷，北京：人民文学出版社，1984 年。

《鲁迅昨在师大讲演》，见中国社会科学院文学研究所鲁迅研究室编《1913—1983 鲁迅研究学术论著资料汇编》第 1 卷，北京：中国文联出版公司，1985 年。

路杨：《"积习"：鲁迅的言说方式之一种》，《中国现代文学研究丛刊》2015 年第 4 期。

栾廷石：《"京派"与"海派"》，《申报·自由谈》1934 年 2 月 3 日。

罗钢：《当"讽喻"遭遇"比兴"——一个西方诗学观念的中国之旅》，《北京师范大学学报（社会科学版）》2013年第3期.

洛文：《作文秘诀》，《申报月刊》第2卷第12号，1933年12月15日。

旅隼：《"抄靶子"》，《申报·自由谈》1933年6月2日。

《马克思恩格斯选集》第1卷，北京：人民出版社，1972年。

马克思：《〈政治经济学批判〉导言》，见《马克思恩格斯选集》第2卷，北京：人民出版社，1972年。

马泰·卡林内斯库：《现代性的五副面孔——现代主义、先锋派、颓废、媚俗艺术、后现代主义》，顾爱彬、李瑞华译，北京：商务印书馆，2002年。

马真：《包含副词"也"的并列复句句式及其他》，《世界汉语教学》2014年第1期。

茅盾：《鲁迅论》，《茅盾全集》第19卷，北京：人民文学出版社，1991年。

毛泽东：《新民主主义论》，解放社，1949年。

孟庆澍：《〈阿金〉与鲁迅晚期思想的限度》，《文学评论》2019年第4期。

木山英雄：《〈野草〉的诗与"哲学"》，赵京华译，《鲁迅研究月刊》1999年第9—11期。

木山英雄：《"文学复古"与"文学革命"》，《"文学复古"与"文学革命"——木山英雄中国现代文学思想论集》，赵京华编译，北京：北京大学出版社，2004年。

木山英雄：《〈野草〉解读（节选六章）》，赵京华译，《鲁迅研究月刊》2004年第2期。

木山英雄：《〈鲁迅与托洛茨基——《文学与革命》在中国〉书评》，谭仁岸译，《人间思想》（台北）2015年12月号。

尼采：《查拉图斯特拉如是说》，孙周兴译，上海：上海人民出版社，2018年。

倪墨炎、陈九英：《鲁迅与许广平》，上海：上海书店出版社，2009年。

潘德延：《史家之绝唱 无韵之〈离骚〉——鲁迅与司马迁》，《鲁迅研究月刊》2007年第4期。

彭康：《"除掉"鲁迅的"除掉"!》，见中国社会科学院文学研究所鲁迅研究室编《1913—1983鲁迅研究学术论著资料汇编》第1卷，北京：中国文联出版公司，1985年。

皮远长：《"无非借此来释愤抒情"——浅谈鲁迅杂文的感情表达》，《武汉大学学报（社会科学版）》1986年第2期。

岂明：《失题》，《语丝》第56期，1925年12月7日。

钱理群：《鲁迅和北京、上海的故事（上篇）》，《鲁迅研究月刊》2006年第5期。

钱理群：《鲁迅和北京、上海的故事（下篇）》，《鲁迅研究月刊》2006年第6期。

钱理群：《鲁迅杂文》，《南方文坛》2015年第4期。

钱杏邨：《死去了的阿Q时代》，见中国社会科学院文学研究所鲁迅研究室编《1913—1983鲁迅研究学术论著资料汇编》第1卷，北京：中国文联出版公司，1985年。

钱杏邨：《死去了的鲁迅》，见中国社会科学院文学研究所鲁迅研究室编《1913—1983鲁迅研究学术论著资料汇编》第1卷，北京：中国文联出版公司，1985年。

青野季吉：《社会思想与中产阶级（四续）》，钱青译，《学艺》杂志第12卷第9号，1933年11月15日。

青野季吉：《社会思想与中产阶级（五续）》，钱青译，《学艺》杂志第12卷第10号，1933年12月15日。

青野季吉：《社会思想与中产阶级（六续）》，钱青译，《学艺》杂志第13卷第1号，1934年2月15日。

青野季吉：《社会思想与中产阶级（续完）》，钱青译，《学艺》杂志第13卷第2号，1934年3月15日。

邱焕星：《有限革命的张力——"国民革命鲁迅"形象的建构与解构》，《西南民族大学学报（人文社会科学版）》2022年第2期。

孺牛：《电影的教训》，《申报·自由谈》1933年9月11日。

孺牛：《从孩子的照相说起》，《新语林》第4期，1934年8月20日。

萨特：《什么是文学?》，《萨特散文》，沈志明、施康强译，北京：人民文学出版社，2009年。

邵冠华：《鲁迅的狂吠》，《新时代》第5卷第3期，1933年9月1日。

石汝祥：《进向完备的唯物主义和辩证法——也论鲁迅前期的世界观》，《中国社会科学》1981年第6期。

《〈《双十怀古》本事〉补遗文抄》,《鲁迅研究动态》1985年第5期。

司红霞:《现代汉语插入语研究》,长春:东北师范大学出版社,2009年。

司马迁:《报任安书》,见吴楚材、吴调侯选编《古文观止》,武汉:崇文书局,2020年。

司徒乔:《司徒乔去国画展》,上海:上海艺术社,1928年。

俟:《随感录三十六》,《新青年》第5卷第5号,1918年11月15日。

素痴:《谈〈南腔北调集〉》,见中国社会科学院文学研究所鲁迅研究室编《1913—1983鲁迅研究学术论著资料汇编》第1卷,北京:中国文联出版公司,1985年。

孙玉石:《现实的与哲学的——鲁迅〈野草〉重释》,北京:北京大学出版社,2010年。

孙玉石:《〈野草〉研究》,北京:北京大学出版社,2010年。

孙玉石:《鲁迅文学创作与精神气质之诗性特征——冯雪峰对鲁迅理解阐释的一个侧面之浅议》,见《上海鲁迅研究》2013年秋卷,上海:上海社会科学院出版社,2013年。

隼:《"文人相轻"》,《文学》第4卷第5号,1935年5月1日。

隼:《再论"文人相轻"》,《文学》第4卷第6号,1935年6月1日。

隼:《三论"文人相轻"》,《文学》第5卷第2号,1935年8月1日。

隼:《四论"文人相轻"》,《文学》第5卷第3号,1935年9月1日。

隼:《五论"文人相轻"——明术》,《文学》第5卷第3号,1935年9月1日。

隼:《六论"文人相轻"——二卖》,《文学》第5卷第4号,1935年10月1日。

隼:《七论"文人相轻"——两伤》,《文学》第5卷第4号,1935年10月1日。

Smedley:《鲁迅是一把宝剑》,凡容译,《文化月刊》第3期,1939年10月20日。

谭丕模:《鲁迅作品的时代性(下次完)》,《文化动向》第1卷第1期,1937年3月5日。

谭丕模：《鲁迅作品的时代性（续完）》，《文化动向》第 1 卷第 2 期，1937 年 3 月 20 日。

唐东堰：《鲁迅与 20 世纪中国传媒发展》，南昌：百花洲文艺出版社，2018 年。

唐俟：《渡河与引路》，《新青年》第 5 卷第 5 号，1918 年 10 月 15 日。

唐俟：《随感录四十》，《新青年》第 6 卷第 1 号，1919 年 1 月 15 日。

唐俟：《随感录四十一》，《新青年》第 6 卷第 1 号，1919 年 1 月 15 日。

唐俟：《我们现在怎样做父亲》，《新青年》第 6 卷第 6 号，1919 年 11 月 1 日。

唐弢：《鲁迅的杂文》，《鲁迅风》第 1 期，1939 年 10 月 11 日。

唐弢：《鲁迅论集》，北京：文化艺术出版社，1991 年。

天用：《〈呐喊〉——桌话之六》，见中国社会科学院文学研究所鲁迅研究室编《1913—1983 鲁迅研究学术论著资料汇编》第 1 卷，北京：中国文联出版公司，1985 年。

丸山昇：《鲁迅·革命·历史——丸山昇现代中国文学论集》，王俊文译，北京：北京大学出版社，2005 年。

丸山昇：《鲁迅（五）——他的文学和革命》，靳丛林、李光泽、李明晖译，见《上海鲁迅研究》2013 年夏卷，上海：上海社会科学院出版社，2013 年。

汪晖：《历史的"中间物"与鲁迅小说的精神特征》，《文学评论》1986 年第 5 期。

汪晖：《反抗绝望——鲁迅的精神结构与〈呐喊〉〈彷徨〉研究》，上海：上海人民出版社，1991 年。

汪晖：《现代中国思想的兴起》，北京：生活·读书·新知三联书店，2008 年。

汪晖：《声之善恶：什么是启蒙？——重读鲁迅的〈破恶声论〉》，《开放时代》2010 年第 10 期。

汪晖：《阿 Q 生命中的六个瞬间——纪念作为开端的辛亥革命》，《现代中文学刊》2011 年第 3 期。

汪卫东：《鲁迅杂文：何种"文学性"？》，《文学评论》2012 年第 5 期。

王风：《从"自由书"到"随感录"——晚清报刊评论与五四议论性文学散

文》,见《现代中国》第 4 辑,武汉:湖北教育出版社,2004 年。

王风:《鬼和与鬼有关的——鲁迅〈女吊〉讲稿》,见温儒敏、姜涛编《北大文学讲堂》,北京:中央编译出版社,2007 年。

王风:《〈野草〉:意义的黑洞与"肉薄"虚妄》,《学术月刊》2021 年第 12 期。

王福湘:《约翰·穆勒:鲁迅自由思想资源第一人》,《学术研究》2007 年第 12 期。

王钦:《迈向一种非政治的政治:鲁迅晚期杂文的一个向度——以〈阿金〉为中心》,《文学评论》2019 年第 1 期。

王向远:《从"余裕"论看鲁迅和夏目漱石的文艺观》,《鲁迅研究月刊》1995 年第 4 期。

王学振:《鲁迅与国产电影》,《鲁迅研究月刊》2019 年第 3 期。

王野:《鲁迅"双十怀古"的思想意义和艺术特色》,《社会科学辑刊》1984 年第 6 期。

王元化:《思辨录·六四 阴鸷反噬之术》,《王元化集》第 5 卷,武汉:湖北教育出版社,2007 年。

韦彧:《鲁迅与电影》,《电影·戏剧月刊》第 1 卷第 2 期,1936 年 11 月 10 日。

苇索:《登龙术拾遗》,《申报·自由谈》1933 年 9 月 1 日。

尾崎文昭:《从〈鲁迅〉到〈鲁迅入门〉:竹内好鲁迅观的变动》,段美乔译,《鲁迅研究月刊》2011 年第 1 期。

《为生活而奋斗之卖夜报童子惨死》,《时报》,1933 年 5 月 4 日。

温儒敏:《新文学现实主义的流变》,北京:北京大学出版社,2007 年。

吴晓东:《从"功能叙述者"到"第三项"理论——田中实对鲁迅〈故乡〉的解读》,《鲁迅研究月刊》2021 年第 9 期。

武者小路实笃:《文学者的一生》,见鲁迅《壁下译丛》,上海:北新出版社,1929 年。

西滢:《闲话》,《现代评论》第 3 卷第 71 期,1926 年 4 月 17 日。

夏志清:《中国现代小说史》,刘绍铭等译,香港:香港中文大学出版社,2001 年。

肖剑南：《鲁迅散文"释愤抒情"的理论探源》，《嘉应学院学报》2005年第4期。

肖铁：《一个唯情主义者的发明——朱谦之地"我"兼论现代性的"内转"》，《思想与文化》第18辑，上海：华东师范大学出版社，2016年。

萧军：《鲁迅杂文中底"典型人物"》，《鲁迅风》第15期，1939年6月5日。

徐赳赳：《现代汉语篇章语言学》，北京：商务印书馆，2014年。

徐懋庸：《鲁迅的杂文》，见中国社会科学院文学研究所鲁迅研究室编《1913—1983鲁迅研究学术论著资料汇编》第2卷，北京：中国文联出版公司，1986年。

许广平：《鲁迅怎样看电影》，见刘思平、邢祖文选编《鲁迅与电影》，北京：中国电影出版社，1981年。

许寿裳：《亡友鲁迅印象记》，北京：人民文学出版社，1953年。

许寿裳：《许寿裳鲁迅传》，长春：吉林出版集团股份有限公司，2017年。

薛毅：《反抗者的文学——论鲁迅的杂文写作》，《视界》第4辑，石家庄：河北教育出版社，2001年。

薛羽：《观看与疑惑："上海经验"和鲁迅的杂文生产——重读〈阿金〉》，《现代中文学刊》2011年第3期。

薛羽：《"革命文学"论争与鲁迅思想文学研究——以阅读史为方法的考察》，华东师范大学博士学位论文，2012年。

迅行：《破恶声论》，《河南》第8期，1908年11月20日。

雅各武莱夫：《十月》，鲁迅译，见王世家、止庵编《鲁迅著译编年全集》第12卷，北京：人民出版社，2009年。

严家炎：《鲁迅与表现主义——兼论〈故事新编〉的艺术特征》，《中国社会科学》1995年第2期。

严家炎：《论鲁迅的复调小说》，上海：上海教育出版社，2002年。

岩崎·昶：《现代电影与有产阶级》，鲁迅译，《萌芽月刊》第1卷第3期，1930年3月1日。

雁冰：《读〈呐喊〉》，《时事新报》副刊《学灯》，1923年10月8日。

杨亦鸣：《试论"也"字句的歧义》，《中国语文》2000年第2期。

杨姿：《叙述与命名：〈阿金〉批评史及其反思》，《汉语言文学研究》2018年第2期。

叶公超：《鲁迅》，见中国社会科学院文学研究所鲁迅研究室编《1913—1983鲁迅研究学术论著资料汇编》第2卷，北京：中国文联出版公司，1986年。

亦秋：《〈唐朝的钉梢〉》，《世界晨报》1937年3月5日。

游光：《夜颂》，《申报·自由谈》1933年6月10日。

有岛武郎：《生艺术的胎》，见鲁迅《壁下译丛》，上海：北新出版社，1929年。

宇文：《"打倒智识阶级"》，《现代评论》第5卷第116期，1927年2月26日。

袁一丹：《"另起"的"新文化运动"》，《中国现代文学研究丛刊》2009年第3期。

藏原惟人：《新写实主义论文集》，之本译，上海：现代书局，1930年。

曾子炳：《鲁迅1925年收到的三封匿名信》，《上海鲁迅研究·鲁迅与朝花社》第81辑，上海：上海社会科学院出版社，2019年。

詹明信：《处于跨国资本主义时代中的第三世界文学》，见张旭东编《晚期资本主义的文化逻辑——詹明信批评理论文选》，陈清侨等译，北京：生活·读书·新知三联书店，1997年。

张恩和：《鲁迅与许广平》，武汉：湖北人民出版社，2008年。

张广海：《鲁迅阶级文学论述的转变与托洛茨基》，《现代中文学刊》2011年第3期。

张晖：《中国"诗史"传统》，北京：生活·读书·新知三联书店，2012年。

张洁宇：《"有情的讽刺"：鲁迅杂文的美学特质》，《西北大学学报（哲学社会科学版）》2020年第3期。

张洁宇：《从体制人到革命人：鲁迅与"弃教从文"》，《中国现代文学研究丛刊》2020年第4期。

张历君：《时间的政治——论鲁迅杂文中"技术化观视"及其"教导姿态"》，见罗岗、顾铮编《视觉文化读本》，桂林：广西师范大学出版社，2003年。

张隆溪：《讽寓》，《外国文学》2003年第6期。

张隆溪：《略论"讽寓"和"比兴"》，《文艺理论研究》2021年第1期。

张素丽：《鲁迅与中国传统美术》，北京：中央编译出版社，2019年。

张文涛：《国民革命时期的"智识阶级"论争——从"打倒智识阶级"的口号谈起》，《人文杂志》2014年第9期。

张奚若：《中国今日之所谓智识阶级》，《现代评论》第二周年纪念增刊，1927年1月。

张旭东：《上海的意象——城市偶像批判、非主流写作与现代神话的消解》，《批评的踪迹：文化理论与文化批评》，北京：生活·读书·新知三联书店，2003年。

张旭东：《杂文的"自觉"——鲁迅"过渡期"写作的现代性与语言政治》，《文艺理论与批评》2009年第1—2期。

张旭东：《全球化与文化政治：90年代中国与20世纪的终结》，北京：北京大学出版社，2014年。

张旭东：《漂泊之路上的回忆闪烁——〈朝花夕拾〉与杂文风格发展的缠绕》，《文艺研究》2022年第4期。

张直心：《客观主义还是"阶级的主观主义"？——鲁迅与普列汉诺夫、卢那察尔斯基文艺思想再思辨》，《中国现代文学研究丛刊》2016年第9期。

章太炎：《国故论衡》，上海：上海古籍出版社，2006年。

赵令仪：《论"人言可畏"》，《太白》第2卷第5期，1935年5月20日。

赵树理：《也算经验》，《赵树理全集》第2卷，北京：大众文艺出版社，2006年。

郑闯琦：《鲁迅在元话语层面和自由主义的对话》，《唐都学刊》2003年第1期。

知堂：《关于鲁迅之二》，《宇宙风》第30期，1936年12月1日。

治洁：《话语标记"换句话说"的多角度观察》，华中师范大学硕士学位论文，2021年。

中井政喜：《从1928年"革命文学论争"至1930年前后——1926—1930年间的鲁迅与马克思主义文艺理论（中）》，潘世圣译，见《上海鲁迅研究》2015年夏卷，上海：上海社会科学院出版社，2015年。

中井政喜:《关于鲁迅〈阿金〉的札记——鲁迅的民众形象、知识分子形象备忘录之四》,《中山大学学报(社会科学版)》2015年第3期。

中井政喜:《鲁迅探索》,郑民钦译,北京:知识产权出版社,2017年。

仲济强:《从"论说"到"杂感"再到"杂文"——鲁迅文体意识脉络的钩沉》,《中国现代文学研究丛刊》2013年第1期。

周蕾:《原初的激情——视觉、性欲、民族志与中国当代电影》,孙绍谊译,台北:远流出版公司,2001年。

周作人:《苦茶随笔》,上海:北新书局,1935年。

周作人:《立春以前》,上海:太平书局,1945年。

朱刚:《苏轼十讲》,上海:上海三联书店,2019年。

朱国华:《何谓讽喻》,《中国图书评论》2014年第9期.

朱正:《〈双十怀古〉本事》,《朱正书话》(下册),北京:北京图书馆出版社,2004年。

竹内好:《鲁迅》,李心峰译,杭州:浙江文艺出版社,1986年。

竹内好:《鲁迅入门(之三)》,靳丛林、于桂玲译,见《上海鲁迅研究》2007年春卷,上海:上海文艺出版社,2007年。

竹内好:《鲁迅入门(之五)》,靳丛林、于桂玲译,见《上海鲁迅研究》2007年秋卷,上海:上海社会科学院出版社,2007年。

紫凤:《钉梢考源》,《新世纪》第1卷第3期,1945年6月5日。

宗珏:《〈花边文学〉》,《国闻周报》第14卷第12期,1937年3月29日。

后　记

　　三十年后,当马马虎虎写完一本关于鲁迅杂文的书时,我才能真正明白1993年夏天中午无所事事地在老宅楼上翻杂物堆翻到的几册书的意义。那个偶然的中午像一块石头扔进深湖,刚开始并没有什么大的影响,我读着一本缺了前面十几页的《现代散文百篇赏析》,主要心思仍是"学好数理化,走遍天下都不怕",考中师当小学老师早点挣钱孝顺年迈的父母。可是个子太矮没上成中师,我只好去县城里读高中。县城里有新书摊和旧书店,学校里也有图书馆,我常常出入其间,不再想考试的事情,按时购买好几种散文和杂文杂志,买《中国现代四大文豪散文全集》,去图书馆借《鲁迅全集》,在早读课上看《且介亭杂文》被班主任训诫……那块石头渐渐发出了声响,让我沉迷于阅读和写作散文。那个高中生太想当作家了,每天都在疯狂地读和写,学习成绩一落千丈却无怨无悔,甘之如饴。可惜没有什么才华,梦醒时分来得很早,虽然上大学了也仍旧沉迷于阅读和写作,但已经不拘文体,任意为之了。偶尔得到与贾平凹主编的《美文》杂志合作的机会,在上面匿名发了几千字,也因为延迟满足延迟的时间太长而毫无满足之感了;我曾经多么喜欢《现代散文百篇赏析》里面贾平凹写的《盼儿》,彼时竟波澜不惊,连以真名在贾平凹主编的杂志上出现都没有兴趣了。此后漫长的二十年过去了,我虽然时时手痒写些散文,但主业已是写学院体论文,偶尔被友辈说你的散文比论文写得好,你的文章有鲁迅的味道,听了不免心里一凉,难道终究是入错行了么？

那也只能将错就错了。孔老夫子的时代是认为四十不惑的，但我如今年逾四十，却只能以惑为不惑；因为是个教书匠，甚至是以己不立而立人的。粗粗地反思一下，我十五岁之前没有有志于学，只想过谋生孝养父母，十五岁那年也不过是有志于当作家，且半途而废，后来写不好学院体论文，也不是什么意外之事吧。但那块石头并没有石沉大海无消息，它其实一直搅扰着我，让我 2011 年深秋去同济大学面试时表示自己此后几年的主要学术计划就是研究鲁迅杂文。如今，十一年过去了，虽然中间因为个人兴趣的偏移和工作的需要，我也写过其他领域的文章，但确实将主要的时间和精力都付诸鲁迅杂文的解读了。在这个漫长的学术劳作过程中，有很多令人感到安慰的片段，我想拣几段说说。

片段之一。我记得 2014 年复旦大学的张业松老师让我去他主办的会议上发表论文，我交的就是《生产者的诗学——鲁迅杂文一解》，会上郜元宝老师给了我很好的学术建议；我的导师吴晓东则不仅肯定了我的问题意识，而且给了我具体的修改意见。当我修改成文之后，吴老师还鼓励我抓紧发表，文章总是改不完的，不必再修改了。后来交给我的另一位导师高远东，他以对我惯有的不满将文章刊发在《中国现代文学研究丛刊》2015 年第 1 期上。孙郁老师对文章倒是肯定，2016 年在复旦大学遇到时，还主动提起。但因为高老师的目光始终刺在身上，我虽然颇受鼓舞，但仍旧心中凛然，只是默默记着前辈的好意，不敢造次。

片段之二。院校是免不了项目化生存的，虽然我有些不大习惯，但也只好去申请项目。我大概写过三四份标书，都不入评审专家法眼，同济大学的同事王鸿生老师、张生老师、祝宇红老师、张屏瑾老师给了我很多好的建议，张生老师甚至亲手改我的标书，多番周折之后我终于高中，获批教育部 2017 年社科基金青年项目"生产者的实践与形式——鲁迅杂文研究"。范进中举是疯魔而兴奋的，不过我没有什么感觉，甚至一度因为无法按照标书的计划进行写作而拒绝动用项目经费。我所感念的只有一点，同事们对我都很照顾，并没有因为我申请不上项目而否定我的从业资格。

片段之三。在学院里生存，如果不能商量学问，大概要算是苦刑了。我所感到幸运的是，在同济大学时同事张闳老师多次解答了我解读鲁迅杂文的疑惑，有时是在路上，有时是在食堂的餐桌上；在北京大学，我涉猎篇章语言学，得到了语言学研究领域的同事汪锋老师、吴西愉老师、林幼菁老师帮助，他们面对我这个白痴一般的门外汉，可谓倾囊相授；我的两位导师，无论是在深夜的电话里，在深夜校园偶遇的路上，在餐桌上，还是在其他一些时间和空间的碎片中，都耐心地听我絮叨，并给予我鼓励和可靠的建议；颇有一些同辈的友人，彼此或赞或弹，在荤腥杂陈的人生中，倒也许有几回素心人的时刻。我因此深知，学问学问，就是又学又问，人生是漫长的，然而十年弹指而过，只有学问永恒，商量学问令人偶然能感受到寥落的星光洒在身上。尤其是这几年，世界风波不断，疫情扰扰营营，写作学院体论文难免给人"何不食肉糜"之慨，但是好在商量学问者，所谈虽琐屑，所关则并非无宏旨，一切视乎学问的大小、眼界的高低，到底也不是不能求得心安的。

片段之四。学院的主人永远是年轻的学生，当我把自己解读鲁迅杂文的一些设想和努力向他们汇报时，无论是同济大学的学生，还是北京大学的学生，都给了我难以想象的鼓励和启发。我有时以为自己只是在以学术的方式回应自己青少年时代的偶然的阅读喜好，然而他们的反应告诉我，鲁迅杂文不仅建构了属于它的意见共同体，而且建构了属于它的文学共同体，我永远不必把自己想象成枯燥的学术劳作中的孤独者，"无穷的远方，无数的人们，都和我有关"。

还有一些片段以后有机会再说吧。因为到底不是孤身一人，所以并没有勇气接受"孤独的人最有力量"的我，也在时写时辍中持续着；虽然每每怀疑自己又在生产垃圾，或者鹦鹉学舌重复前人且在变形中玷污了前人，但还是把一部完整的书稿写到了结束。

三十年过去了，那一块石头大概终于沉底了，我也大概可以模仿《现代散文百篇赏析》写一本《鲁迅杂文赏析》了吧？只是我的心境到底是中年了，大概是写不出青少年喜欢的书的。

因为解读鲁迅杂文的起兴在十年前，甚至更早，我的情感、态度、立场和判断都不免有些波动。我不大记得自己最早解读鲁迅杂文的意图是什么，单单记得十年前是想通过鲁迅杂文研究论证"现代主义"和"文学"是20世纪的负担，复杂的、充满可能性的20世纪被"现代主义"和"文学"减缩成了柄谷行人式的"内面的风景",很是乏味。但我自己正是被"现代主义"和"文学"哺育长大的,我至今还记得自己青少年时代对于先锋文学的阅读以及对于乔伊斯、福克纳、普鲁斯特的崇敬,在图书馆昏暗的灯光下硬啃《尤利西斯》《喧哗与骚动》《追忆逝水年华》……我如何跳出窠臼?阅读鲁迅给了我想象的空间,我以为鲁迅正是一个痴迷于现代主义文学艺术而又超越它们的存在,他喜欢蒙克,喜欢凡·高,他写《彷徨》,写《野草》,但他也写杂文,而且后来主要写杂文,他的杂文有丰富的内面,但他不因为丰富的内面而有意与外面切割,在他的杂文中,内与外浑然一体,仿佛就是一种自然状态。《吕氏春秋·下贤》讲有一种"至贵之物","以天为法,以德为行,以道为宗,与物变化而无所终穷,精充天地而不竭,神覆宇宙而无望,莫知其始,莫知其终,莫知其门,莫知其端,莫知其源,其大无外,其小无内",据说这是道家尹文一派讲的"道",不知道德勒兹喜不喜欢?只是话说得既玄妙又便宜,我也不知其中深浅,单觉得鲁迅杂文仿佛就是那么个"至贵之物",或者至少有那么个"至贵之物"在鲁迅杂文之中,于是不必像文艺理论史上的种种主义那样谈内外了。但鲁迅是知道其中的玄妙和便宜的吧,他称自己只能弄弄笔,称自己是个"中产的智识阶级分子",他看见了自己与实践的隔膜。我觉得这些内容很重要,于是渐渐觉得鲁迅也有各种各样的限度,根本不可能"其大无外,其小无内"。我甚至觉得,鲁迅固然不得不甘于弄弄笔,但却未必甘于只写写杂文,他所理解的文苑秩序自有固定的规则和逻辑,杂文并不能改变那固定的规则和逻辑。在这样的犹疑中,我调整了解读鲁迅杂文的方向,把一开始对于"行动如何可能"的热情变成了怀疑。就如鲁迅自己1933年在《"论语一年"》中认可别人说"易卜生是伟大的疑问号(?)"一样,鲁迅及其杂文恐怕更多的也是"伟大的疑问号(?)",我只能从鲁迅及其杂文那里开始思考,却找不到答案,也许永远都找不到答案。最后,我想我也许和鲁迅共鸣了,现状必须改变,未来总会不同,但我们只能不携带答案地走过去。

现在呢,我也终于又走完了一程。这一程如何?我不知道,只知道"平芜尽处是春山,行人更在春山外",一切都远未结束。

在这过去的一程中,因为常常得到前辈的善意照拂,到底少了些许狼狈。我想专门感谢结项时董炳月老师、张桃洲老师、张洁宇老师、姜涛老师和我的导师吴晓东伸出温暖的手写项目鉴定意见，他们的肯定评价和修改意见给了我重要的信心。我还想专门感谢北京大学中文系给予出版资助，感谢美丽温柔的艾英师姐接收我的书稿，并推荐给北大人文学科文库，获得经费支持，惠我助我，实在是令我感到温暖而惭愧的编辑。

最后，我想感谢我的家人，尤其是我的妻子和孩子。鲁迅曾经给他的人生伴侣许广平写过一句"十年携手共艰危，以沫相濡亦可哀"，我的妻子和孩子也陪伴我十年有余了，我不知道该写一句什么给她们。我们的旅痕从祖国大陆最南端湛江延伸至长江出海口上海、祖国的心脏北京，生活一直漂泊无定，比我的学问还令人担心，而妻子和孩子始终陪伴我左右，让我心安。但漂泊的旅程尚未结束，我又能说什么呢？在世界动荡和疫情扰扰中，普通人的日常生活愈发令人珍视，让我们在疫情结束后再到处看看，到处走走吧。

此刻，窗外的风正吹着窗外的白杨叶，其声如阵阵秋雨。夜深了，想来妻子和孩子都已熟睡，我也该回家了。晚安！所有不眠的人们。

2022 年 10 月 8 日深夜于燕园北边的阁楼上

北京大学人文学科文库·北大中国文学研究丛书

陈平原主编

《杜诗艺术与辨体》
葛晓音 著

《无法终结的现代性：中国文学的当代境遇》
陈晓明 著

《清代科举文人官年与实年考论》
张剑 著

《清初京城诗坛研究》
白一瑾 著

《文体协商：翻译中的语言、文类与社会》
张丽华 著

《中唐古诗的尚奇之风》
葛晓音 著

《生产者的诗学：鲁迅杂文研究》
李国华 著